Orlando Syrg Taschenbuch 102019

OR
SY
TA

RAT ACBO

Reihe

Alte Tradition

Azurcelesteblueoscuro

herausgegeben

von

Joerg K. Sommermeyer & Orlando Syrg

Exemplarische Werke der Weltliteratur

herausgegeben von

Joerg K. Sommermeyer

Über dieses Buch

Atta Troll. Ein Sommernachtstraum: Der sich zum Kunsthüter aufwerfende Tanzbär, entkommt in seine Höhle, wo er Bärenkinder unterrichtet, Republikanismus und Kommunismus verspottet, die Einheit aller Tiere anmahnt, Gleichheit wiederherstellen will, aristokratische Anmaßung und Eigentum eliminieren, sich gegen Atheismus wendet, den die Welt regierenden Eisbären herbeisehnt. Es folgen: Hexensohn Lascaro, Pyrenäen, Hexenhütte der Uraka, wilde Jagd mit mythischen Frauen, Shakespeare und Goethe, Atta Trolls Tod, seine schwarze Frau Mumma einen weißhaarichten sibirischen Wüstenbär liebend im Pariser Jardin des Plantes. Die reimlosen Vierzeiler, immer wieder mit Anspielungen auf Freiligraths Gedicht *Der Mohrenfürst*, nehmen romantisch-volkstümlich, freilich desillusionierend gebrochen, die politisch-tendenziöse Lyrik der Zeit aufs satirische Korn, geißeln bloße Gesinnung auf Kosten dichterischer Güte.

Deutschland. Ein Wintermärchen: Beschreibung einer Reise von Paris nach Hamburg, verquickt mit regionalen, historischen, autobiografischen Elementen, politischen und philosophischen Erwägungen, „illegalen" Gedanken, „Konterbande" des Erzählers. Die Satire der Misere deutscher Zustände im Zeichen politischer Romantik. Wie im Atta Troll Strophen aus Vierzeilern, 27 Kapitel in einer kunstvollen Sprache, die Alltagsprosa und Jargon nicht scheut. Dabei wird die Verspottung von Tendenzpoesie nicht zurückgenommen, wenn auch die Umsetzung politischer Ideen ins dichterische Bild evident scheint (viele poetische Metaphern, Märchen, Ballade, Romantik et cetera). Zukunftsfreude und Novembertraurigkeit, Dichtertum und politisches Engagement in spannungserfüllter Koexistenz, Widersprüchliches vereint, bewusst gemacht.

Aus den Memoiren des Herrn von Schnabelewopski: Das Fragment eines antiidealistischen Schelmenromans (Ablehnung sowohl von Geld und Genuss- als auch Schmerzreligion) erzählt Abenteuer eines adligen, lebenslang törichten Studenten und dessen exorbitanter Vorliebe fürs Kulinarische und Erotische; polnische Kindheit, Aufenthalte in Hamburg, Amsterdam und Leiden, wo er Theologie studieren soll. Zwischen den Episoden die Ballade Herr Vonved und Erzählung vom fliegenden Holländer.

Florentinische Nächte: Maximilian erfindet auf Bitten des Arztes für seine morbide Freundin „närrische Geschichten": fahrendes Volk, Tänzerinnen, Marmorbilder ohne Fleisch und Blut, Paganini, Bauchredner, Zwerg Türlütü.

Der Rabbi von Bacherach: Fragment eines historischen Romans, teilweise chronikartig. Rabbiner Abraham sitzt mit seiner Familie beim Passahmahl, als er bemerkt, wie Fremde einen blutigen Kinderleichnam unter dem Tisch verstecken, um Juden einen rituellen Mord anzuhängen, ein Pogrom auszulösen. Flucht mit seiner Frau, der schönen Sara, auf dem Rhein nach Frankfurt am Main. Buntes Treiben in der Reichsstadt, burleske Ghetto-Szenen, Wiedersehen mit Don Isaak Abarbanel, Freund des Rabbi aus spanischer Studentenzeit.

Memoiren und Geständnisse: Schilderungen frühester Jugend; Einzug in Paris am 19. Mai 1831 u. a. –

[siehe auch das Nachwort von Joerg K. Sommermeyer, unten S. 271 ff.]

Der Autor

Christian Johann Heinrich (Harry) Heine, geboren am 13. Dezember 1797, Düsseldorf/Herzogtum Berg - gestorben am 17. Februar 1856, Paris. Kritischer, politisch engagierter Journalist, Essayist, Satiriker. Gilt als „letzter Dichter der Romantik" und als deren Überwinder. Machte mit Leichtigkeit, Grazie und Eleganz Alltagssprache lyrikfähig, Feuilleton und Reisebericht zur Kunstform. Vielfach übersetzt und vertont. Die Polemiken des Außenseiters bewundert und gefürchtet. Von Antisemiten und Nationalisten wegen seiner jüdischen Abstammung und politischen Haltung lange über seinen Tod hinaus heftigst angefeindet. Publikationsverbote. Von 1831 bis an sein Ende im Pariser Exil.

[Detaillierter Lebenslauf im Nachwort von Joerg K. Sommermeyer, S. 271 ff.]

Der Herausgeber

Joerg K. Sommermeyer (JS), geboren am 14. Oktober 1947 in Brackenheim/Heilbronn. Jurist, Musiker und Schriftsteller. 1976 bis 2004 Rechtsanwalt in Freiburg. Zahlreiche Veröffentlichungen.

Orlando Syrg, Berlin, 11. Mai 2019

Joerg K. Sommermeyer (Hg.)

Heinrich Heines

Versepen, Erzählprosa

und Memoiren

Ausgewählte Werke I

Atta Troll, Deutschland. Ein Wintermärchen,
Aus den Memoiren des Herren von Schnabelewopski,
Florentinische Nächte, Der Rabbi von Bacherach,
Geständnisse, Memoiren

Durchgesehen, revidiert und mit einem Nachwort
herausgegeben

von

Joerg K. Sommermeyer

Orlando Syrg

MMXIX

1. Auflage 2019

Orlando Syrg, Berlin (vormals Freiburg i. Brsg.)

Orlando Syrg Taschenbuch

ORSYTA 102019

Reihe Alte Tradition Azurcelesteblueoscuro

RAT ACBO 22

Revision, Herausgabe und Nachwort:
Joerg K. Sommermeyer

Umschlaggestaltung (unter Verwendung des Ausschnitts eines Gemäldes von Moritz Daniel Oppenheim, *Heinrich Heine*, 1831, auf der Vorderseite): JS

Lektorat, Satz und Layout: Dora Dioth, JS, Ton Unbe, Waltraut Schmidt, Hans Ohnson, Karl Kristian, Nanny Bitterbau, Lars Penath, Roland König, Marga Sadau, Paul Deros, Ella Elle, Konrad Corang

Herstellung, Vertrieb, Verlag BoD - Books on Demand, Norderstedt

Made in Germany

ISBN 9783734789847

Inhalt

Für alle
meine treuen Freunde,
die verlorenen Leben und Lieben,
den nächtlichen Schwarm
durch mein Gemüt

Versepen

Atta Troll
Ein Sommernachtstraum

[Zeitung für die elegante Welt, Leipzig 1843]

> Aus dem schimmernden, weißen Zelte hervor
> Tritt der schlachtgerüstete, fürstliche Mohr;
> So tritt aus schimmernder Wolken Tor
> Der Mond, der verfinsterte, dunkle, hervor.
> *»Der Mohrenfürst« von F. Freiligrath*

Vorrede

Der »Atta Troll« entstand im Spätherbst 1841 und ward fragmentarisch abgedruckt in der »Eleganten Welt«, als mein Freund Heinrich Laube wieder die Redaktion derselben übernommen hatte. Inhalt und Zuschnitt des Gedichtes mussten den zahmen Bedürfnissen jener Zeitschrift entsprechen; ich schrieb vorläufig nur die Kapitel, die gedruckt werden konnten, und auch diese erlitten manche Variante. Ich hegte die Absicht, in späterer Vervollständigung das Ganze herauszugeben, aber es blieb immer bei dem lobenswerten Vorsatz, und wie allen großen Werken der Deutschen, wie dem Kölner Dom, dem Schellingschen Gott, der preußischen Konstitution usw., ging es auch dem »Atta Troll« – er ward nicht fertig. In solcher unfertigen Gestalt, leidlich aufgestutzt und nur äußerlich gerundet, übergebe ich ihn heute dem Publico, einem Drange gehorchend, der wahrlich nicht von innen kommt.

Der »Atta Troll« entstand, wie gesagt, im Spätherbst 1841, zu einer Zeit, als die große Emeute, wo die verschiedenfarbigsten Feinde sich gegen mich zusammengerottet, noch nicht ganz ausgelärmt hatte. Es war eine sehr große Emeute, und ich hätte nie geglaubt, dass Deutschland so viele faule Äpfel hervorbringt, wie mir damals an den Kopf flogen! Unser Vaterland ist ein gesegnetes Land; es wachsen hier freilich keine Zitronen und keine Goldorangen, auch krüppelt sich der Lorbeer nur mühsam fort auf deutschem Boden, aber faule Äpfel gedeihen bei uns in erfreulichster Fülle, und alle unsere großen Dichter wussten davon ein Lied zu singen. Bei jener Emeute, wo ich Krone und Kopf verlieren sollte, verlor ich keins von beiden, und die absurden Anschuldigungen, womit man den Pöbel gegen mich aufhetzte, sind seitdem, ohne dass ich mich zu einer Widerrede herabzulassen brauchte, aufs Kläglichste verschollen. Die Zeit übernahm meine Rechtfertigung, und auch die respektiven deutschen Regierungen, ich muss es dankbar anerkennen, haben sich in dieser Beziehung verdient um mich gemacht. Die Haftbefehle, die von der deutschen Grenze an, auf jeder Station, die Heimkehr des Dichters mit Sehnsucht erwarten, werden gehörig renoviert, jedes Jahr, um die heilige Weihnachtszeit, wenn an den Christbäumen die gemütlichen Lämpchen funkeln. Wegen solcher Unsicherheit der Wege wird mir das Reisen in den deutschen Gauen schier verleidet, ich feiere deshalb meine Weihnachten in der Fremde und werde auch in der Fremde, im Exil, meine Tage beschließen. Die wackern Kämpen für Licht und Wahrheit, die mich der Wankelmütigkeit und des Knechtsinns beschuldigten, gehen unterdessen im Vaterlande sehr sicher umher, als wohlbestallte Staatsdiener, oder als Würdenträger einer Gilde,

11

oder als Stammgäste eines Klubs, wo sie sich des Abends patriotisch erquicken am Reben-safte des Vater Rhein und an meerumschlungenen schleswig-holsteinischen Austern.

Ich habe oben mit besonderer Absicht angedeutet, in welcher Periode der »Atta Troll« ent-standen ist. Damals blühte die sogenannte politische Dichtkunst. Die Opposition, wie Ruge sagt, verkaufte ihr Leder und ward Poesie. Die Musen bekamen die strenge Weisung, sich hinführo nicht mehr müßig und leichtfertig umherzutreiben, sondern in vaterländischen Dienst zu treten, etwa als Marketenderinnen der Freiheit oder als Wäscherinnen der christlich-ger-manischen Nationalität. Es erhub sich im deutschen Bardenhain ganz besonders jener vage, unfruchtbare Pathos, jener nutzlose Enthusiasmusdunst, der sich mit Todesverachtung in ei-nen Ozean von Allgemeinheiten stürzte und mich immer an den amerikanischen Matrosen er-innerte, welcher für den General Jackson so überschwänglich begeistert war, dass er einst von der Spitze eines Mastbaums ins Meer hinabsprang, indem er ausrief: »Ich sterbe für den General Jackson!« Ja, obgleich wir Deutschen noch keine Flotte besaßen, so hatten wir doch schon viele begeisterte Matrosen, die für den General Jackson starben, in Versen und in Pro-sa. Das Talent war damals eine sehr missliche Begabung, denn es brachte in den Verdacht der Charakterlosigkeit. Die scheelsüchtige Impotenz hatte endlich, nach tausendjährigem Nachgrübeln, ihre große Waffe gefunden gegen den Übermut des Genius; sie fand nämlich die Antithese von Talent und Charakter. Es war fast persönlich schmeichelhaft für die große Menge, wenn sie behaupten hörte, die braven Leute seien freilich in der Regel sehr schlechte Musikanten, dafür jedoch seien die guten Musikanten gewöhnlich nichts weniger als brave Leute, die Bravheit aber sei in der Welt die Hauptsache, nicht die Musik. Der leere Kopf pochte jetzt mit Fug auf sein volles Herz, und die Gesinnung war Trumpf. Ich erinnere mich eines damaligen Schriftstellers, der es sich als ein besonderes Verdienst anrechnete, dass er nicht schreiben könne; für seinen hölzernen Stil bekam er einen silbernen Ehrenbecher.

Bei den ewigen Göttern! Damals galt es, die unveräußerlichen Rechte des Geistes zu ver-treten, zumal in der Poesie. Wie eine solche Vertretung das große Geschäft meines Lebens war, so habe ich sie am allerwenigsten im vorliegenden Gedicht außer Augen gelassen, und sowohl Tonart als Stoff desselben war ein Protest gegen die Plebiszite der Tagestribünen. Und in der Tat, schon die ersten Fragmente, die vom »Atta Troll« gedruckt wurden, erregten die Galle meiner Charakterhelden, meiner Römer, die mich nicht bloß der literarischen, son-dern auch der gesellschaftlichen Reaktion, ja sogar der Verhöhnung heiligster Menschheits-ideen beschuldigten. Was den ästhetischen Wert meines Poems betrifft, so gab ich ihn gern preis, wie ich es auch heute noch tue; ich schrieb dasselbe zu meiner eignen Lust und Freude, in der grillenhaften Traumweise jener romantischen Schule, wo ich meine angenehmsten Ju-gendjahre verlebt und zuletzt den Schulmeister geprügelt habe. In dieser Beziehung ist mein Gedicht vielleicht verwerflich. Aber du lügst, Brutus, du lügst, Cassius, und auch du lügst, Asinius, wenn ihr behauptet, mein Spott träfe jene Ideen, die eine kostbare Errungenschaft der Menschheit sind und für die ich selber so viel gestritten und gelitten habe. Nein, eben weil dem Dichter jene Ideen in herrlichster Klarheit und Größe beständig vorschweben, er-greift ihn desto unwiderstehlicher die Lachlust, wenn er sieht, wie roh, plump und täppisch von der beschränkten Zeitgenossenschaft jene Ideen aufgefasst werden können. Er scherzt dann gleichsam über ihre temporelle Bärenhaut. Es gibt Spiegel, welche so verschoben ge-schliffen sind, dass selbst ein Apollo sich darin als eine Karikatur abspiegeln muss und uns zum Lachen reizt. Wir lachen aber alsdann nur über das Zerrbild, nicht über den Gott.

Noch ein Wort. Bedarf es einer besonderen Verwahrung, dass die Parodie eines Freili-grathschen Gedichtes, welche aus dem »Atta Troll« manchmal mutwillig hervorkichert und gleichsam seine komische Unterlage bildet, keineswegs eine Misswürdigung des Dichters be-zweckt? Ich schätze denselben hoch, zumal jetzt, und ich zähle ihn zu den bedeutendsten

Dichtern, die seit der Julirevolution in Deutschland aufgetreten sind. Seine erste Gedicht-sammlung kam mir sehr spät zu Gesicht, nämlich eben zur Zeit, als der »Atta Troll« ent-stand. Es mochte wohl an meiner damaligen Stimmung liegen, dass namentlich der »Moh-renfürst« so belustigend auf mich wirkte. Diese Produktion wird übrigens als die gelungenste gerühmt. Für Leser, welche diese Produktion gar nicht kennen – und es mag deren wohl in China und Japan geben, sogar am Niger und am Senegal –, für diese bemerke ich, dass der Mohrenkönig, der zu Anfang des Gedichtes aus seinem weißen Zelte, wie eine Mondfinster-nis, hervortritt, auch eine schwarze Geliebte besitzt, über deren dunkles Antlitz die weißen Straußenfedern nicken. Aber kriegsmutig verlässt er sie, er zieht in die Negerschlacht, wo da rasselt die Trommel, mit Schädeln behangen – ach, er findet dort sein schwarzes Waterloo und wird von den Siegern an die Weißen verkauft. Diese schleppen den edlen Afrikaner nach Europa, und hier finden wir ihn wieder im Dienste einer herumziehenden Reitergesellschaft, die ihm, bei ihren Kunstvorstellungen, die türkische Trommel anvertraut hat. Da steht er nun, finster und ernsthaft, am Eingang der Reitbahn und trommelt, doch während des Trommelns denkt er an seine ehemalige Größe, er denkt daran, dass er einst ein absoluter Monarch war, am fernen, fernen Niger, und dass er gejagt den Löwen, den Tiger –

»Sein Auge ward nass; mit dumpfem Klang
Schlug er das Fell, dass es rasselnd zersprang.«

Geschrieben zu Paris im Dezember 1846
Heinrich Heine

Caput I

Rings umragt von dunklen Bergen,
Die sich trotzig übergipfeln,
Und von wilden Wasserstürzen
Eingelullet, wie ein Traumbild,

Liegt im Tal das elegante
Cauterets. Die weißen Häuschen
Mit Balkonen; schöne Damen
Stehn darauf und lachen herzlich.

Herzlich lachend schaun sie nieder
Auf den wimmelnd bunten Marktplatz,
Wo da tanzen Bär und Bärin
Bei des Dudelsackes Klängen.

Atta Troll und seine Gattin,
Die geheißen schwarze Mumma,
Sind die Tänzer, und es jubeln
Vor Bewundrung die Baskesen.

Steif und ernsthaft, mit Grandezza,
Tanzt der edle Atta Troll,
Doch der zott'gen Ehehälfte
Fehlt die Würde, fehlt der Anstand.

Ja, es will mich schier bedünken,
Dass sie manchmal cancaniere,
Und gemütlos frechen Steißwurfs

13

An die Grand'-Chaumière erinnre.

Auch der wackre Bärenführer,
Der sie an der Kette leitet,
Scheint die Immoralität
Ihres Tanzes zu bemerken.

Und er langt ihr manchmal über
Ein'ge Hiebe mit der Peitsche,
Und die schwarze Mumma heult dann,
Dass die Berge widerhallen.

Dieser Bärenführer trägt
Sechs Madonnen auf dem Spitzhut,
Die sein Haupt vor Feindeskugeln
Oder Läusen schützen sollen.

Über seine Schulter hängt
Eine bunte Altardecke,
Die als Mantel sich gebärdet;
Drunter lauscht Pistol und Messer.

War ein Mönch in seiner Jugend,
Später ward er Räuberhauptmann;
Beides zu verein'gen, nahm er
Endlich Dienste bei Don Carlos.

Als Don Carlos fliehen musste
Mit der ganzen Tafelrunde,
Und die meisten Paladine
Nach honettem Handwerk griffen –

(Herr Schnapphahnski wurde Autor) –,
Da ward unser Glaubensritter
Bärenführer, zog durchs Land
Mit dem Atta Troll und Mumma.

Und er lässt die beiden tanzen
Vor dem Volke, auf den Märkten; –
Auf dem Markt von Cauterets
Tanzt gefesselt Atta Troll!

Atta Troll, der einst gehauset,
Wie ein stolzer Fürst der Wildnis,
Auf den freien Bergeshöhen,
Tanzt im Tal vor Menschenpöbel!

Und sogar für schnödes Geld
Muss er tanzen, er, der weiland,
In des Schreckens Majestät,
Sich so welterhaben fühlte!

Denkt er seiner Jugendtage,
Der verlornen Waldesherrschaft,
Dann erbrummen dunkle Laute
Aus der Seele Atta Trolls;

Finster schaut er wie ein schwarzer
Freiligräthscher Mohrenfürst,
Und wie dieser schlecht getrommelt,
Also tanzt er schlecht vor Ingrimm.

Doch statt Mitgefühl erregt er
Nur Gelächter. Selbst Juliette
Lacht herunter vom Balkone
Ob den Sprüngen der Verzweiflung. – –

Juliette hat im Busen
Kein Gemüt, sie ist Französin,
Lebt nach außen; doch ihr Äußres
Ist entzückend, ist bezaubernd.

Ihre Blicke sind ein süßes
Strahlennetz, in dessen Maschen
Unser Herz, gleich einem Fischlein,
Sich verfängt und zärtlich zappelt.

Caput II

Dass ein schwarzer Freiligräthscher
Mohrenfürst sehnsüchtig lospaukt
Auf das Fell der großen Trommel,
Bis es prasselnd laut entzweispringt:

Das ist wahrhaft trommelrührend
Und auch trommelfellerschütternd –
Aber denkt euch einen Bären,
Der sich von der Kette losreißt!

Die Musik und das Gelächter,
Sie verstummen, und mit Angstschrei
Stürzt vom Markte fort das Volk,
Und die Damen, sie erbleichen.

Ja, von seiner Sklavenfessel
Hat sich plötzlich losgerissen
Atta Troll. Mit wilden Sprüngen
Durch die engen Straßen rennend –

(Jeder macht ihm höflich Platz) –,
Klettert er hinauf die Felsen,
Schaut hinunter, wie verhöhnend,
Und verschwindet im Gebirge.

Auf dem leeren Marktplatz bleiben
Ganz allein die schwarze Mumma
Und der Bärenführer. Rasend
Schmeißt er seinen Hut zur Erde,

Trampelt drauf, er tritt mit Füßen
Die Madonnen! reißt die Decke

Sich vom scheußlich nackten Leib,
Flucht und jammert über Undank,

Über schwarzen Bärenundank!
Denn er habe Atta Troll
Stets wie einen Freund behandelt
Und im Tanzen unterrichtet.

Alles hab er ihm zu danken,
Selbst das Leben! Bot man doch
Ihm vergebens hundert Taler
Für die Haut des Atta Troll!

Auf die arme schwarze Mumma,
Die, ein Bild des stummen Grames,
Flehend, auf den Hintertatzen,
Vor dem Hocherzürnten stehnblieb,

Fällt des Hocherzürnten Wut
Endlich doppelt schwer, er schlägt sie,
Nennt sie Königin Christine,
Auch Frau Muñoz und Putana. – –

Das geschah an einem schönen,
Warmen Sommernachmittage,
Und die Nacht, die jenem Tage
Lieblich folgte, war süperbe.

Ich verbrachte fast die Hälfte
Jener Nacht auf dem Balkone.
Neben mir stand Juliette
Und betrachtete die Sterne.

Seufzend sprach sie: »Ach, die Sterne
Sind am schönsten in Paris,
Wenn sie dort, des Winterabends,
In dem Straßenkot sich spiegeln.«

Caput III

Traum der Sommernacht! Phantastisch
Zwecklos ist mein Lied. Ja, zwecklos
Wie die Liebe, wie das Leben,
Wie der Schöpfer samt der Schöpfung!

Nur der eignen Lust gehorchend,
Galoppierend oder fliegend,
Tummelt sich im Fabelreiche
Mein geliebter Pegasus.

Ist kein nützlich tugendhafter
Karrengaul des Bürgertums,
Noch ein Schlachtpferd der Parteiwut,
Das pathetisch stampft und wiehert!

Goldbeschlagen sind die Hufen
Meines weißen Flügelrössleins,
Perlenschnüre sind die Zügel,
Und ich lass sie lustig schießen.

Trage mich, wohin du willst!
Über luftig steilen Bergpfad,
Wo Kaskaden angstvoll kreischend
Vor des Unsinns Abgrund warnen!

Trage mich durch stille Täler,
Wo die Eichen ernsthaft ragen
Und den Wurzelknorr'n entrieselt
Uralt süßer Sagenquell!

Lass mich trinken dort und nässen
Meine Augen – ach, ich lechze
Nach dem lichten Wunderwasser,
Welches sehend macht und wissend.

Jede Blindheit weicht! Mein Blick
Dringt bis in die tiefste Steinkluft,
In die Höhle Atta Trolls –
Ich verstehe seine Reden!

Sonderbar! wie wohlbekannt
Dünkt mir diese Bärensprache!
Hab ich nicht in teurer Heimat
Früh vernommen diese Laute?

Caput IV

Ronceval, du edles Tal!
Wenn ich deinen Namen höre,
Bebt und duftet mir im Herzen
Die verschollne blaue Blume!

Glänzend steigt empor die Traumwelt,
Die jahrtausendlich versunken,
Und die großen Geisteraugen
Schaun mich an, dass ich erschrecke!

Und es klirrt und tost! Es kämpfen
Sarazen und Frankenritter;
Wie verzweifelnd, wie verblutend,
Klingen Rolands Waldhornrufe!

In dem Tal von Ronceval,
Unfern von der Rolandsscharte –
So geheißen, weil der Held,
Um sich einen Weg zu bahnen,

Mit dem guten Schwert Duranda
Also todesgrimmig einhieb

17

In die Felswand, dass die Spuren
Bis auf heut'gem Tage sichtbar –

Dort in einer düstren Steinschlucht,
Die umwachsen von dem Buschwerk
Wilder Tannen, tief verborgen,
Liegt die Höhle Atta Trolls.

Dort, im Schoße der Familie,
Ruht er aus von den Strapazen
Seiner Flucht und von der Mühsal
Seiner Völkerschau und Weltfahrt.

Süßes Wiedersehn! Die Jungen
Fand er in der teuren Höhle,
Wo er sie gezeugt mit Mumma;
Söhne vier und Töchter zwei.

Wohlgeleckte Bärenjungfraun,
Blond von Haar, wie Pred'gerstöchter;
Braun die Buben, nur der Jüngste
Mit dem einz'gen Ohr ist schwarz.

Dieser Jüngste war das Herzblatt
Seiner Mutter, die ihm spielend
Abgebissen einst ein Ohr;
Und sie fraß es auf vor Liebe.

Ist ein genialer Jüngling,
Für Gymnastik sehr begabt,
Und er schlägt die Purzelbäume
Wie der Turnkunstmeister Maßmann.

Blüte autochthoner Bildung,
Liebt er nur die Muttersprache,
Lernte nimmer den Jargon
Des Hellenen und des Römlings.

Frisch und frei und fromm und fröhlich,
Ist verhasst ihm alle Seife,
Luxus des modernen Waschens,
Wie dem Turnkunstmeister Maßmann.

Am genialsten ist der Jüngling,
Wenn er klettert auf dem Baume,
Der, entlang der steilsten Felswand,
Aus der tiefen Schlucht emporsteigt

Und hinaufragt bis zur Koppe,
Wo des Nachts die ganze Sippschaft
Sich versammelt um den Vater,
Kosend in der Abendkühle.

Gern erzählt alsdann der Alte,
Was er in der Welt erlebte,
Wie er Menschen viel und Städte

Einst gesehn, auch viel erduldet,

Gleich dem edlen Laertiaden,
Diesem nur darin unähnlich,
Dass die Gattin mit ihm reiste,
Seine schwarze Penelope.

Auch erzählt dann Atta Troll
Von dem kolossalen Beifall,
Den er einst durch seine Tanzkunst
Eingeerntet bei den Menschen.

Er versichert, jung und alt
Habe jubelnd ihn bewundert,
Wenn er tanzte auf den Märkten
Bei der Sackpfeif' süßen Tönen.

Und die Damen ganz besonders,
Diese zarten Kennerinnen,
Hätten rasend applaudiert
Und ihm huldreich zugeäugelt.

Oh, der Künstlereitelkeiten!
Schmunzelnd denkt der alte Tanzbär
An die Zeit, wo sein Talent
Vor dem Publico sich zeigte.

Übermannt von Selbstbegeistrung,
Will er durch die Tat bekunden,
Dass er nicht ein armer Prahlhans,
Dass er wirklich groß als Tänzer –

Und vom Boden springt er plötzlich,
Stellt sich auf die Hintertatzen,
Und wie eh'mals tanzt er wieder
Seinen Leibtanz, die Gavotte.

Stumm, mit aufgesperrten Schnauzen,
Schauen zu die Bärenjungen,
Wie der Vater hin und her springt
Wunderbar im Mondenscheine.

Caput V

In der Höhle, bei den Seinen,
Liegt gemütskrank auf dem Rücken
Atta Troll, nachdenklich saugt er
An den Tatzen, saugt und brummt:

»Mumma, Mumma, schwarze Perle,
Die ich in dem Meer des Lebens
Aufgefischt, im Meer des Lebens
Hab ich wieder dich verloren!

Werd ich nie dich wiedersehen,

Oder nur jenseits des Grabes,
Wo von Erdenzotteln frei
Sich verkläret deine Seele?

Ach! vorher möcht ich noch einmal
Lecken an der holden Schnauze
Meiner Mumma, die so süße,
Wie mit Honigseim bestrichen!

Möchte auch noch einmal schnüffeln
Den Geruch, der eigentümlich
Meiner teuren schwarzen Mumma,
Und wie Rosenduft so lieblich!

Aber ach! die Mumma schmachtet
In den Fesseln jener Brut,
Die den Namen Menschen führet,
Und sich Herrn der Schöpfung dünkelt.

Tod und Hölle! Diese Menschen,
Diese Erzaristokraten,
Schaun auf das gesamte Tierreich
Frech und adelsstolz herunter,

Rauben Weiber uns und Kinder,
Fesseln uns, misshandeln, töten
Uns sogar, um zu verschachern
Unsre Haut und unsern Leichnam!

Und sie glauben sich berechtigt,
Solche Untat auszuüben
Ganz besonders gegen Bären,
Und sie nennen's Menschenrechte!

Menschenrechte! Menschenrechte!
Wer hat euch damit belehnt?
Nimmer tat es die Natur,
Diese ist nicht unnatürlich.

Menschenrechte! Wer gab euch
Diese Privilegien?
Wahrlich nimmer die Vernunft,
Die ist nicht so unvernünftig!

Menschen, seid ihr etwa besser
Als wir andre, weil gesotten
Und gebraten eure Speisen?
Wir verzehren roh die unsern,

Doch das Resultat am Ende
Ist dasselbe – Nein, es adelt
Nicht die Atzung; der ist edel,
Welcher edel fühlt und handelt.

Menschen, seid ihr etwa besser,
Weil ihr Wissenschaft und Künste

Mit Erfolg betreibt? Wir andre
Sind nicht auf den Kopf gefallen.

Gibt es nicht gelehrte Hunde?
Und auch Pferde, welche rechnen
Wie Kommerzienräte? Trommeln
Nicht die Hasen ganz vorzüglich?

Hat sich nicht in Hydrostatik
Mancher Biber ausgezeichnet?
Und verdankt man nicht den Störchen
Die Erfindung der Klistiere?

Schreiben Esel nicht Kritiken?
Spielen Affen nicht Komödie?
Gibt es eine größre Mimin,
Als Batavia, die Meerkatz'?

Singen nicht die Nachtigallen?
Ist der Freiligrath kein Dichter?
Wer besäng den Löwen besser
Als sein Landsmann, das Kamel?

In der Tanzkunst hab ich selber
Es so weit gebracht wie Raumer
In der Schreibkunst – schreibt er besser,
Als ich tanze, ich der Bär?

Menschen, warum seid ihr besser
Als wir andre? Aufrecht tragt ihr
Zwar das Haupt, jedoch im Haupte
Kriechen niedrig die Gedanken.

Menschen, seid ihr etwa besser
Als wir andre, weil eu'r Fell
Glatt und gleißend? Diesen Vorzug
Müsst ihr mit den Schlangen teilen.

Menschenvolk, zweibein'ge Schlangen,
Ich begreife wohl, warum ihr
Hosen tragt! Mit fremder Wolle
Deckt ihr eure Schlangennacktheit.

Kinder! hütet euch vor jenen
Unbehaarten Missgeschöpfen!
Meine Töchter! Traut nur keinem
Untier, welches Hosen trägt!«

Weiter will ich nicht berichten,
Wie der Bär in seinem frechen
Gleichheitsschwindel räsonierte
Auf das menschliche Geschlecht.

Denn am Ende bin ich selber
Auch ein Mensch, und wiederholen
Will ich nimmer die Sottisen,

Die am Ende sehr beleid'gend.

Ja, ich bin ein Mensch, bin besser
Als die andern Säugetiere;
Die Intressen der Geburt
Werd ich nimmermehr verleugnen.

Und im Kampf mit andern Bestien
Werd ich immer treulich kämpfen
Für die Menschheit, für die heil'gen
Angebornen Menschenrechte.

Caput VI

Doch es ist vielleicht erspriesslich
Für den Menschen, der den höhern
Viehstand bildet, dass er wisse,
Was da unten räsoniert wird.

Ja, da unten in den düstern
Jammersphären der Gesellschaft,
In den niedern Tierweltschichten,
Brütet Elend, Stolz und Groll.

Was naturgeschichtlich immer,
Also auch gewohnheitsrechtlich,
Seit Jahrtausenden bestanden,
Wird negiert mit frecher Schnauze.

Von den Alten wird den Jungen
Eingebrummt die böse Irrlehr',
Die auf Erden die Kultur
Und Humanität bedroht.

»Kinder« – grommelt Atta Troll,
Und er wälzt sich hin und her
Auf dem teppichlosen Lager –
»Kinder, uns gehört die Zukunft!

Dächte jeder Bär und dächten
Alle Tiere so wie ich,
Mit vereinten Kräften würden
Wir bekämpfen die Tyrannen.

Es verbände sich der Eber
Mit dem Ross, der Elefant
Schlänge brüderlich den Rüssel
Um das Horn des wackern Ochsen;

Bär und Wolf, von jeder Farbe,
Bock und Affe, selbst der Hase,
Wirkten ein'ge Zeit gemeinsam,
Und der Sieg könnt uns nicht fehlen.

Einheit, Einheit ist das erste

Zeitbedürfnis. Einzeln wurden
Wir geknechtet, doch verbunden
Übertölpeln wir die Zwingherrn.

Einheit! Einheit! und wir siegen,
Und es stürzt das Regiment
Schnöden Monopols! Wir stiften
Ein gerechtes Animalreich.

Grundgesetz sei volle Gleichheit
Aller Gotteskreaturen,
Ohne Unterschied des Glaubens
Und des Fells und des Geruches.

Strenge Gleichheit! Jeder Esel
Sei befugt zum höchsten Staatsamt,
Und der Löwe soll dagegen
Mit dem Sack zur Mühle traben.

Was den Hund betrifft, so ist er
Freilich ein serviler Köter,
Weil Jahrtausende hindurch
Ihn der Mensch wie 'n Hund behandelt;

Doch in unserm Freistaat geben
Wir ihm wieder seine alten
Unveräußerlichen Rechte,
Und er wird sich bald veredeln.

Ja, sogar die Juden sollen
Volles Bürgerrecht genießen
Und gesetzlich gleichgestellt sein
Allen andern Säugetieren.

Nur das Tanzen auf den Märkten
Sei den Juden nicht gestattet;
Dies Amendement, ich mach es
Im Intresse meiner Kunst.

Denn der Sinn für Stil, für strenge
Plastik der Bewegung, fehlt
Jener Rasse, sie verdürben
Den Geschmack des Publikums.«

Caput VII

Düster, in der düstern Höhle,
Hockt im trauten Kreis der Seinen
Atta Troll, der Menschenfeind,
Und er brumt und fletscht die Zähne:

»Menschen, schnippische Kanaillen!
Lächelt nur! Von eurem Lächeln
Wie von eurem Joch wird endlich

Uns der große Tag erlösen!

Mich verletzte stets am meisten
Jenes sauersüße Zucken
Um das Maul – ganz unerträglich
Wirkt auf mich dies Menschenlächeln!

Wenn ich in dem weißen Antlitz
Das fatale Zucken schaute,
Drehten sich herum entrüstet
Mir im Bauche die Gedärme.

Weit impertinenter noch
Als durch Worte offenbart sich
Durch das Lächeln eines Menschen
Seiner Seele tiefste Frechheit.

Immer lächeln sie! Sogar
Wo der Anstand einen tiefen
Ernst erfordert, in der Liebe
Feierlichstem Augenblick!

Immer lächeln sie! Sie lächeln
Selbst im Tanzen. Sie entweihen
Solchermaßen diese Kunst,
Die ein Kultus bleiben sollte.

Ja, der Tanz, in alten Zeiten,
War ein frommer Akt des Glaubens;
Um den Altar drehte heilig
Sich der priesterliche Reigen.

Also vor der Bundeslade
Tanzte weiland König David;
Tanzen war ein Gottesdienst,
War ein Beten mit den Beinen!

Also hab auch ich den Tanz
Einst begriffen, wenn ich tanzte
Auf den Märkten vor dem Volk,
Das mir großen Beifall zollte.

Dieser Beifall, ich gesteh es,
Tat mir manchmal wohl im Herzen;
Denn Bewundrung selbst dem Feinde
Abzutrotzen, das ist süß!

Aber selbst im Enthusiasmus
Lächeln sie. Ohnmächtig ist
Selbst die Tanzkunst, sie zu bessern,
Und sie bleiben stets frivol.«

Caput VIII

Mancher tugendhafte Bürger
Duftet schlecht auf Erden, während
Fürstenknechte mit Lavendel
Oder Ambra parfümiert sind.

Jungfräuliche Seelen gibt es,
Die nach grüner Seife riechen,
Und das Laster hat zuweilen
Sich mit Rosenöl gewaschen.

Darum rümpfe nicht die Nase,
Teurer Leser, wenn die Höhle
Atta Trolls dich nicht erinnert
An Arabiens Spezerei'n.

Weile mit mir in dem Dunstkreis,
In dem trüben Missgeruche,
Wo der Held zu seinem Sohne
Wie aus einer Wolke spricht:

»Kind, mein Kind, du meiner Lenden
Jüngster Sprössling, leg dein Einohr
An die Schnauze des Erzeugers
Und saug ein mein ernstes Wort!

Hüte dich vor Menschendenkart,
Sie verdirbt dir Leib und Seele;
Unter allen Menschen gibt es
Keinen ordentlichen Menschen.

Selbst die Deutschen, einst die Bessern,
Selbst die Söhne Tuiskions,
Unsre Vettern aus der Urzeit,
Diese gleichfalls sind entartet.

Sind jetzt glaubenlos und gottlos,
Pred'gen gar den Atheismus –
Kind, mein Kind, nimm dich in acht
Vor dem Feuerbach und Bauer!

Werde nur kein Atheist,
So ein Unbär ohne Ehrfurcht
Vor dem Schöpfer – ja, ein Schöpfer
Hat erschaffen dieses Weltall!

In der Höhe Sonn' und Mond,
Auch die Sterne (die geschwänzten
Gleichfalls wie die ungeschwänzten)
Sind der Abglanz seiner Allmacht.

In der Tiefe, Land und Meer,
Sind das Echo seines Ruhmes,
Und jedwede Kreatur

Preiset seine Herrlichkeiten.

Selbst das kleinste Silberläuschen,
Das im Bart des greisen Pilgers
Teilnimmt an der Erdenwallfahrt,
Singt des Ew'gen Lobgesang!

Droben in dem Sternenzelte,
Auf dem goldnen Herrscherstuhle,
Weltregierend, majestätisch,
Sitzt ein kolossaler Eisbär.

Fleckenlos und schneeweiß glänzend
Ist sein Pelz; es schmückt sein Haupt
Eine Kron' von Diamanten,
Die durch alle Himmel leuchtet.

In dem Antlitz Harmonie
Und des Denkens stumme Taten;
Mit dem Zepter winkt er nur,
Und die Sphären klingen, singen.

Ihm zu Füßen sitzen fromm
Bärenheil'ge, die auf Erden
Still geduldet, in den Tatzen
Ihres Martyrtumes Palmen.

Manchmal springt der eine auf,
Auch der andre, wie vom Heil'gen
Geist geweckt, und sieh! da tanzen
Sie den feierlichsten Hochtanz –

Hochtanz, wo der Strahl der Gnade
Das Talent entbehrlich machte,
Und vor Seligkeit die Seele
Aus der Haut zu springen sucht!

Werde ich unwürd'ger Troll
Einstens solchen Heils teilhaftig?
Und aus irdisch niedrer Trübsal
Übergehn ins Reich der Wonne?

Werd ich selber, himmelstrunken,
Droben in dem Sternenzelte,
Mit der Glorie, mit der Palme
Tanzen vor dem Thron des Herrn?«

Caput IX

Wie die scharlachrote Zunge,
Die ein schwarzer Freiligräthscher
Mohrenfürst verhöhnend grimmig
Aus dem düstern Maul hervorstreckt:

Also tritt der Mond aus dunkelm

26

Wolkenhimmel. Fernher brausen
Wasserstürze, ewig schlaflos
Und verdrießlich in der Nacht.

Atta Troll steht auf der Koppe
Seines Lieblingsfelsens einsam,
Einsam, und er heult hinunter
In den Nachtwind, in den Abgrund:

»Ja, ich bin ein Bär, ich bin es,
Bin es, den ihr Zottelbär,
Brummbär, Isegrim und Petz
Und Gott weiß wie sonst noch nennet.

Ja, ich bin ein Bär, ich bin es,
Bin die ungeschlachte Bestie,
Bin das plumpe Trampeltier
Eures Hohnes, eures Lächelns!

Bin die Zielscheib' eures Witzes,
Bin das Ungetüm, womit
Ihr die Kinder schreckt des Abends,
Die unart'gen Menschenkinder.

Bin das rohe Spottgebilde
Eurer Ammenmärchen, bin es,
Und ich ruf es laut hinunter
In die schnöde Menschenwelt.

Hört es, hört, ich bin ein Bär,
Nimmer schäm ich mich des Ursprungs,
Und bin stolz darauf, als stammt' ich
Ab von Moses Mendelssohn!«

Caput X

Zwo Gestalten, wild und mürrisch,
Und auf allen vieren rutschend,
Brechen Bahn sich durch den dunklen
Tannengrund, um Mitternacht.

Das ist Atta Troll, der Vater,
Und sein Söhnchen, Junker Einohr.
Wo der Wald sich dämmernd lichtet,
Bei dem Blutstein, stehn sie stille.

»Dieser Stein« – brummt Atta Troll –
»Ist der Altar, wo Druiden
In der Zeit des Aberglaubens
Menschenopfer abgeschlachtet.

O der schauderhaften Gräuel!
Denk ich dran, sträubt sich das Haar
Auf dem Rücken mir – Zur Ehre

Gottes wurde Blut vergossen!

Jetzt sind freilich aufgeklärter
Diese Menschen, und sie töten
Nicht einander mehr aus Eifer
Für die himmlischen Intressen; –

Nein, nicht mehr der fromme Wahn,
Nicht die Schwärmerei, nicht Tollheit,
Sondern Eigennutz und Selbstsucht
Treibt sie jetzt zu Mord und Totschlag.

Nach den Gütern dieser Erde
Greifen alle um die Wette,
Und das ist ein ew'ges Raufen,
Und ein jeder stiehlt für sich!

Ja, das Erbe der Gesamtheit
Wird dem einzelnen zur Beute,
Und von Rechten des Besitzes
Spricht er dann, von Eigentum!

Eigentum! Recht des Besitzes!
O des Diebstahls! O der Lüge!
Solch Gemisch von List und Unsinn
Konnte nur der Mensch erfinden.

Keine Eigentümer schuf
Die Natur, denn taschenlos,
Ohne Taschen in den Pelzen,
Kommen wir zur Welt, wir alle.

Keinem von uns allen wurden
Angeboren solche Säckchen
In dem äußern Leibesfelle,
Um den Diebstahl zu verbergen.

Nur der Mensch, das glatte Wesen,
Das mit fremder Wolle künstlich
Sich bekleidet, wusst auch künstlich
Sich mit Taschen zu versorgen.

Eine Tasche! Unnatürlich
Ist sie wie das Eigentum,
Wie die Rechte des Besitzes –
Taschendiebe sind die Menschen!

Glühend hass ich sie! Vererben
Will ich dir, mein Sohn, den Hass.
Hier auf diesem Altar sollst du
Ew'gen Hass den Menschen schwören!

Sei der Todfeind jener argen
Unterdrücker, unversöhnlich,
Bis ans Ende deiner Tage –
Schwör es, schwör es hier, mein Sohn!«

Und der Jüngling schwur, wie eh'mals
Hannibal. Der Mond beschien
Grässlich gelb den alten Blutstein
Und die beiden Misanthropen. – –

Später wollen wir berichten,
Wie der Jungbär treu geblieben
Seinem Eidschwur; unsre Leier
Feiert ihn im nächsten Epos.

Was den Atta anbetrifft,
So verlassen wir ihn gleichfalls,
Doch um später ihn zu treffen,
Desto sichrer, mit der Kugel.

Deine Untersuchungsakten,
Hochverräter an der Menschheit
Majestät! sind jetzt geschlossen;
Morgen wird auf dich gefahndet.

Caput XI

Wie verschlafne Bajaderen
Schaun die Berge, stehen fröstelnd
In den weißen Nebelhemden,
Die der Morgenwind bewegt.

Doch sie werden bald ermuntert
Von dem Sonnengott, er streift
Ihnen ab die letzte Hülle
Und bestrahlt die nackte Schönheit!

In der Morgenfrühe war ich
Mit Laskaro ausgezogen
Auf die Bärenjagd. Um Mittag
Kamen wir zum Pont d'Espagne.

So geheißen ist die Brücke,
Die aus Frankreich führt nach Spanien,
Nach dem Land der Westbarbaren,
Die um tausend Jahr' zurück sind.

Sind zurück um tausend Jahre
In moderner Weltgesittung –
Meine eignen Ostbarbaren
Sind es nur um ein Jahrhundert.

Zögernd, fast verzagt, verließ ich
Den geweihten Boden Frankreichs,
Dieses Vaterlands der Freiheit
Und der Frauen, die ich liebe.

Mitten auf dem Pont d'Espagne
Saß ein armer Spanier. Elend

Lauschte aus des Mantels Löchern,
Elend lauschte aus den Augen.

Eine alte Mandoline
Kneipte er mit magern Fingern;
Schriller Misslaut, der verhöhnend
Aus den Klüften widerhallte.

Manchmal beugt' er sich hinunter
Nach dem Abgrund, und er lachte,
Klimperte nachher noch toller,
Und er sang dabei die Worte:

»Mitten drin in meinem Herzen
Steht ein kleines güldnes Tischchen,
Um das kleine güldne Tischchen
Stehn vier kleine güldne Stühlchen.

Auf den güldnen Stühlchen sitzen
Kleine Dämchen, güldne Pfeile
Im Chignon; sie spielen Karten,
Aber Klara nur gewinnt.

Sie gewinnt und lächelt schalkhaft.
Ach, in meinem Herzen, Klara,
Wirst du jedesmal gewinnen,
Denn du hast ja alle Trümpfe.« –

Weiterwandernd, zu mir selber
Sprach ich: ›Sonderbar, der Wahnsinn
Sitzt und singt auf jener Brücke,
Die aus Frankreich führt nach Spanien.

Ist der tolle Bursch das Sinnbild
Vom Ideentausch der Länder?
Oder ist er seines Volkes
Sinnverrücktes Titelblatt?‹

Gegen Abend erst erreichten
Wir die klägliche Posada,
Wo die Ollea Potrida
Dampfte in der schmutz'gen Schüssel.

Dorten aß ich auch Garbanzos,
Groß und schwer wie Flintenkugeln,
Unverdaulich selbst dem Deutschen,
Der mit Klößen aufgewachsen.

Und ein Seitenstück der Küche
War das Bett. Ganz mit Insekten
Wie gepfeffert – Ach! die Wanzen
Sind des Menschen schlimmste Feinde.

Schlimmer als der Zorn von tausend
Elefanten ist die Feindschaft
Einer einz'gen kleinen Wanze,

Die auf deinem Lager kriecht.
Musst dich ruhig beißen lassen –
Das ist schlimm – Noch schlimmer ist es,
Wenn du sie zerdrückst: der Missduft
Quält dich dann die ganze Nacht.

Ja, das Schrecklichste auf Erden
Ist der Kampf mit Ungeziefer,
Dem Gestank als Waffe dient –
Das Duell mit einer Wanze!

Caput XII

Wie sie schwärmen, die Poeten,
Selbst die zahmen! und sie singen
Und sie sagen: die Natur
Sei ein großer Tempel Gottes;

Sei ein Tempel, dessen Prächte
Von dem Ruhm des Schöpfers zeugten,
Sonne, Mond und Sterne hingen
Dort als Lampen in der Kuppel.

Immerhin, ihr guten Leute!
Doch gesteht, in diesem Tempel
Sind die Treppen unbequem –
Niederträchtig schlechte Treppen!

Dieses Ab- und Niedersteigen,
Bergaufklimmen und das Springen
Über Blöcke, es ermüdet
Meine Seel' und meine Beine.

Neben mir schritt der Laskaro,
Blass und lang, wie eine Kerze;
Niemals spricht er, niemals lacht er,
Er, der tote Sohn der Hexe.

Ja, es heißt, er sei ein Toter,
Längst verstorben, doch der Mutter,
Der Uraka, Zauberkünste
Hielten scheinbar ihn am Leben. –

Die verwünschten Tempeltreppen!
Dass ich stolpernd in den Abgrund
Nicht den Hals gebrochen mehrmals,
Ist mir heut noch unbegreiflich.

Wie die Wasserstürze kreischten!
Wie der Wind die Tannen peitschte,
Dass sie heulten! Plötzlich platzten
Auch die Wolken – schlechtes Wetter!

In der kleinen Fischerhütte,
An dem Lac de Gobe fanden
Wir ein Obdach und Forellen;
Diese aber schmeckten köstlich.

In dem Polsterstuhle lehnte,
Krank und grau, der alte Fährmann.
Seine beiden schönen Nichten,
Gleich zwei Engeln, pflegten seiner.

Dicke Engel, etwas flämisch,
Wie entsprungen aus dem Rahmen
Eines Rubens: goldne Locken,
Kerngesunde, klare Augen,

Grübchen in Zinnoberwangen,
Drin die Schalkheit heimlich kichert,
Und die Glieder stark und üppig,
Lust und Furcht zugleich erregend.

Hübsche, herzliche Geschöpfe,
Die sich köstlich disputierten:
Welcher Trank dem siechen Oheim
Wohl am besten munden würde?

Reicht die eine ihm die Schale
Mit gekochten Lindenblüten,
Dringt die andre auf ihn ein
Mit Holunderblumenaufguss.

»Keins von beiden will ich saufen«
Rief der Alte ungeduldig –
»Holt mir Wein, dass ich den Gästen
Einen bessern Trunk kredenze!«

Ob es wirklich Wein gewesen,
Was ich trank am Lac de Gobe,
Weiß ich nicht. In Braunschweig hätt ich
Wohl geglaubt, es wäre Mumme.

Von dem besten schwarzen Bocksfell
War der Schlauch; er stank vorzüglich.
Doch der Alte trank so freudig,
Und er ward gesund und heiter.

Er erzählte uns die Taten
Der Banditen und der Schmuggler,
Die da hausen, frei und frank,
In den Pyrenäenwäldern.

Auch von älteren Geschichten
Wusst er viele, unter andern
Auch die Kämpfe der Giganten
Mit den Bären in der Vorzeit.

Ja, die Riesen und die Bären
Stritten weiland um die Herrschaft
Dieser Berge, dieser Täler,
Eh' die Menschen eingewandert.

Bei der Menschen Ankunft flohen
Aus dem Lande fort die Riesen,
Wie verblüfft; denn wenig Hirn
Steckt in solchen großen Köpfen.

Auch behauptet man: die Tölpel,
Als sie an das Meer gelangten
Und gesehn, wie sich der Himmel
In der blauen Flut gespiegelt,

Hätten sie geglaubt, das Meer
Sei der Himmel, und sie stürzten
Sich hinein mit Gottvertrauen;
Seien sämtlich dort ersoffen.

Was die Bären anbeträfe,
So vertilge jetzt der Mensch
Sie allmählich, jährlich schwände
Ihre Zahl in dem Gebirge.

»So macht einer« – sprach der Alte –
»Platz dem andern auf der Erde.
Nach dem Untergang der Menschen
Kommt die Herrschaft an die Zwerge,

An die winzig klugen Leutchen,
Die im Schoß der Berge hausen,
In des Reichtums goldnen Schachten,
Emsig klaubend, emsig sammelnd.

Wie sie lauern aus den Löchern,
Mit den pfiffig kleinen Köpfchen,
Sah ich selber oft im Mondschein,
Und mir graute vor der Zukunft!

Vor der Geldmacht jener Knirpse!
Ach, ich fürchte, unsre Enkel
Werden sich wie dumme Riesen
In den Wasserhimmel flüchten!«

Caput XIII

In dem schwarzen Felsenkessel
Ruht der See, das tiefe Wasser.
Melancholisch bleiche Sterne
Schaun vom Himmel. Nacht und Stille.

Nacht und Stille. Ruderschläge.

Wie ein plätscherndes Geheimnis
Schwimmt der Kahn. Des Fährmanns Rolle
Übernahmen seine Nichten.

Rudern flink und froh. Im Dunkeln
Leuchten manchmal ihre stämmig
Nackten Arme, sternbeglänzt,
Und die großen blauen Augen.

Mir zur Seite sitzt Laskaro,
Wie gewöhnlich blass und schweigsam.
Mich durchschauert der Gedanke:
Ist er wirklich nur ein Toter?

Bin ich etwa selbst gestorben,
Und ich schiffe jetzt hinunter,
Mit gespenstischen Gefährten,
In das kalte Reich der Schatten?

Dieser See, ist er des Styxes
Düstre Flut? Lässt Proserpine,
In Ermangelung des Charon,
Mich durch ihre Zofen holen?

Nein, ich bin noch nicht gestorben
Und erloschen – in der Seele
Glüht mir noch und jauchzt und lodert
Die lebend'ge Lebensflamme.

Diese Mädchen, die das Ruder
Lustig schwingen und auch manchmal
Mit dem Wasser, das herabträuft,
Mich bespritzen, lachend, schäkernd –

Diese frischen, drallen Dirnen
Sind fürwahr nicht geisterhafte
Kammerkatzen aus der Hölle,
Nicht die Zofen Proserpinens!

Dass ich ganz mich überzeuge
Ihrer Oberweltlichkeit,
Und der eignen Lebensfülle
Auch tatsächlich mich versichre,

Drückt ich hastig meine Lippen
Auf die roten Wangengrübchen,
Und ich machte den Vernunftschluss:
Ja, ich küsse, also leb ich!

Angelangt ans Ufer, küsst ich
Noch einmal die guten Mädchen;
Nur in dieser Münze ließen
Sie das Fährgeld sich bezahlen.

Caput XIV

Aus dem sonn'gen Goldgrund lachen
Violette Bergeshöhen,
Und am Abhang klebt ein Dörfchen,
Wie ein keckes Vogelnest.

Als ich dort hinaufklomm, fand ich,
Dass die Alten ausgeflogen
Und zurückgeblieben nur
Junge Brut, die noch nicht flügge.

Hübsche Bübchen, kleine Mädchen,
Fast vermummt in scharlachroten
Oder weißen wollnen Kappen;
Spielten Brautfahrt, auf dem Marktplatz.

Ließen sich im Spiel nicht stören,
Und ich sah, wie der verliebte
Mäuseprinz pathetisch kniete
Vor der Katzenkaiserstochter.

Armer Prinz! Er wird vermählt
Mit der Schönen. Mürrisch zankt sie,
Und sie beißt ihn, und sie frisst ihn;
Tote Maus, das Spiel ist aus.

Fast den ganzen Tag verweilt ich
Bei den Kindern, und wir schwatzten
Sehr vertraut. Sie wollten wissen,
Wer ich sei und was ich triebe?

»Lieben Freunde« – sprach ich –, »Deutschland
Heißt das Land, wo ich geboren;
Bären gibt es dort in Menge,
Und ich wurde Bärenjäger.

Manchem zog ich dort das Fell
Über seine Bärenohren.
Wohl mitunter ward ich selber
Stark gezaust von Bärentatzen.

Doch mit schlechtgeleckten Tölpeln
Täglich mich herumzubalgen
In der teuren Heimat, dessen
Ward ich endlich überdrüssig.

Und ich bin hierhergekommen,
Bessres Weidwerk aufzusuchen;
Meine Kraft will ich versuchen
An dem großen Atta Troll.

Dieser ist ein edler Gegner,
Meiner würdig. Ach! in Deutschland
Hab ich manchen Kampf bestanden,

Wo ich mich des Sieges schämte.« – –

Als ich Abschied nahm, da tanzten
Um mich her die kleinen Wesen
Eine Ronde, und sie sangen:
»Girofflino, Girofflette!«

Keck und zierlich trat zuletzt
Vor mir hin die Allerjüngste,
Knickste zweimal, dreimal, viermal,
Und sie sang mit feiner Stimme:

»Wenn der König mir begegnet,
Mach ich ihm zwei Reverenzen,
Und begegnet mir die Kön'gin,
Mach ich Reverenzen drei.

Aber kommt mir gar der Teufel
In den Weg mit seinen Hörnern,
Knicks ich zweimal, dreimal, viermal –
Girofflino, Girofflette!«

»Girofflino, Girofflette!«
Wiederholt' das Chor, und neckend
Wirbelte um meine Beine
Sich der Ringeltanz und Singsang.

Während ich ins Tal hinabstieg,
Scholl mir nach, verhallend lieblich,
Immerfort, wie Vogelzwitschern:
»Girofflino, Girofflette!«

Caput XV

Riesenhafte Felsenblöcke,
Missgestaltet und verzerrt,
Schaun mich an gleich Ungetümen,
Die versteinert, aus der Urzeit.

Seltsam! Graue Wolken schweben
Drüber hin, wie Doppelgänger;
Sind ein blödes Konterfei
Jener wilden Steinfiguren.

In der Ferne rast der Sturzbach,
Und der Wind heult in den Föhren!
Ein Geräusch, das unerbittlich
Und fatal wie die Verzweiflung.

Schauerliche Einsamkeiten!
Schwarze Dohlenscharen sitzen
Auf verwittert morschen Tannen,
Flattern mit den lahmen Flügeln.

Neben mir geht der Laskaro,

Blass und schweigsam, und ich selber
Mag wohl wie der Wahnsinn aussehn,
Den der leid'ge Tod begleitet.

Eine hässlich wüste Gegend.
Liegt darauf ein Fluch? Ich glaube
Blut zu sehen an den Wurzeln
Jenes Baums, der ganz verkrüppelt.

Er beschattet eine Hütte,
Die verschämt sich in der Erde
Halb versteckt; wie furchtsam flehend
Schaut dich an das arme Strohdach.

Die Bewohner dieser Hütte
Sind Cagoten, Überbleibsel
Eines Stamms, der tief im Dunkeln
Sein zertretnes Dasein fristet.

In den Herzen der Baskesen
Würmelt heute noch der Abscheu
Vor Cagoten. Düstres Erbteil
Aus der düstern Glaubenszeit.

In dem Dome zu Bagnères
Lauscht ein enges Gitterpförtchen;
Dieses, sagte mir der Küster,
War die Türe der Cagoten.

Streng versagt war ihnen eh'mals
Jeder andre Kircheneingang,
Und sie kamen wie verstohlen
In das Gotteshaus geschlichen.

Dort auf einem niedern Schemel
Saß der Cagot, einsam betend,
Und gesondert, wie verpestet,
Von der übrigen Gemeinde. –

Aber die geweihten Kerzen
Des Jahrhunderts flackern lustig,
Und das Licht verscheucht die bösen
Mittelalterlichen Schatten! –

Stehnblieb draußen der Laskaro,
Während ich in des Cagoten
Niedre Hütte trat. Ich reichte
Freundlich meine Hand dem Bruder.
Und ich küsste auch sein Kind,
Das, am Busen seines Weibes
Angeklammert, gierig saugte;
Einer kranken Spinne glich es.

Caput XVI

Schaust du diese Bergesgipfel
Aus der Fern', so strahlen sie,
Wie geschmückt mit Gold und Purpur,
Fürstlich stolz im Sonnenglanze.

Aber in der Nähe schwindet
Diese Pracht, und wie bei andern
Irdischen Erhabenheiten
Täuschten dich die Lichteffekte.

Was dir Gold und Purpur dünkte,
Ach, das ist nur eitel Schnee,
Eitel Schnee, der blöd und kläglich
In der Einsamkeit sich langweilt.

Oben in der Nähe hört ich,
Wie der arme Schnee geknistert,
Und den fühllos kalten Winden
All sein weißes Elend klagte.

»Oh, wie langsam« – seufzt' er – »schleichen
In der Öde hier die Stunden!
Diese Stunden ohne Ende,
Wie gefrorne Ewigkeiten!

Oh, ich armer Schnee! Oh, wär ich,
Statt auf diese Bergeshöhen,
Wär ich doch ins Tal gefallen,
In das Tal, wo Blumen blühen!

Hingeschmolzen wär ich dann
Als ein Bächlein, und des Dorfes
Schönstes Mädchen wüsche lächelnd
Ihr Gesicht mit meiner Welle.

Ja, ich wär vielleicht geschwommen
Bis ins Meer, wo ich zur Perle
Werden konnte, um am Ende
Eine Königskron' zu zieren!«

Als ich diese Reden hörte,
Sprach ich: »Liebster Schnee, ich zweifle,
Dass im Tale solch ein glänzend
Schicksal dich erwartet hätte.

Tröste dich. Nur wen'ge unten
Werden Perlen, und du fielest
Dort vielleicht in eine Pfütze,
Und ein Dreck wärst du geworden!«

Während ich in solcher Weise
Mit dem Schnee Gespräche führte,
Fiel ein Schuss, und aus den Lüften

Stürzt' herab ein brauner Geier.

Späßchen war's von dem Laskaro,
Jägerspäßchen. Doch sein Antlitz
Blieb wie immer starr und ernsthaft.
Nur der Lauf der Flinte rauchte.

Eine Feder riss er schweigend
Aus dem Steiß des Vogels, steckte
Sie auf seinen spitzen Filzhut,
Und er schritt des Weges weiter.

Schier unheimlich war der Anblick,
Wie sein Schatten mit der Feder
Auf dem weißen Schnee der Koppen,
Schwarz und lang, sich hinbewegte.

Caput XVII

Ist ein Tal gleich einer Gasse,
Geisterhohlweg ist der Name;
Schroffe Felsen ragen schwindlicht
Hoch empor zu jeder Seite.

Dort, am schaurig steilsten Abhang,
Lugt ins Tal, wie eine Warte,
Der Uraka keckes Häuslein;
Dorthin folg ich dem Laskaro.

Mit der Mutter hielt er Rat
In geheimster Zeichensprache,
Wie der Atta Troll gelockt
Und getötet werden könne.

Denn wir hatten seine Fährte
Gut erspürt. Entrinnen konnt er
Uns nicht mehr. Gezählt sind deine
Lebenstage, Atta Troll!

Ob die Alte, die Uraka,
Wirklich eine ausgezeichnet
Große Hexe, wie die Leute
In den Pyrenä'n behaupten,

Will ich nimmermehr entscheiden.
Soviel weiß ich, dass ihr Äußres
Sehr verdächtig. Sehr verdächtig
Triefen ihre roten Augen.

Bös und schielend ist der Blick;
Und es heißt, den armen Kühen,
Die sie anblickt, trockne plötzlich
In der Euter alle Milch.

Man versichert gar, sie habe,

Streichelnd mit den dürren Händen,
Manches fette Schwein getötet
Und sogar die stärksten Ochsen.

Solcherlei Verbrechens wurde
Sie zuweilen auch verklagt
Bei dem Friedensrichter. Aber
Dieser war ein Voltairianer,

Ein modernes, flaches Weltkind,
Ohne Tiefsinn, ohne Glauben,
Und die Kläger wurden skeptisch,
Fast verhöhnend, abgewiesen.

Offiziell treibt die Uraka
Ein Geschäft, das sehr honett;
Denn sie handelt mit Bergkräutern
Und mit ausgestopften Vögeln.

Voll von solchen Naturalien
War die Hütte. Schrecklich rochen
Bilsenkraut und Kuckucksblumen,
Pissewurz und Totenflieder.

Eine Kollektion von Geiern
War vortrefflich aufgestellt,
Mit den ausgestreckten Flügeln
Und den ungeheuren Schnäbeln.

War's der Duft der tollen Pflanzen,
Der betäubend mir zu Kopf stieg?
Wundersam ward mir zumute
Bei dem Anblick dieser Vögel.

Sind vielleicht verwünschte Menschen,
Die durch Zauberkunst in diesem
Unglücksel'gen, ausgestopften
Vogelzustand sich befinden.

Sehn mich an so starr und leidend,
Und zugleich so ungeduldig;
Manchmal scheinen sie auch scheu
Nach der Hexe hinzuschielen.

Diese aber, die Uraka,
Kauert neben ihrem Sohne,
Dem Laskaro, am Kamine.
Kochen Blei und gießen Kugeln.

Gießen jene Schicksalskugel,
Die den Atta Troll getötet.
Wie die Flammen hastig zuckten
Über das Gesicht der Hexe!

Sie bewegt die dünnen Lippen
Unaufhörlich, aber lautlos.

Murmelt sie den Drudensegen,
Dass der Kugelguss gedeihe?
Manchmal kichert sie und nickt sie
Ihrem Sohne. Aber dieser
Fördert sein Geschäft so ernsthaft
Und so schweigsam wie der Tod. –

Schwül bedrückt von Schauernissen,
Ging ich, freie Luft zu schöpfen,
An das Fenster, und ich schaute
Dort hinab ins weite Tal.

Was ich sah zu jener Stunde –
Zwischen Mitternacht und eins –,
Werd ich treu und hübsch berichten
In den folgenden Kapiteln.

Caput XVIII

Und es war die Zeit des Vollmonds,
In der Nacht vor Sankt Johannis,
Wo der Spuk der Wilden Jagd
Umzieht durch den Geisterhohlweg.

Aus dem Fenster von Urakas
Hexennest konnt ich vortrefflich
Das Gespensterheer betrachten,
Wie es durch die Gasse hinzog.

Hatte einen guten Platz,
Den Spektakel anzuschauen;
Ich genoss den vollen Anblick
Grabentstiegner Totenfreude.

Peitschenknall, Hallo und Hussa!
Rossgewieh'r, Gebell von Hunden!
Jagdhorntöne und Gelächter!
Wie das jauchzend widerhallte!

Lief voraus, gleichsam als Vortrab,
Abenteuerliches Hochwild,
Hirsch' und Säue, rudelweis;
Hetzend hinterdrein die Meute.

Jäger aus verschiednen Zonen
Und aus gar verschiednen Zeiten;
Neben Nimrod von Assyrien
Ritt zum Beispiel Karl der Zehnte.

Hoch auf weißen Rossen sausten
Sie dahin. Zu Fuße folgten
Die Pikeure mit der Koppel
Und die Pagen mit den Fackeln.

Mancher in dem wüsten Zuge
Schien mir wohlbekannt – der Ritter,
Der in goldner Rüstung glänzte,
War es nicht der König Artus?

Und Herr Ogier, der Däne,
Trug er nicht den schillernd grünen
Ringenpanzer, dass er aussah
Wie ein großer Wetterfrosch?

Auch der Helden des Gedankens
Sah ich manchen in dem Zuge.
Ich erkannte unsern Wolfgang
An dem heitern Glanz der Augen –

Denn, verdammt von Hengstenberg,
Kann er nicht im Grabe ruhen,
Und mit heidnischem Gelichter
Setzt er fort des Lebens Jagdlust.

An des Mundes holdem Lächeln
Hab ich auch erkannt den William,
Den die Puritaner gleichfalls
Einst verflucht; auch dieser Sünder

Muss das Wilde Heer begleiten
Nachts auf einem schwarzen Rappen.
Neben ihm, auf einem Esel,
Ritt ein Mensch – Und, heil'ger Himmel!

An der matten Betermiene,
An der frommen weißen Schlafmütz',
An der Seelenangst, erkannt ich
Unsern alten Freund Franz Horn!

Weil er einst das Weltkind Shakespeare
Kommentiert, muss jetzt der Ärmste
Nach dem Tode mit ihm reiten
Im Tumult der Wilden Jagd!

Ach, mein stiller Franz muss reiten,
Er, der kaum gewagt zu gehen,
Er, der nur im Teegeschwätze
Und im Beten sich bewegte!

Werden nicht die alten Jungfern,
Die gehätschelt seine Ruhe,
Sich entsetzen, wenn sie hören,
Dass der Franz ein Wilder Jäger!
Wenn es manchmal im Galopp geht,
Schaut der große William spöttisch
Auf den armen Kommentator,
Der im Eselstrab ihm nachfolgt,

Ganz ohnmächtig, fest sich krampend

An den Sattelknopf des Grauchens,
Doch im Tode, wie im Leben,
Seinem Autor treulich folgend.

Auch der Damen sah ich viele
In dem tollen Geisterzuge,
Ganz besonders schöne Nymphen,
Schlanke, jugendliche Leiber.

Rittlings saßen sie zu Pferde,
Mythologisch splitternackt;
Doch die Haare fielen lockicht
Lang herab, wie goldne Mäntel.

Trugen Kränze auf den Häuptern,
Und mit keck zurückgebognen,
Übermüt'gen Posituren
Schwangen sie belaubte Stäbe.

Neben ihnen sah ich ein'ge
Zugeknöpfte Ritterfräulein,
Schräg auf Damensätteln sitzend,
Und den Falken auf der Faust.

Parodistisch hinterdrein,
Auf Schindmähren, magern Kleppern,
Ritt ein Tross von komödiantisch
Aufgeputzten Weibspersonen,

Deren Antlitz reizend lieblich,
Aber auch ein bisschen frech.
Schrien, wie rasend, mit den vollen,
Liederlich geschminkten Backen.

Wie das jubelnd widerhallte!
Jagdhorntöne und Gelächter!
Rossgewieh'r, Gebell von Hunden!
Peitschenknall, Hallo und Hussa!

Caput XIX

Aber als der Schönheit Kleeblatt
Ragten in des Zuges Mitten
Drei Gestalten – Nie vergess ich
Diese holden Frauenbilder.

Leicht erkennbar war die eine
An dem Halbmond auf dem Haupte;
Stolz, wie eine reine Bildsäul',
Ritt einher die große Göttin.

Hochgeschürzte Tunika,
Brust und Hüfte halb bedeckend.
Fackellicht und Mondschein spielten

Lüstern um die weißen Glieder.

Auch das Antlitz weiß wie Marmor,
Und wie Marmor kalt. Entsetzlich
War die Starrheit und die Blässe
Dieser strengen edlen Züge.

Doch in ihrem schwarzen Auge
Loderte ein grauenhaftes
Und unheimlich süßes Feuer,
Seelenblendend und verzehrend.

Wie verändert ist Diana,
Die, im Übermut der Keuschheit,
Einst den Aktäon verhirschte
Und den Hunden preisgegeben!

Büßt sie jetzt für diese Sünde
In galantester Gesellschaft?
Wie ein spukend armes Weltkind
Fährt sie nächtlich durch die Lüfte.

Spät zwar, aber desto stärker
Ist erwacht in ihr die Wollust,
Und es brennt in ihren Augen
Wie ein wahrer Höllenbrand.

Die verlorne Zeit bereut sie,
Wo die Männer schöner waren,
Und die Quantität ersetzt ihr
Jetzt vielleicht die Qualität.

Neben ihr ritt eine Schöne,
Deren Züge nicht so griechisch
Streng gemessen, doch sie strahlten
Von des Keltenstammes Anmut.

Dieses war die Fee Abunde,
Die ich leicht erkennen konnte
An der Süße ihres Lächelns
Und am herzlich tollen Lachen!

Ein Gesicht, gesund und rosig,
Wie gemalt von Meister Greuze,
Mund in Herzform, stets geöffnet,
Und entzückend weiße Zähne.

Trug ein flatternd blaues Nachtkleid,
Das der Wind zu lüften suchte –
Selbst in meinen besten Träumen
Sah ich nimmer solche Schultern!

Wenig fehlte und ich sprang
Aus dem Fenster, sie zu küssen!
Dieses wär mir schlecht bekommen,
Denn den Hals hätt ich gebrochen.

Ach! sie hätte nur gelacht,
Wenn ich unten in den Abgrund
Blutend fiel zu ihren Füßen –
Ach! ich kenne solches Lachen!

Und das dritte Frauenbild,
Das dein Herz so tief bewegte,
War es eine Teufelinne,
Wie die andern zwo Gestalten?

Ob's ein Teufel oder Engel,
Weiß ich nicht. Genau bei Weibern
Weiß man niemals, wo der Engel
Aufhört und der Teufel anfängt.

Auf dem glutenkranken Antlitz
Lag des Morgenlandes Zauber,
Auch die Kleider mahnten kostbar
An Scheherezadens Märchen.

Sanfte Lippen, wie Grenaten [Granatäpfel],
Ein gebognes Liliennäschen,
Und die Glieder schlank und kühlig
Wie die Palme der Oase.

Lehnte hoch auf weißem Zelter,
Dessen Goldzaum von zwei Mohren
Ward geleitet, die zu Fuß
An der Fürstin Seite trabten.

Wirklich eine Fürstin war sie,
War Judäas Königin,
Des Herodes schönes Weib,
Die des Täufers Haupt begehrt hat.

Dieser Blutschuld halber ward sie
Auch vermaledeit; als Nachtspuk
Muss sie bis zum Jüngsten Tage
Reiten mit der Wilden Jagd.

In den Händen trägt sie immer
Jene Schüssel mit dem Haupte
Des Johannes, und sie küsst es;
Ja, sie küsst das Haupt mit Inbrunst.

Denn sie liebte einst Johannem –
In der Bibel steht es nicht,
Doch im Volke lebt die Sage
Von Herodias' blut'ger Liebe –

Anders wär ja unerklärlich
Das Gelüste jener Dame –
Wird ein Weib das Haupt begehren
Eines Manns, den sie nicht liebt?

War vielleicht ein bisschen böse

Auf den Liebsten, ließ ihn köpfen;
Aber als sie auf der Schüssel
Das geliebte Haupt erblickte,

Weinte sie und ward verrückt,
Und sie starb in Liebeswahnsinn.
(Liebeswahnsinn! Pleonasmus!
Liebe ist ja schon ein Wahnsinn!)

Nächtlich auferstehend trägt sie,
Wie gesagt, das blut'ge Haupt
In der Hand, auf ihrer Jagdfahrt –
Doch mit toller Weiberlaune

Schleudert sie das Haupt zuweilen
Durch die Lüfte, kindisch lachend,
Und sie fängt es sehr behende
Wieder auf, wie einen Spielball.

Als sie mir vorüberritt,
Schaute sie mich an und nickte
So kokett zugleich und schmachtend,
Dass mein tiefstes Herz erbebte.

Dreimal auf und nieder wogend
Fuhr der Zug vorbei, und dreimal
Im Vorüberreiten grüßte
Mich das liebliche Gespenst.

Als der Zug bereits erblichen
Und verklungen das Getümmel,
Loderte mir im Gehirne
Immerfort der holde Gruß.

Und die ganze Nacht hindurch
Wälzte ich die müden Glieder
Auf der Streu – (denn Federbetten
Gab's nicht in Urakas Hütte) –

Und ich sann: Was mag bedeuten
Das geheimnisvolle Nicken?
Warum hast du mich so zärtlich
Angesehn, Herodias?

Caput XX

Sonnenaufgang. Goldne Pfeile
Schießen nach den weißen Nebeln,
Die sich röten, wie verwundet,
Und in Glanz und Licht zerrinnen.

Endlich ist der Sieg erfochten,
Und der Tag, der Triumphator,
Tritt, in strahlend voller Glorie,

Auf den Nacken des Gebirges.

Der Gevögel laute Sippschaft
Zwitschert in verborgnen Nestern,
Und ein Kräuterduft erhebt sich,
Wie 'n Konzert von Wohlgerüchen. –

In der ersten Morgenfrühe
Waren wir ins Tal gestiegen,
Und derweilen der Laskaro
Seines Bären Spur verfolgte,

Suchte ich die Zeit zu töten
Mit Gedanken. Doch das Denken
Machte mich am Ende müde
Und sogar ein bisschen traurig.

Endlich müd' und traurig sank ich
Nieder auf die weiche Moosbank,
Unter jener großen Esche,
Wo die kleine Quelle floss,

Die mit wunderlichem Plätschern
Also wunderlich betörte
Mein Gemüt, dass die Gedanken
Und das Denken mir vergingen.

Es ergriff mich wilde Sehnsucht
Wie nach Traum und Tod und Wahnsinn,
Und nach jenen Reiterinnen,
Die ich sah im Geisterheerzug.

Oh, ihr holden Nachtgesichte,
Die das Morgenrot verscheuchte,
Sagt, wohin seid ihr entflohen?
Sagt, wo hauset ihr am Tage?

Unter alten Tempeltrümmern,
Irgendwo in der Romagna,
(Also heißt es) birgt Diana
Sich vor Christi Tagesherrschaft.

Nur in mitternächt'gem Dunkel
Wagt sie es hervorzutreten,
Und sie freut sich dann des Weidwerks
Mit den heidnischen Gespielen.

Auch die schöne Fee Abunde
Fürchtet sich vor Nazarenern,
Und den Tag hindurch verweilt sie
In dem sichern Avalun.

Dieses Eiland liegt verborgen
Ferne, in dem stillen Meere
Der Romantik, nur erreichbar
Auf des Fabelrosses Flügeln.

Niemals ankert dort die Sorge,
Niemals landet dort ein Dampfschiff
Mit neugierigen Philistern,
Tabakspfeifen in den Mäulern.

Niemals dringt dorthin das blöde
Dumpf langweil'ge Glockenläuten,
Jene trüben Bumm-Bamm-Klänge,
Die den Feen so verhasst.

Dort, in ungestörtem Frohsinn,
Und in ew'ger Jugend blühend,
Residiert die heitre Dame,
Unsre blonde Frau Abunde.

Lachend geht sie dort spazieren
Unter hohen Sonnenblumen,
Mit dem kosenden Gefolge
Weltentrückter Paladine.

Aber du, Herodias,
Sag, wo bist du? – Ach, ich weiß es,
Du bist tot und liegst begraben
Bei der Stadt Jeruscholayim!

Starren Leichenschlaf am Tage
Schläfst du in dem Marmorsarge!
Doch um Mitternacht erweckt dich
Peitschenknall, Hallo und Hussa!

Und du folgst dem wilden Heerzug
Mit Dianen und Abunden,
Mit den heitern Jagdgenossen,
Denen Kreuz und Qual verhasst ist!

Welche köstliche Gesellschaft!
Könnt ich nächtlich mit euch jagen
Durch die Wälder! Dir zur Seite
Ritt' ich stets, Herodias!

Denn ich liebe dich am meisten!
Mehr als jene Griechengöttin,
Mehr als jene Fee des Nordens,
Lieb ich dich, du tote Jüdin!

Ja, ich liebe dich! Ich merk es
An dem Zittern meiner Seele.
Liebe mich und sei mein Liebchen,
Schönes Weib, Herodias!

Liebe mich und sei mein Liebchen!
Schleudre fort den blut'gen Dummkopf
Samt der Schüssel, und genieße
Schmackhaft bessere Gerichte.

Bin so recht der rechte Ritter,

Den du brauchst – Mich kümmert's wenig,
Dass du tot und gar verdammt bist –
Habe keine Vorurteile –

Hapert's doch mit meiner eignen
Seligkeit, und ob ich selber
Noch dem Leben angehöre,
Daran zweifle ich zuweilen!

Nimm mich an als deinen Ritter,
Deinen Cavalier servente;
Werde deinen Mantel tragen
Und auch alle deine Launen.

Jede Nacht, an deiner Seite,
Reit ich mit dem wilden Heere,
Und wir kosen und wir lachen
Über meine tollen Reden.

Werde dir die Zeit verkürzen
In der Nacht – Jedoch am Tage
Schwindet jede Lust, und weinend
Sitz ich dann auf deinem Grabe.

Ja, am Tage sitz ich weinend
Auf dem Schutt der Königsgrüfte,
Auf dem Grabe der Geliebten,
Bei der Stadt Jeruscholayim.

Alte Juden, die vorbeigehn,
Glauben dann gewiss, ich traure
Ob dem Untergang des Tempels
Und der Stadt Jeruscholayim.

Caput XXI

Argonauten ohne Schiff,
Die zu Fuß gehn im Gebirge,
Und anstatt des Goldnen Vlieses
Nur ein Bärenfell erzielen –

Ach! wir sind nur arme Teufel,
Helden von modernem Zuschnitt,
Und kein klassischer Poet
Wird uns im Gesang verew'gen!

Und wir haben doch erlitten
Große Nöten! Welcher Regen
Überfiel uns auf der Koppe,
Wo kein Baum und kein Fiaker!

Wolkenbruch! (Das Bruchband platzte.)
Kübelweis' stürzt' es herunter!
Jason ward gewiss auf Kolchis

Nicht durchnässt von solchem Sturzbad.

»Einen Regenschirm! ich gebe
Sechsunddreißig Könige
Jetzt für einen Regenschirm!«
Rief ich, und das Wasser troff.

Sterbensmüde, sehr verdrießlich,
Wie begossne Pudel, kamen
Wir in später Nacht zurück
Nach der hohen Hexenhütte.

Dort am lichten Feuerherde
Saß Uraka, und sie kämmte
Ihren großen, dicken Mops.
Diesem gab sie schnell den Laufpass,

Um mit uns sich zu beschäft'gen.
Sie bereitete mein Lager,
Löste mir die Espardillen,
Dieses unbequeme Fußzeug,

Half mir beim Entkleiden, zog mir
Auch die Hosen aus; sie klebten
Mir am Beine, eng und treu,
Wie die Freundschaft eines Tölpels.

»Einen Schlafrock! Sechsunddreißig
Könige für einen trocknen
Schlafrock!« rief ich, und es dampfte
Mir das nasse Hemd am Leibe.

Fröstelnd, zähneklappernd stand ich
Eine Weile an dem Herde.
Wie betäubt vom Feuer sank ich
Endlich nieder auf die Streu.

Konnt nicht schlafen. Blinzelnd schaut ich
Nach der Hex', die am Kamin saß
Und den Oberleib des Sohnes,
Den sie ebenfalls entkleidet,

Auf dem Schoß hielt. Ihr zur Seite,
Aufrecht, stand der dicke Mops,
Und in seinen Vorderpfoten
Hielt er sehr geschickt ein Töpfchen.

Aus dem Töpfchen nahm Uraka
Rotes Fett, bestrich damit
Ihres Sohnes Brust und Rippen,
Rieb sie hastig, zitternd hastig.

Und derweil sie rieb und salbte,
Summte sie ein Wiegenliedchen,
Näselnd fein; dazwischen seltsam
Knisterten des Herdes Flammen.

Wie ein Leichnam, gelb und knöchern,
Lag der Sohn im Schoß der Mutter;
Todestraurig, weit geöffnet
Starren seine bleichen Augen.

Ist er wirklich ein Verstorbner,
Dem die Mutterliebe nächtlich
Mit der stärksten Hexensalbe
Ein verzaubert Leben einreibt? –

Wunderlicher Fieberhalbschlaf!
Wo die Glieder bleiern müde,
Wie gebunden, und die Sinne
Überreizt und grässlich wach!

Wie der Kräuterduft im Zimmer
Mich gepeinigt! Schmerzlich grübelnd
Sann ich nach, wo ich dergleichen
Schon gerochen? Sann vergebens.

Wie der Windzug im Kamine
Mich geängstigt! Klang wie Ächzen
Von getrocknet armen Seelen –
Schienen wohlbekannte Stimmen.

Doch zumeist ward ich gequält
Von den ausgestopften Vögeln,
Die, auf einem Brett, zu Häupten
Neben meinem Lager standen.

Langsam schauerlich bewegten
Sie die Flügel, und sie beugten
Sich zu mir herab mit langen
Schnäbeln, die wie Menschennasen.

Ach! wo hab ich solche Nasen
Schon gesehn? War es zu Hamburg
Oder Frankfurt, in der Gasse?
Qualvoll dämmernd die Erinnrung!

Endlich übermannte gänzlich
Mich der Schlaf, und an die Stelle
Wachender Phantasmen trat
Ein gesunder, fester Traum.

Und mir träumte, dass die Hütte
Plötzlich ward zu einem Ballsaal,
Der von Säulen hochgetragen
Und erhellt von Girandolen.

Unsichtbare Musikanten
Spielten aus »Robert le Diable«
Die verruchten Nonnentänze;
Ging dort ganz allein spazieren.

Endlich aber öffnen sich

Weit die Pforten, und es kommen,
Langsam feierlichen Schrittes,
Gar verwunderliche Gäste.

Lauter Bären und Gespenster!
Aufrecht wandelnd, führt ein jeder
Von den Bären ein Gespenst,
Das vermummt im weißen Grabtuch.

Solcherweis' gepaart, begannen
Sie zu walzen, auf und nieder,
Durch den Saal. Kurioser Anblick!
Zum Erschrecken und zum Lachen!

Denn den plumpen Bären ward es
Herzlich sauer, Schritt zu halten
Mit den weißen Luftgebilden,
Die sich wirbelnd leicht bewegten.

Unerbittlich fortgerissen
Wurden jene armen Bestien,
Und ihr Schnaufen überdröhnte
Fast den Brummbass des Orchesters.

Manchmal walzten sich die Paare
Auf den Leib, und dem Gespenste,
Das ihn anstieß, gab der Bär
Ein'ge Tritte in den Hintern.

Manchmal auch, im Tanzgetümmel,
Riss der Bär das Leichenlaken
Von dem Haupt des Tanzgenossen;
Kam ein Totenkopf zum Vorschein.

Endlich aber jauchzten schmetternd
Die Trompeten und die Zimbeln,
Und es donnerten die Pauken,
Und es kam die Galoppade.

Diese träumt ich nicht zu Ende –
Denn ein ungeschlachter Bär
Trat mir auf die Hühneraugen,
Dass ich aufschrie und erwachte.

Caput XXII

Phöbus, in der Sonnendroschke,
Peitschte seine Flammenrosse,
Und er hatte schon zur Hälfte
Seine Himmelsfahrt vollendet –

Während ich im Schlafe lag
Und von Bären und Gespenstern,
Die sich wunderlich umschlangen,

Tolle Arabesken! träumte.
Mittag war's, als ich erwachte,
Und ich fand mich ganz allein.
Meine Wirtin und Laskaro
Gingen auf die Jagd schon frühe.

In der Hütte blieb zurück
Nur der Mops. Am Feuerherde
Stand er aufrecht vor dem Kessel,
In den Pfoten einen Löffel.

Schien vortrefflich abgerichtet,
Wenn die Suppe überkochte,
Schnell darin herumzurühren
Und die Blasen abzuschäumen.

Aber bin ich selbst behext?
Oder lodert mir im Kopfe
Noch das Fieber? Meinen Ohren
Glaub ich kaum – es spricht der Mops!

Ja, er spricht, und zwar gemütlich
Schwäbisch ist die Mundart; träumend,
Wie verloren in Gedanken,
Spricht er folgendergestalt:

»Oh, ich armer Schwabendichter!
In der Fremde muss ich traurig
Als verwünschter Mops verschmachten
Und den Hexenkessel hüten!

Welch ein schändliches Verbrechen
Ist die Zauberei! Wie tragisch
Ist mein Schicksal: menschlich fühlen
In der Hülle eines Hundes!

Wär ich doch daheim geblieben,
Bei den trauten Schulgenossen!
Das sind keine Hexenmeister,
Sie bezaubern keinen Menschen.

Wär ich doch daheim geblieben,
Bei Karl Mayer, bei den süßen
Gelbveiglein des Vaterlandes,
Bei den frommen Metzelsuppen!

Heute sterb ich fast vor Heimweh –
Sehen möcht ich nur den Rauch,
Der emporsteigt aus dem Schornstein,
Wenn man Nudeln kocht in Stukkert!«

Als ich dies vernahm, ergriff mich
Tiefe Rührung; von dem Lager
Sprang ich auf, an den Kamin
Setzt ich mich, und sprach mitleidig:

»Edler Sänger, wie gerietest
Du in diese Hexenhütte?
Und warum hat man so grausam
Dich in einen Hund verwandelt?«

Jener aber rief mit Freude:
»Also sind Sie kein Franzose?
Sind ein Deutscher und verstanden
Meinen stillen Monolog?

Ach, Herr Landsmann, welch ein Unglück,
Dass der Legationsrat Kölle,
Wenn wir bei Tabak und Bier
In der Kneipe diskutierten,

Immer auf den Satz zurückkam,
Man erwürbe nur durch Reisen
Jene Bildung, die er selber
Aus der Fremde mitgebracht!

Um mir nun die rohe Kruste
Von den Beinen abzulaufen
Und, wie Kölle, mir die feinern
Weltmannssitten anzuschleifen:

Nahm ich Abschied von der Heimat,
Und auf meiner Bildungsreise
Kam ich nach den Pyrenäen,
Nach der Hütte der Uraka.

Bracht ihr ein Empfehlungsschreiben
Vom Justinus Kerner; dachte
Nicht daran, dass dieser Freund
In Verbindung steht mit Hexen.

Freundlich nahm mich auf Uraka,
Doch es wuchs, zu meinem Schrecken,
Diese Freundlichkeit, ausartend
Endlich gar in Sinnenbrunst.

Ja, es flackerte die Unzucht
Scheußlich auf im welken Busen
Dieser lasterhaften Vettel,
Und sie wollte mich verführen.

Doch ich flehte: ›Ach, entschuld'gen
Sie, Madame! bin kein frivoler
Goetheaner, ich gehöre
Zu der Dichterschule Schwabens.

Sittlichkeit ist unsre Muse,
Und sie trägt vom dicksten Leder
Unterhosen – Ach! vergreifen
Sie sich nicht an meiner Tugend!

Andre Dichter haben Geist,

Andre Phantasie, und andre
Leidenschaft, jedoch die Tugend
Haben wir, die Schwabendichter.

Das ist unser einz'ges Gut!
Rauben Sie mir nicht den sittlich
Religiösen Bettelmantel,
Welcher meine Blöße deckt!‹

Also sprach ich, doch ironisch
Lächelte das Weib, und lächelnd
Nahm sie eine Mistelgerte
Und berührt' damit mein Haupt.

Ich empfand alsbald ein kaltes
Missgefühl, als überzöge
Eine Gänsehaut die Glieder.
Doch die Haut von einer Gans

War es nicht, es war vielmehr
Eines Hundes Fell – seit jener
Unheilstund' bin ich verwandelt,
Wie Sie sehn, in einen Mops!«

Armer Schelm! Vor lauter Schluchzen
Konnte er nicht weitersprechen,
Und er weinte so beträglich,
Dass er fast zerfloss in Tränen.

»Hören Sie«, sprach ich mit Wehmut,
»Kann ich etwa von dem Hundsfell
Sie befrein und Sie der Dichtkunst
Und der Menschheit wiedergeben?«

Jener aber hub wie trostlos
Und verzweiflungsvoll die Pfoten
In die Höhe, und mit Seufzen
Und mit Stöhnen sprach er endlich:

»Bis zum Jüngsten Tage bleib ich
Eingekerkert in der Mopshaut,
Wenn nicht einer Jungfrau Großmut
Mich erlöst aus der Verwünschung.

Ja, nur eine reine Jungfrau,
Die noch keinen Mann berührt hat
Und die folgende Bedingung
Treu erfüllt, kann mich erlösen:

Diese reine Jungfrau muss
In der Nacht von Sankt Silvester
Die Gedichte Gustav Pfizers
Lesen – ohne einzuschlafen!

Blieb sie wach bei der Lektüre,
Schloss sie nicht die keuschen Augen –

Dann bin ich entzaubert, menschlich
Atm' ich auf, ich bin entmopst!«

»Ach, in diesem Falle« – sprach ich –
»Kann ich selbst nicht unternehmen
Das Erlösungswerk; denn erstens
Bin ich keine reine Jungfrau,

Und imstande wär ich zweitens
Noch viel wen'ger, die Gedichte
Gustav Pfizers je zu lesen,
Ohne dabei einzuschlafen.«

Caput XXIII

Aus dem Spuk der Hexenwirtschaft
Steigen wir ins Tal herunter;
Unsre Füße fassen wieder
Boden in dem Positiven.

Fort, Gespenster! Nachtgesichte!
Luftgebilde! Fieberträume!
Wir beschäft'gen uns vernünftig
Wieder mit dem Atta Troll.

In der Höhle, bei den Jungen,
Liegt der Alte, und er schläft
Mit dem Schnarchen des Gerechten;
Endlich wacht er gähnend auf.

Neben ihm hockt Junker Einohr,
Und er kratzt sich an dem Kopfe
Wie ein Dichter, der den Reim sucht;
Auch skandiert er an den Tatzen.

Gleichfalls an des Vaters Seite
Liegen träumend auf dem Rücken,
Unschuldrein, vierfüß'ge Lilien,
Atta Trolls geliebte Töchter.

Welche zärtliche Gedanken
Schmachten in der Blütenseele
Dieser weißen Bärenjungfraun?
Tränenfeucht sind ihre Blicke.

Ganz besonders scheint die jüngste
Tiefbewegt. In ihrem Herzen
Fühlt sie schon ein sel'ges Jucken,
Ahnet sie die Macht Cupidos.

Ja, der Pfeil des kleinen Gottes
Ist ihr durch den Pelz gedrungen,
Als sie *ihn* erblickt – O Himmel,
Den sie liebt, der ist ein Mensch!

Ist ein Mensch und heißt Schnapphahnski.
Auf der großen Retirade
Kam er ihr vorbeigelaufen
Eines Morgens im Gebirge.

Heldenunglück rührt die Weiber,
Und im Antlitz unsres Helden
Lag, wie immer, der Finanznot
Blasse Wehmut, düstre Sorge.

Seine ganze Kriegeskasse,
Zweiundzwanzig Silbergroschen,
Die er mitgebracht nach Spanien,
Ward die Beute Esparteros.

Nicht einmal die Uhr gerettet!
Blieb zurück zu Pampeluna
In dem Leihhaus. War ein Erbstück,
Kostbar und von echtem Silber.

Und er lief mit langen Beinen.
Aber, unbewusst, im Laufen,
Hat er Besseres gewonnen
Als die beste Schlacht – ein Herz!

Ja, sie liebt ihn, ihn, den Erbfeind!
Oh, der unglücksel'gen Bärin!
Wüsst der Vater das Geheimnis,
Ganz entsetzlich würd er brummen.

Gleich dem alten Odoardo,
Der mit Bürgerstolz erdolchte
Die Emilia Galotti,
Würde auch der Atta Troll

Seine Tochter lieber töten,
Töten mit den eignen Tatzen,
Als erlauben, dass sie sänke
In die Arme eines Prinzen!

Doch in diesem Augenblicke
Ist er weich gestimmt, hat keine
Lust, zu brechen eine Rose,
Eh' der Sturmwind sie entblättert.

Weich gestimmt liegt Atta Troll
In der Höhle bei den Seinen.
Ihn beschleicht, wie Todesahnung,
Trübe Sehnsucht nach dem Jenseits!

»Kinder!« – seufzt er, und es triefen
Plötzlich seine großen Augen –
»Kinder! meine Erdenwallfahrt
Ist vollbracht, wir müssen scheiden.

Heute Mittag kam im Schlafe

Mir ein Traum, der sehr bedeutsam.
Mein Gemüt genoss das süße
Vorgefühl des bald'gen Sterbens.

Bin fürwahr nicht abergläubisch,
Bin kein Faselbär – doch gibt es
Dinge zwischen Erd' und Himmel,
Die dem Denker unerklärlich.

Über Welt und Schicksal grübelnd,
War ich gähnend eingeschlafen,
Als mir träumte, dass ich läge
Unter einem großen Baume.

Aus den Ästen dieses Baumes
Troff herunter weißer Honig,
Glitt mir just ins offne Maul,
Und ich fühlte süße Wonne.

Selig blinzelnd in die Höhe,
Sah ich in des Baumes Wipfel
Etwa sieben kleine Bärchen,
Die dort auf und nieder rutschten.

Zarte, zierliche Geschöpfe,
Deren Pelz von rosenroter
Farbe war und an den Schultern
Seidig flockte wie zwei Flüglein.

Ja, wie seidne Flüglein hatten
Diese rosenroten Bärchen,
Und mit überirdisch feinen
Flötenstimmen sangen sie!

Wie sie sangen, wurde eiskalt
Meine Haut, doch aus der Haut fuhr
Mir die Seel', gleich einer Flamme;
Strahlend stieg sie in den Himmel.«

Also sprach mit bebend weichem
Grunzton Atta Troll. Er schwieg
Eine Weile, wehmutsvoll –
Aber seine Ohren plötzlich

Spitzten sich und zuckten seltsam,
Und empor vom Lager sprang er,
Freudezitternd, freudebrüllend:
»Kinder, hört ihr diese Laute?

Ist das nicht die süße Stimme
Eurer Mutter? Oh, ich kenne
Das Gebrumme meiner Mumma!
Mumma! meine schwarze Mumma!«

Atta Troll mit diesen Worten
Stürzte wie 'n Verrückter fort

Aus der Höhle, ins Verderben!
Ach! er stürzte in sein Unglück!

Caput XXIV

In dem Tal von Ronceval,
Auf demselben Platz, wo weiland
Des Caroli Magni Neffe
Seine Seele ausgeröchelt,

Dorten fiel auch Atta Troll,
Fiel durch Hinterhalt, wie jener,
Den der ritterliche Judas,
Ganelon von Mainz, verraten.

Ach! das Edelste im Bären,
Das Gefühl der Gattenliebe,
Ward ein Fallstrick, den Uraka
Listig zu benutzen wagte.

Das Gebrumm der schwarzen Mumma
Hat sie nachgeäfft so täuschend,
Dass der Atta Troll gelockt ward
Aus der sichern Bärenhöhle –

Wie auf Sehnsuchtsflügeln lief er
Durch das Tal, stand zärtlich schnopernd
Manchmal still vor einem Felsen,
Glaubt', die Mumma sei versteckt dort –

Ach! versteckt war dort Laskaro
Mit der Flinte; dieser schoss ihn
Mitten durch das frohe Herz –
Quoll hervor ein roter Blutstrom.

Mit dem Kopfe wackelt' er,
Ein'gemal, doch endlich stürzt' er
Stöhnend nieder, zuckte grässlich –
»Mumma!« war sein letzter Seufzer.

Also fiel der edle Held.
Also starb er. Doch unsterblich
Nach dem Tode auferstehn
Wird er in dem Lied des Dichters.

Auferstehn wird er im Liede,
Und sein Ruhm wird kolossal
Auf vierfüßigen Trochäen
Über diese Erde stelzen.

Der *** setzt ihm
In Walhalla einst ein Denkmal,
Und darauf, im ***
Lapidarstil, auch die Inschrift:

»Atta Troll, Tendenzbär; sittlich
Religiös; als Gatte brünstig;
Durch Verführtsein von dem Zeitgeist,
Waldursprünglich Sansculotte;

Sehr schlecht tanzend, doch Gesinnung
Tragend in der zott'gen Hochbrust;
Manchmal auch gestunken habend;
Kein Talent, doch ein Charakter!«

Caput XXV

Dreiunddreißig alte Weiber,
Auf dem Haupt die scharlachrote
Altbaskesische Kapuze,
Standen an des Dorfes Eingang.

Eine drunter, wie Debora,
Schlug das Tamburin und tanzte.
Und sie sang dabei ein Loblied
Auf Laskaro Bärentöter.

Vier gewalt'ge Männer trugen
Im Triumph den toten Bären;
Aufrecht saß er in dem Sessel,
Wie ein kranker Badegast.

Hinterdrein, wie Anverwandte
Des Verstorbnen, ging Laskaro
Mit Uraka; diese grüßte
Rechts und links, doch sehr verlegen.

Der Adjunkt des Maires hielt
Eine Rede vor dem Rathaus,
Als der Zug dorthin gelangte,
Und er sprach von vielen Dingen –

Wie zum Beispiel von dem Aufschwung
Der Marine, von der Presse,
Von der Runkelrübenfrage,
Von der Hyder der Parteisucht.

Die Verdienste Ludwig Philipps
Reichlich auseinandersetzend,
Ging er über zu dem Bären
Und der Großtat des Laskaro.

»Du, Laskaro!« – rief der Redner,
Und er wischte sich den Schweiß ab
Mit der trikoloren Schärpe –
»Du, Laskaro! du, Laskaro!

Der du Frankreich und Hispanien
Von dem Atta Troll befreit hast,

Du bist beider Länder Held,
Pyrenäen-Lafayette!«

Als Laskaro solchermaßen
Offiziell sich rühmen hörte,
Lachte er vergnügt im Barte
Und errötete vor Freude,

Und in abgebrochnen Lauten,
Die sich seltsam überstürzten,
Hat er seinen Dank gestottert
Für die große, große Ehre!

Mit Verwundrung blickte jeder
Auf das unerhörte Schauspiel,
Und geheimnisvoll und ängstlich
Murmelten die alten Weiber:

»Der Laskaro hat gelacht!
Der Laskaro ist errötet!
Der Laskaro hat gesprochen!
Er, der tote Sohn der Hexe!« –

Selb'gen Tags ward ausgebälgt
Atta Troll und ward versteigert
Seine Haut. Für hundert Franken
Hat ein Kürschner sie erstanden.

Wunderschön staffierte dieser
Und verbrämte sie mit Scharlach,
Und verhandelte sie weiter
Für das Doppelte des Preises.

Erst aus dritter Hand bekam sie
Juliette, und in ihrem
Schlafgemache zu Paris
Liegt sie vor dem Bett als Fußdeck'.

Oh, wie oft, mit bloßen Füßen,
Stand ich nachts auf dieser irdisch
Braunen Hülle meines Helden,
Auf der Haut des Atta Troll!

Und von Wehmut tief ergriffen,
Dacht ich dann an Schillers Worte:
Was im Lied soll ewig leben,
Muss im Leben untergehn!

Caput XXVI

Und die Mumma? Ach, die Mumma
Ist ein Weib! Gebrechlichkeit
Ist ihr Name! Ach, die Weiber
Sind wie Porzellan gebrechlich.

Als des Schicksals Hand sie trennte
Von dem glorreich edlen Gatten,
Starb sie nicht des Kummertodes,
Ging sie nicht in Trübsinn unter –

Nein, im Gegenteil, sie setzte
Lustig fort ihr Leben, tanzte
Nach wie vor, beim Publico
Buhlend um den Tagesbeifall.

Eine feste Stellung, eine
Lebenslängliche Versorgung,
Hat sie endlich zu Paris
Im Jardin des Plantes gefunden.

Als ich dorten vor'gen Sonntag
Mich erging mit Julietten,
Und ihr die Natur erklärte,
Die Gewächse und die Bestien,

Die Giraffe und die Zeder
Von dem Libanon, das große
Dromedar, die Goldfasanen,
Auch das Zebra – im Gespräche

Blieben wir am Ende stehen
An der Brüstung jener Grube,
Wo die Bären residieren –
Heil'ger Herr, was sahn wir dort!

Ein gewalt'ger Wüstenbär
Aus Sibirien, schneeweißhaaricht,
Spielte dort ein überzartes
Liebesspiel mit einer Bärin.

Diese aber war die Mumma!
War die Gattin Atta Trolls!
Ich erkannte sie am zärtlich
Feuchten Glanze ihres Auges.

Ja, sie war es! Sie, des Südens
Schwarze Tochter! Sie, die Mumma,
Lebt mit einem Russen jetzt,
Einem nordischen Barbaren!

Schmunzelnd sprach zu mir ein Neger,
Der zu uns herangetreten:
»Gibt es wohl ein schönres Schauspiel,
Als zwei Liebende zu sehn?«

Ich entgegnete: »Mit wem
Hab ich hier die Ehr' zu sprechen?«
Jener aber rief verwundert:
»Kennen Sie mich gar nicht wieder?

Ich bin ja der Mohrenfürst,

Der bei Freiligrath getrommelt.
Damals ging's mir schlecht, in Deutschland
Fand ich mich sehr isoliert.

Aber hier, wo ich als Wärter
Angestellt, wo ich die Pflanzen
Meines Tropenvaterlandes
Und auch Löw' und Tiger finde:

Hier ist mir gemütlich wohler
Als bei euch auf deutschen Messen,
Wo ich täglich trommeln musste
Und so schlecht gefüttert wurde!

Hab mich jüngst vermählt mit einer
Blonden Köchin aus dem Elsass.
Ganz und gar in ihren Armen
Wird mir heimatlich zumute!

Ihre Füße mahnen mich
An die holden Elefanten.
Wenn sie spricht französisch, klingt mir's
Wie die schwarze Muttersprache.

Manchmal keift sie, und ich denke
An das Rasseln jener Trommel,
Die mit Schädeln war behangen;
Schlang' und Leu entflohn davor.

Doch im Mondschein, sehr empfindsam,
Weint sie wie ein Krokodil,
Das aus lauem Strom hervorblickt,
Um die Kühle zu genießen.

Und sie gibt mir gute Bissen!
Ich gedeih! Mit meinem alten,
Afrikanischen App'tit,
Wie am Niger, fress ich wieder!

Hab mir schon ein rundes Bäuchlein
Angemästet. Aus dem Hemde
Schaut's hervor, wie 'n schwarzer Mond,
Der aus weißen Wolken tritt.«

Caput XXVII

An August Varnhagen von Ense

»Wo des Himmels, Meister Ludwig,
Habt Ihr all das tolle Zeug
Aufgegabelt?« Diese Worte
Rief der Kardinal von Este,

Als er das Gedicht gelesen
Von des Rolands Rasereien,

Das Ariosto untertänig
Seiner Eminenz gewidmet.

Ja, Varnhagen, alter Freund,
Ja, ich seh um deine Lippen
Fast dieselben Worte schweben,
Mit demselben feinen Lächeln.

Manchmal lachst du gar im Lesen!
Doch mitunter mag sich ernsthaft
Deine hohe Stirne furchen,
Und Erinnrung überschleicht dich: –

»Klang das nicht wie Jugendträume,
Die ich träumte mit Chamisso
Und Brentano und Fouqué,
In den blauen Mondscheinnächten?

Ist das nicht das fromme Läuten
Der verlornen Waldkapelle?
Klingelt schalkhaft nicht dazwischen
Die bekannte Schellenkappe?

In die Nachtigallenchöre
Bricht herein der Bärenbrummbass,
Dumpf und grollend, dieser wechselt
Wieder ab mit Geisterlispeln!

Wahnsinn, der sich klug gebärdet!
Weisheit, welche überschnappt!
Sterbeseufzer, welche plötzlich
Sich verwandeln in Gelächter! ...«

Ja, mein Freund, es sind die Klänge
Aus der längst verschollnen Traumzeit;
Nur dass oft moderne Triller
Gaukeln durch den alten Grundton.

Trotz des Übermutes wirst du
Hie und dort Verzagnis spüren –
Deiner wohlerprobten Milde
Sei empfohlen dies Gedicht!

Ach, es ist vielleicht das letzte
Freie Waldlied der Romantik!
In des Tages Brand- und Schlachtlärm
Wird es kümmerlich verhallen.

Andre Zeiten, andre Vögel!
Andre Vögel, andre Lieder!
Welch ein Schnattern, wie von Gänsen,
Die das Kapitol gerettet!

Welch ein Zwitschern! Das sind Spatzen,
Pfennigslichtchen in den Krallen;
Sie gebärden sich wie Jovis [Jupiters]

Adler mit dem Donnerkeil!

Welch ein Gurren! Turteltauben,
Liebesatt, sie wollen hassen,
Und hinfüro, statt der Venus.
Nur Bellonas Wagen ziehen!

Welch ein Sumsen, welterschütternd!
Das sind ja des Völkerfrühlings
Kolossale Maienkäfer,
Von Berserkerwut ergriffen!

Andre Zeiten, andre Vögel!
Andre Vögel, andre Lieder!
Sie gefielen mir vielleicht,
Wenn ich andre Ohren hätte!

Deutschland
Ein Wintermärchen

[Neue Gedichte, Hoffmann und Campe, Hamburg 1844]

Vorwort

Das nachstehende Gedicht schrieb ich im diesjährigen Monat Januar zu Paris, und die freie Luft des Ortes wehte in manche Strophe weit schärfer hinein, als mir eigentlich lieb war. Ich unterließ nicht, schon gleich zu mildern und auszuscheiden, was mit dem deutschen Klima unverträglich schien. Nichtsdestoweniger, als ich das Manuskript im Monat März an meinen Verleger nach Hamburg schickte, wurden mir noch mannigfache Bedenklichkeiten in Erwägung gestellt. Ich musste mich dem fatalen Geschäfte des Umarbeitens nochmals unterziehen, und da mag es wohl geschehen sein, dass die ernsten Töne mehr als nötig abgedämpft oder von den Schellen des Humors gar zu heiter überklingelt wurden. Einigen nackten Gedanken habe ich in hastigen Unmut ihre Feigenblätter wieder abgerissen, und zimperlich spröde Ohren habe ich vielleicht verletzt. Es ist mir leid, aber ich tröste mich mit dem Bewusstsein, dass größere Autoren sich ähnliche Vergehen zuschulden kommen ließen. Des Aristophanes will ich zu solcher Beschönigung gar nicht erwähnen, denn der war ein blinder Heide, und sein Publikum zu Athen hatte zwar eine klassische Erziehung genossen, wusste aber wenig von Sittlichkeit. Auf Cervantes und Molière könnte ich mich schon viel besser berufen; und ersterer schrieb für den hohen Adel beider Kastilien, letzterer für den großen König und den großen Hof von Versailles! Ach, ich vergesse, dass wir in einer sehr bürgerlichen Zeit leben, und ich sehe leider voraus, dass viele Töchter gebildeter Stände an der Spree, wo nicht gar an der Alster, über mein armes Gedicht die mehr oder minder gebogenen Näschen rümpfen werden! Was ich aber mit noch größerem Leidwesen voraussehe, das ist das Zetern jener Pharisäer der Nationalität, die jetzt mit den Antipathien der Regierungen Hand in Hand gehen, auch die volle Liebe und Hochachtung der Zensur genießen und in der Tagespresse den Ton angeben können, wo es gilt, jene Gegner zu befehden, die auch zugleich die Gegner ihrer allerhöchsten Herrschaften sind. Wir sind im Herzen gewappnet gegen das Missfallen dieser heldenmütigen Lakaien in schwarzrotgoldner Livree. Ich höre schon ihre Bierstimmen: »Du lästerst sogar unsere Farben, Verächter des Vaterlands, Freund der Franzosen, denen du den freien Rhein abtreten willst!« Beruhigt euch. Ich werde eure Farben achten und ehren, wenn sie es verdienen, wenn sie nicht mehr eine müßige oder knechtische Spielerei sind. Pflanzt die schwarzrotgoldne Fahne auf die Höhe des deutschen Gedankens, macht sie zur Standarte des freien Menschtums, und ich will mein bestes Herzblut für sie hingeben. Beruhigt euch, ich liebe das Vaterland ebenso sehr wie ihr. Wegen dieser Liebe habe ich dreizehn Lebensjahre im Exile verlebt, und wegen ebendieser Liebe kehre ich wieder zurück ins Exil, vielleicht für immer, jedenfalls ohne zu flennen oder eine schiefmäulige Duldergrimasse zu schneiden. Ich bin der Freund der Franzosen, wie ich der Freund aller Menschen bin, wenn sie vernünftig und gut sind, und weil ich selber nicht so dumm oder so schlecht bin, als dass ich wünschen sollte, dass meine Deutschen und die Franzosen, die beiden auserwählten Völker der Humanität, sich die Hälse brächen zum Besten von England und Russland und zur Schadenfreude aller Junker und Pfaffen dieses Erdballs. Seid ruhig, ich werde den Rhein nimmermehr den Franzosen abtreten, schon aus dem ganz einfachen Grunde: weil mir der Rhein gehört. Ja, mir gehört er, durch unveräußerliches Geburtsrecht, ich bin des freien Rheins noch weit freierer Sohn, an seinem Ufer stand meine Wiege, und ich sehe gar nicht ein, warum der Rhein irgendeinem andern gehören soll als den Landeskindern. Elsass und Lothringen kann ich freilich dem deutschen Reiche nicht so leicht einverleiben, wie ihr es tut, denn die Leute in jenen Landen hängen fest an Frankreich wegen der Rechte, die sie durch die französische Staatsumwälzung gewonnen, wegen jener Gleichheitsgesetze und freien Institutionen, die dem bürgerlichen Gemüte sehr angenehm sind, aber dem Magen der großen Menge dennoch vieles zu wünschen übriglassen. Indessen, die Elsässer und Lothringer werden sich wieder an Deutschland anschließen, wenn wir das vollenden, was die Franzosen begonnen haben, wenn wir diese überflügeln in der Tat, wie wir es schon getan im Gedanken, wenn wir uns bis zu den letzten Folgerungen desselben emporschwingen, wenn wir die Dienstbarkeit bis in ihrem letzten Schlupfwinkel, dem Himmel, zerstören, wenn wir den Gott, der auf Erden im Menschen wohnt, aus seiner Erniedrigung retten, wenn wir die Erlöser Gottes werden, wenn wir das arme, glückenterbte Volk und den verhöhnten Genius und die geschändete Schönheit wieder in ihre Würde einsetzen, wie unsere großen Meister gesagt und gesungen und wie wir es wollen, wir, die Jünger – ja, nicht bloß Elsass und Lothringen, sondern ganz Frankreich wird uns alsdann zufallen, ganz Europa, die ganze Welt – die ganze Welt wird deutsch werden! Von dieser Sendung und Universalherrschaft Deutschlands träume ich oft, wenn ich unter Eichen wandle. Das ist *mein* Patriotismus.

Ich werde in einem nächsten Buche auf dieses Thema zurückkommen, mit letzter Entschlossenheit, mit strenger Rücksichtslosigkeit, jedenfalls mit Loyalität. Den entschiedensten Widerspruch werde ich zu achten wissen, wenn er aus einer Überzeugung hervorgeht. Selbst der rohesten Feindseligkeit will ich alsdann geduldig verzeihen; ich will sogar der Dummheit Rede stehen, wenn sie nur ehrlich gemeint ist. Meine ganze schweigende Verachtung widme ich hingegen dem gesinnungslosen Wichte, der aus leidiger Scheelsucht oder unsauberer Privatgiftigkeit meinen guten Leumund in der öffentlichen Meinung herabzuwürdigen sucht und dabei die Maske des Patriotismus, wo nicht gar die der Religion und der Moral, benutzt. Der anarchische Zustand der deutschen politischen und literarischen Zeitungsblätterwelt ward in solcher Beziehung zuweilen mit einem Talente ausgebeutet, das ich schier bewundern musste. Wahrhaftig, Schufterle ist nicht tot, er lebt noch immer und steht seit Jahren an der Spitze einer wohl organisierten Bande von literarischen Strauchdieben, die in den böhmischen Wäldern unserer Tagespresse ihr Wesen treiben, hinter jedem Busch, hinter jedem Blatt versteckt liegen und dem leisesten Pfiff ihres würdigen Hauptmanns gehorchen.

Noch ein Wort. Das »Wintermärchen« bildet den Schluss der »Neuen Gedichte«, die in diesem Augenblick bei Hoffmann und Campe erscheinen. Um den Einzeldruck veranstalten zu können, musste mein Verleger das Gedicht den überwachenden Behörden zu besonderer Sorgfalt überliefern, und neue Varianten und Ausmerzungen sind das Ergebnis dieser höheren Kritik.

Hamburg, den 17. September 1844

Heinrich Heine

Caput I

Im traurigen Monat November war's,
Die Tage wurden trüber,
Der Wind riss von den Bäumen das Laub,
Da reist' ich nach Deutschland hinüber.

Und als ich an die Grenze kam,
Da fühlt ich ein stärkeres Klopfen
In meiner Brust, ich glaube sogar
Die Augen begunnen zu tropfen.

Und als ich die deutsche Sprache vernahm,
Da ward mir seltsam zumute;
Ich meinte nicht anders, als ob das Herz
Recht angenehm verblute.

Ein kleines Harfenmädchen sang.
Sie sang mit wahrem Gefühle
Und falscher Stimme, doch ward ich sehr
Gerühret von ihrem Spiele.

Sie sang von Liebe und Liebesgram,
Aufopfrung und Wiederfinden
Dort oben, in jener besseren Welt,
Wo alle Leiden schwinden.

Sie sang vom irdischen Jammertal,
Von Freuden, die bald zerronnen,
Vom Jenseits, wo die Seele schwelgt
Verklärt in ew'gen Wonnen.

Sie sang das alte Entsagungslied,
Das Eiapopeia vom Himmel,
Womit man einlullt, wenn es greint,
Das Volk, den großen Lümmel.

Ich kenne die Weise, ich kenne den Text,
Ich kenn auch die Herren Verfasser;
Ich weiß, sie tranken heimlich Wein
Und predigten öffentlich Wasser.

Ein neues Lied, ein besseres Lied,
O Freunde, will ich euch dichten!
Wir wollen hier auf Erden schon
Das Himmelreich errichten.

Wir wollen auf Erden glücklich sein,
Und wollen nicht mehr darben;
Verschlemmen soll nicht der faule Bauch,
Was fleißige Hände erwarben.

Es wächst hienieden Brot genug
Für alle Menschenkinder,
Auch Rosen und Myrten, Schönheit und Lust,

Und Zuckererbsen nicht minder.

Ja, Zuckererbsen für jedermann,
Sobald die Schoten platzen!
Den Himmel überlassen wir
Den Engeln und den Spatzen.

Und wachsen uns Flügel nach dem Tod,
So wollen wir euch besuchen
Dort oben, und wir, wir essen mit euch
Die seligsten Torten und Kuchen.

Ein neues Lied, ein besseres Lied!
Es klingt wie Flöten und Geigen!
Das Miserere ist vorbei,
Die Sterbeglocken schweigen.

Die Jungfer Europa ist verlobt
Mit dem schönen Geniusse
Der Freiheit, sie liegen einander im Arm,
Sie schwelgen im ersten Kusse.

Und fehlt der Pfaffensegen dabei,
Die Ehe wird gültig nicht minder –
Es lebe Bräutigam und Braut,
Und ihre zukünftigen Kinder!

Ein Hochzeitkarmen ist mein Lied,
Das bessere, das neue!
In meiner Seele gehen auf
Die Sterne der höchsten Weihe –

Begeisterte Sterne, sie lodern wild,
Zerfließen in Flammenbächen –
Ich fühle mich wunderbar erstarkt,
Ich könnte Eichen zerbrechen!

Seit ich auf deutsche Erde trat,
Durchströmen mich Zaubersäfte –
Der Riese hat wieder die Mutter berührt,
Und es wuchsen ihm neu die Kräfte.

Caput II

Während die Kleine von Himmelslust
Getrillert und musizieret,
Ward von den preußischen Douaniers
Mein Koffer visitieret.

Beschnüffelten alles, kramten herum
In Hemden, Hosen, Schnupftüchern;
Sie suchten nach Spitzen, nach Bijouterien,
Auch nach verbotenen Büchern.

Ihr Toren, die ihr im Koffer sucht!

Hier werdet ihr nichts entdecken!
Die Konterbande, die mit mir reist,
Die hab ich im Kopfe stecken.

Hier hab ich Spitzen, die feiner sind
Als die von Brüssel und Mecheln,
Und pack ich einst meine Spitzen aus,
Sie werden euch sticheln und hecheln.

Im Kopfe trage ich Bijouterien,
Der Zukunft Krondiamanten,
Die Tempelkleinodien des neuen Gotts,
Des großen Unbekannten.

Und viele Bücher trag ich im Kopf!
Ich darf es euch versichern,
Mein Kopf ist ein zwitscherndes Vogelnest
Von konfiszierlichen Büchern.

Glaubt mir, in Satans Bibliothek
Kann es nicht schlimmere geben;
Sie sind gefährlicher noch als die
Von Hoffmann von Fallersleben! –

Ein Passagier, der neben mir stand,
Bemerkte mir, ich hätte
Jetzt vor mir den preußischen Zollverein,
Die große Douanenkette.

»Der Zollverein« – bemerkte er –
»Wird unser Volkstum begründen,
Er wird das zersplitterte Vaterland
Zu einem Ganzen verbinden.

Er gibt die äußere Einheit uns,
Die sogenannt materielle;
Die geistige Einheit gibt uns die Zensur,
Die wahrhaft ideelle –

Sie gibt die innere Einheit uns,
Die Einheit im Denken und Sinnen;
Ein einiges Deutschland tut uns not,
Einig nach außen und innen.«

Caput III

Zu Aachen, im alten Dome, liegt
Carolus Magnus begraben.
(Man muss ihn nicht verwechseln mit Karl
Mayer, der lebt in Schwaben.)

Ich möchte nicht tot und begraben sein
Als Kaiser zu Aachen im Dome;
Weit lieber lebt' ich als kleinster Poet

Zu Stukkert am Neckarstrome.

Zu Aachen langweilen sich auf der Straß'
Die Hunde, sie flehn untertänig:
»Gib uns einen Fußtritt, o Fremdling, das wird
Vielleicht uns zerstreuen ein wenig.«

Ich bin in diesem langweil'gen Nest
Ein Stündchen herumgeschlendert.
Sah wieder preußisches Militär,
Hat sich nicht sehr verändert.

Es sind die grauen Mäntel noch
Mit dem hohen, roten Kragen –
(Das Rot bedeutet Franzosenblut,
Sang Körner in früheren Tagen.)

Noch immer das hölzern pedantische Volk,
Noch immer ein rechter Winkel
In jeder Bewegung, und im Gesicht
Der eingefrorene Dünkel.

Sie stelzen noch immer so steif herum,
So kerzengrade geschniegelt,
Als hätten sie verschluckt den Stock,
Womit man sie einst geprügelt.

Ja, ganz verschwand die Fuchtel nie,
Sie tragen sie jetzt im Innern;
Das trauliche Du wird immer noch
An das alte Er erinnern.

Der lange Schnurrbart ist eigentlich nur
Des Zopftums neuere Phase:
Der Zopf, der eh'mals hinten hing,
Der hängt jetzt unter der Nase.

Nicht übel gefiel mir das neue Kostüm
Der Reiter, das muss ich loben,
Besonders die Pickelhaube, den Helm
Mit der stählernen Spitze nach oben.

Das ist so rittertümlich und mahnt
An der Vorzeit holde Romantik,
An die Burgfrau Johanna von Montfaucon,
An den Freiherrn Fouqué, Uhland, Tieck.

Das mahnt an das Mittelalter so schön,
An Edelknechte und Knappen,
Die in dem Herzen getragen die Treu'
Und auf dem Hintern ein Wappen.

Das mahnt an Kreuzzug und Turnei,
An Minne und frommes Dienen,
An die ungedruckte Glaubenszeit,
Wo noch keine Zeitung erschienen.

71

Ja, ja, der Helm gefällt mir, er zeugt
Vom allerhöchsten Witze!
Ein königlicher Einfall war's!
Es fehlt nicht die Pointe, die Spitze!

Nur fürcht ich, wenn ein Gewitter entsteht,
Zieht leicht so eine Spitze
Herab auf euer romantisches Haupt
Des Himmels modernste Blitze! – –

Zu Aachen, auf dem Posthausschild,
Sah ich den Vogel wieder,
Der mir so tief verhasst! Voll Gift
Schaute er auf mich nieder.

Du hässlicher Vogel, wirst du einst
Mir in die Hände fallen,
So rupfe ich dir die Federn aus
Und hacke dir ab die Krallen.

Du sollst mir dann, in luft'ger Höh',
Auf einer Stange sitzen,
Und ich rufe zum lustigen Schießen herbei
Die rheinischen Vogelschützen.

Wer mir den Vogel herunterschießt,
Mit Zepter und Krone belehn ich
Den wackern Mann! Wir blasen Tusch
Und rufen: »Es lebe der König!«

Caput IV

Zu Köllen kam ich spätabends an,
Da hörte ich rauschen den Rheinfluss,
Da fächelte mich schon deutsche Luft,
Da fühlt ich ihren Einfluss –

Auf meinen Appetit. Ich aß
Dort Eierkuchen mit Schinken,
Und da er sehr gesalzen war,
Musst ich auch Rheinwein trinken.

Der Rheinwein glänzt noch immer wie Gold
Im grünen Römerglase,
Und trinkst du etwelche Schoppen zu viel,
So steigt er dir in die Nase.

In die Nase steigt ein Prickeln so süß,
Man kann sich vor Wonne nicht lassen!
Es trieb mich hinaus in die dämmernde Nacht,
In die widerhallenden Gassen.

Die steinernen Häuser schauten mich an,
Als wollten sie mir berichten

Legenden aus altverschollener Zeit,
Der heil'gen Stadt Köllen Geschichten.

Ja, hier hat einst die Klerisei
Ihr frommes Wesen getrieben,
Hier haben die Dunkelmänner geherrscht,
Die Ulrich von Hutten beschrieben.

Der Cancan des Mittelalters ward hier
Getanzt von Nonnen und Mönchen;
Hier schrieb Hochstraaten, der Menzel von Köln,
Die gift'gen Denunziatiönchen.

Die Flamme des Scheiterhaufens hat hier
Bücher und Menschen verschlungen;
Die Glocken wurden geläutet dabei
Und Kyrie eleison gesungen.

Dummheit und Bosheit buhlten hier
Gleich Hunden auf freier Gasse;
Die Enkelbrut erkennt man noch heut
An ihrem Glaubenshasse. –

Doch siehe! dort im Mondenschein
Den kolossalen Gesellen!
Er ragt verteufelt schwarz empor,
Das ist der Dom von Köllen.

Er sollte des Geistes Bastille sein,
Und die listigen Römlinge dachten:
In diesem Riesenkerker wird
Die deutsche Vernunft verschmachten!

Da kam der Luther, und er hat
Sein großes »Halt!« gesprochen –
Seit jenem Tage blieb der Bau
Des Domes unterbrochen.

Er ward nicht vollendet – und das ist gut.
Denn eben die Nichtvollendung
Macht ihn zum Denkmal von Deutschlands Kraft
Und protestantischer Sendung.

Ihr armen Schelme vom Domverein,
Ihr wollt mit schwachen Händen
Fortsetzen das unterbrochene Werk,
Und die alte Zwingburg vollenden!

O törichter Wahn! Vergebens wird
Geschüttelt der Klingelbeutel,
Gebettelt bei Ketzern und Juden sogar,
Ist alles fruchtlos und eitel.

Vergebens wird der große Franz Liszt
Zum Besten des Doms musizieren,
Und ein talentvoller König wird

Vergebens deklamieren!

Er wird nicht vollendet, der Kölner Dom,
Obgleich die Narren in Schwaben
Zu seinem Fortbau ein ganzes Schiff
Voll Steine gesendet haben.

Er wird nicht vollendet, trotz allem Geschrei
Der Raben und der Eulen,
Die, altertümlich gesinnt, so gern
In hohen Kirchtürmen weilen.

Ja, kommen wird die Zeit sogar,
Wo man, statt ihn zu vollenden,
Die inneren Räume zu einem Stall
Für Pferde wird verwenden.

»Und wird der Dom ein Pferdestall,
Was sollen wir dann beginnen
Mit den Heil'gen Drei Kön'gen, die da ruhn
Im Tabernakel da drinnen?«

So höre ich fragen. Doch brauchen wir uns
In unserer Zeit zu genieren?
Die Heil'gen Drei Kön'ge aus Morgenland,
Sie können woanders logieren.

Folgt meinem Rat und steckt sie hinein
In jene drei Körbe von Eisen,
Die hoch zu Münster hängen am Turm,
Der Sankt Lamberti geheißen.

Der Schneiderkönig saß darin
Mit seinen beiden Räten,
Wir aber benutzen die Körbe jetzt
Für andre Majestäten.

Zur Rechten soll Herr Balthasar,
Zur Linken Herr Melchior schweben,
In der Mitte Herr Gaspar – Gott weiß, wie einst
Die drei gehaust im Leben!

Die Heil'ge Allianz des Morgenlands,
Die jetzt kanonisieret,
Sie hat vielleicht nicht immer schön
Und fromm sich aufgeführet.

Der Balthasar und der Melchior,
Das waren vielleicht zwei Gäuche,
Die in der Not eine Konstitution
Versprochen ihrem Reiche,

Und später nicht Wort gehalten – Es hat
Herr Gaspar, der König der Mohren,
Vielleicht mit schwarzem Undank sogar
Belohnt sein Volk, die Toren!

Caput V

Und als ich an die Rheinbrück' kam,
Wohl an die Hafenschanze,
Da sah ich fließen den Vater Rhein
Im stillen Mondenglanze.

»Sei mir gegrüßt, mein Vater Rhein,
Wie ist es dir ergangen?
Ich habe oft an dich gedacht
Mit Sehnsucht und Verlangen.«

So sprach ich, da hört ich im Wasser tief
Gar seltsam grämliche Töne,
Wie Hüsteln eines alten Manns,
Ein Brümmeln und weiches Gestöhne:

»Willkommen, mein Junge, das ist mir lieb,
Dass du mich nicht vergessen;
Seit dreizehn Jahren sah ich dich nicht,
Mir ging es schlecht unterdessen.

Zu Biberich hab ich Steine verschluckt,
Wahrhaftig, sie schmeckten nicht lecker!
Doch schwerer liegen im Magen mir
Die Verse von Niklas Becker.

Er hat mich besungen, als ob ich noch
Die reinste Jungfer wäre,
Die sich von niemand rauben lässt
Das Kränzlein ihrer Ehre.

Wenn ich es höre, das dumme Lied,
Dann möcht ich mir zerraufen
Den weißen Bart, ich möchte fürwahr
Mich in mir selbst ersaufen!

Dass ich keine reine Jungfer bin,
Die Franzosen wissen es besser,
Sie haben mit meinem Wasser so oft
Vermischt ihr Siegergewässer.

Das dumme Lied und der dumme Kerl!
Er hat mich schmählich blamieret,
Gewissermaßen hat er mich auch
Politisch kompromittieret.

Denn kehren jetzt die Franzosen zurück,
So muss ich vor ihnen erröten,
Ich, der um ihre Rückkehr so oft
Mit Tränen zum Himmel gebeten.

Ich habe sie immer so liebgehabt,
Die lieben kleinen Französchen –
Singen und springen sie noch wie sonst?

Tragen noch weiße Höschen?

Ich möchte sie gerne wiedersehn,
Doch fürcht ich die Persiflage,
Von wegen des verwünschten Lieds,
Von wegen der Blamage.

Der Alfred de Musset, der Gassenbub',
Der kommt an ihrer Spitze
Vielleicht als Tambour, und trommelt mir vor
All seine schlechten Witze.«

So klagte der arme Vater Rhein,
Konnt sich nicht zufriedengeben.
Ich sprach zu ihm manch tröstendes Wort,
Um ihm das Herz zu heben:

»O fürchte nicht, mein Vater Rhein,
Den spöttelnden Scherz der Franzosen;
Sie sind die alten Franzosen nicht mehr,
Auch tragen sie andere Hosen.

Die Hosen sind rot und nicht mehr weiß,
Sie haben auch andere Knöpfe,
Sie singen nicht mehr, sie springen nicht mehr,
Sie senken nachdenklich die Köpfe.

Sie philosophieren und sprechen jetzt
Von Kant, von Fischte und Hegel,
Sie rauchen Tabak, sie trinken Bier,
Und manche schieben auch Kegel.

Sie werden Philister ganz wie wir,
Und treiben es endlich noch ärger;
Sie sind keine Voltairianer mehr,
Sie werden Hengstenberger.

Der Alfred de Musset, das ist wahr,
Ist noch ein Gassenjunge;
Doch fürchte nichts, wir fesseln ihm
Die schändliche Spötterzunge.

Und trommelt er dir einen schlechten Witz,
So pfeifen wir ihm einen schlimmern,
Wir pfeifen ihm vor, was ihm passiert
Bei schönen Frauenzimmern.

Gib dich zufrieden, Vater Rhein,
Denk nicht an schlechte Lieder,
Ein besseres Lied vernimmst du bald –
Leb wohl, wir sehen uns wieder.«

Caput VI

Den Paganini begleitete stets
Ein Spiritus familiaris,
Manchmal als Hund, manchmal in Gestalt
Des seligen Georg Harrys.

Napoleon sah einen roten Mann
Vor jedem wicht'gen Ereignis.
Sokrates hatte seinen Dämon,
Das war kein Hirnerzeugnis.

Ich selbst, wenn ich am Schreibtisch saß
Des Nachts, hab ich gesehen
Zuweilen einen vermummten Gast
Unheimlich hinter mir stehen.

Unter dem Mantel hielt er etwas
Verborgen, das seltsam blinkte,
Wenn es zum Vorschein kam, und ein Beil,
Ein Richtbeil, zu sein mir dünkte.

Er schien von untersetzter Statur,
Die Augen wie zwei Sterne;
Er störte mich im Schreiben nie,
Blieb ruhig stehn in der Ferne.

Seit Jahren hatte ich nicht gesehn
Den sonderbaren Gesellen,
Da fand ich ihn plötzlich wieder hier
In der stillen Mondnacht zu Köllen.

Ich schlenderte sinnend die Straßen entlang,
Da sah ich ihn hinter mir gehen,
Als ob er mein Schatten wäre, und stand
Ich still, so blieb er stehen.

Blieb stehen, als wartete er auf was,
Und förderte ich die Schritte,
Dann folgte er wieder. So kamen wir
Bis auf des Domplatz' Mitte.

Es ward mir unleidlich, ich drehte mich um
Und sprach: »Jetzt steh mir Rede,
Was folgst du mir auf Weg und Steg
Hier in der nächtlichen Öde?

Ich treffe dich immer in der Stund',
Wo Weltgefühle sprießen
In meiner Brust und durch das Hirn
Die Geistesblitze schießen.

Du siehst mich an so stier und fest –
Steh Rede: Was verhüllst du
Hier unter dem Mantel, das heimlich blinkt?

Wer bist du und was willst du?«

Doch jener erwiderte trockenen Tons,
Sogar ein bisschen phlegmatisch:
»Ich bitte dich, exorziere mich nicht,
Und werde nur nicht emphatisch!

Ich bin kein Gespenst der Vergangenheit,
Kein grabentstiegener Strohwisch,
Und von Rhetorik bin ich kein Freund,
Bin auch nicht sehr philosophisch.

Ich bin von praktischer Natur,
Und immer schweigsam und ruhig.
Doch wisse: was du ersonnen im Geist,
Das führ ich aus, das tu ich.

Und gehn auch Jahre drüber hin,
Ich raste nicht, bis ich verwandle
In Wirklichkeit, was du gedacht;
Du denkst, und ich, ich handle.

Du bist der Richter, der Büttel bin ich,
Und mit dem Gehorsam des Knechtes
Vollstreck ich das Urteil, das du gefällt,
Und sei es ein ungerechtes.

Dem Konsul trug man ein Beil voran
Zu Rom, in alten Tagen.
Auch du hast deinen Liktor, doch wird
Das Beil dir nachgetragen.

Ich bin dein Liktor, und ich geh
Beständig mit dem blanken
Richtbeile hinter dir – ich bin
Die Tat von deinem Gedanken.«

Caput VII

Ich ging nach Haus und schlief, als ob
Die Engel gewiegt mich hätten.
Man ruht in deutschen Betten so weich,
Denn das sind Federbetten.

Wie sehnt ich mich oft nach der Süßigkeit
Des vaterländischen Pfühles,
Wenn ich auf harten Matratzen lag,
In der schlaflosen Nacht des Exiles!

Man schläft sehr gut und träumt auch gut
In unseren Federbetten.
Hier fühlt die deutsche Seele sich frei
Von allen Erdenketten.

Sie fühlt sich frei und schwingt sich empor

Zu den höchsten Himmelsräumen.
O deutsche Seele, wie stolz ist dein Flug
In deinen nächtlichen Träumen!

Die Götter erbleichen, wenn du nahst!
Du hast auf deinen Wegen
Gar manches Sternlein ausgeputzt
Mit deinen Flügelschlägen!

Franzosen und Russen gehört das Land,
Das Meer gehört den Briten,
Wir aber besitzen im Luftreich des Traums
Die Herrschaft unbestritten.

Hier üben wir die Hegemonie,
Hier sind wir unzerstückelt;
Die andern Völker haben sich
Auf platter Erde entwickelt. – –

Und als ich einschlief, da träumte mir,
Ich schlenderte wieder im hellen
Mondschein die hallenden Straßen entlang,
In dem altertümlichen Köllen.

Und hinter mir ging wieder einher
Mein schwarzer, vermummter Begleiter.
Ich war so müde, mir brachen die Knie,
Doch immer gingen wir weiter.

Wir gingen weiter. Mein Herz in der Brust
War klaffend aufgeschnitten,
Und aus der Herzenswunde hervor
Die roten Tropfen glitten.

Ich tauchte manchmal die Finger hinein,
Und manchmal ist es geschehen,
Dass ich die Haustürpfosten bestrich
Mit dem Blut im Vorübergehen.

Und jedesmal, wenn ich ein Haus
Bezeichnet in solcher Weise,
Ein Sterbeglöckchen erscholl fernher,
Wehmütig wimmernd und leise.

Am Himmel aber erblich der Mond,
Er wurde immer trüber;
Gleich schwarzen Rossen jagten an ihm
Die wilden Wolken vorüber.

Und immer ging hinter mir einher
Mit seinem verborgenen Beile
Die dunkle Gestalt – so wanderten wir
Wohl eine gute Weile.

Wir gehen und gehen, bis wir zuletzt
Wieder zum Domplatz gelangen;

Weit offen standen die Pforten dort,
Wir sind hineingegangen.

Es herrschte im ungeheuren Raum
Nur Tod und Nacht und Schweigen;
Es brannten Ampeln hie und da,
Um die Dunkelheit recht zu zeigen.

Ich wandelte lange den Pfeilern entlang
Und hörte nur die Tritte
Von meinem Begleiter, er folgte mir
Auch hier bei jedem Schritte.

Wir kamen endlich zu einem Ort,
Wo funkelnde Kerzenhelle
Und blitzendes Gold und Edelstein;
Das war die Drei-Königs-Kapelle.

Die Heil'gen Drei Könige jedoch,
Die sonst so still dort lagen,
O Wunder! sie saßen aufrecht jetzt
Auf ihren Sarkophagen.

Drei Totengerippe, phantastisch geputzt,
Mit Kronen auf den elenden
Vergilbten Schädeln, sie trugen auch
Das Zepter in knöchernen Händen.

Wie Hampelmänner bewegten sie
Die längstverstorbenen Knochen;
Die haben nach Moder und zugleich
Nach Weihrauchduft gerochen.

Der eine bewegte sogar den Mund
Und hielt eine Rede, sehr lange;
Er setzte mir auseinander, warum
Er meinen Respekt verlange.

Zuerst weil er ein Toter sei,
Und zweitens weil er ein König,
Und drittens weil er ein Heil'ger sei –
Das alles rührte mich wenig.

Ich gab ihm zur Antwort lachenden Muts:
»Vergebens ist deine Bemühung!
Ich sehe, dass du der Vergangenheit
Gehörst in jeder Beziehung.

Fort! fort von hier! im tiefen Grab
Ist eure natürliche Stelle.
Das Leben nimmt jetzt in Beschlag
Die Schätze dieser Kapelle.

Der Zukunft fröhliche Kavallerie
Soll hier im Dome hausen,
Und weicht ihr nicht willig, so brauch ich Gewalt

Und lass euch mit Kolben lausen!«

So sprach ich, und ich drehte mich um,
Da sah ich furchtbar blinken
Des stummen Begleiters furchtbares Beil –
Und er verstand mein Winken.

Er nahte sich, und mit dem Beil
Zerschmetterte er die armen
Skelette des Aberglaubens, er schlug
Sie nieder ohn' Erbarmen.

Es dröhnte der Hiebe Widerhall
Aus allen Gewölben, entsetzlich! –
Blutströme schossen aus meiner Brust,
Und ich erwachte plötzlich.

Caput VIII

Von Köllen bis Hagen kostet die Post
Fünf Taler sechs Groschen preußisch.
Die Diligence war leider besetzt,
Und ich kam in die offene Beichais'.

Ein Spätherbstmorgen, feucht und grau,
Im Schlamme keuchte der Wagen;
Doch trotz des schlechten Wetters und Wegs
Durchströmte mich süßes Behagen.

Das ist ja meine Heimatluft!
Die glühende Wange empfand es!
Und dieser Landstraßenkot, er ist
Der Dreck meines Vaterlandes!

Die Pferde wedelten mit dem Schwanz
So traulich wie alte Bekannte,
Und ihre Mistküchlein dünkten mir schön
Wie die Äpfel der Atalante!

Wir fuhren durch Mühlheim. Die Stadt ist nett,
Die Menschen still und fleißig.
War dort zuletzt im Monat Mai
Des Jahres einunddreißig.

Damals stand alles im Blütenschmuck
Und die Sonnenlichter lachten,
Die Vögel sangen sehnsuchtvoll,
Und die Menschen hofften und dachten –

Sie dachten: ›Die magere Ritterschaft
Wird bald von hinnen reisen,
Und der Abschiedstrunk wird ihnen kredenzt
Aus langen Flaschen von Eisen!

Und die Freiheit kommt mit Spiel und Tanz,

Mit der Fahne, der weißblauroten;
Vielleicht holt sie sogar aus dem Grab
Den Bonaparte, den Toten!‹

Ach Gott! die Ritter sind immer noch hier,
Und manche dieser Gäuche,
Die spindeldürre gekommen ins Land,
Die haben jetzt dicke Bäuche.

Die blassen Kanaillen, die ausgesehn
Wie Liebe, Glauben und Hoffen,
Sie haben seitdem in unserm Wein
Sich rote Nasen gesoffen – – –

Und die Freiheit hat sich den Fuß verrenkt,
Kann nicht mehr springen und stürmen;
Die Trikolore in Paris
Schaut traurig herab von den Türmen.

Der Kaiser ist auferstanden seitdem,
Doch die englischen Würmer haben
Aus ihm einen stillen Mann gemacht,
Und er ließ sich wieder begraben.

Hab selber sein Leichenbegängnis gesehn,
Ich sah den goldenen Wagen
Und die goldenen Siegesgöttinnen drauf,
Die den goldenen Sarg getragen.

Den Elysäischen Feldern entlang,
Durch des Triumphes Bogen,
Wohl durch den Nebel, wohl über den Schnee
Kam langsam der Zug gezogen.

Misstönend schauerlich war die Musik.
Die Musikanten starrten
Vor Kälte. Wehmütig grüßten mich
Die Adler der Standarten.

Die Menschen schauten so geisterhaft
In alter Erinnrung verloren –
Der imperiale Märchentraum
War wieder heraufbeschworen.

Ich weinte an jenem Tag. Mir sind
Die Tränen ins Auge gekommen,
Als ich den verschollenen Liebesruf,
Das »Vive l'Empereur!«, vernommen.

Caput IX

Von Köllen war ich drei Viertel auf acht
Des Morgens fortgereiset;
Wir kamen nach Hagen schon gegen drei,

Da wird zu Mittag gespeiset.
Der Tisch war gedeckt. Hier fand ich ganz
Die altgermanische Küche.
Sei mir gegrüßt, mein Sauerkraut,
Holdselig sind deine Gerüche!

Gestovte Kastanien im grünen Kohl!
So aß ich sie einst bei der Mutter!
Ihr heimischen Stockfische, seid mir gegrüßt!
Wie schwimmt ihr klug in der Butter!

Jedwedem fühlenden Herzen bleibt
Das Vaterland ewig teuer –
Ich liebe auch recht braun geschmort
Die Bücklinge und Eier.

Wie jauchzten die Würste im spritzelnden Fett!
Die Krammetsvögel, die frommen
Gebratenen Englein mit Apfelmus,
Sie zwitscherten mir: »Willkommen!«

»Willkommen, Landsmann« – zwitscherten sie –
»Bist lange ausgeblieben,
Hast dich mit fremdem Gevögel so lang
In der Fremde herumgetrieben!«

Es stand auf dem Tische eine Gans,
Ein stilles, gemütliches Wesen.
Sie hat vielleicht mich einst geliebt,
Als wir beide noch jung gewesen.

Sie blickte mich an so bedeutungsvoll,
So innig, so treu, so wehe!
Besaß eine schöne Seele gewiss,
Doch war das Fleisch sehr zähe.

Auch einen Schweinskopf trug man auf
In einer zinnernen Schüssel;
Noch immer schmückt man den Schweinen bei uns
Mit Lorbeerblättern den Rüssel.

Caput X

Dicht hinter Hagen ward es Nacht,
Und ich fühlte in den Gedärmen
Ein seltsames Frösteln. Ich konnte mich erst
Zu Unna, im Wirtshaus, erwärmen.

Ein hübsches Mädchen fand ich dort,
Die schenkte mir freundlich den Punsch ein;
Wie gelbe Seide das Lockenhaar,
Die Augen sanft wie Mondschein.

Den lispelnd westfälischen Akzent

Vernahm ich mit Wollust wieder.
Viel süße Erinnerung dampfte der Punsch,
Ich dachte der lieben Brüder,

Der lieben Westfalen, womit ich so oft
In Göttingen getrunken,
Bis wir gerührt einander ans Herz
Und unter die Tische gesunken!

Ich habe sie immer so liebgehabt,
Die lieben, guten Westfalen,
Ein Volk, so fest, so sicher, so treu,
Ganz ohne Gleißen und Prahlen.

Wie standen sie prächtig auf der Mensur
Mit ihren Löwenherzen!
Es fielen so grade, so ehrlich gemeint,
Die Quarten und die Terzen.

Sie fechten gut, sie trinken gut,
Und wenn sie die Hand dir reichen
Zum Freundschaftsbündnis, dann weinen sie;
Sind sentimentale Eichen.

Der Himmel erhalte dich, wackres Volk,
Er segne deine Saaten,
Bewahre dich vor Krieg und Ruhm,
Vor Helden und Heldentaten.

Er schenke deinen Söhnen stets
Ein sehr gelindes Examen,
Und deine Töchter bringe er hübsch
Unter die Haube – Amen!

Caput XI

Das ist der Teutoburger Wald,
Den Tacitus beschrieben,
Das ist der klassische Morast,
Wo Varus steckengeblieben.

Hier schlug ihn der Cheruskerfürst,
Der Hermann, der edle Recke;
Die deutsche Nationalität,
Die siegte in diesem Drecke.

Wenn Hermann nicht die Schlacht gewann,
Mit seinen blonden Horden,
So gäb es deutsche Freiheit nicht mehr,
Wir wären römisch geworden!

In unserem Vaterland herrschten jetzt
Nur römische Sprache und Sitten,
Vestalen gäb es in München sogar,

Die Schwaben hießen Quiriten!
Der Hengstenberg wär ein Haruspex
Und grübelte in den Gedärmen
Von Ochsen. Neander wär ein Augur
Und schaute nach Vögelschwärmen.

Birch-Pfeiffer söffe Terpentin,
Wie einst die römischen Damen.
(Man sagt, dass sie dadurch den Urin
Besonders wohlriechend bekamen.)

Der Raumer wäre kein deutscher Lump,
Er wäre ein röm'scher Lumpacius.
Der Freiligrath dichtete ohne Reim,
Wie weiland Flaccus Horatius.

Der grobe Bettler, Vater Jahn,
Der hieße jetzt Grobianus.
Me hercule! Maßmann spräche Latein,
Der Marcus Tullius Maßmanus!

Die Wahrheitsfreunde würden jetzt
Mit Löwen, Hyänen, Schakalen
Sich raufen in der Arena, anstatt
Mit Hunden in kleinen Journalen.

Wir hätten *einen* Nero jetzt,
Statt Landesväter drei Dutzend.
Wir schnitten uns die Adern auf,
Den Schergen der Knechtschaft trutzend.

Der Schelling wär ganz ein Seneca,
Und käme in solchem Konflikt um.
Zu unsrem Cornelius sagten wir:
»Cacatum non est pictum.«

Gottlob! Der Hermann gewann die Schlacht,
Die Römer wurden vertrieben,
Varus mit seinen Legionen erlag,
Und wir sind Deutsche geblieben!

Wir blieben deutsch, wir sprechen deutsch,
Wie wir es gesprochen haben;
Der Esel heißt Esel, nicht asinus,
Die Schwaben blieben Schwaben.

Der Raumer blieb ein deutscher Lump
In unserm deutschen Norden.
In Reimen dichtet Freiligrath,
Ist kein Horaz geworden.

Gottlob, der Maßmann spricht kein Latein,
Birch-Pfeiffer schreibt nur Dramen,
Und säuft nicht schnöden Terpentin
Wie Roms galante Damen.

O Hermann, dir verdanken wir das!
Drum wird dir, wie sich gebühret,
Zu Detmold ein Monument gesetzt;
Hab selber subskribieret.

Caput XII

Im nächtlichen Walde humpelt dahin
Die Chaise. Da kracht es plötzlich –
Ein Rad ging los. Wir halten still.
Das ist nicht sehr ergötzlich.

Der Postillion steigt ab und eilt
Ins Dorf, und ich verweile
Um Mitternacht allein im Wald.
Ringsum ertönt ein Geheule.

Das sind die Wölfe, die heulen so wild,
Mit ausgehungerten Stimmen.
Wie Lichter in der Dunkelheit
Die feurigen Augen glimmen.

Sie hörten von meiner Ankunft gewiss,
Die Bestien, und mir zur Ehre
Illuminierten sie den Wald
Und singen sie ihre Chöre.

Das ist ein Ständchen, ich merke es jetzt,
Ich soll gefeiert werden!
Ich warf mich gleich in Positur
Und sprach mit gerührten Gebärden:

»Mitwölfe! Ich bin glücklich, heut
In eurer Mitte zu weilen,
Wo so viel edle Gemüter mir
Mit Liebe entgegenheulen.

Was ich in diesem Augenblick
Empfinde, ist unermesslich;
Ach, diese schöne Stunde bleibt
Mir ewig unvergesslich.

Ich danke euch für das Vertraun,
Womit ihr mich beehret
Und das ihr in jeder Prüfungszeit
Durch treue Beweise bewähret.

Mitwölfe! Ihr zweifeltet nie an mir,
Ihr ließet euch nicht fangen
Von Schelmen, die euch gesagt, ich sei
Zu den Hunden übergegangen,

Ich sei abtrünnig und werde bald
Hofrat in der Lämmerhürde –

Dergleichen zu widersprechen war
Ganz unter meiner Würde.

Der Schafpelz, den ich umgehängt
Zuweilen, um mich zu wärmen,
Glaubt mir's, er brachte mich nie dahin,
Für das Glück der Schafe zu schwärmen.

Ich bin kein Schaf, ich bin kein Hund,
Kein Hofrat und kein Schellfisch –
Ich bin ein Wolf geblieben, mein Herz
Und meine Zähne sind wölfisch.

Ich bin ein Wolf und werde stets
Auch heulen mit den Wölfen –
Ja, zählt auf mich und helft euch selbst,
Dann wird auch Gott euch helfen!«

Das war die Rede, die ich hielt,
Ganz ohne Vorbereitung;
Verstümmelt hat Kolb sie abgedruckt
In der »Allgemeinen Zeitung«.

Caput XIII

Die Sonne ging auf bei Paderborn,
Mit sehr verdrossner Gebärde.
Sie treibt in der Tat ein verdrießlich Geschäft –
Beleuchten die dumme Erde!

Hat sie die eine Seite erhellt,
Und bringt sie mit strahlender Eile
Der andern ihr Licht, so verdunkelt schon
Sich jene mittlerweile.

Der Stein entrollt dem Sisyphus,
Der Danaiden Tonne
Wird nie gefüllt, und den Erdenball
Beleuchtet vergeblich die Sonne! –

Und als der Morgennebel zerrann,
Da sah ich am Wege ragen,
Im Frührotschein, das Bild des Manns,
Der an das Kreuz geschlagen.

Mit Wehmut erfüllt mich jedesmal
Dein Anblick, mein armer Vetter,
Der du die Welt erlösen gewollt,
Du Narr, du Menschheitsretter!

Sie haben dir übel mitgespielt,
Die Herren vom hohen Rate.
Wer hieß dich auch reden so rücksichtslos
Von der Kirche und vom Staate!

Zu deinem Malheur war die Buchdruckerei
Noch nicht in jenen Tagen
Erfunden; du hättest geschrieben ein Buch
Über die Himmelsfragen.

Der Zensor hätte gestrichen darin,
Was etwa anzüglich auf Erden,
Und liebend bewahrte dich die Zensur
Vor dem Gekreuzigtwerden.

Ach! hättest du nur einen andern Text
Zu deiner Bergpredigt genommen,
Besaßest ja Geist und Talent genug,
Und konntest schonen die Frommen!

Geldwechsler, Bankiers, hast du sogar
Mit der Peitsche gejagt aus dem Tempel –
Unglücklicher Schwärmer, jetzt hängst du am Kreuz
Als warnendes Exempel!

Caput XIV

Ein feuchter Wind, ein kahles Land,
Die Chaise wackelt im Schlamme;
Doch singt es und klingt es in meinem Gemüt:
»Sonne, du klagende Flamme!«

Das ist der Schlussreim des alten Lieds,
Das oft meine Amme gesungen –
»Sonne, du klagende Flamme!« Das hat
Wie Waldhornruf geklungen.

Es kommt im Lied ein Mörder vor,
Der lebt' in Lust und Freude;
Man findet ihn endlich im Walde gehenkt
An einer grauen Weide.

Der Mörders Todesurteil war
Genagelt am Weidenstamme;
Das haben die Rächer der Feme getan –
»Sonne, du klagende Flamme!«

Die Sonne war Kläger, sie hatte bewirkt,
Dass man den Mörder verdamme.
Ottilie hatte sterbend geschrien:
»Sonne, du klagende Flamme!«

Und denk ich des Liedes, so denk ich auch
Der Amme, der lieben Alten;
Ich sehe wieder ihr braunes Gesicht,
Mit allen Runzeln und Falten.

Sie war geboren im Münsterland,
Und wusste, in großer Menge,

Gespenstergeschichten, grausenhaft,
Und Märchen und Volksgesänge.

Wie pochte mein Herz, wenn die alte Frau
Von der Königstochter erzählte,
Die einsam auf der Heide saß
Und die goldnen Haare strählte.

Die Gänse musste sie hüten dort
Als Gänsemagd, und trieb sie
Am Abend die Gänse wieder durchs Tor,
Gar traurig stehen blieb sie.

Denn angenagelt über dem Tor
Sah sie ein Rosshaupt ragen,
Das war der Kopf des armen Pferds,
Das sie in die Fremde getragen.

Die Königstochter seufzte tief:
»O Falada, dass du hangest!«
Der Pferdekopf herunterrief:
»O wehe! dass du gangest!«

Die Königstochter seufzte tief:
»Wenn das meine Mutter wüsste!«
Der Pferdekopf herunterrief:
»Ihr Herze brechen müsste!«

Mit stockendem Atem horchte ich hin,
Wenn die Alte ernster und leiser
Zu sprechen begann und vom Rotbart sprach,
Von unserem heimlichen Kaiser.

Sie hat mir versichert, er sei nicht tot,
Wie da glauben die Gelehrten,
Er hause versteckt in einem Berg
Mit seinen Waffengefährten.

Kyffhäuser ist der Berg genannt,
Und drinnen ist eine Höhle;
Die Ampeln erhellen so geisterhaft
Die hochgewölbten Säle.

Ein Marstall ist der erste Saal,
Und dorten kann man sehen
Viel tausend Pferde, blankgeschirrt,
Die an den Krippen stehen.

Sie sind gesattelt und gezäumt,
Jedoch von diesen Rossen
Kein einziges wiehert, kein einziges stampft,
Sind still, wie aus Eisen gegossen.

Im zweiten Saale, auf der Streu,
Sieht man Soldaten liegen,
Viel tausend Soldaten, bärtiges Volk,

Mit kriegerisch trotzigen Zügen.

Sie sind gerüstet von Kopf bis Fuß,
Doch alle diese Braven,
Sie rühren sich nicht, bewegen sich nicht,
Sie liegen fest und schlafen.

Hochaufgestapelt im dritten Saal
Sind Schwerter, Streitäxte, Speere,
Harnische, Helme, von Silber und Stahl,
Altfränkische Feuergewehre.

Sehr wenig Kanonen, jedoch genug,
Um eine Trophäe zu bilden.
Hoch ragt daraus eine Fahne hervor,
Die Farbe ist schwarzrotgülden.

Der Kaiser bewohnt den vierten Saal.
Schon seit Jahrhunderten sitzt er
Auf steinernem Stuhl, am steinernen Tisch,
Das Haupt auf den Armen stützt er.

Sein Bart, der bis zur Erde wuchs,
Ist rot wie Feuerflammen,
Zuweilen zwinkert er mit dem Aug',
Zieht manchmal die Brauen zusammen.

Schläft er oder denkt er nach?
Man kann's nicht genau ermitteln;
Doch wenn die rechte Stunde kommt,
Wird er gewaltig sich rütteln.

Die gute Fahne ergreift er dann
Und ruft: »Zu Pferd! zu Pferde!«
Sein reisiges Volk erwacht und springt
Lautrasselnd empor von der Erde.

Ein jeder schwingt sich auf sein Ross,
Das wiehert und stampft mit den Hufen!
Sie reiten hinaus in die klirrende Welt,
Und die Trompeten rufen.

Sie reiten gut, sie schlagen gut,
Sie haben ausgeschlafen.
Der Kaiser hält ein strenges Gericht,
Er will die Mörder bestrafen –

Die Mörder, die gemeuchelt einst
Die teure, wundersame,
Goldlockichte Jungfrau Germania –
»Sonne, du klagende Flamme!«

Wohl mancher, der sich geborgen geglaubt,
Und lachend auf seinem Schloss saß,
Er wird nicht entgehen dem rächenden Strang,
Dem Zorne Barbarossas! – – –

Wie klingen sie lieblich, wie klingen sie süß,
Die Märchen der alten Amme!
Mein abergläubisches Herze jauchzt:
»Sonne, du klagende Flamme!«

Caput XV

Ein feiner Regen prickelt herab,
Eiskalt, wie Nähnadelspitzen.
Die Pferde bewegen traurig den Schwanz,
Sie waten im Kot und schwitzen.

Der Postillion stößt in sein Horn,
Ich kenne das alte Getute –
»Es reiten drei Reiter zum Tor hinaus!«
Es wird mir so dämmrig zumute.

Mich schläferte und ich entschlief,
Und siehe! mir träumte am Ende,
Dass ich mich in dem Wunderberg
Beim Kaiser Rotbart befände.

Er saß nicht mehr auf steinernem Stuhl,
Am steinernen Tisch, wie ein Steinbild;
Auch sah er nicht so ehrwürdig aus,
Wie man sich gewöhnlich einbild't.

Er watschelte durch die Säle herum
Mit mir im trauten Geschwätze.
Er zeigte wie ein Antiquar
Mir seine Kuriosa und Schätze.

Im Saale der Waffen erklärte er mir,
Wie man sich der Kolben bediene,
Von einigen Schwertern rieb er den Rost
Mit seinem Hermeline.

Er nahm ein Pfauenwedel zur Hand,
Und reinigte vom Staube
Gar manchen Harnisch, gar manchen Helm,
Auch manche Pickelhaube.

Die Fahne stäubte er gleichfalls ab,
Und er sprach: »Mein größter Stolz ist,
Dass noch keine Motte die Seide zerfraß,
Und auch kein Wurm im Holz ist.«

Und als wir kamen in den Saal,
Wo schlafend am Boden liegen
Viel tausend Krieger, kampfbereit,
Der Alte sprach mit Vergnügen:

»Hier müssen wir leiser reden und gehn,
Damit wir nicht wecken die Leute;

Wieder verflossen sind hundert Jahr',
Und Löhnungstag ist heute.«

Und siehe! der Kaiser nahte sich sacht
Den schlafenden Soldaten,
Und steckte heimlich in die Tasch'
Jedwedem einen Dukaten.

Er sprach mit schmunzelndem Gesicht,
Als ich ihn ansah verwundert:
»Ich zahle einen Dukaten per Mann,
Als Sold, nach jedem Jahrhundert.«

Im Saale, wo die Pferde stehn
In langen, schweigenden Reihen,
Da rieb der Kaiser sich die Händ',
Schien sonderbar sich zu freuen.

Er zählte die Gäule, Stück vor Stück,
Und klätschelte ihnen die Rippen;
Er zählte und zählte, mit ängstlicher Hast
Bewegten sich seine Lippen.

»Das ist noch nicht die rechte Zahl« –
Sprach er zuletzt verdrossen –,
»Soldaten und Waffen hab ich genung,
Doch fehlt es noch an Rossen.

Rosskämme hab ich ausgeschickt
In alle Welt, die kaufen
Für mich die besten Pferde ein,
Hab schon einen guten Haufen.

Ich warte, bis die Zahl komplett,
Dann schlag ich los und befreie
Mein Vaterland, mein deutsches Volk,
Das meiner harret mit Treue.«

So sprach der Kaiser, ich aber rief:
»Schlag los, du alter Geselle,
Schlag los, und hast du nicht Pferde genug,
Nimm Esel an ihrer Stelle.«

Der Rotbart erwiderte lächelnd: »Es hat
Mit dem Schlagen gar keine Eile,
Man baute nicht Rom in einem Tag,
Gut Ding will haben Weile.

Wer heute nicht kommt, kommt morgen gewiss,
Nur langsam wächst die Eiche,
Und chi va piano, va sano, so heißt
Das Sprichwort im römischen Reiche.«

Caput XVI

Das Stoßen des Wagens weckte mich auf,
Doch sanken die Augenlider
Bald wieder zu, und ich entschlief
Und träumte vom Rotbart wieder.

Ging wieder schwatzend mit ihm herum
Durch alle die hallenden Säle;
Er frug mich dies, er frug mich das,
Verlangte, dass ich erzähle.

Er hatte aus der Oberwelt
Seit vielen, vielen Jahren,
Wohl seit dem Siebenjährigen Krieg,
Kein Sterbenswort erfahren.

Er frug nach Moses Mendelssohn,
Nach der Karschin, mit Intresse
Frug er nach der Gräfin Dubarry,
Des fünfzehnten Ludwigs Mätresse.

»O Kaiser«, rief ich, »wie bist du zurück!
Der Moses ist längst gestorben,
Nebst seiner Rebekka, auch Abraham,
Der Sohn, ist gestorben, verdorben.

Der Abraham hatte mit Lea erzeugt
Ein Bübchen, Felix heißt er,
Der brachte es weit im Christentum,
Ist schon Kapellenmeister.

Die alte Karschin ist gleichfalls tot,
Auch die Tochter ist tot, die Klencke;
Helmine Chézy, die Enkelin,
Ist noch am Leben, ich denke.

Die Dubarry lebte lustig und flott,
Solange Ludwig regierte,
Der Fünfzehnte nämlich, sie war schon alt,
Als man sie guillotinierte.

Der König Ludwig der Fünfzehnte starb
Ganz ruhig in seinem Bette,
Der Sechzehnte aber ward guillotiniert
Mit der Königin Antoinette.

Die Königin zeigte großen Mut,
Ganz wie es sich gebührte,
Die Dubarry aber weinte und schrie,
Als man sie guillotinierte.« – –

Der Kaiser blieb plötzlich stillestehn,
Und sah mich an mit den stieren
Augen und sprach: »Um Gottes will'n,

Was ist das, guillotinieren?«

»Das Guillotinieren« – erklärte ich ihm –
»Ist eine neue Methode,
Womit man die Leute jeglichen Stands
Vom Leben bringt zu Tode.

Bei dieser Methode bedient man sich
Auch einer neuen Maschine,
Die hat erfunden Herr Guillotin,
Drum nennt man sie Guillotine.

Du wirst hier an ein Brett geschnallt; –
Das senkt sich; – du wirst geschoben
Geschwinde zwischen zwei Pfosten; – es hängt
Ein dreieckig Beil ganz oben; –

Man zieht eine Schnur, dann schießt herab
Das Beil, ganz lustig und munter; –
Bei dieser Gelegenheit fällt dein Kopf
In einen Sack hinunter.«

Der Kaiser fiel mir in die Red':
»Schweig still, von deiner Maschine
Will ich nichts wissen, Gott bewahr',
Dass ich mich ihrer bediene!

Der König und die Königin!
Geschnallt! an einem Brette!
Das ist ja gegen allen Respekt
Und alle Etikette!

Und du, wer bist du, dass du es wagst,
Mich so vertraulich zu duzen?
Warte, du Bürschchen, ich werde dir schon
Die kecken Flügel stutzen!

Es regt mir die innerste Galle auf,
Wenn ich dich höre sprechen,
Dein Odem schon ist Hochverrat
Und Majestätsverbrechen!«

Als solchermaßen in Eifer geriet
Der Alte und sonder Schranken
Und Schonung mich anschnob, da platzten heraus
Auch mir die geheimsten Gedanken.

»Herr Rotbart« – rief ich laut –, »du bist
Ein altes Fabelwesen,
Geh, leg dich schlafen, wir werden uns
Auch ohne dich erlösen.

Die Republikaner lachen uns aus,
Sehn sie an unserer Spitze
So ein Gespenst mit Zepter und Kron';
Sie rissen schlechte Witze.

Auch deine Fahne gefällt mir nicht mehr,
Die altdeutschen Narren verdarben
Mir schon in der Burschenschaft die Lust
An den schwarzrotgoldnen Farben.

Das Beste wäre, du bliebest zu Haus,
Hier in dem alten Kyffhäuser –
Bedenk ich die Sache ganz genau,
So brauchen wir gar keinen Kaiser.«

Caput XVII

Ich habe mich mit dem Kaiser gezankt
Im Traum, im Traum versteht sich –
Im wachenden Zustand sprechen wir nicht
Mit Fürsten so widersetzig.

Nur träumend, im idealen Traum,
Wagt ihnen der Deutsche zu sagen
Die deutsche Meinung, die er so tief
Im treuen Herzen getragen.

Als ich erwacht', fuhr ich einem Wald
Vorbei, der Anblick der Bäume,
Der nackten hölzernen Wirklichkeit,
Verscheuchte meine Träume.

Die Eichen schüttelten ernsthaft das Haupt,
Die Birken und Birkenreiser,
Sie nickten so warnend – und ich rief:
»Vergib mir, mein teurer Kaiser!

Vergib mir, o Rotbart, das rasche Wort!
Ich weiß, du bist viel weiser
Als ich, ich habe so wenig Geduld –
Doch komme du bald, mein Kaiser!

Behagt dir das Guillotinieren nicht,
So bleib bei den alten Mitteln:
Das Schwert für Edelleute, der Strick
Für Bürger und Bauern in Kitteln.

Nur manchmal wechsle ab, und lass
Den Adel hängen, und köpfe
Ein bisschen die Bürger und Bauern, wir sind
Ja alle Gottesgeschöpfe.

Stell wieder her das Halsgericht,
Das peinliche Karls des Fünften,
Und teile wieder ein das Volk
Nach Ständen, Gilden und Zünften.

Das alte Heilige Römische Reich,
Stell's wieder her, das ganze,

Gib uns den modrigsten Plunder zurück
Mit allem Firlifanze.

Das Mittelalter, immerhin,
Das wahre, wie es gewesen,
Ich will es ertragen – erlöse uns nur
Von jenem Zwitterwesen,

Von jenem Kamaschenrittertum,
Das ekelhaft ein Gemisch ist
Von gotischem Wahn und modernem Lug,
Das weder Fleisch noch Fisch ist.

Jag fort das Komödiantenpack,
Und schließe die Schauspielhäuser,
Wo man die Vorzeit parodiert –
Komme du bald, o Kaiser!«

Caput XVIII

Minden ist eine feste Burg,
Hat gute Wehr und Waffen!
Mit preußischen Festungen hab ich jedoch
Nicht gerne was zu schaffen.

Wir kamen dort an zur Abendzeit.
Die Planken der Zugbrück' stöhnten
So schaurig, als wir hinübergerollt;
Die dunklen Gräben gähnten.

Die hohen Bastionen schauten mich an,
So drohend und verdrossen;
Das große Tor ging rasselnd auf,
Ward rasselnd wieder geschlossen.

Ach! meine Seele ward betrübt,
Wie des Odysseus Seele,
Als er gehört, dass Polyphem
Den Felsblock schob vor die Höhle.

Es trat an den Wagen ein Korporal
Und frug uns: wie wir hießen?
»Ich heiße Niemand, bin Augenarzt
Und steche den Star den Riesen.«

Im Wirtshaus ward mir noch schlimmer zumut',
Das Essen wollt mir nicht schmecken.
Ging schlafen sogleich, doch schlief ich nicht,
Mich drückten so schwer die Decken.

Es war ein breites Federbett,
Gardinen von rotem Damaste,
Der Himmel von verblichenem Gold,
Mit einer schmutzigen Quaste.

Verfluchter Quast! der die ganze Nacht
Die liebe Ruhe mir raubte!
Er hing mir, wie des Damokles Schwert,
So drohend über dem Haupte!

Schien manchmal ein Schlangenkopf zu sein,
Und ich hörte ihn heimlich zischen:
»Du bist und bleibst in der Festung jetzt,
Du kannst nicht mehr entwischen!«

»Oh, dass ich wäre« – seufzte ich –
»Dass ich zu Hause wäre,
Bei meiner lieben Frau in Paris,
Im Faubourg Poissonnière!«

Ich fühlte, wie über die Stirne mir
Auch manchmal etwas gestrichen,
Gleich einer kalten Zensorhand,
Und meine Gedanken wichen –

Gendarmen in Leichenlaken gehüllt,
Ein weißes Spukgewirre,
Umringte mein Bett, ich hörte auch
Unheimliches Kettengeklirre.

Ach! die Gespenster schleppten mich fort,
Und ich hab mich endlich befunden
An einer steilen Felsenwand;
Dort war ich festgebunden.

Der böse schmutzige Betthimmelquast!
Ich fand ihn gleichfalls wieder,
Doch sah er jetzt wie ein Geier aus,
Mit Krallen und schwarzem Gefieder.

Er glich dem preußischen Adler jetzt,
Und hielt meinen Leib umklammert;
Er fraß mir die Leber aus der Brust,
Ich habe gestöhnt und gejammert.

Ich jammerte lange – da krähte der Hahn,
Und der Fiebertraum erblasste.
Ich lag zu Minden im schwitzenden Bett,
Der Adler ward wieder zur Quaste.

Ich reiste fort mit Extrapost,
Und schöpfte freien Odem
Erst draußen in der freien Natur,
Auf bückeburgschem Boden.

Caput XIX

Oh, Danton, du hast dich sehr geirrt
Und musstest den Irrtum büßen!

Mitnehmen kann man das Vaterland
An den Sohlen, an den Füßen.

Das halbe Fürstentum Bückeburg
Blieb mir an den Stiefeln kleben;
So lehmichte Wege habe ich wohl
Noch nie gesehen im Leben.

Zu Bückeburg stieg ich ab in der Stadt,
Um dort zu betrachten die Stammburg,
Wo mein Großvater geboren ward;
Die Großmutter war aus Hamburg.

Ich kam nach Hannover um Mittagzeit,
Und ließ mir die Stiefel putzen.
Ich ging sogleich, die Stadt zu besehn,
Ich reise gern mit Nutzen.

Mein Gott! da sieht es sauber aus!
Der Kot liegt nicht auf den Gassen.
Viel Prachtgebäude sah ich dort,
Sehr imponierende Massen.

Besonders gefiel mir ein großer Platz,
Umgeben von stattlichen Häusern;
Dort wohnt der König, dort steht sein Palast,
Er ist von schönem Äußern

(Nämlich der Palast). Vor dem Portal
Zu jeder Seite ein Schildhaus.
Rotröcke mit Flinten halten dort Wacht,
Sie sehen drohend und wild aus.

Mein Cicerone sprach: »Hier wohnt
Der Ernst Augustus, ein alter,
Hochtoryscher Lord, ein Edelmann,
Sehr rüstig für sein Alter.

Idyllisch sicher haust er hier,
Denn besser als alle Trabanten
Beschützet ihn der mangelnde Mut
Von unseren lieben Bekannten.

Ich seh ihn zuweilen, er klagt alsdann,
Wie gar langweilig das Amt sei,
Das Königsamt, wozu er jetzt
Hier in Hannover verdammt sei.

An großbritannisches Leben gewöhnt,
Sei es ihm hier zu enge,
Ihn plage der Spleen, er fürchte schier,
Dass er sich mal erhänge.

Vorgestern fand ich ihn traurig gebückt
Am Kamin, in der Morgenstunde;
Er kochte höchstselbst ein Lavement

Für seine kranken Hunde.«

Caput XX

Von Harburg fuhr ich in einer Stund'
Nach Hamburg. Es war schon Abend.
Die Sterne am Himmel grüßten mich,
Die Luft war lind und labend.

Und als ich zu meiner Frau Mutter kam,
Erschrak sie fast vor Freude;
Sie rief:»Mein liebes Kind!« und schlug
Zusammen die Hände beide.

»Mein liebes Kind, wohl dreizehn Jahr'
Verflossen unterdessen!
Du wirst gewiss sehr hungrig sein –
Sag an, was willst du essen?

Ich habe Fisch und Gänsefleisch
Und schöne Apfelsinen.«
»So gib mir Fisch und Gänsefleisch
Und schöne Apfelsinen.«

Und als ich aß mit großem App'tit,
Die Mutter ward glücklich und munter,
Sie frug wohl dies, sie frug wohl das,
Verfängliche Fragen mitunter.

»Mein liebes Kind! und wirst du auch
Recht sorgsam gepflegt in der Fremde?
Versteht deine Frau die Haushaltung,
Und flickt sie dir Strümpfe und Hemde?«

»Der Fisch ist gut, lieb Mütterlein,
Doch muss man ihn schweigend verzehren;
Man kriegt so leicht eine Grät' in den Hals,
Du darfst mich jetzt nicht stören.«

Und als ich den braven Fisch verzehrt,
Die Gans ward aufgetragen.
Die Mutter frug wieder wohl dies, wohl das,
Mitunter verfängliche Fragen.

»Mein liebes Kind! in welchem Land
Lässt sich am besten leben?
Hier oder in Frankreich? und welchem Volk
Wirst du den Vorzug geben?«

»Die deutsche Gans, lieb Mütterlein,
Ist gut, jedoch die Franzosen,
Sie stopfen die Gänse besser als wir,
Auch haben sie bessere Saucen.« –

Und als die Gans sich wieder empfahl,

Da machten ihre Aufwartung
Die Apfelsinen, sie schmeckten so süß,
Ganz über alle Erwartung.

Die Mutter aber fing wieder an
Zu fragen sehr vergnüglich,
Nach tausend Dingen, mitunter sogar
Nach Dingen, die sehr anzüglich.

»Mein liebes Kind! Wie denkst du jetzt?
Treibst du noch immer aus Neigung
Die Politik? Zu welcher Partei
Gehörst du mit Überzeugung?«

»Die Apfelsinen, lieb Mütterlein,
Sind gut, und mit wahrem Vergnügen
Verschlucke ich den süßen Saft,
Und ich lasse die Schalen liegen.«

Caput XXI

Die Stadt, zur Hälfte abgebrannt,
Wird aufgebaut allmählich;
Wie 'n Pudel, der halb geschoren ist,
Sieht Hamburg aus, trübselig.

Gar manche Gassen fehlen mir,
Die ich nur ungern vermisse –
Wo ist das Haus, wo ich geküsst
Der Liebe erste Küsse?

Wo ist die Druckerei, wo ich
Die »Reisebilder« druckte?
Wo ist der Austerkeller, wo ich
Die ersten Austern schluckte?

Und der Dreckwall, wo ist der Dreckwall hin?
Ich kann ihn vergeblich suchen!
Wo ist der Pavillon, wo ich
Gegessen so manchen Kuchen?

Wo ist das Rathaus, worin der Senat
Und die Bürgerschaft gethronet?
Ein Raub der Flammen! Die Flamme hat
Das Heiligste nicht verschonet.

Die Leute seufzten noch vor Angst,
Und mit wehmüt'gem Gesichte
Erzählten sie mir vom großen Brand
Die schreckliche Geschichte:

»Es brannte an allen Ecken zugleich,
Man sah nur Rauch und Flammen!
Die Kirchentürme loderten auf

Und stürzten krachend zusammen.

Die alte Börse ist verbrannt,
Wo unsere Väter gewandelt,
Und miteinander jahrhundertelang
So redlich als möglich gehandelt.

Die Bank, die silberne Seele der Stadt,
Und die Bücher, wo eingeschrieben
Jedweden Mannes Banko-Wert,
Gottlob! sie sind uns geblieben!

Gottlob! man kollektierte für uns
Selbst bei den fernsten Nationen –
Ein gutes Geschäft – die Kollekte betrug
Wohl an die acht Millionen.

Aus allen Ländern floss das Geld
In unsre offnen Hände,
Auch Viktualien nahmen wir an,
Verschmähten keine Spende.

Man schickte uns Kleider und Betten genug,
Auch Brot und Fleisch und Suppen!
Der König von Preußen wollte sogar
Uns schicken seine Truppen.

Der materielle Schaden ward
Vergütet, das ließ sich schätzen –
Jedoch den Schrecken, unseren Schreck,
Den kann uns niemand ersetzen!«

Aufmunternd sprach ich: »Ihr lieben Leut',
Ihr müsst nicht jammern und flennen;
Troja war eine bessere Stadt,
Und musste doch verbrennen.

Baut eure Häuser wieder auf
Und trocknet eure Pfützen,
Und schafft euch bessre Gesetze an
Und bessre Feuerspritzen.

Gießt nicht zuviel Cayenne-Piment
In eure Mockturtlesuppen,
Auch eure Karpfen sind euch nicht gesund,
Ihr kocht sie so fett mit den Schuppen.

Kalkuten [Truthühner] schaden euch nicht viel,
Doch hütet euch vor der Tücke
Des Vogels, der sein Ei gelegt
In des Bürgermeisters Perücke. – –

Wer dieser fatale Vogel ist,
Ich brauch es euch nicht zu sagen –
Denk ich an ihn, so dreht sich herum
Das Essen in meinem Magen.«

Caput XXII

Noch mehr verändert als die Stadt
Sind mir die Menschen erschienen,
Sie gehn so betrübt und gebrochen herum,
Wie wandelnde Ruinen.

Die Mageren sind noch dünner jetzt,
Noch fetter sind die Feisten,
Die Kinder sind alt, die Alten sind
Kindisch geworden, die meisten.

Gar manche, die ich als Kälber verließ,
Fand ich als Ochsen wieder;
Gar manches kleine Gänschen ward
Zur Gans mit stolzem Gefieder.

Die alte Gudel fand ich geschminkt
Und geputzt wie eine Sirene;
Hat schwarze Locken sich angeschafft
Und blendend weiße Zähne.

Am besten hat sich konserviert
Mein Freund, der Papierverkäufer;
Sein Haar ward gelb und umwallt sein Haupt,
Sieht aus wie Johannes der Täufer.

Den ***, den sah ich nur von fern,
Er huschte mir rasch vorüber;
Ich höre, sein Geist ist abgebrannt
Und war versichert bei Bieber.

Auch meinen alten Zensor sah
Ich wieder. Im Nebel, gebücket,
Begegnet' er mir auf dem Gänsemarkt,
Schien sehr darniedergedrücket.

Wir schüttelten uns die Hände, es schwamm
Im Auge des Manns eine Träne.
Wie freute er sich, mich wiederzusehn!
Es war eine rührende Szene. –

Nicht alle fand ich. Mancher hat
Das Zeitliche gesegnet.
Ach! meinem Gumpelino sogar
Bin ich nicht mehr begegnet.

Der Edle hatte ausgehaucht
Die große Seele soeben,
Und wird als verklärter Seraph jetzt
Am Throne Jehovas schweben.

Vergebens suchte ich überall
Den krummen Adonis, der Tassen
Und Nachtgeschirr von Porzellan

Feilbot in Hamburgs Gassen.
Sarras, der treue Pudel, ist tot.
Ein großer Verlust! Ich wette,
Dass Campe lieber ein ganzes Schock
Schriftsteller verloren hätte. – –

Die Population des Hamburger Staats
Besteht, seit Menschengedenken,
Aus Juden und Christen; es pflegen auch
Die letztren nicht viel zu verschenken.

Die Christen sind alle ziemlich gut,
Auch essen sie gut zu Mittag,
Und ihre Wechsel bezahlen sie prompt,
Noch vor dem letzten Respittag.

Die Juden teilen sich wieder ein
In zwei verschiedne Parteien;
Die Alten gehn in die Synagog',
Und in den Tempel die Neuen.

Die Neuen essen Schweinefleisch,
Zeigen sich widersetzig,
Sind Demokraten; die Alten sind
Vielmehr aristokrätzig.

Ich liebe die Alten, ich liebe die Neu'n –
Doch schwör ich, beim ewigen Gotte,
Ich liebe gewisse Fischchen noch mehr,
Man heißt sie geräucherte Sprotte.

Caput XXIII

Als Republik war Hamburg nie
So groß wie Venedig und Florenz,
Doch Hamburg hat bessere Austern; man speist
Die besten im Keller von Lorenz.

Es war ein schöner Abend, als ich
Mich hinbegab mit Campen;
Wir wollten miteinander dort
In Rheinwein und Austern schlampampen.

Auch gute Gesellschaft fand ich dort,
Mit Freude sah ich wieder
Manch alten Genossen, zum Beispiel Chaufepié,
Auch manche neue Brüder.

Da war der Wille, dessen Gesicht
Ein Stammbuch, worin mit Hieben
Die akademischen Feinde sich
Recht leserlich eingeschrieben.

Da war der Fuks, ein blinder Heid'

Und persönlicher Feind des Jehova,
Glaubt nur an Hegel und etwa noch
An die Venus des Canova.

Mein Campe war Amphitryo
Und lächelte vor Wonne;
Sein Auge strahlte Seligkeit,
Wie eine verklärte Madonne.

Ich aß und trank, mit gutem App'tit,
Und dachte in meinem Gemüte:
›Der Campe ist wirklich ein großer Mann,
Ist aller Verleger Blüte.

Ein andrer Verleger hätte mich
Vielleicht verhungern lassen,
Der aber gibt mir zu trinken sogar;
Werde ihn niemals verlassen.

Ich danke dem Schöpfer in der Höh',
Der diesen Saft der Reben
Erschuf, und zum Verleger mir
Den Julius Campe gegeben!

Ich danke dem Schöpfer in der Höh',
Der, durch sein großes Werde,
Die Austern erschaffen in der See
Und den Rheinwein auf der Erde!

Der auch Zitronen wachsen ließ,
Die Austern zu betauen –
Nun lass mich, Vater, diese Nacht
Das Essen gut verdauen!‹

Der Rheinwein stimmt mich immer weich
Und löst jedwedes Zerwürfnis
In meiner Brust, entzündet darin
Der Menschenliebe Bedürfnis.

Es treibt mich aus dem Zimmer hinaus,
Ich muss in den Straßen schlendern;
Die Seele sucht eine Seele und späht
Nach zärtlich weißen Gewändern.

In solchen Momenten zerfließe ich fast
Vor Wehmut und vor Sehnen;
Die Katzen scheinen mir alle grau,
Die Weiber alle Helenen. – – –

Und als ich auf die Drehbahn kam,
Da sah ich im Mondenschimmer
Ein hehres Weib, ein wunderbar
Hochbusiges Frauenzimmer.

Ihr Antlitz war rund und kerngesund,
Die Augen wie blaue Turkoasen,

Die Wangen wie Rosen, wie Kirschen der Mund,
Auch etwas rötlich die Nase.

Ihr Haupt bedeckte eine Mütz'
Von weißem gesteiftem Linnen,
Gefältelt wie eine Mauerkron',
Mit Türmchen und zackigen Zinnen.

Sie trug eine weiße Tunika,
Bis an die Waden reichend.
Und welche Waden! Das Fußgestell
Zwei dorischen Säulen gleichend.

Die weltlichste Natürlichkeit
Konnt man in den Zügen lesen;
Doch das übermenschliche Hinterteil
Verriet ein höheres Wesen.

Sie trat zu mir heran und sprach:
»Willkommen an der Elbe
Nach dreizehnjähr'ger Abwesenheit –
Ich sehe, du bist noch derselbe!

Du suchst die schönen Seelen vielleicht,
Die dir so oft begegnet
Und mit dir geschwärmt die Nacht hindurch,
In dieser schönen Gegend.

Das Leben verschlang sie, das Ungetüm,
Die hundertköpfige Hyder;
Du findest nicht die alte Zeit
Und die Zeitgenössinnen wieder!

Du findest die holden Blumen nicht mehr,
Die das junge Herz vergöttert;
Hier blühten sie – jetzt sind sie verwelkt,
Und der Sturm hat sie entblättert.

Verwelkt, entblättert, zertreten sogar
Von rohen Schicksalsfüßen –
Mein Freund, das ist auf Erden das Los
Von allem Schönen und Süßen!«

»Wer bist du?« – rief ich – »du schaust mich an
Wie 'n Traum aus alten Zeiten –
Wo wohnst du, großes Frauenbild?
Und darf ich dich begleiten?«

Da lächelte das Weib und sprach:
»Du irrst dich, ich bin eine feine,
Anständ'ge, moralische Person;
Du irrst dich, ich bin nicht so eine.

Ich bin nicht so eine kleine Mamsell,
So eine welsche Lorettin –
Denn wisse: ich bin Hammonia,

Hamburgs beschützende Göttin!

Du stutzest und erschreckst sogar,
Du sonst so mutiger Sänger!
Willst du mich noch begleiten jetzt?
Wohlan, so zögre nicht länger.«

Ich aber lachte laut und rief:
»Ich folge auf der Stelle –
Schreit du voran, ich folge dir,
Und ging' es in die Hölle!«

Caput XXIV

Wie ich die enge Saaltrepp' hinauf-
Gekommen, ich kann es nicht sagen;
Es haben unsichtbare Geister mich
Vielleicht hinaufgetragen.

Hier, in Hammonias Kämmerlein,
Verflossen mir schnell die Stunden.
Die Göttin gestand die Sympathie,
Die sie immer für mich empfunden.

»Siehst du« – sprach sie –, »in früherer Zeit
War mir am meisten teuer
Der Sänger, der den Messias besang
Auf seiner frommen Leier.

Dort auf der Kommode steht noch jetzt
Die Büste von meinem Klopstock,
Jedoch seit Jahren dient sie mir
Nur noch als Haubenkopfstock.

Du bist mein Liebling jetzt, es hängt
Dein Bildnis zu Häupten des Bettes;
Und, siehst du, ein frischer Lorbeer umkränzt
Den Rahmen des holden Porträtes.

Nur dass du meine Söhne so oft
Genörgelt, ich muss es gestehen,
Hat mich zuweilen tief verletzt;
Das darf nicht mehr geschehen.

Es hat die Zeit dich hoffentlich
Von solcher Unart geheilet,
Und dir eine größere Toleranz
Sogar für Narren erteilet.

Doch sprich, wie kam der Gedanke dir,
Zu reisen nach dem Norden
In solcher Jahrzeit? Das Wetter ist
Schon winterlich geworden!«

»Oh, meine Göttin!« – erwiderte ich –

»Es schlafen tief im Grunde
Des Menschenherzens Gedanken, die oft
Erwachen zur unrechten Stunde.

Es ging mir äußerlich ziemlich gut,
Doch innerlich war ich beklommen,
Und die Beklemmnis täglich wuchs –
Ich hatte das Heimweh bekommen.

Die sonst so leichte französische Luft,
Sie fing mich an zu drücken;
Ich musste Atem schöpfen hier
In Deutschland, um nicht zu ersticken.

Ich sehnte mich nach Torfgeruch,
Nach deutschem Tabaksdampfe;
Es bebte mein Fuß vor Ungeduld,
Dass er deutschen Boden stampfe.

Ich seufzte des Nachts, und sehnte mich,
Dass ich sie wiedersähe,
Die alte Frau, die am Dammtor wohnt;
Das Lottchen wohnt in der Nähe.

Auch jenem edlen alten Herrn,
Der immer mich ausgescholten
Und immer großmütig beschützt, auch ihm
Hat mancher Seufzer gegolten.

Ich wollte wieder aus seinem Mund
Vernehmen den ›dummen Jungen‹,
Das hat mir immer wie Musik
Im Herzen nachgeklungen.

Ich sehnte mich nach dem blauen Rauch,
Der aufsteigt aus deutschen Schornsteinen,
Nach niedersächsischen Nachtigall'n,
Nach stillen Buchenhainen.

Ich sehnte mich nach den Plätzen sogar,
Nach jenen Leidensstationen,
Wo ich geschleppt das Jugendkreuz
Und meine Dornenkronen.

Ich wollte weinen, wo ich einst
Geweint die bittersten Tränen –
Ich glaube, Vaterlandsliebe nennt
Man dieses törichte Sehnen.

Ich spreche nicht gern davon; es ist
Nur eine Krankheit im Grunde.
Verschämten Gemütes, verberge ich stets
Dem Publico meine Wunde.

Fatal ist mir das Lumpenpack,
Das, um die Herzen zu rühren,

Den Patriotismus trägt zur Schau
Mit allen seinen Geschwüren.

Schamlose schäbige Bettler sind's,
Almosen wollen sie haben –
Ein'n Pfennig Popularität
Für Menzel und seine Schwaben!

Oh, meine Göttin, du hast mich heut
In weicher Stimmung gefunden;
Bin etwas krank, doch pfleg ich mich,
Und ich werde bald gesunden.

Ja, ich bin krank, und du könntest mir
Die Seele sehr erfrischen
Durch eine gute Tasse Tee;
Du musst ihn mit Rum vermischen.«

Caput XXV

Die Göttin hat mir Tee gekocht
Und Rum hineingegossen;
Sie selber aber hat den Rum
Ganz ohne Tee genossen.

An meine Schulter lehnte sie
Ihr Haupt (die Mauerkrone,
Die Mütze, ward etwas zerknittert davon),
Und sie sprach mit sanftem Tone:

»Ich dachte manchmal mit Schrecken dran,
Dass du in dem sittenlosen
Paris so ganz ohne Aufsicht lebst,
Bei jenen frivolen Franzosen.

Du schlenderst dort herum und hast
Nicht mal an deiner Seite
Einen treuen deutschen Verleger, der dich
Als Mentor warne und leite.

Und die Verführung ist dort so groß,
Dort gibt es so viele Sylphiden,
Die ungesund, und gar zu leicht
Verliert man den Seelenfrieden.

Geh nicht zurück und bleib bei uns;
Hier herrschen noch Zucht und Sitte,
Und manches stille Vergnügen blüht
Auch hier, in unserer Mitte.

Bleib bei uns in Deutschland, es wird dir hier
Jetzt besser als eh'mals munden;
Wir schreiten fort, du hast gewiss
Den Fortschritt selbst gefunden.

Auch die Zensur ist nicht mehr streng,
Hoffmann wird älter und milder
Und streicht nicht mehr mit Jugendzorn
Dir deine „Reisebilder".

Du selbst bist älter und milder jetzt,
Wirst dich in manches schicken,
Und wirst sogar die Vergangenheit
In besserem Lichte erblicken.

Ja, dass es uns früher so schrecklich ging,
In Deutschland, ist Übertreibung;
Man konnte entrinnen der Knechtschaft, wie einst
In Rom, durch Selbstentleibung.

Gedankenfreiheit genoss das Volk,
Sie war für die großen Massen,
Beschränkung traf nur die g'ringe Zahl
Derjen'gen, die drucken lassen.

Gesetzlose Willkür herrschte nie,
Dem schlimmsten Demagogen
Ward niemals ohne Urteilspruch
Die Staatskokarde entzogen.

So übel war es in Deutschland nie,
Trotz aller Zeitbedrängnis –
Glaub mir, verhungert ist nie ein Mensch
In einem deutschen Gefängnis.

Es blühte in der Vergangenheit
So manche schöne Erscheinung
Des Glaubens und der Gemütlichkeit;
Jetzt herrscht nur Zweifel, Verneinung.

Die praktische äußere Freiheit wird einst
Das Ideal vertilgen,
Das wir im Busen getragen – es war
So rein wie der Traum der Lilien!

Auch unsre schöne Poesie
Erlischt, sie ist schon ein wenig
Erloschen; mit andern Königen stirbt
Auch Freiligraths Mohrenkönig.

Der Enkel wird essen und trinken genug,
Doch nicht in beschaulicher Stille;
Es poltert heran ein Spektakelstück,
Zu Ende geht die Idylle.

Oh, könntest du schweigen, ich würde dir
Das Buch des Schicksals entsiegeln,
Ich ließe dir spätere Zeiten sehn
In meinen Zauberspiegeln.

Was ich den sterblichen Menschen nie

Gezeigt, ich möcht es dir zeigen:
Die Zukunft deines Vaterlands –
Doch ach! du kannst nicht schweigen!«

»Mein Gott, o Göttin!« – rief ich entzückt –
»Das wäre mein größtes Vergnügen,
Lass mich das künftige Deutschland sehn –
Ich bin ein Mann und verschwiegen.

Ich will dir schwören jeden Eid,
Den du nur magst begehren,
Mein Schweigen zu verbürgen dir –
Sag an, wie soll ich schwören?«

Doch jene erwiderte: »Schwöre mir
In Vater Abrahams Weise,
Wie er Eliesern schwören ließ,
Als dieser sich gab auf die Reise.

Heb auf das Gewand und lege die Hand
Hier unten an meine Hüften,
Und schwöre mir Verschwiegenheit
In Reden und in Schriften!«

Ein feierlicher Moment! Ich war
Wie angeweht vom Hauche
Der Vorzeit, als ich schwur den Eid,
Nach uraltem Erzväterbrauche.

Ich hob das Gewand der Göttin auf,
Und legte an ihre Hüften
Die Hand, gelobend Verschwiegenheit
In Reden und in Schriften.

Caput XXVI

Die Wangen der Göttin glühten so rot
(Ich glaube, in die Krone
Stieg ihr der Rum), und sie sprach zu mir
In sehr wehmütigem Tone:

»Ich werde alt. Geboren bin ich
Am Tage von Hamburgs Begründung.
Die Mutter war Schellfischkönigin
Hier an der Elbe Mündung.

Mein Vater war ein großer Monarch,
Carolus Magnus geheißen,
Er war noch mächt'ger und klüger sogar
Als Friedrich der Große von Preußen.

Der Stuhl ist zu Aachen, auf welchem er
Am Tage der Krönung ruhte;
Den Stuhl, worauf er saß in der Nacht,

Den erbte die Mutter, die gute.

Die Mutter hinterließ ihn mir,
Ein Möbel von scheinlosem Äußern,
Doch böte mir Rothschild all sein Geld,
Ich würde ihn nicht veräußern.

Siehst du, dort in dem Winkel steht
Ein alter Sessel, zerrissen
Das Leder der Lehne, von Mottenfraß
Zernagt das Polsterkissen.

Doch gehe hin und hebe auf
Das Kissen von dem Sessel,
Du schaust eine runde Öffnung dann,
Darunter einen Kessel –

Das ist ein Zauberkessel, worin
Die magischen Kräfte brauen,
Und steckst du in die Rundung den Kopf,
So wirst du die Zukunft schauen –

Die Zukunft Deutschlands erblickst du hier,
Gleich wogenden Phantasmen,
Doch schaudre nicht, wenn aus dem Wust
Aufsteigen die Miasmen!«

Sie sprach's und lachte sonderbar,
Ich aber ließ mich nicht schrecken,
Neugierig eilte ich, den Kopf
In die furchtbare Rundung zu stecken.

Was ich gesehn, verrate ich nicht,
Ich habe zu schweigen versprochen,
Erlaubt ist mir zu sagen kaum,
O Gott! was ich gerochen! – – –

Ich denke mit Widerwillen noch
An jene schnöden, verfluchten
Vorspielgerüche, das schien ein Gemisch
Von altem Kohl und Juchten.

Entsetzlich waren die Düfte, o Gott!
Die sich nachher erhuben;
Es war, als fegte man den Mist
Aus sechsunddreißig Gruben. – – –

Ich weiß wohl, was Saint-Just gesagt
Weiland im Wohlfahrtsausschuss:
Man heile die große Krankheit nicht
Mit Rosenöl und Moschus –

Doch dieser deutsche Zukunftsduft
Mocht alles überragen,
Was meine Nase je geahnt –
Ich konnt es nicht länger ertragen – –

Mir schwanden die Sinne, und als ich aufschlug
Die Augen, saß ich an der Seite
Der Göttin noch immer, es lehnte mein Haupt
An ihre Brust, die breite.

Es blitzte ihr Blick, es glühte ihr Mund,
Es zuckten die Nüstern der Nase,
Bacchantisch umschlang sie den Dichter und sang
Mit schauerlich wilder Ekstase:

»Bleib bei mir in Hamburg, ich liebe dich,
Wir wollen trinken und essen
Den Wein und die Austern der Gegenwart,
Und die dunkle Zukunft vergessen.

Den Deckel darauf! damit uns nicht
Der Missduft die Freude vertrübet –
Ich liebe dich, wie je ein Weib
Einen deutschen Poeten geliebet!

Ich küsse dich, und ich fühle, wie mich
Dein Genius begeistert;
Es hat ein wunderbarer Rausch
Sich meiner Seele bemeistert.

Mir ist, als ob ich auf der Straß'
Die Nachtwächter singen hörte –
Es sind Hymenäen, Hochzeitsmusik,
Mein süßer Lustgefährte!

Jetzt kommen die reitenden Diener auch
Mit üppig lodernden Fackeln,
Sie tanzen ehrbar den Fackeltanz,
Sie springen und hüpfen und wackeln.

Es kommt der hoch- und wohlweise Senat,
Es kommen die Oberalten;
Der Bürgermeister räuspert sich
Und will eine Rede halten.

In glänzender Uniform erscheint
Das Korps der Diplomaten;
Sie gratulieren mit Vorbehalt
Im Namen der Nachbarstaaten.

Es kommt die geistliche Deputation,
Rabbiner und Pastöre –
Doch ach! da kommt der Hoffmann auch
Mit seiner Zensorschere!

Die Schere klirrt in seiner Hand,
Es rückt der wilde Geselle
Dir auf den Leib – er schneidet ins Fleisch –
Es war die beste Stelle.«

Caput XXVII

Was sich in jener Wundernacht
Des Weitern zugetragen,
Erzähl ich euch ein andermal,
In warmen Sommertagen.

Das alte Geschlecht der Heuchelei
Verschwindet, Gott sei Dank, heut,
Es sinkt allmählich ins Grab, es stirbt
An seiner Lügenkrankheit.

Es wächst heran ein neues Geschlecht,
Ganz ohne Schminke und Sünden,
Mit freien Gedanken, mit freier Lust –
Dem werde ich alles verkünden.

Schon knospet die Jugend, welche versteht
Des Dichters Stolz und Güte,
Und sich an seinem Herzen wärmt,
An seinem Sonnengemüte.

Mein Herz ist liebend wie das Licht,
Und rein und keusch wie das Feuer;
Die edelsten Grazien haben gestimmt
Die Saiten meiner Leier.

Es ist dieselbe Leier, die einst
Mein Vater ließ ertönen,
Der selige Herr Aristophanes,
Der Liebling der Kamönen.

Es ist die Leier, worauf er einst
Den Paisteteros besungen,
Der um die Basileia gefreit,
Mit ihr sich emporgeschwungen.

Im letzten Kapitel hab ich versucht,
Ein bisschen nachzuahmen
Den Schluss der »Vögel«, die sind gewiss
Das beste von Vaters Dramen.

Die »Frösche« sind auch vortrefflich. Man gibt
In deutscher Übersetzung
Sie jetzt auf der Bühne von Berlin,
Zu königlicher Ergötzung.

Der König liebt das Stück. Das zeugt
Von gutem antiken Geschmacke;
Den Alten amüsierte weit mehr
Modernes Froschgequacke.

Der König liebt das Stück. Jedoch
Wär noch der Autor am Leben,
Ich riete ihm nicht, sich in Person

Nach Preußen zu begeben.

Dem wirklichen Aristophanes,
Dem ginge es schlecht, dem Armen;
Wir würden ihn bald begleitet sehn
Mit Chören von Gendarmen.

Der Pöbel bekäm die Erlaubnis bald,
Zu schimpfen statt zu wedeln;
Die Polizei erhielte Befehl,
Zu fahnden auf den Edeln.

O König! Ich meine es gut mit dir,
Und will einen Rat dir geben:
Die toten Dichter, verehre sie nur,
Doch schone, die da leben.

Beleid'ge lebendige Dichter nicht,
Sie haben Flammen und Waffen,
Die furchtbarer sind als Jovis Blitz,
Den ja der Poet erschaffen.

Beleid'ge die Götter, die alten und neu'n,
Des ganzen Olymps Gelichter,
Und den höchsten Jehova obendrein –
Beleid'ge nur nicht den Dichter!

Die Götter bestrafen freilich sehr hart
Des Menschen Missetaten,
Das Höllenfeuer ist ziemlich heiß,
Dort muss man schmoren und braten –

Doch Heilige gibt es, die aus der Glut
Losbeten den Sünder; durch Spenden
An Kirchen und Seelenmessen wird
Erworben ein hohes Verwenden.

Und am Ende der Tage kommt Christus herab
Und bricht die Pforten der Hölle;
Und hält er auch ein strenges Gericht,
Entschlüpfen wird mancher Geselle.

Doch gibt es Höllen, aus deren Haft
Unmöglich jede Befreiung;
Hier hilft kein Beten, ohnmächtig ist hier
Des Welterlösers Verzeihung.

Kennst du die Hölle des Dante nicht,
Die schrecklichen Terzetten?
Wen da der Dichter hineingesperrt,
Den kann kein Gott mehr retten –

Kein Gott, kein Heiland erlöst ihn je
Aus diesen singenden Flammen!
Nimm dich in acht, dass wir dich nicht
Zu solcher Hölle verdammen.

Erzählprosa

Aus den Memoiren des Herren von Schnabelewopski

[Der Salon, Bd. 1, Hoffmann und Campe, Hamburg 1834]

Kapitel I

Mein Vater hieß Schnabelewopski; meine Mutter hieß Schnabelewopska; als beider ehelicher Sohn wurde ich geboren den ersten April 1795 zu Schnabelewops. Meine Großtante, die alte Frau von Pipitzka, pflegte meine erste Kindheit und erzählte mir viele schöne Märchen und sang mich oft in den Schlaf mit einem Liede, dessen Worte und Melodie meinem Gedächtnis entfallen. Ich vergesse aber nie die geheimnisvolle Art, wie sie mit dem zitternden Kopfe nickte, wenn sie es sang, und wie wehmütig ihr großer einziger Zahn, der Einsiedler ihres Mundes, alsdann zum Vorschein kam. Auch erinnere ich mich noch manchmal des Papageis, über dessen Tod sie so bitterlich weinte. Die alte Großtante ist jetzt ebenfalls tot, und ich bin in der ganzen weiten Welt wohl der einzige Mensch, der an ihren lieben Papagei noch denkt. Unsere Katze hieß Mimi, und unser Hund hieß Joli. Er hatte viel Menschenkenntnis und ging mir immer aus dem Weg, wenn ich zur Peitsche griff. Eines Morgens sagte unser Bedienter, der Hund trage den Schwanz etwas eingekniffen zwischen den Beinen und lasse die Zunge länger als gewöhnlich hervorhängen; und der arme Joli wurde, nebst einigen Steinen, die man ihm an den Hals festband, ins Wasser geworfen. Bei dieser Gelegenheit ertrank er. Unser Bedienter hieß Prrschtzztwitsch. Man muss dabei niesen, wenn man diesen Namen ganz richtig aussprechen will. Unsere Magd hieß Swurtszsa, welches im Deutschen etwas rau, im Polnischen aber äußerst melodisch klingt. Es war eine dicke, untersetzte Person mit weißen Haaren und blonden Zähnen. Außerdem liefen noch zwei schöne schwarze Augen im Hause herum, welche man Seraphine nannte. Es war mein schönes herzliebes Mühmelein, und wir spielten zusammen im Garten und belauschten die Haushaltung der Ameisen und haschten Schmetterlinge und pflanzten Blumen. Sie lachte einst wie toll, als ich meine kleinen Strümpfchen in die Erde pflanzte, in der Meinung, dass ein paar große Hosen für meinen Vater daraus hervorwachsen würden.

Mein Vater war die gütigste Seele von der Welt und war lange Zeit ein wunderschöner Mann; der Kopf gepudert, hinten ein niedlich geflochtenes Zöpfchen, das nicht herabhing, sondern mit einem Kämmchen von Schildkröte auf dem Scheitel befestigt war. Seine Hände waren blendend weiß, und ich küsste sie oft. Es ist mir, als röche ich noch ihren süßen Duft und er dränge mir stechend ins Auge. Ich habe meinen Vater sehr geliebt; denn ich habe nie daran gedacht, dass er sterben könne.

Mein Großvater väterlicher Seite war der alte Herr von Schnabelewopski; ich weiß gar nichts von ihm, außer dass er ein Mensch und dass mein Vater sein Sohn war. Mein Großvater mütterlicher Seite war der alte Herr von Wlrssrnski, und er ist abgemalt in einem scharlachroten Sammetrock und einem langen Degen, und meine Mutter erzählte mir oft, dass er einen Freund hatte, der einen grünseidenen Rock, rosaseidne Hosen und weißseidne Strümpfe trug und wütend den kleinen Chapeaubas hin und her schwenkte, wenn er vom König von Preußen sprach.

Meine Mutter, Frau von Schnabelewopska, gab mir, als ich heranwuchs, eine gute Erziehung. Sie hatte viel gelesen; als sie mit mir schwanger ging, las sie fast ausschließlich den Plutarch und hat sich vielleicht an einem von dessen großen Männern versehen; wahrscheinlich an einem von den Gracchen. Daher meine mystische Sehnsucht, das agrarische Gesetz in moderner Form zu verwirklichen. Mein Freiheits- und Gleichheitssinn ist vielleicht solcher mütterlicher Vorlektüre beizumessen. Hätte meine Mutter damals das Leben des Cartouche gelesen, so wäre ich vielleicht ein großer Bankier geworden. Wie oft, als Knabe, versäumte ich die Schule, um auf den schönen Wiesen von Schnabelewops einsam darüber nachzudenken, wie man die ganze Menschheit beglücken könnte. Man hat mich deshalb oft einen Müßiggänger gescholten und als solchen bestraft; und für meine Weltbeglückungsgedanken musste ich schon damals viel Leid und Not erdulden. Die Gegend um Schnabelewops ist übrigens sehr schön, es fließt dort ein Flüsschen, worin man des Sommers sehr angenehm badet, auch gibt es allerliebste Vogelnester in den Gehölzen des Ufers. Das alte Gnesen, die ehemalige Hauptstadt von Polen, ist nur drei Meilen davon entfernt. Dort im Dom ist der heilige Adalbert begraben. Dort steht ein silberner Sarkophag, und darauf liegt sein eignes Konterfei in Lebensgröße, mit Bischofmütze und Krummstab, die Hände fromm gefaltet, und alles von gegossenem Silber. Wie oft muss ich deiner gedenken, du silberner Heiliger! Ach, wie oft schleichen meine Gedanken nach Polen zurück, und ich stehe wieder in dem Dome von Gnesen, an den Pfeiler gelehnt, bei dem Grabmal Adalberts! Dann rauscht auch wieder die Orgel, als probiere der Organist ein Stück aus Allegris »Miserere«; in einer fernen Kapelle wird eine Messe gemurmelt; die letzten Sonnenlichter fallen durch die bunten Fensterscheiben; die Kirche ist leer; nur vor dem silbernen Grabmal des Heiligen liegt eine betende Gestalt, ein wunderholdes Frauenbild, das mir einen raschen Seitenblick zuwirft, aber ebenso rasch sich wieder gegen den Heiligen wendet und mit ihren sehnsüchtig schlauen Lippen die Worte flüstert: »Ich bete dich an!«

In demselben Augenblick, als ich diese Worte hörte, klingelte in der Ferne der Mesner, die Orgel rauschte mit schwellendem Ungestüm, das holde Frauenbild erhob sich von den Stufen des Grabmals, warf ihren weißen Schleier über das errötende Antlitz und verließ den Dom.

»Ich bete dich an!« Galten diese Worte mir oder dem silbernen Adalbert? Gegen diesen hatte sie sich gewendet, aber nur mit dem Antlitz. Was bedeutete jener Seitenblick, den sie mir vorher zugeworfen und dessen Strahlen sich über meine Seele ergossen, gleich einem langen Lichtstreif, den der Mond über das nächtliche Meer dahingießt, wenn er aus dem Wolkendunkel hervortritt und sich schnell wieder dahinter verbirgt. In meiner Seele, die ebenso düster wie das Meer, weckte jener Lichtstreif alle die Ungetüme, die im tiefen Grunde schliefen, und die tollsten Haifische und Schwertfische der Leidenschaft schossen plötzlich empor und tummelten sich und bissen sich vor Wonne in den Schwänzen, und dabei brauste und kreischte immer gewaltiger die Orgel, wie Sturmgetöse auf der Nordsee.

Den anderen Tag verließ ich Polen.

Kapitel II

Meine Mutter packte selbst meinen Koffer; mit jedem Hemd hat sie auch eine gute Lehre hineingepackt. Die Wäscherinnen haben mir späterhin alle diese Hemde mitsamt den guten Lehren vertauscht. Mein Vater war tief bewegt; und er gab mir einen langen Zettel, worin er artikelweis aufgeschrieben, wie ich mich in dieser Welt zu verhalten habe. Der erste Artikel lautete: dass ich jeden Dukaten zehnmal herumdrehen solle, ehe ich ihn ausgäbe. Das befolgte ich auch im Anfang; nachher wurde mir das beständige Herumdrehen viel zu mühsam. Mit jenem Zettel überreichte mir mein Vater auch die dazugehörigen Dukaten. Dann nahm er eine Schere, schnitt damit das Zöpfchen von seinem lieben Haupte und gab mir das Zöpfchen zum Andenken. Ich besitze es noch und weine immer, wenn ich die gepuderten feinen Härchen betrachte – –

Die Nacht vor meiner Abreise hatte ich folgenden Traum:

Ich ging einsam spazieren in einer heiter schönen Gegend am Meer. Es war Mittag, und die Sonne schien auf das Wasser, dass es wie lauter Diamanten funkelte. Hie und da am Gestade erhob sich eine große Aloe, die sehnsüchtig ihre grünen Arme nach dem sonnigen Himmel emporstreckte. Dort stand auch eine Trauerweide mit lang herabhängenden Tressen, die sich jedes Mal emporhoben, wenn die Wellen heranspielten, sodass sie alsdann wie eine junge Nixe aussah, die ihre grünen Locken in die Höhe hebt, um besser hören zu können, was die verliebten Luftgeister ihr ins Ohr flüstern. In der Tat, das klang manchmal wie Seufzer und zärtliches Gekose. Das Meer erstrahlte immer blühender und lieblicher, immer wohllautender rauschten die Wellen, und auf den rauschenden glänzenden Wellen schritt einher der silberne Adalbert, ganz wie ich ihn im Gnesener Dome gesehen, den silbernen Krummstab in der silbernen Hand, die silberne Bischofsmütze auf dem silbernen Haupt, und er winkte mir mit der Hand, und er nickte mir mit dem Haupte, und endlich, als er mir gegenüberstand, rief er mir zu mit unheimlicher Silberstimme: – – –

Ja, die Worte habe ich wegen des Wellengeräusches nicht hören können. Ich glaube aber, mein silberner Nebenbuhler hat mich verhöhnt. Denn ich stand noch lange am Strand und weinte, bis die Abenddämmerung heranbrach und Himmel und Meer trübe und blass wurden und traurig über alle Maßen. Es stieg die Flut. Aloe und Weide krachten und wurden fortgeschwemmt von den Wogen, die manchmal hastig zurückliefen und desto ungestümer wieder heranschwollen, tosend, schaurig, in schaumweißen Halbkreisen. Dann aber auch hörte ich ein taktförmiges Geräusch, wie Ruderschlag, und endlich sah ich einen Kahn mit der Brandung herantreiben. Vier weiße Gestalten, fahle Totengesichter, eingehüllt in Leichentüchern, saßen darin und ruderten mit Anstrengung. In der Mitte des Kahns stand ein blasses, aber unendlich schönes Frauenbild, unendlich zart, wie geformt aus Lilienduft – und sie sprang ans Ufer. Der Kahn mit seinen gespenstischen Ruderknechten schoss pfeilschnell wieder zurück ins hohe Meer, und in meinen Armen lag Panna Jadviga und weinte und lachte: »Ich bete dich an.«

Kapitel III

Mein erster Ausflug, als ich Schnabelewops verließ, war nach Deutschland, und zwar nach Hamburg, wo ich sechs Monate blieb, statt gleich nach Leiden zu reisen und mich dort, nach dem Wunsche meiner Eltern, dem Studium der Gottesgelahrtheit zu ergeben. Ich muss gestehen, dass ich während jenes Semesters mich mehr mit weltlichen Dingen abgab als mit göttlichen.

Die Stadt Hamburg ist eine gute Stadt; lauter solide Häuser. Hier herrscht nicht der schändliche Macbeth, sondern hier herrscht Banquo. Der Geist Banquos herrscht überall in diesem kleinen Freistaat, dessen sichtbares Oberhaupt ein hoch- und wohlweiser Senat. In der Tat, es ist ein Freistaat, und hier findet man die größte politische Freiheit. Die Bürger können hier tun, was sie wollen, und der hoch- und wohlweise Senat kann hier ebenfalls tun, was er will; jeder ist hier freier Herr seiner Handlungen. Es ist eine Republik. Hätte Lafayette nicht das Glück gehabt, den Ludwig Philipp zu finden, so würde er gewiss seinen Franzosen die hamburgischen Senatoren und Oberalten empfohlen haben. Hamburg ist die beste Repu-.blik. Seine Sitten sind englisch, und sein Essen ist himmlisch. Wahrlich, es gibt Gerichte zwischen den Wandrahmen und dem Dreckwall, wovon unsere Philosophen keine Ahnung haben. Die Hamburger sind gute Leute und essen gut. Über Religion, Politik und Wissenschaft sind ihre respektiven Meinungen sehr verschieden, aber in Betreff des Essens herrscht das schönste Einverständnis. Mögen die christlichen Theologen dort noch so sehr streiten über die Bedeutung des Abendmahls; über die Bedeutung des Mittagmahls sind sie ganz einig. Mag es unter den Juden dort eine Partei geben, die das Tischgebet auf deutsch spricht, während eine andere es auf hebräisch absingt; beide Parteien essen und essen gut und wissen das Essen gleich richtig zu beurteilen. Die Advokaten, die Bratenwender der Gesetze, die so lange die Gesetze wenden und anwenden, bis ein Braten für sie dabei abfällt, diese mögen noch so sehr streiten, ob die Gerichte öffentlich sein sollen oder nicht; darüber sind sie einig, dass alle Gerichte gut sein müssen, und jeder von ihnen hat sein Leibgericht. Das Militär denkt gewiss ganz tapfer spartanisch, aber von der schwarzen Suppe will es doch nichts wissen. Die Ärzte, die in der Behandlung der Krankheiten so sehr uneinig sind und die dortige Nationalkrankheit (nämlich Magenbeschwerden) als Brownianer durch noch größere Portionen Rauchfleisch oder als Homöopathen durch 1/10000 Tropfen Absinth in einer großen Kumpe Mockturtlesuppe zu kurieren pflegen, diese Ärzte sind ganz einig, wenn von dem Geschmacke der Suppe und des Rauchfleisches selbst die Rede ist. Hamburg ist die Vaterstadt des letztern, des Rauchfleisches, und rühmt sich dessen, wie Mainz sich seines Johann Fausts und Eisleben sich seines Luthers zu rühmen pflegt. Aber was bedeutet die Buchdruckerei und die Reformation in Vergleichung mit Rauchfleisch? Ob beide erstern genutzt oder geschadet, darüber streiten zwei Parteien in Deutschland; aber sogar unsere eifrigsten Jesuiten sind eingeständig, dass das Rauchfleisch eine gute, für den Menschen heilsame Erfindung ist.

Hamburg ist erbaut von Karl dem Großen und wird bewohnt von 80 000 kleinen Leuten, die alle mit Karl dem Großen, der in Aachen begraben liegt, nicht tauschen würden. Vielleicht beträgt die Bevölkerung von Hamburg gegen 100 000; ich weiß es nicht genau, obgleich ich ganze Tage lang auf den Straßen ging, um mir dort die Menschen zu betrachten. Auch habe ich gewiss manchen Mann übersehen, indem die Frauen meine besondere Aufmerksamkeit in Anspruch nahmen. Letztere fand ich durchaus nicht mager, sondern meist sogar korpulent, mitunter reizend schön und im Durchschnitt von einer gewissen wohlhabenden Sinnlichkeit, die mir, beileibe! nicht missfiel. Wenn sie in der romantischen Liebe sich nicht allzu schwärmerisch zeigen und von der großen Leidenschaft des Herzens wenig ahnen, so ist das nicht ihre Schuld, sondern die Schuld Amors, des kleinen Gottes, der manchmal die schärfsten Liebespfeile auf seinen Bogen legt, aber aus Schalkheit oder Ungeschick viel zu tief schießt und statt des Herzens der Hamburgerinnen nur ihren Magen zu treffen pflegt. Was die Männer betrifft, so sah ich meistens untersetzte Gestalten, verständige, kalte Augen, kurze Stirn, nachlässig herabhängende, rote Wangen, die Esswerkzeuge besonders ausgebildet, der Hut wie festgenagelt auf dem Kopf und die Hände in beiden Hosentaschen, wie einer, der eben fragen will: »Was hab' ich zu bezahlen?«

Zu den Merkwürdigkeiten der Stadt gehören: 1. Das alte Rathaus, wo die großen Hamburger Bankiers, aus Stein gemeißelt und mit Zepter und Reichsapfel in Händen, abkonterfeit stehen. 2. Die Börse, wo sich täglich die Söhne Hammonias versammeln, wie einst die Römer auf dem Forum, und wo über ihren Häuptern eine schwarze Ehrentafel hängt mit den Namen ausgezeichneter Mitbürger. 3. Die schöne Marianne, ein außerordentlich schönes Frauenzimmer, woran der Zahn der Zeit schon seit zwanzig Jahren kaut – nebenbei gesagt, »der Zahn der Zeit« ist eine schlechte Metapher, denn sie ist so alt, dass sie gewiss keine Zähne mehr hat, nämlich die Zeit – die schöne Marianne hat vielmehr jetzt noch alle ihre Zähne und noch immer Haare darauf, nämlich auf den Zähnen. 4. Die ehemalige Zentralkassa. 5. Altona. 6. Die Originalmanuskripte von Marrs Tragödien. 7. Der Eigentümer des Rödingschen Kabinetts. 8. Die Börsenhalle. 9. Die Bacchushalle und endlich 10. das Stadttheater. Letzteres verdient besonders gepriesen zu werden, seine Mitglieder sind lauter gute Bürger, ehrsame Hausväter, die sich nicht verstellen können und niemanden täuschen, Männer, die das Theater zum Gotteshause machen, indem sie den Unglücklichen, der an der Menschheit verzweifelt, aufs Wirksamste überzeugen, dass nicht alles in der Welt eitel Heuchelei und Verstellung ist.

Bei Aufzählung der Merkwürdigkeiten der Republik Hamburg kann ich nicht umhin, zu erwähnen, dass zu meiner Zeit der Apollosaal auf der Drehbahn sehr brillant war. Jetzt ist er sehr heruntergekommen, und es werden dort philharmonische Konzerte gegeben, Taschenspielerkünste gezeigt und Naturforscher gefüttert. Einst war es anders! Es schmetterten die Trompeten, es wirbelten die Pauken, es flatterten die Straußenfedern, und Heloise und Minka rannten durch die Reihen der Oginskipolonäse, und alles war sehr anständig. Schöne Zeit, wo mir das Glück lächelte! Und das Glück hieß Heloise! Es war ein süßes, liebes, beglückendes Glück mit Rosenwangen, Liliennäschen, heißduftigen Nelkenlippen, Augen wie der blaue Bergsee, aber etwas Dummheit lag auf der Stirn, wie ein trüber Wolkenflor über einer prangenden Frühlingslandschaft. Sie war schlank wie eine Pappel und lebhaft wie ein Vogel, und ihre Haut war so zart, dass sie zwölf Tage geschwollen blieb durch den Stich einer Haarnadel. Ihr Schmollen, als ich sie gestochen hatte, dauerte aber nur zwölf Sekunden, und dann lächelte sie – schöne Zeit, als das Glück mir lächelte! Minka lächelte seltener, denn sie hatte keine schöne Zähne. Desto schöner aber waren ihre Tränen, wenn sie weinte, und sie weinte bei jedem fremden Unglück, und sie war wohltätig über alle Begriffe. Den Armen gab sie ihren letzten Schilling; sie war sogar oft in der Lage, wo sie ihr letztes Hemd weggab, wenn man es verlangte. Sie war so seelengut. Sie konnte nichts abschlagen, ausgenommen ihr Wasser. Dieser weiche, nachgiebige Charakter kontrastierte gar lieblich mit ihrer äußeren Erscheinung. Eine kühne, junonische Gestalt; weißer, frecher Nacken, umringelt von wilden, schwarzen Locken, wie von wollüstigen Schlangen; Augen, die unter ihren düsteren Siegesbogen so weltbeherrschend strahlten; purpurstolze, hochgewölbte Lippen; marmorne, gebietende Hände, worauf leider einige Sommersprossen; auch hatte sie, in der Form eines kleinen Dolchs, ein braunes Muttermal an der linken Hüfte.

Wenn ich dich in sogenannte schlechte Gesellschaft gebracht, lieber Leser, so tröste dich damit, dass sie dir wenigstens nicht so viel gekostet wie mir. Doch wird es später in diesem Buche nicht an idealischen Frauenspersonen fehlen, und schon jetzt will ich dir zur Erholung zwei Anstandsdamen vorführen, die ich damals kennen und verehren lernte. Es ist Madame Pieper und Madame Schnieper. Erstere war eine schöne Frau in ihren reifsten Jahren, große, schwärzliche Augen, eine große, weiße Stirne, schwarze, falsche Locken, eine kühne, altrömische Nase und ein Maul, das eine Guillotine war für jeden guten Namen. In der Tat, für einen guten Namen gab es keine leichtere Hinrichtungsmaschine als Madame Piepers Maul; sie ließ ihn nicht lange zappeln, sie machte keine langwichtige Vorbereitungen; war der beste gute Name zwischen ihre Zähne geraten, so lächelte sie nur – aber dieses Lächeln war wie ein Fallbeil, und die Ehre war abgeschnitten und fiel in den Sack. Sie war immer ein Muster von Anstand, Ehrsamkeit, Frömmigkeit und Tugend. Von Madame Schnieper ließ sich dasselbe rühmen. Es war eine zarte Frau, kleine, ängstliche Brüste gewöhnlich mit einem wehmütig dünnen Flor umgeben, hellblonde Haare, hellblaue Augen, die entsetzlich klug hervorstachen aus dem weißen Gesicht. Es hieß, man könne ihren Tritt nie hören, und wirklich, ehe man sich dessen versah, stand sie oft neben einem und verschwand dann wieder ebenso geräuschlos. Ihr Lächeln war ebenfalls tödlich für jeden guten Namen, aber minder wie ein Beil als vielmehr wie jener afrikanische Giftwind, von dessen Hauch schon alle Blumen verwelken; elendiglich verwelken musste jeder gute Name, über den sie nur leise hinlächelte. Sie war immer ein Muster von Anstand, Ehrsamkeit, Frömmigkeit und Tugend.

Ich würde nicht ermangeln, mehre von den Söhnen Hammonias ebenfalls hervorzuloben und einige Männer, die man ganz besonders hochschätzt – namentlich diejenigen, welche man auf einige Millionen Mark Banko zu schätzen pflegt –, aufs Prächtigste zu rühmen; aber ich will in diesem Augenblick meinen Enthusiasmus unterdrücken, damit er späterhin in desto helleren Flammen emporlodere. Ich habe nämlich nichts Geringeres im Sinn, als einen Ehrentempel Hamburgs herauszugeben, ganz nach demselben Plan, welchen schon vor zehn Jahren ein berühmter Schriftsteller entworfen hat, der in dieser Absicht jeden Hamburger aufforderte, ihm ein spezifiziertes Inventarium seiner speziellen Tugenden nebst einem Speziestaler aufs Schleunigste einzusenden. Ich habe nie recht erfahren können, warum dieser Ehrentempel nicht zur Ausführung kam; denn die einen sagten, der Unternehmer, der Ehrenmann, sei, als er kaum von Aaron bis Abendrot gekommen und gleichsam die ersten Klötze eingerannt, von der Last des Materials schon ganz erdrückt worden; die anderen sagten, der hoch- und wohlweise Senat habe aus allzu großer Bescheidenheit das Projekt hintertrieben, indem er dem Baumeister seines eigenen Ehrentempels plötzlich die Weisung gab, binnen vierundzwanzig Stunden das hamburgische Gebiet mit allen seinen Tugenden zu verlassen. Aber gleichviel aus welchem Grunde, das Werk ist nicht zustande gekommen; und da ich ja doch einmal aus angeborener Neigung etwas Großes tun wollte in dieser Welt und immer gestrebt habe, das Unmögliche zu leisten, so habe ich jenes ungeheure Projekt wieder aufgefasst, und ich liefere einen Ehrentempel Hamburgs, ein unsterbliches Riesenbuch, worin ich die Herrlichkeit aller seiner Einwohner ohne Ausnahme beschreibe, worin ich edle Züge von geheimer Mildtätigkeit mitteile, die noch gar nicht in der Zeitung gestanden, worin ich Großtaten erzähle, die keiner glauben wird, und worin mein eignes Bildnis, wie ich auf dem Jungfernstieg vor dem Schweizerpavillon sitze und über Hamburgs Verherrlichung nachdenke, als Vignette paradieren soll.

Kapitel IV

Für Leser, denen die Stadt Hamburg nicht bekannt ist – und es gibt deren vielleicht in China und Oberbayern –, für diese muss ich bemerken, dass der schönste Spaziergang der Söhne und Töchter Hammonias den rechtmäßigen Namen Jungfernstieg führt; dass er aus einer Lindenallee besteht, die auf der einen Seite von einer Reihe Häuser, auf der anderen Seite von dem großen Alsterbassin begrenzt wird; und dass vor letzterem, ins Wasser hineingebaut, zwei zeltartige lustige Kaffeehäuslein stehen, die man Pavillons nennt. Besonders vor dem einen, dem sogenannten Schweizerpavillon, lässt sich gut sitzen, wenn es Sommer ist und die Nachmittagssonne nicht zu wild glüht, sondern nur heiter lächelt und mit ihrem Glanze die Linden, die Häuser, die Menschen, die Alster und die Schwäne, die sich darauf wiegen, fast märchenhaft lieblich übergießt. Da lässt sich gut sitzen, und da saß ich gut gar manchen Sommernachmittag und dachte, was ein junger Mensch zu denken pflegt, nämlich gar nichts, und betrachtete, was ein junger Mensch zu betrachten pflegt, nämlich die jungen Mädchen, die vorübergingen – und da flatterten sie vorüber, jene holden Wesen mit ihren geflügelten Häubchen und ihren verdeckten Körbchen, worin nichts enthalten ist – da trippelten sie dahin, die bunten Vierländerinnen [Vierlande im Bezirk Bergedorf: Curslack, Kirchwerder, Neuengamme, Altengamme], die ganz Hamburg mit Erdbeeren und eigener Milch versehen und deren Röcke noch immer viel zu lang sind – da stolzierten die schönen Kaufmannstöchter, mit deren Liebe man auch so viel bares Geld bekommt – da hüpft eine Amme, auf den Armen ein rosiges Knäbchen, das sie beständig küsst, während sie an ihren Geliebten denkt – da wandeln Priesterinnen der schaumentstiegenen Göttin, hanseatische Vestalen, Dianen, die auf die Jagd gehn, Najaden, Dryaden, Hamadryaden und sonstige Predigerstöchter – ach! da wandelt auch Minka und Heloisa! Wie oft saß ich vor dem Pavillon und sah sie vorüberwandeln in ihren rosagestreiften Roben – die Elle kostet 4 Mark und 3 Schilling, und Herr Seligmann hat mir versichert, die Rosastreifen würden im Waschen die Farbe behalten. – »Prächtige Dirnen!« riefen dann die tugendhaften Jünglinge, die neben mir saßen. – Ich erinnere mich, ein großer Assekuradeur, der immer wie ein Pfingstochs geputzt ging, sagte einst: »Die eine möchte' ich mir mal als Frühstück und die andere als Abendbrot zu Gemüte führen, und ich würde an solchem Tage gar nicht zu Mittag speisen.« – »Sie ist ein Engel!« sagte einst ein Seekapitän ganz laut, sodass sich beide Mädchen zu gleicher Zeit umsahen und sich dann einander eifersüchtig anblickten. – Ich selber sagte nie etwas, und ich dachte meine süßesten Garnichtsgedanken und betrachtete die Mädchen und den heiter sanften Himmel und den langen Petriturm [St. Petri, Nordhausen] mit der schlanken Taille und die stille blaue Alster, worauf die Schwäne so stolz und so lieblich und so sicher umherschwammen. Die Schwäne! Stundenlang konnte ich sie betrachten, diese holden Geschöpfe mit ihren sanften langen Hälsen, wie sie sich üppig auf den weichen Fluten wiegten, wie sie zuweilen selig untertauchten und wieder auftauchten und übermütig plätscherten, bis der Himmel dunkelte und die goldenen Sterne hervortraten, verlangend, verheißend, wunderbar zärtlich, verklärt. Die Sterne! Sind es goldne Blumen am bräutlichen Busen des Himmels? Sind es verliebte Engelsaugen, die sich sehnsüchtig spiegeln in den blauen Gewässern der Erde und mit den Schwänen buhlen? – – – Ach! das ist nun lange her. Ich war damals jung und töricht. Jetzt bin ich alt und töricht. Manche Blume ist unterdessen verwelkt und manche sogar zertreten worden. Manches seidne Kleid ist unterdessen zerrissen, und sogar der rosagestreifte Kattun des Herren Seligmann hat unterdessen die Farbe verloren. Er selbst aber ist ebenfalls verblichen – die Firma ist jetzt »Seligmanns selige Witwe« – und Heloisa, das sanfte Wesen, das geschaffen schien, nur auf weichbeblümten indischen Teppichen zu wandeln und mit Pfauenfedern gefächelt zu werden, sie ging unter in Matrosenlärm, Punsch, Tabaksrauch und schlechter Musik. Als ich Minka wiedersah – sie nannte sich jetzt Kathinka und wohnte zwischen Hamburg und Altona –, da sah sie aus wie der Tempel Salomonis, als ihn Nebukadnezar zerstört hatte, und roch nach assyrischem Knaster – und als sie mir Heloisas Tod erzählte, weinte sie bitterlich und riss sich verzweiflungsvoll die Haare aus und wurde schier ohnmächtig und musste ein großes Glas Branntwein austrinken, um zur Besinnung zu kommen.

Und die Stadt selbst, wie war sie verändert! Und der Jungfernstieg! Der Schnee lag auf den Dächern, und es schien, als wären sogar die Häuser gealtert und hätten weiße Haare bekommen. Die Linden des Jungfernstiegs waren nur tote Bäume mit dürren Ästen, die sich gespenstisch im kalten Winde bewegten. Der Himmel war schneidend blau und dunkelte hastig. Es war Sonntag, fünf Uhr, die allgemeine Fütterungsstunde, und die Wagen rollten, Herren und Damen stiegen aus mit einem gefrorenen Lächeln auf den hungrigen Lippen – Entsetzlich! in diesem Augenblick durchschauerte mich die schreckliche Bemerkung, dass ein unergründlicher Blödsinn auf allen diesen Gesichtern lag und dass alle Menschen, die eben vorbeigingen, in einem wunderbaren Wahnwitz befangen schienen. Ich hatte sie schon vor zwölf Jahren, um dieselbe Stunde, mit denselben Mienen, wie die Puppen einer Rathausuhr, in derselben Bewegung gesehen, und sie hatten seitdem ununterbrochen in derselben Weise gerechnet, die Börse besucht, sich einander eingeladen, die Kinnbacken bewegt, ihre Trinkgelder bezahlt und wieder gerechnet: zwei mal zwei ist vier – »Entsetzlich!« rief ich, »wenn einem von diesen Leuten, während er auf dem Kontorbock säße, plötzlich einfiele, dass zwei mal zwei eigentlich fünf sei und dass er also sein ganzes Leben verrechnet und sein ganzes Leben in einem schauderhaften Irrtum vergeudet habe!« Auf einmal aber ergriff mich selbst ein närrischer Wahnsinn, und als ich die vorüberwandelnden Menschen genauer betrachtete, kam es mir vor, als seien sie selber nichts anderes als Zahlen, als arabische Chiffren; und da ging eine krummfüßige Zwei neben einer fatalen Drei, ihrer schwangeren und vollbusigen Frau Gemahlin; dahinter ging Herr Vier auf Krücken; einherwatschelnd kam eine fatale Fünf, rundbäuchig mit kleinem Köpfchen; dann kam eine wohlbekannte kleine Sechs und eine noch wohlbekanntere böse Sieben – doch als ich die unglückliche Acht, wie sie vorüberschwankte, ganz genau betrachtete, erkannte ich den Assekuradeur, der sonst wie ein Pfingstochs geputzt ging, jetzt aber wie die magerste von Pharaos mageren Kühen aussah – blasse, hohle Wangen wie ein leerer Suppenteller, kaltrote Nase wie eine Winterrose, abgeschabter schwarzer Rock, der einen kümmerlich weißen Widerschein gab, ein Hut, worin Saturn mit der Sense einige Luftlöcher geschnitten, doch die Stiefel noch immer spiegelblank gewichst – und er schien nicht mehr daran zu denken, Heloisa und Minka als Frühstück und Abendbrot zu verzehren, er schien sich vielmehr nach einem Mittagessen von gewöhnlichem Rindfleisch zu sehnen. Unter den vorüberrollenden Nullen erkannte ich noch manchen alten Bekannten. Diese und die anderen Zahlenmenschen rollten vorüber, hastig und hungrig, während unfern, längs den Häusern des Jungfernstiegs, noch grauenhafter drollig, ein Leichenzug sich hinbewegte. Ein trübsinniger Mummenschanz! Hinter den Trauerwagen, einherstelzend auf ihren dünnen schwarzseidenen Beinchen, gleich Marionetten des Todes, gingen die wohlbekannten Ratsdiener, privilegierte Leidtragende in parodiert altburgundischem Kostüm; kurze, schwarze Mäntel und schwarze Pluderhosen, weiße Perücken und weiße Halsbergen [Teil der mittelalterlichen Rüstung; Ringkragen], wozwischen die roten bezahlten Gesichter gar possenhaft hervorgucken, kurze Stahldegen an den Hüften, unterm Arm ein grüner Regenschirm.

Aber noch unheimlicher und verwirrender als diese Bilder, die sich, wie ein chinesisches Schattenspiel, schweigend vorbeibewegten, waren die Töne, die von einer anderen Seite in mein Ohr drangen. Es waren heisere, schnarrende, metallene Töne, ein unsinniges Kreischen, ein ängstliches Plätschern und verzweifelndes Schlürfen, ein Keuchen und Schollern, ein Stöhnen und Ächzen, ein unbeschreibbar eiskalter Schmerzenslaut. Das Bassin der Alster war zugefroren, nur nahe am Ufer war ein großes, breites Viereck in der Eisdecke ausgehauen, und die entsetzlichen Töne, die ich eben vernommen, kamen aus den Kehlen der armen weißen Geschöpfe, die darin herumschwammen und in entsetzlicher Todesangst schrien, und ach! es waren dieselben Schwäne, die einst so weich und heiter meine Seele bewegten. Ach! die schönen weißen Schwäne, man hatte ihnen die Flügel gebrochen, damit sie im Herbst nicht auswandern konnten nach dem warmen Süden, und jetzt hielt der Norden sie festgebannt in seinen dunkeln Eisgruben – und der Markeur des Pavillons meinte, sie befänden sich wohl darin und die Kälte sei ihnen gesund. Das ist aber nicht wahr, es ist einem nicht wohl, wenn man ohnmächtig in einem kalten Pfuhl eingekerkert ist, fast eingefroren, und einem die Flügel gebrochen sind und man nicht fortfliegen kann nach dem schönen Süden, wo die schönen Blumen, wo die goldnen Sonnenlichter, wo die blauen Bergseen – Ach! auch mir erging es einst nicht viel besser, und ich verstand die Qual dieser armen Schwäne; und als es gar immer dunkler wurde und die Sterne oben hell hervortraten, dieselben Sterne, die einst in schönen Sommernächten so liebeheiß mit den Schwänen gebuhlt, jetzt aber so winterkalt, so frostig klar und fast verhöhnend auf sie herabblickten – wohl begriff ich jetzt, dass die Sterne keine liebende, mitfühlende Wesen sind, sondern nur glänzende Täuschungen der Nacht, ewige Trugbilder in einem erträumten Himmel, goldne Lügen im dunkelblauen Nichts – – –

Kapitel V

Während ich das vorige Kapitel hinschrieb, dacht' ich unwillkürlich an ganz etwas anderes. Ein altes Lied summte mir beständig im Gedächtnis, und Bilder und Gedanken verwirrten sich aufs Unleidlichste; ich mag wollen oder nicht, ich muss von jenem Liede sprechen. Vielleicht auch gehört es hierher, und es drängt sich mit Recht in mein Geschreibsel hinein. Ja, ich fange jetzt sogar an, es zu verstehen, und ich verstehe jetzt auch den verdüsterten Ton, womit der Claas Hinrichson es sang; er war ein Jütländer und diente bei uns als Pferdeknecht. Er sang es noch den Abend vorher, ehe er sich in unserem Stall erhängte. Bei dem Refrain »Schau dich um, Herr Vonved!« lachte er manchmal gar bitterlich; die Pferde wieherten dabei sehr angstvoll, und der Hofhund bellte, als stürbe jemand. Es ist das altdänische Lied von dem Herrn Vonved, der in die Welt ausreitet und sich so lange darin herumschlägt, bis man seine Fragen beantwortet, und der endlich, wenn alle seine Rätsel gelöst sind, gar verdrießlich nach Hause reitet. Die Harfe klingt von Anfang bis zu Ende. Was sang er im Anfang? was sang er am Ende? Ich hab oft drüber nachgedacht. Claas Hinrichsons Stimme war manchmal tränenweich, wenn er das Lied anfing, und wurde allmählich rau und grollend wie das Meer, wenn ein Sturm heranzieht. Es beginnt:

> Herr Vonved sitzt im Kämmerlein,
> Er schlägt die Goldharf' an so rein,
> Er schlägt die Goldharf' unterm Kleid,
> Da kommt seine Mutter gegangen herein.
> Schau dich um, Herr Vonved!

Das war seine Mutter Adelin, die Königin, die spricht zu ihm: Mein junger Sohn, lass andere die Harfe spielen, gürt' um das Schwert, besteige dein Ross, reit aus, versuche deinen Mut, kämpfe und ringe, schau dich um in der Welt, schau dich um, Herr Vonved. Und

> Herr Vonved bindet sein Schwert an die Seite,
> Ihn lüstet, mit Kämpfern zu streiten;
> So wunderlich ist seine Fahrt:
> Gar keinen Mann er drauf gewahrt.
> Schau dich um, Herr Vonved!

> Sein Helm war blinkend,
> Sein Sporn war klingend,
> Sein Ross war springend,
> Selbst war der Herr so schwingend.
> Schau dich um, Herr Vonved!

> Ritt einen Tag, ritt drei darnach,
> Doch nimmer eine Stadt er sah;
> »Eia«, sagte der junge Mann,
> »Ist keine Stadt in diesem Land?«
> Schau dich um, Herr Vonved!

> Er ritt wohl auf dem Weg dahin,
> Herr Thule Vang begegnet' ihm;
> Herr Thule mit seinen zwölf Söhnen zumal,
> Die waren gute Ritter all.
> Schau dich um, Herr Vonved!

»Mein jüngster Sohn, hör du mein Wort:

123

Den Harnisch tausch mit mir sofort,
Unter uns tauschen wir das Panzerkleid,
Eh' wir schlagen diesen Helden frei.«
　　Schau dich um, Herr Vonved!

Herr Vonved reißt sein Schwert von der Seite,
Es lüstet ihn, mit Kämpfern zu streiten:
Erst schlägt er den Herren Thule selbst,
Darnach all seine Söhne zwölf.
　　Schau dich um, Herr Vonved!

Herr Vonved bindet sein Schwert an die Seite, es lüstet ihn, weiter auszureiten. Da kommt er zu dem Weidmann und verlangt von ihm die Hälfte seiner Jagdbeute; der aber will nicht teilen und muss mit ihm kämpfen und wird erschlagen. Und

Herr Vonved bindet sein Schwert an die Seite,
Ihn lüstet, weiter auszureiten;
Zum großen Berge der Held hinreit't,
Sieht, wie der Hirte das Vieh da treibt.
　　Schau dich um, Herr Vonved!

»Und hör du, Hirte, sag du mir:
Wes ist das Vieh, das du treibst vor dir?
Und was ist runder als ein Rad?
Wo wird getrunken fröhliche Weihnacht?«
　　Schau dich um, Herr Vonved!

»Sag: wo steht der Fisch in der Flut?
Und wo ist der rote Vogel gut?
Wo mischet man den besten Wein?
Wo trinkt Vidrich mit den Kämpfern sein?«
　　Schau dich um, Herr Vonved!

Da saß der Hirt, so still sein Mund,
Davon er gar nichts sagen kunnt.
Er schlug nach ihm mit der Zunge,
Da fiel heraus Leber und Lunge.
　　Schau dich um, Herr Vonved!

Und er kommt zu einer anderen Herde, und da sitzt wieder ein Hirt, an den er seine Fragen richtet. Dieser aber gibt ihm Bescheid, und Herr Vonved nimmt einen Goldring und steckt ihn dem Hirten an den Arm. Dann reitet er weiter und kommt zu Tyge Nold und erschlägt ihn mitsamt seinen zwölf Söhnen. Und wieder

Er warf herum sein Pferd,
Herr Vonved, der junge Edelherr;
Er tät über Berg und Tale dringen,
Doch konnt er niemand zur Rede bringen.
　　Schau dich um, Herr Vonved!

So kam er zu der dritten Schar.
Da saß ein Hirt mit silbernem Haar:
»Hör du, guter Hirte mit deiner Herd',
Du gibst mir gewisslich Antwort wert.«

Schau dich um, Herr Vonved!

»Was ist runder als ein Rad?
Wo wird getrunken die beste Weihnacht?
Wo geht die Sonne zu ihrem Sitz?
Und wo ruhn eines toten Mannes Füß'?«
Schau dich um, Herr Vonved!

»Was füllet aus alle Tale?
Was kleidet am besten im Königssaale?
Was ruft lauter, als der Kranich kann?
Und was ist weißer als ein Schwan?«
Schau dich um, Herr Vonved!

»Wer trägt den Bart auf seinem Rück'?
Wer trägt die Nas' unter seinem Kinn?
Als ein Riegel, was ist schwärzer noch mehr?
Und was ist rascher als ein Reh?«
Schau dich um, Herr Vonved!

»Wo ist die allerbreiteste Brück'?
Was ist am meisten zuwider der Menschen Blick?
Wo wird gefunden der höchste Gang?
Wo wird getrunken der kälteste Trank?«
Schau dich um, Herr Vonved!

»Die Sonn' ist runder als ein Rad,
Im Himmel begeht man die fröhliche Weihnacht,
Gen Westen geht die Sonne zu ihrem Sitz.
Gen Osten ruhn eines toten Mannes Füß'.«
Schau dich um, Herr Vonved!

»Der Schnee füllt aus alle Tale,
Am herrlichsten kleidet der Mut im Saale,
Der Donner ruft lauter, als der Kranich kann,
Und Engel sind weißer als der Schwan.«
Schau dich um, Herr Vonved!

»Der Kiebitz trägt den Bart in dem Nacken sein,
Der Bär hat die Nas' unterm Kinn allein,
Die Sünde schwärzer ist als ein Riegel noch mehr
Und der Gedanke rascher als ein Reh.«
Schau dich um, Herr Vonved!

»Das Eis macht die allerbreiteste Brück',
Die Kröt' ist am meisten zuwider des Menschen Blick,
Zum Paradies geht der höchste Gang,
Da unten, da trinkt man den kältesten Trank.«
Schau dich um, Herr Vonved!

»Weisen Spruch und Rat hast du nun hier,
So wie ich ihn habe gegeben dir.«
»Nun hab ich so gutes Vertrauen auf dich,
Viel Kämpfer zu finden bescheidest du mich.«

Schau dich um, Herr Vonved!

»Ich weis dich zu der Sonderburg,
Da trinken die Helden den Met ohne Sorg',
Dort findest du viel Kämpfer und Rittersleut',
Die können viel gut sich wehren im Streit.«
Schau dich um, Herr Vonved!

Er zog einen Goldring von der Hand,
Der wog wohl fünfzehn goldne Pfund;
Den tät er dem alten Hirten reichen,
Weil er ihm durft die Helden anzeigen.
Schau dich um, Herr Vonved!

Und er reitet ein in die Burg, und er erschlägt zuerst den Randulf, hernach den Strandulf.

Er schlug den starken Ege Under,
Er schlug den Ege Karl, seinen Bruder,
So schlug er in die Kreuz und Quer,
Er schlug die Feinde vor sich her.
Schau dich um, Herr Vonved!

Herr Vonved steckt sein Schwert in die Scheide,
Er denkt noch weiter fort zu reiten.
Er findet da in der wilden Mark
Einen Kämpfer, und der war viel stark.
Schau dich um, Herr Vonved!

»Sag mir, du edler Ritter gut,
Wo steht der Fisch in der Flut?
Wo wird geschenkt der beste Wein?
Und wo trinkt Vidrich mit den Kämpfern sein?«
Schau dich um, Herr Vonved!

»In Osten steht der Fisch in der Flut,
In Norden wird getrunken der Wein so gut,
In Halland findst du Vidrich daheim
Mit Kämpfern und vielen Gesellen sein.«
Schau dich um, Herr Vonved!

Von der Brust Vonved einen Goldring nahm,
Den steckt er dem Kämpfer an seinen Arm:
»Sag, du wärst der letzte Mann,
Der Gold vom Herrn Vonved gewann.«
Schau dich um, Herr Vonved!

Herr Vonved vor die hohe Zinne tät reiten,
Bat die Wächter, ihn hineinzuleiten;
Als aber keiner heraus zu ihm ging,
Da sprang er über die Mauer dahin.
Schau dich um, Herr Vonved!

Sein Ross an einen Strick er band,
Darauf er sich zur Burgstube gewandt;
Er setzte sich oben an die Tafel sofort,

Dazu sprach er kein einziges Wort.
Schau dich um, Herr Vonved!

Er aß, er trank, nahm Speise sich,
Den König fragt' er darum nicht;
»Gar nimmer bin ich ausgefahren,
Wo so viel verfluchte Zungen waren.«
Schau dich um, Herr Vonved!

Der König sprach zu den Kämpfern sein:
»Der tolle Gesell muss gebunden sein:
Bindet ihr den fremden Gast nicht fest,
So dienet ihr mir nicht aufs Best'.«
Schau dich um, Herr Vonved!

»Nimm du fünf, nimm du zwanzig auch dazu
Und komm zum Spiel du selbst herzu:
Ein Hurensohn, so nenn ich dich,
Außer, du bindest mich.«
Schau dich um, Herr Vonved!

»König Esmer, mein lieber Vater,
Und stolz Adelin, meine Mutter,
Haben mir gegeben das strenge Verbot,
Mit 'nem Schalk nicht zu verzehren mein Gold.«
Schau dich um, Herr Vonved!

»War Esmer, der König, dein Vater,
Und Frau Adelin deine liebe Mutter,
So bist du Herr Vonved, ein Kämpfer schön,
Dazu meiner liebsten Schwester Sohn.«
Schau dich um, Herr Vonved!

»Herr Vonved, willst du bleiben bei mir,
Beides, Ruhm und Ehre, soll werden dir,
Und willst du zu Land ausfahren,
Meine Ritter sollen dich bewahren.«
Schau dich um, Herr Vonved!

»Mein Gold soll werden für dich gespart,
Wenn du willst halten deine Heimfahrt.«
Doch das zu tun lüstet ihn nicht,
Er wollt fahren zu seiner Mutter zurück
Schau dich um, Herr Vonved!

Herr Vonved ritt auf dem Weg dahin,
Er war so gram in seinem Sinn;
Und als er zur Burg geritten kam,
Da standen zwölf Zauberweiber daran.
Schau dich um, Herr Vonved!

Standen mit Rocken und Spindeln vor ihm,
Schlugen ihn übers weiße Schienbein hin;
Herr Vonved mit seinem Ross herumdringt,

Die zwölf Zauberweiber schlägt er in einen Ring.
Schau dich um, Herr Vonved!

Schlägt die Zauberweiber, die stehen da,
Sie finden bei ihm so kleinen Rat.
Seine Mutter genießt dasselbe Glück,
Er haut sie in fünftausend Stück'.
Schau dich um, Herr Vonved!

So geht er in den Saal hinein,
Er isst, und trinkt den klaren Wein,
Dann schlägt er die Goldharfe so lang,
Dass springen entzwei alle die Strang'.
Schau dich um, Herr Vonved!

Kapitel VI

Es war aber ein gar lieblicher Frühlingstag, als ich zum ersten Mal die Stadt Hamburg verlassen. Noch sehe ich, wie im Hafen die goldnen Sonnenlichter auf die beteerten Schiffsbäuche spielen, und ich höre noch das heitre langhingesungene Hoiho! der Matrosen. So ein Hafen im Frühling hat überdies die freundlichste Ähnlichkeit mit dem Gemüt eines Jünglings, der zum ersten Mal in die Welt geht, sich zum ersten Mal auf die hohe See des Lebens hinauswagt – noch sind alle seine Gedanken bunt bewimpelt, Übermut schwellt alle Segel seiner Wünsche, hoiho! – aber bald erheben sich die Stürme, der Horizont verdüstert sich, die Windsbraut heult, die Planken krachen, die Wellen zerbrechen das Steuer, und das arme Schiff zerschellt an romantischen Klippen oder strandet auf seichtprosaischem Sand – oder vielleicht morsch und gebrochen, mit gekapptem Mast, ohne einen einzigen Anker der Hoffnung, gelangt es wieder heim in den alten Hafen und vermodert dort, abgetakelt kläglich, als ein elendes Wrack!

Aber es gibt auch Menschen, die nicht mit gewöhnlichen Schiffen verglichen werden dürfen, sondern mit Dampfschiffen. Diese tragen ein dunkles Feuer in der Brust, und sie fahren gegen Wind und Wetter – ihre Rauchflagge flattert wie der schwarze Federbusch des nächtlichen Reiters, ihre Zackenräder sind wie kolossale Pfundsporen, womit sie das Meer in die Wellenrippen stacheln, und das widerspenstig schäumende Element muss ihrem Willen gehorchen, wie ein Ross – aber sehr oft platzt der Kessel, und der innere Brand verzehrt uns.

Doch ich will mich aus der Metapher wieder herausziehn und auf ein wirkliches Schiff setzen, welches von Hamburg nach Amsterdam fährt. Es war ein schwedisches Fahrzeug, hatte außer den Helden dieser Blätter auch Eisenbarren geladen und sollte wahrscheinlich als Rückfracht eine Ladung Stockfische nach Hamburg oder Eulen nach Athen bringen.

Die Ufergegenden der Elbe sind wunderlieblich. Besonders hinter Altona, bei Rainville. Unfern liegt Klopstock begraben. Ich kenne keine Gegend, wo ein toter Dichter so gut begraben liegen kann wie dort. Als lebendiger Dichter dort zu leben ist schon weit schwerer. Wie oft hab ich dein Grab besucht, Sänger des Messias, der du so rührend wahr die Leiden Jesu besungen! Du hast aber auch lang genug auf der Königstraße hinter dem Jungfernstieg gewohnt, um zu wissen, wie Propheten gekreuzigt werden.

Den zweiten Tag gelangten wir nach Cuxhaven, welches eine hamburgische Kolonie. Die Einwohner sind Untertanen der Republik und haben es sehr gut. Wenn sie im Winter frieren, werden ihnen aus Hamburg wollene Decken geschickt, und in allzu heißen Sommertagen schickt man ihnen auch Limonade. Als Prokonsul residiert dort ein hoch- oder wohlweiser Senator. Er hat jährlich ein Einkommen von 20 000 Mark und regiert über 5000 Seelen. Es ist dort auch ein Seebad, welches vor anderen Seebädern den Vorteil bietet, dass es zu gleicher Zeit ein Elbbad ist. Ein großer Damm, worauf man spazierengehn kann, führt nach Ritzebüttel, welches ebenfalls zu Cuxhaven gehört. Das Wort kommt aus dem Phönizischen; die Worte »Ritze« und »Büttel« heißen auf phönizisch: Mündung der Elbe. Manche Historiker behaupten, Karl der Große habe Hamburg nur erweitert, die Phönizier aber hätten Hamburg und Altona gegründet, und zwar zu derselben Zeit, als Sodom und Gomorrha zugrunde gingen. Vielleicht haben sich Flüchtlinge aus diesen Städten nach der Mündung der Elbe gerettet. Man hat zwischen der Fuhlentwiete und der Kaffemacherei einige alte Münzen ausgegraben, die noch unter der Regierung von Bera XVI. und Birsa X. geschlagen worden. Nach meiner Meinung ist Hamburg das alte Tharsis, woher Salomo ganze Schiffsladungen voll Gold, Silber, Elfenbein, Pfauen und Affen erhalten hat. Salomo, nämlich der König von Juda und Israel, hatte immer eine besondere Liebhaberei für Gold und Affen.

Unvergesslich bleibt mir diese erste Seereise. Meine alte Großmuhme hatte mir so viele Wassermärchen erzählt, die jetzt alle wieder in meinem Gedächtnis aufblühten. Ich konnte ganze Stunden lang auf dem Verdecke sitzen und an die alten Geschichten denken, und wenn die Wellen murmelten, glaubte ich die Großmuhme sprechen zu hören. Wenn ich die Augen schloss, dann sah ich sie wieder leibhaftig vor mir sitzen mit dem einzigen Zahn in dem Munde, und hastig bewegte sie wieder die Lippen und erzählte die Geschichte vom Fliegenden Holländer.

Ich hätte gern die Meernixen gesehen, die auf weißen Klippen sitzen und ihr grünes Haar kämmen; aber ich konnte sie nur singen hören.

Wie angestrengt ich auch manchmal in die klare See hinabschaute, so konnte ich doch nicht die versunkenen Städte sehen, worin die Menschen, in allerlei Fischgestalten verwünscht, ein tiefes, wundertiefes Wasserleben führen. Es heißt, die Lachse und alte Rochen sitzen dort, wie Damen geputzt, am Fenster und fächern sich und gucken hinab auf die Straße, wo Schellfische in Ratsherrentracht vorbeischwimmen, wo junge Modeheringe nach ihnen hinauflorgnieren und wo Krabben, Hummer und sonstig niedriges Krebsvolk umherwimmelt. Ich habe aber nicht so tief hinabsehen können, und nur die Glocken hörte ich unten läuten.

In der Nacht sah ich mal ein großes Schiff mit ausgespannten blutroten Segeln vorbeifahren, dass es aussah wie ein dunkler Riese in einem weiten Scharlachmantel. War das der Fliegende Holländer?

In Amsterdam aber, wo ich bald darauf anlangte, sah ich ihn leibhaftig selbst, den grauenhaften Mynheer, und zwar auf der Bühne. Bei dieser Gelegenheit, im Theater zu Amsterdam, lernte ich auch eine von jenen Nixen kennen, die ich auf dem Meere selbst vergeblich gesucht. Ich will ihr, weil sie gar zu lieblich war, ein besonderes Kapitel weihen.

Kapitel VII

Die Fabel von dem Fliegenden Holländer ist euch gewiss bekannt. Es ist die Geschichte von dem verwünschten Schiff, das nie in den Hafen gelangen kann und jetzt schon seit undenklicher Zeit auf dem Meere herumfährt. Begegnet es einem anderen Fahrzeug, so kommen einige von der unheimlichen Mannschaft in einem Boot herangefahren und bitten, ein Paket Briefe gefälligst mitzunehmen. Diese Briefe muss man an den Mastbaum festnageln, sonst widerfährt dem Schiff ein Unglück, besonders wenn keine Bibel an Bord oder kein Hufeisen am Fockmast befindlich ist. Die Briefe sind immer an Menschen adressiert, die man gar nicht kennt oder die längst verstorben, sodass zuweilen der späte Enkel einen Liebesbrief in Empfang nimmt, der an seine Urgroßmutter gerichtet ist, die schon seit hundert Jahr im Grabe liegt. Jenes hölzerne Gespenst, jenes grauenhafte Schiff führt seinen Namen von seinem Kapitän, einem Holländer, der einst bei allen Teufeln geschworen, dass er irgendein Vorgebirge, dessen Namen mir entfallen, trotz des heftigsten Sturms, der eben wehte, umschiffen wolle, und sollte er auch bis zum Jüngsten Tage segeln müssen. Der Teufel hat ihn beim Wort gefasst, er muss bis zum Jüngsten Tage auf dem Meere herumirren, es sei denn, dass er durch die Treue eines Weibes erlöst werde. Der Teufel, dumm wie er ist, glaubt nicht an Weibertreue und erlaubte daher dem verwünschten Kapitän, alle sieben Jahre einmal ans Land zu steigen und zu heiraten und bei dieser Gelegenheit seine Erlösung zu betreiben. Armer Holländer! Er ist oft froh genug, von der Ehe selbst wieder erlöst und seine Erlöserin loszuwerden, und er begibt sich dann wieder an Bord.

Auf diese Fabel gründete sich das Stück, das ich im Theater zu Amsterdam gesehen. Es sind wieder sieben Jahre verflossen, der arme Holländer ist des endlosen Umherirrens müder als jemals, steigt ans Land, schließt Freundschaft mit einem schottischen Kaufmann, dem er begegnet, verkauft ihm Diamanten zu spottwohlfeilem Preise, und wie er hört, dass sein Kunde eine schöne Tochter besitzt, verlangt er sie zur Gemahlin. Auch dieser Handel wird abgeschlossen. Nun sehen wir das Haus des Schotten, das Mädchen erwartet den Bräutigam zagen Herzens. Sie schaut oft mit Wehmut nach einem großen verwitterten Gemälde, welches in der Stube hängt und einen schönen Mann in spanisch-niederländischer Tracht darstellt; es ist ein altes Erbstück, und nach der Aussage der Großmutter ist es ein getreues Konterfei des Fliegenden Holländers, wie man ihn vor hundert Jahr in Schottland gesehen, zur Zeit König Wilhelms von Oranien. Auch ist mit diesem Gemälde eine überlieferte Warnung verknüpft, dass die Frauen der Familie sich vor dem Originale hüten sollten. Eben deshalb hat das Mädchen von Kind auf sich die Züge des gefährlichen Mannes ins Herz geprägt. Wenn nun der wirkliche Fliegende Holländer leibhaftig hereintritt, erschrickt das Mädchen; aber nicht aus Furcht. Auch jener ist betroffen bei dem Anblick des Porträts. Als man ihm bedeutet, wen es vorstelle, weiß er jedoch jeden Argwohn von sich fernzuhalten; er lacht über den Aberglauben, er spöttelt selber über den Fliegenden Holländer, den Ewigen Juden des Ozeans; jedoch unwillkürlich in einen wehmütigen Ton übergehend, schildert er, wie Mynheer auf der unermesslichen Wasserwüste die unerhörtesten Leiden erdulden müsse, wie sein Leib nichts anderes sei als ein Sarg von Fleisch, worin seine Seele sich langweilt, wie das Leben ihn von sich stößt und auch der Tod ihn abweist: gleich einer leeren Tonne, die sich die Wellen einander zuwerfen und sich spottend einander zurückwerfen, so werde der arme Holländer zwischen Tod und Leben hin und her geschleudert, keins von beiden wolle ihn behalten; sein Schmerz sei tief wie das Meer, worauf er herumschwimmt, sein Schiff sei ohne Anker und sein Herz ohne Hoffnung.

Ich glaube, dieses waren ungefähr die Worte, womit der Bräutigam schließt. Die Braut betrachtet ihn ernsthaft und wirft manchmal Seitenblicke nach seinem Konterfei. Es ist, als ob sie sein Geheimnis erraten habe, und wenn er nachher fragt: »Katharina, willst du mir treu sein?«, antwortet sie entschlossen: »Treu bis in den Tod.«

Bei dieser Stelle, erinnere ich mich, hörte ich lachen, und dieses Lachen kam nicht von unten, aus der Hölle, sondern von oben, vom Paradiese. Als ich hinaufschaute, erblickte ich eine wunderschöne Eva, die mich mit ihren großen blauen Augen verführerisch ansah. Ihr Arm hing über der Galerie herab, und in der Hand hielt sie einen Apfel oder vielmehr eine Apfelsine. Statt mir aber symbolisch die Hälfte anzubieten, warf sie mir bloß metaphorisch die Schalen auf den Kopf. War es Absicht oder Zufall? Das wollte ich wissen. Ich war aber, als ich ins Paradies hinaufstieg, um die Bekanntschaft fortzusetzen, nicht wenig befremdet, ein weißes sanftes Mädchen zu finden, eine überaus weiblich weiche Gestalt, nicht schmächtig, aber doch kristallisch zart, ein Bild häuslicher Zucht und beglückender Holdseligkeit. Nur um die linke Oberlippe zog sich etwas oder vielmehr ringelte sich etwas wie das Schwänzchen einer fortschlüpfenden Eidechse. Es war ein geheimnisvoller Zug, wie man ihn just nicht bei den reinen Engeln, aber auch nicht bei hässlichen Teufeln zu finden pflegt. Dieser Zug bedeutete weder das Gute noch das Böse, sondern bloß ein schlimmes Wissen; es ist ein Lächeln, welches vergiftet worden von jenem Apfel der Erkenntnis, den der Mund genossen. Wenn ich diesen Zug auf weichen vollrosigen Mädchenlippen sehe, dann fühl ich in den eigenen Lippen ein krampfhaftes Zucken, ein zuckendes Verlangen, jene Lippen zu küssen; es ist Wahlverwandtschaft.

Ich flüsterte daher dem schönen Mädchen ins Ohr: »Juffrouw! ich will deinen Mund küssen.«

»Bei Gott, Mynheer, das ist ein guter Gedanke!« war die Antwort, die hastig und mit entzückendem Wohllaut aus dem Herzen hervorklang.

Aber nein – die ganze Geschichte, die ich hier zu erzählen dachte und wozu der Fliegende Holländer nur als Rahmen dienen sollte, will ich jetzt unterdrücken. Ich räche mich dadurch an den Prüden, die dergleichen Geschichten mit Wonne einschlürfen und bis an den Nabel, ja noch tiefer, davon entzückt sind und nachher den Erzähler schelten und in Gesellschaft über ihn die Nase rümpfen und ihn als unmoralisch verschreien. Es ist eine gute Geschichte, köstlich wie eingemachte Ananas oder wie frischer Kaviar oder wie Trüffel in Burgunder, und wäre eine angenehme Lektüre nach aus Ranküne, zur Strafe für frühere Unbill, will ich sie unterdrücken. Ich mache daher hier einen langen Gedankenstrich –

Dieser Strich bedeutet ein schwarzes Sofa, und darauf passierte die Geschichte, die ich nicht erzähle. Der Unschuldige muss mit dem Schuldigen leiden, und manche gute Seele schaut mich jetzt an mit einem bittenden Blick. Je nun, diesen Besseren will ich im Vertrauen gestehn, dass ich noch nie so wild geküsst worden wie von jener holländischen Blondine und dass diese das Vorurteil, welches ich bisher gegen blonde Haare und blaue Augen hegte, aufs Siegreichste zerstört hat. Jetzt erst begriff ich, warum ein englischer Dichter solche Damen mit gefrorenem Champagner verglichen hat. In der eisigen Hülle lauert der heißeste Extrakt. Es gibt nichts Pikanteres als der Kontrast jener äußeren Kälte und der inneren Glut, die bacchantisch emporlodert und den glücklichen Zecher unwiderstehlich berauscht. Ja, weit mehr als in Brünetten zehrt der Sinnenbrand in manchen scheinstillen Heiligenbildern mit goldenem Glorienhaar und blauen Himmelsaugen und frommen Lilienhänden. Ich weiß eine Blondine aus einem der besten niederländischen Häuser, die zuweilen ihr schönes Schloss am Zuidersee verließ und inkognito nach Amsterdam und dort ins Theater ging, jedem, der ihr gefiel, Apfelsinenschalen auf den Kopf warf, zuweilen gar in Matrosenherbergen die wüsten Nächte zubrachte, eine holländische Messaline. – – Als ich ins Theater noch einmal zurückkehrte, kam ich eben zur letzten Szene des Stücks, wo auf einer hohen Meerklippe das Weib des Fliegenden Holländers, die Frau Fliegende Holländerin, verzweiflungsvoll die Hände ringt, während auf dem Meere, auf dem Verdeck seines unheimlichen Schiffes, ihr unglücklicher Gemahl zu schauen ist. Er liebt sie und will sie verlassen, um sie nicht ins Verderben zu ziehen, und er gesteht ihr sein grauenhaftes Schicksal und den schrecklichen Fluch, der auf ihm lastet. Sie aber ruft mit lauter Stimme: »Ich war dir treu bis zu dieser Stunde, und ich weiß ein sicheres Mittel, wodurch ich dir meine Treue erhalte bis in den Tod!«

Bei diesen Worten stürzt sich das treue Weib ins Meer, und nun ist auch die Verwünschung des Fliegenden Holländers zu Ende, er ist erlöst, und wir sehen, wie das gespenstische Schiff in den Abgrund des Meeres versinkt.

Die Moral des Stückes ist für die Frauen, dass sie sich in Acht nehmen müssen, keinen Fliegenden Holländer zu heiraten; und wir Männer ersehen aus diesem Stück, wie wir durch die Weiber, im günstigsten Falle, zugrunde gehn.

Kapitel VIII

Aber nicht bloß in Amsterdam haben die Götter sich gütigst bemüht, mein Vorurteil gegen Blondinen zu zerstören. Auch im übrigen Holland hatte ich das Glück, meine früheren Irrtümer zu berichtigen. Ich will beileibe die Holländerinnen nicht auf Kosten der Damen anderer Länder hervorstreichen. Bewahre mich der Himmel vor solchem Unrecht, welches von meiner Seite zugleich der größte Undank wäre. Jedes Land hat seine besondere Küche und seine besonderen Weiblichkeiten, und hier ist alles Geschmackssache. Der eine liebt gebratene Hühner, der andere gebratene Enten; was mich betrifft, ich liebe gebratene Hühner und gebratene Enten und noch außerdem gebratene Gänse. Von hohem idealischen Standpunkte betrachtet, haben die Weiber überall eine gewisse Ähnlichkeit mit der Küche des Landes. Sind die britischen Schönen nicht ebenso gesund, nahrhaft, solide, konsistent, kunstlos und doch so vortrefflich wie Altenglands einfach gute Kost: Roastbeef, Hammelbraten, Pudding in flammendem Kognak, Gemüse in Wasser gekocht, nebst zwei Saucen, wovon die eine aus gelassener Butter besteht? Da lächelt kein Frikassee, da täuscht kein flatterndes Vol-au-vent [mit Ragout gefüllte Pastete aus Blätterteig; Bouchée à la Reine], da seufzt kein geistreiches Ragout, da tändeln nicht jene tausendartig gestopften, gesottenen, aufgehüpften, gerösteten, durchzuckerten, pikanten, deklamatorischen und sentimentalen Gerichte, die wir bei einem französischen Restaurant finden und die mit den schönen Französinnen selbst die größte Ähnlichkeit bieten! Merken wir doch nicht selten, dass bei diesen ebenfalls der eigentliche Stoff nur als Nebensache betrachtet wird, dass der Braten selber manchmal weniger wert ist als die Sauce, dass hier Geschmack, Grazie und Eleganz die Hauptsache sind. Italiens gelbfette, leidenschaftgewürzte, humoristisch garnierte, aber doch schmachtend idealische Küche trägt ganz den Charakter der italienischen Schönen. Oh, wie sehne ich mich manchmal nach den lombardischen Stuffados, nach den Tagliarinis und Broccolis der holdseligen Toskana! Alles schwimmt in Öl, träge und zärtlich, und trillert Rossinis süße Melodien und weint vor Zwiebelduft und Sehnsucht! Die Makkaroni musst du aber mit den Fingern essen, und dann heißen sie: Beatrice!

Nur gar zu oft denke ich an Italien und am öftesten des Nachts. Vorgestern träumte mir, ich befände mich in Italien und sei ein bunter Harlekin und läge recht faulenzerisch unter einer Trauerweide. Die herabhängenden Zweige dieser Trauerweide waren aber lauter Makkaroni, die mir lang und lieblich bis ins Maul hineinfielen; zwischen diesem Laubwerk von Makkaroni flossen statt Sonnenstrahlen lauter gelbe Butterströme, und endlich fiel von oben herab ein weißer Regen von geriebenem Parmesankäse.

Ach! von geträumten Makkaroni wird man nicht satt – Beatrice!

Von der deutschen Küche kein Wort. Sie hat alle möglichen Tugenden und nur einen einzigen Fehler; ich sage aber nicht welchen. Da gibt's gefühlvolles, jedoch unentschlossenes Backwerk, verliebte Eierspeisen, tüchtige Dampfnudeln, Gemütssuppe mit Gerste, Pfannkuchen mit Äpfel und Speck, tugendhafte Hausklöße, Sauerkohl – wohl dem, der es verdauen kann.

Was die holländische Küche betrifft, so unterscheidet sie sich von letzterer erstens durch die Reinlichkeit, zweitens durch die eigentliche Leckerkeit. Besonders ist die Zubereitung der Fische unbeschreibbar liebenswürdig. Rührend inniger und doch zugleich tiefsinnlicher Sellerieduft. Selbstbewusste Naivität und Knoblauch. Tadelhaft jedoch ist es, dass sie Unterhosen von Flanell tragen; nicht die Fische, sondern die schönen Töchter des meerumspülten Hollands.

Aber zu Leiden, als ich ankam, fand ich das Essen fürchterlich schlecht. Die Republik Hamburg hatte mich verwöhnt; ich muss die dortige Küche nachträglich noch einmal loben, und bei dieser Gelegenheit preise ich noch einmal Hamburgs schöne Mädchen und Frauen. Oh, ihr Götter! in den ersten vier Wochen, wie sehnte ich mich zurück nach den Rauchfleisch-lichkeiten und nach den Mockturteltauben Hammonias! Ich schmachtete an Herz und Magen. Hätte sich nicht endlich die Frau Wirtin zur Roten Kuh in mich verliebt, ich wäre vor Sehn-sucht gestorben.

Heil dir, Wirtin zur Roten Kuh!

Es war eine untersetzte Frau mit einem sehr großen runden Bauch und einem sehr kleinen runden Kopf. Rote Wängelein, blaue Äugelein; Rosen und Veilchen. Stundenlang saßen wir beisammen im Garten und tranken Tee aus echt chinesischen Porzellantassen. Es war ein schöner Garten, viereckige und dreieckige Beete, symmetrisch bestreut mit Goldsand, Zin-nober und kleinen blanken Muscheln. Die Stämme der Bäume hübsch rot und blau angestri-chen. Kupferne Käfige voll Kanarienvögel. Die kostbarsten Zwiebelgewächse in buntbemal-ten, glasierten Töpfen. Der Taxus allerliebst künstlich geschnitten, mancherlei Obelisken, Py-ramiden, Vasen, auch Tiergestalten bildend. Da stand ein aus Taxus geschnittener grüner Ochs, welcher mich fast eifersüchtig ansah, wenn ich sie umarmte, die holde Wirtin zur Ro-ten Kuh.

Heil dir, Wirtin zur Roten Kuh!

Wenn Myfrau den Oberteil des Kopfes mit den friesischen Goldplatten umschildet, den Bauch mit ihrem buntgeblümten Damastrock eingepanzert und die Arme mit der weißen Fülle ihrer Brabanter Spitzen gar kostbar belastet hatte, dann sah sie aus wie eine fabelhafte chinesische Puppe, wie etwa die Göttin des Porzellans. Wenn ich alsdann in Begeisterung ge-riet und sie auf beide Backen laut küsste, so blieb sie ganz porzellanig steif stehen und seufz-te ganz porzellanig: »Mynheer!« Alle Tulpen des Gartens schienen dann mitgerührt und mit-bewegt zu sein und schienen mitzuseufzen: »Mynheer!«

Dieses delikate Verhältnis schaffte mir manchen delikaten Bissen. Denn jede solche Lie-besszene influenzierte auf den Inhalt der Esskörbe, welche mir die vortreffliche Wirtin alle Tage ins Haus schickte. Meine Tischgenossen, sechs andere Studenten, die auf meiner Stube mit mir aßen, konnten an der Zubereitung des Kalbsbratens oder des Ochsenfilets jedes Mal schmecken, wie sehr sie mich liebte, die Frau Wirtin zur Roten Kuh. Wenn das Essen einmal schlecht war, musste ich viele demütigende Spötteleien ertragen, und es hieß dann: »Seht, wie der Schnabelewopski miserabel aussieht, wie gelb und runzlicht sein Gesicht, wie kat-zenjämmerlich seine Augen, als wollte er sie sich aus dem Kopfe herauskotzen, es ist kein Wunder, dass unsere Wirtin seiner überdrüssig wird und uns jetzt schlechtes Essen schickt.« Oder man sagte auch: »Um Gottes willen, der Schnabelewopski wird täglich schwächer und matter und verliert am Ende ganz die Gunst unserer Wirtin, und wir kriegen dann immer schlechtes Essen wie heut – wir müssen ihn tüchtig füttern, damit er wieder ein feuriges Äu-ßere gewinnt.« Und dann stopften sie mir just die allerschlechtesten Stücke ins Maul und nö-tigten mich, übergebührlich viel Sellerie zu essen. Gab es aber magere Küche mehrere Tage hintereinander, dann wurde ich mit den ernsthaftesten Bitten bestürmt, für besseres Essen zu sorgen, das Herz unserer Wirtin aufs Neue zu entflammen, meine Zärtlichkeit für sie zu er-höhen, kurz, mich fürs allgemeine Wohl aufzuopfern. In langen Reden wurde mir dann vor-gestellt, wie edel, wie herrlich es sei, wenn jemand für das Heil seiner Mitbürger sich hero-isch resigniert, gleich dem Regulus, welcher sich in eine alte vernagelte Tonne stecken ließ, oder auch gleich dem Theseus, welcher sich in die Höhle des Minotaurs freiwillig begeben hat – und dann wurde der Livius zitiert und der Plutarch usw. Auch sollte ich bildlich zur Nacheiferung gereizt werden, indem man jene Großtaten auf die Wand zeichnete, und zwar mit grotesken Anspielungen; denn der Minotaur sah aus wie die rote Kuh auf dem wohlbe-kannten Wirtshausschilde, und die karthaginiensische vernagelte Tonne sah aus wie meine

Wirtin selbst. Überhaupt hatten jene undankbaren Menschen die äußere Gestalt der vortrefflichen Frau zur beständigen Zielscheibe ihres Witzes gewählt. Sie pflegten gewöhnlich ihre Figur aus Äpfeln zusammenzusetzen oder aus Brotkrumen zu kneten. Sie nahmen dann ein kleines Äpfelchen, welches der Kopf sein sollte, setzten dieses auf einen ganz großen Apfel, welcher den Bauch vorstellte, und dieser stand wieder auf zwei Zahnstochern, welche sich für Beine ausgaben. Sie formten auch wohl aus Brotkrumen das Bild unserer Wirtin und kneteten dann ein ganz winziges Püppchen, welches mich selber vorstellen sollte, und dieses setzten sie dann auf die große Figur und rissen dabei die schlechtesten Vergleiche. Z. B. der eine bemerkte, die kleine Figur sei Hannibal, welcher über die Alpen steigt. Ein anderer meinte hingegen, es sei Marius, welcher auf den Ruinen von Karthago sitzt. Dem sei nun, wie ihm wolle, wäre ich nicht manchmal über die Alpen gestiegen oder hätte ich mich nicht manchmal auf die Ruinen von Karthago gesetzt, so würden meine Tischgenossen beständig schlechtes Essen bekommen haben.

Kapitel IX

Wenn der Braten ganz schlecht war, disputierten wir über die Existenz Gottes. Der liebe Gott hatte aber immer die Majorität. Nur drei von der Tischgenossenschaft waren atheistisch gesinnt; aber auch diese ließen sich überreden, wenn wir wenigstens guten Käse zum Dessert bekamen. Der eifrigste Deist war der kleine Simson, und wenn er mit dem langen Vanpitter über die Existenz Gottes disputierte, wurde er zuweilen höchst ärgerlich, lief im Zimmer auf und ab und schrie beständig: »Das ist bei Gott nicht erlaubt!« Der lange Vanpitter, ein magerer Friese, dessen Seele so ruhig wie das Wasser in einem holländischen Kanal und dessen Worte sich ruhig hinzogen wie eine Trekschuit, holte seine Argumente aus der deutschen Philosophie, womit man sich damals in Leiden stark beschäftigte. Er spöttelte über die engen Köpfe, die dem lieben Gott eine Privatexistenz zuschreiben, er beschuldigte sie sogar der Blasphemie, indem sie Gott mit Weisheit, Gerechtigkeit, Liebe und ähnlichen menschlichen Eigenschaften versähen, die sich gar nicht für ihn schickten; denn diese Eigenschaften seien gewissermaßen die Negation von menschlichen Gebrechen, da wir sie nur als Gegensatz zu menschlicher Dummheit, Ungerechtigkeit und Hass aufgefasst haben. Wenn aber Vanpitter seine eigenen pantheistischen Ansichten entwickelte, so trat der dicke Fichteaner, ein gewisser Driksen aus Utrecht, gegen ihn auf und wusste seinen vagen, in der Natur verbreiteten, also immer im Raume existierenden Gott gehörig durchzuhecheln, ja er behauptete: es sei Blasphemie, wenn man auch nur von einer Existenz Gottes spricht, indem »Existieren« ein Begriff sei, der einen gewissen Raum, kurz, etwas Substantielles voraussetze. Ja, es sei Blasphemie, von Gott zu sagen: »Er ist«; das reinste Sein könne nicht ohne sinnliche Beschränkung gedacht werden; wenn man Gott denken wolle, müsse man von aller Substanz abstrahieren, man müsse ihn nicht denken als eine Form der Ausdehnung, sondern als eine Ordnung der Begebenheiten; Gott sei kein Sein, sondern ein reines Handeln, er sei nur Prinzip einer übersinnlichen Weltordnung. – Bei diesen Worten aber wurde der kleine Simson immer ganz wütend und lief noch toller im Zimmer herum und schrie noch lauter: »O Gott! Gott! das ist bei Gott nicht erlaubt, o Gott!« Ich glaube, er hätte den dicken Fichteaner geprügelt, zur Ehre Gottes, wenn er nicht gar zu dünne Ärmchen hatte. Manchmal stürmte er auch wirklich auf ihn los; dann aber nahm der Dicke die beiden Ärmchen des kleinen Simson, hielt ihn ruhig fest, setzte ihm sein System ganz ruhig auseinander, ohne die Pfeife aus dem Munde zu nehmen, und blies ihm dann seine dünnen Argumente mitsamt dem dicksten Tabaksdampf ins Gesicht, so dass der Kleine fast erstickte vor Rauch und Ärger und immer leiser und hilfeflehend wimmerte: »O Gott! O Gott!« Aber der half ihm nie, obgleich er dessen eigene Sache verfocht. – Trotz dieser göttlichen Indifferenz, trotz diesem fast menschlichen Undank Gottes, blieb der kleine Simson doch der beständige Champion des Deismus, und ich glaube, aus angeborener Neigung. Denn seine Väter gehörten zu dem auserwählten Volke Gottes, einem Volke, das Gott einst mit seiner besonderen Liebe protegiert und das daher bis auf diese Stunde eine gewisse Anhänglichkeit für den lieben Gott bewahrt hat. Die Juden sind immer die gehorsamsten Deisten, namentlich diejenigen, welche, wie der kleine Simson, in der freien Stadt Frankfurt geboren sind. Diese können bei politischen Fragen so republikanisch als möglich denken, ja sich sogar sansculottisch im Kote wälzen; kommen aber religiöse Begriffe ins Spiel, dann bleiben sie untertänige Kammerknechte ihres Jehova, des alten Fetischs, der doch von ihrer ganzen Sippschaft nichts mehr wissen will, und sich zu einem gottreinen Geist umtaufen lassen.

Ich glaube, dieser gottreine Geist, dieser Parvenü des Himmels, der jetzt so moralisch, so kosmopolitisch und universell gebildet ist, hegt ein geheimes Misswollen gegen die armen Juden, die ihn noch in seiner ersten rohen Gestalt gekannt haben und ihn täglich in ihren Synagogen an seine ehemaligen obskuren Nationalverhältnisse erinnern. Vielleicht will es der alte Herr gar nicht mehr wissen, dass er palästinischen Ursprungs und einst der Gott Abrahams, Isaaks und Jakobs gewesen und damals Jehova geheißen hat.

Kapitel X

Mit dem kleinen Simson hatte ich zu Leiden sehr vielen Umgang, und er wird in diesen Denkblättern noch oft erwähnt werden. Außer ihn sah ich am öftesten einen anderen meiner Tischgenossen, den jungen van Moeulen, ich konnte ganze Stunden lang sein schönes Gesicht betrachten und dabei an seine Schwester denken, die ich nie gesehen und wovon ich nur wusste, dass sie die schönste Frau im Waterland sei. Van Moeulen war ebenfalls ein schönes Menschenbild, ein Apollo, aber kein Apollo von Marmor, sondern viel eher von Käse. Er war der vollendetste Holländer, den ich je gesehn. Ein sonderbares Gemisch von Mut und Phlegma. Als er einst im Kaffeehaus einen Irländer so sehr erzürnt, dass dieser eine Pistole aus der Tasche zog, auf ihn losdrückte und, statt ihn zu treffen, ihm nur die irdene Pfeife vom Munde wegschoss, da blieb van Moeulens Gesicht so bewegungslos wie Käse, und im gleichgültig ruhigsten Tone rief er: »Jan, e nüe Piep!« Fatal war mir an ihm sein Lächeln; denn alsdann zeigte er eine Reihe ganz kleiner weißer Zähnchen, die eher wie Fischgräte aussahen. Auch missfiel mir, dass er große goldene Ohrringe trug. Er hatte die sonderbare Gewohnheit, alle Tage in seiner Wohnung die Aufstellung der Möbel zu verändern, und wenn man zu ihm kam, fand man ihn entweder beschäftigt, die Kommode an die Stelle des Bettes oder den Schreibtisch an die Stelle des Sofas zu setzen.

Der kleine Simson bildete, in dieser Beziehung, den ängstlichsten Gegensatz. Er konnte nicht leiden, dass man in seinem Zimmer das Mindeste verrückte; er wurde sichtbar unruhig, wenn man dort auch nur das Mindeste, sei es auch nur eine Lichtschere, zur Hand nahm. Alles musste liegenbleiben, wie es lag. Denn seine Möbel und sonstige Effekten dienten ihm als Hilfsmittel, nach den Vorschriften der Mnemonik allerlei historische Daten oder philosophische Sätze in seinem Gedächtnis zu fixieren. Als einst die Hausmagd in seiner Abwesenheit einen alten Kasten aus seinem Zimmer fortgeschafft und seine Hemden und Strümpfe aus den Schubladen der Kommode genommen, um sie waschen zu lassen, da war er untröstlich, als er nach Hause kam, und er behauptete, er wisse jetzt gar nichts mehr von der assyrischen Geschichte, und alle seine Beweise für die Unsterblichkeit der Seele, die er so mühsam in den verschiedenen Schubladen ganz systematisch geordnet, seien jetzt in die Wäsche gegeben.

135

Zu den Originalen, die ich in Leiden kennengelernt, gehört auch Mynheer van der Pissen, ein Vetter van Moeulens, der mich bei ihm eingeführt. Er war Professor der Theologie an der Universität, und ich hörte bei ihm das Hohelied Salomonis und die Offenbarung Johannis. Er war ein schöner blühender Mann, etwa fünfunddreißig Jahre alt und auf dem Katheder sehr ernst und gesetzt. Als ich ihn aber einst besuchen wollte und in seinem Wohnzimmer niemanden fand, sah ich durch die halbgeöffnete Tür eines Seitenkabinetts ein gar merkwürdiges Schauspiel. Dieses Kabinett war halb chinesisch, halb pompadourisch französisch verziert; an den Wänden goldig schillernde Damasttapeten; auf dem Boden der kostbarste persische Teppich; überall wunderliche Porzellanpagoden, Spielsachen von Perlmutter, Blumen, Straußenfedern und Edelsteine; die Sessel von rotem Sammet mit Goldtroddeln und darunter ein besonders erhöhter Sessel, der wie ein Thron aussah und worauf ein kleines Mädchen saß, das etwa drei Jahre alt sein mochte und in blauem silbergestickten Atlas, jedoch sehr altfränkisch, gekleidet war und in der einen Hand, gleich einem Zepter, einen bunten Pfauenwedel und in der andern einen welken Lorbeerkranz emporhielt. Vor ihr aber auf dem Boden wälzten sich Mynheer van der Pissen, sein kleiner Mohr, sein Pudel und sein Affe. Diese vier zausten sich und bissen sich untereinander, während das Kind und der grüne Papagei, welcher auf der Stange saß, beständig Bravo! riefen. Endlich erhob sich Mynheer vom Boden, kniete vor dem Kinde nieder, rühmte in einer ernsthaften lateinischen Rede den Mut, womit er seine Feinde bekämpft und besiegt, ließ sich von der Kleinen den welken Lorbeerkranz auf das Haupt setzen; – und Bravo! Bravo! rief das Kind und der Papagei und ich, welcher jetzt ins Zimmer trat.

Mynheer schien etwas bestürzt, dass ich ihn in seinen Wunderlichkeiten überrascht. Diese, wie man mir später sagte, trieb er alle Tage; alle Tage besiegte er den Mohr, den Pudel und den Affen; alle Tage ließ er sich belorbeeren von dem kleinen Mädchen, welches nicht sein eignes Kind, sondern ein Findling aus dem Waisenhaus von Amsterdam war.

Kapitel XI

Das Haus, worin ich zu Leiden logierte, bewohnte einst Jan Steen, der große Jan Steen, den ich für ebenso groß halte wie Raffael. Auch als religiöser Maler war Jan ebenso groß, und das wird man einst ganz klar einsehn, wenn die Religion des Schmerzes erloschen ist und die Religion der Freude den trüben Flor von den Rosenbüschen dieser Erde fortreißt und die Nachtigallen endlich ihre lang verheimlichten Entzückungen hervorjauchzen dürfen.

Aber keine Nachtigall wird je so heiter und jubelnd singen, wie Jan Steen gemalt hat. Keiner hat so tief wie er begriffen, dass auf dieser Erde ewig Kirmes sein sollte; er begriff, dass unser Leben nur ein farbiger Kuss Gottes sei, und er wusste, dass der Heilige Geist sich am herrlichsten offenbart im Licht und Lachen.

Sein Auge lachte ins Licht hinein, und das Licht spiegelte sich in seinem lachenden Auge.

Und Jan blieb immer ein gutes, liebes Kind. Als der alte strenge Prädikant von Leiden sich neben ihm an den Herd setzte und eine lange Vermahnung hielt über sein fröhliches Leben, seinen lachend unchristlichen Wandel, seine Trunkliebe, seine ungeregelte Wirtschaft und seine verstockte Lustigkeit, da hat Jan ihm zwei Stunden lang ganz ruhig zugehört, und er verriet nicht die mindeste Ungeduld über die lange Strafpredigt, und nur einmal unterbrach er sie mit den Worten:»Ja, Domine, die Beleuchtung wäre dann viel besser, ja ich bitte Euch, Domine, dreht Euren Stuhl ein klein wenig dem Kamine zu, damit die Flamme ihren roten Schein über Eu'r ganzes Gesicht wirft und der übrige Körper im Schatten bleibt – –«

Der Domine stand wütend auf und ging davon. Jan aber griff sogleich nach der Palette und malte den alten strengen Herren ganz, wie er ihm in jener Strafpredigtpositur, ohne es zu ahnen, Modell gesessen. Das Bild ist vortrefflich und hing in meinem Schlafzimmer zu Leiden.

Nachdem ich in Holland so viele Bilder von Jan Steen gesehen, ist mir, als kennte ich das ganze Leben des Mannes. Ja, ich kenne seine sämtliche Sippschaft, seine Frau, seine Kinder, seine Mutter, alle seine Vettern, seine Hausfeinde und sonstige Angehörigen, ja, ich kenne sie von Angesicht zu Angesicht. Grüßen uns doch diese Gesichter aus allen seinen Gemälden hervor, und eine Sammlung derselben wäre eine Biographie des Malers. Er hat oft mit einem einzigen Pinselstrich die tiefsten Geheimnisse seiner Seele darin eingezeichnet. So glaube ich, seine Frau hat ihm allzu oft Vorwürfe gemacht über sein vieles Trinken. Denn auf dem Gemälde, welches das Bohnenfest vorstellt und wo Jan mit seiner ganzen Familie zu Tische sitzt, da sehen wir seine Frau mit einem gar großen Weinkrug in der Hand, und ihre Augen leuchten wie die einer Bacchantin. Ich bin aber überzeugt, die gute Frau hat nie zuviel Wein genossen und der Schalk hat uns weismachen wollen, nicht er, sondern seine Frau liebe den Trunk. Deshalb lacht er desto vergnügter aus dem Bilde hervor. Er ist glücklich: er sitzt in der Mitte der Seinigen; sein Söhnchen ist Bohnenkönig und steht mit der Krone von Flittergold auf einem Stuhle; seine alte Mutter, in ihren Gesichtsfalten das seligste Schmunzeln, trägt das jüngste Enkelchen auf dem Arm; die Musikanten spielen ihre närrisch lustigsten Hopsamelodien; und die sparsam bedächtige, ökonomisch schmollende Hausfrau ist bei der ganzen Nachwelt in den Verdacht hineingemalt, als sei sie besoffen.

Wie oft, in meiner Wohnung zu Leiden, konnte ich mich ganze Stunden lang in die häuslichen Szenen zurückdenken, die der vortreffliche Jan dort erlebt und erlitten haben musste. Manchmal glaubte ich, ich sähe ihn leibhaftig selber an seiner Staffelei sitzen, dann und wann nach dem großen Henkelkrug greifen, »überlegen und dabei trinken, und dann wieder trinken, ohne zu überlegen«. Das war kein trübkatholischer Spuk, sondern ein modern heller Geist der Freude, der nach dem Tode noch sein altes Atelier besucht, um lustige Bilder zu malen und zu trinken. Nur solche Gespenster werden unsere Nachkommen zuweilen schauen, am lichten Tage, während die Sonne durch die blanken Fenster schaut und vom Turme herab keine schwarzdumpfe Glocken, sondern rotjauchzende Trompetentöne die liebliche Mittagstunde ankündigen.

Die Erinnerung an Jan Steen war aber das Beste oder vielmehr das einzig Gute an meiner Wohnung zu Leiden. Ohne diesen gemütlichen Reiz hätte ich darin nicht acht Tage ausgehalten. Das Äußere des Hauses war elend und kläglich und mürrisch, ganz unholländisch. Das dunkle, morsche Haus stand dicht am Wasser, und wenn man an der anderen Seite des Kanals vorbeiging, glaubte man eine alte Hexe zu sehen, die sich in einem glänzenden Zauberspiegel betrachtet. Auf dem Dache standen immer ein paar Störche, wie auf allen holländischen Dächern. Neben mir logierte die Kuh, deren Milch ich des Morgens trank, und unter meinem Fenster war ein Hühnersteig. Meine gefiederten Nachbarinnen lieferten gute Eier; aber da ich immer, ehe sie deren zur Welt brachten, ein langes Gackern, gleichsam die langweilige Vorrede zu den Eiern, anhören musste, so wurde mir der Genuss derselben ziemlich verleidet. Zu den eigentlichen Unannehmlichkeiten meiner Wohnung gehörten aber zwei der fatalsten Missstände: erstens das Violinspielen, womit man meine Ohren während des Tages belästigte, und dann die Störungen des Nachts, wenn meine Wirtin ihren armen Mann mit ihrer sonderbaren Eifersucht verfolgte.

Wer das Verhältnis meines Hauswirts zu meiner Frau Wirtin kennenlernen wollte, brauchte nur beide zu hören, wenn sie miteinander Musik machten. Der Mann spielte das Violoncello, und die Frau spielte das sogenannte Violon d'Amour; aber sie hielt nie Tempo und war dem Manne immer einen Takt voraus und wusste ihrem unglücklichen Instrumente die grellfeinsten Keiflaute abzuquälen; wenn das Cello brummte und die Violine greinte, glaubte man ein zankendes Ehepaar zu hören. Auch spielte die Frau noch immer weiter, wenn der Mann längst fertig war, dass es schien, als wollte sie das letzte Wort behalten. Es war ein großes, aber sehr mageres Weib, nichts als Haut und Knochen, ein Maul, worin einige falsche Zähne klapperten, eine kurze Stirn, fast gar kein Kinn und eine desto längere Nase, deren Spitze wie ein Schnabel sich herabzog und womit sie zuweilen, wenn sie Violine spielte, den Ton einer Saite zu dämpfen schien.

Mein Hauswirt war etwa fünfzig Jahre alt und ein Mann von sehr dünnen Beinen, abgezehrt bleichem Antlitz und ganz kleinen, grünen Äuglein, womit er beständig blinzelte, wie eine Schildwache, welcher die Sonne ins Gesicht scheint. Er war seines Gewerbes ein Bruchbandmacher und seiner Religion nach ein Wiedertäufer. Er las sehr fleißig in der Bibel. Diese Lektüre schlich sich in seine nächtliche Träume, und mit blinzelnden Äuglein erzählte er seiner Frau des Morgens beim Kaffee, wie er wieder hochbegnadigt worden, wie die heiligsten Personen ihn ihres Gespräches gewürdigt, wie er sogar mit der allerhöchst heiligen Majestät Jehovas verkehrt und wie alle Frauen des Alten Testamentes ihn mit der freundlichsten und zärtlichsten Aufmerksamkeit behandelt. Letzterer Umstand war meiner Hauswirtin gar nicht lieb, und nicht selten bezeugte sie die eifersüchtigste Misslaune über ihres Mannes nächtlichen Umgang mit den Weibern des Alten Testamentes. Wäre es noch, sagte sie, die keusche Mutter Maria oder die alte Marthe oder auch meinethalb die Magdalene, die sich ja gebessert hat – aber ein nächtliches Verhältnis mit den Sauftöchtern des alten Lot, mit der sauberen Madam Judith, mit der verlaufenen Königin von Saba und dergleichen zweideutigen Weibsbildern darf nicht geduldet werden. Nichts glich aber ihrer Wut, als eines Morgens ihr Mann im Übergeschwätze seiner Seligkeit eine begeisterte Schilderung der schönen Esther entwarf, welche ihn gebeten, ihr bei ihrer Toilette behilflich zu sein, indem sie, durch die Macht ihrer Reize, den König Ahasverus für die gute Sache gewinnen wollte. Vergebens beteuerte der arme Mann, dass Herr Mardochai selber ihn bei seiner schönen Pflegetochter eingeführt, dass diese schon halb bekleidet war, dass er ihr nur die langen, schwarzen Haare ausgekämmt – vergebens! Die erboste Frau schlug den armen Mann mit seinen eigenen Bruchbändern, goss ihm den heißen Kaffee ins Gesicht, und sie hätte ihn gewiss umgebracht, wenn er nicht aufs Heiligste versprach, allen Umgang mit den alttestamentarischen Weibern aufzugeben und künftig nur mit Erzvätern und männlichen Propheten zu verkehren.

Die Folge dieser Misshandlung war, dass Mynheer von nun an sein nächtliches Glück gar ängstlich verschwieg; er wurde jetzt erst ganz ein heiliger Roué; wie er mir gestand, hatte er den Mut, sogar der nackten Susanna die unsittlichsten Anträge zu machen; ja, er war am Ende frech genug, sich in den Harem des König Salomon hineinzuträumen und mit dessen tausend Weibern Tee zu trinken.

Kapitel XII

Unglückselige Eifersucht! Durch diese ward einer meiner schönsten Träume und mittelbar vielleicht das Leben des kleinen Simson unterbrochen!

Was ist Traum? Was ist Tod? Ist dieser nur eine Unterbrechung des Lebens? oder gänzliches Aufhören desselben? Ja, für Leute, die nur Vergangenheit und Zukunft kennen und nicht in jedem Moment der Gegenwart eine Ewigkeit leben können, ja, für solche muss der Tod schrecklich sein! Wenn ihnen die beiden Krücken, Raum und Zeit, entfallen, dann sinken sie ins ewige Nichts.

Und der Traum? Warum fürchten wir uns vor dem Schlafengehn nicht weit mehr als vor dem Begrabenwerden? Ist es nicht furchtbar, dass der Leib eine ganze Nacht leichentot sein kann, während der Geist in uns das bewegteste Leben führt, ein Leben mit allen Schrecknissen jener Scheidung, die wir eben zwischen Leib und Geist gestiftet? Wenn einst in der Zukunft beide wieder in unserem Bewusstsein vereinigt sind, dann gibt es vielleicht keine Träume mehr, oder nur kranke Menschen, Menschen, deren Harmonie gestört, werden träumen. Nur leise und wenig träumten die Alten; ein starker, gewaltiger Traum war bei ihnen wie ein Ereignis und wurde in die Geschichtsbücher eingetragen. Das rechte Träumen beginnt erst bei den Juden, dem Volke des Geistes, und erreichte seine höchste Blüte bei den Christen, dem Geistervolk. Unsere Nachkommen werden schaudern, wenn sie einst lesen, welch ein gespenstisches Dasein wir geführt, wie der Mensch in uns gespalten war und nur die eine Hälfte ein eigentliches Leben geführt. Unsere Zeit – und sie beginnt am Kreuze Christi – wird als eine große Krankheitsperiode der Menschheit betrachtet werden.

Und doch, welche süße Träume haben wir träumen können! Unsere gesunden Nachkommen werden es kaum begreifen. Um uns her verschwanden alle Herrlichkeiten der Welt, und wir fanden sie wieder in unserer inneren Seele – in unsere Seele flüchtete sich der Duft der zertretenen Rosen und der lieblichste Gesang der verscheuchten Nachtigallen –

Ich weiß das alles und sterbe an den unheimlichen Ängsten und grauenhaften Süßigkeiten unserer Zeit. Wenn ich des Abends mich auskleide und zu Bette lege und die Beine lang ausstrecke und mich bedecke mit dem weißen Laken, dann schaudre ich manchmal unwillkürlich, und mir kommt in den Sinn, ich sei eine Leiche, und ich begrübe mich selbst. Dann schließe ich aber hastig die Augen, um diesem schauerlichen Gedanken zu entrinnen, um mich zu retten in das Land der Träume.

Es war ein süßer, lieber, sonniger Traum. Der Himmel himmelblau und wolkenlos, das Meer meergrün und still. Unabsehbar weite Wasserfläche, und darauf schwamm ein buntgewimpeltes Schiff, und auf dem Verdeck saß ich kosend zu den Füßen Jadvigas. Schwärmerische Liebeslieder, die ich selber auf rosige Papierstreifen geschrieben, las ich ihr vor, heiter seufzend, und sie horchte mit ungläubig hingeneigtem Ohr und sehnsüchtigem Lächeln und riss mir zuweilen hastig die Blätter aus der Hand und warf sie ins Meer. Aber die schönen Nixen mit ihren schneeweißen Busen und Armen tauchten jedes Mal aus dem Wasser empor und erhaschten die flatternden Lieder der Liebe. Als ich mich über Bord beugte, konnte ich ganz klar bis in die Tiefe des Meeres hinabschaun, und da saßen, wie in einem gesellschaftlichen Kreise, die schönen Nixen, und in ihrer Mitte stand ein junger Nix, der mit gefühlvoll belebtem Angesicht meine Liebeslieder deklamierte. Ein stürmischer Beifall erscholl bei jeder Strophe; die grünlockichten Schönen applaudierten so leidenschaftlich, dass Brust und Nacken erröteten, und sie lobten mit einer freudigen, aber doch zugleich mitleidigen Begeisterung: »Welche sonderbare Wesen sind diese Menschen! Wie sonderbar ist ihr Leben! Wie tragisch ihr ganzes Schicksal! Sie lieben sich und dürfen es meistens nicht sagen, und dürfen sie es einmal sagen, so können sie doch einander selten verstehn! Und dabei leben sie nicht ewig wie wir, sie sind sterblich, nur eine kurze Spanne Zeit ist ihnen vergönnt, das Glück zu suchen, sie müssen es schnell erhaschen, hastig ans Herz drücken, ehe es entflieht – deshalb sind ihre Liebeslieder auch so zart, so innig, so süßängstlich, so verzweiflungsvoll lustig, ein so seltsames Gemisch von Freude und Schmerz. Der Gedanke des Todes wirft seinen melancholischen Schatten über ihre glücklichsten Stunden und tröstet sie lieblich im Unglück. Sie können weinen. Welche Poesie in so einer Menschenträne!«

»Hörst du«, sagte ich zu Jadviga, »wie die da unten über uns urteilen? – Wir wollen uns umarmen, damit sie uns nicht mehr bemitleiden, damit sie sogar neidisch werden!« Sie aber, die Geliebte, sah mich an mit unendlicher Liebe und ohne ein Wort zu reden. Ich hatte sie stumm geküsst. Sie erblich, und ein kalter Schauer überflog die holde Gestalt. Sie lag endlich starr wie weißer Marmor in meinen Armen, und ich hätte sie für tot gehalten, wenn sich, nicht zwei große Tränenströme unaufhaltsam aus ihren Augen ergossen – und diese Tränen überfluteten mich, während ich das holde Bild immer gewaltiger mit meinen Armen umschlang – Da hörte ich plötzlich die keifende Stimme meiner Hauswirtin und erwachte aus meinem Traum. Sie stand vor meinem Bette mit der Blendlaterne in der Hand und bat mich, schnell aufzustehn und sie zu begleiten. Nie hatte ich sie so hässlich gesehn. Sie war im Hemd, und ihre verwitterten Brüste vergoldete der Mondschein, der eben durchs Fenster fiel; sie sahen aus wie zwei getrocknete Zitronen. Ohne zu wissen, was sie begehrte, fast noch schlummertrunken, folgte ich ihr zu dem Schlafgemach ihres Gatten, und da lag der arme Mann, die Nachtmütze über die Augen gezogen, und schien heftig zu träumen. Manchmal zuckte sichtbar sein Leib unter der Bettdecke, seine Lippen lächelten vor überschwänglichster Wonne, spitzten sich manchmal krampfhaft, wie zu einem Kusse, und er röchelte und stammelte: »Vasthi! Königin Vasthi! Majestät! Fürchte keinen Ahasveros! Geliebte Vasthi!«

Mit zornglühenden Augen beugte sich nun das Weib über den schlafenden Gatten, legte ihr Ohr an sein Haupt, als ob sie seine Gedanken erlauschen könnte, und flüsterte mir zu: »Haben Sie sich nun überzeugt, Mynheer Schnabelewopski? Er hat jetzt eine Buhlschaft mit der Königin Vasthi! Der schändliche Ehebrecher! Ich habe dieses unzüchtige Verhältnis schon gestern Nacht entdeckt. Sogar eine Heidin hat er mir vorgezogen! Aber ich bin Weib und Christin, und Sie sollen sehen, wie ich mich räche.«

Bei diesen Worten riss sie erst die Bettdecke vom Leib des armen Sünders – er lag im Schweiß –, alsdann ergriff sie ein hirschledernes Bruchband und schlug damit gottlästerlich los auf die dünnen Gliedmaßen des armen Sünders. Dieser, also unangenehm geweckt aus seinem biblischen Traum, schrie so laut, als ob die Hauptstadt Susa in Feuer und Holland in Wasser stünde, und brachte mit seinem Geschrei die Nachbarschaft in Aufruhr.

Den andern Tag hieß es in ganz Leiden, mein Hauswirt habe solch großes Geschrei erhoben, weil er mich des Nachts in der Gesellschaft seiner Gattin gesehen. Man hatte letztere halbnackt am Fenster erblickt; und unsere Hausmagd, die mir gram war und von der Wirtin zur Roten Kuh über dieses Ereignis befragt worden, erzählte, dass sie selber gesehen, wie Myfrau mir in meinem Schlafzimmer einen nächtlichen Besuch abgestattet.

Ich kann nicht ohne gewaltigen Kummer an dieses Ereignis denken. Welch' fürchterliche Folgen!

Kapitel XIII

Wäre die Wirtin zur Roten Kuh eine Italienerin gewesen, so hätte sie vielleicht mein Essen vergiftet; da sie aber eine Holländerin war, so schickte sie mir sehr schlechtes Essen. Schon des anderen Mittags erduldeten wir die Folgen ihres weiblichen Unwillens. Das erste Gericht war: keine Suppe. Das war schrecklich, besonders für einen wohlerzogenen Menschen wie ich, der von Jugend auf alle Tage Suppe gegessen, der sich bis jetzt gar keine Welt denken konnte, wo nicht des Morgens die Sonne aufgeht und des Mittags die Suppe aufgetragen wird. Das zweite Gericht bestand aus Rindfleisch, welches kalt und hart war wie Myrons Kuh. Drittens kam ein Schellfisch, der aus dem Halse roch wie ein Mensch. Viertens kam ein großes Huhn, das, weit entfernt, unseren Hunger stillen zu wollen, so mager und abgezehrt aussah, als ob es selber Hunger hätte, so dass man fast vor Mitleid nichts davon essen konnte.

»Und nun, kleiner Simson«, rief der dicke Driksen, »glaubst du noch an Gott? Ist das Gerechtigkeit? Die Frau Bandagistin besucht den Schnabelewopski in der dunkeln Nacht, und wir müssen dafür schlecht essen am helllichten Tag?«

»O Gott! Gott!« seufzte der Kleine, gar verdrießlich wegen solcher atheistischer Ausbrüche und vielleicht auch wegen des schlechten Essens. Seine Verdrießlichkeit stieg, als auch der lange Vanpitter seine Witze gegen die Anthropomorphisten losließ und die Ägypter lobte, die einst Ochsen und Zwiebel verehrten; denn erstere, wenn sie gebraten, und letztere, wenn sie gestovt, schmeckten ganz göttlich.

Des kleinen Simsons Gemüt wurde aber durch solche Spöttereien immer bitterer gestimmt, und er schloss endlich folgendermaßen seine Apologie des Deismus:»Was die Sonne für die Blumen ist, das ist Gott für die Menschen. Wenn die Strahlen jenes himmlischen Gestirns die Blumen berühren, dann wachsen sie heiter empor und öffnen ihre Kelche und entfalten ihren buntesten Farbenschmuck. Des Nachts, wenn ihre Sonne entfernt ist, stehen sie traurig, mit geschlossenen Kelchen, und schlafen oder träumen von den goldenen Strahlenküssen der Vergangenheit. Diejenigen Blumen, die immer im Schatten stehen, verlieren Farbe und Wuchs, verkrüppeln und erbleichen und welken missmutig, glücklos. Die Blumen aber, die ganz im Dunkeln wachsen, in alten Burgkellern, unter Klosterruinen, die werden hässlich und giftig, sie ringeln am Boden wie Schlangen, schon ihr Duft ist unheilbringend, boshaft betäubend, tödlich –«

»Oh, du brauchst deine biblische Parabel nicht weiter auszuspinnen«, schrie der dicke Driksen, indem er sich ein großes Glas Schiedammer Genever in den Schlund goss; »du, kleiner Simson, bist eine fromme Blume, die im Sonnenschein Gottes die heiligen Strahlen der Tugend und Liebe so trunken einsaugt, dass deine Seele wie ein Regenbogen blüht, während die unsrige, abgewendet von der Gottheit, farblos und hässlich verwelkt, wo nicht gar pestilenzialische Düfte verbreitet –«

»Ich habe einmal zu Frankfurt«, sagte der kleine Simson, »eine Uhr gesehen, die an keinen Uhrmacher glaubte; sie war von Tombak und ging sehr schlecht –«

»Ich will dir wenigstens zeigen, dass so eine Uhr wenigstens gut schlagen kann«, versetzte Driksen, indem er plötzlich ganz ruhig wurde und den Kleinen nicht weiter molestierte.

Da letzterer trotz seiner schwachen Ärmchen ganz vortrefflich stieß, so ward beschlossen, dass sich die beiden noch denselben Tag auf Parisiens [Waffenart] schlagen sollten. Sie stachen aufeinander los mit großer Erbitterung. Die schwarzen Augen des kleinen Simson glänzten feurig groß und kontrastierten um so wunderbarer mit seinen Ärmchen, die aus den aufgeschürzten Hemdärmeln gar kläglich dünn hervortraten. Er wurde immer heftiger; er schlug sich ja für die Existenz Gottes, des alten Jehova, des Königs der Könige. Dieser aber gewährte seinem Champion nicht die mindeste Unterstützung, und im sechsten Gang bekam der Kleine einen Stich in die Lunge.

»O Gott!« seufzte er und stürzte zu Boden.

Kapitel XIV

Diese Szene hatte mich furchtbar erschüttert. Gegen das Weib aber, das mittelbar solches Unglück verursacht, wandte sich der ganze Ungestüm meiner Empfindungen; das Herz voll Zorn und Kummer, stürmte ich zum Roten Ochsen.

»Ungeheu'r, warum hast du keine Suppe geschickt?« Dieses waren die Worte, womit ich die erbleichende Wirtin anredete, als ich sie in der Küche antraf. Das Porzellan auf dem Kamine zitterte bei dem Tone meiner Stimme. Ich war so entsetzlich, wie der Mensch es nur immer sein kann, wenn er keine Suppe gegessen und sein bester Freund einen Stich in die Lunge bekommen.

»Ungeheu'r, warum hast du keine Suppe geschickt?« Diese Worte wiederholte ich, während das schuldbewusste Weib starr und sprachlos vor mir stand. Endlich aber, wie aus geöffneten Schleusen, stürzten aus ihren Augen die Tränen. Sie überschwemmten ihr ganzes Antlitz und tröpfelten bis in den Kanal ihres Busens. Dieser Anblick konnte jedoch meinen Zorn nicht erweichen, und mit verstärkter Bitterkeit sprach ich:»O ihr Weiber, ich weiß, dass ihr weinen könnt; aber Tränen sind keine Suppe. Ihr seid erschaffen zu unserem Unheil. Eu'r Blick ist Lug, und eu'r Hauch ist Trug. Wer hat zuerst vom Apfel der Sünde gegessen? Gänse haben das Kapitol gerettet, aber durch ein Weib ging Troja zugrunde. O Troja! Troja! des Priamos' heilige Feste, du bist gefallen durch die Schuld eines Weibes! Wer hat den Marcus Antonius ins Verderben gestürzt? Wer verlangte den Kopf Johannis des Täufers? Wer war Ursache von Abälards Verstümmelung? Ein Weib! Die Geschichte ist voll Beispiele, wie wir durch euch zugrunde gehn. All eu'r Tun ist Torheit, und all eu'r Denken ist Undank. Wir geben euch das Höchste, die heiligste Flamme des Herzens, unsere Liebe – was gebt ihr uns als Ersatz? Fleisch, schlechtes Rindfleisch, noch, schlechteres Hühnerfleisch – Ungeheu'r, warum hast du keine Suppe geschickt!«

Vergebens begann Myfrau jetzt eine Reihe von Entschuldigungen herzustammeln und mich bei allen Seligkeiten unserer genossenen Liebe zu beschwören, ihr diesmal zu verzeihen. Sie wollte mir von nun an noch besseres Essen schicken als früher und noch immer nur sechs Gulden die Portion anrechnen, obgleich der Groote-Dohlen-Wirt für ein ordinäres Essen sich acht Gulden bezahlen lässt. Sie ging so weit, mir für den folgenden Tag Austerpastete zu versprechen; ja, in dem weichen Tone ihrer Stimme dufteten sogar Trüffel. Aber ich blieb standhaft, ich war entschlossen, auf immer zu brechen, und verließ die Küche mit den tragischen Worten: »Adieu, für dieses Leben haben wir ausgekocht!«

Im Fortgehn hörte ich etwas zu Boden fallen. War es irgendein Küchentopf oder Myfrau selber? Ich nahm mir nicht einmal die Mühe, nachzusehen, und ging direkt nach der Grooten Dohlen, um sechs Portionen Essen für den nächsten Tag zu bestellen.

Nach diesem wichtigsten Geschäft eilte ich zur Wohnung des kleinen Simson, den ich in einem sehr schlechten Zustande fand. Er lag in einem großen altfränkischen Bett, das keine Vorhänge hatte und an dessen Ecken vier große marmorierte Holzsäulen befindlich waren, die oben einen reichvergoldeten Betthimmel trugen. Das Antlitz des Kleinen war leidend blass, und in dem Blick, den er mir zuwarf, lag so viel Wehmut, Güte und Elend, dass ich davon bis in die Tiefe meiner Seele gerührt wurde. Der Arzt hatte ihn eben verlassen und seine Wunde für bedenklich erklärt. Van Moeulen, der allein dort geblieben, um die Nacht bei ihm zu wachen, saß vor seinem Bett und las ihm vor aus der Bibel.

»Schnabelewopski«, seufzte der Kleine, »es ist gut, dass du kommst. Kannst zuhören, und es wird dir wohltun. Das ist ein liebes Buch. Meine Vorfahren haben es in der ganzen Welt mit sich herumgetragen und gar viel Kummer und Unglück und Schimpf und Hass dafür erduldet oder sich gar dafür totschlagen lassen. Jedes Blatt darin hat Tränen und Blut gekostet, es ist das aufgeschriebene Vaterland der Kinder Gottes, es ist das heilige Erbe Jehovas –«

»Rede nicht zuviel«, rief van Moeulen, »es bekommt dir schlecht.«

»Und gar«, setzte ich hinzu, »rede nicht von Jehova, dem undankbarsten der Götter, für dessen Existenz du dich heute geschlagen –«

»O Gott!« seufzte der Kleine, und Tränen fielen aus seinen Augen – »O Gott, du hilfst unseren Feinden!«

»Rede nicht so viel«, wiederholte van Moeulen. »Und du, Schnabelewopski«, flüsterte er mir zu, »entschuldige, wenn ich dich langweile; der Kleine wollte durchaus, dass ich ihm die Geschichte seines Namensvetters, des Simson, vorlese – wir sind beim vierzehnten Kapitel, hör zu:

Simson ging hinab gegen Thimnath und sah ein Weib zu Thimnath unter den Töchtern der Philister –«

»Nein«, rief der Kleine mit geschlossenen Augen, »wir sind schon beim sechzehnten Kapitel. Ist mir doch, als lebte ich das alles mit, was du da vorliest, als hörte ich die Schafe blöken, die am Jordan weiden, als hätte ich selber den Füchsen die Schwänze angezündet und sie in die Felder der Philister gejagt, als hätte ich mit einem Eselskinnbacken tausend Philister erschlagen – Oh, die Philister! Sie hatten uns unterjocht und verspottet und ließen uns wie Schweine Zoll bezahlen und haben mich zum Tanzsaal hinausgeschmissen, auf dem Ross, und zu Bockenheim mit Füßen getreten – hinausgeschmissen, mit Füßen getreten, auf dem Ross, o Gott, das ist nicht erlaubt!«

»Er liegt im Wundfieber und phantasiert«, bemerkte leise van Moeulen und begann das sechzehnte Kapitel:

»Simson ging hin gen Gaza und sahe daselbst eine Hure und lag bei ihr.

Da ward den Gazitern gesagt: Simson ist hereinkommen. Und sie umgaben ihn und ließen auf ihn lauern die ganze Nacht in der Stadt Tor und waren die ganze Nacht stille und sprachen: Harre, morgen, wenn es Licht wird, wollen wir ihn erwürgen.

Simson aber lag bis Mitternacht. Da stand er auf zu Mitternacht und ergriff beide Türen an der Stadt Tor samt den beiden Pfosten und hob sie aus mit den Riegeln und legte sie auf seine Schultern und trug sie hinauf auf die Höhe des Berges von Hebron.

Darnach gewann er ein Weib lieb am Bach Sorek, die hieß Delila.

Zu der kamen der Philister Fürsten hinauf und sprachen zu ihr: Überrede ihn und besieh', worin er so große Kraft hat und womit wir ihn übermögen, dass wir ihn binden und zwingen, so wollen wir dir geben ein jeglicher tausend und hundert Silberlinge.

Und Delila sprach zu Simson: Lieber, sage mir, worinnen deine große Kraft sei und womit man dich binden möge, damit man dich zwinge?

Simson sprach zu ihr: Wenn man mich bünde mit sieben Seilen von frischem Bast, die noch nicht verdorret waren; und sie band ihn damit.

(Man hielt aber auf ihn bei ihr in der Kammer.) Und sie sprach zu ihm: Die Philister über dir, Simson. Er aber zerriss die Seile, wie eine flächsene Schnur zerreißet, wenn sie ans Feuer reicht; und ward nicht kund, wo seine Kraft wäre.«

»O dumme Philister!« rief jetzt der Kleine und lächelte vergnügt, »wollten mich auch auf die Konstablerwacht setzen –«

Van Moeulen aber las weiter:

»Da sprach Delila zu Simson: Siehe, du hast mich getäuscht und mir gelogen; nun, so sage mir doch, womit kann man dich binden?

Er antwortete ihr: Wenn sie mich binden mit neuen Stricken, damit nie keine Arbeit geschehen ist, so würde ich schwach und wie ein anderer Mensch.

Da nahm Delila neue Stricke und band ihn damit und sprach: Philister über dir, Simson; (man hielt aber auf ihn in der Kammer); und er zerriss sie mit seinen Armen wie einen Faden.«

»O dumme Philister!« rief der Kleine im Bette.

»Delila aber sprach zu ihm: Noch hast du mich getäuscht und mir gelogen. Lieber, sage mir doch, womit kann man dich binden? Er antwortete ihr: Wenn du sieben Locken meines Hauptes flöchtest mit einem Flechtbande und heftetest sie mit einem Nagel ein.

Und sie sprach zu ihm: Philister über dir, Simson. Er aber wachte auf von seinem Schlaf und zog die geflochtenen Locken mit Nagel und Flechtband heraus.«

Der Kleine lachte: »Das war auf der Eschenheimer Gasse.« Van Moeulen aber fuhr fort:

»Da sprach sie zu ihm: Wie kannst du sagen, du habest mich lieb, so dein Herz doch nicht mit mir ist? Dreimal hast du mich getäuscht und mir nicht gesagt, worinnen deine große Kraft sei.

Da sie ihn aber trieb mit ihren Worten alle Tage und zerplagte ihn, ward seine Seele matt bis an den Tod.

Und sagte ihr sein ganzes Herz und sprach zu ihr: Es ist nie kein Schermesser auf mein Haupt kommen, denn ich bin ein Verlobter Gottes von Mutterleib an. Wenn du mich beschörest, so wiche meine Kraft von mir, dass ich schwach würde und wie alle anderen Menschen.

Da nun Delila sah, dass er ihr all sein Herz offenbart hatte, sandte sie hin und ließ der Philister Fürsten rufen und sagen: Kommt noch einmal herauf, denn er hat mir all sein Herz offenbart. Da kamen der Philister Fürsten zu ihr herauf und brachten das Geld mit sich in ihrer Hand.

Und sie ließ ihn entschlafen auf ihrem Schoß und rief einem, der ihm die sieben Locken seines Hauptes abschöre. Und sie fing an, ihn zu zwingen. Da war seine Kraft von ihm gewichen.

Und sie sprach zu ihm: Philister über dir, Simson. Da er nun von seinem Schlaf erwachte, gedachte er: ich will ausgehen, wie ich mehrmals getan habe, ich will mich ausreißen, und wusste nicht, dass der Herr von ihm gewichen war.

Aber die Philister griffen ihn und stachen ihm die Augen aus und führten ihn hinab gen Gaza und banden ihn mit zwei ehernen Ketten, und er musste mahlen im Gefängnis.«

»O Gott! Gott!« wimmerte und weinte beständig der Kranke. »Sei still«, sagte van Moeulen und las weiter:

»Aber das Haar seines Hauptes fing wieder an zu wachsen, wo es beschoren war.

Da aber der Philister Fürsten sich versammelten, ihrem Gott Dagon ein groß Opfer zu tun und sich zu freuen, sprachen sie: Unser Gott hat uns unseren Feind Simson in unsere Hände gegeben.

Desselbigengleichen, als ihn das Volk sah, lobten sie ihren Gott; denn sie sprachen: Unser Gott hat uns unseren Feind in unsere Hände gegeben, der unser Land verderbte und unserer viele erschlug.

Da nun ihr Herz guter Dinge war, sprachen sie: Lasset Simson holen, dass er vor uns spiele. Da holten sie Simson aus dem Gefängnis, und er spielte vor ihnen, und sie stellten ihn zwischen zwei Säulen.

Simson aber sprach zu dem Knaben, der ihn bei der Hand leitete: Lass mich, dass ich die Säulen taste, auf welchen das Haus steht, dass ich mich daran lehne.

Das Haus aber war voll Männer und Weiber. Es waren auch der Philister Fürsten alle da und auf dem Dach dreitausend, Mann und Weib, die da zusahen, wie Simson spielte.

Simson aber rief den Herrn an und sprach: Herr, Herr, gedenke mein, und stärke mich doch, Gott, diesmal, dass ich für meine beide Augen mich einst räche an den Philistern.

Und er fasste die zwei Mittelsäulen, auf welchen das Haus gesetzt war und darauf sich hielt, eine in seine rechte und die andere in seine linke Hand.

Und sprach: Meine Seele sterbe mit den Philistern; und neigte sich kräftiglich. Da fiel das Haus auf die Fürsten und auf alles Volk, das drinnen war, dass der Toten mehr waren, die in seinem Tode starben, denn die bei seinem Leben starben.«

Bei dieser Stelle öffnete der kleine Simson seine Augen geisterhaft weit, hob sich krampfhaft in die Höhe, ergriff mit seinen dünnen Ärmchen die beiden Säulen, die zu Füßen seines Bettes, rüttelte daran, während er zornig stammelte: »Es sterbe meine Seele mit den Philistern.« Aber die starken Bettsäulen blieben unbeweglich, ermattet und wehmütig lächelnd fiel der Kleine zurück auf seine Kissen, und aus seiner Wunde, deren Verband sich verschoben, quoll ein roter Blutstrom.

144

Florentinische Nächte

[Morgenblatt für gebildete Stände, Stuttgart 1836]

Erste Nacht

Im Vorzimmer fand Maximilian den Arzt, wie er eben seine schwarzen Handschuhe anzog. »Ich bin sehr pressiert«, rief ihm dieser hastig entgegen. »Signora Maria hat den ganzen Tag nicht geschlafen, und nur in diesem Augenblick ist sie ein wenig eingeschlummert. Ich brauche Ihnen nicht zu empfehlen, sie durch kein Geräusch zu wecken; und wenn sie erwacht, darf sie beileibe nicht reden. Sie muss ruhig liegen, darf sich nicht rühren, nicht im Mindesten bewegen, darf nicht reden, und nur geistige Bewegung ist ihr heilsam. Bitte, erzählen Sie ihr wieder allerlei närrische Geschichten, so dass sie ruhig zuhören muss.«

»Seien Sie unbesorgt, Doktor«, erwiderte Maximilian mit einem wehmütigen Lächeln. »Ich habe mich schon ganz zum Schwätzer ausgebildet und lasse sie nicht zu Worte kommen. Und ich will ihr schon genug phantastisches Zeug erzählen, so viel Sie nur begehren. Aber wie lange wird sie noch leben können?«

»Ich bin sehr pressiert«, antwortete der Arzt und entwischte.

Die schwarze Debora, feinohrig wie sie ist, hatte schon am Tritte den Ankommenden erkannt und öffnete ihm leise die Tür. Auf seinen Wink verließ sie ebenso leise das Gemach, und Maximilian befand sich allein bei seiner Freundin. Nur dämmernd war das Zimmer von einer einzigen Lampe erhellt. Diese warf dann und wann halb furchtsame, halb neugierige Lichter über das Antlitz der kranken Frau, welche, ganz angekleidet, in weißem Musselin, auf einem grünseidnen Sofa hingestreckt lag und ruhig schlief.

Schweigend, mit verschränkten Armen, stand Maximilian einige Zeit vor der Schlafenden und betrachtete die schönen Glieder, die das leichte Gewand mehr offenbarte als verhüllte, und jedes Mal, wenn die Lampe einen Lichtstreif über das blasse Antlitz warf, erbebte sein Herz. »Um Gott!« sprach er leise vor sich hin, »was ist das? Welche Erinnerung wird in mir wach? Ja, jetzt weiß ich's. Dieses weiße Bild auf dem grünen Grunde, ja, jetzt ...«

In diesem Augenblick erwachte die Kranke, und wie aus der Tiefe eines Traumes hervorschauend, blickten auf den Freund die sanften, dunkelblauen Augen, fragend, bittend ... »An was dachten Sie eben, Maximilian?« sprach sie mit jener schauerlich weichen Stimme, wie sie bei Lungenkranken gefunden wird und worin wir zugleich das Lallen eines Kindes, das Zwitschern eines Vogels und das Geröchel eines Sterbenden zu vernehmen glauben. »An was dachten Sie eben, Maximilian?« wiederholte sie nochmals und erhob sich so hastig in die Höhe, dass die langen Locken, wie aufgeschreckte Goldschlangen, ihr Haupt umringelten.

»Um Gott!« rief Maximilian, indem er sie sanft wieder aufs Sofa niederdrückte, »bleiben Sie ruhig liegen, sprechen Sie nicht; ich will Ihnen alles sagen, alles, was ich denke, was ich empfinde, ja was ich nicht einmal selber weiß!

In der Tat«, fuhr er fort, »ich weiß nicht genau, was ich eben dachte und fühlte. Bilder aus der Kindheit zogen mir dämmernd durch den Sinn, ich dachte an das Schloss meiner Mutter, an den wüsten Garten dort, an die schöne Marmorstatue, die im grünen Grase lag ... Ich habe, das Schloss meiner Mutter gesagt, aber ich bitte Sie, beileibe, denken Sie sich darunter nichts Prächtiges und Herrliches! An diese Benennung habe ich mich nun einmal gewöhnt; mein Vater legte immer einen ganz besonderen Ausdruck auf die Worte ›das Schloss‹, und er lächelte dabei immer so eigentümlich. Die Bedeutung dieses Lächelns begriff ich erst später, als ich, ein etwa zwölfjähriges Bübchen, mit meiner Mutter zu dem Schlosse reiste. Es war meine erste Reise. Wir fuhren den ganzen Tag durch einen dicken Wald, dessen dunkle

Schauer mir immer unvergesslich bleiben, und erst gegen Abend hielten wir still vor einer langen Querstange, die uns von einer großen Wiese trennte. Wir mussten fast eine halbe Stunde warten, ehe, aus der nah gelegenen Lehmhütte, der Junge kam, der die Sperre wegschob und uns einließ. Ich sage ›der Junge‹, weil die alte Marthe ihren vierzigjährigen Neffen noch immer ›den Jungen‹ nannte; dieser hatte, um die gnädige Herrschaft würdig zu empfangen, das alte Livreekleid seines verstorbenen Oheims angezogen, und da er es vorher ein bisschen ausstäuben musste, ließ er uns so lange warten. Hätte man ihm Zeit gelassen, würde er auch Strümpfe angezogen haben; die langen, nackten, roten Beine stachen aber nicht sehr ab von dem grellen Scharlachrock. Ob er darunter eine Hose trug, weiß ich nicht mehr. Unser Bedienter, der Johann, der ebenfalls die Benennung ›Schloss‹ oft vernommen, machte ein sehr verwundertes Gesicht, als der Junge uns zu dem kleinen gebrochenen Gebäude führte, wo der selige Herr gewohnt. Er ward aber schier bestürzt, als meine Mutter ihm befahl, die Betten hineinzubringen. Wie konnte er ahnen, dass auf dem ›Schlosse‹ keine Betten befindlich!, und die Order meiner Mutter, dass er Bettung für uns mitnehmen solle, hatte er entweder ganz überhört oder als überflüssige Mühe unbeachtet gelassen.

Das kleine Haus, das, nur eine Etage hoch, in seinen besten Zeiten höchstens fünf bewohnbare Zimmer enthalten, war ein kummervolles Bild der Vergänglichkeit. Zerschlagene Möbel, zerfetzte Tapeten, keine einzige Fensterscheibe ganz verschont, hie und da der Fußboden aufgerissen, überall die hässlichen Spuren der übermütigsten Soldatenwirtschaft. ›Die Einquartierung hat sich immer bei uns sehr amüsiert‹, sagte der Junge mit einem blödsinnigen Lächeln. Die Mutter aber winkte, dass wir sie allein lassen möchten, und während der Junge mit Johann sich beschäftigte, ging ich den Garten besehen. Dieser bot ebenfalls den trostlosesten Anblick der Zerstörnis. Die großen Bäume waren zum Teil verstümmelt, zum Teil niedergebrochen, und höhnische Wucherpflanzen erhoben sich über die gefallenen Stämme. Hie und da, an den aufgeschossenen Taxusbüschen, konnte man die ehemaligen Wege erkennen. Hie und da standen auch Statuen, denen meistens die Köpfe, wenigstens die Nasen, fehlten. Ich erinnere mich einer Diana, deren untere Hälfte von dunklem Efeu aufs Lächerlichste umwachsen war, so wie ich mich auch einer Göttin des Überflusses erinnere, aus deren Füllhorn lauter missduftendes Unkraut hervorblühte. Nur eine Statue war, Gott weiß wie, von der Bosheit der Menschen und der Zeit verschont geblieben; von ihrem Postamente freilich hatte man sie herabgestürzt ins hohe Gras, aber da lag sie unverstümmelt, die marmorne Göttin, mit den rein-schönen Gesichtszügen und mit dem straffgeteilten, edlen Busen, der, wie eine griechische Offenbarung, aus dem hohen Grase hervorglänzte. Ich erschrak fast, als ich sie sah; dieses Bild flößte mir eine sonderbar schwüle Scheu ein, und eine geheime Blödigkeit ließ mich nicht lange bei seinem holden Anblick verweilen.

Als ich wieder zu meiner Mutter kam, stand sie am Fenster, verloren in Gedanken, das Haupt gestützt auf ihrem rechten Arm, und die Tränen flossen ihr unaufhörlich über die Wangen. So hatte ich sie noch nie weinen sehen. Sie umarmte mich mit hastiger Zärtlichkeit und bat mich um Verzeihung, dass ich durch Johanns Nachlässigkeit kein ordentliches Bett bekommen werde. ›Die alte Marthe‹, sagte sie, ›ist schwer krank und kann dir, liebes Kind, ihr Bett nicht abtreten. Johann soll dir aber die Kissen aus dem Wagen so zurechtlegen, dass du darauf schlafen kannst, und er mag dir auch seinen Mantel zur Decke geben. Ich selber schlafe hier auf Stroh; es ist das Schlafzimmer meines seligen Vaters; es sah sonst hier viel besser aus. Lass mich allein!‹ Und die Tränen schossen ihr noch heftiger aus den Augen.

War es nun das ungewohnte Lager oder das aufgeregte Herz, es ließ mich nicht schlafen. Der Mondschein drang so unmittelbar durch die gebrochenen Fensterscheiben, und es war mir, als wolle er mich hinauslocken in die helle Sommernacht. Ich mochte mich rechts oder links wenden auf meinem Lager, ich mochte die Augen schließen oder wieder ungeduldig öffnen, immer musste ich an die schöne Marmorstatue denken, die ich im Grase liegen sehen. Ich konnte mir die Blödigkeit nicht erklären, die mich bei ihrem Anblick erfasst hatte, ich ward verdrießlich ob dieses kindischen Gefühls, und ›morgen‹, sagte ich leise zu mir selber, ›morgen küssen wir dich, du schönes Marmorgesicht, wir küssen dich eben auf die schönen Mundwinkel, wo die Lippen in ein so holdseliges Grübchen zusammenschmelzen!‹ Eine Ungeduld, wie ich sie noch nie gefühlt, rieselte dabei durch alle meine Glieder, ich konnte dem wunderbaren Drange nicht länger gebieten, und endlich sprang ich auf mit keckem Mut und sprach: ›Was gilt's, und ich küsse dich noch heute, du liebes Bildnis!‹ Leise, damit die Mutter meine Tritte nicht höre, verließ ich das Haus, was um so leichter, da das Portal zwar noch mit einem großen Wappenschild, aber mit keinen Türen mehr versehen war; und hastig arbeitete ich mich durch das Laubwerk des wüsten Gartens. Auch kein Laut regte sich, und alles ruhte, stumm und ernst, im stillen Mondschein. Die Schatten der Bäume waren wie angenagelt auf der Erde. Im grünen Grase lag die schöne Göttin ebenfalls regungslos, aber kein steinerner Tod, sondern nur ein stiller Schlaf schien ihre lieblichen Glieder gefesselt zu halten, und als ich ihr nahete, fürchtete ich schier, dass ich sie durch das geringste Geräusch aus ihrem Schlummer erwecken könnte. Ich hielt den Atem zurück, als ich mich über sie hinbeugte, um die schönen Gesichtszüge zu betrachten; eine schauerliche Beängstigung stieß mich von ihr ab, eine knabenhafte Lüsternheit zog mich wieder zu ihr hin, mein Herz pochte, als wollte ich eine Mordtat begehen, und endlich küsste ich die schöne Göttin mit einer Inbrunst, mit einer Zärtlichkeit, mit einer Verzweiflung, wie ich nie mehr geküsst habe in diesem Leben. Auch nie habe ich diese grauenhaft süße Empfindung vergessen können, die meine Seele durchflutete, als die beseligende Kälte jener Marmorlippen meinen Mund berührte ... Und sehen Sie, Maria, als ich eben vor Ihnen stand und ich Sie, in Ihrem weißen Musselinkleid, auf dem grünen Sofa liegen sah, da mahnte mich Ihr Anblick an das weiße Marmorbild im grünen Grase. Hätten Sie länger geschlafen, meine Lippen würden nicht widerstanden haben ...«

»Max! Max!« schrie das Weib aus der Tiefe ihrer Seele – »Entsetzlich! Sie wissen, dass ein Kuss von Ihrem Munde ...«

»Oh, schweigen Sie nur, ich weiß, das wäre für Sie etwas Entsetzliches! Sehen Sie mich nur nicht so flehend an. Ich missdeute nicht Ihre Empfindungen, obgleich die letzten Gründe derselben mir verborgen bleiben. Ich habe nie meinen Mund auf Ihre Lippen drücken dürfen ...« Aber Maria ließ ihn nicht ausreden, sie hatte seine Hand erfasst, bedeckte diese Hand mit den heftigsten Küssen und sagte dann lächelnd: »Bitte, bitte, erzählen Sie mir noch mehr von Ihren Liebschaften. Wie lange liebten Sie die marmorne Schöne, die Sie im Schlossgarten Ihrer Mutter geküsst?«

»Wir reisten den andern Tag ab«, antwortete Maximilian, »und ich habe das holde Bildnis nie wiedergesehen. Aber fast vier Jahre beschäftigte es mein Herz. Eine wunderbare Leidenschaft für marmorne Statuen hat sich seitdem in meiner Seele entwickelt, und noch diesen Morgen empfand ich ihre hinreißende Gewalt. Ich kam aus der Laurenziana, der Bibliothek der Mediceer, und geriet, ich weiß nicht mehr wie, in die Kapelle, wo jenes prachtvollste Geschlecht Italiens sich eine Schlafstelle von Edelsteinen gebaut hat und ruhig schlummert. Eine ganze Stunde blieb ich dort versunken in dem Anblick eines marmornen Frauenbilds, dessen gewaltiger Leibesbau von der kühnen Kraft des Michelangelo zeugt, während doch die ganze Gestalt von einer ätherischen Süßigkeit umflossen ist, die man bei jenem Meister eben nicht zu suchen pflegt. In diesem Marmor ist das ganze Traumreich gebannt, mit allen seinen stillen Seligkeiten, eine zärtliche Ruhe wohnt in diesen schönen Gliedern, ein besänftigendes Mondlicht scheint durch ihre Adern zu rinnen ... es ist die ›Nacht‹ des Michelangelo Buonarroti. Oh, wie gerne möchte ich schlafen des ewigen Schlafes in den Armen dieser Nacht ... Gemalte Frauenbilder«, fuhr Maximilian fort nach einer Pause, »haben mich immer minder

147

heftig interessiert als Statuen. Nur einmal war ich in ein Gemälde verliebt. Es war eine wunderschöne Madonna, die ich in einer Kirche zu Köln am Rhein kennenlernte. Ich wurde damals ein sehr eifriger Kirchengänger, und mein Gemüt versenkte sich in die Mystik des Katholizismus. Ich hätte damals gern, wie ein spanischer Ritter, alle Tage auf Leben und Tod gekämpft für die immakulierte Empfängnis Mariä, der Königin der Engel, der schönsten Dame des Himmels und der Erde! Für die ganze Heilige Familie interessierte ich mich damals, und ganz besonders freundlich zog ich jedes Mal den Hut ab, wenn ich einem Bilde des heiligen Josephs vorbeikam. Dieser Zustand dauerte jedoch nicht lange, und fast ohne Umstände verließ ich die Muttergottes, als ich in einer Antikengalerie mit einer griechischen Nymphe bekannt wurde, die mich lange Zeit in ihren Marmorfesseln gefangenhielt.«

»Und Sie liebten immer nur gemeißelte oder gemalte Frauen?« kicherte Maria.

»Nein, ich habe auch tote Frauen geliebt«, antwortete Maximilian, über dessen Gesicht sich wieder ein großer Ernst verbreitete. Er bemerkte nicht, dass bei diesen Worten Maria erschreckend zusammenfuhr, und ruhig sprach er weiter:

»Ja, es ist höchst sonderbar, dass ich mich einst in ein Mädchen verliebte, nachdem sie schon seit sieben Jahren verstorben war. Als ich die kleine Very kennenlernte, gefiel sie mir ganz außerordentlich gut. Drei Tage lang beschäftigte ich mich mit dieser jungen Person und fand das höchste Ergötzen an allem, was sie tat und sprach, an allen Äußerungen ihres reizend wunderlichen Wesens, jedoch ohne dass mein Gemüt dabei in überzärtliche Bewegung geriet. Auch wurde ich einige Monate drauf nicht allzu tief ergriffen, als ich die Nachricht empfing, dass sie, infolge eines Nervenfiebers, plötzlich gestorben sei. Ich vergaß sie ganz gründlich, und ich bin überzeugt, dass ich jahrelang auch nicht ein einziges Mal an sie gedacht habe. Ganze sieben Jahre waren seitdem verstrichen, und ich befand mich in Potsdam, um in ungestörter Einsamkeit den schönen Sommer zu genießen. Ich kam dort mit keinem einzigen Menschen in Berührung, und mein ganzer Umgang beschränkte sich auf die Statuen, die sich im Garten von Sanssouci befinden. Da geschah es eines Tages, dass mir Gesichtszüge und eine seltsam liebenswürdige Art des Sprechens und Bewegens ins Gedächtnis trat, ohne dass ich mich dessen entsinnen konnte, welcher Person dergleichen angehörten. Nichts ist quälender als solches Herumstöbern in alten Erinnerungen, und ich war deshalb freudig überrascht, als ich nach einigen Tagen mich auf einmal der kleinen Very erinnerte und jetzt merkte, dass es ihr liebes, vergessenes Bild war, was mir so beunruhigend vorgeschwebt hatte. Ja, ich freute mich dieser Entdeckung wie einer, der seinen intimsten Freund ganz unerwartet wiedergefunden; die verblichenen Farben belebten sich allmählich, und endlich stand die süße kleine Person wieder leibhaftig vor mir, lächelnd, schmollend, witzig und schöner noch als jemals. Von nun an wollte mich dieses holde Bild nimmermehr verlassen, es füllte meine ganze Seele; wo ich ging und stand, stand und ging es an meiner Seite, sprach mit mir, lachte mit mir, jedoch harmlos und ohne große Zärtlichkeit. Ich aber wurde täglich mehr und mehr bezaubert von diesem Bild, das täglich mehr und mehr Realität für mich gewann. Es ist leicht, Geister zu beschwören, doch ist es schwer, sie wieder zurückzuschicken in ihr dunkles Nichts; sie sehen uns dann so flehend an, unser eigenes Herz leiht ihnen so mächtige Fürbitte ... Ich konnte mich nicht mehr losreißen, und ich verliebte mich in die kleine Very, nachdem sie schon seit sieben Jahren verstorben. So lebte ich sechs Monate in Potsdam, ganz versunken in dieser Liebe. Ich hütete mich noch sorgfältiger als vorher vor jeder Berührung mit der Außenwelt, und wenn irgendjemand auf der Straße etwas nahe an mir vorbeistreifte, empfand ich die missbehaglichste Beklemmung. Ich hegte vor allen Begegnissen eine tiefe Scheu, wie solche vielleicht die nachtwandelnden Geister der Toten empfinden; denn diese, wie man sagt, wenn sie einem lebenden Menschen begegnen, erschrecken sie ebenso sehr, wie der Lebende erschrickt, wenn er einem Gespenst begegnet. Zufällig kam damals ein Reisender durch Potsdam, dem ich nicht ausweichen konnte, nämlich mein Bruder. Bei seinem Anblick und bei seinen Erzählungen von den letzten Vorfällen der Tagesgeschichte erwachte ich wie aus einem tiefen Traum, und zusammenschreckend fühlte ich plötzlich, in welcher grauenhaften Einsamkeit ich so lange für mich hingelebt. Ich hatte in diesem Zustand nicht einmal den Wechsel der Jahreszeiten gemerkt, und mit Verwunderung betrachtete ich jetzt die Bäume, die, längst entblättert, mit herbstlichem Reife bedeckt standen. Ich verließ alsbald Potsdam und die kleine Very, und in einer anderen Stadt, wo mich wichtige Geschäfte erwarteten, wurde ich, durch sehr eckige Verhältnisse und Beziehungen, sehr bald wieder in die rohe Wirklichkeit hineingequält.

Lieber Himmel!« fuhr Maximilian fort, indem ein schmerzliches Lächeln um seine Oberlippe zuckte, »lieber Himmel! die lebendigen Weiber, mit denen ich damals in unabweisliche Berührungen kam, wie haben sie mich gequält, zärtlich gequält, mit ihrem Schmollen, Eifersüchteln und beständigem In-Atem-Halten! Auf wie vielen Bällen musste ich mit ihnen herumtraben, in wie viele Klatschereien musste ich mich mischen! Welche rastlose Eitelkeit, welche Freude an der Lüge, welche küssende Verräterei, welche giftige Blumen! Jene Damen wussten mir alle Lust und Liebe zu verleiden, und ich wurde auf einige Zeit ein Weiberfeind, der das ganze Geschlecht verdammte. Es erging mir fast wie dem französischen Offizier, der im russischen Feldzug sich nur mit Mühe aus den Eisgruben der Beresina gerettet hatte, aber seitdem gegen alles Gefrorene eine solche Antipathie bekommen, dass er jetzt sogar die süßesten und angenehmsten Eissorten von Tortoni mit Abscheu von sich wies. Ja, die Erinnerung an die Beresina der Liebe, die ich damals passierte, verleidete mir einige Zeit sogar die köstlichsten Damen, Frauen wie Engel, Mädchen wie Vanillensorbet.«

»Ich bitte Sie«, rief Maria, »schmähen Sie nicht die Weiber. Das sind abgedroschene Redensarten der Männer. Am Ende, um glücklich zu sein, bedürft ihr dennoch der Weiber.«

»Oh«, seufzte Maximilian, »das ist freilich wahr. Aber die Weiber haben leider nur eine einzige Art, wie sie uns glücklich machen können, während sie uns auf dreißigtausend Arten unglücklich zu machen wissen.«

»Teurer Freund«, erwiderte Maria, indem sie ein leises Lächeln verbiss, »ich spreche von dem Einklange zweier gleichgestimmten Seelen. Haben Sie dieses Glück nie empfunden? ... Aber ich sehe eine ungewöhnte Röte über Ihre Wangen ziehen ... Sprechen Sie ... Max?«

»Es ist wahr, Maria, ich fühle mich fast knabenhaft befangen, da ich Ihnen die glückliche Liebe gestehen soll, die mich einst unendlich beseligt hat! Diese Erinnerung ist mir noch nicht verloren, und in ihren kühlen Schatten flüchtet sich noch oft meine Seele, wenn der brennende Staub und die Tageshitze des Lebens unerträglich wird. Ich bin aber nicht imstande, Ihnen von dieser Geliebten einen richtigen Begriff zu geben. Sie war so ätherischer Natur, dass sie sich mir nur im Traum offenbaren konnte. Ich denke, Maria, sie hegen kein banales Vorurteil gegen Träume; diese nächtlichen Erscheinungen haben wahrlich ebenso viel Realität wie jene roheren Gebilde des Tages, die wir mit Händen antasten können und woran wir uns nicht selten beschmutzen. Ja, es war im Traum, wo ich sie sah, jenes holde Wesen, das mich am meisten auf dieser Welt beglückt hat. Über ihre Äußerlichkeit weiß ich wenig zu sagen. Ich bin nicht imstande, die Form ihrer Gesichtszüge ganz genau anzugeben. Es war ein Gesicht, das ich nie vorher gesehen und das ich nachher nie wieder im Leben erblickte. Soviel erinnere ich mich, es war nicht weiß und rosig, sondern ganz einfarbig, ein sanft angerötetes Blassgelb und durchsichtig wie Kristall. Die Reize dieses Gesichtes bestanden weder im strengen Schönheitsmaß noch in der interessanten Beweglichkeit; sein Charakter bestand vielmehr in einer bezaubernden, entzückenden, fast erschreckenden Wahrhaftigkeit. Es war ein Gesicht voll bewusster Liebe und graziöser Güte, es war mehr eine Seele als ein Gesicht, und deshalb habe ich die äußere Form mir nie ganz vergegenwärtigen können. Die Augen waren sanft wie Blumen. Die Lippen etwas bleich, aber anmutig gewölbt. Sie trug ein seidenes Peignoir [Morgenrock, Negligee, Frisiermantel] von kornblauer Farbe; aber hierin bestand auch ihre ganze Bekleidung; Hals und Füße waren nackt, und durch das weiche, dünne Gewand lauschte manchmal, wie verstohlen, die schlanke Zartheit der Glieder. Die Worte, die wir miteinander gesprochen, kann ich mir ebenfalls nicht mehr verdeutlichen; soviel weiß ich, dass wir uns verlobten und dass wir heiter und glücklich, offenherzig und traulich, wie Bräut'gam und Braut, ja fast wie Bruder und Schwester, miteinander kosten. Manchmal aber sprachen wir gar nicht mehr und sahen uns einander an, Aug in Auge, und in diesem beseligenden Anschauen verharrten wir ganze Ewigkeiten ... Wodurch ich erwacht bin, kann ich ebenfalls nicht sagen, aber ich schwelgte noch lange Zeit in dem Nachgewühle dieses Liebesglücks. Ich war lange wie getränkt von unerhörten Wonnen, die schmachtende Tiefe meines Herzens war wie gefüllt mit Seligkeit, eine mir unbekannte Freude schien über alle meine Empfindungen ausgegossen, und ich blieb froh und heiter, obgleich ich die Geliebte in meinen Träumen niemals wiedersah. Aber hatte ich nicht in ihrem Anblick ganze Ewigkeiten genossen? Auch kannte sie mich zu gut, um nicht zu wissen, dass ich keine Wiederholungen liebe.«

»Wahrhaftig«, rief Maria, »Sie sind ein homme à bonne fortune... Aber sagen Sie mir, war Mademoiselle Laurence eine Marmorstatue oder ein Gemälde? eine Tote oder ein Traum?«

»Vielleicht alles dieses zusammen«, antwortete Maximilian sehr ernsthaft.

»Ich konnte mir's vorstellen, teurer Freund, dass diese Geliebte von sehr zweifelhaftem Fleische sein musste. Und wann werden Sie mir diese Geschichte erzählen?«

»Morgen. Sie ist lang, und ich bin heute müde. Ich komme aus der Oper und habe zu viel Musik in den Ohren.«

»Sie gehen jetzt oft in die Oper, und ich glaube, Max, Sie gehen dorthin, mehr um zu sehen als um zu hören.«

»Sie irren sich nicht, Maria, ich gehe wirklich in die Oper, um die Gesichter der schönen Italienerinnen zu betrachten. Freilich, sie sind schon außerhalb des Theaters schön genug, und ein Geschichtsforscher konnte an der Idealität ihrer Züge sehr leicht den Einfluss der bildenden Künste auf die Leiblichkeit des italienischen Volkes nachweisen. Die Natur hat hier den Künstlern das Kapital zurückgenommen, das sie ihnen einst geliehen, und siehe! es hat sich aufs Entzückendste verzinst. Die Natur, welche einst den Künstlern ihre Modelle lieferte, sie kopiert heute ihrerseits die Meisterwerke, die dadurch entstanden. Der Sinn für das Schöne hat das ganze Volk durchdrungen, und wie einst das Fleisch auf den Geist, so wirkt jetzt der Geist auf das Fleisch. Und nicht fruchtlos ist die Andacht vor jenen schönen Madonnen, den lieblichen Altarbildern, die sich dem Gemüte des Bräutigams einprägen, während die Braut einen schönen Heiligen im brünstigen Sinne trägt. Durch solche Wahlverwandtschaft ist hier ein Menschengeschlecht entstanden, das noch schöner ist als der holde Boden, worauf es blüht, und der sonnige Himmel, der es, wie ein goldner Rahmen, umstrahlt. Die Männer interessieren mich nie viel, wenn sie nicht entweder gemalt oder gemeißelt sind, und Ihnen, Maria, überlasse ich allen möglichen Enthusiasmus in Betreff jener schönen, geschmeidigen Italiener, die so wildschwarze Backenbärte und so kühndle Nasen und so sanftkluge Augen haben. Man sagt, die Lombarden seien die schönsten Männer. Ich habe nie darüber Untersuchungen angestellt, nur über die Lombardinnen habe ich ernsthaft nachgedacht, und diese, das habe ich wohl gemerkt, sind wirklich so schön, wie der Ruhm meldet. Aber auch schon im Mittelalter müssen sie ziemlich schön gewesen sein. Sagt man doch von Franz I., dass das Gerücht von der Schönheit der Mailänderinnen ein heimlicher Antrieb gewesen, der ihn zu seinem italienischen Feldzug bewogen habe; der ritterliche König war gewiss neugierig, ob seine geistlichen Mühmchen, die Sippschaft seines Taufpaten, so hübsch seien, wie er rühmen hörte ... Armer Schelm! zu Pavia musste er für diese Neugier sehr teuer büßen! – Aber wie schön sind sie erst, diese Italienerinnen, wenn die Musik ihre Gesichter beleuchtet. Ich sage beleuchtet, denn die Wirkung der Musik, die ich in der Oper auf den Gesichtern der schönen Frauen bemerke, gleicht ganz jenen Licht- und Schatteneffekten, die uns in Erstaunen setzen, wenn wir Statuen in der Nacht bei Fackelschein betrachten. Diese Marmorbilder offenbaren uns dann, mit erschreckender Wahrheit, ihren innewohnenden Geist und ihre schauerlichen stummen Geheimnisse. In derselben Weise gibt sich uns auch das ganze Leben der schönen Italienerinnen kund, wenn wir sie in der Oper sehen; die wechselnden Melodien wecken alsdann in ihrer Seele eine Reihe von Gefühlen, Erinnerungen, Wünschen und Ärgernissen, die sich alle augenblicklich in den Bewegungen ihrer Züge, in ihrem Erröten, in ihrem Erbleichen und gar in ihren Augen aussprechen. Wer zu lesen versteht, kann alsdann auf ihren schönen Gesichtern sehr viel süße und interessante Dinge lesen, Geschichten, die so merkwürdig wie die Novellen des Boccaccio, Gefühle, die so zart wie die Sonette des Petrarca, Launen, die so abenteuerlich wie die Ottaverime des Ariost, manchmal auch furchtbare Verräterei und erhabene Bosheit, die so poetisch wie die Hölle des großen Dante. Da ist es der Mühe wert, hinaufzuschauen nach den Logen. Wenn nur die Männer unterdessen ihre Begeisterung nicht mit so fürchterlichem Lärm aussprächen! Dieses allzu tolle Geräusch in einem italienischen Theater wird mir manchmal lästig. Aber die Musik ist die Seele dieser Menschen, ihr Leben, ihre Nationalsache. In anderen Ländern gibt es gewiss Musiker, die den größten italienischen Renommees gleichstehen, aber es gibt dort kein musikalisches Volk. Die Musik wird hier in Italien nicht durch Individuen repräsentiert, sondern sie offenbart sich in der ganzen Bevölkerung, die Musik ist Volk geworden. Bei uns im Norden ist es ganz anders; da ist die Musik nur Mensch geworden und heißt Mozart oder Meyerbeer; und obendrein, wenn man das Beste, was solche nordische Musiker uns bieten, genau untersucht, so findet sich darin italienischer Sonnenschein und Orangenduft, und viel eher als unserem Deutschland gehören sie dem schönen Italien, der Heimat der Musik. Ja, Italien wird immer die Heimat der Musik sein, wenn auch seine großen Maestri früh ins Grab steigen oder verstummen, wenn auch Bellini stirbt und Rossini schweigt.«

»Wahrlich«, bemerkte Maria, »Rossini behauptet ein sehr strenges Stillschweigen. Wenn ich nicht irre, schweigt er schon seit zehn Jahren.«

»Das ist vielleicht ein Witz von ihm«, antwortete Maximilian. »Er hat zeigen wollen, dass der Name ›Schwan von Pesaro‹, den man ihm erteilt, ganz unpassend sei. Die Schwäne singen am Ende ihres Lebens, Rossini aber hat in der Mitte des Lebens zu singen aufgehört. Und ich glaube, er hat wohl daran getan und eben dadurch gezeigt, dass er ein Genie ist. Ein Künstler, welcher nur Talent hat, behält bis an sein Lebensende den Trieb, dieses Talent auszuüben, der Ehrgeiz stachelt ihn, er fühlt, dass er sich beständig vervollkommnet, und es drängt ihn, das Höchste zu erstreben. Der Genius aber hat das Höchste bereits geleistet, er ist zufrieden, er verachtet die Welt und den kleinen Ehrgeiz und geht nach Hause, nach Stratford am Avon, wie William Shakespeare, oder promeniert lachend und witzelnd auf dem Boulevard des Italiens zu Paris, wie Joachim [Gioachino] Rossini. Hat der Genius keine ganz schlechte Leibeskonstitution, so lebt er in solcher Weise noch eine gute Weile fort, nachdem er seine Meisterwerke geliefert oder, wie man sich auszudrücken pflegt, nachdem er seine Mission erfüllt hat. Es ist ein Vorurteil, wenn man meint, das Genie müsse früh sterben; ich glaube, man hat das dreißigste bis zum vierunddreißigsten Jahr als die gefährliche Zeit für die Genies bezeichnet. Wie oft habe ich den armen Bellini damit geneckt und ihm aus Scherz prophezeit, dass er in seiner Eigenschaft als Genie bald sterben müsse, indem er das gefährliche Alter erreiche. Sonderbar! Trotz des scherzenden Tones ängstigte er sich doch ob dieser Prophezeiung, er nannte mich seinen Jettatore [Mensch mit dem bösen Blick] und machte immer das Jettatorezeichen ... Er wollte so gern leben bleiben, er hatte eine fast leidenschaftliche Abneigung gegen den Tod, er wollte nichts vom Sterben hören, er fürchtete sich davor wie ein Kind, das sich fürchtet, im Dunkeln zu schlafen ... Es war ein gutes, liebes Kind, manchmal etwas unartig, aber dann brauchte man ihm nur mit seinem baldigen Tode zu drohen, und er ward dann gleich kleinlaut und bittend und machte mit den zwei erhobenen Fingern das Jettatorezeichen ... Armer Bellini!«

»Sie haben ihn also persönlich gekannt? War er hübsch?«

»Er war nicht hässlich. Sie sehen, auch wir Männer können nicht bejahend antworten, wenn man uns über jemand von unserem Geschlecht eine solche Frage vorlegt. Es war eine hoch aufgeschossene, schlanke Gestalt, die sich zierlich, ich möchte sagen kokett bewegte; immer à quatre épingles [geschniegelt und gebügelt, wie aus dem Ei gepellt, piekfein]; ein regelmäßiges Gesicht, länglich, blassrosig; hellblondes, fast goldiges Haar, in dünnen Löckchen frisiert; hohe, sehr hohe, edle Stirne; grade Nase; bleiche, blaue Augen; schöngemessener Mund; rundes Kinn. Seine Züge hatten etwas Vages, Charakterloses, etwas wie Milch, und in diesem Milchgesicht quirlte manchmal süßsäuerlich ein Ausdruck von Schmerz. Dieser Ausdruck von Schmerz ersetzte in Bellinis Gesichte den mangelnden Geist; aber es war ein Schmerz ohne Tiefe; er flimmerte poesielos in den Augen, er zuckte leidenschaftslos um die Lippen des Mannes. Diesen flachen, matten Schmerz schien der junge Maestro in seiner ganzen Gestalt veranschaulichen zu wollen. So schwärmerisch wehmütig waren seine Haare frisiert, die Kleider saßen ihm so schmachtend an dem zarten Leibe, er trug sein spanisches Röhrchen so idyllisch, dass er mich immer an die jungen Schäfer erinnerte, die wir in unseren Schäferspielen mit bebänderten Stäben und hellfarbigen Jäckchen und Höschen minaudieren [sich affektiert benehmen, affig] sehen. Und sein Gang war so jungfräulich, so elegisch, so ätherisch. Der ganze Mensch sah aus wie ein Seufzer en escarpins [in Pumps]. Er hat bei den Frauen vielen Beifall gefunden, aber ich zweifle, ob er irgendwo eine starke Leidenschaft geweckt hat. Für mich selber hatte seine Erscheinung immer etwas spaßhaft Ungenießbares, dessen Grund wohl zunächst in seinem Französischsprechen zu finden war. Obgleich Bellini schon mehre Jahre in Frankreich gelebt, sprach er doch das Französische so schlecht, wie es vielleicht kaum in England gesprochen werden kann. Ich sollte dieses Sprechen nicht mit dem Beiwort ›schlecht‹ bezeichnen; schlecht ist hier viel zu gut. Man muss entsetzlich sagen, blutschänderisch, weltuntergangsmäßig. Ja, wenn man mit ihm in Gesellschaft war und er die armen französischen Worte wie ein Henker radebrach und unerschütterlich seine kolossalen coq-à-l'âne [Gedankensprünge] auskramte, so meinte man manchmal, die Welt müsse mit einem Donnergekrach untergehen ... Eine Leichenstille herrschte dann im ganzen Saale; Todesschreck malte sich auf allen Gesichtern, mit Kreidefarbe oder mit Zinnober; die Frauen wussten nicht, ob sie in Ohnmacht fallen oder entfliehen sollten; die Männer sahen bestürzt nach ihren Beinkleidern, um sich zu überzeugen, dass sie wirklich dergleichen trugen; und was das Furchtbarste war, dieser Schreck erregte zu gleicher Zeit eine konvulsive Lachlust, die sich kaum verbeißen ließ. Wenn man daher mit Bellini in Gesellschaft war, musste seine Nähe immer eine gewisse Angst einflößen, die, durch einen grauenhaften Reiz, zugleich abstoßend und anziehend war. Manchmal waren seine unwillkürlichen Calembours [Kalauer, Wortspiele] bloß belustigender Art, und in ihrer possierlichen Abgeschmacktheit erinnerten sie an das Schloss seines Landsmannes, des Prinzen Pallagonia, welches Goethe in seiner ›Italienischen Reise‹ [Kapitel 41] als ein Museum von barocken Verzerrtheiten und ungereimt zusammengekoppelten Missgestalten schildert. Da Bellini bei solchen Gelegenheiten immer etwas ganz Harmloses und ganz Ernsthaftes gesagt zu haben glaubte, so bildete sein Gesicht mit seinem Worte eben den allertollsten Kontrast. Das, was mir an seinem Gesichte missfallen konnte, trat dann um so schneidender hervor. Das, was mir da missfiel, war aber nicht von der Art, dass es just als ein Mangel bezeichnet werden könnte, und am wenigsten mag es wohl den Damen ebenfalls unerfreulich gewesen sein. Bellinis Gesicht, wie seine ganze Erscheinung, hatte jene physische Frische, jene Fleischblüte, jene Rosenfarbe, die auf mich einen unangenehmen Eindruck macht, auf mich, der ich vielmehr das Totenhafte und das Marmorne liebe. Erst späterhin, als ich Bellini schon lange kannte, empfand ich für ihn einige Neigung. Diese entstand namentlich, als ich bemerkte, dass sein Charakter durchaus edel und gut war. Seine Seele ist gewiss rein und unbefleckt geblieben von allen hässlichen Berührungen. Auch fehlte ihm nicht die harmlose Gutmütigkeit, das Kindliche, das wir bei genialen Menschen nie vermissen, wenn sie auch dergleichen nicht für jedermann zur Schau tragen.«

»Ja, ich erinnere mich«, fuhr Maximilian fort, indem er sich auf den Sessel niederließ, an dessen Lehne er sich bis jetzt aufrecht gestützt hatte, »ich erinnere mich eines Augenblicks, wo mir Bellini in einem so liebenswürdigen Licht erschien, dass ich ihn mit Vergnügen betrachtete und mir vornahm, ihn näher kennenzulernen. Aber es war leider der letzte Augenblick, wo ich ihn in diesem Leben sehen sollte. Dieses war eines Abends, nachdem wir im Haus einer großen Dame, die den kleinsten Fuß in Paris hat, miteinander gespeist und sehr heiter geworden und am Fortepiano die süßesten Melodien erklangen ... Ich sehe ihn noch immer, den guten Bellini, wie er, endlich erschöpft von den vielen tollen Bellinismen, die er geschwatzt, sich auf einen Sessel niederließ ... Dieser Sessel war sehr niedrig, fast wie ein Bänkchen, so dass Bellini dadurch gleichsam zu den Füßen einer schönen Dame zu sitzen kam, die sich, ihm gegenüber, auf ein Sofa hingestreckt hatte und mit süßer Schadenfreude auf Bellini hinabsah, während dieser sich abarbeitete, sie mit einigen französischen Redensarten zu unterhalten, und er immer in die Notwendigkeit geriet, das, was er eben gesagt hatte, in seinem sizilianischen Jargon zu kommentieren, um zu beweisen, dass es keine Sottise, sondern im Gegenteil die feinste Schmeichelei gewesen sei. Ich glaube, dass die schöne Dame auf Bellinis Redensarten gar nicht viel hinhörte; sie hatte ihm sein spanisches Röhrchen, womit er seiner schwachen Rhetorik manchmal zu Hilfe kommen wollte, aus den Händen genommen und bediente sich dessen, um den zierlichen Lockenbau an den beiden Schläfen des jungen Maestro ganz ruhig zu zerstören. Diesem mutwilligen Geschäfte galt wohl jenes Lächeln, das ihrem Gesicht einen Ausdruck gab, wie ich ihn nie auf einem lebenden Menschenantlitz gesehen. Nie kommt mir dieses Gesicht aus dem Gedächtnis! Es war eins jener Gesichter, die mehr dem Traumreich der Poesie als der rohen Wirklichkeit des Lebens zu gehören scheinen; Konturen, die an da Vinci erinnern, jenes edle Oval mit den naiven Wangengrübchen und dem sentimental spitz zulaufenden Kinn der lombardischen Schule. Die Färbung mehr römisch sanft, matter Perlenglanz, vornehme Blässe, Morbidezza. Kurz, es war ein Gesicht, wie es nur auf irgendeinem altitalienischen Porträt gefunden wird, das etwa eine von jenen großen Damen vorstellt, worin die italienischen Künstler des sechzehnten Jahrhunderts verliebt waren, wenn sie ihre Meisterwerke schufen, woran die Dichter jener Zeit dachten, wenn sie sich unsterblich sangen, und wonach die deutschen und französischen Kriegshelden Verlangen trugen, wenn sie sich das Schwert umgürteten und tatensüchtig über die Alpen stürzten ... Ja, ja, so ein Gesicht war es, worauf ein Lächeln der süßesten Schadenfreude und des vornehmsten Mutwillens spielte, während sie, die schöne Dame, mit der Spitze des spanischen Rohrs den blonden Lockenbau des guten Bellini zerstörte. In diesem Augenblick erschien mir Bellini wie berührt von einem Zauberstäbchen, wie umgewandelt zu einer durchaus befreundeten Erscheinung, und er wurde meinem Herzen auf einmal verwandt. Sein Gesicht erglänzte im Widerschein jenes Lächelns, es war vielleicht der blühendste Moment seines Lebens ... Ich werde ihn nie vergessen ... Vierzehn Tage nachher las ich in der Zeitung, dass Italien einen seiner rühmlichsten Söhne verloren! – Sonderbar! Zu gleicher Zeit

153

wurde auch der Tod Paganinis angezeigt. An diesem Todesfall zweifelte ich keinen Augenblick, da der alte, fahle Paganini immer wie ein Sterbender aussah; doch der Tod des jungen, rosigen Bellini kam mir unglaublich vor. Und doch war die Nachricht vom Tode des ersteren nur ein Zeitungsirrtum, Paganini befindet sich frisch und gesund zu Genua, und Bellini liegt im Grabe zu Paris!«

»Lieben Sie Paganini?« frug Maria.

»Dieser Mann«, antwortete Maximilian, »ist eine Zierde seines Vaterlandes und verdient gewiss die ausgezeichnetste Erwähnung, wenn man von den musikalischen Notabilitäten Italiens sprechen will.«

»Ich habe ihn nie gesehen«, bemerkte Maria, »aber dem Rufe nach soll sein Äußeres den Schönheitssinn nicht vollkommen befriedigen. Ich habe Porträts von ihm gesehen ...«

»Die alle nicht ähnlich sind«, fiel ihr Maximilian in die Rede; »sie verhässlichen oder verschönern ihn, nie geben sie seinen wirklichen Charakter. Ich glaube, es ist nur einem einzigen Menschen gelungen, die wahre Physiognomie Paganinis aufs Papier zu bringen; es ist ein tauber Maler, namens Lyser, der, in seiner geistreichen Tollheit, mit wenigen Kreidestrichen den Kopf Paganinis so gut getroffen hat, dass man ob der Wahrheit der Zeichnung zugleich lacht und erschrickt. ›Der Teufel hat mir die Hand geführt‹, sagte mir der taube Maler, geheimnisvoll kichernd und gutmütig ironisch mit dem Kopfe nickend, wie er bei seinen genialen Eulenspiegeleien zu tun pflegte. Dieser Maler war immer ein wunderlicher Kauz; trotz seiner Taubheit liebte er enthusiastisch die Musik, und er soll es verstanden haben, wenn er sich nahe genug am Orchester befand, den Musikern die Musik auf dem Gesichte zu lesen und an ihren Fingerbewegungen die mehr oder minder gelungene Exekution zu beurteilen; auch schrieb er die Opernkritiken in einem schätzbaren Journale zu Hamburg. Was ist eigentlich da zu verwundern? In der sichtbaren Signatur des Spieles konnte der taube Maler die Töne sehen. Gibt es doch Menschen, denen die Töne selber nur unsichtbare Signaturen sind, worin sie Farben und Gestalten hören.«

»Ein solcher Mensch sind Sie!« rief Maria.

»Es ist mir leid, dass ich die kleine Zeichnung von Lyser nicht mehr besitze; sie würde Ihnen vielleicht von Paganinis Äußerem einen Begriff verleihen. Nur in grell schwarzen, flüchtigen Strichen konnten jene fabelhaften Züge erfasst werden, die mehr dem schweflichten Schattenreich als der sonnigen Lebenswelt zu gehören scheinen. ›Wahrhaftig, der Teufel hat mir die Hand geführt‹, beteuerte mir der taube Maler, als wir zu Hamburg vor dem Alsterpavillon standen, an dem Tage, wo Paganini dort sein erstes Konzert gab. ›Ja, mein Freund‹, fuhr er fort, ›es ist wahr, was die ganze Welt behauptet, dass er sich dem Teufel verschrieben hat, Leib und Seele, um der beste Violinist zu werden, um Millionen zu erfiedeln, und zunächst, um von der verdammten Galeere loszukommen, wo er schon viele Jahre geschmachtet. Denn sehen Sie, Freund, als er zu Lucca Kapellenmeister war, verliebte er sich in eine Theaterprinzessin, ward eifersüchtig auf irgendeinen kleinen Abate, ward vielleicht cocu, erstach auf gut italienisch seine ungetreue Amata, kam auf die Galeere zu Genua und, wie gesagt, verschrieb sich endlich dem Teufel, um loszukommen, um der beste Violinspieler zu werden und um jeden von uns diesen Abend eine Brandschatzung von zwei Talern auferlegen zu können ... Aber, sehen Sie! Alle guten Geister loben Gott! Sehen Sie, dort in der Allee kommt er selber mit seinem zweideutigen Famulo!‹

In der Tat, es war Paganini selber, den ich alsbald zu Gesicht bekam. Er trug einen dunkelgrauen Oberrock, der ihm bis zu den Füßen reichte, wodurch seine Gestalt sehr hoch zu sein schien. Das lange schwarze Haar fiel in verzerrten Locken auf seine Schulter herab und bildete einen dunklen Rahmen um das blasse, leichenartige Gesicht, worauf Kummer, Genie und Hölle ihre unverwüstlichen Zeichen eingegraben hatten. Neben ihm tänzelte eine niedrige, behagliche Figur, putzig prosaisch: rosig verrunzeltes Gesicht, hellgraues Röckchen mit Stahlknöpfen, unausstehlich freundlich nach allen Seiten hingrüßend, mitunter aber, voll besorglicher Scheu, nach der düsteren Gestalt hinaufschielend, die ihm ernst und nachdenklich zur Seite wandelte. Man glaubte das Bild von Retzsch zu sehen, wo Faust mit Wagner vor den Toren von Leipzig spazierengeht. Der taube Maler kommentierte mir aber die beiden Gestalten in seiner tollen Weise und machte mich besonders aufmerksam auf den gemessenen breiten Gang des Paganini. ›Ist es nicht‹, sagte er, ›als trüge er noch immer die eiserne Querstange zwischen den Beinen? Er hat sich nun einmal diesen Gang auf immer angewöhnt. Sehen Sie auch, wie verächtlich ironisch er auf seinen Begleiter manchmal hinabschaut, wenn dieser ihm mit seinen prosaischen Fragen lästig wird; er kann ihn aber nicht entbehren, ein blutiger Kontrakt bindet ihn an diesen Diener, der eben kein andrer ist als Satan. Das unwissende Volk meint freilich, dieser Begleiter sei der Komödien- und Anekdotenschreiber Harrys aus Hannover, den Paganini auf Reisen mitgenommen habe, um die Geldgeschäfte bei seinen Konzerten zu verwalten. Das Volk weiß nicht, dass der Teufel dem Herrn Georg Harrys bloß seine Gestalt abgeborgt hat und dass die arme Seele dieses armen Menschen unterdessen, neben anderem Lumpenkram, in einem Kasten zu Hannover so lange eingesperrt sitzt, bis der Teufel ihr wieder ihre Fleischenveloppe zurückgibt und er vielleicht seinen Meister Paganini in einer würdigeren Gestalt, nämlich als schwarzer Pudel, durch die Welt begleiten wird.‹

War mir Paganini, als ich ihn am hellen Mittag, unter den grünen Bäumen des Hamburger Jungfernstiegs, einherwandeln sah, schon hinlänglich fabelhaft und abenteuerlich erschienen, wie musste mich erst des Abends im Konzert seine schauerlich bizarre Erscheinung überraschen. Das Hamburger Komödienhaus war der Schauplatz dieses Konzertes, und das kunstliebende Publikum hatte sich schon früh und in solcher Anzahl eingefunden, dass ich kaum noch ein Plätzchen für mich am Orchester erkämpfte. Obgleich es Posttag war, erblickte ich doch, in den ersten Ranglogen, die ganze gebildete Handelswelt, einen ganzen Olymp von Bankiers und sonstigen Millionären, die Götter des Kaffees und des Zuckers, nebst deren dicken Ehegöttinnen, Junonen vom Wandrahm und Aphroditen vom Dreckwall. Auch herrschte eine religiöse Stille im ganzen Saal. Jedes Auge war nach der Bühne gerichtet. Jedes Ohr rüstete sich zum Hören. Mein Nachbar, ein alter Pelzmakler, nahm seine schmutzige Baumwolle aus den Ohren, um bald die kostbaren Töne, die zwei Taler Entreegeld kosteten, besser einsaugen zu können. Endlich aber, auf der Bühne kam eine dunkle Gestalt zum Vorschein, die der Unterwelt entstiegen zu sein schien. Das war Paganini in seiner schwarzen Gala. Der schwarze Frack und die schwarze Weste von einem entsetzlichen Zuschnitt, wie er vielleicht am Hofe Proserpinens von der höllischen Etikette vorgeschrieben ist. Die schwarzen Hosen ängstlich schlotternd um die dünnen Beine. Die langen Arme schienen noch verlängert, indem er in der einen Hand die Violine und in der anderen den Bogen gesenkt hielt und damit fast die Erde berührte, als er vor dem Publikum seine unerhörten Verbeugungen auskramte. In den eckigen Krümmungen seines Leibes lag eine schauerliche Hölzernheit und zugleich etwas närrisch Tierisches, dass uns bei diesen Verbeugungen eine sonderbare Lachlust anwandeln musste; aber sein Gesicht, das durch die grelle Orchesterbeleuchtung noch leichenartig weißer erschien, hatte alsdann so etwas Flehendes, so etwas blödsinnig Demütiges, dass ein grauenhaftes Mitleid unsere Lachlust niederdrückte. Hat er diese Komplimente einem Automaten abgelernt oder einem Hund? Ist dieser bittende Blick der eines Todkranken, oder lauert dahinter der Spott eines schlauen Geizhalses? Ist das ein Lebender, der im Verscheiden begriffen ist und der das Publikum in der Kunstarena, wie ein sterbender Fechter, mit seinen Zuckungen ergötzen soll? Oder ist es ein Toter, der aus dem Grabe gestiegen, ein Vampir mit der Violine, der uns, wo nicht das Blut aus dem Herzen, doch auf jeden Fall das Geld aus den Taschen saugt? – Solche Fragen kreuzten sich in unserem Kopfe, während Paganini seine unaufhörlichen Komplimente schnitt; aber alle dergleichen Gedanken mussten stracks verstummen, als der wunderbare Meister seine Violine ans Kinn setzte und zu spielen begann. Was mich betrifft, so kennen Sie ja mein musikalisches zweites Gesicht, meine Begabung, bei jedem Ton, den ich erklingen höre, auch die adäquate Klangfigur zu sehen; und so kam es, dass mir Paganini mit jedem Striche seines Bogens auch sichtbare Gestalten und Situationen vor die Augen brachte, dass er mir in tönender Bilderschrift allerlei grelle Geschichten erzählte, dass er vor mir gleichsam ein farbiges Schattenspiel hingaukeln ließ, worin er selber immer mit seinem Violinspiel als die Hauptperson agierte. Schon bei seinem ersten Bogenstrich hatten sich die Kulissen um ihn her verändert; er stand mit seinem Musikpult plötzlich in einem heitern Zimmer, welches lustig unordentlich dekoriert, mit verschnörkelten Möbeln im Pompadourgeschmack; überall kleine Spiegel, vergoldete Amoretten, chinesisches Porzellan, ein allerliebstes Chaos von Bändern, Blumengirlanden, weißen Handschuhen, zerrissenen Blonden, falschen Perlen, Diademen von Goldblech und sonstigem Götterflitterkram, wie man dergleichen im Studierzimmer einer Primadonna zu finden pflegt. Paganinis Äußeres hatte sich ebenfalls, und zwar aufs Allervorteilhafteste, verändert: er trug kurze Beinkleider von lilafarbigem Atlas, eine silbergestickte, weiße Weste, einen Rock von hellblauem Sammet mit goldumsponnenen Knöpfen; und die sorgsam in kleinen Löckchen frisierten Haare umspielten sein Gesicht, das ganz jung und rosig blühte und von süßer Zärtlichkeit erglänzte, wenn er nach dem hübschen Dämchen hinäugelte, das neben ihm am Notenpult stand, während er Violine spielte.

In der Tat, an seiner Seite erblickte ich ein hübsches, junges Geschöpf, altmodisch gekleidet, der weiße Atlas ausgebauscht unterhalb der Hüften, die Taille um so reizender schmal, die gepuderten Haare hochauffrisiert, das hübsch runde Gesicht um so freier hervorglänzend mit seinen blitzenden Augen, mit seinen geschminkten Wänglein, Schönheitspflästerchen und impertinent süßem Näschen. In der Hand trug sie eine weiße Papierrolle, und sowohl nach ihren Lippenbewegungen als nach dem kokettierenden Hin- und Herwiegen ihres Oberleibchens zu schließen, schien sie zu singen; aber vernehmlich ward mir kein einziger ihrer Triller, und nur aus dem Violinspiel, womit der junge Paganini das holde Kind begleitete, erriet ich, was sie sang und was er selber während ihres Singens in der Seele fühlte. Oh, das waren Melodien, wie die Nachtigall sie flötet, in der Abenddämmerung, wenn der Duft der Rose ihr das ahnende Frühlingsherz mit Sehnsucht berauscht! Oh, das war eine schmelzende, wollüstig hinschmachtende Seligkeit! Das waren Töne, die sich küssten, dann schmollend einander flohen und endlich wieder lachend sich umschlangen und eins wurden und in trunkener Einheit dahinstarben. Ja, die Töne trieben ein heiteres Spiel, wie Schmetterlinge, wenn einer dem anderen neckend ausweicht, sich hinter eine Blume verbirgt, endlich erhascht wird und dann mit dem anderen, leichtsinnig beglückt, im goldenen Sonnenlichte hinaufflattert. Aber eine Spinne, eine Spinne kann solchen verliebten Schmetterlingen mal plötzlich ein tragisches Schicksal bereiten. Ahnte dergleichen das junge Herz? Ein wehmütig seufzender Ton, wie Vorgefühl eines heranschleichenden Unglücks, glitt leise durch die entzücktesten Melodien, die aus Paganinis Violine hervorstrahlten ... Seine Augen werden feucht ... Anbetend kniet er nieder vor seiner Amata ... Aber ach! indem er sich beugt, um ihre Füße zu küssen, erblickt er unter dem Bett einen kleinen Abate! Ich weiß nicht, was er gegen den armen Menschen haben mochte, aber der Genueser wurde blass wie der Tod, er fasst den Kleinen mit wütenden Händen, gibt ihm diverse Ohrfeigen, sowie auch eine beträchtliche Anzahl Fußtritte, schmeißt ihn gar zur Tür hinaus, zieht alsdann ein langes Stilett aus der Tasche und stößt es in die Brust der jungen Schönen ... In diesem Augenblick aber erscholl von allen Seiten: ›Bravo! Bravo!‹ Hamburgs begeisterte Männer und Frauen zollten ihren rauschendsten

Beifall dem großen Künstler, welcher eben die erste Abteilung seines Konzertes beendigt hatte und sich mit noch mehr Ecken und Krümmungen als vorher verbeugte. Auf seinem Gesicht, wollte mich bedünken, winselte ebenfalls eine noch flehsamere Demut als vorher. In seinen Augen starrte eine grauenhafte Ängstlichkeit, wie die eines armen Sünders.

›Göttlich!‹ rief mein Nachbar, der Pelzmakler, indem er sich in den Ohren kratzte, ›dieses Stück war allein schon zwei Taler wert.‹

Als Paganini aufs Neue zu spielen begann, ward es mir düster vor den Augen. Die Töne verwandelten sich nicht in helle Formen und Farben; die Gestalt des Meisters umhüllte sich vielmehr in finstere Schatten, aus deren Dunkel seine Musik mit den schneidendsten Jammertönen hervorklagte. Nur manchmal, wenn eine kleine Lampe, die über ihm hing, ihr kümmerliches Licht auf ihn warf, erblickte ich sein erbleichtes Antlitz, worauf aber die Jugend noch immer nicht erloschen war. Sonderbar war sein Anzug, gespalten in zwei Farben, wovon die eine gelb und die andere rot. An den Füßen lasteten ihm schwere Ketten. Hinter ihm bewegte sich ein Gesicht, dessen Physiognomie auf eine lustige Bocksnatur hindeutete, und lange haarichte Hände, die, wie es schien, dazu gehörten, sah ich zuweilen hilfreich in die Saiten der Violine greifen, worauf Paganini spielte. Sie führten ihm auch manchmal die Hand, womit er den Bogen hielt, und ein meckerndes Beifall-Lachen akkompagnierte dann die Töne, die immer schmerzlicher und blutender aus der Violine hervorquollen. Das waren Töne gleich dem Gesang der gefallenen Engel, die mit den Töchtern der Erde gebuhlt hatten und, aus dem Reiche der Seligen verwiesen, mit schamglühenden Gesichtern in die Unterwelt hinabstiegen. Das waren Töne, in deren bodenloser Untiefe weder Trost noch Hoffnung glimmte. Wenn die Heiligen im Himmel solche Töne hören, erstirbt das Lob Gottes auf ihren verbleichenden Lippen, und sie verhüllen weinend ihre frommen Häupter! Zuweilen, wenn in die melodischen Qualnisse dieses Spiels das obligate Bockslachen hineinmeckerte, erblickte ich auch im Hintergrund eine Menge kleiner Weibsbilder, die boshaft lustig mit den hässlichen Köpfen nickten und mit den gekreuzten Fingern, in neckender Schadenfreude, ein Rübchen schabten. Aus der Violine drangen alsdann Angstlaute und ein entsetzliches Seufzen und ein Schluchzen, wie man es noch nie gehört auf Erden und wie man es vielleicht nie wieder auf Erden hören wird, es sei denn im Tale Josaphat, wenn die kolossalen Posaunen des Gerichts erklingen und die nackten Leichen aus ihren Gräbern hervorkriechen und ihres Schicksals harren ... Aber der gequälte Violinist tat plötzlich einen Strich, einen so wahnsinnig verzweifelten Strich, dass seine Ketten rasselnd entzweisprangen und sein unheimlicher Gehilfe, mitsamt den verhöhnenden Unholden, verschwanden.

In diesem Augenblick sagte mein Nachbar, der Pelzmakler: ›Schade, schade, eine Saite ist ihm gesprungen, das kommt von den ständigen Pizzikati!‹

War wirklich die Saite auf der Violine gesprungen? Ich weiß nicht. Ich bemerkte nur die Transfiguration der Töne, und da schien mir Paganini und seine Umgebung plötzlich wieder ganz verändert. Jenen konnte ich kaum wiedererkennen in der braunen Mönchstracht, die ihn mehr versteckte als bekleidete. Das verwilderte Antlitz halb verhüllt von der Kapuze, einen Strick um die Hüfte, barfüßig, eine einsam trotzige Gestalt, stand Paganini auf einem felsigen Vorsprung am Meer und spielte Violine. Es war, wie mich dünkte, die Zeit der Dämmerung, das Abendrot überfloss die weiten Meeresfluten, die immer röter sich färbten und immer feierlicher rauschten im geheimnisvollsten Einklang mit den Tönen der Violine. Je röter aber das Meer wurde, desto fahler erbleichte der Himmel, und als endlich die wogenden Wasser wie lauter scharlachgrelles Blut aussahen, da ward droben der Himmel ganz gespenstischhell, ganz leichenweiß, und groß und drohend traten daraus hervor die Sterne ... und diese Sterne waren schwarz, schwarz wie glänzende Steinkohlen. Aber die Töne der Violine wurden immer stürmischer und kecker, in den Augen des entsetzlichen Spielmanns funkelte eine so

157

spöttische Zerstörungslust, und seine dünnen Lippen bewegten sich so grauenhaft hastig, dass es aussah, als murmelte er uralt verruchte Zaubersprüche, womit man den Sturm beschwört und jene bösen Geister entfesselt, die in den Abgründen des Meeres gefangenliegen. Manchmal, wenn er, den nackten Arm aus dem weiten Mönchsärmel lang mager hervorstreckend, mit dem Fiedelbogen in den Lüften fegte, dann erschien er erst recht wie ein Hexenmeister, der mit dem Zauberstab den Elementen gebietet, und es heulte dann wie wahnsinnig in der Meerestiefe, und die entsetzten Blutwellen sprangen dann so gewaltig in die Höhe, dass sie fast die bleiche Himmelsdecke und die schwarzen Sterne dort mit ihrem roten Schaume bespritzten. Das heulte, das kreischte, das krachte, als ob die Welt in Trümmer zusammenbrechen wollte, und der Mönch strich immer hartnäckiger seine Violine. Er wollte durch die Gewalt seines rasenden Willens die sieben Siegel brechen, womit Salomon die eisernen Töpfe versiegelt, nachdem er darin die überwundenen Dämonen verschlossen. Jene Töpfe hat der weise König ins Meer versenkt, und ebendie Stimmen der darin verschlossenen Geister glaubte ich zu vernehmen, während Paganinis Violine ihre zornigsten Basstöne grollte. Aber endlich glaubte ich gar wie Jubel der Befreiung zu vernehmen, und aus den roten Blutwellen sah ich hervortauchen die Häupter der entfesselten Dämonen: Ungetüme von fabelhafter Hässlichkeit, Krokodile mit Fledermausflügeln, Schlangen mit Hirschgeweihen, Affen, bemützt mit Trichtermuscheln, Seehunde mit patriarchalisch langen Bärten, Weibsgesichter mit Brüsten an die Stelle der Wangen, grüne Kamelsköpfe, Zwittergeschöpfe von unbegreiflicher Zusammensetzung, alle mit kaltklugen Augen hinglotzend und mit langen Floßtatzen hingreifend nach dem fiedelnden Mönch ... Diesem aber, in dem rasenden Beschwörungseifer, fiel die Kapuze zurück, und die lockigen Haare, im Winde dahinflatternd, umringelten sein Haupt wie schwarze Schlangen.

Diese Erscheinung war so sinnverwirrend, dass ich, um nicht wahnsinnig zu werden, die Ohren mir zuhielt und die Augen schloss. Da war nun der Spuk verschwunden, und als ich wieder aufblickte, sah ich den armen Genueser in seiner gewöhnlichen Gestalt seine gewöhnlichen Komplimente schneiden, während das Publikum aufs Entzückteste applaudierte.

›Das ist also das berühmte Spiel auf der G-Saite‹, bemerkte mein Nachbar; ›ich spiele selber die Violine und weiß, was es heißt, dieses Instrument so zu meistern!‹ Zum Glück war die Pause nicht groß, sonst hätte mich der musikalische Pelzkenner gewiss in ein langes Kunstgespräch eingemufft. Paganini setzte wieder ruhig seine Violine ans Kinn, und mit dem ersten Strich seines Bogens begann auch wieder die wunderbare Transfiguration der Töne. Nur gestaltete sie sich nicht mehr so grellfarbig und leiblich bestimmt. Diese Töne entfalteten sich ruhig, majestätisch wogend und anschwellend, wie die eines Orgelchorals in einem Dom; und alles umher hatte sich immer weiter und höher ausgedehnt zu einem kolossalen Raum, wie nicht das körperliche Auge, sondern nur das Auge des Geistes ihn fassen kann. In der Mitte dieses Raumes schwebte eine leuchtende Kugel, worauf riesengroß und stolzerhaben ein Mann stand, der die Violine spielte. Diese Kugel, war sie die Sonne? Ich weiß nicht. Aber in den Zügen des Mannes erkannte ich Paganini, nur idealisch verschönert, himmlisch verklärt, versöhnungsvoll lächelnd. Sein Leib blühte in kräftigster Männlichkeit, ein hellblaues Gewand umschloss die veredelten Glieder, um seine Schulter wallte, in glänzenden Locken, das schwarze Haar; und wie er da fest und sicher stand, ein erhabenes Götterbild, und die Violine strich: da war es, als ob die ganze Schöpfung seinen Tönen gehorchte. Er war der Mensch-Planet, um den sich das Weltall bewegte, mit gemessener Feierlichkeit und in seligen Rhythmen erklingend. Diese großen Lichter, die, so ruhig glänzend, um ihn her schwebten, waren es die Sterne des Himmels, und jene tönende Harmonie, die aus ihren Bewegungen entstand, war es der Sphärengesang, wovon Poeten und Seher soviel Verzückendes berichtet haben? Zuweilen, wenn ich angestrengt weit hinausschaute in die dämmernde Ferne, da glaubte ich lauter weiße wallende Gewänder zu sehen, worin kolossale Pilgrime vermummt einherwandelten, mit weißen Stäben in den Händen und sonderbar! die goldnen Knöpfe jener Stäbe waren eben jene großen Lichter, die ich für Sterne gehalten hatte. Diese Pilgrime zogen in weiter Kreisbahn um den großen Spielmann umher, von den Tönen seiner Violine erglänzten immer heller die goldnen Knöpfe ihrer Stäbe, und die Choräle, die von ihren Lippen erschollen und die ich für Sphärengesang halten konnte, waren eigentlich nur das verhallende Echo jener Violintöne. Eine unnennbare heilige Inbrunst wohnte in diesen Klängen, die manchmal kaum hörbar erzitterten, wie geheimnisvolles Flüstern auf dem Wasser, dann wieder süßschauerlich anschwollen, wie Waldhorntöne im Mondschein, und dann endlich mit ungezügeltem Jubel dahinbrausten, als griffen tausend Barden in die Saiten ihrer Harfen und erhüben ihre Stimmen zu einem Siegeslied. Das waren Klänge, die nie das Ohr hört, sondern nur das Herz träumen kann, wenn es des Nachts am Herzen der Geliebten ruht. Vielleicht auch begreift sie das Herz am hellen lichten Tag, wenn es sich jauchzend versenkt in die Schönheitslinien und Ovale eines griechischen Kunstwerks ...«

»Oder wenn man eine Bouteille Champagner zuviel getrunken hat!« ließ sich plötzlich eine lachende Stimme vernehmen, die unseren Erzähler wie aus einem Traume weckte. Als er sich umdrehte, erblickte er den Doktor, der, in Begleitung der schwarzen Debora, ganz leise ins Zimmer getreten war, um sich zu erkundigen, wie seine Medizin auf die Kranke gewirkt habe.

»Dieser Schlaf gefällt mir nicht«, sprach der Doktor, indem er zum Sofa zeigte.

Maximilian, welcher, versunken in den Phantasmen seiner eignen Rede, gar nicht gemerkt hatte, dass Maria schon lange eingeschlafen war, biss sich verdrießlich auf die Lippen.

»Dieser Schlaf«, fuhr der Doktor fort, »verleiht ihrem Antlitz schon ganz den Charakter des Todes. Sieht es nicht schon aus wie jene weißen Masken, jene Gipsabgüsse, worin wir die Züge der Verstorbenen zu bewahren suchen?«

»Ich möchte wohl«, flüsterte ihm Maximilian ins Ohr, »von dem Gesicht unserer Freundin einen solchen Abguss aufbewahren. Sie wird auch als Leiche noch sehr schön sein.«

»Ich rate Ihnen nicht dazu«, entgegnete der Doktor. »Solche Masken verleiden uns die Erinnerung an unsere Lieben. Wir glauben, in diesem Gipse sei noch etwas von ihrem Leben enthalten, und was wir darin aufbewahrt haben, ist doch ganz eigentlich der Tod selbst. Regelmäßig schöne Züge bekommen hier etwas grauenhaft Starres, Verhöhnendes, Fatales, wodurch sie uns mehr erschrecken als erfreuen. Wahre Karikaturen aber sind die Gipsabgüsse von Gesichtern, deren Reiz mehr von geistiger Art war, deren Züge weniger regelmäßig als interessant gewesen; denn sobald die Grazien des Lebens darin erloschen sind, werden die wirklichen Abweichungen von den idealen Schönheitslinien nicht mehr durch geistige Reize ausgeglichen. Gemeinsam ist aber allen diesen Gipsgesichtern ein gewisser rätselhafter Zug, der uns bei längerer Betrachtung aufs Unleidlichste die Seele durchfröstelt; sie sehen alle aus wie Menschen, die im Begriff sind, einen schweren Gang zu gehen.«

»Wohin?« frug Maximilian, als der Doktor seinen Arm ergriff und ihn aus dem Zimmer fortführte.

»Und warum wollen Sie mich noch mit dieser hässlichen Medizin quälen, da ich ja doch bald sterbe!«

Es war Maria, welche eben, als Maximilian ins Zimmer trat, diese Worte gesprochen. Vor ihr stand der Arzt, in der einen Hand eine Medizinflasche, in der anderen einen kleinen Becher, worin ein bräunlicher Saft widerwärtig schäumte. »Teuerster Freund«, rief er, indem er sich zu dem Eintretenden wandte, »Ihre Anwesenheit ist mir jetzt sehr lieb. Suchen Sie doch Signora dahin zu bewegen, dass sie nur diese wenigen Tropfen einschlürft; ich habe Eile.«

»Ich bitte Sie, Maria!« flüsterte Maximilian mit jener weichen Stimme, die man nicht sehr oft an ihm bemerkt hat und die aus einem so wunden Herzen zu kommen schien, dass die Kranke, sonderbar gerührt, fast ihres eigenen Leides vergessend, den Becher in die Hand nahm; ehe sie ihn aber zum Mund führte, sprach sie lächelnd: »Nicht wahr, zur Belohnung erzählen Sie mir dann auch die Geschichte von der Laurenzia?«

»Alles, was Sie wünschen, soll geschehen!« nickte Maximilian.

Die blasse Frau trank alsbald den Inhalt des Bechers, halb lächelnd, halb schaudernd.

»Ich habe Eile«, sprach der Arzt, indem er seine schwarzen Handschuhe anzog. »Legen Sie sich ruhig nieder, Signora, und bewegen Sie sich so wenig als möglich. Ich habe Eile.«

Begleitet von der schwarzen Debora, die ihm leuchtete, verließ er das Gemach. – Als nun die beiden Freunde allein waren, sahen sie sich lange schweigend an. In beider Seele wurden Gedanken laut, die eins dem anderen zu verhehlen suchte. Das Weib aber ergriff plötzlich die Hand des Mannes und bedeckte sie mit glühenden Küssen.

»Um Gottes willen«, sprach Maximilian, »bewegen Sie sich nicht so gewaltsam und legen Sie sich wieder ruhig aufs Sofa.«

Als Maria diesen Wunsch erfüllte, bedeckte er ihre Füße sehr sorgsam mit dem Schal, den er vorher mit seinen Lippen berührt hatte. Sie mochte es wohl bemerkt haben, denn sie zwinkerte vergnügt mit den Augen, wie ein glückliches Kind.

»War Mademoiselle Laurence sehr schön?«

»Wenn Sie mich nie unterbrechen wollen, teure Freundin, und mir geloben, ganz schweigsam und ruhig zuzuhören, so will ich alles, was Sie zu wissen begehren, ausführlich berichten.«

Dem bejahenden Blicke Marias mit Freundlichkeit zulächelnd, setzte sich Maximilian auf den Sessel, der vor dem Sofa stand, und begann folgendermaßen seine Erzählung:

»Es sind nun acht Jahre, dass ich nach London reiste, um die Sprache und das Volk dort kennenzulernen. Hol der Teufel das Volk mitsamt seiner Sprache! Da nehmen sie ein Dutzend einsilbiger Worte ins Maul, kauen sie, knatschen sie, spucken sie wieder aus, und das nennen sie Sprechen. Zum Glück sind sie ihrer Natur nach ziemlich schweigsam, und obgleich sie uns immer mit aufgesperrtem Maul ansehen, so verschonen sie uns jedoch mit langen Konversationen. Aber wehe uns, wenn wir einem Sohne Albions in die Hände fallen, der die große Tour gemacht und auf dem Kontinent Französisch gelernt hat. Dieser will dann die Gelegenheit benutzen, die erlangten Sprachkenntnisse zu üben, und überschüttet uns mit Fragen über alle möglichen Gegenstände, und kaum hat man die eine Frage beantwortet, so kommt er mit einer neuen herangezogen, entweder über Alter oder Heimat oder Dauer unseres Aufenthalts, und mit diesem unaufhörlichen Inquirieren glaubt er uns aufs Allerbeste zu unterhalten. Einer meiner Freunde in Paris hatte vielleicht recht, als er behauptete, dass die Engländer ihre französische Konversation auf dem Bureau des passeports erlernen. Am nützlichsten ist ihre Unterhaltung bei Tisch, wenn sie ihre kolossalen Roastbeefs tranchieren und mit den ernsthaftesten Mienen uns abfragen, welch ein Stück wir verlangen: ob stark oder schwach gebraten? ob aus der Mitte oder aus der braunen Rinde? ob fett oder mager? Diese Roastbeefs und ihre Hammelbraten sind aber auch alles, was sie Gutes haben. Der Himmel bewahre jeden Christenmensch vor ihren Saucen, die aus 1/3 Mehl und 2/3 Butter oder, je nachdem die Mischung eine Abwechselung bezweckt, aus 1/3 Butter und 2/3 Mehl bestehen. Der Himmel bewahre auch jeden vor ihren naiven Gemüsen, die sie, in Wasser abgekocht, ganz wie Gott sie erschaffen hat, auf den Tisch bringen. Entsetzlicher noch als die Küche der Engländer sind ihre Toaste und ihre obligaten Standreden, wenn das Tischtuch aufgehoben wird und die Damen sich von der Tafel wegbegeben und statt ihrer ebenso viele Bouteillen Portwein aufgetragen werden ... denn durch letztere glauben sie die Abwesenheit des schönen Geschlechts aufs Beste zu ersetzen. Ich sage des schönen Geschlechtes, denn die Engländerinnen verdienen diesen Namen. Es sind schöne, weiße, schlanke Leiber. Nur der allzu breite Raum zwischen der Nase und dem Mund, der bei ihnen ebenso häufig wie bei den englischen Männern gefunden wird, hat mir oft in England die schönsten Gesichter verleidet. Diese Abweichung von dem Typus des Schönen wirkt auf mich noch fataler, wenn ich die Engländer hier in Italien sehe, wo ihre kärglich gemessenen Nasen und die breite Fleischfläche, die sich darunter bis zum Maule erstreckt, einen desto schrofferen Kontrast bildet mit den Gesichtern der Italiener, deren Züge mehr von antiker Regelmäßigkeit sind und deren Nasen, entweder römisch gebogen oder griechisch gesenkt, nicht selten ins Allzulängliche ausarten. Sehr richtig ist die Bemerkung eines deutschen Reisenden, dass die Engländer, wenn sie hier unter den Italienern wandeln, alle wie Statuen aussehen, denen man die Nasenspitze abgeschlagen hat.

Ja, wenn man den Engländern in einem fremden Lande begegnet, kann man, durch den Kontrast, ihre Mängel erst recht grell hervortreten sehen. Es sind die Götter der Langeweile, die, in blanklackierten Wagen, mit Extrapost durch alle Länder jagen und überall eine graue Staubwolke von Traurigkeit hinter sich lassen. Dazu kommt ihre Neugier ohne Interesse, ihre geputzte Plumpheit, ihre freche Blödigkeit, ihr eckiger Egoismus und ihre öde Freude an allen melancholischen Gegenständen. Schon seit drei Wochen sieht man hier auf der Piazza di Gran Duca alle Tage einen Engländer, welcher stundenlang mit offenem Maule jenem Scharlatan zuschaut, der dort, zu Pferde sitzend, den Leuten die Zähne ausreißt. Dieses Schauspiel soll den edlen Sohn Albions vielleicht schadlos halten für die Exekutionen, die er in seinem teuern Vaterland versäumt ... Denn nächst Boxen und Hahnenkampf gibt es für einen Briten keinen köstlicheren Anblick als die Agonie eines armen Teufels, der ein Schaf gestohlen oder eine Handschrift nachgeahmt hat und vor der Fassade von Old Bailey eine Stunde lang, mit einem Strick um den Hals, ausgestellt wird, ehe man ihn in die Ewigkeit schleudert. Es ist keine Übertreibung, wenn ich sage, dass Schafdiebstahl und Fälschung in jenem hässlich grausamen Land gleich den abscheulichsten Verbrechen, gleich Vatermord und Blutschande, bestraft werden. Ich selber, den ein trister Zufall vorbeiführte, ich sah in London einen Menschen hängen, weil er ein Schaf gestohlen, und seitdem verlor ich alle Freude an Hammelbraten; das Fett erinnert mich immer an die weiße Mütze des armen Sünders. Neben ihm ward ein Irländer gehängt, der die Handschrift eines reichen Bankiers nachgeahmt; noch immer sehe ich die naive Todesangst des armen Paddy, welcher vor den Assisen [Schwurgericht] nicht begreifen konnte, dass man ihn einer nachgeahmten Handschrift wegen so hart bestrafe, ihn, der doch jedem Menschenkind erlaube, seine eigene Handschrift nachzuahmen! Und dieses Volk spricht ständig von Christentum und versäumt des Sonntags keine Kirche und überschwemmt die ganze Welt mit Bibeln.

Ich will es Ihnen gestehen, Maria, wenn mir in England nichts munden wollte, weder Menschen noch Küche, so lag auch wohl zum Teil der Grund in mir selber. Ich hatte einen guten Vorrat von Misslaune mit hinübergebracht aus der Heimat, und ich suchte Erheiterung bei einem Volk, das selber nur im Strudel der politischen und merkantilischen Tätigkeit seine Langeweile zu töten weiß. Die Vollkommenheit der Maschinen, die hier überall angewendet werden und so viele menschliche Verrichtungen übernommen, hatte ebenfalls für mich etwas Unheimliches; dieses künstliche Getriebe von Rädern, Stangen, Zylindern und tausenderlei kleinen Häkchen, Stiftchen und Zähnchen, die sich fast leidenschaftlich bewegen, erfüllte mich mit Grauen. Das Bestimmte, das Genaue, das Ausgemessene und die Pünktlichkeit im Leben der Engländer beängstigte mich nicht minder; denn gleichwie die Maschinen in England uns wie Menschen vorkommen, so erscheinen uns dort die Menschen wie Maschinen. Ja, Holz, Eisen und Messing scheinen dort den Geist des Menschen usurpiert zu haben und vor Geistesfülle fast wahnsinnig geworden zu sein, während der entgeistete Mensch, als ein hohles Gespenst, ganz maschinenmäßig seine Gewohnheitsgeschäfte verrichtet, zur bestimmten Minute Beefsteaks frisst, Parlamentsreden hält, seine Nägel bürstet, in die Stage-Coach steigt oder sich aufhängt.

Wie mein Missbehagen in diesem Lande sich täglich steigerte, können Sie sich wohl vorstellen. Nichts aber gleicht der schwarzen Stimmung, die mich einst befiel, als ich gegen Abendzeit auf der Waterloobrücke stand und in die Wasser der Themse hineinblickte. Mir war, als spiegelte sich darin meine Seele, als schaute sie mir aus dem Wasser entgegen mit allen ihren Wundenmalen ... Dabei kamen mir die kummervollsten Geschichten ins Gedächtnis ... Ich dachte an die Rose, die immer mit Essig begossen worden und dadurch ihre süßesten Düfte einbüßte und frühzeitig verwelkte ... Ich dachte an den verirrten Schmetterling, den ein Naturforscher, der den Montblanc bestieg, dort ganz einsam zwischen den Eiswänden umherflattern sah ... Ich dachte an die zahme Äffin, die mit den Menschen so vertraut war, mit ihnen spielte, mit ihnen speiste, aber einst, bei Tische, in dem Braten, der in der Schüssel lag, ihr eignes junges Äffchen erkannte, es hastig ergriff, damit in den Wald eilte und sich nie mehr unter ihren Freunden, den Menschen, sehen ließ ... Ach, mir ward so weh zumute, dass mir gewaltsam die heißen Tropfen aus den Augen stürzten ... Sie fielen hinab in die Themse und schwammen fort ins große Meer, das schon so manche Menschenträne verschluckt hat, ohne es zu merken!

In diesem Augenblick geschah es, dass eine sonderbare Musik mich aus meinen dunklen Träumen weckte, und als ich mich umsah, bemerkte ich am Ufer einen Haufen Menschen, die um irgendein ergötzliches Schauspiel einen Kreis gebildet zu haben schienen. Ich trat näher und erblickte eine Künstlerfamilie, welche aus folgenden vier Personen bestand:

Erstens eine kleine untersetzte Frau, die ganz schwarz gekleidet war, einen sehr kleinen Kopf und einen mächtig dick hervortretenden Bauch hatte. Über diesen Bauch hing ihr eine ungeheuer große Trommel, worauf sie ganz unbarmherzig lostrommelte.

Zweitens ein Zwerg, der wie ein altfranzösischer Marquis ein brodiertes [gesticktes, eingefasstes, ausgenähtes] Kleid trug, einen großen gepuderten Kopf, aber übrigens sehr dünne, winzige Gliedmaßen hatte und hin und her tänzelnd den Triangel schlug.

Drittens ein etwa fünfzehnjähriges junges Mädchen, welches eine kurze, enganliegende Jacke von blaugestreifter Seide und weite, ebenfalls blaugestreifte Pantalons trug. Es war eine luftiggebaute, anmutige Gestalt. Das Gesicht griechisch schön. Edel grade Nase, lieblich geschürzte Lippen, träumerisch weich gerundetes Kinn, die Farbe sonnig gelb, die Haare glänzend schwarz um die Schläfen gewunden: so stand sie, schlank und ernsthaft, ja misslaunig, und schaute auf die vierte Person der Gesellschaft, welche eben ihre Kunststücke produzierte.

Diese vierte Person war ein gelehrter Hund, ein sehr hoffnungsvoller Pudel, und er hatte eben, zur höchsten Freude des englischen Publikums, aus den Holzbuchstaben, die man ihm vorgelegt, den Namen des Lord Wellington zusammengesetzt und ein sehr schmeichelhaftes

162

Beiwort, nämlich Heros, hinzugefügt. Da der Hund, was man schon seinem geistreichen Äußern anmerken konnte, kein englisches Vieh war, sondern, nebst den anderen drei Personen, aus Frankreich hinübergekommen, so freuten sich Albions Söhne, dass ihr großer Feldherr wenigstens bei französischen Hunden jene Anerkennung erlangt habe, die ihm von den übrigen Kreaturen Frankreichs so schmählich versagt wird.

In der Tat, diese Gesellschaft bestand aus Franzosen, und der Zwerg, welcher sich hiernächst als Monsieur Türlütü ankündigte, fing an, in französischer Sprache und mit so leidenschaftlichen Gesten zu bramarbasieren, dass die armen Engländer noch weiter als gewöhnlich ihre Mäuler und Nasen aufsperrten. Manchmal, nach einer langen Phrase, krähte er wie ein Hahn, und diese Kikerikis sowie auch die Namen von vielen Kaisern, Königen und Fürsten, die er seiner Rede einmischte, waren wohl das Einzige, was die armen Zuschauer verstanden. Jene Kaiser, Könige und Fürsten rühmte er nämlich als seine Gönner und Freunde. Schon als Knabe von acht Jahren, wie er versicherte, hatte er eine lange Unterredung mit der höchstseligen Majestät Ludwig XVI., welcher auch späterhin bei wichtigen Gelegenheiten ihn immer um Rat fragte. Den Stürmen der Revolution war er, so wie viele andre, durch die Flucht entgangen, und erst unter dem Kaisertum war er ins geliebte Vaterland zurückgekehrt, um teilzunehmen an dem Ruhm der großen Nation. Napoleon, sagte er, habe ihn nie geliebt, dagegen von Sr. Heiligkeit dem Papste Pius VII. sei er fast vergöttert worden. Der Kaiser Alexander gab ihm Bonbons, und die Prinzessin Wilhelm von Kyritz nahm ihn immer auf den Schoß. Ja, von Kindheit auf, sagte er, habe er unter lauter Souveränen gelebt, die jetzigen Monarchen seien gleichsam mit ihm aufgewachsen, und er betrachte sie wie seinesgleichen, und er lege auch jedes Mal Trauer an, wenn einer von ihnen das Zeitliche segne. Nach diesen gravitätischen Worten krähte er wie ein Hahn.

Monsieur Türlütü war in der Tat einer der kuriosesten Zwerge, die ich je gesehen; sein verrunzelt altes Gesicht bildete so putzigen Kontrast mit seinem kindisch schmalen Leibchen, und seine ganze Person kontrastierte wieder so putzig mit den Kunststücken, die er produzierte. Er warf sich nämlich in die kecksten Posituren, und mit einem unmenschlich langen Rapier durchstach er die Luft die Kreuz und die Quer, während er beständig bei seiner Ehre schwur, dass diese Quarte oder jene Terze von niemandem zu parieren sei, dass hingegen seine Parade von keinem sterblichen Menschen durchschlagen werden könne und dass er jeden im Publikum auffordere, sich mit ihm in der edlen Fechtkunst zu messen. Nachdem der Zwerg dieses Spiel einige Zeit getrieben und niemanden gefunden hatte, der sich zu einem öffentlichen Zweikampf mit ihm entschließen wollte, verbeugte er sich mit altfranzösischer Grazie, dankte für den Beifall, den man ihm gespendet, und nahm sich die Freiheit, einem hochzuverehrenden Publico das außerordentlichste Schauspiel anzukündigen, das jemals auf englischem Boden bewundert worden. ›Sehen Sie, diese Person‹, rief er, nachdem er schmutzige Glacéhandschuh' angezogen und das junge Mädchen, das zur Gesellschaft gehörte, mit ehrfurchtsvoller Galanterie bis in die Mitte des Kreises geführt, ›diese Person ist Mademoiselle Laurence, die einzige Tochter der ehrbaren und christlichen Dame, die Sie dort mit der großen Trommel sehen und die jetzt noch Trauer trägt wegen des Verlustes ihres innigstgeliebten Gatten, des größten Bauchredners Europas! Mademoiselle Laurence wird jetzt tanzen! Bewundern Sie jetzt den Tanz von Mademoiselle Laurence!‹ Nach diesen Worten krähte er wieder wie ein Hahn.

Das junge Mädchen schien weder auf diese Reden noch auf die Blicke der Zuschauer im Mindesten zu achten; verdrießlich in sich selbst versunken, harrte sie, bis der Zwerg einen großen Teppich zu ihren Füßen ausgebreitet und wieder, in Begleitung der großen Trommel, seinen Triangel zu spielen begann. Es war eine sonderbare Musik, eine Mischung von täppischer Brummigkeit und wollüstigem Gekitzel, und ich vernahm eine pathetisch närrische, wehmütig freche, bizarre Melodie, die dennoch von der sonderbarsten Einfachheit. Dieser Musik aber vergaß ich bald, als das junge Mädchen zu tanzen begann.

Tanz und Tänzerin nahmen fast gewaltsam meine ganze Aufmerksamkeit in Anspruch. Das war nicht das klassische Tanzen, das wir noch in unseren großen Balletten finden, wo, ebenso wie in der klassischen Tragödie, nur gespreizte Einheiten und Künstlichkeiten herrschen; das waren nicht jene getanzten Alexandriner, jene deklamatorischen Sprünge, jene antithetischen Entrechats, jene edle Leidenschaft, die so wirbelnd auf einem Fuße herumpirouettiert, dass man nichts sieht als Himmel und Trikot, nichts als Idealität und Lüge! Es ist mir wahrlich nichts so sehr zuwider wie das Ballett in der Großen Oper zu Paris, wo sich die Tradition jenes klassischen Tanzens am reinsten erhalten hat, während die Franzosen in den übrigen Künsten, in der Poesie, in der Musik und in der Malerei, das klassische System umgestürzt haben. Es wird ihnen aber schwer werden, eine ähnliche Revolution in der Tanzkunst zu vollbringen; es sei denn, dass sie hier wieder, wie in ihrer politischen Revolution, zum Terrorismus ihre Zuflucht nehmen und den verstockten Tänzern und Tänzerinnen des alten Regimes die Beine guillotinieren. Mademoiselle Laurence war keine große Tänzerin, ihre Fußspitzen waren nicht sehr biegsam, ihre Beine waren nicht geübt zu allen möglichen Verrenkungen, sie verstand nichts von der Tanzkunst, wie sie Vestris lehrt, aber sie tanzte, wie die Natur den Menschen zu tanzen gebietet: ihr ganzes Wesen war im Einklang mit ihren Pas, nicht bloß ihre Füße, sondern ihr ganzer Leib tanzte, ihr Gesicht tanzte ... sie wurde manchmal blass, fast totenblass, ihre Augen öffneten sich gespenstisch weit, um ihre Lippen zuckten Begier und Schmerz, und ihre schwarzen Haare, die in glatten Ovalen ihre Schläfen umschlossen, bewegten sich wie zwei flatternde Rabenflügel. Das war in der Tat kein klassischer Tanz, aber auch kein romantischer Tanz in dem Sinne, wie ein junger Franzose von der Eugène Renduelschen Schule sagen würde. Dieser Tanz hatte weder etwas Mittelalterliches noch etwas Venezianisches, noch etwas Bucklichtes, noch etwas Makabrisches, es war weder Mondschein darin noch Blutschande ... Es war ein Tanz, welcher nicht durch äußere Bewegungsformen zu amüsieren strebte, sondern die äußeren Bewegungsformen schienen Worte einer besonderen Sprache, die etwas Besonderes sagen wollte. Was aber sagte dieser Tanz? Ich konnte es nicht verstehen, so leidenschaftlich auch diese Sprache sich gebärdete. Ich ahnte nur manchmal, dass von etwas grauenhaft Schmerzlichem die Rede war. Ich, der sonst die Signatur aller Erscheinungen so leicht begreift, ich konnte dennoch dieses getanzte Rätsel nicht lösen, und dass ich immer vergeblich nach dem Sinn desselben tappte, daran war auch wohl die Musik schuld, die mich gewiss absichtlich auf falsche Fährten leitete, mich listig zu verwirren suchte und mich immer störte. Monsieur Türlütüs Triangel kicherte manchmal so hämisch! Madame Mutter aber schlug auf ihre große Trommel so zornig, dass ihr Gesicht, aus dem Gewölke der schwarzen Mütze, wie ein blutrotes Nordlicht hervorglühte.

Als die Truppe sich wieder entfernt hatte, blieb ich noch lange auf demselben Platz stehen und dachte drüber nach, was dieser Tanz bedeuten mochte. War es ein südfranzösischer oder spanischer Nationaltanz? An dergleichen mahnte wohl das Ungestüm, womit die Tänzerin ihr Leibchen hin und her schleuderte, und die Wildheit, womit sie manchmal ihr Haupt rückwärtswarf, in der frevelhaft kühnen Weise jener Bacchantinnen, die wir auf den Reliefs der antiken Vasen mit Erstaunen betrachten. Ihr Tanz hatte dann etwas trunken Willenloses, etwas finster Unabwendbares, etwas Fatalistisches, sie tanzte dann wie das Schicksal. Oder waren es Fragmente einer uralten, verschollenen Pantomime? Oder war es getanzte Privatgeschichte? Manchmal beugte sich das Mädchen zur Erde, wie mit lauerndem Ohr, als hörte sie eine Stimme, die zu ihr heraufspräche ... sie zitterte dann wie Espenlaub, bog rasch nach einer anderen Seite, entlud sich dort ihrer tollsten, ausgelassensten Sprünge, beugte dann wieder das Ohr zur Erde, horchte noch ängstlicher als zuvor, nickte mit dem Kopf, ward rot,

164

ward blass, schauderte, blieb eine Weile kerzengrade stehen, wie erstarrt, und machte endlich eine Bewegung wie jemand, der sich die Hände wäscht. War es Blut, was sie so sorgfältig lange, so grauenhaft sorgfältig von ihren Händen abwusch? Sie warf dabei seitwärts einen Blick, der so bittend, so flehend, so seelenschmelzend ... und dieser Blick fiel zufällig auf mich.

Die ganze folgende Nacht dachte ich an diesen Blick, an diesen Tanz, an das abenteuerliche Akkompagnement; und als ich des anderen Tages, wie gewöhnlich, durch die Straßen von London schlenderte, empfand ich den sehnlichsten Wunsch, der hübschen Tänzerin wieder zu begegnen, und ich spitzte immer die Ohren, ob ich nicht irgendeine Trommel- und Triangelmusik hörte. Ich hatte endlich in London etwas gefunden, wofür ich mich interessierte, und ich wanderte nicht mehr zwecklos einher in seinen gähnenden Straßen.

Ich kam eben aus dem Tower und hatte mir dort die Axt, womit Anna Boleyn geköpft worden, genau betrachtet sowie auch die Diamanten der englischen Krone und die Löwen, als ich auf dem Towerplatze, inmitten eines großen Menschenkreises, wieder Madame Mutter mit der großen Trommel erblickte und Monsieur Türlütü wie einen Hahn krähen hörte. Der gelehrte Hund scharrte wieder das Heldentum des Lord Wellington zusammen, der Zwerg zeigte wieder seine unparierbaren Terzen und Quarten, und Mademoiselle Laurence begann wieder ihren wunderbaren Tanz. Es waren wieder dieselben rätselhaften Bewegungen, dieselbe Sprache, die etwas sagte, was ich nicht verstand, dasselbe ungestüme Zurückwerfen des schönen Kopfes, dasselbe Lauschen nach der Erde, die Angst, die sich durch immer tollere Sprünge beschwichtigen will, und wieder das Horchen mit nach dem Boden geneigtem Ohr, das Zittern, das Erblassen, das Erstarren, dann auch das furchtbar geheimnisvolle Händewaschen und endlich der bittende, flehende Seitenblick, der diesmal noch länger auf mir verweilte.

Ja, die Weiber, die jungen Mädchen ebenso gut wie die Frauen, merken es gleich, sobald sie die Aufmerksamkeit eines Mannes erregen. Obgleich Mademoiselle Laurence, wenn sie nicht tanzte, immer regungslos verdrießlich vor sich hinsah und, während sie tanzte, manchmal nur einen einzigen Blick aufs Publikum warf: so war es von jetzt an doch nie mehr bloßer Zufall, dass dieser Blick immer auf mich fiel, und je öfter ich sie tanzen sah, desto bedeutungsvoller strahlte er, aber auch desto unbegreiflicher. Ich war wie verzaubert von diesem Blick, und drei Wochen lang, von Morgen bis Abend, trieb ich mich umher in den Straßen von London, überall verweilend, wo Mademoiselle Laurence tanzte. Trotz des größten Volksgeräusches konnte ich schon in der weitesten Entfernung die Töne der Trommel und des Triangels vernehmen, und Monsieur Türlütü, sobald er mich heraneilen sah, erhob sein freundlichstes Krähen. Ohne dass ich mit ihm noch mit Mademoiselle Laurence, noch mit Madame Mutter, noch mit dem gelehrten Hund jemals ein Wort sprach, so schien ich doch am Ende ganz zu ihrer Gesellschaft zu gehören. Wenn Monsieur Türlütü Geld einsammelte, betrug er sich immer mit dem feinsten Takt, sobald er mir nahte, und er schaute immer nach einer entgegengesetzten Seite, wenn ich in sein dreieckiges Hütchen ein kleines Geldstück warf. Er besaß wirklich einen vornehmen Anstand, er erinnerte an die guten Manieren der Vergangenheit, man konnte es dem kleinen Mann anmerken, dass er mit Monarchen aufgewachsen, und um so befremdlicher war es, wenn er zuweilen, ganz und gar seiner Würde vergessend, wie ein Hahn krähte.

Ich kann Ihnen nicht beschreiben, wie sehr ich verdrießlich wurde, als ich einst drei Tage lang vergebens die kleine Gesellschaft in allen Straßen Londons gesucht und endlich wohl merkte, dass sie die Stadt verlassen habe. Die Langeweile nahm mich wieder in ihre bleiernen Arme und presste mir wieder das Herz zusammen. Ich konnte es endlich nicht länger aushalten, sagte ein Lebewohl dem Mob, den Blackguards, den Gentlemen und den Fashionables von England, den vier Ständen des Reichs, und reiste zurück nach dem zivilisierten festen Lande, wo ich vor der weißen Schürze des ersten Kochs, dem ich dort begegnete, anbetend niederkniete. Hier konnte ich wieder einmal wie ein vernünftiger Mensch zu Mittag essen und an der Gemütlichkeit uneigennütziger Gesichter meine Seele erquicken. Aber Mademoiselle Laurence konnte ich nimmermehr vergessen, sie tanzte lange Zeit in meinem Gedächtnis, in einsamen Stunden musste ich noch oft nachdenken über die rätselhaften Pantomimen des schönen Kindes, besonders über das Lauschen mit nach der Erde gebeugtem Ohre. Es dauerte auch eine gute Weile, ehe die abenteuerlichen Triangel- und Trommelmelodien in meiner Erinnerung verhallten.«

»Und das ist die ganze Geschichte?« schrie auf einmal Maria, indem sie sich leidenschaftlich emporrichtete.

Maximilian aber drückte sie wieder sanft nieder, legte bedeutungsvoll den Zeigefinger auf seinen Mund und flüsterte: »Still! still! nur kein Wort gesprochen, liegen Sie wieder hübsch ruhig, und ich werde Ihnen den Schwanz der Geschichte erzählen. Nur beileibe unterbrechen Sie mich nicht.«

Indem er sich noch etwas gemächlicher in seinem Sessel zurücklehnte, fuhr Maximilian folgendermaßen fort in seiner Erzählung:

»Fünf Jahre nach diesem Begebnis kam ich zum ersten Male nach Paris, und zwar in einer sehr merkwürdigen Periode. Die Franzosen hatten soeben ihre Juliusrevolution aufgeführt, und die ganze Welt applaudierte. Dieses Stück war nicht so grässlich wie die früheren Tragödien der Republik und des Kaiserreichs. Nur einige tausend Leichen blieben auf dem Schauplatz. Auch waren die politischen Romantiker nicht sehr zufrieden und kündigten ein neues Stück an, worin mehr Blut fließen würde und wo der Henker mehr zu tun bekäme.

Paris ergötzte mich sehr, durch die Heiterkeit, die sich in allen Erscheinungen dort kundgibt und auch auf ganz verdüsterte Gemüter ihren Einfluss ausübt. Sonderbar! Paris ist der Schauplatz, wo die größten Tragödien der Weltgeschichte aufgeführt werden, Tragödien, bei deren Erinnerung sogar in den entferntesten Ländern die Herzen zittern und die Augen nass werden; aber dem Zuschauer dieser großen Tragödien ergeht es hier in Paris, wie es mir einst an der Porte Saint-Martin erging, als ich die ›Tour de Nesle‹ aufführen sah. Ich kam nämlich hinter eine Dame zu sitzen, die einen Hut von rosaroter Gaze trug, und dieser Hut war so breit, dass er mir die ganze Aussicht auf die Bühne versperrte, dass ich alles, was dort tragiert wurde, nur durch die rote Gaze dieses Hutes sah und dass mir also alle Gräuel der ›Tour de Nesle‹ im heitersten Rosenlicht erschienen. Ja, es gibt in Paris ein solches Rosenlicht, welches alle Tragödien für den nahen Zuschauer erheitert, damit ihm dort der Lebensgenuss nicht verleidet wird. Sogar die Schrecknisse, die man im eignen Herzen mitgebracht hat nach Paris, verlieren dort ihre beängstigenden Schauer. Die Schmerzen werden sonderbar gesänftigt. In dieser Luft von Paris heilen alle Wunden viel schneller als irgendanderswo; es ist in dieser Luft etwas so Großmütiges, so Mildreiches, so Liebenswürdiges wie im Volke selbst.

Was mir am besten an diesem Pariser Volke gefiel, das war sein höfliches Wesen und sein vornehmes Ansehen. Süßer Ananasduft der Höflichkeit! Wie wohltätig erquicktest du meine kranke Seele, die in Deutschland soviel Tabaksqualm, Sauerkrautsgeruch und Grobheit eingeschluckt! Wie Rossinische Melodien erklangen in meinem Ohr die artigen Entschuldigungsreden eines Franzosen, der am Tage meiner Ankunft mich auf der Straße nur leise gestoßen hatte. Ich erschrak fast vor solcher süßen Höflichkeit, ich, der ich an deutsch-flegelhaften Rippenstößen ohne Entschuldigung gewöhnt war. Während der ersten Woche meines Aufenthalts in Paris suchte ich vorsätzlich einige Mal gestoßen zu werden, bloß um mich an dieser Musik der Entschuldigungsreden zu erfreuen. Aber nicht bloß wegen dieser Höflichkeit, sondern auch schon seiner Sprache wegen hatte für mich das französische Volk einen gewissen Anstrich von Vornehmheit. Denn wie Sie wissen, bei uns im Norden gehört die französische Sprache zu den Attributen des hohen Adels, mit Französischsprechen hatte ich von Kindheit an die Idee der Vornehmheit verbunden. Und so eine Pariser Dame de la halle sprach besser französisch als eine deutsche Stiftsdame von vierundsechzig Ahnen.

Wegen dieser Sprache, die ihm ein vornehmes Ansehen verleiht, hatte das französische Volk in meinen Augen etwas allerliebst Fabelhaftes. Dieses entsprang aus einer anderen Reminiszenz meiner Kindheit. Das erste Buch nämlich, worin ich französisch lesen lernte, waren die Fabeln von Lafontaine; die naiv vernünftigen Redensarten derselben hatten sich meinem Gedächtnis am unauslöschlichsten eingeprägt, und als ich nun nach Paris kam und überall Französisch sprechen hörte, erinnerte ich mich beständig der Lafontaineschen Fabeln, ich glaubte immer die wohlbekannten Tierstimmen zu hören: jetzt sprach der Löwe, dann wieder sprach der Wolf, dann das Lamm oder der Storch oder die Taube, nicht selten vermeinte ich auch den Fuchs zu vernehmen, und in meiner Erinnerung erwachten manchmal die Worte:

>He! bonjour, monsieur le Corbeau!
Que vous êtes joli, que vous me semblez beau!<

Solch' fabelhafte Reminiszenzen erwachten aber in meiner Seele noch viel öfter, wenn ich zu Paris in jene höhere Region geriet, welche man die Welt nennt. Dieses war ja eben jene Welt, die dem seligen Lafontaine die Typen seiner Tiercharaktere geliefert hatte. Die Wintersaison begann bald nach meiner Ankunft in Paris, und ich nahm teil an dem Salonleben, worin sich jene Welt mehr oder minder lustig herumtreibt. Als das Interessanteste dieser Welt frappierte mich nicht sowohl die Gleichheit der feinen Sitten, die dort herrscht, sondern vielmehr die Verschiedenheit ihrer Bestandteile. Manchmal, wenn ich mir in einem großen Salon die Menschen betrachtete, die sich dort friedlich versammelt, glaubte ich mich in jenen Raritätenbutiken zu befinden, wo die Reliquien aller Zeiten kunterbunt nebeneinander ruhen: ein griechischer Apollo neben einer chinesischen Pagode, ein mexikanischer Vitzliputzli neben einem gotischen Ecce-homo, ägyptische Götzen mit Hundsköpfchen, heilige Fratzen von Holz, von Elfenbein, von Metall usw. Da sah ich alte Mousquetaires, die einst mit Maria Antoinette getanzt, Republikaner von der gelinden Observanz, die in der Assemblée nationale vergöttert wurden, Montagnards ohne Barmherzigkeit und ohne Flecken, ehemalige Direktorialmänner, die im Luxemburg gethront, Großwürdenträger des Empires, vor denen ganz Europa gezittert, herrschende Jesuiten der Restauration, kurz, lauter abgefärbte, verstümmelte Gottheiten aus allen Zeitaltern, und woran niemand mehr glaubt. Die Namen heulen, wenn sie sich berühren, aber die Menschen sieht man friedsam und freundlich nebeneinander stehen, wie die Antiquitäten in den erwähnten Butiken des Quai Voltaire. In germanischen Landen, wo die Leidenschaften weniger disziplinierbar sind, wäre ein gesellschaftliches Zusammenleben so heterogener Personen etwas ganz Unmögliches. Auch ist bei uns, im kalten Norden, das Bedürfnis des Sprechens nicht so stark wie im wärmeren Frankreich, wo die größten Feinde, wenn sie sich in einem Salon begegnen, nicht lange ein finsteres Stillschweigen beobachten können. Auch ist in Frankreich die Gefallsucht so groß, dass man eifrig dahin strebt, nicht bloß den Freunden, sondern auch den Feinden zu gefallen. Da ist ein beständiges Drapieren und Minaudieren, und die Weiber haben hier ihre liebe Mühe, die Männer in der Koketterie zu übertreffen; aber es gelingt ihnen dennoch.

Ich will mit dieser Bemerkung nichts Böses gemeint haben, beileibe nichts Böses in Betreff der französischen Frauen und am allerwenigsten in Betreff der Pariserinnen. Bin ich doch der größte Verehrer derselben, und ich verehre sie ihrer Fehler wegen noch weit mehr als wegen ihrer Tugenden. Ich kenne nichts Treffenderes als die Legende, dass die Pariserinnen mit allen möglichen Fehlern zur Welt kommen, dass aber eine holde Fee sich ihrer erbarmt und jedem ihrer Fehler einen Zauber verleiht, wodurch er sogar als ein neuer Liebreiz wirkt. Diese holde Fee ist die Grazie. Sind die Pariserinnen schön? Wer kann das wissen! Wer kann alle Intrigen der Toilette durchschauen, wer kann entziffern, ob das echt ist, was der Tüll verrät, oder ob das falsch ist, was das bauschige Seidenzeug vorprahlt! Und ist es dem Auge gelungen, durch die Schale zu dringen, und sind wir eben im Begriff, den Kern zu erforschen, dann hüllt er sich gleich in eine neue Schale und nachher wieder in eine neue, und durch diesen unaufhörlichen Modewechsel spotten sie des männlichen Scharfblicks. Sind ihre Gesichter schön? Auch dieses wäre schwierig zu ermitteln. Denn alle ihre Gesichtszüge sind in beständiger Bewegung, jede Pariserin hat tausend Gesichter, eins lachender, geistreicher, holdseliger als das andere, und setzt denjenigen in Verlegenheit, der darunter das schönste Gesicht auswählen oder gar das wahre Gesicht erraten will. Sind ihre Augen groß? Was weiß ich! Wir untersuchen nicht lange das Kaliber der Kanone, wenn ihre Kugel uns den Kopf entführt. Und wen sie nicht treffen, diese Augen, den blenden sie wenigstens durch ihr Feuer, und er ist froh genug, sich in sicherer Schussweite zu halten. Ist der Raum zwischen Nase und Mund bei ihnen breit oder schmal? Manchmal ist er breit, wenn sie die Nase rümpfen; manchmal ist er schmal, wenn ihre Oberlippe sich übermütig bäumt. Ist ihr Mund groß oder klein? Wer kann wissen, wo der Mund aufhört und das Lächeln beginnt? Damit ein richtiges Urteil gefällt werde, muss der Beurteilende und der Gegenstand der Beurteilung sich im Zustande der Ruhe befinden. Aber wer kann ruhig bei einer Pariserin sein, und welche Pariserin ist jemals ruhig? Es gibt Leute, welche glauben, sie könnten den Schmetterling ganz genau betrachten, wenn sie ihn mit einer Nadel aufs Papier festgestochen haben. Das ist ebenso töricht wie grausam. Der angeheftete, ruhige Schmetterling ist kein Schmetterling mehr. Den Schmetterling muss man betrachten, wenn er um die Blumen gaukelt ... und die Pariserin muss man betrachten nicht in ihrer Häuslichkeit, wo sie mit der Nadel in der Brust befestigt ist, sondern im Salon, bei Soireen und Bällen, wenn sie mit den gestickten Gaze- und Seidenflügeln dahinflattert, unter den blitzenden Kristallkronen der Freude! Dann offenbart sich bei ihnen eine hastige Lebenssucht, eine Begier nach süßer Betäubung, ein Lechzen nach Trunkenheit, wodurch sie fast grauenhaft verschönert werden und einen Reiz gewinnen, der unsere Seele zugleich entzückt und erschüttert. Dieser Durst, das Leben zu genießen, als wenn in der nächsten Stunde der Tod sie schon abriefe von der sprudelnden Quelle des Genusses oder als wenn diese Quelle in der nächsten Stunde schon versiegt sein würde, diese Hast, diese Wut, dieser Wahnsinn der Pariserinnen, wie er sich besonders auf Bällen zeigt, mahnt mich immer an die Sage von den toten Tänzerinnen, die man bei uns die Willis nennt. Diese sind nämlich junge Bräute, die vor dem Hochzeittage gestorben sind, aber die unbefriedigte Tanzlust so gewaltig im Herzen bewahrt haben, dass sie nächtlich aus ihren Gräbern hervorsteigen, sich scharenweis an den Landstraßen versammeln und sich dort, während der Mitternachtsstunde, den wildesten Tänzen überlassen. Geschmückt mit ihren Hochzeitkleidern, Blumenkränze auf den Häuptern, funkelnde Ringe an den bleichen Händen, schauerlich lachend, unwiderstehlich schön, tanzen die Willis im Mondschein, und sie tanzen immer um so tobsüchtiger und ungestümer, je mehr sie fühlen, dass die vergönnte Tanzstunde zu Ende rinnt und sie wieder hinabsteigen müssen in die Eiskälte des Grabes.

Es war auf einer Soiree in der Chaussee d'Antin, wo mir diese Betrachtung recht tief die Seele bewegte. Es war eine glänzende Soiree, und nichts fehlte an den herkömmlichen Ingredienzien des gesellschaftlichen Vergnügens: genug Licht, um beleuchtet zu werden, genug Spiegel, um sich betrachten zu können, genug Menschen, um sich heiß zu drängen, genug Zuckerwasser und Eis, um sich abzukühlen. Man begann mit Musik. Franz Liszt hatte sich ans Fortepiano drängen lassen, strich seine Haare aufwärts über die geniale Stirn und lieferte eine seiner brillantesten Schlachten. Die Tasten schienen zu bluten. Wenn ich nicht irre, spielte er eine Passage aus den ›Palingenesien‹ von Ballanche, dessen Ideen er in Musik übersetzte, was sehr nützlich für diejenigen, welche die Werke dieses berühmten Schriftstellers nicht im Original lesen können. Nachher spielte er den ›Gang nach der Hinrichtung‹, ›La marche au supplice‹, von Berlioz, das treffliche Stück, welches dieser junge Musiker, wenn ich nicht irre, am Morgen seines Hochzeitstages komponiert hat. Im ganzen Saal erblassende Gesichter, wogende Busen, leises Atmen während den Pausen, endlich tobender Beifall. Die Weiber sind immer wie berauscht, wenn Liszt ihnen etwas vorgespielt hat. Mit tollerer Freude überließen sie sich jetzt dem Tanz, die Willis des Salon, und ich hatte Mühe, mich aus dem Getümmel in ein Nebenzimmer zu retten. Hier wurde gespielt, und auf großen Sesseln ruhten einige Damen, die den Spielenden zuschauten oder sich wenigstens das Ansehen gaben, als interessierten sie sich für das Spiel. Als ich an einer dieser Damen vorbeistreifte und ihre Robe meinen Arm berührte, fühlte ich von der Hand bis hinauf zur Schulter ein leises Zucken, wie von einem sehr schwachen elektrischen Schlag. Ein solcher Schlag durchfuhr aber mit der größten Stärke mein ganzes Herz, als ich das Antlitz der Dame betrachtete. Ist sie es, oder ist sie es nicht? Es war dasselbe Gesicht, das an Form und sonniger Färbung einer Antike gleich; nur war es nicht mehr so marmorrein und marmorglatt wie ehemals. Dem geschärften Blicke waren auf Stirn und Wange einige kleine Brüche, vielleicht Pockennarben, bemerkbar, die hier ganz an jene feinen Witterungsflecken mahnten, wie man sie auf dem Gesicht von Statuen, die einige Zeit dem Regen ausgesetzt standen, zu finden pflegt. Es waren auch dieselben schwarzen Haare, die in glatten Ovalen, wie Rabenflügel, die Schläfen bedeckten. Als aber ihr Auge dem meinigen begegnete, und zwar mit jenem wohlbekannten Seitenblick, dessen rascher Blitz mir immer so rätselhaft durch die Seele schoss, da zweifelte ich nicht länger: es war Mademoiselle Laurence.

Vornehm hingestreckt in ihrem Sessel, in der einen Hand einen Blumenstrauß, mit der anderen gestützt auf die Armlehne, saß Mademoiselle Laurence unfern eines Spieltisches und schien dort dem Wurf der Karten ihre ganze Aufmerksamkeit zu widmen. Vornehm und zierlich war ihr Anzug, aber dennoch ganz einfach, von weißem Atlas. Außer Armbändern und Brustnadeln von Perlen trug sie keinen Schmuck. Eine Fülle von Spitzen bedeckte den jugendlichen Busen, bedeckte ihn fast puritanisch bis am Halse, und in dieser Einfachheit und Zucht der Bekleidung bildete sie einen rührend lieblichen Kontrast zu einigen älteren Damen, die buntgeputzt und diamantenblitzend neben ihr saßen und die Ruinen ihrer ehemaligen Herrlichkeit, die Stelle, wo einst Troja stand, melancholisch nackt zur Schau trugen. Sie sah noch immer wunderschön und entzückend verdrießlich aus, und es zog mich unwiderstehlich zu ihr hin, und endlich stand ich hinter ihrem Sessel, brennend vor Begier, mit ihr zu sprechen, jedoch zurückgehalten von zagender Delikatesse.

Ich mochte wohl schon einige Zeit schweigend hinter ihr gestanden haben, als sie plötzlich aus ihrem Bukett eine Blume zog und, ohne sich nach mir umzusehen, über ihre Schulter hinweg, mir diese Blume hinreichte. Sonderbar war der Duft dieser Blume, und er übte auf mich eine eigentümliche Verzauberung. Ich fühlte mich entrückt aller gesellschaftlichen Förmlichkeit, und mir war wie in einem Traum, wo man allerlei tut und spricht, worüber man sich selber wundert, und wo unsere Worte einen gar kindisch traulichen und einfachen Charakter tragen. Ruhig, gleichgültig, nachlässig, wie man es bei alten Freunden zu tun pflegt, beugte ich mich über die Lehne des Sessels und flüsterte der jungen Dame ins Ohr: ›Mademoiselle Laurence, wo ist denn die Mutter mit der Trommel?‹ – ›Sie ist tot‹, antwortete sie in demselben Ton, ebenso ruhig, gleichgültig, nachlässig. – Nach einer kurzen Pause beugte ich mich wieder über die Lehne des Sessels und flüsterte der jungen Dame ins Ohr: ›Mademoiselle Laurence, wo ist denn der gelehrte Hund?‹ – ›Er ist fortgelaufen in die weite Welt!‹ antwortete sie wieder in demselben ruhigen, gleichgültigen, nachlässigen Tone.

Und wieder nach einer kurzen Pause beugte ich mich über die Lehne des Sessels und flüsterte der jungen Dame ins Ohr: ›Mademoiselle Laurence, wo ist denn Monsieur Türlütü, der Zwerg?‹ – ›Er ist bei den Riesen auf dem Boulevard du Temple‹, antwortete sie. Sie hatte aber kaum diese Worte gesprochen, und zwar wieder in demselben ruhigen, gleichgültigen, nachlässigen Ton, als ein ernster alter Mann, von hoher militärischer Gestalt, zu ihr hintrat und ihr meldete, dass ihr Wagen vorgefahren sei. Langsam von ihrem Sitze sich erhebend, hing sie sich jenem an den Arm, und ohne auch nur einen Blick auf mich zurückzuwerfen, verließ sie mit ihm die Gesellschaft.

Als ich die Dame des Hauses, die den ganzen Abend am Eingang des Hauptsaales stand und den Ankommenden und Fortgehenden ihr Lächeln präsentierte, um den Namen der jungen Person befragte, die soeben mit dem alten Mann fortgegangen, lachte sie mir heiter ins Gesicht und rief: ›Mein Gott! wer kann alle Menschen kennen! Ich kenne ihn ebenso wenig ...‹ Sie stockte, denn sie wollte gewiss sagen, ebenso wenig wie mich selber, den sie ebenfalls an jenem Abend zum ersten Male gesehen. ›Vielleicht‹, bemerkte ich ihr, ›kann mir Ihr Herr Gemahl einige Auskunft geben; wo finde ich ihn?‹

›Auf der Jagd bei Saint-Germain‹, antwortete die Dame mit noch stärkerem Lachen, ›er ist heute in der Früh abgereist und kehrt erst morgen Abend zurück ... Aber warten Sie, ich kenne jemanden, der mit der Dame, wonach Sie sich erkundigen, viel gesprochen hat; ich weiß nicht seinen Namen, aber Sie können ihn leicht erfragen, wenn Sie sich nach dem jungen Menschen erkundigen, dem Herr Casimir Périer einen Fußtritt gegeben hat, ich weiß nicht wo.‹

So schwer es auch ist, einen Menschen daran zu erkennen, dass er vom Minister einen Fußtritt erhalten, so hatte ich doch meinen Mann bald ausfindig gemacht, und ich verlangte von ihm nähere Aufklärung über das sonderbare Geschöpf, das mich so sehr interessierte und das ich ihm deutlich genug zu bezeichnen wusste. ›Ja‹, sagte der junge Mensch, ›ich kenne sie ganz genau, ich habe auf mehreren Soireen mit ihr gesprochen‹ – und er wiederholte mir eine Menge nichtssagender Dinge, womit er sie unterhalten. Was ihm besonders aufgefallen, war ihr ernsthafter Blick, jedes Mal, wenn er ihr eine Artigkeit sagte. Auch wunderte er sich nicht wenig, dass sie seine Einladung zu einer Contredanse immer abgelehnt, und zwar mit der Versicherung, sie verstünde nicht zu tanzen. Namen und Verhältnisse kannte er nicht. Und niemand, soviel ich mich auch erkundigte, wusste mir hierüber etwas Näheres mitzuteilen. Vergebens rann ich durch alle möglichen Soireen, nirgends konnte ich Mademoiselle Laurence wiederfinden.«

»Und das ist die ganze Geschichte?« rief Maria, indem sie sich langsam umdrehte und schläfrig gähnte, »das ist die ganze merkwürdige Geschichte? Und Sie haben weder Mademoiselle Laurence noch die Mutter mit der Trommel noch den Zwerg Türlütü und auch nicht den gelehrten Hund jemals wiedergesehn?«

»Bleiben Sie ruhig liegen«, versetzte Maximilian. »Ich habe sie alle wiedergesehen, sogar den gelehrten Hund. Er befand sich freilich in einer sehr schlimmen Not, der arme Schelm, als ich ihm zu Paris begegnete. Es war im Quartier latin. Ich kam eben an der Sorbonne vorbei, und aus den Pforten derselben stürzte ein Hund und hinter ihm drein, mit Stöcken, ein Dutzend Studenten, zu denen sich bald zwei Dutzend alte Weiber gesellten, die alle im Chorus schreien: ›Der Hund ist toll!‹ Fast menschlich sah das unglückliche Tier aus in seiner Todesangst, wie Tränen floss das Wasser aus seinen Augen, und als er keuchend an mir vorbei rannte und sein feuchter Blick an mich hinstreifte, erkannte ich meinen alten Freund, den gelehrten Hund, den Lobredner von Lord Wellington, der einst das Volk von England mit Bewunderung erfüllt. War er vielleicht wirklich toll? War er vielleicht vor lauter Gelehrsamkeit übergeschnappt, als er im Quartier latin seine Studien fortsetzte? Oder hatte er vielleicht in

170

der Sorbonne, durch leises Scharren oder Knurren, seine Missbilligung zu erkennen gegeben über die pausbäckigen Scharlatanerien irgendeines Professors, der sich seines ungünstigen Zuhörers dadurch zu entledigen suchte, dass er ihn für toll erklärte? Und ach! die Jugend untersucht nicht lange, ob es verletzter Gelehrtendünkel oder gar Brotneid war, welcher zuerst ausrief: ›Der Hund ist toll!‹, und sie schlägt zu mit ihren gedankenlosen Stöcken, und auch die alten Weiber sind dann bereit mit ihrem Geheule, und sie überschreien die Stimme der Unschuld und der Vernunft. Mein armer Freund musste unterliegen, vor meinen Augen wurde er erbärmlich totgeschlagen, verhöhnt und endlich auf einen Misthaufen geworfen! Armer Märtyrer der Gelehrsamkeit!

Nicht viel heiterer war der Zustand des Zwergs, Monsieur Türlütü, als ich ihn auf dem Boulevard du Temple wiederfand. Mademoiselle Laurence hatte mir zwar gesagt, er habe sich dorthin begeben, aber sei es, dass ich nicht daran dachte, ihn im Ernste dort zu suchen, oder dass das Menschengewühl mich dort daran verhinderte, genug, erst spät bemerkte ich die Butike, wo die Riesen zu sehen sind. Als ich hineintrat, fand ich zwei lange Schlingel, die müßig auf der Pritsche lagen und rasch aufsprangen und sich in Riesenpositur vor mich hinstellten. Sie waren wahrhaftig nicht so groß, wie sie auf ihrem Aushängezettel prahlten. Es waren zwei lange Schlingel, welche in Rosatrikot gekleidet gingen, sehr schwarze, vielleicht falsche Backenbärte trugen und ausgehöhlte Holzkeulen über ihre Köpfe schwangen. Als ich sie nach dem Zwerg befragte, wovon ihr Aushängezettel ebenfalls Meldung tue, erwiderten sie, dass er seit vier Wochen, wegen seiner zunehmenden Unpässlichkeit, nicht mehr gezeigt werde, dass ich ihn aber dennoch sehen könne, wenn ich das doppelte Entreegeld bezahlen wolle. Wie gern bezahlt man, um einen Freund wiederzusehen, das doppelte Entreegeld! Und ach! es war ein Freund, den ich auf dem Sterbebette fand. Dieses Sterbebett war eigentlich eine Kinderwiege, und darin lag der arme Zwerg mit seinem gelb verschrumpften Greisengesicht. Ein etwa vierjähriges kleines Mädchen saß neben ihm und bewegte mit dem Fuße die Wiege und sang in lachend schäkerndem Tone:

›Schlaf, Türlütüchen, schlafe!‹

Als der Kleine mich erblickte, öffnete er so weit als möglich seine gläsern blassen Augen, und ein wehmütiges Lächeln zuckte um seine weißen Lippen; er schien mich gleich wiederzuerkennen, reichte mir sein vertrocknetes Händchen und röchelte leise: ›Alter Freund!‹

Es war in der Tat ein betrüblicher Zustand, worin ich den Mann fand, der schon im achten Jahre mit Ludwig XVI. eine lange Unterredung gehalten, den der Zar Alexander mit Bonbons gefüttert, den die Prinzessin von Kyritz auf dem Schoße getragen, den der Papst vergöttert und den Napoleon nie geliebt hatte! Dieser letztere Umstand bekümmerte den Unglücklichen noch auf seinem Totenbett oder, wie gesagt, in seiner Todeswiege, und er weinte über das tragische Schicksal des großen Kaisers, der ihn nie geliebt, der aber in einem so kläglichen Zustand auf Sankt Helena geendet – ›ganz wie ich jetzt endige‹, setzte er hinzu, ›einsam, verkannt, verlassen von allen Königen und Fürsten, ein Hohnbild ehemaliger Herrlichkeit!‹

Obgleich ich nicht recht begriff, wie ein Zwerg, der unter Riesen stirbt, sich mit dem Riesen, der unter Zwergen gestorben, vergleichen konnte, so rührten mich doch die Worte des armen Türlütü und gar sein verlassener Zustand in der Sterbestunde. Ich konnte nicht umhin, meine Verwunderung zu bezeugen, dass Mademoiselle Laurence, die jetzt so vornehm geworden, sich nicht um ihn bekümmere. Kaum hatte ich aber diesen Namen genannt, so bekam der Zwerg in der Wiege die furchtbarsten Krämpfe, und mit seinen weißen Lippen wimmerte er: ›Undankbares Kind! das ich auferzogen, das ich zu meiner Gattin erheben wollte, dem ich gelehrt, wie man sich unter den Großen dieser Welt bewegen und gebärden muss, wie man lächelt, wie man sich bei Hof verbeugt, wie man repräsentiert ... du hast meinen Unterricht gut benutzt und bist jetzt eine große Dame und hast jetzt eine Kutsche und Lakaien und viel Geld und viel Stolz und kein Herz. Du lässt mich hier sterben, einsam und elend sterben, wie Napoleon auf Sankt Helena! O Napoleon, du hast mich nie geliebt ...‹ Was er hinzusetzte, konnte ich nicht verstehen. Er hob sein Haupt, machte einige Bewegungen mit der Hand, als ob er gegen jemanden fechte, vielleicht gegen den Tod. Aber der Sense dieses Gegners widersteht kein Mensch, weder ein Napoleon noch ein Türlütü. Hier hilft keine Parade. Matt, wie überwunden, ließ der Zwerg sein Haupt wieder sinken, sah mich lange an mit einem unbeschreibbar geisterhaften Blick, krähte plötzlich wie ein Halm und verschied.

Dieser Todesfall betrübte mich um so mehr, da mir der Verstorbene keine nähere Auskunft über Mademoiselle Laurence gegeben hatte. Wo sollte ich sie jetzt wiederfinden? Ich war weder verliebt in sie, noch fühlte ich sonstig große Zuneigung zu ihr, und doch stachelte mich eine geheimnisvolle Begier, sie überall zu suchen; wenn ich in irgendeinen Salon getreten und die Gesellschaft gemustert und das wohlbekannte Gesicht nicht fand, dann verlor ich bald alle Ruhe, und es trieb mich wieder von hinnen. Über dieses Gefühl nachdenkend, stand ich einst, um Mitternacht, an einem entlegenen Eingang der Großen Oper, auf einen Wagen wartend, und sehr verdrießlich wartend, da es eben stark regnete. Aber es kam kein Wagen, oder, vielleicht, es kamen nur Wagen, welche anderen Leuten gehörten, die sich vergnügt hineinsetzten, und es wurde allmählich sehr einsam um mich her. ›So müssen Sie denn mit mir fahren‹, sprach endlich eine Dame, die, tief verhüllt in ihrer schwarzen Mantille, ebenfalls harrend einige Zeit neben mir gestanden und jetzt im Begriffe war, in einen Wagen zu steigen. Die Stimme zuckte mir durchs Herz, der wohlbekannte Seitenblick übte wieder seinen Zauber, und ich war wieder wie im Traum, als ich mich neben Mademoiselle Laurence in einem weichen, warmen Wagen befand. Wir sprachen kein Wort, hätten auch einander nicht verstehen können, da der Wagen mit dröhnendem Geräusch durch die Straßen von Paris dahinrasselte, sehr lange, bis er endlich vor einem großen Torweg stillhielt.

Bediente in brillanter Livree leuchteten uns die Treppe hinauf und durch eine Reihe Gemächer. Eine Kammerfrau, die mit schläfrigem Gesicht uns entgegenkam, stotterte unter vielen Entschuldigungen, dass nur im roten Zimmer eingeheizt sei. Indem sie der Frau einen Wink gab, sich zu entfernen, sprach Laurence mit Lachen: ›Der Zufall führt Sie heute weit, nur in meinem Schlafzimmer ist eingeheizt ...‹

In diesem Schlafzimmer, worin wir uns bald allein befanden, loderte ein sehr gutes Kaminfeuer, welches um so ersprießlicher, da das Zimmer ungeheu'r groß und hoch war. Dieses große Schlafzimmer, dem vielmehr der Name Schlafsaal gebührte, hatte auch etwas sonderbar Ödes. Möbel und Dekoration, alles trug dort das Gepräge einer Zeit, deren Glanz uns jetzt so bestäubt und deren Erhabenheit uns jetzt so nüchtern erscheint, dass ihre Reliquien bei uns ein gewisses Unbehagen, wonicht gar ein geheimes Lächeln erregen. Ich spreche nämlich von der Zeit des Empires, von der Zeit der goldnen Adler, der hochfliegenden Federbüsche, der griechischen Coiffuren, der Gloire, der militärischen Messen, der offiziellen Unsterblichkeit, die der ›Moniteur‹ dekretierte, des Kontinentalkaffees, welchen man aus Zichorien verfertigte und des schlechten Zuckers, den man aus Runkelrüben fabrizierte, und der Prinzen und Herzöge, die man aus gar nichts machte. Sie hatte aber immer ihren Reiz, diese Zeit des pathetischen Materialismus ... Talma deklamierte, Gros malte, die Bigottini tanzte, Maury predigte, Rovigo hatte die Polizei, der Kaiser las den Ossian, Pauline Borghese ließ sich moulieren als Venus, und zwar ganz nackt, denn das Zimmer war gut geheizt, wie das Schlafzimmer, worin ich mich mit Mademoiselle Laurence befand.

Wir saßen am Kamin, vertraulich schwatzend, und seufzend erzählte sie mir, dass sie verheiratet sei, an einen bonapartischen Helden, der sie alle Abende, vor dem Zubettegehn, mit der Schilderung einer seiner Schlachten erquicke; er habe ihr vor einigen Tagen, ehe er abgereist, die Schlacht bei Jena geliefert; er sei sehr kränklich und werde schwerlich den russischen Feldzug überleben. Als ich sie frug, wie lange ihr Vater tot sei, lachte sie und gestand, dass sie nie einen Vater gekannt habe und dass ihre sogenannte Mutter niemals verheiratet gewesen sei.

›Nicht verheiratet‹, rief ich, ›ich habe sie ja selber zu London, wegen den Tod ihres Mannes, in tiefster Trauer gesehen?‹

›Oh‹, erwiderte Laurence, ›sie hat während zwölf Jahren sich immer schwarz gekleidet, um bei den Leuten Mitleid zu erregen, als unglückliche Witwe, nebenbei auch, um irgendeinen heiratslustigen Gimpel anzulocken, und sie hoffte, unter schwarzer Flagge desto schneller in den Hafen der Ehe zu gelangen. Aber nur der Tod erbarmte sich ihrer, und sie starb an einem Blutsturz. Ich habe sie nie geliebt, denn sie hat mir immer viel Schläge und wenig zu essen gegeben. Ich wäre verhungert, wenn mir nicht manchmal Monsieur Türlütü ein Stückchen Brot insgeheim zusteckte; aber der Zwerg verlangte dafür, dass ich ihn heirate, und als seine Hoffnungen scheiterten, verband er sich mit meiner Mutter, ich sage Mutter aus Gewohnheit, und beide quälten mich gemeinschaftlich. Da sagten sie immer, ich sei ein überflüssiges Geschöpf, der gelehrte Hund sei tausendmal mehr wert als ich mit meinem schlechten Tanzen. Und sie lobten dann den Hund auf meine Kosten, rühmten ihn bis in den Himmel, streichelten ihn, fütterten ihn mit Kuchen und warfen mir die Krumen zu. Der Hund, sagten sie, sei ihre beste Stütze, er entzücke das Publikum, das sich für mich nicht im Mindesten interessiere, der Hund müsse mich ernähren mit seiner Arbeit, ich fräße das Gnadenbrot des Hundes. Der verdammte Hund!‹

›Oh, verwünschen Sie ihn nicht mehr‹, unterbrach ich die Zürnende, ›er ist jetzt tot, ich habe ihn sterben sehen ...‹

›Ist die Bestie verreckt?‹ rief Laurence, indem sie aufsprang, errötende Freude im ganzen Gesicht.

›Und auch der Zwerg ist tot‹, setzte ich hinzu.

›Monsieur Türlütü?‹ rief Laurence, ebenfalls mit Freude. Aber diese Freude schwand allmählich aus ihrem Gesicht, und mit einem milderen, fast wehmütigen Ton sprach sie endlich: ›Armer Türlütü!‹

Als ich ihr nicht verhehlte, dass sich der Zwerg in seiner Sterbestunde sehr bitter über sie beklagt, geriet sie in die leidenschaftlichste Bewegung und versicherte mir unter vielen Beteurungen, dass sie die Absicht hatte, den Zwerg aufs Beste zu versorgen, dass sie ihm ein Jahresgehalt angeboten, wenn er still und bescheiden irgendwo in der Provinz leben wolle. ›Aber ehrgeizig, wie er ist‹, fuhr Laurence fort, ›verlangte er, in Paris zu bleiben und sogar in meinem Hotel zu wohnen; er könne alsdann, meinte er, durch meine Vermittlung seine ehemaligen Verbindungen im Faubourg Saint-Germain wieder anknüpfen und seine frühere glänzende Stellung in der Gesellschaft wieder einnehmen. Als ich ihm dieses rundweg abschlug, ließ er mir sagen, ich sei ein verfluchtes Gespenst, ein Vampir, ein Totenkind ...‹

Laurence hielt plötzlich inne, schauderte heftig zusammen und seufzte endlich aus tiefster Brust: ›Ach, ich wollte, sie hätten mich bei meiner Mutter im Grabe gelassen!‹ Als ich in sie drang, mir diese geheimnisvollen Worte zu erklären, ergoss sich ein Strom von Tränen aus ihren Augen, und zitternd und schluchzend gestand sie mir, dass die schwarze Trommelfrau, die sich für ihre Mutter ausgegeben, ihr einst selbst erklärt habe, das Gerücht, womit man sich über ihre Geburt herumtrage, sei kein bloßes Märchen. ›In der Stadt nämlich, wo wir wohnten‹, fuhr Laurence fort, ›hieß man mich immer das Totenkind! Die alten Spinnweiber behaupteten, ich sei eigentlich die Tochter eines dortigen Grafen, der seine Frau beständig misshandelte und, als sie starb, sehr prachtvoll begraben ließ; sie sei aber hochschwanger und nur scheintot gewesen, und als einige Kirchhofsdiebe, um die reichgeschmückte Leiche zu bestehlen, ihr Grab öffneten, hätten sie die Gräfin ganz lebendig und in Kindesnöten gefunden; und als sie nach der Entbindung gleich verschied, hätten die Diebe sie wieder ruhig ins Grab gelegt und das Kind mitgenommen und ihrer Hehlerin, der Geliebten des großen Bauchredners, zur Erziehung übergeben. Dieses arme Kind, das begraben gewesen, noch ehe es geboren worden, nannte man nun überall das Totenkind ... Ach! Sie begreifen nicht, wie viel Kummer ich schon als kleines Mädchen empfand, wenn man mich bei diesem Namen nannte. Als der große Bauchredner noch lebte und nicht selten mit mir unzufrieden war, rief er immer: Verwünschtes Totenkind, ich wollt', ich hätte dich nie aus dem Grabe geholt! Ein geschickter Bauchredner, wie er war, konnte er seine Stimme so modulieren, dass man glauben musste, sie käme aus der Erde hervor, und er machte mir dann weis, das sei die Stimme meiner verstorbenen Mutter, die mir ihre Schicksale erzähle. Er konnte sie wohl kennen, diese furchtbaren Schicksale, denn er war einst Kammerdiener des Grafen. Sein grausames Vergnügen war es, wenn ich armes kleines Mädchen über die Worte, die aus der Erde hervorzusteigen schienen, das furchtbarste Entsetzen empfand. Diese Worte, die aus der Erde hervorzusteigen schienen, meldeten gar schreckliche Geschichten, Geschichten, die ich in ihrem Zusammenhang nie begriff, die ich auch späterhin allmählich vergaß, die mir aber, wenn ich tanzte, recht lebendig wieder in den Sinn kamen. Ja, wenn ich tanzte, ergriff mich immer eine sonderbare Erinnerung, ich vergaß meiner selbst und kam mir vor, als sei ich eine ganz andere Person und als quälten mich alle Qualen und Geheimnisse dieser Person ... und sobald ich aufhörte zu tanzen, erlosch wieder alles in meinem Gedächtnis.‹

Während Laurence dieses sprach, langsam und wie fragend, stand sie vor mir am Kamin, worin das Feuer immer angenehmer loderte, und ich saß in dem Lehnsessel, welcher wahrscheinlich der Sitz ihres Gatten, wenn er des Abends vor Schlafengehn seine Schlachten erzählte. Laurence sah mich an mit ihren großen Augen, als früge sie mich um Rat; sie wiegte ihren Kopf so wehmütig sinnend; sie flößte mir ein so edles, süßes Mitleid ein; sie war so schlank, so jung, so schön, diese Lilie, die aus dem Grabe gewachsen, diese Tochter des Todes, dieses Gespenst mit dem Gesicht eines Engels und dem Leib einer Bajadere! Ich weiß nicht, wie es kam, es war vielleicht die Influenz des Sessels, worauf ich saß, aber mir ward plötzlich zu Sinne, als sei ich der alte General, der gestern auf dieser Stelle die Schlacht bei Jena geschildert, als müsse ich fortfahren in meiner Erzählung, und ich sprach: ›Nach der Schlacht bei Jena ergaben sich binnen weniger Wochen, fast ohne Schwertstreich, alle preußischen Festungen. Zuerst ergab sich Magdeburg; es war die stärkste Festung, und sie hatte dreihundert Kanonen. Ist das nicht schmählich?‹

Mademoiselle Laurence ließ mich aber nicht weiterreden, alle trübe Stimmung war von ihrem schönen Antlitz verflogen, Sie lachte wie ein Kind und rief: ›Ja, das ist schmählich, mehr als schmählich! Wenn ich eine Festung wäre und dreihundert Kanonen hätte, würde ich mich nimmermehr ergeben!‹

Da nun Mademoiselle Laurence keine Festung war und keine dreihundert Kanonen hatte ...«

Bei diesen Worten hielt Maximilian plötzlich ein in seiner Erzählung, und nach einer kurzen Pause frug er leise: »Schlafen Sie, Maria?«

»Ich schlafe«, antwortete Maria.

»Desto besser«, sprach Maximilian mit einem feinen Lächeln, »ich brauche also nicht zu fürchten, dass ich Sie langweile, wenn ich die Möbel des Zimmers, worin ich mich befand, wie heutige Novellisten pflegen, etwas ausführlich beschreibe.«

»Vergessen Sie nur nicht das Bett, teurer Freund!«

»Es war in der Tat«, erwiderte Maximilian, »ein sehr prachtvolles Bett. Die Füße, wie bei allen Betten des Empires, bestanden aus Karyatiden und Sphinxen, und der Himmel strahlte von reichen Vergoldungen, namentlich von goldnen Adlern, die wie Turteltauben schnäbelten, vielleicht ein Sinnbild der Liebe unter dem Empire. Die Vorhänge des Bettes waren von roter Seide, und da die Flammen des Kamines sehr stark hindurchschienen, befand ich mich mit Laurence in einer ganz feuerroten Beleuchtung, und ich kam mir vor wie der Gott Pluto, der, von Höllengluten umlodert, die schlafende Proserpine in seinen Armen hält. Sie schlief, und ich betrachtete in diesem Zustand ihr holdes Gesicht und suchte in ihren Zügen ein Verständnis jener Sympathie, die meine Seele für sie empfand. Was bedeutet dieses Weib? Welcher Sinn lauert unter der Symbolik dieser schönen Formen?

Aber ist es nicht Torheit, den inneren Sinn einer fremden Erscheinung ergründen zu wollen, während wir nicht einmal das Rätsel unserer eigenen Seele zu lösen vermögen! Wissen wir doch nicht einmal genau, ob die fremden Erscheinungen wirklich existieren! Können wir doch manchmal die Realität nicht von bloßen Traumgesichten unterscheiden! War es ein Gebilde meiner Phantasie, oder war es entsetzliche Wirklichkeit, was ich in jener Nacht hörte und sah? Ich weiß es nicht. Ich erinnere mich nur, dass, während die wildesten Gedanken durch mein Herz fluteten, ein seltsames Geräusch mir ans Ohr drang. Es war eine verrückte Melodie, sonderbar leise. Sie kam mir ganz bekannt vor, und endlich unterschied ich die Töne eines Triangels und einer Trommel. Die Musik, schwirrend und summend, schien aus weiter Ferne zu erklingen, und dennoch, als ich aufblickte, sah ich nahe vor mir, mitten im Zimmer, ein wohlbekanntes Schauspiel: Es war Monsieur Türlütü, der Zwerg, welcher den Triangel spielte, und Madame Mutter, welche die große Trommel schlug, während der gelehrte Hund am Boden herumscharrte, als suche er wieder seine hölzernen Buchstaben zusammen. Der Hund schien nur mühsam sich zu bewegen, und sein Fell war von Blut befleckt. Madame Mutter trug noch immer ihre schwarze Trauerkleidung, aber ihr Bauch war nicht mehr so spaßhaft hervortretend, sondern vielmehr widerwärtig herabhängend; auch ihr Gesicht war nicht mehr rot, sondern blass. Der Zwerg, welcher noch immer die brodierte Kleidung eines altfranzösischen Marquis und ein gepudertes Toupet trug, schien etwas gewachsen zu sein, vielleicht, weil er so grässlich abgemagert war. Er zeigte wieder seine Fechterkünste und schien auch seine alten Prahlereien wieder abzuhaspeln; er sprach jedoch so leise, dass ich kein Wort verstand, und nur an seiner Lippenbewegung konnte ich manchmal merken, dass er wieder wie ein Hahn krähte.

Während diese lächerlich grauenhaften Zerrbilder, wie ein Schattenspiel, mit unheimlicher Hast sich vor meinen Augen bewegten, fühlte ich, wie Mademoiselle Laurence immer unruhiger atmete. Ein kalter Schauer überfröstelte ihren ganzen Leib, und wie von unerträglichen Schmerzen zuckten ihre holden Glieder. Endlich aber, geschmeidig wie ein Aal, glitt sie aus meinen Armen, stand plötzlich mitten im Zimmer und begann zu tanzen, während die Mutter mit der Trommel und der Zwerg mit dem Triangel ihre gedämpfte leise Musik ertönen ließen. Sie tanzte ganz wie ehemals an der Waterloobrücke und auf den Carrefours von London. Es waren dieselben geheimnisvollen Pantomimen, dieselben Ausbrüche der leidenschaftlichsten Sprünge, dasselbe bacchantische Zurückwerfen des Hauptes, manchmal auch dasselbe Hinbeugen nach der Erde, als wolle sie horchen, was man unten spräche, dann auch das Zittern, das Erbleichen, das Erstarren und wieder aufs Neue das Horchen mit nach dem Boden gebeugtem Ohr. Auch rieb sie wieder ihre Hände, als ob sie sich wüsche. Endlich schien sie auch wieder ihren tiefen, schmerzlichen, bittenden Blick auf mich zu werfen ... aber nur in den Zügen ihres todblassen Antlitzes erkannte ich diesen Blick, nicht in ihren Augen, denn diese waren geschlossen. In immer leiseren Klängen verhallte die Musik; die Trommelmutter und der Zwerg, allmählich verbleichend und wie Nebel zerquirlend, verschwanden endlich ganz; aber Mademoiselle Laurence stand noch immer und tanzte mit verschlossenen Augen. Dieses Tanzen mit verschlossenen Augen im nächtlich stillen Zimmer gab diesem holden Wesen ein so gespenstisches Aussehen, dass mir sehr unheimlich zumute wurde, dass ich manchmal schauderte, und ich war herzlich froh, als sie ihren Tanz beendigt hatte.

Wahrhaftig, der Anblick dieser Szene hatte für mich nichts Angenehmes. Aber der Mensch gewöhnt sich an alles. Und es ist sogar möglich, dass das Unheimliche diesem Weibe einen noch besonderen Reiz verlieh, dass sich meinen Empfindungen eine schauerliche Zärtlichkeit beimischte ... genug, nach einigen Wochen wunderte ich mich nicht mehr im Mindesten, wenn des Nachts die leisen Klänge von Trommel und Triangel ertönten und meine teure Laurence plötzlich aufstand und mit verschlossenen Augen ein Solo tanzte. Ihr Gemahl, der alte Bonapartist, kommandierte in der Gegend von Paris, und seine Dienstpflicht erlaubte ihm nicht, die Tage in der Stadt zuzubringen. Wie sich von selbst versteht, er wurde mein intimster Freund, und er weinte helle Tropfen, als er späterhin für lange Zeit von mir Abschied nahm. Er reiste nämlich mit seiner Gemahlin nach Sizilien, und beide habe ich seitdem nicht wiedergesehn.«

Als Maximilian diese Erzählung vollendet, fasste er rasch seinen Hut und schlüpfte aus dem Zimmer.

Der Rabbi von Bacherach
Ein Fragment

[Der Salon, Bd. 4, Hoffmann und Campe, Hamburg 1840]

Seinem geliebten Freunde, Heinrich Laube,
widmet die Legende des Rabbi von Bacherach,
heiter grüßend, der Verfasser.

Erstes Kapitel

Unterhalb des Rheingaus, wo die Ufer des Stromes ihre lachende Miene verlieren, Berg und Felsen mit ihren abenteuerlichen Burgruinen sich trotziger gebärden und eine wildere, ernstere Herrlichkeit emporsteigt, dort liegt, wie eine schaurige Sage der Vorzeit, die finstre, uralte Stadt Bacherach [Bacharach]. Nicht immer waren so morsch und verfallen diese Mauern mit ihren zahnlosen Zinnen und blinden Warttürmchen, in deren Luken der Wind pfeift und die Spatzen nisten; in diesen armselig hässlichen Lehmgassen, die man durch das zerrissene Tor erblickt, herrschte nicht immer jene öde Stille, die nur dann und wann unterbrochen wird von schreienden Kindern, keifenden Weibern und brüllenden Kühen. Diese Mauern waren einst stolz und stark, und in diesen Gassen bewegte sich frisches, freies Leben, Macht und Pracht, Lust und Leid, viel Liebe und viel Hass. Bacherach gehörte einst zu jenen Munizipien, welche von den Römern während ihrer Herrschaft am Rhein gegründet worden, und die Einwohner, obgleich die folgenden Zeiten sehr stürmisch und obgleich sie späterhin unter hohenstaufischer und zuletzt unter Wittelsbacher Oberherrschaft gerieten, wussten dennoch, nach dem Beispiel andrer rheinischen Städte, ein ziemlich freies Gemeinwesen zu erhalten. Dieses bestand aus einer Verbindung einzelner Körperschaften, wovon die der patrizischen Altbürger und die der Zünfte, welche sich wieder nach ihren verschiedenen Gewerken unterabteilten, beiderseitig nach der Alleinmacht rangen, sodass sie sämtlich nach außen, zu Schutz und Trutz gegen den nachbarlichen Raubadel, fest verbunden standen, nach innen aber, wegen streitender Interessen, in beständiger Spaltung verharrten; und daher unter ihnen wenig Zusammenleben, viel Misstrauen, oft sogar tätliche Ausbrüche der Leidenschaft. Der herrschaftliche Vogt saß auf der hohen Burg Sareck, und wie sein Falke schoss er herab, wenn man ihn rief, und auch manchmal ungerufen. Die Geistlichkeit herrschte im Dunkeln durch die Verdunkelung des Geistes. Eine am meisten vereinzelte, ohnmächtige und vom Bürgerrechte allmählich verdrängte Körperschaft war die kleine Judengemeinde, die schon zur Römerzeit in Bacherach sich niedergelassen und späterhin, während der großen Judenverfolgung, ganze Scharen flüchtiger Glaubensbrüder in sich aufgenommen hatte.

Die große Judenverfolgung begann mit den Kreuzzügen und wütete am grimmigsten um die Mitte des vierzehnten Jahrhunderts, am Ende der großen Pest, die, wie jedes andre öffentliche Unglück, durch die Juden entstanden sein sollte, indem man behauptete, sie hätten den Zorn Gottes herabgeflucht und mit Hilfe der Aussätzigen die Brunnen vergiftet. Der gereizte Pöbel, besonders die Horden der Flagellanten, halbnackte Männer und Weiber, die, zur Buße sich selbst geißelnd und ein tolles Marienlied singend, die Rheingegend und das übrige Süddeutschland durchzogen, ermordeten damals viele tausend Juden oder marterten sie oder tauften sie gewaltsam. Eine andere Beschuldigung, die ihnen schon in früherer Zeit, das ganze Mittelalter hindurch bis Anfang des vorigen Jahrhunderts, viel Blut und Angst kostete, das war das läppische, in Chroniken und Legenden bis zum Ekel oft wiederholte Märchen, dass die Juden geweihte Hostien stählen, die sie mit Messern durchstächen, bis das Blut herausfließe, und dass sie an ihrem Paschafeste Christenkinder schlachteten, um das Blut derselben bei ihrem nächtlichen Gottesdienste zu gebrauchen. Die Juden, hinlänglich verhasst wegen ihres Glaubens, ihres Reichtums und ihrer Schuldbücher, waren an jenem Festtag ganz in den Händen ihrer Feinde, die ihr Verderben nur gar zu leicht bewirken konnten, wenn sie das Gerücht eines solchen Kindermords verbreiteten, vielleicht gar einen blutigen Kinderleichnam in das verfemte Haus eines Juden heimlich hineinschwärzten und dort nächtlich die betende Judenfamilie überfielen, wo alsdann gemordet, geplündert und getauft wurde und große Wunder geschahen durch das vorgefundene tote Kind, welches die Kirche am Ende gar kanonisierte. Sankt Werner ist ein solcher Heiliger, und ihm zu Ehren ward zu Oberwesel jene prächtige Abtei gestiftet, die jetzt am Rhein eine der schönsten Ruinen bildet und mit der gotischen Herrlichkeit ihrer langen, spitzbögigen Fenster, stolz emporschießender Pfeiler und Steinschnitzeleien uns so sehr entzückt, wenn wir an einem heitergrünen Sommertag vorbeifahren und ihren Ursprung nicht kennen. Zu Ehren dieses Heiligen wurden am Rhein noch drei andre große Kirchen errichtet und unzählige Juden getötet oder misshandelt. Dies geschah im Jahre 1287, und auch zu Bacherach, wo eine von diesen Sankt-Werners-Kirchen gebaut wurde, erging damals über die Juden viel Drangsal und Elend. Doch zwei Jahrhunderte seitdem blieben sie verschont von solchen Anfällen der Volkswut, obgleich sie noch immer hinlänglich angefeindet und bedroht wurden.

Je mehr aber der Hass sie von außen bedrängte, desto inniger und traulicher wurde das häusliche Zusammenleben, desto tiefer wurzelte die Frömmigkeit und Gottesfurcht der Juden von Bacherach. Ein Muster gottgefälligen Wandels war der dortige Rabbiner, genannt Rabbi Abraham, ein noch jugendlicher Mann, der aber weit und breit wegen seiner Gelehrtheit berühmt war. Er war geboren in dieser Stadt, und sein Vater, der dort ebenfalls Rabbiner gewesen, hatte ihm in seinem Letzten Willen befohlen, sich demselben Amt zu widmen und Bacherach nie zu verlassen, es sei denn wegen Lebensgefahr. Dieser Befehl und ein Schrank mit seltenen Büchern war alles, was sein Vater, der bloß in Armut und Schriftgelehrtheit lebte, ihm hinterließ. Dennoch war Rabbi Abraham ein sehr reicher Mann; verheiratet mit der einzigen Tochter seines verstorbenen Vaterbruders, welcher den Juwelenhandel getrieben, erbte er dessen große Reichtümer. Einige Fuchsbärte in der Gemeinde deuteten darauf hin, als wenn der Rabbi eben des Geldes wegen seine Frau geheiratet habe. Aber sämtliche Weiber widersprachen und wussten alte Geschichten zu erzählen: wie der Rabbi schon vor seiner Reise nach Spanien verliebt gewesen in Sara – man hieß sie eigentlich die schöne Sara – und wie Sara sieben Jahre warten musste, bis der Rabbi aus Spanien zurückkehrte, indem er sie gegen den Willen ihres Vaters und selbst gegen ihre eigene Zustimmung durch den Trauring geheiratet hatte. Jedweder Jude nämlich kann ein jüdisches Mädchen zu seinem rechtmäßigen Eheweibe machen, wenn es ihm gelang, ihr einen Ring an den Finger zu stecken und dabei die Worte zu sprechen: »Ich nehme dich zu meinem Weibe nach den Sitten von Moses und Israel!« Bei der Erwähnung Spaniens pflegten die Fuchsbärte auf eine ganz eigne Weise zu lächeln, und das geschah wohl wegen eines dunkeln Gerüchts, dass Rabbi Abraham auf der hohen Schule zu Toledo zwar emsig genug das Studium des göttlichen Gesetzes getrieben, aber auch christliche Gebräuche nachgeahmt und freigeistige Denkungsart eingesogen habe, gleich jenen spanischen Juden, die damals auf einer außerordentlichen Höhe der Bildung standen. Im Innern ihrer Seele aber glaubten jene Fuchsbärte sehr wenig an die Wahrheit des angedeuteten Gerüchts. Denn überaus rein, fromm und ernst war seit seiner Rückkehr aus Spanien die Lebensweise des Rabbi, die kleinlichsten Glaubensbräuche übte er mit ängstlicher Gewissenhaftigkeit, alle Montag und Donnerstag pflegte er zu fasten, nur am

Sabbat oder anderen Feiertagen genoss er Fleisch und Wein, sein Tag verfloss in Gebet und Studium, des Tages erklärte er das göttliche Gesetz im Kreise der Schüler, die der Ruhm seines Namens nach Bacherach gezogen, und des Nachts betrachtete er die Sterne des Himmels oder die Augen der schönen Sara. Kinderlos war die Ehe des Rabbi; dennoch fehlte es nicht um ihn her an Leben und Bewegung. Der große Saal seines Hauses, welches neben der Synagoge lag, stand offen zum Gebrauch der ganzen Gemeinde: hier ging man aus und ein ohne Umstände, verrichtete schleunige Gebete oder holte Neuigkeiten oder hielt Beratung in allgemeiner Not; hier spielten die Kinder am Sabbatmorgen, während in der Synagoge der wöchentliche Abschnitt verlesen wurde; hier versammelte man sich bei Hochzeits- und Leichenzügen und zankte sich und versöhnte sich; hier fand der Frierende einen warmen Ofen und der Hungrige einen gedeckten Tisch. Außerdem bewegten sich um den Rabbi noch eine Menge Verwandte, Brüder und Schwestern mit ihren Weibern und Kindern, so wie auch seine und seiner Frau gemeinschaftliche Öhme und Muhmen, eine weitläufige Sippschaft, die alle den Rabbi als Familienhaupt betrachteten, im Hause desselben früh und spät verkehrten und an hohen Festtagen sämtlich dort zu speisen pflegten. Solch' gemeinschaftliche Familienmahle im Rabbinerhause fanden ganz besonders statt bei der jährlichen Feier des Pascha, eines uralten, wunderbaren Festes, das noch jetzt die Juden in der ganzen Welt am Vorabend des vierzehnten Tages im Monat Nissan, zum ewigen Gedächtnis ihrer Befreiung aus ägyptischer Knechtschaft, folgendermaßen begehen:

Sobald es Nacht ist, zündet die Hausfrau die Lichter an, spreitet das Tafeltuch über den Tisch, legt in die Mitte desselben drei von den platten ungesäuerten Broten, verdeckt sie mit einer Serviette und stellt auf diesen erhöhten Platz sechs kleine Schüsseln, worin symbolische Speisen enthalten, nämlich ein Ei, Lattich, Mairettichwurzel, ein Lammknochen und eine braune Mischung von Rosinen, Zimmet und Nüssen. An diesen Tisch setzt sich der Hausvater mit allen Verwandten und Genossen und liest ihnen vor aus einem abenteuerlichen Buche, das die Agade heißt und dessen Inhalt eine seltsame Mischung ist von Sagen der Vorfahren, Wundergeschichten aus Ägypten, kuriosen Erzählungen, Streitfragen, Gebeten und Festliedern. Eine große Abendmahlzeit wird in die Mitte dieser Feier eingeschoben, und sogar während des Vorlesens wird zu bestimmten Zeiten etwas von den symbolischen Gerichten gekostet, so wie alsdann auch Stückchen von dem ungesäuerten Brote gegessen und vier Becher roten Weins getrunken werden. Wehmütig heiter, ernsthaft spielend und märchenhaft geheimnisvoll ist der Charakter dieser Abendfeier, und der herkömmlich singende Ton, womit die Agade von dem Hausvater vorgelesen und zuweilen chorartig von den Zuhörern nachgesprochen wird, klingt so schauervoll innig, so mütterlich einlullend und zugleich so hastig aufweckend, dass selbst diejenigen Juden, die längst von dem Glauben ihrer Väter abgefallen und fremden Freuden und Ehren nachgejagt sind, im tiefsten Herzen erschüttert werden, wenn ihnen die alten, wohlbekannten Paschaklänge zufällig ins Ohr dringen.

Im großen Saale seines Hauses saß einst Rabbi Abraham, und mit seinen Anverwandten, Schülern und übrigen Gästen beging er die Abendfeier des Paschafestes. Im Saal war alles mehr als gewöhnlich blank; über den Tisch zog sich die buntgestickte Seidendecke, deren Goldfransen bis auf die Erde hingen; traulich schimmerten die Tellerchen mit den symbolischen Speisen sowie auch die hohen weingefüllten Becher, woran als Zierrat lauter heilige Geschichten von getriebener Arbeit; die Männer saßen in ihren Schwarzmänteln und schwarzen Platthüten und weißen Halsbergen; die Frauen, in ihren wunderlich glitzernden Kleidern von lombardischen Stoffen, trugen um Haupt und Hals ihr Gold- und Perlengeschmeide, und die silberne Sabbatlampe goss ihr festlichstes Licht über die andächtig vergnügten Gesichter der Alten und Jungen. Auf den purpurnen Sammetkissen eines mehr als die übrigen erhabenen Sessels und angelehnt, wie es der Brauch heischt, saß Rabbi Abraham und las und sang die Agade, und der bunte Chor stimmte ein oder antwortete bei den vorgeschriebenen Stellen. Der Rabbi trug ebenfalls sein schwarzes Festkleid, seine edelgeformten, etwas strengen Züge waren milder denn gewöhnlich, die Lippen lächelten hervor aus dem braunen Bart, als ob sie viel Holdes erzählen wollten, und in seinen Augen schwamm es wie selige Erinnerung und Ahnung. Die schöne Sara, die auf einem ebenfalls erhabenen Sammetsessel an seiner Seite saß, trug als Wirtin nichts von ihrem Geschmeide, nur weißes Linnen umschloss ihren schlanken Leib und ihr frommes Antlitz. Dieses Antlitz war rührend schön, wie denn überhaupt die Schönheit der Jüdinnen von eigentümlich rührender Art ist; das Bewusstsein des tiefen Elends, der bittern Schmach und der schlimmen Fahrnisse, worinnen ihre Verwandte und Freunde leben, verbreitet über ihre holden Gesichtszüge eine gewisse leidende Innigkeit und beobachtende Liebesangst, die unsere Herzen sonderbar bezaubern. So saß heute die schöne Sara und sah beständig nach den Augen ihres Mannes; dann und wann schaute sie auch nach der vor ihr liegenden Agade, dem hübschen, in Gold und Samt gebundenen Pergamentbuch, einem alten Erbstück mit verjährten Weinflecken aus den Zeiten ihres Großvaters, und worin so viele keck und bunt gemalten Bilder, die sie schon als kleines Mädchen, am Paschaabend, so gerne betrachtete und die allerlei biblische Geschichten darstellten, als da sind: wie Abraham die steinernen Götzen seines Vaters mit dem Hammer entzweiklopft, wie die Engel zu ihm kommen, wie Moses den Mitzri totschlägt, wie Pharao prächtig auf dem Thron sitzt, wie ihm die Frösche sogar bei Tische keine Ruhe lassen, wie er Gott sei Dank versäuft, wie die Kinder Israel vorsichtig durch das Rote Meer gehen, wie sie offnen Mauls mit ihren Schafen, Kühen und Ochsen vor dem Berge Sinai stehen, dann auch, wie der fromme König David die Harfe spielt, und endlich, wie Jerusalem mit den Türmen und Zinnen seines Tempels bestrahlt wird vom Glanze der Sonne!

Der zweite Becher war schon eingeschenkt, die Gesichter und Stimmen wurden immer heller, und der Rabbi, indem er eins der ungesäuerten Osterbrote ergriff und heiter grüßend emporhielt, las er folgende Worte aus der Agade: »Siehe! Das ist die Kost, die unsere Väter in Ägypten genossen! Jeglicher, den es hungert, er komme und genieße! Jeglicher, der da traurig, er komme und teile unsere Paschafreude! Gegenwärtigen Jahres feiern wir hier das Fest, aber zum kommenden Jahre im Lande Israels! Gegenwärtigen Jahres feiern wir es noch als Knechte, aber zum kommenden Jahre als Söhne der Freiheit!«

Da öffnete sich die Saaltüre, und herein traten zwei große, blasse Männer, in sehr weite Mäntel gehüllt, und der eine sprach: »Friede sei mit euch, wir sind reisende Glaubensgenossen und wünschen das Paschafest mit euch zu feiern.« Und der Rabbi antwortete rasch und freundlich: »Mit euch sei Frieden, setzt euch nieder in meiner Nähe.« Die beiden Fremdlinge setzten sich alsbald zu Tisch, und der Rabbi fuhr fort im Vorlesen. Manchmal, während die übrigen noch im Zuge des Nachsprechens waren, warf er kosende Worte nach seinem Weibe, und anspielend auf den alten Scherz, dass ein jüdischer Hausvater sich an diesem Abend für einen König hält, sagte er zu ihr: »Freue dich, meine Königin!« Sie aber antwortete, wehmütig lächelnd: »Es fehlt uns ja der Prinz!«, und damit meinte sie den Sohn des Hauses, der, wie eine Stelle in der Agade es verlangt, mit vorgeschriebenen Worten seinen Vater um die Bedeutung des Festes befragen soll. Der Rabbi erwiderte nichts und zeigte bloß mit dem Finger zu einem eben aufgeschlagenen Bild in der Agade, wo überaus anmutig zu schauen war, wie die drei Engel zu Abraham kommen, um ihm zu verkünden, dass ihm ein Sohn geboren werde von seiner Gattin Sara, welche unterdessen weiblich pfiffig hinter der Zelttüre steht, um die Unterredung zu belauschen. Dieser leise Wink goss dreifaches Rot über die Wangen der schönen Frau, sie schlug die Augen nieder und sah dann wieder freundlich empor zu ihrem Manne, der singend fortfuhr im Vorlesen der wunderbaren Geschichte: wie Rabbi Jesua, Rabbi Elieser, Rabbi Asaria, Rabbi Akiba und Rabbi Tarphen in Bona-Brak angelehnt saßen und sich die ganze Nacht vom Auszuge der Kinder Israel aus Ägypten unterhielten, bis ihre Schüler kamen und ihnen zuriefen, es sei Tag und in der Synagoge verlese man schon das große Morgengebet.

Derweilen nun die schöne Sara andächtig zuhörte und ihren Mann beständig ansah, bemerkte sie, wie plötzlich sein Antlitz in grausiger Verzerrung erstarrte, das Blut aus seinen Wangen und Lippen verschwand und seine Augen wie Eiszapfen hervorglotzten; – aber fast im selben Augenblick sah sie, wie seine Züge wieder die vorige Ruhe und Heiterkeit annahmen, wie seine Lippen und Wangen sich wieder röteten, seine Augen munter umherkreisten, ja, wie sogar eine ihm sonst ganz fremde tolle Laune sein ganzes Wesen ergriff. Die schöne Sara erschrak, wie sie noch nie in ihrem Leben erschrocken war, und ein inneres Grauen stieg erkältend in ihr auf, weniger wegen der Zeichen von starrem Entsetzen, die sie einen Moment lang im Gesicht ihres Mannes erblickt hatte, als wegen seiner jetzigen Fröhlichkeit, die allmählich in jauchzende Ausgelassenheit überging. Der Rabbi schob sein Barett spielend von einem Ohr zu dem andern, zupfte und kräuselte possierlich seine Bartlocken, sang den Agadetext nach der Weise eines Gassenhauers, und bei der Aufzählung der ägyptischen Plagen, wo man mehrmals den Zeigefinger in den vollen Becher eintunkt und den anhängenden Weintropfen zur Erde wirft, bespritzte der Rabbi die jüngern Mädchen mit Rotwein, und es gab großes Klagen über verdorbene Halskrausen und schallendes Gelächter. Immer unheimlicher ward es der schönen Sara bei dieser krampfhaft sprudelnden Lustigkeit ihres Mannes, und beklommen von namenloser Bangigkeit, schaute sie in das summende Gewimmel der buntbeleuchteten Menschen, die sich behaglich breit hin und her schaukelten, an den dünnen Paschabroten knupperten oder Wein schlürften oder miteinander schwatzten oder laut sangen, überaus vergnügt.

Da kam die Zeit, wo die Abendmahlzeit gehalten wird, alle standen auf, um sich zu waschen, und die schöne Sara holte das große silberne, mit getriebenen Goldfiguren reichverzierte Waschbecken, das sie jedem der Gäste vorhielt, während ihm Wasser über die Hände gegossen wurde. Als sie auch dem Rabbi diesen Dienst erwies, blinzelte ihr dieser bedeutsam mit den Augen und schlich zur Türe hinaus. Die schöne Sara folgte ihm auf dem Fuße; hastig ergriff der Rabbi die Hand seines Weibes, eilig zog er sie fort, durch die dunklen Gassen Bacherachs, eilig zum Tor hinaus, auf die Landstraße, die den Rhein entlang nach Bingen führt.

Es war eine jener Frühlingsnächte, die zwar lau genug und hellgestirnt sind, aber doch die Seele mit seltsamen Schauern erfüllen. Leichenhaft dufteten die Blumen; schadenfroh und zugleich selbstbeängstigt zwitscherten die Vögel; der Mond warf heimtückisch gelbe Streiflichter über den dunkel hinmurmelnden Strom; die hohen Felsenmassen des Ufers schienen bedrohlich wackelnde Riesenhäupter; der Turmwächter auf Burg Strahleck blies eine melancholische Weise, und dazwischen läutete, eifrig gellend, das Sterbeglöckchen der Sankt-Werners-Kirche. Die schöne Sara trug in der rechten Hand das silberne Waschbecken, ihre linke hielt der Rabbi noch immer gefasst, und sie fühlte, wie seine Finger eiskalt waren und wie sein Arm zitterte; aber sie folgte schweigend, vielleicht, weil sie von jeher gewohnt, ihrem Manne blindlings und fraglos zu gehorchen, vielleicht auch, weil ihre Lippen vor innerer Angst verschlossen waren.

Unterhalb der Burg Sonneck, Lorch gegenüber, ungefähr wo jetzt das Dörfchen Niederrheinbach liegt, erhebt sich eine Felsenplatte, die bogenartig über das Rheinufer hinaushängt. Diese erstieg Rabbi Abraham mit seinem Weibe, schaute sich um nach allen Seiten und starrte hinauf zu den Sternen. Zitternd und von Todesängsten durchfröstelt, stand neben ihm die schöne Sara und betrachtete sein blasses Gesicht, das der Mond gespenstisch beleuchtete und worauf es hin und her zuckte, wie Schmerz, Furcht, Andacht und Wut. Als aber der Rabbi plötzlich das silberne Waschbecken ihr aus der Hand riss und es schollernd hinabwarf in den

Rhein, da konnte sie das grauenhafte Angstgefühl nicht länger ertragen, und mit dem Ausruf »Schadai voller Gnade!« stürzte sie zu den Füßen des Mannes und beschwor ihn, das dunkle Rätsel endlich zu enthüllen.

Der Rabbi, des Sprechens ohnmächtig, bewegte mehrmals lautlos die Lippen, und endlich rief er: »Siehst du den Engel des Todes? Dort unten schwebt er über Bacherach! Wir aber sind seinem Schwert entronnen. Gelobt sei der Herr!« Und mit einer Stimme, die noch vor innerem Entsetzen bebte, erzählte er, wie er wohlgemut die Agade hinsingend und angelehnt saß und zufällig unter den Tisch schaute, habe er dort, zu seinen Füßen, den blutigen Leichnam eines Kindes erblickt. »Da merkte ich«, setzte der Rabbi hinzu, »dass unsre zwei späte Gäste nicht von der Gemeinde Israels waren, sondern von der Versammlung der Gottlosen, die sich beraten hatten, jenen Leichnam heimlich in unser Haus zu schaffen, um uns des Kindermordes zu beschuldigen und das Volk aufzureizen, uns auszuplündern und zu ermorden. Ich durfte nicht merken lassen, dass ich das Werk der Finsternis durchschaut; ich hätte dadurch nur mein Verderben beschleunigt, und nur die List hat uns beide gerettet. Gelobt sei der Herr! Ängstige dich nicht, schöne Sara; auch unsere Freunde und Verwandten werden gerettet sein. Nur nach meinem Blute lechzten die Ruchlosen; ich bin ihnen entronnen, und sie begnügen sich mit meinem Silber und Gold. Komm mit mir, schöne Sara, nach einem anderen Lande, wir wollen das Unglück hinter uns lassen, und damit uns das Unglück nicht verfolge habe ich ihm das Letzte meiner Habe, das silberne Becken, zur Versöhnung hingeworfen. Der Gott unserer Väter wird uns nicht verlassen. – Komm herab, du bist müde; dort unten steht bei seinem Kahne der stille Wilhelm; er fährt uns den Rhein hinauf.«

Lautlos und wie mit gebrochenen Gliedern war die schöne Sara in die Arme des Rabbi hingesunken, und langsam trug er sie hinab zum Ufer. Hier stand der stille Wilhelm, ein taubstummer, aber bildschöner Knabe, der zum Unterhalt seiner alten Pflegemutter, einer Nachbarin des Rabbi, den Fischfang trieb und hier seinen Kahn angelegt hatte. Es war aber, als erriete er schon gleich die Absicht des Rabbi, ja es schien, als habe er eben auf ihn gewartet, um seine geschlossenen Lippen zog sich das lieblichste Mitleid, bedeutungstief ruhten seine großen blauen Augen auf der schönen Sara, und sorgsam trug er sie in den Kahn.

Der Blick des stummen Knaben weckte die schöne Sara aus ihrer Betäubung, sie fühlte auf einmal, dass alles, was ihr Mann ihr erzählt, kein bloßer Traum sei, und Ströme bitterer Tränen ergossen sich über ihre Wangen, die jetzt so weiß wie ihr Gewand. Da saß sie nun in der Mitte des Kahns, ein weinendes Marmorbild; neben ihr saßen ihr Mann und der stille Wilhelm, welche emsig ruderten.

Sei es nun durch den einförmigen Ruderschlag oder durch das Schaukeln des Fahrzeugs oder durch den Duft jener Bergesufer, worauf die Freude wächst, immer geschieht es, dass auch der Betrübteste seltsam beruhigt wird, wenn er in der Frühlingsnacht in einem leichten Kahne leicht dahinfährt auf dem lieben, klaren Rheinstrom. Wahrlich, der alte, gutherzige Vater Rhein kann's nicht leiden, wenn seine Kinder weinen; tränenstillend wiegt er sie auf seinen treuen Armen und erzählt ihnen seine schönsten Märchen und verspricht ihnen seine goldigsten Schätze, vielleicht gar den uralt versunkenen Nibelungenhort. Auch die Tränen der schönen Sara flossen immer milder und milder, ihre gewaltigsten Schmerzen wurden fortgespült von den flüsternden Wellen, die Nacht verlor ihr finstres Grauen, und die heimatlichen Berge grüßten wie zum zärtlichsten Lebewohl. Vor allen aber grüßte traulich ihr Lieblingsberg, der Kedrich, und in seiner seltsamen Mondbeleuchtung schien es, als stände wieder oben ein Fräulein mit ängstlich ausgestreckten Armen, als kröchen die flinken Zwerglein wimmelnd aus ihren Felsspalten und als käme ein Reiter den Berg hinaufgesprengt in vollem Galopp; und der schönen Sara war zumute, als sei sie wieder ein kleines Mädchen und säße wieder auf dem Schoß ihrer Muhme aus Lorch und diese erzähle ihr die hübsche Geschichte von dem kecken Reiter, der das arme, von den Zwergen geraubte Fräulein befreite, und noch andre wahre Geschichten, vom wunderlichen Wispertale drüben, wo die Vögel ganz vernünftig sprechen, und vom Pfefferkuchenland, wohin die folgsamen Kinder kommen, und von verwünschten Prinzessinnen, singenden Bäumen, gläsernen Schlössern, goldenen Brücken, lachenden Nixen ... Aber zwischen all diesen hübschen Märchen, die klingend und leuchtend zu leben begannen, hörte die schöne Sara die Stimme ihres Vaters, der ärgerlich die arme Muhme ausschalt, dass sie dem Kinde so viel Torheiten in den Kopf schwatze! Alsbald kam's ihr vor, als setzte man sie auf das kleine Bänkchen vor dem Sammetsessel ihres Vaters, der mit weicher Hand ihr langes Haar streichelte, gar vergnügt mit den Augen lachte und sich behaglich hin- und herwiegte in seinem weiten blauseidenen Sabbatschlafrock ... Es musste wohl Sabbat sein, denn die geblümte Decke war über den Tisch gespreitet, alle Geräte im Zimmer leuchteten, spiegelblank gescheuert, der weißbärtige Gemeindediener saß an der Seite des Vaters und kaute Rosinen und sprach hebräisch, auch der kleine Abraham kam herein mit einem allmächtig großen Buche und bat bescheidentlich seinen Oheim um die Erlaubnis, einen Abschnitt der Heiligen Schrift erklären zu dürfen, damit der Oheim sich selber überzeuge, dass er in der verflossenen Woche viel gelernt habe und viel Lob und Kuchen verdiene ... Nun legte der kleine Bursche das Buch auf die breite Armlehne des Sessels und erklärte die Geschichte von Jakob und Rahel, wie Jakob seine Stimme erhoben und laut geweint, als er sein Mühmchen Rahel zuerst erblickte, wie er so traulich am Brunnen mit ihr gesprochen, wie er sieben Jahre um Rahel dienen musste und wie sie ihm so schnell verflossen und wie er die Rahel geheiratet und immer und immer geliebt hat ... Auf einmal erinnerte sich auch die schöne Sara, dass ihr Vater damals mit lustigem Tone ausrief: »Willst du nicht ebenso dein Mühmchen Sara heiraten?«, worauf der kleine Abraham ernsthaft antwortete: »Das will ich, und sie soll sieben Jahre warten.« Dämmernd zogen diese Bilder durch die Seele der schönen Frau, sie sah, wie sie und ihr kleiner Vetter, der jetzt so groß und ihr Mann geworden, kindisch miteinander in der Lauberhütte spielten, wie sie sich dort ergötzten an den bunten Tapeten, Blumen, Spiegeln und vergoldeten Äpfeln, wie der kleine Abraham immer zärtlicher mit ihr koste, bis er allmählich größer und mürrisch wurde und endlich ganz groß und ganz mürrisch ... Und endlich sitzt sie zu Hause allein in ihrer Kammer eines Samstags Abend, der Mond scheint hell durchs Fenster, und die Tür fliegt auf, und hastig stürmt herein ihr Vetter Abraham, in Reisekleidern und blass wie der Tod, und er greift ihre Hand, steckt einen goldnen Ring an ihren Finger und spricht feierlich: »Ich nehme dich hiermit zu meinem Weibe nach den Gesetzen von Moses und Israel! Jetzt aber«, setzt er bebend hinzu, »jetzt muss ich fort nach Spanien. Lebe wohl, sieben Jahre sollst du auf mich warten!« Und er stürzt fort, und weinend erzählt die schöne Sara das alles ihrem Vater ... Der tobt und wütet: »Schneid ab dein Haar, denn du bist ein verheiratetes Weib!« – und er will dem Abraham nachreiten, um einen Scheidebrief von ihm zu erzwingen; – aber der ist schon über alle Berge, der Vater kehrt schweigend nach Hause zurück, und wie die schöne Sara ihm die Reitstiefel ausziehen hilft und besänftigend äußert, dass der Abraham nach sieben Jahren zurückkehre, da flucht der Vater: »Sieben Jahre sollt ihr betteln gehn!«, und bald stirbt er.

So zogen der schönen Sara die alten Geschichten durch den Sinn wie ein hastiges Schattenspiel; die Bilder vermischten sich auch wunderlich, und zwischendurch schauten halb bekannte, halb fremde bärtige Gesichter und große Blumen mit fabelhaft breitem Blattwerk. Es war auch, als murmelte der Rhein die Melodien der Agade, und die Bilder derselben stiegen daraus hervor, lebensgroß und verzerrt, tolle Bilder: der Erzvater Abraham zerschlägt ängstlich die Götzengestalten, die sich immer hastig wieder von selbst zusammensetzen; der Mitzri wehrt sich furchtbar gegen den ergrimmten Moses; der Berg Sinai blitzt und flammt; der König Pharao schwimmt im Roten Meer, mit den Zähnen im Maul die zackige Goldkrone festhaltend; Frösche mit Menschenantlitz schwimmen hintendrein, und die Wellen schäumen und brausen, und eine dunkle Riesenhand taucht drohend daraus hervor.

Das war Hattos Mäuseturm, und der Kahn schoss eben durch den Binger Strudel. Die schöne Sara ward dadurch etwas aus ihren Träumereien gerüttelt und schaute nach den Bergen des Ufers, auf deren Spitzen die Schlosslichter flimmerten und an deren Fuß die mondbeleuchteten Nachtnebel sich hinzogen. Plötzlich aber glaubte sie dort ihre Freunde und Verwandte zu sehen, wie sie mit Leichengesichtern und in weißwallenden Totenhemden schreckenhastig vorüberliefen, den Rhein entlang ... es ward ihr schwarz vor den Augen, ein Eisstrom ergoss sich in ihre Seele, und wie im Schlafe hörte sie nur noch, dass ihr der Rabbi das Nachtgebet vorbetete, langsam ängstlich, wie es bei todkranken Leuten geschieht, und träumerisch stammelte sie noch die Worte: »Zehntausend zur Rechten, zehntausend zur Linken; den König zu schützen vor nächtlichem Grauen ...«

Da verzog sich plötzlich all das eindringende Dunkel und Grausen, der düstre Vorhang ward vom Himmel fortgerissen, es zeigte sich oben die heilige Stadt Jerusalem mit ihren Türmen und Toren; in goldner Pracht leuchtete der Tempel; auf dem Vorhofe desselben erblickte die schöne Sara ihren Vater in seinem gelben Sabbatschlafrock und vergnügt mit den Augen lachend; aus den runden Tempelfenstern grüßten fröhlich alle ihre Freunde und Verwandten; im Allerheiligsten kniete der fromme König David, mit Purpurmantel und funkelnder Krone, und lieblich ertönte sein Gesang und Saitenspiel – und selig lächelnd entschlief die schöne Sara.

Zweites Kapitel

Als die schöne Sara die Augen aufschlug, ward sie fast geblendet von den Strahlen der Sonne. Die hohen Türme einer großen Stadt erhoben sich, und der stumme Wilhelm stand mit der Hakenstange aufrecht im Kahn und leitete denselben durch das lustige Gewühl vieler buntbewimpelten Schiffe, deren Mannschaft entweder müßig hinabschaute auf die Vorbeifahrenden oder vielhändig beschäftigt war mit dem Ausladen von Kisten, Ballen und Fässern, die auf kleineren Fahrzeugen ans Land gebracht wurden, wobei ein betäubender Lärm, das beständige Hallorufen der Barkenführer, das Geschrei der Kaufleute vom Ufer her und das Keifen der Zöllner, die in ihren roten Röcken mit weißen Stäbchen und weißen Gesichtern von Schiff zu Schiff hüpften.

»Ja, schöne Sara«, sagte der Rabbi zu seiner Frau, heiter lächelnd, »das ist hier die weltberühmte freie Reichs- und Handelsstadt Frankfurt am Main, und das ist eben der Mainfluss, worauf wir jetzt fahren. Da drüben die lachenden Häuser, umgeben von grünen Hügeln, das ist das Sachsenhausen, woher uns der lahme Gumpertz zur Zeit des Lauberhüttenfestes die schönen Myrrhen holt. Hier siehst du auch die starke Mainbrücke mit ihren dreizehn Bögen, und gar viel Volk, Wagen und Pferde gehen sicher darüberhin, und in der Mitte steht das Häuschen, wovon die Mühmele Täubchen erzählt hat, dass ein getaufter Jude darin wohnt, der jedem, der ihm eine tote Ratte bringt, sechs Heller auszahlt für Rechnung der jüdischen Gemeinde, die dem Stadtrat jährlich fünftausend Rattenschwänze abliefern soll!«

Über diesen Krieg, den die Frankfurter Juden mit den Ratten zu führen hatten, musste die schöne Sara laut lachen; das klare Sonnenlicht und die neue bunte Welt, die vor ihr auftauchte, hatte alles Grauen und Entsetzen der vorigen Nacht aus ihrer Seele verscheucht, und als sie aus dem landenden Kahn von ihrem Manne und dem stummen Wilhelm aufs Ufer gehoben worden, fühlte sie sich wie durchdrungen von freudiger Sicherheit. Der stumme Wilhelm aber mit seinen schönen, tiefblauen Augen sah ihr lange ins Gesicht, halb schmerzlich, halb heiter, dann warf er noch einen bedeutenden Blick nach dem Rabbi, sprang zurück in seinen Kahn, und bald war er damit verschwunden.

»Der stumme Wilhelm hat doch viele Ähnlichkeit mit meinem verstorbenen Bruder«, bemerkte die schöne Sara. »Die Engel sehen sich alle ähnlich«, erwiderte leichthin der Rabbi, und sein Weib bei der Hand ergreifend, führte er sie durch das Menschengewimmel des Ufers, wo jetzt, weil es die Zeit der Ostermesse, eine Menge hölzerner Krambuden aufgebaut standen. Als sie durch das dunkle Maintor in die Stadt gelangten, fanden sie nicht minder lärmigen Verkehr. Hier, in einer engen Straße, erhob sich ein Kaufmannsladen neben dem anderen, und die Häuser, wie überall in Frankfurt, waren ganz besonders zum Handel eingerichtet: im Erdgeschoss keine Fenster, sondern lauter offne Bogentüren, sodass man tief hineinschauen und jeder Vorübergehende die ausgestellten Waren deutlich betrachten konnte. Wie staunte die schöne Sara ob der Masse kostbarer Sachen und ihrer nie gesehenen Pracht! Da standen Venezianer, die allen Luxus des Morgenlands und Italiens feilboten, und die schöne Sara war wie festgebannt beim Anblick der aufgeschichteten Putzsachen und Kleinodien, der bunten Mützen und Mieder, der güldnen Armspangen und Halsbänder, des ganzen Flitterkrams, das die Frauen sehr gern bewundern und womit sie sich noch lieber schmücken. Die reichgestickten Samt- und Seidenstoffe schienen mit der schönen Sara sprechen und ihr allerlei Wunderliches ins Gedächtnis zurückfunkeln zu wollen, und es war ihr wirklich zumute, als wäre sie wieder ein kleines Mädchen und Mühmele Täubchen habe ihr Versprechen erfüllt und sie nach der Frankfurter Messe geführt, und jetzt eben stehe sie vor den hübschen Kleidern, wovon ihr so viel erzählt worden. Mit heimlicher Freude überlegte sie schon, was sie nach Bacherach mitbringen wolle, welchem von ihren beiden Bäschen, dem kleinen Blümchen oder dem kleinen Vögelchen, der blauseidne Gürtel am besten gefallen würde, ob auch die grünen Höschen dem kleinen Gottschalk passen mögen – doch plötzlich sagte sie zu sich selber: »Ach Gott! die sind ja unterdessen großgewachsen und gestern umgebracht worden!« Sie schrak heftig zusammen, und die Bilder der Nacht wollten schon mit all ihrem Entsetzen wieder in ihr aufsteigen; doch die goldgestickten Kleider blinzelten nach ihr wie mit tausend Schelmenaugen und redeten ihr alles Dunkle aus dem Sinn, und wie sie hinaufsah zum Antlitz ihres Mannes, war dieses unumwölkt und trug seine gewöhnliche ernste Milde. »Mach die Augen zu, schöne Sara«, sagte der Rabbi und führte seine Frau weiter durch das Menschengedränge.

Welch ein buntes Treiben! Zumeist waren es Handelsleute, die laut miteinander feilschten oder auch mit sich selber sprechend an den Fingern rechneten oder auch von einigen hochbepackten Markthelfern, die im kurzen Hundetrab hinter ihnen herliefen, ihre Einkäufe zur Herberge schleppen ließen. Andere Gesichter ließen merken, dass bloß die Neugier sie herbeigezogen. Am roten Mantel und der goldenen Halskette erkannte man den breiten Ratsherrn. Das schwarze, wohlhabend bauschige Wams verriet den ehrsamen stolzen Altbürger. Die eiserne Pickelhaube, das gelbrederne Wams und die klirrenden Pfundsporen verkündigten den schweren Reitersknecht. Unterm schwarzen Sammethäubchen, das in einer Spitze auf der Stirn zusammenlief, barg sich ein rosiges Mädchengesicht, und die jungen Gesellen, die gleich witternden Jagdhunden hinterdreinsprangen, zeigten sich als vollkommene Stutzer durch ihre keckbefiederten Barette, ihre klingelnden Schnabelschuhe und ihre seidnen Kleider von geteilter Farbe, wo die rechte Seite grün, die linke Seite rot oder die eine regenbogenartig gestreift, die andere buntscheckig gewürfelt war, so dass die närrischen Burschen aussahen, als wären sie in der Mitte gespalten. Von der Menschenströmung fortgezogen, gelangte der Rabbi mit seinem Weibe nach dem Römer. Dieses ist der große, mit hohen Giebelhäusern umgebene Marktplatz der Stadt, seinen Namen führend von einem ungeheuren Hause, das »Zum Römer« hieß und vom Magistrat angekauft und zu einem Rathaus geweiht wurde. In diesem Gebäude wählte man Deutschlands Kaiser, und vor demselben wurden oft edle Ritterspiele gehalten. Der König Maximilian, der dergleichen leidenschaftlich liebte, war damals in Frankfurt anwesend, und tags zuvor hatte man ihm zu Ehren vor dem Römer ein großes Stechen veranstaltet. An den hölzernen Schranken, die jetzt von den Zimmerleuten abgebrochen wurden, standen noch viele Müßiggänger und erzählten sich, wie gestern der Herzog von Braunschweig und der Markgraf von Brandenburg unter Pauken- und Trompetenschall gegeneinandergerannt, wie Herr Walter der Lump den Bärenritter so gewaltig aus dem Sattel gestoßen, dass die Lanzensplitter in die Luft flogen, und wie der lange, blonde König Max im Kreise seines Hofgesindes auf dem Balkon stand und sich vor Freude die Hände rieb. Die Decken von goldenen Stoffen lagen noch auf der Lehne des Balkons und der spitzbögigen Rathausfenster. Auch die übrigen Häuser des Marktplatzes waren noch festlich geschmückt und mit Wappenschilden verziert, besonders das Haus Limburg, auf dessen Banner eine Jungfrau gemalt war, die einen Sperber auf der Hand trägt, während ihr ein Affe einen Spiegel vorhält. Auf dem Balkone dieses Hauses standen viele Ritter und Damen, in lächelnder Unterhaltung hinabblickend auf das Volk, das unten in tollen Gruppen und Aufzügen hin und her wogte. Welche Menge Müßiggänger von jedem Stand und Alter drängte sich hier, um ihre Schaulust zu befriedigen! Hier wurde gelacht, gegreint, gestohlen in die Lenden gekniffen, gejubelt, und zwischendrein schmetterte gellend die Trompete des Arztes, der im roten Mantel mit seinem Hanswurst und Affen auf einem hohen Gerüste stand, seine eigne Kunstfertigkeit recht eigentlich ausposaunte, seine Tinkturen und Wundersalben anpries oder ernsthaft das Uringlas betrachtete, das ihm irgendein altes Weib vorhielt, oder noch anschickte, einem armen Bauer den Backenzahn auszureißen. Zwei Fechtmeister, in bunten Bändern einherflatternd, ihre Rapiere schwingend, begegneten sich hier wie zufällig und stießen mit Scheinzorn aufeinander; nach langem Gefecht erklärten sie sich wechselseitig für unüberwindlich und sammelten einige Pfenninge. Mit Trommler und Pfeifer marschierte jetzt vorbei die neu errichtete Schützengilde. Hierauf folgte, angeführt von dem Stöcker, der eine rote Fahne trug, ein Rudel fahrender Fräulein, die aus dem Frauenhaus »Zum Esel« von Würzburg herkamen und nach dem Rosental hinzogen, wo die hochlöbliche Obrigkeit ihnen für die Messezeit ihr Quartier angewiesen. »Mach die Augen zu, schöne Sara!« sagte der Rabbi. Denn jene phantastisch und allzu knapp bekleideten Weibsbilder, worunter einige sehr hübsche, gebärdeten sich auf die unzüchtigste Weise, entblößten ihren weißen, frechen Busen, neckten die Vorübergehenden mit schamlosen Worten, schwangen ihre langen Wanderstöcke, und indem sie auf letzteren wie auf Steckenpferden die Sankt-Katharinen-Pforte hinabritten, sangen sie mit gellender Stimme das Hexenlied:

> »Wo ist der Bock, das Höllentier?
> Wo ist der Bock? Und fehlt der Bock,
> So reiten wir, so reiten wir,
> So reiten wir auf dem Stock!«

Dieser Singsang, den man noch in der Ferne hören konnte, verlor sich am Ende in den kirchlich langgezogenen Tönen einer herannahenden Prozession. Das war ein trauriger Zug von kahlköpfigen und barfüßigen Mönchen, welche brennende Wachslichter oder Fahnen mit Heil'genbildern oder auch große silberne Kruzifixe trugen. An ihrer Spitze gingen rot- und weißberockte Knaben mit dampfenden Weihrauchkesseln. In der Mitte des Zuges, unter einem prächtigen Baldachin, sah man Geistliche in weißen Chorhemden von kostbaren Spitzen oder in buntseidenen Stolen, und einer derselben trug in der Hand ein sonnenartig goldenes Gefäß, das er, bei einer Heiligennische der Marktecke anlangend, hoch emporhob, während er lateinische Worte halb rief, halb sang ... Zugleich erklingelte ein kleines Glöckchen, und alles Volk ringsum verstummte, fiel auf die Knie und bekreuzte sich. Der Rabbi aber sprach zu seinem Weibe: »Mach die Augen zu, schöne Sara!«, und hastig zog er sie von hinnen nach einem schmalen Nebengässchen, durch ein Labyrinth von engen und krummen Straßen und endlich über den unbewohnten, wüsten Platz, der das neue Judenquartier von der übrigen Stadt trennte.

Vor jener Zeit wohnten die Juden zwischen dem Dom und dem Mainufer, nämlich von der Brücke bis zum Lumpenbrunnen und von der Mehlwaage bis zu Sankt Bartholomäi. Aber die katholischen Priester erlangten eine päpstliche Bulle, die den Juden verwehrte, in solcher Nähe der Hauptkirche zu wohnen, und der Magistrat gab ihnen einen Platz auf dem Wollgraben, wo sie das heutige Judenquartier erbauten. Dieses war mit starken Mauern versehen, auch mit eisernen Ketten vor den Toren, um sie gegen Pöbelandrang zu sperren. Denn hier lebten die Juden ebenfalls in Druck und Angst und mehr als heutzutage in der Erinnerung früherer Nöte. Im Jahr 1240 hatte das entzügelte Volk ein großes Blutbad unter ihnen angerichtet, welches man die erste Judenschlacht nannte, und im Jahr 1349, als die Geißler bei ihrem Durchzuge die Stadt anzündeten und die Juden des Brandstiftens anklagten, wurden diese von dem aufgereizten Volk zum größten Teil ermordet, oder sie fanden den Tod in den Flammen ihrer eignen Häuser, welches man die zweite Judenschlacht nannte. Später bedrohte man die Juden noch oft mit dergleichen Schlachten, und bei innern Unruhen Frankfurts, besonders bei einem Streit des Rates mit den Zünften, stand der Christenpöbel oft im Begriff, das Judenquartier zu stürmen. Letzteres hatte zwei Tore, die an katholischen Feiertagen von außen, an jüdischen Feiertagen von innen geschlossen wurden, und vor jedem Tor befand sich ein Wachthaus mit Stadtsoldaten.

Als der Rabbi mit seinem Weibe an das Tor des Judenquartiers gelangte, lagen die Landsknechte, wie man durch die offenen Fenster sehen konnte, auf der Pritsche ihrer Wachtstube, und draußen vor der Tür, im vollen Sonnenschein, saß der Trommelschläger und phantasierte auf seiner großen Trommel. Das war eine schwere, dicke Gestalt; Wams und Hosen von feuergelbem Tuch, an Armen und Lenden weit aufgepufft und, als ob unzählige Menschenzungen daraus hervorleckten, von oben bis unten besät mit kleinen eingenähten roten Wülstchen; Brust und Rücken gepanzert mit schwarzen Tuchpolstern, woran die Trommel hing; auf dem Kopf eine platte, runde schwarze Kappe; das Gesicht ebenso platt und rund, auch orangegelb und mit roten Schwärchen gespickt und verzogen zu einem gähnenden Lächeln. So saß der Kerl und trommelte die Melodie des Liedes, das einst die Geißler bei der Judenschlacht gesungen, und mit seinem rauen Biertone gurgelte er die Worte:

>>Unsre Liebe Fraue,
Die ging im Morgentaue,
Kyrie eleison!«

»Hans, das ist eine schlechte Melodie«, rief eine Stimme hinter dem verschlossenen Tor des Judenquartiers, »Hans, auch ein schlechtes Lied, passt nicht für die Trommel, passt gar nicht und beileibe nicht in der Messe und am Ostermorgen, schlecht Lied, gefährlich Lied, Hans, Hänschen, klein Trommelhänschen, ich bin ein einzelner Mensch, und wenn du mich liebhast, wenn du den Stern liebhast, den langen Stern, den langen Nasenstern, so hör auf!«

Diese Worte wurden von dem ungesehenen Sprecher teils angstvoll hastig, teils aufseufzend langsam hervorgestoßen, in einem Ton, worin das ziehend Weiche und das heiser Harte schroff abwechselte, wie man ihn bei Schwindsüchtigen findet. Der Trommelschläger blieb unbewegt, und in der vorigen Melodie forttrommelnd, sang er weiter:

>>Da kam ein kleiner Junge,
Sein Bart war ihm entsprungen,
Halleluja!«

»Hans«, rief wieder die Stimme des obenerwähnten Sprechers, »Hans, ich bin ein einzelner Mensch, und es ist ein gefährlich Lied, und ich hör es nicht gern, und ich hab meine Gründe, und wenn du mich liebhast, singst du was anderes, und morgen trinken wir ...«

Bei dem Wort »trinken« hielt der Hans inne mit seinem Trommeln und Singen, und biedern Tones sprach er: »Der Teufel hole die Juden, aber du, lieber Nasenstern, bist mein Freund, ich beschütze dich, und wenn wir noch oft zusammen trinken, werde ich dich auch bekehren. Ich will dein Pate sein; wenn du getauft wirst, wirst du selig, und wenn du Genie hast und fleißig bei mir lernst, kannst du sogar noch Trommelschläger werden. Ja, Nasenstern, du kannst es noch weit bringen, ich will dir den ganzen Katechismus vortrommeln, wenn wir morgen zusammen trinken – aber jetzt mach mal das Tor auf, da stehen zwei Fremde und begehren Einlass.«

»Das Tor auf?« schrie der Nasenstern, und die Stimme versagte ihm fast. »Das geht nicht so schnell, lieber Hans, man kann nicht wissen, man kann gar nicht wissen, und ich bin ein einzelner Mensch. Der Veitel Rindskopf hat den Schlüssel und steht jetzt still in der Ecke und brummelt sein Achtzehn-Gebet; da darf man sich nicht unterbrechen lassen. Jäkel der Narr ist auch hier, aber er schlägt jetzt sein Wasser ab. Ich bin ein einzelner Mensch!«

»Der Teufel hole die Juden!« rief der Trommelhans, und über diesen eigenen Witz laut lachend, trollte er sich nach der Wachtstube und legte sich ebenfalls auf die Pritsche.

Während nun der Rabbi mit seinem Weibe jetzt ganz allein vor dem großen verschlossenen Tore stand, erhob sich hinter demselben eine schnarrende, näselnde, etwas spöttisch gezogene Stimme: »Sternchen, trödle nicht so lange, nimm die Schlüssel aus Rindsköpfchens Rocktasche oder nimm deine Nase und schließe damit das Tor auf. Die Leute stehen schon lange und warten.«

»Die Leute?« schrie ängstlich die Stimme des Mannes, den man den Nasenstern nannte, »ich glaubte, es wäre nur einer, und ich bitte dich, Narr, lieber Jäkel Narr, guck mal heraus, wer da ist.«

Da öffnete sich im Tor ein kleines, wohlvergittertes Fensterlein, und zum Vorschein kam eine gelbe, zweihörnige Mütze und darunter das drollig verschnörkelte Lustigmachergesicht Jäkels des Narren. In demselben Augenblick schloss sich wieder die Fensterluke, und ärgerlich schnarrte es: »Mach auf, mach auf, draußen ist nur ein Mann und ein Weib.«

»Ein Mann und ein Weib!« ächzte der Nasenstern. »Und wenn das Tor aufgemacht wird, wirft das Weib den Rock ab und es ist auch ein Mann, und es sind dann zwei Männer, und wir sind nur unserer drei!«

»Sei kein Hase«, erwiderte Jäkel der Narr, »und sei herzhaft und zeige Courage!«

»Courage!« rief der Nasenstern und lachte mit verdrießlicher Bitterkeit. »Hase! Hase ist ein schlechter Vergleich, Hase ist ein unreines Tier. Courage! Man hat mich nicht der Courage wegen hierhergestellt, sondern der Vorsicht halber. Wenn zu viele kommen, soll ich schreien. Aber ich selbst kann sie nicht zurückhalten. Mein Arm ist schwach, ich trage eine Fontanelle, und ich bin ein einzelner Mensch. Wenn man auf mich schießt, bin ich tot. Dann sitzt der reiche Mendel Reiß am Sabbat bei Tische und wischt sich vom Maul die Rosinensauce und streichelt sich den Bauch und sagt vielleicht: ›Das lange Nasensternchen war doch ein braves Kerlchen, wäre es nicht gewesen, so hätten sie das Tor gesprengt, es hat sich doch für uns totschießen lassen, es war ein braves Kerlchen, schade, dass es tot ist –‹«

Die Stimme wurde hier allmählich weich und weinerlich, aber plötzlich schlug sie über in einen hastigen, fast erbitterten Ton: »Courage! Und damit der reiche Mendel Reiß sich die Rosinensauce vom Maul abwischen und sich den Bauch streicheln und mich ›braves Kerlchen‹ nennen möge, soll ich mich totschießen lassen? Courage! Herzhaft! Der kleine Strauß war herzhaftig und hat gestern auf dem Römer dem Stechen zugesehen und hat geglaubt, man kenne ihn nicht, weil er einen violetten Rock trug, von Samt, drei Gulden die Elle, mit Fuchsschwänzchen, ganz goldgestickt, ganz prächtig – und sie haben ihm den violetten Rock so lange geklopft, bis er abfärbte und auch sein Rücken violett geworden ist und nicht mehr menschenähnlich aussieht. Courage! Der krumme Leser war herzhaftig, nannte unseren lumpigen Schultheiß einen Lump, und sie haben ihn an den Füßen aufgehängt zwischen zwei Hunden, und der Trommelhans trommelte. Courage! Sei kein Hase! Unter den vielen Hunden ist der Hase verloren, ich bin ein einzelner Mensch, und ich habe wirklich Furcht!«

»Schwör mal!« rief Jäkel der Narr.

»Ich habe wirklich Furcht!« wiederholte seufzend der Nasenstern, »ich weiß, die Furcht liegt im Geblüt, und ich habe es von meiner seligen Mutter –«

»Ja, ja!« unterbrach ihn Jäkel der Narr, »und deine Mutter hatte es von ihrem Vater, und der hatte es wieder von dem seinigen, und so hatten es deine Voreltern einer vom andern, bis auf deinen Stammvater, welcher unter König Saul gegen die Philister zu Felde zog und der erste war, welcher Reißaus nahm. – Aber sieh mal, Rindsköpfchen ist gleich fertig, er hat sich bereits zum vierten Mal gebückt, schon hüpft er wie ein Floh bei dem dreimaligen Worte Heilig, und jetzt greift er vorsichtig in die Tasche ...«

In der Tat, die Schlüssel rasselten, knarrend öffnete sich ein Flügel des Tores, und der Rabbi und sein Weib traten in die ganz menschenleere Judengasse. Der Aufschließer aber, ein kleiner Mann mit gutmütig sauerm Gesicht, nickte träumerisch wie einer, der in seinen Gedanken nicht gern gestört sein möchte, und nachdem er das Tor wieder sorgsam verschlossen, schlappte er, ohne ein Wort zu reden, nach einem Winkel hinter dem Tor, beständig Gebete vor sich hin murmelnd. Minder schweigsam war Jäkel der Narr, ein untersetzter, etwas krummbeiniger Gesell, mit einem lachend vollroten Antlitz und einer unmenschlich großen Fleischhand, die er aus den weiten Ärmeln seiner buntscheckigen Jacke zum Willkomm hervorstreckte. Hinter ihm zeigte oder vielmehr barg sich eine lange, magere Gestalt, der schmale Hals weiß befiedert von einer feinen batistnen Krause und das dünne, blasse Gesicht gar wundersam geziert mit einer fast unglaublich langen Nase, die sich neugierig angstvoll hin und her bewegte.

»Gott willkommen! zum guten Festtag!« rief Jäkel der Narr, »wundert euch nicht, dass jetzt die Gasse so leer und still ist. Alle unsere Leute sind jetzt in der Synagoge, und ihr kommt eben zur rechten Zeit, um dort die Geschichte von der Opferung Isaaks vorlesen zu hören. Ich kenne sie, es ist eine interessante Geschichte, und wenn ich sie nicht schon dreiunddreißigmal angehört hätte, so würde ich sie gern dies Jahr noch einmal hören. Und es ist eine wichtige Geschichte, denn wenn Abraham den Isaak wirklich geschlachtet hätte und nicht den Ziegenbock, so wären jetzt mehr Ziegenböcke und weniger Juden auf der Welt.« – Und mit wahnsinnig lustiger Grimasse fing der Jäkel an, folgendes Lied aus der Agade zu singen:

»Ein Böcklein, ein Böcklein, das gekauft Väterlein, er gab dafür zwei Suslein; ein Böcklein, ein Böcklein!

Es kam ein Kätzlein und aß das Böcklein, das gekauft Väterlein, er gab dafür zwei Suslein; ein Böcklein, ein Böcklein!

Es kam ein Hündlein und biss das Kätzlein, das gefressen das Böcklein, das gekauft Väterlein, er gab dafür zwei Suslein; ein Böcklein, ein Böcklein!

Es kam ein Stöcklein und schlug das Hündlein, das gebissen das Kätzlein, das gefressen das Böcklein, das gekauft Väterlein, er gab dafür zwei Suslein; ein Böcklein, ein Böcklein!

Es kam ein Feuerlein und verbrannte das Stöcklein, das geschlagen das Hündlein, das gebissen das Kätzlein, das gefressen das Böcklein, das gekauft Väterlein, er gab dafür zwei Suslein; ein Böcklein, ein Böcklein!

Es kam ein Wässerlein und löschte das Feuerlein, das verbrannt das Stöcklein, das geschlagen das Hündlein, das gebissen das Kätzlein, das gefressen das Böcklein, das gekauft Väterlein, er gab dafür zwei Suslein; ein Böcklein, ein Böcklein!

Es kam ein Öchslein und soff das Wässerlein, das gelöscht das Feuerlein, das verbrannt das Stöcklein, das geschlagen das Hündlein, das gebissen das Kätzlein, das gefressen das Böcklein, das gekauft Väterlein, er gab dafür zwei Suslein; ein Böcklein, ein Böcklein!

Es kam ein Schlächterlein und schlachtete das Öchslein, das gesoffen das Wässerlein, das gelöscht das Feuerlein, das verbrannt das Stöcklein, das geschlagen das Hündlein, das gebissen das Kätzlein, das gefressen das Böcklein, das gekauft Väterlein, er gab dafür zwei Suslein; ein Böcklein, ein Böcklein!

Es kam ein Todesenglein und schlachtete das Schlächterlein, das geschlachtet das Öchslein, das gesoffen das Wässerlein, das gelöscht das Feuerlein, das verbrannt das Stöcklein, das geschlagen das Hündlein, das gebissen das Kätzlein, das gefressen das Böcklein, das gekauft Väterlein, er gab dafür zwei Suslein; ein Böcklein, ein Böcklein!«

»Ja, schöne Frau«, fügte der Sänger hinzu, »einst kommt der Tag, wo der Engel des Todes den Schlächter schlachten wird, und all unser Blut kommt über Edom [Stamm, der seit der späten Eisenzeit östlich der Jordansenke siedelnden Edomiter, und das von diesem bewohnte Land]; denn Gott ist ein rächender Gott – – –«

Aber plötzlich den Ernst, der ihn unwillkürlich beschlichen, gewaltsam abstreifend, stürzte sich Jäkel den Narr wieder in seine Possenreißereien und fuhr fort mit schnarrendem Lustigmacherton: »Fürchtet Euch nicht, schöne Frau, der Nasenstern tut Euch nichts zuleid. Nur für die alte Schnapper-Elle ist er gefährlich. Sie hat sich in seine Nase verliebt, aber die verdient es auch. Sie ist schön wie der Turm, der gen Damaskus schaut, und erhaben wie die Zeder des Libanons. Auswendig glänzt sie wie Glimmergold und Sirup, und inwendig ist lauter Musik und Lieblichkeit. Im Sommer blüht sie, im Winter ist sie zugefroren, und Sommer und Winter wird sie gehätschelt von Schnapper-Elles weißen Händen. Ja, die Schnapper- Elle ist verliebt in ihn, ganz vernarrt. Sie pflegt ihn, sie füttert ihn, und sobald er fett genug ist, wird sie ihn heiraten, und für ihr Alter ist sie noch jung genug, und wer mal nach dreihundert Jahren hierher nach Frankfurt kömmt, wird den Himmel nicht sehen können vor lauter Nasensternen!«

»Ihr seid Jäkel der Narr«, rief lachend der Rabbi, »ich merk es an Euren Worten. Ich habe oft von Euch sprechen gehört.«

»Ja, ja«, erwiderte jener mit drolliger Bescheidenheit, »ja, ja, das macht der Ruhm. Man ist oft weit und breit für einen größern Narren bekannt, als man selbst weiß. Doch ich gebe mir viele Mühe, ein Narr zu sein, und springe und schüttle mich, damit die Schellen klingeln. Andere haben's leichter ... Aber sagt mir, Rabbi, warum reist Ihr am Feiertag?«

»Meine Rechtfertigung«, versetzte der Befragte, »steht im Talmud, und es heißt: Gefahr vertreibt den Sabbat.«

»Gefahr!« schrie plötzlich der lange Nasenstern und gebärdete sich wie in Todesangst, »Gefahr! Gefahr! Trommelhans, trommel, trommle, Gefahr! Gefahr! Trommelhans ...«

Draußen aber rief der Trommelhans mit seiner dicken Bierstimme: »Tausend Donner-Sakrament! Der Teufel hole die Juden! Das ist schon das dritte Mal, dass du mich heute aus dem Schlafe weckst, Nasenstern! Mach mich nicht rasend! Wenn ich rase, werde ich wie der leibhaftige Satanas, und dann, so wahr ich ein Christ bin, dann schieße ich mit der Büchse durch die Gitterluke des Tores, und dann hüte jeder seine Nase!«

»Schieß nicht! Schieß nicht! Ich bin ein einzelner Mensch«, wimmerte angstvoll der Nasenstern und drückte sein Gesicht fest an die nächste Mauer, und in dieser Stellung verharrte er zitternd und leise betend.

»Sagt, sagt, was ist passiert?« rief jetzt auch Jäkel der Narr mit all jener hastigen Neugier, die schon damals den Frankfurter Juden eigentümlich war.

Der Rabbi aber riss sich von ihm los und ging mit seinem Weibe weiter die Judengasse hinauf. »Sieh, schöne Sara«, sprach er seufzend, »wie schlecht geschützt ist Israel! Falsche Freunde hüten seine Tore von außen, und drinnen sind seine Hüter Narrheit und Furcht!«

Langsam wanderten die beiden durch die lange, leere Straße, wo nur hie und da ein blühender Mädchenkopf zum Fenster hinausguckte, während sich die Sonne in den blanken Scheiben festlich heiter bespiegelte. Damals nämlich waren die Häuser des Judenviertels noch neu und nett, auch niedriger wie jetzt, indem erst späterhin die Juden, als sie in Frankfurt sich sehr vermehrten und doch ihr Quartier nicht erweitern durften, dort immer ein Stockwerk über das andere bauten, sardellenartig zusammenrückten und dadurch an Leib und Seele verkrüppelten. Der Teil des Judenquartiers, der nach dem großen Brande stehengeblieben und den man die Alte Gasse nennt, jene hohen, schwarzen Häuser, wo ein grinsendes, feuchtes Volk umherschachert, ist ein schauderhaftes Denkmal des Mittelalters. Die ältere Synagoge existiert nicht mehr; sie war minder geräumig als die jetzige, die später erbaut wurde, nachdem die Nürnberger Vertriebenen in die Gemeinde aufgenommen worden. Sie lag nördlicher. Der Rabbi brauchte ihre Lage nicht erst zu erfragen. Schon aus der Ferne vernahm er die vielen verworrenen und überaus lauten Stimmen. Im Hofe des Gotteshauses trennte er sich von seinem Weibe. Nachdem er an dem Brunnen, der dort steht, seine Hände gewaschen, trat er in jenen untern Teil der Synagoge, wo die Männer beten; die schöne Sara hingegen erstieg eine Treppe und gelangte oben zur Abteilung der Weiber.

Diese obere Abteilung war eine Art Galerie mit drei Reihen hölzerner, braunrot angestrichener Sitze, deren Lehne oben mit einem hängenden Brett versehen war, das, um die Gebetbuch daraufzulegen, sehr bequem aufgeklappt werden konnte. Die Frauen saßen hier schwatzend nebeneinander oder standen aufrecht, inbrünstig betend; manchmal auch traten sie neugierig an das große Gitter, das sich längs der Morgenseite hinzog und durch dessen dünne grüne Latten man hinabschauen konnte in die untere Abteilung der Synagoge. Dort, hinter hohen Betpulten, standen die Männer in ihren schwarzen Mänteln, die spitzen Bärte herabschießend über die weißen Halskrausen und die plattbedeckten Köpfe mehr oder minder verhüllt von einem viereckigen, mit den gesetzlichen Schaufäden versehenen Tuche, das aus weißer Wolle oder Seide bestand, mitunter auch mit goldenen Tressen geschmückt war. Die Wände der Synagoge waren ganz einförmig geweißt, und man sah dort keinen anderen Zierrat als etwa das vergoldete Eisengitter um die viereckige Bühne, wo die Gesetzesabschnitte verlesen werden, und die heilige Lade, ein kostbar gearbeiteter Kasten, scheinbar getragen von marmornen Säulen mit üppigen Kapitälern, deren Blumen- und Laubwerk gar lieblich emporrankte, und bedeckt mit einem Vorhang von kornblauem Sammet, worauf mit Goldflittern, Perlen und bunten Steinen eine fromme Inschrift gestickt war. Hier hing die silberne Gedächtnisampel und erhob sich ebenfalls eine vergitterte Bühne, auf deren Geländer sich allerlei heilige Geräte befanden, unter andern der siebenarmige Tempelleuchter, und vor demselben, das Antlitz gegen die Lade, stand der Vorsänger, dessen Gesang instrumentenartig begleitet wurde von den Stimmen seiner beiden Gehilfen, des Bassisten und des Diskantsängers. Die Juden haben nämlich alle wirkliche Instrumentalmusik aus ihrer Kirche verbannt, während, dass der Lobgesang Gottes erbaulicher aufsteige aus der warmen Menschenbrust als aus kalten Orgelpfeifen. Recht kindlich freute sich die schöne Sara, als jetzt der Vorsänger, ein trefflicher Tenor, seine Stimme erhob und die uralten, ernsten Melodien, die sie so gut kannte, in noch nie geahnter junger Lieblichkeit aufblühten, während der Bassist zum Gegensatz die tiefen, dunkeln Töne hineinbrummte und in den Zwischenpausen der Diskantsänger fein und süß trillerte. Solchen Gesang hatte die schöne Sara in der Synagoge von

Bacherach niemals gehört, denn der Gemeindevorsteher, David Levi, machte dort den Vorsänger, und wenn dieser schon bejahrte, zitternde Mann mit seiner zerbröckelten, meckernden Stimme wie ein junges Mädchen trillern wollte und in solch gewaltsamer Anstrengung seinen schlaff herabhängenden Arm fieberhaft schüttelte, so reizte dergleichen wohl mehr zum Lachen als zur Andacht.

Ein frommes Behagen, gemischt mit weiblicher Neugier, zog die schöne Sara ans Gitter, wo sie hinabschauen konnte in die untere Abteilung, die sogenannte Männerschule. Sie hatte noch nie eine so große Anzahl Glaubensgenossen gesehen, wie sie da unten erblickte, und es ward ihr noch heimlich wohler ums Herz in der Mitte so vieler Menschen, die ihr so nahe verwandt durch gemeinschaftliche Abstammung, Denkweise und Leiden. Aber noch viel bewegter wurde die Seele des Weibes, als drei alte Männer ehrfurchtsvoll vor die heilige Lade traten, den glänzenden Vorhang an die Seite schoben, den Kasten aufschlossen und sorgsam jenes Buch herausnahmen, das Gott mit heilig eigner Hand geschrieben und für dessen Erhaltung die Juden so viel erduldet, so viel Elend und Hass, Schmach und Tod, ein tausendjähriges Martyrtum. Dieses Buch, eine große Pergamentrolle, war wie ein fürstliches Kind in einem buntgestickten Mäntelchen von rotem Sammet gehüllt; oben, auf den beiden Rollhölzern, steckten zwei silberne Gehäuschen, worin allerlei Granaten und Glöckchen sich zierlich bewegten und klingelten, und vorn, am silbernen Kettchen, hingen goldne Schilde mit bunten Edelsteinen. Der Vorsänger nahm das Buch, und als sei es ein wirkliches Kind, ein Kind, um dessentwillen man große Schmerzen erlitten und das man nur desto mehr liebt, wiegte er es in seinen Armen, tänzelte damit hin und her, drückte es an seine Brust, und durchschauert von solcher Berührung, erhob er seine Stimme zu einem so jauchzend frommen Dankliede, dass es der schönen Sara dünkte, als ob die Säulen der heiligen Lade zu blühen begönnen und die wunderbaren Blumen und Blätter der Kapitäler immer höher hinaufwüchsen und die Töne des Diskanten sich in lauter Nachtigallen verwandelten und die Wölbung der Synagoge gesprengt würde von den gewaltigen Tönen des Bassisten und die Freudigkeit Gottes herabströmte aus dem blauen Himmel. Das war ein schöner Psalm. Die Gemeinde wiederholte chorartig die Schlussverse, und nach der erhöhten Bühne in der Mitte der Synagoge schritt langsam der Vorsänger mit dem heiligen Buch, während Männer und Knaben sich hastig hinzudrängten, um die Sammethülle desselben zu küssen oder auch nur zu berühren. Auf der erwähnten Bühne zog man von dem heiligen Buche das samtne Mäntelchen sowie auch die mit bunten Buchstaben beschriebenen Windeln, womit es umwickelt war, und aus der geöffneten Pergamentrolle, in jenem singenden Ton, der am Paschafest noch gar besonders moduliert wird, las der Vorsänger die erbauliche Geschichte von der Versuchung Abrahams.

Die schöne Sara war bescheiden vom Gitter zurückgewichen, und eine breite, putzbeladene Frau von mittlerem Alter und gar gespreizt wohlwollendem Wesen hatte ihr mit stummem Nicken die Miteinsicht in ihrem Gebetbuch vergönnt. Diese Frau mochte wohl keine große Schriftgelehrtin sein; denn als sie die Gebete murmelnd vor sich hin las, wie die Weiber, da sie nicht laut mitsingen dürfen, zu tun pflegen, so bemerkte die schöne Sara, dass sie viele Worte allzu sehr nach Gutdünken aussprach und manche gute Zeile ganz überschlupperte. Nach einer Weile aber hoben sich schmachtend langsam die wasserklaren Augen der guten Frau, ein flaches Lächeln glitt über das porzellanhaft rot und weiße Gesicht, und mit einem Tone, der so vornehm als möglich hinschmelzen wollte, sprach sie zur schönen Sara: »Er singt sehr gut. Aber ich habe doch in Holland noch viel besser singen hören. Sie sind fremd und wissen vielleicht nicht, dass es der Vorsänger aus Worms ist und dass man ihn hierbehalten will, wenn er mit jährlichen vierhundert Gulden zufrieden ist. Es ist ein lieber Mann, und seine Hände sind wie Alabaster. Ich halte viel von einer schönen Hand. Eine schöne Hand ziert den ganzen Menschen!« – Dabei legte die gute Frau selbstgefällig ihre Hand, die wirklich noch schön war, auf die Lehne des Betpultes, und mit einer graziösen Beugung des Hauptes andeutend, dass sie sich im Sprechen nicht gern unterbrechen lasse, setzte sie hinzu: »Das Sängerchen ist noch ein Kind und sieht sehr abgezehrt aus. Der Bass ist gar zu hässlich, und unser Stern hat mal sehr witzig gesagt: ›Der Bass ist ein größerer Narr, als man von einem Bass zu verlangen braucht!‹ Alle drei speisen in meiner Garküche, und Sie wissen vielleicht nicht, dass ich Elle Schnapper bin.«

Die schöne Sara dankte für diese Mitteilung, wogegen wieder die Schnapper-Elle ihr ausführlich erzählte, wie sie einst in Amsterdam gewesen, dort wegen ihrer Schönheit gar vielen Nachstellungen unterworfen war und wie sie drei Tage vor Pfingsten nach Frankfurt gekommen und den Schnapper geheiratet, wie dieser am Ende gestorben, wie er auf dem Totenbett die rührendsten Dinge gesprochen und wie es schwer sei, als Vorsteherin einer Garküche die Hände zu konservieren. Manchmal sah sie nach der Seite mit wegwerfendem Blicke, der wahrscheinlich einigen spöttischen jungen Weibern galt, die ihren Anzug musterten. Merkwürdig genug war diese Kleidung: ein weit ausgebauchter Rock von weißem Atlas, worin alle Tierarten der Arche Noah grellfarbig gestickt, ein Wams von Goldstoff wie ein Kürass, die Ärmel von rotem Samt, gelb geschlitzt, auf dem Haupt eine unmenschlich hohe Mütze, um den Hals eine allmächtige Krause von weißem Steiflinnen sowie auch eine silberne Kette, woran allerlei Schaupfennige, Kameen und Raritäten, unter andern ein großes Bild der Stadt Amsterdam, bis über den Busen herabhingen. Aber die Kleidung der übrigen Frauen war nicht minder merkwürdig und bestand wohl aus einem Gemisch von Moden verschiedener Zeiten, und manches Weiblein, bedeckt mit Gold und Diamanten, glich einem wandelnden Juwelierladen. Es war freilich den Frankfurter Juden damals eine bestimmte Kleidung gesetzlich vorgeschrieben, und zur Unterscheidung von den Christen sollten die Männer an ihren Mänteln gelbe Ringe und die Weiber an ihren Mützen hochaufstehende blaugestreifte Schleier tragen. Jedoch im Judenquartier wurde diese obrigkeitliche Verordnung wenig beachtet, und dort, besonders an Festtagen und zumal in der Synagoge, suchten die Weiber so viel Kleiderpracht wie möglich gegeneinander auszukramen, teils, um sich beneiden zu lassen, teils auch, um den Wohlstand und die Kreditfähigkeit ihrer Eheherrn darzutun.

Während nun unten in der Synagoge die Gesetzesabschnitte aus den Büchern Moses vorgelesen werden, pflegt dort die Andacht etwas nachzulassen. Mancher macht es sich bequem und setzt sich nieder, flüstert auch wohl mit einem Nachbar über weltliche Angelegenheiten oder geht hinaus auf den Hof, um frische Luft zu schöpfen. Kleine Knaben nehmen sich unterdessen die Freiheit, ihre Mütter in der Weiberabteilung zu besuchen, und hier hat alsdann die Andacht wohl noch größere Rückschritte gemacht: hier wird geplaudert, geruddelt, gelacht, und, wie es überall geschieht, die jüngeren Frauen scherzen über die alten, und diese klagen wieder über Leichtfertigkeit der Jugend und Verschlechterung der Zeiten. Gleichwie es aber unten in der Synagoge zu Frankfurt einen Vorsänger gab, so gab es in der obern Abteilung eine Vorklatscherin. Das war Hündchen Reiß, eine platte grünliche Frau, die jedes Unglück witterte und immer eine skandalöse Geschichte auf der Zunge trug. Die gewöhnliche Zielscheibe ihrer Spitzreden war die arme Schnapper-Elle, sie wusste gar drollig die erzwungen vornehmen Gebärden derselben nachzuäffen sowie auch den schmachtenden Anstand, womit sie die schalkhaften Huldigungen der Jugend entgegennimmt.

»Wisst ihr wohl«, rief jetzt Hündchen Reiß, »die Schnapper-Elle hat gestern gesagt: ›Wenn ich nicht schön und klug und geliebt wäre, so möchte ich nicht auf der Welt sein!‹«

Da wurde etwas laut gekichert, und die nahstehende Schnapper-Elle, merkend, dass es auf ihre Kosten geschah, hob verachtungsvoll ihr Auge empor, und wie ein stolzes Prachtschiff segelte sie nach einem entfernteren Platze. Die Vögele Ochs, eine runde, etwas täppische Frau, bemerkte mitleidig, die Schnapper-Elle sei zwar eitel und beschränkt, aber sehr bravmütig, und sie tue sehr viel Gutes für Leute, die es nötig hätten. – »Besonders für den Nasenstern«, zischte Hündchen Reiß. Und alle, die das zarte Verhältnis kannten, lachten umso lauter. – »Wisst ihr wohl«, setzte Hündchen hämisch hinzu, »der Nasenstern schläft jetzt auch im Hause der Schnapper-Elle ... Aber seht mal, dort unten die Süschen Flörsheim trägt die Halskette, die Daniel Fläsch bei ihrem Manne versetzt hat. Die Fläsch ärgert sich ... Jetzt spricht sie mit der Flörsheim ... Wie sie sich so freundlich die Hand drücken! Und hassen sich doch wie Midian und Moab! Wie sie sich so liebevoll anlächeln! Fresst euch nur nicht vor lauter Zärtlichkeit! Ich will mir das Gespräch anhören.«

Und nun, gleich einem lauernden Tier, schlich Hündchen Reiß hinzu und hörte, dass die beiden Frauen teilnehmend einander klagten, wie sehr sie sich verflossene Woche abgearbeitet, um in ihren Häusern aufzuräumen und das Küchengeschirr zu scheuern, was vor dem Paschafeste geschehen muss, damit kein einziges Brosämchen der gesäuerten Brote daran klebenbleibe. Auch von der Mühseligkeit beim Backen der ungesäuerten Brote sprachen die beiden Frauen. Die Fläsch hatte noch besondere Beklagnisse: im Backhaus der Gemeinde musste sie viel Ärger erleiden, nach der Entscheidung des Loses konnte sie dort erst in den letzten Tagen, am Vorabend des Festes, und erst spät nachmittags zum Backen gelangen, die alte Hanne hatte den Teig schlecht geknetet, die Mägde rollten mit ihren Wergelhölzern den Teig viel zu dünn, die Hälfte der Brote verbrannte im Ofen, und außerdem regnete es so stark, dass es durch das bretterne Dach des Backhauses beständig tröpfelte, und sie mussten sich dort, nass und müde, bis tief in die Nacht abarbeiten.

»Und daran, liebe Flörsheim«, setzte die Fläsch hinzu mit einer schonenden Freundlichkeit, die keineswegs echt war, »daran waren Sie auch ein bisschen schuld, weil Sie mir nicht Ihre Leute zur Hilfeleistung beim Backen geschickt haben«

»Ach, Verzeihung«, erwiderte die andre, »meine Leute waren zu sehr beschäftigt, die Messewaren müssen verpackt werden, wir haben jetzt so viel zu tun, mein Mann ...«

»Ich weiß«, fiel ihr die Fläsch mit schneidend hastigem Ton in die Rede, »ich weiß, ihr habt viel zu tun, viel Pfänder und gute Geschäfte, und Halsketten ...«

Eben wollte ein giftiges Wort den Lippen der Sprecherin entgleiten, und die Flörsheim ward schon rot wie ein Krebs, als plötzlich Hündchen Reiß laut aufkreischte: »Um Gottes willen, die fremde Frau liegt und stirbt ... Wasser! Wasser!«

Die schöne Sara lag in Ohnmacht, blass wie der Tod, und um sie herum drängte sich ein Schwarm von Weibern, geschäftig und jammernd. Die eine hielt ihr den Kopf, eine zweite hielt ihr den Arm; einige alte Frauen bespritzten sie mit den Wassergläschen, die hinter ihren Betpulten hängen, zum Behufe des Händewaschens, im Fall sie zufällig ihren eignen Leib berührten; andre hielten unter die Nase der Ohnmächtigen eine alte Zitrone, die, mit Gewürznägelchen durchstochen, noch vom letzten Fasttage herrührte, wo sie zum nervenstärkenden Anriechen diente. Ermattet und tief seufzend, schlug endlich die schöne Sara die Augen auf, und mit stummen Blicken dankte sie für die gütige Sorgfalt. Doch jetzt ward unten das Achtzehn-Gebet, welches niemand versäumen darf, feierlich angestimmt, und die geschäftigen Weiber eilten zurück zu ihren Plätzen und verrichteten jenes Gebet, wie es geschehen muss, stehend und das Gesicht gewendet gegen Morgen, welches die Himmelsgegend, wo Jerusalem liegt. Vögele Ochs, Schnapper-Elle und Hündchen Reiß verweilten am längsten bei der schönen Sara; die beiden ersteren, indem sie ihr eifrigst ihre Dienste anboten, die letztere, nachdem sie sich nochmals bei ihr erkundigte, weshalb sie so plötzlich ohnmächtig geworden.

Die Ohnmacht der schönen Sara hatte aber eine ganz besondere Ursache. Es ist nämlich Brauch in der Synagoge, dass jemand, welcher einer großen Gefahr entronnen, nach der Verlesung der Gesetzesabschnitte öffentlich hervortritt und der göttlichen Vorsehung für seine

194

Rettung dankt. Als nun Rabbi Abraham zu solcher Danksagung unten in der Synagoge sich erhob und die schöne Sara die Stimme ihres Mannes erkannte, merkte sie, wie der Ton derselben allmählich in das trübe Gemurmel des Totengebetes überging, sie hörte die Namen ihrer Lieben und Verwandten, und zwar begleitet von jenem segnenden Beiwort, das man den Verstorbenen erteilt, und die letzte Hoffnung schwand aus der Seele der schönen Sara, und ihre Seele ward zerrissen von der Gewissheit, dass ihre Lieben und Verwandten wirklich ermordet worden, dass ihre kleine Nichte tot sei, dass auch ihre Bäschen Blümchen und Vögelchen tot seien, auch der kleine Gottschalk tot sei, alle ermordet und tot! Von dem Schmerz dieses Bewusstseins wäre sie schier selber gestorben, hätte sich nicht eine wohltätige Ohnmacht über ihre Sinne ergossen.

Drittes Kapitel

Als die schöne Sara nach beendigtem Gottesdienst in den Hof der Synagoge hinabstieg, stand dort der Rabbi harrend seines Weibes. Er nickte ihr mit heiterem Antlitz zu und geleitete sie hinaus auf die Straße, wo die frühere Stille ganz verschwunden und ein lärmiges Menschengewimmel zu schauen war. Bärtige Schwarzröcke wie Ameisenhaufen; Weiber, glanzreich hinflatternd wie Goldkäfer; neugekleidete Knaben, die den Alten die Gebetbücher nachtrugen; junge Mädchen, die, weil sie nicht in die Synagoge gehen dürfen, jetzt aus den Häusern ihren Eltern entgegenhüpfen, vor ihnen die Lockenköpfchen beugen, um den Segen zu empfangen: alle heiter und freudig und die Gasse auf und ab spazierend im seligen Vorgefühl eines guten Mittagmahls, dessen lieblicher Duft schon mundwässernd hervorstieg aus den schwarzen, mit Kreide bezeichneten Töpfen, die eben von den lachenden Mägden aus dem großen Gemeindeofen geholt worden.

In diesem Gewirre war besonders bemerkbar die Gestalt eines spanischen Ritters, auf dessen jugendlichen Gesichtszügen jene reizende Blässe lag, welche die Frauen gewöhnlich einer unglücklichen Liebe, die Männer hingegen einer glücklichen zuschreiben. Sein Gang, obschon gleichgültig hinschlendernd, hatte dennoch eine etwas gesuchte Zierlichkeit; die Federn seines Barettes bewegten sich mehr durch das vornehme Wiegen des Hauptes als durch das Wehen des Windes; mehr als eben notwendig klirrten seine goldenen Sporen und das Wehrgehänge seines Schwertes, welches er im Arme zu tragen schien und dessen Griff kostbar hervorblitzte aus dem weißen Reitermantel, der seine schlanken Glieder scheinbar nachlässig umhüllte und dennoch den sorgfältigsten Faltenwurf verriet. Hin und wieder, teils mit Neugier, teils mit Kennermienen, nahte er sich den vorüberwandelnden Frauenzimmern, sah ihnen seelenruhig fest ins Antlitz, verweilte bei solchem Anschaun, wenn die Gesichter der Mühe lohnten, sagte auch manchem liebenswürdigen Kinde einige rasche Schmeichelworte und schritt sorglos weiter, ohne die Wirkung abzuwarten. Die schöne Sara hatte er schon mehrmals umkreist, jedes Mal wieder zurückgescheucht von dem gebietenden Blick derselben oder auch von der rätselhaft lächelnden Miene ihres Mannes, aber endlich, in stolzem Abstreifen aller scheuen Befangenheit, trat er beiden keck in den Weg, und mit stutzerhafter Sicherheit und süßlich galantem Tone hielt er folgende Anrede:

»Señora, ich schwöre! Hört, Señora, ich schwöre! Bei den Rosen beider Kastilien, bei den aragonesischen Hyazinthen und andalusischen Granatblüten! Bei der Sonne, die ganz Spanien mit all seinen Blumen, Zwiebeln, Erbsensuppen, Wäldern, Bergen, Mauleseln, Ziegenböcken und Altchristen beleuchtet! Bei der Himmelsdecke, woran diese Sonne nur ein goldner Quast ist! Und bei dem Gott, der auf der Himmelsdecke sitzt und Tag und Nacht über neue Bildung holdseliger Frauengestalten nachsinnt ... Ich schwöre, Señora, Ihr seid das schönste Weib, das ich im deutschen Lande gesehen habe, und so Ihr gewillt seid, meine

195

Dienste anzunehmen, so bitte ich Euch um die Gunst, Huld und Erlaubnis, mich Euren Ritter nennen zu dürfen und in Schimpf und Ernst Eure Farben zu tragen!«

Ein errötender Schmerz glitt über das Antlitz der schönen Sara, und mit einem Blick, der um so schneidender wirkt, je sanfter die Augen sind, die ihn versenden, und mit einem Ton, der um so vernichtender, je bebend weicher die Stimme, antwortete die tiefgekränkte Frau:

»Edler Herr! Wenn Ihr mein Ritter sein wollt, so müsst Ihr gegen ganze Völker kämpfen, und in diesem Kampf gibt es wenig Dank und noch weniger Ehre zu gewinnen! Und wenn Ihr gar meine Farben tragen wollt, so müsst Ihr gelbe Ringe auf Euren Mantel nähen oder eine blaugestreifte Schärpe umbinden: denn dieses sind meine Farben, die Farben meines Hauses, des Hauses, welches Israel heißt und sehr elend ist und auf den Gassen verspottet wird von den Söhnen des Glücks!«

Plötzliche Purpurröte bedeckte die Wangen des Spaniers, eine unendliche Verlegenheit arbeitete in allen seinen Zügen, und fast stotternd sprach er:

»Señora ... Ihr habt mich missverstanden ... unschuldiger Scherz ... aber, bei Gott, kein Spott, kein Spott über Israel ... ich stamme selber aus dem Hause Israel ... mein Großvater war ein Jude, vielleicht sogar mein Vater ...«

»Und ganz sicher, Señor, ist Eu'r Oheim ein Jude«, fiel ihm der Rabbi, der dieser Szene ruhig zugesehen, plötzlich in die Rede, und mit einem fröhlich neckenden Blicke setzte er hinzu: »Und ich will mich selbst dafür verbürgen, dass Don Isaak Abarbanel, Neffe des großen Rabbi, dem besten Blute Israels entsprossen ist, wo nicht gar dem königlichen Geschlechte Davids!«

Da klirrte das Schwertgehänge unter dem Mantel des Spaniers, seine Wangen erblichen wieder bis zur fahlsten Blässe, auf seiner Oberlippe zuckte es wie Hohn, der mit dem Schmerze ringt, aus seinen Augen grinste der zornigste Tod, und in einem ganz verwandelten, eiskalten, scharfgehackten Tone sprach er:

»Señor Rabbi! Ihr kennt mich. Nun wohlan, so wisst Ihr auch, wer ich bin. Und weiß der Fuchs, dass ich der Brut des Löwen angehöre, so wird er sich hüten und seinen Fuchsbart nicht in Lebensgefahr bringen und meinen Zorn nicht reizen! Wie will der Fuchs den Löwen richten? Nur wer wie der Löwe fühlt, kann seine Schwächen begreifen ...«

»Oh, ich begreife es wohl«, antwortete der Rabbi, und wehmütiger Ernst zog über seine Stirn, »ich begreife es wohl, wie der stolze Leu aus Stolz seinen fürstlichen Pelz abwirft und sich in den bunten Schuppenpanzer des Krokodils verkappt, weil es Mode ist, ein greinendes, schlaues, gefräßiges Krokodil zu sein! Was sollen erst die geringeren Tiere beginnen, wenn sich der Löwe verleugnet? Aber hüte dich, Don Isaak, du bist nicht geschaffen für das Element des Krokodils. Das Wasser – (du weißt wohl, wovon ich rede) – ist dein Unglück, und du wirst untergehen. Nicht im Wasser ist dein Reich; die schwächste Forelle kann besser darin gedeihen als der König des Waldes. Weißt du noch, wie dich die Strudel des Tajo verschlingen wollten ...«

In ein lautes Gelächter ausbrechend, fiel Don Isaak plötzlich dem Rabbi um den Hals, verschloss seinen Mund mit Küssen, sprang sporenklirrend vor Freude in die Höhe, dass die vorbeigehenden Juden zurückschraken, und in seinem natürlich herzlich heiteren Tone rief er: »Wahrhaftig, du bist Abraham von Bacherach! Und es war ein guter Witz und obendrein ein Freundschaftsstück, als du zu Toledo von der Alcantara-Brücke ins Wasser sprangst und deinen Freund, der besser trinken als schwimmen konnte, beim Schopf fasstest und aufs Trockene zogst! Ich war nahe dran, recht gründliche Untersuchungen anzustellen, ob auf dem Grunde des Tajo wirklich Goldkörner zu finden und ob ihn mit Recht die Römer den goldnen Fluss genannt haben. Ich sage dir, ich erkälte mich noch heute durch die bloße Erinnerung an jene Wasserpartie.«

196

Bei diesen Worten gebärdete sich der Spanier, als wollte er anhängende Wassertropfen von sich abschütteln. Das Antlitz des Rabbi aber war gänzlich aufgeheitert. Er drückte seinem Freunde wiederholt die Hand, und jedes Mal sagte er: »Ich freue mich!«

»Und ich freue mich ebenfalls«, sprach der andere, »wir haben uns seit sieben Jahren nicht gesehen; bei unserem Abschied war ich noch ein ganz junger Gelbschnabel, und du, du warst schon so gesetzt und ernsthaft ... Was ward aber aus der schönen Doña, die dich damals so viele Seufzer kostete, wohlgereimte Seufzer, die du mit Lautenklang begleitet hast ...«

»Still, still! Die Doña hört uns, sie ist mein Weib, und du selbst hast ihr heute eine Probe deines Geschmackes und Dichtertalentes dargebracht.«

Nicht ohne Nachwirkung der früheren Verlegenheit begrüßte der Spanier die schöne Frau, welche mit anmutiger Güte jetzt bedauerte, dass sie durch Äußerungen des Unmuts einen Freund ihres Mannes betrübt habe.

»Ach, Señora«, antwortete Don Isaak, »wer mit täppischer Hand nach einer Rose griff, darf sich nicht beklagen, dass ihn die Dornen verletzten! Wenn der Abendstern sich im blauen Strom goldfunkelnd abspiegelt ...«

»Ich bitte dich um Gottes willen«, unterbrach ihn der Rabbi, »hör auf ... Wenn wir so lange warten sollen, bis der Abendstern sich im blauen Strome goldfunkelnd abspiegelt, so verhungert meine Frau; sie hat seit gestern nichts gegessen und seitdem viel Ungemach und Mühsal erlitten.«

»Nun, so will ich euch zur besten Garküche Israels führen«, rief Don Isaak, »zu dem Haus meiner Freundin Schnapper-Elle, das hier in der Nähe. Schon rieche ich ihren holden Duft, nämlich der Garküche. O wüsstest du, Abraham, wie dieser Duft mich anspricht! Er ist es, der mich, seit ich in dieser Stadt verweile, so oft hinlockt zu den Zelten Jakobs. Der Verkehr mit dem Volke Gottes ist sonst nicht meine Liebhaberei, und wahrlich nicht, um hier zu beten, sondern um zu essen, besuche ich die Judengasse ...«

»Du hat uns nie geliebt, Don Isaak ...«

»Ja«, fuhr der Spanier fort, »ich liebe eure Küche weit mehr als euren Glauben; es fehlt ihm die rechte Sauce. Euch selber habe ich nie ordentlich verdauen können. Selbst in euren besten Zeiten, selbst unter der Regierung meines Ahnherrn Davids, welcher König war über Juda und Israel, hätte ich es nicht unter euch aushalten können, und ich wäre gewiss eines frühen Morgens aus der Burg Zion entsprungen und nach Phönizien emigriert oder nach Babylon, wo die Lebenslust schäumte im Tempel der Götter ...«

»Du lästerst, Isaak, den einzigen Gott«, murmelte finster der Rabbi, »du bist weit schlimmer als ein Christ, du bist ein Heide, ein Götzendiener ...«

»Ja, ich bin ein Heide, und ebenso zuwider wie die dürren, freudlosen Hebräer sind mir die trüben, qualsüchtigen Nazarener. Unsre Liebe Frau von Sidon, die heilige Astarte, mag es mir verzeihen, dass ich vor der schmerzensreichen Mutter des Gekreuzigten niederknie und bete ... Nur mein Knie und meine Zunge huldigen dem Tod, mein Herz blieb treu dem Leben! ...«

»Aber schau nicht so sauer«, fuhr der Spanier fort in seiner Rede, als er sah, wie wenig dieselbe den Rabbi zu erbauen schien, »schau mich nicht an mit Abscheu. Meine Nase ist nicht abtrünnig geworden. Als mich einst der Zufall um die Mittagszeit in diese Straße führte und aus den Küchen der Juden mir die wohlbekannten Düfte in die Nase stiegen, da erfasste mich jene Sehnsucht, die unsere Väter empfanden, als sie zurückdachten an die Fleischtöpfe Ägyptens; wohlschmeckende Jugenderinnerungen stiegen in mir auf; ich sah wieder im Geiste die Karpfen mit brauner Rosinensauce, die meine Tante für den Freitagabend so erbaulich zuzubereiten wusste; ich sah wieder das gedämpfte Hammelfleisch mit Knoblauch und Mairettich, womit man die Toten erwecken kann, und die Suppe mit schwärmerisch

197

schwimmenden Klößchen ... und meine Seele schmolz, wie die Töne einer verliebten Nachtigall, und seitdem esse ich in der Garküche meiner Freundin Doña Schnapper-Elle!«

Diese Garküche hatte man unterdessen erreicht; Schnapper-Elle selbst stand an der Tür ihres Hauses, die Messefremden, die sich hungrig hineindrängten, freundlich begrüßend. Hinter ihr, den Kopf über ihre Schulter hinauslehnend, stand der lange Nasenstern und musterte neugierig ängstlich die Ankömmlinge. Mit übertriebener Grandezza nahte sich Don Isaak unserer Gastwirtin, die seine schalkhaft tiefen Verbeugungen mit unendlichen Knicksen erwiderte; drauf zog er den Handschuh ab von seiner rechten Hand, umwickelte sie mit dem Zipfel seines Mantels, ergriff damit die Hand der Schnapper-Elle, strich sie langsam über die Haare seines Stutzbartes und sprach:

»Señora! Eure Augen wetteifern mit den Gluten der Sonne! Aber obgleich die Eier, je länger sie gekocht werden, sich desto mehr verhärten, so wird dennoch mein Herz nur um so weicher, je länger es von den Flammenstrahlen Eurer Augen gekocht wird! Aus der Dotter meines Herzens flattert hervor der geflügelte Gott Amor und sucht ein trauliches Nestchen in Eurem Busen ... Diesen Busen, Señora, womit soll ich ihn vergleichen? Es gibt in der weiten Schöpfung keine Blume, keine Frucht, die ihm ähnlich wäre! Dieses Gewächs ist einzig in seiner Art. Obgleich der Sturm die zartesten Röslein entblättert, so ist doch Eu'r Busen eine Winterrose, die allen Winden trotzt! Obgleich die saure Zitrone, je mehr sie altert, nur desto gelber und runzliger wird, so wetteifert dennoch Eu'r Busen mit der Farbe und Zartheit der süßesten Ananas! O Señora, ist auch die Stadt Amsterdam so schön, wie Ihr mir gestern und vorgestern und alle Tage erzählt habt, so ist doch der Boden, worauf sie ruht, noch tausendmal schöner ...« – Der Ritter sprach diese letzteren Worte mit erheuchelter Befangenheit und schielte schmachtend nach dem großen Bild, das an Schnapper-Elles Hals hing; der Nasenstern schaute von oben herab mit suchenden Augen, und der gelobte Busen setzte sich in eine so wogende Bewegung, dass die Stadt Amsterdam hin und her wackelte.

»Ach!« seufzte die Schnapper-Elle, »Tugend ist mehr wert als Schönheit. Was nützt mir die Schönheit? Meine Jugend geht vorüber, und seit Schnapper tot ist – er hat wenigstens schöne Hände gehabt –, was hilft mir da die Schönheit?«

Und dabei seufzte sie wieder, und wie ein Echo, fast unhörbar, seufzte hinter ihr der Nasenstern.

»Was Euch die Schönheit nützt«, rief Don Isaak. »Oh, Doña Schnapper-Elle, versündigt Euch nicht an der Güte der schaffenden Natur! Schmäht nicht ihre holdesten Gaben! Sie würde sich furchtbar rächen. Diese beseligenden Augen würden blöde verglasen, diese anmutigen Lippen würden sich bis ins Abgeschmackte verplatten, dieser keusche, liebesuchende Leib würde sich in eine schwerfällige Talgtonne verwandeln, die Stadt Amsterdam würde auf einen muffigen Morast zu ruhen kommen –«

Und so schilderte er Stück für Stück das jetzige Aussehn der Schnapper-Elle, sodass der armen Frau sonderbar beängstigend zumute ward und sie den unheimlichen Reden des Ritters zu entrinnen suchte. In diesem Augenblick war sie doppelt froh, als sie der schönen Sara ansichtig ward und sich angelegentlichst erkundigen konnte, ob sie ganz von ihrer Ohnmacht genesen. Sie stürzte sich dabei in ein lebhaftes Gespräch, worin sie alle ihre falsche Vornehmtuerei und echte Herzensgüte entwickelte und mit mehr Weitläufigkeit als Klugheit die fatale Geschichte erzählte, wie sie selbst vor Schrecken fast in Ohnmacht gefallen wäre, als sie wildfremd mit der Trekschuite zu Amsterdam ankam und der spitzbübische Träger ihres Koffers sie nicht in ein ehrbares Wirtshaus, sondern in ein freches Frauenhaus brachte, was sie bald gemerkt an dem vielen Branntweingesöff und den unsittlichen Zumutungen ... und sie wäre, wie gesagt, wirklich in Ohnmacht gefallen, wenn sie es während den sechs Wochen, die sie in jenem verfänglichen Hause zubrachte, nur einen Augenblick wagen durfte, die Augen zu schließen ... »Meiner Tugend wegen«, setzte sie hinzu, »durfte ich es nicht wagen. Und das alles passierte mir wegen meiner Schönheit! Aber Schönheit vergeht, und Tugend besteht.«

Don Isaak war schon im Begriff, die Einzelheiten dieser Geschichte kritisch zu beleuchten, als glücklicherweise der scheele Aaron Hirschkuh von Homburg an der Lahn, mit der weißen Serviette im Maul, aus dem Haus hervorkam und ärgerlich klagte, dass schon längst die Suppe aufgetragen sei und die Gäste zu Tische säßen und die Wirtin fehle. – – –

(Der Schluss und die folgenden Kapitel sind, ohne Verschulden des Autors, verlorengegangen.)

M e m o i r e n

G e s t ä n d n i s s e

Geschrieben im Winter 1854

[1852-1854; Vermischte Schriften, Hoffmann und Campe, Hamburg 1854]

Vorwort

Die nachfolgenden Blätter schrieb ich, um sie einer neuen Ausgabe meines Buches *»De l'Allemagne«* einzuverleiben. Voraussetzend, dass ihr Inhalt auch die Aufmerksamkeit des heimischen Publikums in Anspruch nehmen dürfte, veröffentliche ich diese Geständnisse ebenfalls in deutscher Sprache, und zwar noch vor dem Erscheinen der französischen Version. Zu dieser Vorsicht zwingt mich die Fingerfertigkeit sogenannter Übersetzer, die, obgleich ich jüngst in deutschen Blättern die Originalausgabe eines Opus ankündigte, dennoch sich nicht entblödeten, aus einer Pariser Zeitschrift den bereits in französischer Sprache erschienenen Anfang meines Werks aufzuschnappen und als besondere Broschüre verdeutscht herauszugeben [Die verbannten Götter, von Heinrich Heine. Aus dem Französischen. Nebst Mitteilungen über den kranken Dichter. Berlin, Gustav Hempel, 1853], solchermaßen nicht bloß die literarische Reputation, sondern auch die Eigentumsinteressen des Autors beeinträchtigend. Dergleichen Schnapphähne sind weit verächtlicher als der Straßenräuber, der sich mutig der Gefahr des Gehenktwerdens aussetzt, während jene, mit feigster Sicherheit die Lücken unserer Pressgesetzgebung ausbeutend, ganz straflos den armen Schriftsteller um seinen ebenso mühsamen wie kümmerlichen Erwerb bestehlen können. Ich will den besondern Fall, von welchem ich rede, hier nicht weitläufig erörtern; überrascht, ich gestehe es, hat die Büberei mich nicht. Ich habe mancherlei bittere Erfahrungen gemacht, und der alte Glaube oder Aberglaube an deutsche Ehrlichkeit ist bei mir sehr in die Krümpe gegangen. Ich kann es nicht verhehlen, dass ich, zumal während meines Aufenthalts in Frankreich, sehr oft das Opfer jenes Aberglaubens ward. Sonderbar genug, unter den Gaunern, die ich leider zu meinem Schaden kennenlernte, befand sich nur ein einziger Franzose, und dieser Gauner war gebürtig aus einem jener deutschen Gaue, die, einst dem deutschen Reich entrissen, jetzt von unsern Patrioten zurückverlangt werden. Sollte ich, in der ethnographischen Weise des Leporello, eine illustrierte Liste von den respektiven Spitzbuben anfertigen, die mir die Tasche geleert, würden freilich alle zivilisierten Länder darin zahlreich genug repräsentiert werden, aber die Palme bliebe doch dem Vaterland, welches das Unglaublichste geleistet, und ich könnte davon ein Lied singen mit dem Refrain:

Aber in Deutschland tausend und drei!

Charakteristisch ist es, dass unseren deutschen Schelmen immer eine gewisse Sentimentalität anklebt. Sie sind keine kalten Verstandesspitzbuben, sondern Schufte von Gefühl. Sie haben Gemüt, sie nehmen den wärmsten Anteil an dem Schicksal derer, die sie bestohlen, und man kann sie nicht loswerden. Sogar unsere vornehmen Industrieritter sind nicht bloße Egoisten, die nur für sich stehlen, sondern sie wollen den schnöden Mammon erwerben, um Gutes zu tun; in den Freistunden, wo sie nicht von ihren Berufsgeschäften, z. B. von der Direktion einer Gasbeleuchtung der böhmischen Wälder, in Anspruch genommen werden, beschützen sie Pianisten und Journalisten, und unter der buntgestickten, in allen Farben der Iris schillernden

Weste trägt mancher auch ein Herz, und in dem Herzen den nagenden Bandwurm des Welt-schmerzes. Der Industrielle, der mein obenerwähntes Opus in sogenannter Übersetzung als Broschüre herausgegeben, begleitete dieselbe mit einer Notiz über meine Person, worin er wehmütig meinen traurigen Gesundheitszustand bejammert und durch eine Zusammenstel-lung von allerlei Zeitungsartikeln über mein jetziges klägliches Aussehen die rührendsten Nachrichten mitteilt, sodass ich hier von Kopf bis Fuß beschrieben bin und ein witziger Freund bei dieser Lektüre lachend ausrufen konnte: »Wir leben wirklich in einer verkehrten Welt, und es ist jetzt der Dieb, welcher den Steckbrief des ehrlichen Mannes, den er bestoh-len hat, zur öffentlichen Kunde bringt.« –

Geschrieben zu Paris, im März 1854

Ein geistreicher Franzose – vor einigen Jahren hätten diese Worte einen Pleonasmus gebildet – nannte mich einst einen romantique défroqué. Ich hege eine Schwäche für alles, was Geist ist, und so boshaft die Benennung war, hat sie mich dennoch höchlich ergötzt. Sie ist tref-fend. Trotz meiner exterminatorischen Feldzüge gegen die Romantik blieb ich doch selbst immer ein Romantiker, und ich war es in einem höhern Grade, als ich selbst ahnte. Nachdem ich dem Sinn für romantische Poesie in Deutschland die tödlichsten Schläge beigebracht, be-schlich mich selbst wieder eine unendliche Sehnsucht nach der blauen Blume im Traumlande der Romantik, und ich ergriff die bezauberte Laute und sang ein Lied, worin ich mich allen holdseligen Übertreibungen, aller Mondscheintrunkenheit, allem blühenden Nachtigallen-wahnsinn der einst so geliebten Weise hingab. Ich weiß, es war »das letzte freie Waldlied der Romantik«, und ich bin ihr letzter Dichter: mit mir ist die alte lyrische Schule der Deutschen geschlossen, während zugleich die neue Schule, die moderne deutsche Lyrik, von mir eröff-net ward. Diese Doppelbedeutung wird mir von den deutschen Literarhistorikern zugeschrie-ben. Es ziemt mir nicht, mich hierüber weitläufig auszulassen, aber ich darf mit gutem Fuge sagen, dass ich in der Geschichte der deutschen Romantik eine große Erwähnung verdiene. Aus diesem Grunde hätte ich in meinem Buche »De l'Allemagne«, wo ich jene Geschichte der romantischen Schule so vollständig wie möglich darzustellen suchte, eine Besprechung meiner eignen Person liefern müssen. Indem ich dieses unterließ, entstand eine Lakune, wel-cher ich nicht leicht abzuhelfen weiß. Die Abfassung einer Selbstcharakteristik wäre nicht bloß eine sehr verfängliche, sondern sogar eine unmögliche Arbeit. Ich wäre ein eitler Geck, wenn ich hier das Gute, das ich von mir zu sagen wüsste, drall hervorhübe, und ich wäre ein großer Narr, wenn ich die Gebrechen, deren ich mich vielleicht ebenfalls bewusst bin, vor al-ler Welt zur Schau stellte – Und dann, mit dem besten Willen der Treuherzigkeit kann kein Mensch über sich selbst die Wahrheit sagen. Auch ist dies niemandem bis jetzt gelungen, weder dem heiligen Augustin, dem frommen Bischof von Hippo, noch dem Genfer Jean-Jacques Rousseau, und am allerwenigsten diesem letztern, der sich den Mann der Wahrheit und der Natur nannte, während er doch im Grunde viel verlogener und unnatürlicher war als seine Zeitgenossen. Er ist freilich zu stolz, als dass er sich gute Eigenschaften oder schöne Handlungen fälschlich zuschriebe, er erfindet vielmehr die abscheulichsten Dinge zu seiner eignen Verunglimpfung. Verleumdete er sich etwa selbst, um mit desto größerm Schein von Wahrhaftigkeit auch andre, z. B. meinen armen Landsmann Grimm, verleumden zu können? Oder macht er unwahre Bekenntnisse, um wirkliche Vergehen darunter zu verbergen, da, wie männiglich bekannt ist, die Schmachgeschichten, die über uns im Umlauf sind, uns nur dann sehr schmerzhaft zu berühren pflegen, wenn sie Wahrheit enthalten, während unser Gemüt minder verdrießlich davon verletzt wird, wenn sie nur eitle Erfindungen sind. So bin ich überzeugt, Jean-Jacques hat das Band nicht gestohlen, das einer unschuldig angeklagten und fortgejagten Kammerjunfer Ehre und Dienst kostete; er hatte gewiss kein Talent zum Stehlen, er war viel zu blöde und täppisch, er, der künftige Bär der Eremitage. Er hat vielleicht eines andern Vergehens sich schuldig gemacht, aber es war kein Diebstahl. Auch hat er seine Kinder nicht ins Findelhaus geschickt, sondern nur die Kinder von Mademoiselle Therese Levasseur. Schon vor dreißig Jahren machte mich einer der größten deutschen Psychologen auf eine Stelle der »Konfessionen« aufmerksam, woraus bestimmt zu deduzieren war, dass Rousseau nicht der Vater jener Kinder sein konnte; der eitle Brummbär wollte sich lieber für einen barbarischen Vater ausgeben, als dass er den Verdacht ertrüge, aller Vaterschaft unfähig gewesen zu sein. Aber der Mann, der in seiner eignen Person auch die menschliche Natur verleumdete, er blieb ihr doch treu in Bezug auf unsere Erbschwäche, die darin besteht, dass wir in den Augen der Welt immer anders erscheinen wollen, als wir wirklich sind. Sein Selbstporträt ist eine Lüge, bewundernswürdig ausgeführt, aber eine brillante Lüge. Da war der König der Aschanti, von welchem ich jüngst in einer afrikanischen Reisebeschreibung viel Ergötzliches las, viel ehrlicher, und das naive Wort dieses Negerfürsten, welches die oben angedeutete menschliche Schwäche so spaßhaft resümiert, will ich hier mitteilen. Als nämlich der Major Bowdich in der Eigenschaft eines Ministerresidenten von dem englischen Gouverneur des Kaps der Guten Hoffnung an den Hof jenes mächtigsten Monarchen Südafrikas geschickt ward, suchte er sich die Gunst der Höflinge und zumal der Hofdamen, die trotz ihrer schwarzen Haut mitunter außerordentlich schön waren, dadurch zu erwerben, dass er sie porträtierte. Der König, welcher die frappante Ähnlichkeit bewunderte, verlangte ebenfalls konterfeit zu werden und hatte dem Maler bereits einige Sitzungen gewidmet, als dieser zu bemerken glaubte, dass der König, der oft aufgesprungen war, um die Fortschritte des Porträts zu beobachten, in seinem Antlitz einige Unruhe und die grimassierende Verlegenheit eines Mannes verriet, der einen Wunsch auf der Zunge hat, aber doch keine Worte dafür finden kann – der Maler drang jedoch so lange in Seine Majestät, ihm Ihr allerhöchstes Begehr kundzugeben, bis der arme Negerkönig endlich kleinlaut ihn fragte, ob es nicht anginge, dass er ihn *weiß* malte.

Das ist es. Der schwarze Negerkönig will weiß gemalt sein. Aber lacht nicht über den armen Afrikaner – jeder Mensch ist ein solcher Negerkönig, und jeder von uns möchte dem Publikum in einer andern Farbe erscheinen, als die ist, womit uns die Fatalität angestrichen hat. Gottlob, dass ich dieses begreife, und ich werde mich daher hüten, hier in diesem Buche mich selbst abzukonterfeien. Doch der Lakune, welche dieses mangelnde Porträt verursacht, werde ich in den folgenden Blättern einigermaßen abzuhelfen suchen, indem ich hier genugsam Gelegenheit finde, meine Persönlichkeit so bedenklich als möglich hervortreten zu lassen. Ich habe mir nämlich die Aufgabe gestellt, hier nachträglich die Entstehung dieses Buches und die philosophischen und religiösen Variationen, die seit seiner Abfassung im Geiste des Autors vorgefallen, zu beschreiben, zu Nutz und Frommen des Lesers dieser neuen Ausgabe meines Buches »De l'Allemagne«.

Seid ohne Sorge, ich werde mich nicht zu weiß malen und meine Nebenmenschen nicht zu sehr anschwärzen. Ich werde immer meine Farbe ganz getreu angeben, damit man wisse, wieweit man meinem Urteil trauen darf, wenn ich Leute von andrer Farbe bespreche.

Ich erteilte meinem Buche denselben Titel, unter welchem Frau von Staël ihr berühmtes Werk, das denselben Gegenstand behandelt, herausgegeben hat, und zwar tat ich es aus polemischer Absicht. Dass eine solche mich leitete, verleugne ich keineswegs; doch indem ich von vornherein erkläre, eine Parteischrift geliefert zu haben, leiste ich dem Forscher der Wahrheit vielleicht bessere Dienste, als wenn ich eine gewisse laue Unparteilichkeit erheuchelte, die immer eine Lüge und dem befehdeten Autor verderblicher ist als die entschiedenste Feindschaft. Da Frau von Staël ein Autor von Genie ist und einst die Meinung aussprach, dass das Genie kein Geschlecht habe, so kann ich mich bei dieser Schriftstellerin auch jener galanten Schonung überheben, die wir gewöhnlich den Damen angedeihen lassen und die im Grunde doch nur ein mitleidiges Zertifikat ihrer Schwäche ist.

Ist die banale Anekdote wahr, welche man in Bezug auf obige Äußerung von Frau von Staël erzählt und die ich bereits in meinen Knabenjahren unter andern Bonmots des Empires vernahm? Es heißt nämlich, zur Zeit, als Napoleon noch Erster Konsul war, sei einst Frau von Staël zu der Behausung desselben gekommen, um ihm einen Besuch abzustatten; doch obwohl der diensttuende Huissier [Amtsdiener; Gerichtsvollzieher] ihr versicherte, nach strenger Weisung niemanden vorlassen zu dürfen, habe sie dennoch unerschütterlich darauf bestanden, seinem ruhmreichen Hausherrn unverzüglich angekündigt zu werden. Als dieser letztere ihr hierauf sein Bedauern vermelden ließ, dass er die verehrte Dame nicht empfangen könne, sintemalen er sich eben im Bade befände, soll dieselbe ihm die famose Antwort zurückgeschickt haben, dass solches kein Hindernis wäre, denn das Genie habe kein Geschlecht.

Ich verbürge nicht die Wahrheit dieser Geschichte; aber sollte sie auch unwahr sein, so bleibt sie doch gut erfunden. Sie schildert die Zudringlichkeit, womit die hitzige Person den Kaiser verfolgte. Er hatte nirgends Ruhe vor ihrer Anbetung. Sie hatte sich einmal in den Kopf gesetzt, dass der größte Mann des Jahrhunderts auch mit der größten Zeitgenossin mehr oder minder idealisch gepaart werden müsse. Aber als sie einst, in Erwartung eines Kompliments, an den Kaiser die Frage richtete, welche Frau er für die größte seiner Zeit halte, antwortete jener: »Die Frau, welche die meisten Kinder zur Welt gebracht.« Das war nicht galant, wie wir denn nicht zu leugnen ist, dass der Kaiser den Frauen gegenüber nicht jene zarten Zuvorkommenheiten und Aufmerksamkeiten ausübte, welche die Französinnen so sehr lieben. Aber diese letzteren werden nie durch taktloses Benehmen irgendeine Unartigkeit selbst hervorrufen, wie es die berühmte Genferin getan, die bei dieser Gelegenheit bewies, dass sie trotz ihrer physischen Beweglichkeit von einer gewissen heimatlichen Unbeholfenheit nicht frei geblieben.

Als die gute Frau merkte, dass sie mit all ihrer Zudringlichkeit nichts ausrichtete, tat sie, was die Frauen in solchen Fällen zu tun pflegen, sie erklärte sich gegen den Kaiser, räsonierte gegen seine brutale und ungalante Herrschaft und räsonierte so lange, bis ihr die Polizei den Laufpass gab. Sie flüchtete nun zu uns nach Deutschland, wo sie Materialien sammelte zu dem berühmten Buche, das den deutschen Spiritualismus als das Ideal aller Herrlichkeit feiern sollte, im Gegensatz zu dem Materialismus des imperialen Frankreichs. Hier bei uns machte sie gleich einen großen Fund. Sie begegnete nämlich einem Gelehrten namens August Wilhelm Schlegel. Das war ein Genie ohne Geschlecht. Er wurde ihr getreuer Cicerone und begleitete sie auf ihrer Reise durch alle Dachstuben der deutschen Literatur. Sie hatte einen unbändig großen Turban aufgestülpt und war jetzt die Sultanin des Gedankens. Sie ließ unsre Literaten gleichsam geistig die Revue passieren und parodierte dabei den großen Sultan der Materie. Wie dieser die Leute mit einem »Wie alt sind Sie? Wie viel Kinder haben Sie? Wie viel Dienstjahre?« usw. anging, so frug jene unsere Gelehrten: »Wie alt sind Sie? Was haben Sie geschrieben? Sind Sie Kantianer oder Fichteaner?« und dergleichen Dinge, worauf die Dame kaum die Antwort abwartete, die der getreue Mameluck August Wilhelm Schlegel, ihr Roustam, hastig in sein Notizbuch einzeichnete. Wie Napoleon diejenige Frau für die größte erklärte, welche die meisten Kinder zur Welt gebracht, so erklärte die Staël denjenigen Mann für den größten, der die meisten Bücher geschrieben. Man hat keinen Begriff davon, welch' Spektakel sie bei uns machte, und Schriften, die erst unlängst erschienen, z. B. die Memoiren der Karoline Pichler, die Briefe der Varnhagen und der Bettina Arnim, auch die Zeugnisse von Eckermann, schildern ergötzlich die Not, welche uns die Sultanin des Gedankens bereitete, zu einer Zeit, wo der Sultan der Materie uns schon genug Tribulationen [Widerwärtigkeiten; Quälerei, Drangsal] verursachte. Es war geistige Einquartierung, die zunächst auf die Gelehrten fiel. Diejenigen Literatoren, womit die vortreffliche Frau ganz besonders zufrieden war und die ihr persönlich durch den Schnitt ihres Gesichtes oder die Farbe ihrer Augen gefielen, konnten eine ehrenhafte Erwähnung, gleichsam das Kreuz der Légion d'honneur, in ihrem Buch »De l'Allemagne« erwarten. Dieses Buch macht auf mich immer einen so komischen wie ärgerlichen Eindruck. Hier sehe ich die passionierte Frau mit all ihrer Turbulenz, ich sehe, wie dieser Sturmwind in Weibskleidern durch unser ruhiges Deutschland fegte, wie sie überall entzückt ausruft: »Welche labende Stille weht mich hier an!« Sie hatte sich in Frankreich echauffiert und kam nach Deutschland, um sich bei uns abzukühlen. Der keusche Hauch unsrer Dichter tat ihrem heißen, sonnigen Busen so wohl! Sie betrachtete unsere Philosophen wie verschiedene Eissorten und verschluckte Kant als Sorbett von Vanille, Fichte als Pistache, Schelling als Arlequin! – »O wie hübsch kühl ist es in euren Wäldern« – rief sie beständig –, »welcher erquickende Veilchengeruch! wie zwitschern die Zeisige so friedlich in ihrem deutschen Nestchen! Ihr seid ein gutes, tugendhaftes Volk und habt noch keinen Begriff von der Sittenverderbnis, die bei uns herrscht, in der Rue du Bac.«

Die gute Dame sah bei uns nur, was sie sehen wollte: ein nebelhaftes Geisterland, wo die Menschen ohne Leiber, ganz Tugend, über Schneegefilde wandeln und sich nur von Moral und Metaphysik unterhalten! Sie sah bei uns überall nur, was sie sehen wollte, und hörte nur, was sie hören und wiedererzählen wollte – und dabei hörte sie doch nur wenig, und nie das Wahre, einesteils, weil sie immer selber sprach, und dann, weil sie mit ihren barschen Fragen unsere bescheidenen Gelehrten verwirrte und verblüffte, wenn sie mit ihnen diskutierte. – »Was ist Geist?« sagte sie zu dem blöden Professor Bouterwek, indem sie ihr dickfleischiges Bein auf seine dünnen, zitternden Lenden legte. »Ach«, schrieb sie dann, »wie interessant ist dieser Bouterwek! Wie der Mann die Augen niederschlägt! Das ist mir nie passiert mit meinen Herren zu Paris, in der Rue du Bac!« Sie sieht überall deutschen Spiritualismus – sie preist unsre Ehrlichkeit, unsre Tugend, unsre Geistesbildung – sie sieht nicht unsre Zuchthäuser, unsre Bordelle, unsre Kasernen – man sollte glauben, dass jeder Deutsche den Prix Monthyon verdiente – Und das alles, um am Kaiser zu nörgeln, dessen Feinde wir damals waren.

Der Hass gegen den Kaiser ist die Seele dieses Buches »De l'Allemagne«, und obgleich sein Name nirgends darin genannt wird, sieht man doch, wie die Verfasserin bei jeder Zeile nach den Tuilerien schielt. Ich zweifle nicht, dass das Buch den Kaiser weit empfindlicher verdrossen hat als der direkteste Angriff, denn nichts verwundet einen Mann so sehr wie kleine weibliche Nadelstiche. Wir sind auf große Schwertstreiche gefasst, und man kitzelt uns an den kitzligsten Stellen.

O die Weiber! Wir müssen ihnen viel verzeihen, denn sie lieben viel, und sogar viele. Ihr Hass ist eigentlich nur eine Liebe, welche umgesattelt hat. Zuweilen suchen sie auch uns Böses zuzufügen, weil sie dadurch einem andern Mann etwas Liebes zu erweisen denken. Wenn sie schreiben, haben sie ein Auge auf das Papier und das andre auf einen Mann gerichtet, und dieses gilt von allen Schriftstellerinnen, mit Ausnahme der Gräfin Hahn-Hahn, die nur ein Auge hat. Wir männlichen Schriftsteller haben ebenfalls unsre vorgefassten Sympathien, und wir schreiben für oder gegen eine Sache, für oder gegen eine Idee, für oder gegen eine Partei; die Frauen jedoch schreiben immer für oder gegen einen einzigen Mann oder, besser gesagt, wegen eines einzigen Mannes. Charakteristisch ist bei ihnen ein gewisser Cancan, der Klüngel, den sie auch in die Literatur herüberbringen und der mir weit fataler ist als die roheste Verleumdungswut der Männer. Wir Männer lügen zuweilen. Die Weiber, wie alle passiven Naturen, können selten erfinden, wissen jedoch das Vorgefundene dergestalt zu entstellen, dass sie uns dadurch noch weit sicherer schaden als durch entschiedene Lügen. Ich glaube wahrhaftig, mein Freund Balzac hatte recht, als er mir einst in einem sehr seufzenden Tone sagte: »La femme est un être dangereux.« – Ja, die Weiber sind gefährlich; aber ich muss doch die Bemerkung hinzufügen, dass die schönen nicht so gefährlich sind als die, welche mehr geistige als körperliche Vorzüge besitzen. Denn jene sind gewohnt, dass ihnen die Männer den Hof machen, während die anderen der Eigenliebe der Männer entgegenkommen und durch den Köder der Schmeichelei einen größeren Anhang gewinnen als die Schönen. Ich will damit beileibe nicht andeuten, dass Frau von Staël hässlich gewesen sei; aber eine Schönheit ist ganz etwas anderes. Sie hatte angenehme Einzelheiten, welche aber ein sehr unangenehmes Ganzes bildeten; besonders unerträglich für nervöse Personen, wie es der selige Schiller gewesen, war ihre Manie, beständig einen kleinen Stängel oder eine Papiertüte zwischen den Fingern wirbelnd herumzudrehen – dieses Manöver machte den armen Schiller schwindlig, und er ergriff in Verzweiflung alsdann ihre schöne Hand, um sie festzuhalten, und Frau von Staël glaubte, der gefühlvolle Dichter sei hingerissen von dem Zauber ihrer Persönlichkeit. Sie hatte in der Tat sehr schöne Hände, wie man mir sagt, und auch die schönsten Arme, die sie immer nackt sehen ließ; gewiss, die Venus von Milo hätte keine so schönen Arme aufzuweisen. Ihre Zähne überstrahlten an Weiße das Gebiss der kostbarsten Rosse Arabiens. Sie hatte sehr große, schöne Augen, ein Dutzend Amoretten würden Platz gefunden haben auf ihren Lippen, und ihr Lächeln soll sehr holdselig gewesen sein. Hässlich war sie also nicht – keine Frau ist hässlich –, soviel lässt sich aber mit Fug behaupten: wenn die schöne Helena von Sparta so ausgesehen hätte, wäre der ganze Trojanische Krieg nicht entstanden, die Burg des Priamos wäre nicht verbrannt worden, und Homer hätte nimmermehr besungen den Zorn des Peliden Achilles.

Frau von Staël hatte sich, wie oben gesagt, gegen den großen Kaiser erklärt und machte ihm den Krieg. Aber sie beschränkte sich nicht darauf, Bücher gegen ihn zu schreiben; sie suchte ihn auch durch nichtliterarische Waffen zu befehden: sie war einige Zeit die Seele aller jener aristokratischen und jesuitischen Intrigen, die der Koalition gegen Napoleon vorangingen, und wie eine wahre Hexe kauerte sie an dem brodelnden Topfe, worin alle diplomatischen Giftmischer, ihre Freunde Talleyrand, Metternich, Pozzo di Borgo, Castlereagh usw., dem großen Kaiser sein Verderben eingebrockt hatten. Mit dem Kochlöffel des Hasses rührte das Weib herum in dem fatalen Topfe, worin zugleich das Unglück der ganzen Welt gekocht wurde. Als der Kaiser unterlag, zog Frau von Staël siegreich ein in Paris mit ihrem Buch »De l'Allemagne« und in Begleitung von einigen hunderttausend Deutschen, die sie gleichsam als eine pompöse Illustration ihres Buches mitbrachte. Solchermaßen illustriert durch lebendige Figuren, musste das Werk sehr an Authentizität gewinnen, und man konnte sich hier durch den Augenschein überzeugen, dass der Autor uns Deutsche und unsre vaterländischen Tugenden sehr treu geschildert hatte. Welches köstliche Titelkupfer war jener Vater Blücher, diese alte Spielratte, dieser ordinäre Knaster, welcher einst einen Tagesbefehl erteilt hatte, worin er sich vermaß, wenn er den Kaiser lebendig finge, denselben *aushauen* zu lassen. Auch unsern A. W. v. Schlegel brachte Frau von Staël mit nach Paris, und das war ein Musterbild deutscher Naivität und Heldenkraft. Es folgte ihr ebenfalls Zacharias Werner, dieses Modell deutscher Reinlichkeit, hinter welchem die entblößten Schönen des Palais Royal lachend einherliefen. Zu den interessanten Figuren, welche sich damals in ihrem deutschen Kostüm den Parisern vorstellten, gehörten auch die Herren Görres, Jahn und Ernst Moritz Arndt, die drei berühmtesten Franzosenfresser, eine drollige Gattung Bluthunde, denen der berühmte Patriot Börne in seinem Buch »Menzel der Franzosenfresser« diesen Namen erteilt hat. Besagter Menzel ist keineswegs, wie einige glauben, eine fingierte Personnage, sondern er hat wirklich in Stuttgart existiert oder vielmehr ein Blatt herausgegeben, worin er täglich ein halb Dutzend Franzosen abschlachtete und mit Haut und Haar auffraß; wenn er seine sechs Franzosen verzehrt hatte, pflegte er manchmal noch obendrein einen Juden zu fressen, um im Munde einen guten Geschmack zu behalten, pour se faire la bonne bouche. Jetzt hat er längst ausgebellt, und zahnlos, räudig, verlungert er im Makulaturwinkel irgendeines schwäbischen Buchladens. Unter den Musterdeutschen, welche zu Paris im Gefolge der Frau von Staël zu sehen waren, befand sich auch Friedrich von Schlegel, welcher gewiss die gastronomische Asketik [Aszetik; Lehre vom Streben nach christlicher Vollkommenheit] oder den Spiritualismus des gebratenen Hühnertums repräsentierte; ihn begleitete seine würdige Gattin Dorothea, geborne Mendelssohn und entlaufene Veit. Ich darf hier ebenfalls eine andre Illustration dieser Gattung, einen merkwürdigen Akoluthen [Akolyth; Laie, Nichtkleriker, der während der Messe bestimmte Dienste am Altar verrichtet; früher: katholischer Kleriker im 4. Grad der niederen Weihen] der Schlegel, nicht mit Stillschweigen übergehen. Dieses ist ein deutscher Baron, welcher, von den Schlegeln besonders rekommandiert, die germanische Wissenschaft in Paris repräsentieren sollte. Er war gebürtig aus Altona, wo er einer der angesehensten israelitischen Familien angehörte. Sein Stammbaum, welcher bis zu Abraham, dem Sohne Thaers und Ahnherrn Davids, des Königs über Juda und Israel, hinaufreichte, berechtigte ihn hinlänglich, sich einen Edelmann zu nennen, und da er, wie die Synagoge, auch späterhin dem Protestantismus entsagte und, letzteren förmlich abschwörend, sich in den Schoß der römisch-katholischen, alleinseligmachenden Kirche begeben hatte, durfte er auch mit gutem Fug auf den Titel eines katholischen Barons Anspruch machen. In dieser Eigenschaft, und um die feudalistischen und klerikalischen Interessen zu vertreten, stiftete er zu Paris ein Journal, betitelt »Le catholique«. Nicht bloß in diesem Blatt, sondern auch in den Salons einiger frommen Douairièren [reiche alte Schachteln] des edlen Faubourgs sprach der gelehrte Edelmann beständig von Buddha und wieder von Buddha, und weitläufig gründlich bewies er, dass es zwei Buddha gegeben, was ihm die Franzosen schon auf sein bloßes Ehrenwort als Edelmann geglaubt hätten, und er wies nach, wie sich das Dogma der Trinität schon in den indischen Trimurtis befunden, und er zitierte den »Ramayana«, den »Mahabharata«, die »Upnekats«, die Kuh Sabala und den König Wiswamitra, die »Snorrische Edda« und noch viele unentdeckte Fossilien und Mammutsknochen, und er war dabei ganz antediluvianisch trocken und sehr langweilig, was immer die Franzosen blendet. Da er beständig zurückkam auf Buddha und dieses Wort vielleicht komisch aussprach, haben ihn die frivolen Franzosen zuletzt den Baron Buddha genannt. Unter diesem Namen fand ich ihn im Jahre 1831 zu Paris, und als ich ihn mit einer sazerdotalen und fast synagogikalen Gravität seine Gelehrsamkeit ableiern hörte, erinnerte er mich an einen komischen Kauz im »Vicar of Wakefield« von Goldsmith, welcher, wie ich glaube, Mr. Jenkinson hieß und jedes Mal, wenn er einen Gelehrten antraf, den er prellen wollte, einige Stellen aus Manetho, Berosus und Sanchuniathon zitierte; das Sanskrit war damals noch nicht erfunden. – Ein deutscher Baron idealeren Schlages war mein armer Freund Friedrich de la Motte Fouqué, welcher damals, der Kollektion der Frau von Staël angehörend, auf seiner hohen Rosinante in Paris einritt. Er war ein Don Quixote vom Wirbel bis zur Zehe; las man seine Werke, so bewunderte man – Cervantes.

Aber unter den französischen Paladinen der Frau von Staël war mancher gallische Don Quixote, der unsern germanischen Rittern in der Narrheit nicht nachzustehen brauchte, z. B. ihr Freund, der Vicomte Chateaubriand, der Narr mit der schwarzen Schellenkappe, der zu jener Zeit der siegenden Romantik von seiner frommen Pilgerfahrt zurückkehrte. Er brachte eine ungeheuer große Flasche Wasser aus dem Jordan mit nach Paris, und seine im Laufe der Revolution wieder heidnisch gewordenen Landsleute taufte er aufs Neue mit diesem heiligen Wasser, und die begossenen Franzosen wurden jetzt wahre Christen und entsagten dem Satan und seinen Herrlichkeiten, bekamen im Reiche des Himmels Ersatz für die Eroberungen, die sie auf Erden einbüßten, worunter z. B. die Rheinlande, und bei dieser Gelegenheit wurde ich ein Preuße.

Ich weiß nicht, ob die Geschichte begründet ist, dass Frau von Staël während der Hundert Tage dem Kaiser den Antrag machen ließ, ihm den Beistand ihrer Feder zu leihen, wenn er zwei Millionen, die Frankreich ihrem Vater schuldig geblieben sei, ihr auszahlen wolle. Der Kaiser, der mit dem Gelde der Franzosen, die er genau kannte, immer sparsamer war als mit ihrem Blute, soll sich auf diesen Handel nicht eingelassen haben, und die Tochter der Alpen bewährte das Volkswort: »Point d'argent, point de Suisses.« Der Beistand der talentvollen Dame hätte übrigens damals dem Kaiser wenig gefruchtet, denn bald darauf ereignete sich die Schlacht bei Waterloo.

Ich habe oben erwähnt, bei welcher traurigen Gelegenheit ich ein Preuße wurde. Ich war geboren im letzten Jahr des vorigen Jahrhunderts zu Düsseldorf, der Hauptstadt des Herzogtums Berg, welches damals den Kurfürsten von der Pfalz gehörte. Als die Pfalz dem Hause Bayern anheimfiel und der bayrische Fürst Maximilian Joseph vom Kaiser zum König von Bayern erhoben und sein Reich durch einen Teil von Tirol und andern angrenzenden Ländern vergrößert wurde, hat der König von Bayern das Herzogtum Berg zugunsten Joachim Murats, Schwagers des Kaisers, abgetreten; diesem letzteren ward nun, nachdem seinem Herzogtum noch angrenzende Provinzen hinzugefügt worden, als Großherzog von Berg gehuldigt. Aber zu jener Zeit ging das Avancement sehr schnell, und es dauerte nicht lange, so machte der Kaiser den Schwager Murat zum König von Neapel, und derselbe entsagte der Souveränität des Großherzogtums Berg zugunsten des Prinzen François, welcher ein Neffe des Kaisers und ältester Sohn des Königs Ludwig von Holland und der schönen Königin Hortense war. Da derselbe nie abdizierte und sein Fürstentum, das von den Preußen okkupiert ward, nach seinem Ableben dem Sohn des Königs von Holland, dem Prinzen Louis Napoleon Bonaparte, de jure zufiel, so ist letzterer, welcher jetzt auch Kaiser der Franzosen ist, mein legitimer Souverän.

An einem andern Ort, in meinen Memoiren, erzähle ich weitläufiger, als es hier geschehen dürfte, wie ich nach der Juliusrevolution nach Paris übersiedelte, wo ich seitdem ruhig und zufrieden lebe. Was ich während der Restauration getan und gelitten, wird ebenfalls zu einer Zeit mitgeteilt werden, wo die uneigennützige Absicht solcher Mitteilungen keinem Zweifel und keiner Verdächtigung begegnen kann. – – – Ich hatte viel getan und gelitten, und als die Sonne der Juliusrevolution in Frankreich aufging, war ich nachgerade sehr müde geworden und bedurfte einiger Erholung. Auch ward mir die heimatliche Luft täglich ungesünder, und ich musste ernstlich an eine Veränderung des Klimas denken. Ich hatte Visionen; die Wolkenzüge ängstigten mich und schnitten mir allerlei fatale Fratzen. Es kam mir manchmal vor, als sei die Sonne eine preußische Kokarde; des Nachts träumte ich von einem hässlichen schwarzen Geier, der mir die Leber fraß, und ich ward sehr melancholisch. Dazu hatte ich einen alten Berliner Justizrat kennengelernt, der viele Jahre auf der Festung Spandau zugebracht und mir erzählte, wie es unangenehm sei, wenn man im Winter die Eisen tragen müsse. Ich fand es in der Tat sehr unchristlich, dass man den Menschen die Eisen nicht ein bisschen wärme. Wenn man uns die Ketten ein wenig wärmte, würden sie keinen so unangenehmen Eindruck machen, und selbst fröstelnde Naturen könnten sie dann gut ertragen; man sollte auch die Vorsicht anwenden, die Ketten mit Essenzen von Rosen und Lorbeeren zu parfümieren, wie es hierzulande geschieht. Ich frug meinen Justizrat, ob er zu Spandau oft Austern zu essen bekommen. Er sagte nein, Spandau sei zu weit vom Meere entfernt. Auch das Fleisch, sagte er, sei dort rar, und es gebe dort kein anderes Geflügel als die Fliegen, die einem in die Suppe fielen. Zu gleicher Zeit lernte ich einen französischen Commis voyageur [Handlungsreisenden] kennen, der für eine Weinhandlung reiste und mir nicht genug zu rühmen wusste, wie lustig man jetzt in Paris lebe, wie der Himmel dort voller Geigen hänge, wie man dort von morgens bis abends die Marseillaise und »En avant marchons!« und »Lafayette aux

cheveux blancs« singe und Freiheit, Gleichheit und Brüderschaft an allen Straßenecken geschrieben stehe; dabei lobte er auch den Champagner seines Hauses, von dessen Adresse er
mir eine große Anzahl Exemplare gab, und er versprach mir Empfehlungsbriefe für die
besten Pariser Restaurants, im Fall ich die Hauptstadt zu meiner Erheiterung besuchen wollte. Da ich nun wirklich einer Aufheiterung bedurfte und Spandau zu weit vom Meere entfernt
ist, um dort Austern zu essen, und mich die Spandauer Geflügelsuppen nicht sehr lockten
und auch obendrein die preußischen Ketten im Winter sehr kalt sind und meiner Gesundheit
nicht zuträglich sein konnten, so entschloss ich mich, nach Paris zu reisen und im Vaterland
des Champagners und der Marseillaise jenen zu trinken und diese letztere, nebst »En avant,
marchons!« und »Lafayette aux cheveux blancs«, singen zu hören.

Den 1. Mai 1831 fuhr ich über den Rhein. Den alten Flussgott, den Vater Rhein, sah ich
nicht, und ich begnügte mich, ihm meine Visitenkarte ins Wasser zu werfen. Er saß, wie man
mir sagte, in der Tiefe und studierte wieder die französische Grammatik von Meidinger, weil
er nämlich während der preußischen Herrschaft große Rückschritte im Französischen gemacht hatte und sich jetzt eventualiter aufs Neue einüben wollte. Ich glaubte ihn unten konju-
gieren zu hören: »J'aime, tu aimes, il aime, nous aimons« – Was liebt er aber? In keinem Fall
die Preußen. Das Straßburger Münster sah ich nur von fern; es wackelte mit dem Kopfe, wie
der alte getreue Eckart, wenn er einen jungen Fant erblickt, der nach dem Venusberge zieht.

Zu Saint-Denis erwachte ich aus einem süßen Morgenschlaf und hörte zum ersten Male
den Ruf der Coucouführer: »Paris! Paris!« sowie auch das Schellengeklingel der Cocover-
käufer. Hier atmet man schon die Luft der Hauptstadt, die am Horizont bereits sichtbar. Ein
alter Schelm von Lohnbedienter wollte mich bereden, die Königsgräber zu besuchen, aber
ich war nicht nach Frankreich gekommen, um tote Könige zu sehen; ich begnügte mich damit, mir von jenem Cicerone die Legende des Ortes erzählen zu lassen, wie nämlich der böse
Heidenkönig dem heiligen Denis den Kopf abschlagen ließ und dieser mit dem Kopf in der
Hand von Paris nach Saint-Denis lief, um sich dort begraben und den Ort nach seinem Namen nennen zu lassen. Wenn man die Entfernung bedenke, sagte mein Erzähler, müsse man
über das Wunder staunen, dass jemand so weit zu Fuß ohne Kopf gehen konnte – doch setzte
er mit einem sonderbaren Lächeln hinzu: »Dans des cas pareils, il n'y a que le premier pas
qui coûte.« Das war zwei Franken wert, und ich gab sie ihm, pour l'amour de Voltaire. In
zwanzig Minuten war ich in Paris und zog ein durch die Triumphpforte des Boulevards
Saint-Denis, die ursprünglich zu Ehren Ludwigs XIV. errichtet worden, jetzt aber zur Verherrlichung meines Einzugs in Paris diente. Wahrhaft überraschte mich die Menge von ge-
putzten Leuten, die sehr geschmackvoll gekleidet waren wie Bilder eines Modejournals.
Dann imponierte mir, dass sie alle französisch sprachen, was bei uns ein Kennzeichen der
vornehmen Welt; hier ist also das ganze Volk so vornehm wie bei uns der Adel. Die Männer
waren alle so höflich und die schönen Frauen so lächelnd. Gab mir jemand unversehens einen Stoß, ohne gleich um Verzeihung zu bitten, so konnte ich darauf wetten, dass es ein
Landsmann war; und wenn irgendeine Schöne etwas allzu säuerlich aussah, so hatte sie entweder Sauerkraut gegessen, oder sie konnte Klopstock im Original lesen. Ich fand alles so
amüsant, und der Himmel war so blau und die Luft so liebenswürdig, so generös, und dabei
flimmerten noch hie und da die Lichter der Julisonne; die Wangen der schönen Lutetia waren
noch rot von den Flammenküssen dieser Sonne, und an ihrer Brust war noch nicht ganz verwelkt der bräutliche Blumenstrauß. An den Straßenecken waren freilich hie und da die liber-
té, égalité, fraternité schon wieder abgewischt. Ich besuchte sogleich die Restaurants, denen
ich empfohlen war; diese Speisewirte versicherten mir, dass sie mich auch ohne Empfehlungsschreiben gut aufgenommen hätten, da ich ein so honettes und distinguiertes Äußere besäße, das sich von selbst empfehle. Nie hat mir ein deutscher Garkoch dergleichen gesagt,

wenn er auch ebenso dachte, so ein Flegel meint, er müsse uns das Angenehme verschweigen und seine deutsche Offenheit verpflichte ihn, nur widerwärtige Dinge uns ins Gesicht zu sagen. In den Sitten und sogar in der Sprache der Franzosen ist so viel köstliche Schmeichelei, die so wenig kostet und doch so wohltätig und erquickend. Meine Seele, die arme sensitive, welche die Scheu vor vaterländischer Grobheit so sehr zusammengezogen hatte, erschloss sich wieder jenen schmeichlerischen Lauten der französischen Urbanität. Gott hat uns die Zunge gegeben, damit wir unseren Mitmenschen etwas Angenehmes sagen.

Mit dem Französischen haperte es etwas bei meiner Ankunft; aber nach einer halbstündigen Unterredung mit einer kleinen Blumenhändlerin in der Passage de l'Opéra ward mein Französisch, das seit der Schlacht bei Waterloo eingerostet war, wieder flüssig, ich stotterte mich wieder hinein in die galantesten Konjugationen und erklärte der Kleinen sehr verständlich das Linnéische System, wo man die Blumen nach ihren Staubfäden einteilt; die Kleine folgte einer anderen Methode und teilte die Blumen ein in solche, die gut röchen, und in solche, welche stänken. Ich glaube, auch bei den Männern beobachtete sie dieselbe Klassifikation. Sie war erstaunt, dass ich trotz meiner Jugend so gelehrt sei, und posaunte meinen gelehrten Ruf durch die ganze Passage de l'Opéra. Ich sog auch hier die Wohldüfte der Schmeichelei mit Wonne ein und amüsierte mich sehr. Ich wandelte auf Blumen, und manche gebratene Taube flog mir ins offene, gaffende Maul. Wie viel Amüsantes sah ich hier bei meiner Ankunft! Alle Notabilitäten des öffentlichen Ergötzens und der offiziellen Lächerlichkeit. Die ernsthaften Franzosen waren die amüsantesten. Ich sah Arnal, Bouffé, Déjazet, Debureau, Odry, Mademoiselle Georges und die große Marmite im Invalidenpalast. Ich sah die Morgue, die Académie française, wo ebenfalls viele unbekannte Leichen ausgestellt, und endlich die Nekropolis des Luxembourg, worin alle Mumien des Meineids, mit den einbalsamierten falschen Eiden, die sie allen Dynastien der französischen Pharaonen geschworen, Ich sah im Jardin des Plantes die Giraffe, den Bock mit drei Beinen und die Kängurus, die mich ganz besonders amüsierten. Ich sah auch Herrn von Lafayette und seine weißen Haare, letztere aber sah ich aparte, da solche in einem Medaillon befindlich waren, welches einer schönen Dame am Halse hing, während er selbst, der Held beider Welten, eine braune Perücke trug, wie alle alte Franzosen. Ich besuchte die Königliche Bibliothek und sah hier den Konservateur der Medaillen, die eben gestohlen worden; ich sah dort auch in einem obskuren Korridor den Zodiakus von Dhontera, der einst so viel Aufsehen erregt hatte, und am selben Tage sah ich Madame Récamier, die berühmteste Schönheit zur Zeit der Merowinger, sowie auch Herrn Ballanche, der zu den pièces justificatives ihrer Tugend gehörte und den sie seit undenklicher Zeit überall mit sich herumschleppte. Leider sah ich nicht Herrn von Chateaubriand, der mich gewiss amüsiert hätte. Dafür sah ich aber in der Grande Chaumière den père Lahire, in einem Moment, wo er bougrement en colère war; er hatte eben zwei junge Robespierre mit weit aufgeklappten weißen Tugendwesten bei den Krägen erfasst und vor die Türe gesetzt; einen kleinen Saint-Just, der sich mausig machte, schmiss er ihnen nach, und einige hübsche Citoyennes des Quartier latin, welche über Verletzung der Menschheitsrechte klagten, hätte schier dasselbe Schicksal getroffen. In einem anderen, ähnlichen Lokal sah ich den berühmten Chicard, den berühmten Lederhändler und Cancantänzer, eine vierschrötige Figur, deren rotaufgedunsenes Gesicht gegen die blendend weiße Krawatte vortrefflich abstach; steif und ernsthaft, glich er einem Mairieadjunkten [Bürgermeistereigehilfen], der sich eben anschickt, eine Rosière [Mädchen, dem wegen seiner Tugendhaftigkeit ein Kranz aus Rosen aufgesetzt wird] zu bekränzen. Ich bewunderte seinen Tanz, und ich sagte ihm, dass derselbe große Ähnlichkeit habe mit dem antiken Silenostanz, den man bei den Dionysien tanzte und der von dem würdigen Erzieher des Bacchus, dem Silenos, seinen Namen empfangen. Herr Chicard sagte mir viel Schmeichelhaftes über meine Gelehrsamkeit und präsentierte mich einigen Damen seiner Bekanntschaft, die ebenfalls nicht ermangelten, mein gründliches Wissen herumzurühmen, sodass sich bald mein Ruf in ganz Paris verbreitete und die Direktoren von Zeitschriften mich aufsuchten, um meine Kollaboration zu gewinnen.

Zu den Personen, die ich bald nach meiner Ankunft in Paris sah, gehört auch Victor Bohain, und ich erinnere mich mit Freude dieser jovialen, geistreichen Figur, die durch liebenswürdige Anregungen viel dazu beitrug, die Stirne des deutschen Träumers zu entwölken und sein vergrämtes Herz in die Heiterkeit des französischen Lebens einzuweihen. Er hatte damals die »Europe littéraire« gestiftet, und als Direktor derselben kam er zu mir mit dem Ersuchen, einige Artikel über Deutschland in dem Genre der Frau von Staël für seine Zeitschrift zu schreiben. Ich versprach, die Artikel zu liefern, jedoch ausdrücklich bemerkend, dass ich sie in einem ganz entgegengesetzten Genre schreiben würde. »Das ist mir gleich« – war die lachende Antwort –, »außer dem genre ennuyeux gestatte ich wie Voltaire jedes Genre.« Damit ich armer Deutscher nicht in das genre ennuyeux verfiele, lud Freund Bohain mich oft zu Tisch und begoss meinen Geist mit Champagner. Niemand wusste besser wie er ein Diner anzuordnen, wo man nicht bloß die beste Küche, sondern auch die köstlichste Unterhaltung genoss; niemand wusste so gut wie er als Wirt die Honneurs zu machen, niemand so gut zu repräsentieren wie Victor Bohain – auch hat er gewiss mit Recht seinen Aktionären der »Europe littéraire« hunderttausend Franken Repräsentationskosten angerechnet. Seine Frau war sehr hübsch und besaß ein niedliches Windspiel, welches Ji-Ji hieß. Zu dem Humor des Mannes trug sogar sein hölzernes Bein etwas bei, und wenn er, allerliebst um den Tisch herumhumpelnd, seinen Gästen Champagner einschenkte, glich er dem Vulkan, als derselbe das Amt Hebes verrichtete in der jauchzenden Götterversammlung. Wo ist er jetzt? Ich habe lange nichts von ihm gehört. Zuletzt, vor etwa zehn Jahren, sah ich ihn in einem Wirtshause zu Granville; er war von England, wo er sich aufhielt, um die kolossale englische Nationalschuld zu studieren und bei dieser Gelegenheit seine kleinen Privatschulden zu vergessen, nach jenem Hafenstädtchen der Basse-Normandie auf einen Tag herübergekommen, und hier fand ich ihn an einem Tischchen sitzend neben einer Bouteille Champagner und einem vierschrötigen Spießbürger mit kurzer Stirn und aufgesperrtem Maul, dem er das Projekt eines Geschäftes auseinandersetzte, woran, wie Bohain mit beredsamen Zahlen bewies, eine Million zu gewinnen war. Bohains spekulativer Geist war immer sehr groß, und wenn er ein Geschäft erdachte, stand immer eine Million Gewinn in Aussicht, nie weniger als eine Million. Die Freunde nannten ihn daher auch Messer Milione, wie einst Marco Polo in Venedig genannt wurde, als derselbe nach seiner Rückkehr aus dem Morgenlande den maulaufsperrenden Landsleuten unter den Arkaden des Sankt-Marco-Platzes von den hundert Millionen und wieder hundert Millionen Einwohnern erzählte, welche er in den Ländern, die er bereist, in China, der Tartarei, Indien usw., gesehen habe. Die neuere Geographie hat den berühmten Venezianer, den man lange für einen Aufschneider hielt, wieder zu Ehren gebracht, und auch von unserem Pariser Messer Milione dürfen wir behaupten, dass seine industriellen Projekte immer großartig richtig ersonnen waren und nur durch Zufälligkeiten in der Ausführung misslangen; manche brachten große Gewinne, als sie in die Hände von Personen kamen, die nicht so gut die Honneurs eines Geschäftes zu machen, die nicht so prachtvoll zu repräsentieren wussten wie Victor Bohain. Auch die »Europe littéraire« war eine vortreffliche Konzeption, ihr Erfolg schien gesichert, und ich habe ihren Untergang nie begriffen. Noch den Vorabend des Tages, wo die Stockung begann, gab Victor Bohain in den Redaktionssälen des Journals einen glänzenden Ball, wo er mit seinen dreihundert Aktionären tanzte, ganz so wie einst Leonidas mit seinen dreihundert Spartanern den Tag vor der Schlacht bei den Thermopylen. Jedes Mal, wenn ich in der Galerie des Louvre das Gemälde von David sehe, welches diese antik heroische Szene darstellt, denke ich an den erwähnten letzten Tanz des Victor Bohain; ganz ebenso wie der todesmutige König des Davidischen Bildes stand er auf einem Bein; es war dieselbe klassische Stellung. – Wanderer! wenn du in Paris die Chaussée d'Antin nach den Boulevards herabwandelst und dich am Ende bei einem schmutzigen Tal, das die Rue basse du rempart geheißen, befindest, wisse! du stehst hier vor den Thermopylen der »Europe littéraire«, wo Victor Bohain heldenkühn fiel mit seinen dreihundert Aktionären!

Die Aufsätze, die ich, wie gesagt, für jene Zeitschrift zu verfassen hatte und darin abdrucken ließ, gaben mir Veranlassung, in weiterer Ausführung über Deutschland und seine geistige Entwicklung mich auszusprechen, und es entstand dadurch das Buch, das du, teurer Leser! jetzt in Händen hast. Ich wollte nicht bloß seinen Zweck, seine Tendenz, seine geheimste Absicht, sondern auch die Genesis des Buches hier offenbaren, damit jeder umso sicherer ermitteln könne, wie viel Glauben und Zutrauen meine Mitteilungen verdienen. Ich schrieb nicht im Genre der Frau von Staël, und wenn ich mich auch bestrebte, so wenig ennuyant wie möglich zu sein, so verzichtete ich doch im Voraus auf alle Effekte des Stiles und der Phrase, die man bei Frau von Staël, dem größten Autor Frankreichs während dem Empire, in so hohem Grade antrifft. Ja, die Verfasserin der »Corinne« überragt nach meinem Bedünken alle ihre Zeitgenossen, und ich kann das sprühende Feuerwerk ihrer Darstellung nicht genug bewundern; aber dieses Feuerwerk lässt leider eine übelriechende Dunkelheit zurück, und wir müssen eingestehen, ihr Genie ist nicht so geschlechtslos, wie nach der früheren Behauptung der Frau von Staël das Genie sein soll; ihr Genie ist ein Weib, besitzt alle Gebrechen und Launen des Weibes, und es war meine Pflicht als Mann, dem glänzenden Cancan dieses Genies zu widersprechen. Es war um so notwendiger, da die Mitteilungen in ihrem Buch »De l'Allemagne« sich auf Gegenstände bezogen, die den Franzosen unbekannt waren und den Reiz der Neuheit besaßen, z. B. alles, was Bezug hat auf deutsche Philosophie und romantische Schule. Ich glaube in meinem Buche absonderlich über erstere die ehrlichste Auskunft erteilt zu haben, und die Zeit hat bestätigt, was damals, als ich es vorbrachte, unerhört und unbegreiflich schien.

Ja, was die deutsche Philosophie betrifft, so hatte ich unumwunden das Schulgeheimnis ausgeplaudert, das, eingewickelt in scholastische Formeln, nur den Eingeweihten der ersten Klasse bekannt war. Meine Offenbarungen erregten hierzulande die größte Verwunderung, und ich erinnere mich, dass sehr bedeutende französische Denker mir naiv gestanden, sie hätten immer geglaubt, die deutsche Philosophie sei ein gewisser mystischer Nebel, worin sich die Gottheit wie in einer heiligen Wolkenburg verborgen halte, und die deutschen Philosophen seien ekstatische Seher, die nur Frömmigkeit und Gottesfurcht atmeten. Es ist nicht meine Schuld, dass dieses nie der Fall gewesen, dass die deutsche Philosophie just das Gegenteil ist von dem, was wir bisher Frömmigkeit und Gottesfurcht nannten, und dass unsere modernsten Philosophen den vollständigsten Atheismus als das letzte Wort unsrer deutschen Philosophie proklamierten. Sie rissen schonungslos und mit bacchantischer Lebenslust den blauen Vorhang vom deutschen Himmel und riefen: »Sehet, alle Gottheiten sind entflohen, und dort oben sitzt nur noch eine alte Jungfer mit bleiernen Händen und traurigem Herzen: die Notwendigkeit.«

Ach! was damals so befremdlich klang, wird jetzt jenseits des Rheins auf allen Dächern gepredigt, und der fanatische Eifer mancher dieser Prädikanten ist entsetzlich! Wir haben jetzt fanatische Mönche des Atheismus, Großinquisitoren des Unglaubens, die den Herrn von Voltaire verbrennen lassen würden, weil er doch im Herzen ein verstockter Deist gewesen. Solange solche Doktrinen noch Geheimgut einer Aristokratie von Geistreichen blieben und in einer vornehmen Koteriesprache besprochen wurden, welche den Bedienten, die aufwartend hinter uns standen, während wir bei unseren philosophischen Petitssoupers blasphemierten, unverständlich war – so lange gehörte auch ich zu den leichtsinnigen Esprits forts, wovon die meisten jenen liberalen Grandseigneurs glichen, die kurz vor der Revolution mit den neuen Umsturzideen die Langeweile ihres müßigen Hoflebens zu verscheuchen suchten. Als ich aber merkte, dass die rohe Plebs, der Jan Hagel, ebenfalls dieselben Themata zu diskutieren begann in seinen schmutzigen Symposien, wo statt der Wachskerzen und Girandolen nur Talglichter und Tranlampen leuchteten, als ich sah, dass Schmierlappen von Schuster- und Schneidergesellen in ihrer plumpen Herbergsprache die Existenz Gottes zu leugnen sich unterfingen – als der Atheismus anfing, sehr stark nach Käse, Branntwein und Tabak zu stinken: da gingen mir plötzlich die Augen auf, und was ich nicht durch meinen Verstand begriffen hatte, das begriff ich jetzt durch den Geruchssinn, durch das Missbehagen des Ekels, und mit meinem Atheismus hatte es, gottlob! ein Ende.

Um die Wahrheit zu sagen, es mochte nicht bloß der Ekel sein, was mir die Grundsätze der Gottlosen verleidete und meinen Rücktritt veranlasste. Es war hier auch eine gewisse weltliche Besorgnis im Spiel, die ich nicht überwinden konnte; ich sah nämlich, dass der Atheismus ein mehr oder minder geheimes Bündnis geschlossen mit dem schauderhaft nacktesten, ganz feigenblattlosen, kommunen Kommunismus. Meine Scheu vor dem letzteren hat wahrlich nichts gemein mit der Furcht des Glückspilzes, der für seine Kapitalien zittert, oder mit dem Verdruss der wohlhabenden Gewerbsleute, die in ihren Ausbeutungsgeschäften gehemmt zu werden fürchten: nein, mich beklemmt vielmehr die geheime Angst des Künstlers und des Gelehrten, die wir unsere ganze moderne Zivilisation, die mühselige Errungenschaft so vieler Jahrhunderte, die Frucht der edelsten Arbeiten unserer Vorgänger, durch den Sieg des Kommunismus bedroht sehen. Fortgerissen von der Strömung großmütiger Gesinnung, mögen wir immerhin die Interessen der Kunst und Wissenschaft, ja alle unsere Partikularinteressen dem Gesamtinteresse des leidenden und unterdrückten Volkes aufopfern; aber wir können uns nimmermehr verhehlen, wessen wir uns zu gewärtigen haben, sobald die große rohe Masse, welche die einen das Volk, die andern den Pöbel nennen und deren legitime Souveränität bereits längst proklamiert worden, zur wirklichen Herrschaft käme. Ganz besonders empfindet der Dichter ein unheimliches Grauen vor dem Regierungsantritt dieses täppischen Souveräns. Wir wollen gern für das Volk uns opfern, denn Selbstaufopferung gehört zu unsern raffiniertesten Genüssen – die Emanzipation des Volkes war die große Aufgabe unseres Lebens, und wir haben dafür gerungen und namenloses Elend ertragen, in der Heimat wie im Exil –, aber die reinliche, sensitive Natur des Dichters sträubt sich gegen jede persönlich nahe Berührung mit dem Volke, und noch mehr schrecken wir zusammen bei dem Gedanken an seine Liebkosungen, vor denen uns Gott bewahre! Ein großer Demokrat sagte einst: er würde, hätte ein König ihm die Hand gedrückt, sogleich seine Hand ins Feuer halten, um sie zu reinigen. Ich möchte in derselben Weise sagen: ich würde meine Hand waschen, wenn mich das souveräne Volk mit seinem Händedruck beehrt hätte.

O das Volk, dieser arme König in Lumpen, hat Schmeichler gefunden, die viel schamloser als die Höflinge von Byzanz und Versailles ihm ihren Weihrauchkessel an den Kopf schlugen. Diese Hoflakaien des Volkes rühmen beständig seine Vortrefflichkeiten und Tugenden und rufen begeistert: »Wie schön ist das Volk! wie gut ist das Volk! wie intelligent ist das Volk!« – Nein, ihr lügt. Das arme Volk ist nicht schön; im Gegenteil, es ist sehr hässlich. Aber diese Hässlichkeit entstand durch den Schmutz und wird mit demselben schwinden, sobald wir öffentliche Bäder erbauen, wo Seine Majestät das Volk sich unentgeltlich baden kann. Ein Stückchen Seife könnte dabei nicht schaden, und wir werden dann ein Volk sehen, das hübsch propre ist, ein Volk, das sich gewaschen hat. Das Volk, dessen Güte so sehr gepriesen wird, ist gar nicht gut; es ist manchmal so böse wie einige andere Potentaten. Aber seine Bosheit kommt vom Hunger; wir müssen sorgen, dass das souveräne Volk immer zu essen habe; sobald allerhöchst dasselbe gehörig gefüttert und gesättigt sein mag, wird es euch auch huldvoll und gnädig anlächeln, ganz wie die anderen. Seine Majestät das Volk ist ebenfalls nicht sehr intelligent; es ist vielleicht dümmer als die anderen, es ist fast so bestialisch dumm wie seine Günstlinge. Liebe und Vertrauen schenkt es nur denjenigen, die den Jargon seiner Leidenschaft reden oder heulen, während es jeden braven Mann hasst, der die Sprache der Vernunft mit ihm spricht, um es zu erleuchten und zu veredeln. So ist es in Paris, so war es in Jerusalem. Lasst dem Volk die Wahl zwischen dem Gerechtesten der Gerechten und dem scheußlichsten Straßenräuber, seid sicher, es ruft: »Wir wollen den Barnabas! Es lebe der Barnabas!« – Der Grund dieser Verkehrtheit ist die Unwissenheit; dieses Nationalübel müssen wir zu tilgen suchen durch öffentliche Schulen für das Volk, wo ihm der Unterricht auch mit den dazugehörigen Butterbroten und sonstigen Nahrungsmitteln unentgeltlich erteilt werde. – Und wenn jeder im Volke in den Stand gesetzt ist, sich alle beliebigen Kenntnisse zu erwerben, werdet ihr bald auch ein intelligentes Volk sehen. – Vielleicht wird dasselbe am Ende noch so gebildet, so geistreich, so witzig sein, wie wir es sind, nämlich wie ich und du, mein teurer Leser, und wir bekommen bald noch andere gelehrte Friseure, welche Verse machen, wie Monsieur Jasmin zu Toulouse, und noch viele andere philosophische Flickschneider, welche ernsthafte Bücher schreiben, wie unser Landsmann, der famose Weitling.

Bei dem Namen dieses famosen Weitling taucht mir plötzlich mit all ihrem komischen Ernst die Szene meines ersten und letzten Zusammentreffens mit dem damaligen Tageshelden wieder im Gedächtnis herauf. Der liebe Gott, der von der Höhe seiner Himmelsburg alles sieht, lachte wohl herzlich über die saure Miene, die ich geschnitten haben muss, als mir in dem Buchladen meines Freundes Campe zu Hamburg der berühmte Schneidergesell entgegentrat und sich als einen Kollegen ankündigte, der sich zu denselben revolutionären und atheistischen Doktrinen bekenne. Ich hätte wirklich in diesem Augenblick gewünscht, dass der liebe Gott gar nicht existiert haben möchte, damit er nur nicht die Verlegenheit und Beschämung sähe, worin mich eine solche saubre Genossenschaft versetzte! Der liebe Gott hat mir gewiss alle meine alten Frevel von Herzen verziehen, wenn er die Demütigung in Anschlag brachte, die ich bei jenem Handwerksgruß des ungläubigen Knotentums, bei jenem kollegialischen Zusammentreffen mit Weitling empfand. Was meinen Stolz am meisten verletzte, war der gänzliche Mangel an Respekt, den der Bursche an den Tag legte, während er mit mir sprach. Er behielt die Mütze auf dem Kopf, und während ich vor ihm stand, saß er auf einer kleinen Holzbank, mit der einen Hand sein zusammengezogenes rechtes Bein in die Höhe haltend, so dass er mit dem Knie fast sein Kinn berührte; mit der anderen Hand rieb er beständig dieses Bein oberhalb der Fußknöchel. Diese unehrerbietige Positur hatte ich anfangs den kauernden Handwerksgewöhnungen des Mannes zugeschrieben, doch er belehrte mich eines Bessern, als ich ihn befrug, warum er beständig in erwähnter Weise sein Bein riebe. Er sagte mir nämlich im unbefangen gleichgültigsten Ton, als handle es sich um eine Sache, die ganz natürlich, dass er in den verschiedenen deutschen Gefängnissen, worin er gesessen, gewöhnlich mit Ketten belastet worden sei; und da manchmal der eiserne Ring, welcher das Bein anschloss, etwas zu eng gewesen, habe er an jener Stelle eine juckende Empfindung bewahrt, die ihn zuweilen veranlasse, sich dort zu reiben. Bei diesem naiven Geständnis muss der Schreiber dieser Blätter ungefähr so ausgesehen haben wie der Wolf in der Äsopischen Fabel, als er seinen Freund, den Hund, befragt hatte, warum das Fell an seinem Halse so abgescheuert sei, und dieser zur Antwort gab: »Des Nachts legt man mich an die Kette.« – Ja, ich gestehe, ich wich einige Schritte zurück, als der Schneider solchermaßen mit seiner widerwärtigen Familiarität von den Ketten sprach, womit ihn die deutschen Schließer zuweilen belästigten, wenn er im Loch saß – »Loch! Schließer! Ketten!« lauter fatale Koterieworte einer geschlossenen Gesellschaft, womit man mir eine schreckliche Vertrautheit zumutete. Und es war hier nicht die Rede von jenen metaphorischen Ketten, die jetzt die ganze

Welt trägt, die man mit dem größten Anstand tragen kann und die sogar bei Leuten von gutem Tone in die Mode gekommen – nein, bei den Mitgliedern jener geschlossenen Gesellschaft sind Ketten gemeint in ihrer eisernsten Bedeutung, Ketten, die man mit einem eisernen Ring ans Bein befestigt – und ich wich einige Schritte zurück, als der Schneider Weitling von solchen Ketten sprach. Nicht etwa die Furcht vor dem Sprichwort »Mitgefangen, mitgehangen!«, nein, mich schreckte vielmehr das Nebeneinandergehenktwerden.

Dieser Weitling, der jetzt verschollen, war übrigens ein Mensch von Talent; es fehlte ihm nicht an Gedanken, und sein Buch, betitelt »Die Garantien der Gesellschaft«, war lange Zeit der Katechismus der deutschen Kommunisten. Die Anzahl dieser letzteren hat sich in Deutschland während der letzten Jahre ungeheuer vermehrt, und diese Partei ist zu dieser Stunde unstreitig eine der mächtigsten jenseits des Rheines. Die Handwerker bilden den Kern einer Unglaubensarmee, die vielleicht nicht sonderlich diszipliniert, aber in doktrineller Beziehung ganz vorzüglich einexerziert ist. Diese deutschen Handwerker bekennen sich größtenteils zum krassesten Atheismus, und sie sind gleichsam verdammt, dieser trostlosen Negation zu huldigen, wenn sie nicht in einen Widerspruch mit ihrem Prinzip und somit in völlige Ohnmacht verfallen wollen. Diese Kohorten der Zerstörung, diese Sappeure, deren Axt das ganze gesellschaftliche Gebäude bedroht, sind den Gleichmachern und Umwälzern in andern Ländern unendlich überlegen, wegen der schrecklichen Konsequenz ihrer Doktrin; denn in dem Wahnsinn, der sie antreibt, ist, wie Polonius sagen würde, Methode.

Das Verdienst, jene grauenhaften Erscheinungen, welche erst später eintrafen, in meinem Buch »De l'Allemagne« lange vorausgesagt zu haben, ist nicht von großem Belang. Ich konnte leicht prophezeien, welche Lieder einst in Deutschland gepfiffen und gezwitschert werden dürften, denn ich sah die Vögel ausbrüten, welche später die neuen Sangesweisen anstimmten. Ich sah, wie Hegel mit seinem fast komisch ernsthaften Gesicht als Bruthenne auf den fatalen Eiern saß, und ich hörte sein Gackern. Ehrlich gesagt, selten verstand ich ihn, und erst durch späteres Nachdenken gelangte ich zum Verständnis seiner Worte. Ich glaube, er wollte gar nicht verstanden sein, und daher sein verklausulierter Vortrag, daher vielleicht auch seine Vorliebe für Personen, von denen er wusste, dass sie ihn nicht verständen, und denen er um so bereitwilliger die Ehre seines näheren Umgangs gönnte. So wunderte sich jeder in Berlin über den intimen Verkehr des tiefsinnigen Hegel mit dem verstorbenen Heinrich Beer, einem Bruder des durch seinen Ruhm allgemein bekannten und von den geistreichsten Journalisten gefeierten Giacomo Meyerbeer. Jener Beer, nämlich der Heinrich, war ein schier unkluger Gesell, der auch wirklich späterhin von seiner Familie für blödsinnig erklärt und unter Kuratel gesetzt wurde, weil er, anstatt sich durch sein großes Vermögen einen Namen zu machen in der Kunst oder Wissenschaft, vielmehr für läppische Schnurrpfeifereien seinen Reichtum vergeudete und z. B. eines Tages für sechstausend Taler Spazierstöcke gekauft hatte. Dieser arme Mensch, der weder für einen großen Tragödiendichter noch für einen großen Sterngucker oder für ein lorbeerbekränztes musikalisches Genie, einen Nebenbuhler von Mozart und Rossini, gelten wollte und lieber sein Geld für Spazierstöcke ausgab – dieser aus der Art geschlagene Beer genoss den vertrautesten Umgang Hegels, er war der Intimus des Philosophen, sein Pylades, und begleitete ihn überall wie sein Schatten. Der ebenso witzige wie talentbegabte Felix Mendelssohn suchte einst dieses Phänomen zu erklären, indem er behauptete: Hegel verstände den Heinrich Beer nicht. Ich glaube aber jetzt, der wirkliche Grund jenes intimen Umgangs bestand darin, dass Hegel überzeugt war, Heinrich Beer verstände nichts von allem, was er ihn reden höre, und er konnte daher in seiner Gegenwart sich ungeniert allen Geistesergießungen des Moments überlassen. Überhaupt war das Gespräch von Hegel immer eine Art von Monolog, stoßweis hervorgeseufzt mit klangloser Stimme; das Barocke der Ausdrücke frappierte mich oft, und von letzteren blieben mir viele im Gedächtnis. Eines schönen hellgestirnten Abends standen wir beide nebeneinander am Fenster, und ich, ein zweiundzwanzigjähriger junger Mensch, ich hatte eben gut gegessen und Kaffee getrunken, und ich sprach mit Schwärmerei von den Sternen und nannte sie den Aufenthalt der Seligen. Der Meister aber brummelte vor sich hin: »Die Sterne, hum! hum! die Sterne sind nur ein leuchtender Aussatz am Himmel.« – »Um Gottes willen« – rief ich –, »es gibt also droben kein glückliches Lokal, um dort die Tugend nach dem Tode zu belohnen?« Jener aber, indem er mich mit seinen bleichen Augen stier ansah, sagte schneidend: »Sie wollen also noch ein Trinkgeld dafür haben, dass Sie Ihre kranke Mutter gepflegt und Ihren Herrn Bruder nicht vergiftet haben?« – Bei diesen Worten sah er sich ängstlich um, doch er schien gleich wieder beruhigt, als er bemerkte, dass nur Heinrich Beer herangetreten war, um ihn zu einer Partie Whist einzuladen.

Wie schwer das Verständnis der Hegelschen Schriften ist, wie leicht man sich hier täuschen kann und zu verstehen glaubt, während man nur dialektische Formeln nachzukonstruieren gelernt, das merkte ich erst viele Jahre später hier in Paris, als ich mich damit beschäftigte, aus dem abstrakten Schulidiom jene Formeln in die Muttersprache des gesunden Verstandes und der allgemeinen Verständlichkeit, ins Französische, zu übersetzen. Hier muss der Dolmetsch bestimmt wissen, was er zu sagen hat, und der verschämteste Begriff ist gezwungen, die mystischen Gewänder fallenzulassen und sich in seiner Nacktheit zu zeigen. Ich hatte nämlich den Vorsatz gefasst, eine allgemeinverständliche Darstellung der ganzen Hegelschen Philosophie zu verfassen, um sie einer neueren Ausgabe meines Buches »De l'Allemagne« als Ergänzung desselben einzuverleiben. Ich beschäftigte mich während zwei Jahren mit dieser Arbeit, und es gelang mir nur mit Not und Anstrengung, den spröden Stoff zu bewältigen und die abstraktesten Partien so populär wie möglich vorzutragen. Doch als das Werk endlich fertig war, erfasste mich bei seinem Anblick ein unheimliches Grauen, und es kam mir vor, als ob das Manuskript mich mit fremden, ironischen, ja boshaften Augen ansähe. Ich war in eine sonderbare Verlegenheit geraten: Autor und Schrift passten nicht mehr zusammen. Es hatte sich nämlich um jene Zeit der obenerwähnte Widerwille gegen den Atheismus schon meines Gemütes bemeistert, und da ich mir gestehen musste, dass allen diesen Gottlosigkeiten die Hegelsche Philosophie den furchtbarsten Vorschub geleistet, ward sie mir äußerst unbehaglich und fatal. Ich empfand überhaupt nie eine allzu große Begeisterung für diese Philosophie, und von Überzeugung konnte in Bezug auf dieselbe gar nicht die Rede sein. Ich war nie abstrakter Denker, und ich nahm die Synthese der Hegelschen Doktrin ungeprüft an, da ihre Folgerungen meiner Eitelkeit schmeichelten. Ich war jung und stolz, und es tat meinem Hochmut wohl, als ich von Hegel erfuhr, dass nicht, wie meine Großmutter meinte, der liebe Gott, der im Himmel residiert, sondern ich selbst hier auf Erden der liebe Gott sei. Dieser törichte Stolz übte keineswegs einen verderblichen Einfluss auf meine Gefühle, die er vielmehr bis zum Heroismus steigerte; und ich machte damals einen solchen Aufwand von Großmut und Selbstaufopferung, dass ich dadurch die brillantesten Hochtaten jener guten Spießbürger der Tugend, die nur aus Pflichtgefühl handelten und nur den Gesetzen der Moral gehorchten, gewiss außerordentlich verdunkelte. War ich doch selber jetzt das lebende Gesetz der Moral und der Quell alles Rechtes und aller Befugnis. Ich war die Ursittlichkeit, ich war unsündbar, ich war die inkarnierte Reinheit; die anrüchigsten Magdalenen wurden purifiziert durch die läuternde und sühnende Macht meiner Liebesflammen, und fleckenlos wie Lilien und errötend wie keusche Rosen, mit einer ganz neuen Jungfräulichkeit, gingen sie hervor aus den Umarmungen des Gottes. Diese Restaurationen beschädigter Magdtümer, ich gestehe es, erschöpften zuweilen meine Kräfte. Aber ich gab, ohne zu feilschen, und unerschöpflich war der Born meiner Barmherzigkeit. Ich war ganz Liebe und war ganz frei von Hass. Ich rächte mich auch nicht mehr an meinen Feinden, da ich im Grunde keinen Feind mehr hatte oder vielmehr niemand als solchen anerkannte: für mich gab es jetzt nur noch Ungläubige, die an meiner Göttlichkeit zweifelten – Jede Unbill, die sie mir antaten, war ein Sakrilegium, und ihre Schmähungen waren Blasphemien. Solche Gottlosigkeiten konnte ich freilich nicht immer ungeahndet lassen, aber alsdann war es nicht eine menschliche Rache, sondern die Strafe Gottes, die den Sünder traf. Bei dieser höhern Gerechtigkeitspflege unterdrückte ich zuweilen mit mehr oder weniger Mühe alles gemeine Mitleid. Wie ich keine Feinde besaß, so gab es für mich auch keine Freunde, sondern nur Gläubige, die an meine Herrlichkeit glaubten, die mich anbeteten, auch meine Werke lobten, sowohl die versifizierten wie die, welche ich in Prosa geschaffen, und dieser Gemeinde von wahrhaft Frommen und Andächtigen tat ich sehr viel Gutes, zumal den jungen Devotinnen.

Aber die Repräsentationskosten eines Gottes, der sich nicht lumpen lassen will und weder Leib noch Börse schont, sind ungeheuer; um eine solche Rolle mit Anstand zu spielen, sind besonders zwei Dinge unentbehrlich: viel Geld und viel Gesundheit. Leider geschah es, dass eines Tages – im Februar 1848 – diese beiden Requisiten mir abhanden kamen, und meine Göttlichkeit geriet dadurch sehr ins Stocken. Zum Glück war das verehrungswürdige Publikum in jener Zeit mit so großen, unerhörten, fabelhaften Schauspielen beschäftigt, dass dasselbe die Veränderung, die damals mit meiner kleinen Person vorging, nicht besonders bemerken mochte. Ja, sie waren unerhört und fabelhaft, die Ereignisse in jenen tollen Februartagen, wo die Weisheit der Klügsten zuschanden gemacht und die Auserwählten des Blödsinns aufs Schild gehoben wurden. Die Letzten wurden die Ersten, das Unterste kam zuoberst, sowohl die Dinge wie die Gedanken waren umgestürzt, es war wirklich die verkehrte Welt. – Wäre ich in dieser unsinnigen, auf den Kopf gestellten Zeit ein vernünftiger Mensch gewesen, so hätte ich gewiss durch jene Ereignisse meinen Verstand verloren, aber verrückt, wie ich damals war, musste das Gegenteil geschehen, und sonderbar! just in den Tagen des allgemeinen Wahnsinns kam ich selber wieder zur Vernunft! Gleich vielen anderen heruntergekommenen Göttern jener Umsturzperiode musste auch ich kümmerlich abdanken und in den menschlichen Privatstand wieder zurücktreten. Das war auch das Gescheiteste, das ich tun konnte. Ich kehrte zurück in die niedre Hürde der Gottesgeschöpfe, und ich huldigte wieder der Allmacht eines höchsten Wesens, das den Geschicken dieser Welt vorsteht und das auch hinfüro meine eignen irdischen Angelegenheiten leiten sollte. Letztere waren während der Zeit, wo ich meine eigene Vorsehung war, in bedenkliche Verwirrung geraten, und ich war froh, sie gleichsam einem himmlischen Intendanten zu übertragen, der sie mit seiner Allwissenheit wirklich viel besser besorgt. Die Existenz eines Gottes war seitdem für mich nicht bloß ein Quell des Heils, sondern sie überhob mich auch aller jener quälerischen Rechnungsgeschäfte, die mir so verhasst, und ich verdanke ihr die größten Ersparnisse. Wie für mich, brauche ich jetzt auch nicht mehr für andere zu sorgen, und seit ich zu den Frommen gehöre, gebe ich fast gar nichts mehr aus für Unterstützung von Hilfsbedürftigen; – ich bin zu bescheiden, als dass ich der göttlichen Vorsehung wie ehemals ins Handwerk pfuschen sollte, ich bin kein Gemeindeversorger mehr, kein Nachäffer Gottes, und meinen ehemaligen Klienten habe ich mit frommer Demut angezeigt, dass ich nur ein armseliges Menschengeschöpf bin, eine seufzende Kreatur, die mit der Weltregierung nichts mehr zu schaffen hat, und dass sie sich hinfüro in Not und Trübsal an den Herrgott wenden müssten, der im Himmel wohnt und dessen Budget ebenso unermesslich wie seine Güte ist, während ich armer Exgott sogar in meinen göttlichsten Tagen, um meinen Wohltätigkeitsgelüsten zu genügen, sehr oft den Teufel am Schwanz ziehen musste.

»Tirer le diable par la queue« ist in der Tat einer der glücklichsten Ausdrücke der französischen Sprache, aber die Sache selbst war höchst demütigend für einen Gott. Ja, ich bin froh, meiner angemaßten Glorie entledigt zu sein, und kein Philosoph wird mir jemals wieder einreden, dass ich ein Gott sei! Ich bin nur ein armer Mensch, der obendrein nicht mehr ganz gesund und sogar sehr krank ist. In diesem Zustand ist es eine wahre Wohltat für mich, dass es jemand im Himmel gibt, dem ich beständig die Litanei meiner Leiden vorwimmern kann, besonders nach Mitternacht, wenn Mathilde sich zur Ruhe begeben, die sie oft sehr nötig hat. Gottlob! in solchen Stunden bin ich nicht allein, und ich kann beten und flennen, soviel ich will und ohne mich zu genieren, und ich kann ganz mein Herz ausschütten vor dem Allerhöchsten und ihm manches anvertrauen, was wir sogar unserer eignen Frau zu verschweigen pflegen.

Nach obigen Geständnissen wird der geneigte Leser leicht begreifen, warum mir meine Arbeit über die Hegelsche Philosophie nicht mehr behagte. Ich sah gründlich ein, dass der Druck derselben weder dem Publikum noch dem Autor heilsam sein konnte; ich sah ein, dass die magersten Spittelsuppen [des Spitals] der christlichen Barmherzigkeit für die verschmachtende Menschheit noch immer erquicklicher sein dürften als das gekochte graue Spinnweb der Hegelschen Dialektik; – ja ich will alles gestehen, ich bekam auf einmal eine große Furcht vor den ewigen Flammen – es ist freilich ein Aberglaube, aber ich hatte Furcht –, und an einem stillen Winterabend, als eben in meinem Kamin ein starkes Feuer brannte, benutzte ich die schöne Gelegenheit, und ich warf mein Manuskript über die Hegelsche Philosophie in die lodernde Glut; die brennenden Blätter flogen hinauf in den Schlot mit einem sonderbaren kichernden Geknister.

Gottlob, ich war sie los! Ach, könnte ich doch alles, was ich einst über die deutsche Philosophie drucken ließ, in derselben Weise vernichten! Aber das ist unmöglich, und da ich nicht einmal den Wiederabdruck bereits vergriffener Bücher verhindern kann, wie ich jüngst betrüblichst erfahren, so bleibt mir nichts übrig, als öffentlich zu gestehen, dass meine Darstellung der deutschen philosophischen Systeme, also vornehmlich die ersten drei Abteilungen meines Buches »De l'Allemagne«, die sündhaftesten Irrtümer enthalten. Ich hatte die genannten drei Partien in einer deutschen Version als ein besonderes Buch drucken lassen, und da die letzte Ausgabe desselben vergriffen war und mein Buchhändler das Recht besaß, eine neue Ausgabe zu veröffentlichen, so versah ich das Buch mit einer Vorrede, woraus ich eine Stelle hier mitteile, die mich des traurigen Geschäftes überhebt, in Bezug auf die erwähnten drei Partien der »Allemagne« mich besonders auszusprechen. Sie lautet wie folgt: »Ehrlich gestanden, es wäre mir lieb, wenn ich das Buch ganz ungedruckt lassen könnte. Es haben sich nämlich seit dem Erscheinen desselben meine Ansichten über manche Dinge, besonders über göttliche Dinge, bedenklich geändert, und manches, was ich behauptete, widerspricht jetzt meiner bessern Überzeugung. Aber der Pfeil gehört nicht mehr dem Schützen, sobald er von der Sehne des Bogens fortfliegt, und das Wort gehört nicht mehr dem Sprecher, sobald es seiner Lippe entsprungen und gar durch die Presse vervielfältigt worden. Außerdem würden fremde Befugnisse mir mit zwingendem Einspruch entgegentreten, wenn ich dieses Buch ungedruckt ließe und meinen Gesamtwerken entzöge. Ich könnte zwar, wie manche Schriftsteller in solchen Fällen tun, zu einer Milderung der Ausdrücke, zu Verhüllungen durch Phrase meine Zuflucht nehmen; aber ich hasse im Grund meiner Seele die zweideutigen Worte, die heuchlerischen Blumen, die feigen Feigenblätter. Einem ehrlichen Manne bleibt aber unter allen Umständen das unveräußerliche Recht, seinen Irrtum offen zu gestehen, und ich will es ohne Scheu hier ausüben. Ich bekenne daher unumwunden, dass alles, was in diesem Buch namentlich auf die große Gottesfrage Bezug hat, ebenso falsch wie unbesonnen ist. Ebenso unbesonnen wie falsch ist die Behauptung, die ich der Schule nachsprach, dass der Deismus in der Theorie zugrunde gerichtet sei und sich nur noch in der Erscheinungswelt kümmerlich hinfriste. Nein, es ist nicht wahr, dass die Vernunftkritik, welche die Beweistümer für das Dasein Gottes, wie wir dieselben seit Anselm von Canterbury kennen, zernichtet hat, auch dem Dasein Gottes selber ein Ende gemacht habe. Der Deismus lebt, lebt sein lebendigstes Leben, er ist nicht tot, und am allerwenigsten hat ihn die neueste deutsche Philosophie getötet. Diese spinnwebige Berliner Dialektik kann keinen Hund aus dem Ofenloch locken, sie kann keine Katze töten, wie viel weniger einen Gott. Ich habe es am eigenen Leibe erprobt, wie wenig gefährlich ihr Umbringen ist; sie bringt immer um, und die Leute bleiben dabei am Leben. Der Türhüter der Hegelschen Schule, der grimme Ruge, behauptete einst steif und fest oder vielmehr fest und steif, dass er mich mit seinem Portierstock in den ›Hallischen Jahrbüchern‹ totgeschlagen habe, und doch zur selben Zeit ging ich umher auf den Boulevards von Paris, frisch und gesund und unsterblicher als je. Der arme, brave Ruge! er selber konnte sich später nicht des ehrlichsten Lachens enthalten, als ich ihm hier in Paris das Geständnis machte, dass ich die fürchterlichen Totschlagblätter, die ›Hallischen Jahrbücher‹, nie zu Gesicht bekommen hatte, und sowohl meine vollen roten Backen als auch der gute Appetit, womit ich Austern schluckte, überzeugten ihn, wie wenig mir der Name einer Leiche gebührte. In der Tat, ich war damals noch gesund und feist, ich stand im Zenit meines Fettes und war so übermütig wie der König Nebukadnezar vor seinem Sturz.

Ach! einige Jahre später ist eine leibliche und geistige Veränderung eingetreten. Wie oft seitdem denke ich an die Geschichte dieses babylonischen Königs, der sich selbst für den lieben Gott hielt, aber von der Höhe seines Dünkels erbärmlich herabstürzte, wie ein Tier am Boden kroch und Gras aß – (es wird wohl Salat gewesen sein). In dem prachtvoll grandiosen Buch Daniel steht diese Legende, die ich nicht bloß dem guten Ruge, sondern auch meinem noch viel verstockteren Freunde Marx, ja auch den Herren Feuerbach, Daumer, Bruno Bauer, Hengstenberg, und wie sie sonst heißen mögen, diese gottlosen Selbstgötter, zur erbaulichen Beherzigung empfehle. Es stehen überhaupt noch viel schöne und merkwürdige Erzählungen in der Bibel, die ihrer Beachtung wert wären, z. B. gleich im Anfang die Geschichte von dem verbotenen Baum im Paradiese und von der Schlange, der kleinen Privatdozentin, die schon sechstausend Jahre vor Hegels Geburt die ganze Hegelsche Philosophie vortrug. Dieser Blaustrumpf ohne Füße zeigt sehr scharfsinnig, wie das Absolute in der Identität von Sein und Wissen besteht, wie der Mensch zum Gotte werde durch die Erkenntnis oder, was dasselbe ist, wie Gott im Menschen zum Bewusstsein seiner selbst gelange. – Diese Formel ist nicht so klar wie die ursprünglichen Worte: ›Wenn ihr vom Baume der Erkenntnis genossen, werdet ihr wie Gott sein!‹ Frau Eva verstand von der ganzen Demonstration nur das eine, dass die Frucht verboten sei, und weil sie verboten, aß sie davon, die gute Frau. Aber kaum hatte sie von dem lockenden Apfel gegessen, so verlor sie ihre Unschuld, ihre naive Unmittelbarkeit, sie fand, dass sie viel zu nackend sei für eine Person von ihrem Stande, die Stammmutter so vieler künftigen Kaiser und Könige, und sie verlangte ein Kleid. Freilich nur ein Kleid von Feigenblättern, weil damals noch keine Lyoner Seidenfabrikanten geboren waren und weil es auch im Paradies noch keine Putzmacherinnen und Modehändlerinnen gab – o Paradies! Sonderbar, sowie das Weib zum denkenden Selbstbewusstsein kommt, ist ihr erster Gedanke ein neues Kleid! Auch diese biblische Geschichte, zumal die Rede der Schlange, kommt mir nicht aus dem Sinn, und ich möchte sie als Motto diesem Buche voransetzen, in derselben Weise, wie man oft vor fürstlichen Gärten eine Tafel sieht mit der warnenden Aufschrift: ›Hier liegen Fußangeln und Selbstschüsse.‹«

Nach der Stelle, welche ich hier zitiert, folgen Geständnisse über den Einfluss, den die Lektüre der Bibel auf meine spätere Geistesevolution ausübte. Die Wiedererweckung meines religiösen Gefühls verdanke ich jenem heiligen Buch, und dasselbe ward für mich ebenso sehr eine Quelle des Heils als ein Gegenstand der frömmigsten Bewunderung. Sonderbar! Nachdem ich mein ganzes Leben hindurch mich auf allen Tanzböden der Philosophie herumgetrieben, allen Orgien des Geistes mich hingegeben, mit allen möglichen Systemen gebuhlt, ohne befriedigt worden zu sein, wie Messaline nach einer liederlichen Nacht – jetzt befinde ich mich plötzlich auf demselben Standpunkt, worauf auch der Onkel Tom steht, auf dem der Bibel, und ich knie neben dem schwarzen Betbruder nieder in derselben Andacht –

Welche Demütigung! mit all meiner Wissenschaft habe ich es nicht weiter gebracht als der arme unwissende Neger, der kaum buchstabieren gelernt! Der arme Tom scheint freilich in dem heiligen Buche noch tiefere Dinge zu sehen als ich, dem besonders die letzte Partie noch nicht ganz klar geworden. Tom versteht sie vielleicht besser, weil mehr Prügel darin vorkommen, nämlich jene unaufhörlichen Peitschenhiebe, die mich manchmal bei der Lektüre der Evangelien und der Apostelgeschichte sehr unästhetisch anwiderten. So ein armer Negersklave liest zugleich mit dem Rücken und begreift daher viel besser als wir. Dagegen glaube ich mir schmeicheln zu dürfen, dass mir der Charakter des Moses in der ersten Abteilung des heiligen Buches einleuchtender aufgegangen sei. Diese große Figur hat mir nicht wenig imponiert. Welche Riesengestalt! Ich kann mir nicht vorstellen, dass Ok, König von Basan, größer gewesen sei. Wie klein erscheint der Sinai, wenn der Moses darauf steht! Dieser Berg ist nur das Postament, worauf die Füße des Mannes stehen, dessen Haupt in den Himmel hineinragt, wo er mit Gott spricht – Gott verzeih mir die Sünde, manchmal wollte es mich bedünken, als sei dieser mosaische Gott nur der zurückgestrahlte Lichtglanz des Moses selbst, dem er so ähnlich sieht, ähnlich in Zorn und in Liebe – Es wäre eine große Sünde, es wäre Anthropomorphismus, wenn man eine solche Identität des Gottes und seines Propheten annähme – aber die Ähnlichkeit ist frappant.

Ich hatte Moses früher nicht sonderlich geliebt, wahrscheinlich, weil der hellenische Geist in mir vorwaltend war und ich dem Gesetzgeber der Juden seinen Hass gegen alle Bildlichkeit, gegen die Plastik, nicht verzeihte. Ich sah nicht, dass Moses, trotz seiner Befeindung der Kunst, dennoch selber ein großer Künstler war und den wahren Künstlergeist besaß. Nur war dieser Künstlergeist bei ihm, wie bei seinen ägyptischen Landsleuten, nur auf das Kolossale und Unverwüstliche gerichtet. Aber nicht wie die Ägypter formierte er seine Kunstwerke aus Backstein und Granit, sondern er baute Menschenpyramiden, er meißelte Menschenobelisken, er nahm einen armen Hirtenstamm und schuf daraus ein Volk, das ebenfalls den Jahrhunderten trotzen sollte, ein großes, ewiges, heiliges Volk, ein Volk Gottes, das allen andern Völkern als Muster, ja der ganzen Menschheit als Prototyp dienen konnte: er schuf Israel! Mit größerm Recht als der römische Dichter darf jener Künstler, der Sohn Amrams und der Hebamme Jochebed, sich rühmen, ein Monument errichtet zu haben, das alle Bildungen aus Erz überdauern wird!

Wie über den Werkmeister, hab ich auch über das Werk, die Juden, nie mit hinlänglicher Ehrfurcht gesprochen, und zwar gewiss wieder meines hellenischen Naturells wegen, dem der judäische Asketismus zuwider war. Meine Vorliebe für Hellas hat seitdem abgenommen. Ich sehe jetzt, die Griechen waren nur schöne Jünglinge, die Juden aber waren immer Männer, gewaltige, unbeugsame Männer, nicht bloß ehemals, sondern bis auf den heutigen Tag, trotz achtzehn Jahrhunderten der Verfolgung und des Elends. Ich habe sie seitdem besser würdigen gelernt, und wenn nicht jeder Geburtsstolz bei dem Kämpen der Revolution und ihrer demokratischen Prinzipien ein närrischer Widerspruch wäre, so könnte der Schreiber dieser Blätter stolz darauf sein, dass seine Ahnen dem edlen Hause Israel angehörten, dass er ein Abkömmling jener Märtyrer, die der Welt einen Gott und eine Moral gegeben und auf allen Schlachtfeldern des Gedankens gekämpft und gelitten haben.

Die Geschichte des Mittelalters und selbst der modernen Zeit hat selten in ihre Tagesberichte die Namen solcher Ritter des heiligen Geistes eingezeichnet, denn sie fochten gewöhnlich mit verschlossenem Visier. Ebenso wenig die Taten der Juden wie ihr eigentliches Wesen sind der Welt bekannt. Man glaubt sie zu kennen, weil man ihre Bärte gesehen, aber mehr kam nie von ihnen zum Vorschein, und wie im Mittelalter sind sie auch noch in der modernen Zeit ein wandelndes Geheimnis. Es mag enthüllt werden an dem Tag, wovon der Prophet geweissagt, dass es alsdann nur noch einen Hirten und eine Herde geben wird und der Gerechte, der für das Heil der Menschheit geduldet, seine glorreiche Anerkennung empfängt.

Man sieht, ich, der ich ehemals den Homer zu zitieren pflegte, ich zitiere jetzt die Bibel, wie der Onkel Tom. In der Tat, ich verdanke ihr viel. Sie hat, wie ich oben gesagt, das religiöse Gefühl wieder in mir erweckt; und diese Wiedergeburt des religiösen Gefühls genügte dem Dichter, der vielleicht weit leichter als andere Sterbliche der positiven Glaubensdogmen entbehren kann. Er hat die Gnade, und seinem Geist erschließt sich die Symbolik des Himmels und der Erde; er bedarf dazu keines Kirchenschlüssels. Die törichtsten und widersprechendsten Gerüchte sind in dieser Beziehung über mich in Umlauf gekommen. Sehr fromme, aber nicht sehr gescheite Männer des protestantischen Deutschlands haben mich dringend befragt, ob ich dem lutherisch-evangelischen Bekenntnis, zu welchem ich mich bisher nur in lauer, offizieller Weise bekannte, jetzt, wo ich krank und gläubig geworden, mit größerer Sympathie als zuvor zugetan sei. Nein, ihr lieben Freunde, es ist in dieser Beziehung keine Änderung mit mir vorgegangen, und wenn ich überhaupt dem evangelischen Glauben angehörig bleibe, so geschieht es, weil er mich auch jetzt durchaus nicht geniert, wie er mich früher nie allzu sehr genierte. Freilich, ich gestehe es aufrichtig, als ich mich in Preußen und zumal in Berlin befand, hätte ich, wie manche meiner Freunde, mich gern von jedem kirchlichen Bande bestimmt losgesagt, wenn nicht die dortigen Behörden jedem, der sich zu keiner von den staatlich privilegierten positiven Religionen bekannte, den Aufenthalt in Preußen und zumal in Berlin verweigerten. Wie Henri IV einst lachend sagte: »Paris vaut bien une messe«, so konnte ich mit Fug sagen: »Berlin vaut bien un prêche [Predigt, Sonntagspredigt, Moralpredigt]«, und ich konnte mir, nach wie vor, das sehr aufgeklärte und von jedem Aberglauben filtrierte Christentum gefallen lassen, das man damals sogar ohne Gottheit Christi, wie Schildkrötensuppe ohne Schildkröte, in den Berliner Kirchen haben konnte. Zu jener Zeit war ich selbst noch ein Gott, und keine der positiven Religionen hatte mehr Wert für mich als die andere; ich konnte aus Courtoisie ihre Uniformen tragen, wie z. B. der russische Kaiser sich in einen preußischen Gardeoffizier verkleidet, wenn dem König von Preußen die Ehre erzeigt, einer Revue in Potsdam beizuwohnen.

Jetzt, wo durch das Wiedererwachen des religiösen Gefühls, sowie auch durch meine körperlichen Leiden, mancherlei Veränderung in mir vorgegangen – entspricht jetzt die lutherische Glaubensuniform einigermaßen meinem innersten Gedanken? Inwieweit ist das offizielle Bekenntnis zur Wahrheit geworden? Solcher Frage will ich durch keine direkte Beantwortung begegnen, sie soll mir nur eine Gelegenheit bieten, die Verdienste zu beleuchten, die sich der Protestantismus, nach meiner jetzigen Einsicht, um das Heil der Welt erworben; und man mag danach ermessen, inwiefern ihm eine größere Sympathie von meiner Seite gewonnen ward.

Früherhin, als die Philosophie ein überwiegendes Interesse für mich hatte, wusste ich den Protestantismus nur wegen der Verdienste zu schätzen, die er sich durch die Eroberung der Denkfreiheit erworben, die doch der Boden ist, auf welchem sich später Leibniz, Kant und Hegel bewegen konnten – Luther, der gewaltige Mann mit der Axt, musste diesen Kriegern vorangehen und ihnen den Weg bahnen. In dieser Beziehung habe ich auch die Reformation als den Anfang der deutschen Philosophie gewürdigt und meine kampflustige Parteinahme für den Protestantismus justifiziert. Jetzt, in meinen spätern und reifern Tagen, wo das religiöse Gefühl wieder überwältigend in mir aufwogt und der gescheiterte Metaphysiker sich an die Bibel festklammert: jetzt würdige ich den Protestantismus ganz absonderlich ob der Verdienste, die er sich durch die Auffindung und Verbreitung des heiligen Buches erworben. Ich sage die Auffindung, denn die Juden, die dasselbe aus dem großen Brande des zweiten Tempels gerettet und es im Exil gleichsam wie ein portatives Vaterland mit sich herumschleppten, das ganze Mittelalter hindurch, sie hielten diesen Schatz sorgsam verborgen in ihrem Ghetto, wo die deutschen Gelehrten, Vorgänger und Beginner der Reformation, hinschlichen, um Hebräisch zu lernen, um den Schlüssel zu der Truhe zu gewinnen, welche den Schatz barg. Ein solcher Gelehrter war der fürtreffliche Reuchlinus, und die Feinde desselben, die Hoogstraeten u. Komp. in Köln, die man als blödsinnige Dunkelmänner darstellte, waren keineswegs so ganz dumme Tröpfe, sondern sie waren fernsichtige Inquisitoren, welche das Unheil, das die Bekanntschaft mit der Heiligen Schrift für die Kirche herbeiführen würde, wohl voraussahen: daher ihr Verfolgungseifer gegen alle hebräische Schriften, die sie ohne Ausnahme zu verbrennen rieten, während sie die Dolmetscher dieser heiligen Schriften, die Juden, durch den verhetzten Pöbel auszurotten suchten. Jetzt, wo die Motive jener Vorgänge aufgedeckt liegen, sieht man, wie jeder im Grunde recht hatte. Die Kölner Dunkelmänner glaubten das Seelenheil der Welt bedroht, und alle Mittel, sowohl Lüge als Mord, dünkten ihnen erlaubt, zumal in Betreff der Juden. Das arme niedere Volk, die Kinder des Erbelends, hasste die Juden schon wegen ihrer aufgehäuften Schätze, und was heutzutage der Hass der Proletarier gegen die Reichen überhaupt genannt wird, hieß ehemals Hass gegen die Juden. In der Tat, da diese letztern, ausgeschlossen von jedem Grundbesitz und jedem Erwerb durch Handwerk, nur auf den Handel und die Geldgeschäfte angewiesen waren, welche die Kirche für Rechtgläubige verpönte, so waren sie, die Juden, gesetzlich dazu verdammt, reich, gehasst und ermordet zu werden. Solche Ermordungen freilich trugen in jenen Zeiten noch einen religiösen Deckmantel, und es hieß, man müsse diejenigen töten, die einst unseren Herrgott getötet. Sonderbar! ebendas Volk, das der Welt einen Gott gegeben und dessen ganzes Leben nur Gottesandacht atmete, ward als Deizide verschrien! Die blutige Parodie eines solchen Wahnsinns sahen wir beim Ausbruch der Revolution von Sankt Domingo, wo ein Negerhaufen, der die Pflanzungen mit Mord und Brand heimsuchte, einen schwarzen Fanatiker an seiner Spitze hatte, der ein ungeheures Kruzifix trug und blutdürstig schrie: »Die Weißen haben Christum getötet, lasst uns alle Weißen totschlagen!«

Ja, den Juden, denen die Welt ihren Gott verdankt, verdankt sie auch dessen Wort, die Bibel; sie haben sie gerettet aus dem Bankrott des römischen Reichs, und in der tollen Raufzeit der Völkerwanderung bewahrten sie das teure Buch, bis es der Protestantismus bei ihnen aufsuchte und das gefundene Buch in die Landessprachen übersetzte und in alle Welt verbreitete. Diese Verbreitung hat die segensreichsten Früchte hervorgebracht und dauert noch bis auf heutigen Tag, wo die Propaganda der Bibelgesellschaft eine providentielle Sendung erfüllt, die bedeutsamer ist und jedenfalls ganz andere Folgen haben wird, als die frommen Gentlemen dieser britischen Christentums-Speditions-Sozietät selber ahnen. Sie glauben eine kleine enge Dogmatik zur Herrschaft zu bringen und wie das Meer auch den Himmel zu monopolisieren, denselben zur britischen Kirchendomäne zu machen: und siehe! sie fördern, ohne es zu wissen, den Untergang aller protestantischen Sekten, die alle in der Bibel ihr Leben haben und in einem allgemeinen Bibeltum aufgehen. Sie fördern die große Demokratie, wo jeder Mensch nicht bloß König, sondern auch Bischof in seiner Hausburg sein soll; indem sie die Bibel über die ganze Erde verbreiten, sie sozusagen der ganzen Menschheit durch merkantilische Kniffe, Schmuggel und Tausch, in die Hände spielen und der Exegese, der individuellen Vernunft überliefern, stiften sie das große Reich des Geistes, das Reich des religiösen Gefühls, der Nächstenliebe, der Reinheit und der wahren Sittlichkeit, die nicht durch dogmatische Begriffsformeln gelehrt werden kann, sondern durch Bild und Beispiel, wie dergleichen enthalten ist in dem schönen heiligen Erziehungsbuch für kleine und große Kinder, in der Bibel. – Es ist für den beschaulichen Denker ein wunderbares Schauspiel, wenn er die Länder betrachtet, wo die Bibel schon seit der Reformation ihren bildenden Einfluss ausgeübt auf die Bewohner und ihnen in Sitte, Denkungsart und Gemütlichkeit jenen Stempel des palästinischen Lebens aufgeprägt hat, das in dem Alten wie in dem Neuen Testament sich bekundet. Im Norden von Europa und Amerika, namentlich in den skandinavischen und anglosächsischen, überhaupt in germanischen und einigermaßen auch in keltischen Landen, hat sich das Palästinatum so geltend gemacht, dass man sich dort unter Juden versetzt zu sehen glaubt. Zum Beispiel die protestantischen Schotten, sind sie nicht Hebräer, deren Namen überall biblisch, deren Cant [Argot, Jargon, Zunftsprache] sogar etwas jerusalemitisch-pharisäisch klingt und deren Religion nur ein Judentum ist, welches Schweinefleisch frisst? So ist es auch mit manchen Provinzen Norddeutschlands und mit Dänemark; ich will gar nicht reden von den meisten neuen Gemeinden der Vereinigten Staaten, wo man das alttestamentarische Leben pedantisch nachäfft. Letzteres erscheint hier wie daguerreotypiert, die Konturen sind ängstlich richtig, doch alles ist grau in grau, und es fehlt der sonnige Farbenschmelz des Gelobten Landes. Aber die Karikatur wird einst schwinden, das Echte, Unvergängliche und Wahre, nämlich die Sittlichkeit des alten Judentums, wird in jenen Ländern ebenso gotterfreulich blühen wie einst am Jordan und auf den Höhen des Libanons. Man hat keine Palme und Kamele nötig, um gut zu sein, und Gutsein ist besser denn Schönheit.

Vielleicht liegt es nicht bloß in der Bildungsfähigkeit der erwähnten Völker, dass sie das jüdische Leben in Sitte und Denkweise so leicht in sich aufgenommen. Der Grund dieses Phänomens ist vielleicht auch in dem Charakter des jüdischen Volks zu suchen, das immer sehr große Wahlverwandtschaft mit dem Charakter der germanischen und einigermaßen auch der keltischen Rasse hatte. Judäa erschien mir immer wie ein Stück Okzident, das sich mitten in den Orient verloren. In der Tat, mit seinem spiritualistischen Glauben, seinen strengen, keuschen, sogar asketischen Sitten, kurz, mit seiner abstrakten Innerlichkeit, bildete dieses Land und sein Volk immer den sonderbarsten Gegensatz zu den Nachbarländern und Nachbarvölkern, die, den üppig buntesten und brünstigsten Naturkulten huldigend, im bacchantischen Sinnenjubel ihr Dasein verluderten. Israel saß fromm unter seinem Feigenbaum und sang das Lob des unsichtbaren Gottes und übte Tugend und Gerechtigkeit, während in den Tempeln von Babel, Ninive, Sidon und Tyrus jene blutigen und unzüchtigen Orgien gefeiert wurden, ob deren Beschreibung uns noch jetzt das Haar sich sträubt! Bedenkt man diese Umgebung, so kann man die frühe Größe Israels nicht genug bewundern. Von der Freiheitsliebe Israels, während nicht bloß in seiner Umgebung, sondern bei allen Völkern des Altertums, sogar bei den philosophischen Griechen, die Sklaverei justifiziert war und in Blüte stand, will ich gar nicht reden, um die Bibel nicht zu kompromittieren bei den jetzigen Gewalthabern. Es gibt wahrhaftig keinen Sozialisten, der terroristischer wäre als unser Herr und Heiland, und bereits Moses war ein solcher Sozialist, obgleich er, als ein praktischer Mann, bestehende Gebräuche, namentlich in Bezug auf das Eigentum, nur umzumodeln suchte. Ja, statt mit dem Unmöglichen zu ringen, statt die Abschaffung des Eigentums tollköpfig zu dekretieren, erstrebte Moses nur die Moralisation desselben, er suchte das Eigentum in Einklang zu bringen mit der Sittlichkeit, mit dem wahren Vernunftrecht, und solches bewirkte er durch die Einführung des Jubeljahrs, wo jedes alienierte Erbgut, welches bei einem ackerbauenden Volke immer Grundbesitz war, an den ursprünglichen Eigentümer zurückfiel, gleichviel, in welcher Weise dasselbe veräußert worden. Diese Institution bildet den entschiedensten Gegensatz zu der »Verjährung« bei den Römern, wo nach Ablauf einer gewissen Zeit der faktische Besitzer eines Gutes von dem legitimen Eigentümer nicht mehr zur Rückgabe gezwungen werden kann, wenn letzterer nicht zu beweisen vermag, während jener Zeit eine solche Restitution in gehöriger Form begehrt zu haben. Diese letzte Bedingung ließ der Schikane offenes Feld, zumal in einem Staate, wo Despotismus und Jurisprudenz blühten und dem ungerechten Besitzer alle Mittel der Abschreckung, besonders dem Armen gegenüber, der die Streitkosten nicht erschwingen kann, zu Gebote stehn. Der Römer war zugleich Soldat und Advokat, und das Fremdgut, das er mit dem Schwerte erbeutet, wusste er durch Zungendrescherei zu verteidigen. Nur ein Volk von Räubern und Kasuisten konnte die Proskription, die Verjährung, erfinden und dieselbe konsakrieren in jenem abscheulichsten Buche, welches die Bibel des Teufels genannt werden kann, im Kodex des römischen Zivilrechts, der leider noch jetzt herrschend ist.

Ich habe oben von der Verwandtschaft gesprochen, welche zwischen Juden und Germanen, die ich einst »die beiden Völker der Sittlichkeit« nannte, stattfindet, und in dieser Beziehung erwähne ich auch als einen merkwürdigen Zug den ethischen Unwillen, womit das alte deutsche Recht die Verjährung stigmatisiert; in dem Munde des niedersächsischen Bauers lebt noch heute das rührend schöne Wort: »Hundert Jahr Unrecht machen nicht ein Jahr Recht.« Die mosaische Gesetzgebung protestiert noch entschiedener durch die Institution des Jubeljahrs. Moses wollte nicht das Eigentum abschaffen, er wollte vielmehr, dass jeder dessen besäße, damit niemand durch Armut ein Knecht mit knechtischer Gesinnung sei. Freiheit war immer des großen Emanzipators letzter Gedanke, und dieser atmet und flammt in allen seinen Gesetzen, die den Pauperismus betreffen. Die Sklaverei selbst hasste er über alle Maßen, schier ingrimmig, aber auch diese Unmenschlichkeit konnte er nicht ganz vernichten, sie wurzelte noch zu sehr im Leben jener Urzeit, und er musste sich darauf beschränken, das Schicksal der Sklaven gesetzlich zu mildern, den Loskauf zu erleichtern und die Dienstzeit zu beschränken. Wollte aber ein Sklave, den das Gesetz endlich befreite, durchaus nicht das Haus des Herrn verlassen, so befahl Moses, dass der unverbesserliche servile Lump mit dem Ohr an den Türpfosten des herrschaftlichen Hauses angenagelt würde, und nach dieser schimpflichen Ausstellung war er verdammt, auf Lebenszeit zu dienen. O Moses, unser Lehrer, Moscheh Rabenu, hoher Bekämpfer der Knechtschaft, reiche mir Hammer und Nägel, damit ich unsere gemütlichen Sklaven in schwarzrotgoldner Livree mit ihren langen Ohren festnagle an das Brandenburger Tor!

Ich verlasse den Ozean allgemeiner religiös-moralisch-historischer Betrachtungen und lenke mein Gedankenschiff wieder bescheiden in das stille Binnenlandgewässer, wo der Autor so treu sein eigenes Bild abspiegelt.

Ich habe oben erwähnt, wie protestantische Stimmen aus der Heimat, in sehr indiskret gestellten Fragen, die Vermutung ausdrückten, als ob bei dem Wiedererwachen meines religiösen Gefühls auch der Sinn für das Kirchliche in mir stärker geworden. Ich weiß nicht, inwieweit ich merken ließ, dass ich weder für ein Dogma noch für irgendeinen Kultus außerordentlich schwärme und ich in dieser Beziehung derselbe geblieben bin, der ich immer war. Ich mache dieses Geständnis jetzt auch, um einigen Freunden, die mit großem Eifer der römisch-katholischen Kirche zugetan sind, einen Irrtum zu benehmen, in den sie ebenfalls in Bezug auf meine jetzige Denkungsart verfallen sind. Sonderbar! zur selben Zeit, wo mir in Deutschland der Protestantismus die unverdiente Ehre erzeigte, mir eine evangelische Erleuchtung zuzutrauen, verbreitete sich auch das Gerücht, als sei ich zum katholischen Glauben übergetreten, ja manche gute Seelen versicherten, ein solcher Übertritt habe schon vor vielen Jahren stattgefunden, und sie unterstützten ihre Behauptung mit der Angabe der bestimmtesten Details, sie nannten Zeit und Ort, sie gaben Tag und Datum an, sie bezeichneten mit Namen die Kirche, wo ich die Ketzerei des Protestantismus abgeschworen und den alleinseligmachenden römisch-katholisch-apostolischen Glauben angenommen haben sollte; es fehlte nur die Angabe, wie viel Glockengeläut und Schellengeklingel der Mesner bei dieser Feierlichkeit spendierte.

Wie sehr solches Gerücht Konsistenz gewonnen, ersehe ich aus Blättern und Briefen, die mir zukommen, und ich gerate fast in eine wehmütige Verlegenheit, wenn ich die wahrhafte Liebesfreude sehe, die sich in manchen Zuschriften so rührend ausspricht. Reisende erzählen mir, dass meine Seelenrettung sogar der Kanzelberedsamkeit Stoff geliefert. Junge katholische Geistliche wollen ihre homiletischen Erstlingsschriften meinem Patronate anvertrauen. Man sieht in mir ein künftiges Kirchenlicht. Ich kann nicht darüber lachen, denn der fromme Wahn ist so ehrlich gemeint – und was man auch den Zeloten des Katholizismus nachsagen mag, eins ist gewiss: sie sind keine Egoisten, sie kümmern sich um ihre Nebenmenschen; leider oft ein bisschen zu viel. Jene falschen Gerüchte kann ich nicht der Böswilligkeit, sondern nur dem Irrtum zuschreiben; die unschuldigsten Tatsachen hat hier gewiss nur der Zufall entstellt. Es hat nämlich ganz seine Richtigkeit mit jener Angabe von Zeit und Ort, ich war in der Tat an dem genannten Tag in der genannten Kirche, die sogar einst eine Jesuitenkirche gewesen, nämlich in Saint-Sulpice, und ich habe mich dort einem religiösen Akte unterzogen – Aber dieser Akt war keine gehässige Abjuration, sondern eine sehr unschuldige Konjugation; ich ließ nämlich dort meine Ehe mit meiner Gattin, nach der Ziviltrauung, auch kirchlich einsegnen, weil meine Gattin, von erzkatholischer Familie, ohne solche Zeremonie sich nicht gottgefällig genug verheiratet geglaubt hätte. Und ich wollte um keinen Preis bei diesem teuren Wesen in den Anschauungen der angeborenen Religion eine Beunruhigung oder Störnis verursachen.

Es ist übrigens sehr gut, wenn die Frauen einer positiven Religion anhängen. Ob bei den Frauen evangelischer Konfession mehr Treue zu finden, lasse ich dahingestellt sein. Jedenfalls ist der Katholizismus der Frauen für den Gemahl sehr heilsam. Wenn sie einen Fehler begangen haben, behalten sie nicht lange den Kummer darüber im Herzen, und sobald sie vom Priester Absolution erhielten, sind sie wieder trällernd aufgeheitert und verderben sie ihrem Manne nicht die gute Laune oder Suppe durch kopfhängerisches Nachgrübeln über eine Sünde, die sie sich verpflichtet halten, bis an ihr Lebensende durch grämliche Prüderie und zänkische Übertugend abzubüßen. Auch noch in andrer Beziehung ist die Beichte hier so nützlich: die Sünderin behält ihr furchtbares Geheimnis nicht lange lastend im Kopf, und da doch die Weiber am Ende alles ausplaudern müssen, ist es besser, sie gestehen gewisse Dinge nur ihrem Beichtiger, als dass sie in die Gefahr geraten, plötzlich in überwallender Zärtlichkeit oder Schwatzsucht oder Gewissensbissigkeit dem armen Gatten die fatalen Geständnisse zu machen!

Der Unglauben ist in der Ehe jedenfalls gefährlich, und so freigeistig ich selbst gewesen, so durfte doch in meinem Hause nie ein frivoles Wort gesprochen werden. Wie ein ehrsamer Spießbürger lebte ich mitten in Paris, und deshalb, als ich heiratete, wollte ich auch kirchlich getraut werden, obgleich hierzulande die gesetzlich eingeführte Zivilehe hinlänglich von der Gesellschaft anerkannt ist. Meine liberalen Freunde grollten mir deshalb und überschütteten mich mit Vorwürfen, als hätte ich der Klerisei eine zu große Konzession gemacht. Ihr Murrsinn über meine Schwäche würde sich noch sehr gesteigert haben, hätten sie gewusst, wie viel größere Konzessionen ich damals der ihnen verhassten Priesterschaft machte. Als Protestant, der sich mit einer Katholikin verheiratete, bedurfte ich, um von einem katholischen Priester kirchlich getraut zu werden, eine besondere Dispens des Erzbischofs, der diese aber in solchen Fällen nur unter der Bedingung erteilt, dass der Gatte sich schriftlich verpflichtet, die Kinder, die er zeugen würde, in der Religion ihrer Mutter erziehen zu lassen. Es wird hierüber ein Revers ausgestellt, und wie sehr auch die protestantische Welt über solchen Zwang schreit, so will mich bedünken, als sei die katholische Priesterschaft ganz in ihrem Rechte, denn wer ihre einsegnende Garantie nachsucht, muss sich auch ihren Bedingungen fügen. Ich fügte mich denselben ganz de bonne foi, und ich wäre gewiss meiner Verpflichtung redlich nachgekommen. Aber, unter uns gesagt, da ich wohl wusste, dass Kinderzeugen nicht meine Spezialität ist, so konnte ich besagten Revers mit desto leichterem Gewissen unterzeichnen, und als ich die Feder aus der Hand legte, kicherten in meinem Gedächtnis die Worte der schönen Ninon de Lenclos: »Oh, le beau billet qu'a Lechastre!«

Ich will meinen Bekenntnissen die Krone aufsetzen, indem ich gestehe, dass ich damals, um die Dispens des Erzbischofs zu erlangen, nicht bloß meine Kinder, sondern sogar mich selbst der katholischen Kirche verschrieben hätte – Aber der ogre de Rome, der wie das Ungeheuer in den Kindermärchen sich die künftige Geburt für seine Dienste ausbedingt, begnügte sich mit den armen Kindern, die freilich nicht geboren wurden, und so blieb ich ein Protestant, nach wie vor, ein protestierender Protestant, und ich protestiere gegen Gerüchte, die, ohne verunglimpfend zu sein, dennoch zum Schaden meines guten Leumunds ausgebeutet werden können.

Ja, ich, der ich immer selbst das aberwitzigste Gerede, ohne mich viel darum zu bekümmern, über mich hingehen ließ, ich habe mich zu obiger Berichtigung verpflichtet geglaubt, um der Partei des edlen Atta Troll, die noch immer in Deutschland herumtroddelt, keinen Anlass zu gewähren, in ihrer täppisch treulosen Weise meinen Wankelmut zu bejammern und dabei wieder auf ihre eigene, unwandelbare, in der dicksten Bärenhaut eingenähte Charakterfestigkeit zu pochen. Gegen den armen ogre de Rome, gegen die römische Kirche, ist also diese Reklamation nicht gerichtet. Ich habe längst aller Befehdung derselben entsagt, und längst ruht in der Scheide das Schwert, das ich einst zog im Dienst einer Idee und nicht einer Privatleidenschaft. Ja, ich war in diesem Kampf gleichsam ein officier de fortune, der sich brav schlägt, aber nach der Schlacht oder nach dem Scharmützel keinen Tropfen Groll im Herzen bewahrt, weder gegen die bekämpfte Sache noch gegen ihre Vertreter. Von fanatischer Feindschaft gegen die römische Kirche kann bei mir nicht die Rede sein, da es mir immer an jener Borniertheit fehlt, die zu einer solchen Animosität nötig ist. Ich kenne zu gut meine geistige Taille, um nicht zu wissen, dass ich einem Koloss, wie die Peterskirche ist, mit meinem wütendsten Anrennen wenig schaden dürfte; nur ein bescheidener Handlanger konnte ich sein bei dem langsamen Abtragen seiner Quadern, welches Geschäft freilich doch noch viele Jahrhunderte dauern mag. Ich war zu sehr Geschichtskundiger, als dass ich nicht die Riesenhaftigkeit jenes Granitgebäudes erkannt hätte; – nennt es immerhin die Bastille des Geistes, behauptet immerhin, dieselbe werde jetzt nur noch von Invaliden verteidigt; aber es ist darum nicht minder wahr, dass auch diese Bastille nicht so leicht einzunehmen wäre und noch mancher junge Anstürmer an seinen Wällen den Hals brechen wird. Als Denker, als Metaphysiker, musste ich immer der Konsequenz der römisch-katholischen Dogmatik meine Bewunderung zollen; auch darf ich mich rühmen, weder das Dogma noch den Kultus je durch Witz oder Spötterei bekämpft zu haben, und man hat mir zugleich zu viel Ehre und zu viel Unehre erzeigt, wenn man mich einen Geistesverwandten Voltaires nannte. Ich war immer ein Dichter, und deshalb musste sich mir die Poesie, welche in der Symbolik des katholischen Dogmas und Kultus blüht und lodert, viel tiefer als anderen Leuten offenbaren, und nicht selten in meiner Jünglingszeit überwältigte auch mich die unendliche Süße, die geheimnisvoll selige Überschwänglichkeit und schauerliche Todeslust jener Poesie: auch ich schwärmte manchmal für die hochgebenedeite Königin des Himmels, die Legenden ihrer Huld und Güte brachte ich in zierliche Reime, und meine erste Gedichtsammlung enthält Spuren dieser schönen Madonnaperiode, die ich in späteren Sammlungen lächerlich sorgsam ausmerzte.

Die Zeit der Eitelkeit ist vorüber, und ich erlaube jedem, über diese Geständnisse zu lächeln. – Ich brauche wohl nicht erst zu gestehen, dass in derselben Weise, wie kein blinder Hass gegen die römische Kirche in mir waltete, auch keine kleinliche Ranküne gegen ihre

Priester in meinem Gemüte nisten konnte: wer meine satirische Begabung und die Bedürfnisse meines parodierenden Übermuts kennt, wird mir gewiss das Zeugnis erteilen, dass ich die menschlichen Schwächen der Klerisei immer schonte, obgleich in meiner späteren Zeit die frommtuenden, aber dennoch sehr bissigen Ratten, die in den Sakristeien Bayerns und Österreichs herumrascheln, das verfaulte Pfaffengeschmeiß, mich oft genug zur Gegenwehr reizte. Aber ich bewahrte im zornigsten Ekel dennoch immer eine Ehrfurcht vor dem wahren Priesterstand, indem ich, in die Vergangenheit zurückblickend, der Verdienste gedachte, die er sich einst um mich erwarb. Denn katholische Priester waren es, denen ich als Kind meinen ersten Unterricht verdankte; sie leiteten meine ersten Geistesschritte. Auch in der höhern Unterrichtsanstalt zu Düsseldorf, welche unter der französischen Regierung das Lyzeum hieß, waren die Lehrer fast lauter katholische Geistliche, die sich alle mit ernser Güte meiner Geistesbildung annahmen; seit der preußischen Invasion, wo auch jene Schule den preußisch-griechischen Namen Gymnasium annahm, wurden die Priester allmählich durch weltliche Lehrer ersetzt. Mit ihnen wurden auch ihre Lehrbücher abgeschafft, die kurzgefassten, in lateinischer Sprache geschriebenen Leitfaden und Chrestomathien, welche noch aus den Jesuitenschulen herstammten, und sie wurden ebenfalls ersetzt durch neue Grammatiken und Kompendien, geschrieben in einem schwindsüchtigen, pedantischen Berlinerdeutsch, in einem abstrakten Wissenschaftsjargon, der den jungen Intelligenzen minder zugänglich war als das leichtfassliche, natürliche und gesunde Jesuitenlatein. Wie man auch über die Jesuiten denkt, so muss man doch eingestehen, sie bewahrten immer einen praktischen Sinn im Unterricht, und ward auch bei ihrer Methode die Kunde des Altertums sehr verstümmelt mitgeteilt, so haben sie doch diese Altertumskenntnis sehr verallgemeinert, sozusagen demokratisiert, sie ging in die Massen über, statt dass bei der heutigen Methode der einzelne Gelehrte, der Geistesaristokrat, das Altertum und die Alten besser begreifen lernt, aber der großen Volksmenge sehr selten ein klassischer Brocken, irgendein Stück Herodot oder eine Äsopische Fabel oder ein Horazischer Vers, im Hirntopfe zurückbleibt, wie ehemals, wo die armen Leute an den alten Schulbrotkrusten ihrer Jugend später noch lange zu knuspern hatten. »So ein bisschen Latein ziert den ganzen Menschen«, sagte mir einst ein alter Schuster, dem aus der Zeit, wo er mit dem schwarzen Mäntelchen in das Jesuitenkollegium ging, so mancher schöne Ciceronianische Passus aus den Catilinarischen Reden im Gedächtnis geblieben, den er gegen heutige Demagogen so oft und so spaßhaft glücklich zitierte. Pädagogik war die Spezialität der Jesuiten, und obgleich sie dieselbe im Interesse ihres Ordens treiben wollten, so nahm doch die Leidenschaft für die Pädagogik selbst, die einzige menschliche Leidenschaft, die ihnen blieb, manchmal die Oberhand, sie vergaßen ihren Zweck, die Unterdrückung der Vernunft zugunsten des Glaubens, und statt die Menschen wieder zu Kindern zu machen, wie sie beabsichtigten, haben sie im Gegenteil, gegen ihren Willen, durch den Unterricht die Kinder zu Menschen gemacht. Die größten Männer der Revolution sind aus den Jesuitenschulen hervorgegangen, und ohne die Disziplin dieser letzteren wäre vielleicht die große Geisterbewegung erst ein Jahrhundert später ausgebrochen.

Arme Väter von der Gesellschaft Jesu! Ihr seid der Popanz und der Sündenbock der liberalen Partei geworden, man hat jedoch nur eure Gefährlichkeit, aber nicht eure Verdienste begriffen. Was mich betrifft, so konnte ich nie einstimmen in das Zetergeschrei meiner Genossen, die bei dem Namen Loyola immer in Wut gerieten, wie Ochsen, denen man einen roten Lappen vorhält! Und dann, ohne im Geringsten die Hut meiner Parteiinteressen zu verabsäumen, musste ich mir in der Besonnenheit meines Gemütes zuweilen gestehen, wie es oft von den kleinsten Zufälligkeiten abhing, dass wir dieser statt jener Partei zufielen und uns jetzt nicht in einem ganz entgegengesetzten Feldlager befänden. In dieser Beziehung kommt mir oft ein Gespräch in den Sinn, das ich mit meiner Mutter führte, vor etwa acht Jahren, wo ich die hochbetagte Frau, die schon damals achtzigjährig, in Hamburg besuchte. Eine sonderbare Äußerung entschlüpfte ihr, als wir von den Schulen, worin ich meine Knabenzeit zubrachte, und von meinen katholischen Lehrern sprachen, worunter sich, wie ich jetzt erfuhr, manche ehemalige Mitglieder des Jesuitenordens befanden. Wir sprachen viel von unserm alten lieben Schallmeyer, dem in der französischen Periode die Leitung des Düsseldorfer Lyzeums als Rektor anvertraut war und der auch für die oberste Klasse Vorlesungen über Philosophie hielt, worin er unumwunden die freigeistigsten griechischen Systeme auseinandersetzte, wie grell diese auch gegen die orthodoxen Dogmen abstachen, als deren Priester er selbst zuweilen in geistlicher Amtstracht am Altar fungierte. Es ist gewiss bedeutsam, und vielleicht einst vor den Assisen [Gericht] im Tale Josaphat kann es mir als circonstance atténuante [strafmildernder Umstand] angerechnet werden, dass ich schon im Knabenalter den besagten philosophischen Vorlesungen beiwohnen durfte. Diese bedenkliche Begünstigung genoss ich vorzugsweise, weil der Rektor Schallmeyer sich als Freund unserer Familie ganz besonders für mich interessierte; einer meiner Öhme, der mit ihm zu Bonn studiert hatte, war dort sein akademischer Pylades gewesen, und mein Großvater errettete ihn einst aus einer tödlichen Krankheit. Der alte Herr besprach sich deshalb sehr oft mit meiner Mutter über meine Erziehung und künftige Laufbahn, und in solcher Unterredung war es, wie mir meine Mutter später in Hamburg erzählte, dass er ihr den Rat erteilte, mich dem Dienst der Kirche zu widmen und nach Rom zu schicken, um in einem dortigen Seminar katholische Theologie zu studieren; durch die einflussreichen Freunde, die der Rektor Schallmeyer unter den Prälaten höchsten Ranges zu Rom besaß, versicherte er, imstande zu sein, mich zu einem bedeutenden Kirchenamte zu fördern. Als mir dieses meine Mutter erzählte, bedauerte sie sehr, dass sie dem Rate des geistreichen alten Herrn nicht Folge geleistet, der mein Naturell frühzeitig durchschaut hatte und wohl am richtigsten begriff, welches geistige und physische Klima demselben am angemessensten und heilsamsten gewesen sein möchte. Die alte Frau bereute jetzt sehr, einen so vernünftigen Vorschlag abgelehnt zu haben; aber zu jener Zeit träumte sie für mich sehr hochfliegende weltliche Würden, und dann war sie eine Schülerin Rousseaus, eine strenge Deistin, und es war ihr auch außerdem nicht recht, ihren ältesten Sohn in jene Soutane zu stecken, welche sie von deutschen Priestern mit so plumpem Ungeschick tragen sah. Sie wusste nicht, wie ganz anders ein römischer Abate dieselbe mit einem graziösen Schick trägt und wie kokett er das schwarzseidne Mäntelchen achselt, das die fromme Uniform der Galanterie und der Schöngeisterei ist im ewig schönen Rom.

Oh, welch ein glücklicher Sterblicher ist ein römischer Abate, der nicht bloß der Kirche Christi, sondern auch dem Apoll und den Musen dient. Er selbst ist ihr Liebling, und die drei Göttinnen der Anmut halten ihm das Tintenfass, wenn er seine Sonette verfertigt, die er in der Akademie der Arkadier mit zierlichen Kadenzen rezitiert. Er ist ein Kunstkenner, und er braucht nur den Hals einer jungen Sängerin zu betasten, um voraussagen zu können, ob sie einst eine celeberrima cantatrice, eine Diva, eine Weltprimadonna, sein wird. Er versteht sich auf Antiquitäten, und über den ausgegrabenen Torso einer griechischen Bacchantin schreibt er eine Abhandlung im schönsten ciceronianischen Latein, die er dem Oberhaupte der Christenheit, dem Pontifex maximus, wie er ihn nennt, ehrfurchtsvoll widmet. Und gar welcher Gemäldekenner ist der Signor Abate, der die Maler in ihren Ateliers besucht und ihnen über ihre weiblichen Modelle die feinsten anatomischen Beobachtungen mitteilt. Der Schreiber dieser Blätter hätte ganz das Zeug dazu gehabt, ein solcher Abate zu werden und im süßesten Dolcefarniente dahinzuschlendern durch die Bibliotheken, Galerien, Kirchen und Ruinen der Ewigen Stadt, studierend im Genusse und genießend im Studium, und ich hätte Messe gelesen vor den auserlesensten Zuhörern, ich wäre auch in der heiligen Woche als strenger Sittenprediger auf die Kanzel getreten, freilich auch hier niemals in asketische Rohheit ausartend – ich hätte am meisten die römischen Damen erbaut und wäre vielleicht durch solche Gunst und Verdienste in der Hierarchie der Kirche zu den höchsten Würden gelangt, ich wäre vielleicht ein Monsignore geworden, ein Violettstrumpf, sogar der rote Hut konnte mir auf den Kopf fallen – und wie das Sprüchlein heißt:

> Es ist kein Pfäfflein noch so klein,
> Es möchte gern ein Päpstlein sein –,

so hätte ich am Ende vielleicht gar jenen erhabensten Ehrenposten erklommen – denn obgleich ich von Natur nicht ehrgeizig bin, so würde ich dennoch die Ernennung zum Papste nicht ausgeschlagen haben, wenn die Wahl des Konklaves auf mich gefallen wäre. Es ist dieses jedenfalls ein sehr anständiges und auch mit gutem Einkommen versehenes Amt, das ich gewiss mit hinlänglichem Geschick versehen könnte. Ich hätte mich ruhig niedergesetzt auf den Stuhl Petri, allen frommen Christen, sowohl Priestern als Laien, das Bein hinstreckend zum Fußkuss. Ich hätte mich ebenfalls mit gehöriger Seelenruhe durch die Pfeilergänge der großen Basilika in Triumph herumtragen lassen, und nur im wackelndsten Falle würde ich mich ein bisschen festgeklammert haben an der Armlehne des goldenen Sessels, den sechs stämmige karmesinrote Camerieri auf ihren Schultern tragen, während nebenher glatzköpfige Kapuziner mit brennenden Kerzen und galonierte [mit Borten oder Tressen geschmückte] Lakaien wandeln, welche ungeheuer große Pfauenwedel emporhalten und das Haupt des Kirchenfürsten befächeln – wie gar lieblich zu schauen ist auf dem Prozessionsgemälde des Horace Vernet. Mit einem gleichen unerschütterlichen sazerdotalen Ernst – denn ich kann sehr ernst sein, wenn es durchaus nötig ist – hätte ich auch vom Lateran herab der ganzen Christenheit den jährlichen Segen erteilt; in pontificalibus, mit der dreifachen Krone auf dem Kopf und umgeben von einem Generalstab von Rothüten und Bischofsmützen, Goldbrokatgewändern und Kutten von allen Couleuren, hätte sich Meine Heiligkeit auf dem hohen Balkon dem Volke gezeigt, das tief unten, in unabsehbar wimmelnder Menge, mit gebeugten Köpfen und kniend hingelagert – und ich hätte ruhig die Hände ausgestreckt und den Segen erteilt, der Stadt und der Welt [urbi et orbi].

Aber, wie du wohl weißt, geneigter Leser, ich bin kein Papst geworden, auch kein Kardinal, nicht mal ein römischer Nuntius, und wie in der weltlichen, so auch in der geistlichen Hierarchie habe ich weder Amt noch Würden errungen. Ich habe es, wie die Leute sagen, auf dieser schönen Erde zu nichts gebracht. Es ist nichts aus mir geworden, nichts als ein Dichter. – Nein, ich will keiner heuchlerischen Demut mich hingebend diesen Namen geringschätzen. Man ist viel, wenn man ein Dichter ist, und gar wenn man ein großer lyrischer Dichter ist in Deutschland, unter dem Volk, das in zwei Dingen, in der Philosophie und im Liede, alle anderen Nationen überflügelt hat. Ich will nicht mit der falschen Bescheidenheit, welche die Lumpen erfunden, meinen Dichterruhm verleugnen. Keiner meiner Landsleute hat in so frühem Alter wie ich den Lorbeer errungen, und wenn mein Kollege Wolfgang Goethe wohlgefällig davon singt, »dass der Chinese mit zitternder Hand Werthern und Lotten auf Glas male«, so kann ich, soll doch einmal geprahlt werden, dem chinesischen Ruhm einen noch weit fabelhafteren, nämlich einen japanischen, entgegensetzen. Als ich mich vor etwa zwölf Jahren hier im Hôtel des Princes bei meinem Freund H. Wöhrmann aus Riga befand, stellte mir derselbe einen Holländer vor, der eben aus Japan gekommen, dreißig Jahre dort in Nagasaki zugebracht und begierig wünschte, meine Bekanntschaft zu machen. Es war der Dr. Bürger, der jetzt in Leiden mit dem gelehrten Seybold das große Werk über Japan herausgibt. Der Holländer erzählte mir, dass er einen jungen Japanesen Deutsch gelehrt, der später meine Gedichte in japanischer Übersetzung drucken ließ, und dieses sei das erste europäische Buch gewesen, das in japanischer Sprache erschienen – übrigens fände ich über diese kuriose Übertragung einen weitläufigen Artikel in der englischen »Review« von Kalkutta. Ich schickte sogleich nach mehreren cabinets de lecture, doch keine ihrer gelehrten Vorsteherinnen konnte mir die »Review« von Kalkutta verschaffen, und auch an Julien und Paulthier wandte ich mich vergebens –

Seitdem habe ich über meinen japanischen Ruhm keine weiteren Nachforschungen angestellt. In diesem Augenblick ist er mir ebenso gleichgültig wie etwa mein finnländischer Ruhm. Ach! der Ruhm überhaupt, dieser sonst so süße Tand, süß wie Ananas und Schmeichelei, er ward mir seit geraumer Zeit sehr verleidet; er dünkt mich jetzt bitter wie Wermut. Ich kann wie Romeo sagen: »Ich bin der Narr des Glücks.« Ich stehe jetzt vor dem großen Breinapf, aber es fehlt mir der Löffel. Was nützt es mir, dass bei Festmählern aus goldenen Pokalen und mit den besten Weinen auf meine Gesundheit getrunken wird, wenn ich selbst unterdessen, abgesondert von aller Weltlust, nur mit einer schalen Tisane [Aufguss, Kräuter-Tee; Heiltrank aus Gerstenschleim] meine Lippen netzen darf! Was nützt es mir, dass begeisterte Jünglinge und Jungfrauen meine marmorne Büste mit Lorbeeren umkränzen, wenn derweilen meinem wirklichen Kopf von den welken Händen einer alten Wärterin eine spanische Fliege hinter die Ohren gedrückt wird! Was nützt es mir, dass alle Rosen von Schiras [für ihre Gartenkultur berühmt, zählt zu den fünf größten Städten Irans; Kernland des achämenidischen Persien] so zärtlich für mich glühen und duften – ach, Schiras ist zweitausend Meilen entfernt von der Rue d'Amsterdam, wo ich in der verdrießlichen Einsamkeit meiner Krankenstube nichts zu riechen bekomme als etwa die Parfüms von gewärmten Servietten. Ach! der Spott Gottes lastet schwer auf mir. Der große Autor des Weltalls, der Aristophanes des Himmels, wollte dem kleinen irdischen, sogenannten deutschen Aristophanes recht grell dartun, wie die witzigsten Sarkasmen desselben nur armselige Spöttereien gewesen im Vergleich mit den seinigen und wie kläglich ich ihm nachstehen muss im Humor, in der kolossalen Spaßmacherei.

Ja, die Lauge der Verhöhnung, die der Meister über mich herabgießt, ist entsetzlich, und schauerlich grausam ist sein Spaß. Demütig bekenne ich seine Überlegenheit, und ich beuge mich vor ihm im Staube. Aber wenn es mir auch an solcher höchsten Schöpfungskraft fehlt, so blitzt doch in meinem Geist die ewige Vernunft, und ich darf sogar den Spaß Gottes vor ihr Forum ziehen und einer ehrfurchtsvollen Kritik unterwerfen. Und da wage ich nun zunächst die untertänigste Andeutung auszusprechen, es wolle mich bedünken, als zöge sich jener grausame Spaß, womit der Meister den armen Schüler heimsucht, etwas zu sehr in die Länge; er dauert schon über sechs Jahre, was nachgerade langweilig wird. Dann möchte ich ebenfalls die unmaßgebliche Bemerkung erlauben, dass jener Spaß nicht neu ist und dass ihn der große Aristophanes des Himmels schon bei einer andern Gelegenheit angebracht und also ein Plagiat an sich selber begangen habe. Um diese Behauptung zu unterstützen, will ich eine Stelle der »Limburger Chronik« zitieren. Diese Chronik ist sehr interessant für diejenigen, welche sich über Sitten und Bräuche des deutschen Mittelalters unterrichten wollen. Sie beschreibt, wie ein Modejournal, die Kleidertrachten, sowohl die männlichen als die weiblichen, welche in jeder Periode aufkamen. Sie gibt auch Nachricht von den Liedern, die in jedem Jahre gepfiffen und gesungen wurden, und von manchem Lieblingslied der Zeit werden die Anfänge mitgeteilt. So vermeldet sie von Anno 1480, dass man in diesem Jahre in ganz Deutschland Lieder gepfiffen und gesungen, die süßer und lieblicher als alle Weisen, so man zuvor in deutschen Landen kannte, und jung und alt, zumal das Frauenzimmer, sei ganz davon vernarrt gewesen, sodass man sie von Morgen bis Abend singen hörte; diese Lieder aber, setzt die Chronik hinzu, habe ein junger Klerikus gedichtet, der von der Misselsucht behaftet war und sich, vor aller Welt verborgen, in einer Einöde aufhielt. Du weißt gewiss, lieber Leser, was für ein schauderhaftes Gebrest im Mittelalter die Misselsucht war und wie die armen Leute, die solchem unheilbaren Siechtum verfallen, aus jeder bürgerlichen Gesellschaft ausgestoßen waren und sich keinem menschlichen Wesen nahen durften. Lebendig Tote wandelten sie einher, vermummt vom Haupt bis zu den Füßen, die Kapuze über das Gesicht gezogen und in der Hand eine Klapper tragend, die sogenannte Lazarusklapper, womit sie ihre Nähe ankündigten, damit ihnen jeder zeitig aus dem Wege gehen konnte. Der arme Klerikus, von dessen Ruhm als Liederdichter die obengenannte »Limburger Chronik« gesprochen, war nun ein solcher Misselsüchtiger, und er saß traurig in der Öde seines Elends, während jauchzend und jubelnd ganz Deutschland seine Lieder sang und pfiff! Oh, dieser Ruhm war die uns wohlbekannte Verhöhnung, der grausame Spaß Gottes, der auch hier derselbe ist, obgleich er diesmal im romantischeren Kostüm des Mittelalters erscheint. Der blasierte König von Judäa sagte mit Recht: »Es gibt nichts Neues unter der Sonne« – Vielleicht ist diese Sonne selbst ein alter aufgewärmter Spaß, der, mit neuen Strahlen geflickt, jetzt so imposant funkelt!

Manchmal in meinen trüben Nachtgesichten glaube ich den armen Klerikus der »Limburger Chronik«, meinen Bruder in Apoll, vor mir zu sehen, und seine leidenden Augen lugen sonderbar stier hervor aus seiner Kapuze; aber im selben Augenblick huscht er von dannen, und verhallend, wie das Echo eines Traumes, hör ich die knarrenden Töne der Lazarusklapper.

Anhang

I

Es sind nicht bloß die Franzosen und der Kaiser, welche zu Waterloo unterlagen – die Franzosen stritten dort freilich für ihren eigenen Herd, aber sie waren zu gleicher Zeit die heiligen Kohorten, welche die Sache der Revolution vertraten, und ihr Kaiser kämpfte hier nicht sowohl für seine Krone als auch für das Banner der Revolution, das er trug; er war der Gonfaloniere [das Oberhaupt] der Demokratie, wie Wellington der Fahnenjunker der Aristokratie war, als beider Heere auf dem Blachfelde von Waterloo sich gegenüberstanden – Und diese letztere siegte, die schlechte Sache des verjährten Vorrechts, der servile Knechtsinn und die Lüge triumphierten, und es waren die Interessen der Freiheit, der Gleichheit, der Brüderschaft, der Wahrheit und der Vernunft, es war die Menschheit, welche zu Waterloo die Schlacht verloren. Wir in Deutschland, wir waren nicht die Düpes [Betrogenen, zum Narren Gehaltenen] jener plenipotentiaren [bevollmächtigten] Tartüffe, welche, mit der rohen Übermacht die feige Heuchelei verbindend, in ihren Proklamationen erklärten, dass sie nur gegen einen einzigen Menschen, der Napoleon Bonaparte heiße, den Krieg führten: wir wussten sehr gut, dass man, wie das Sprichwort sagt, auf den Sack schlägt und den Esel meint, dass man in jenem einzigen Mann auch uns schlug, auch uns verhöhnte, uns kreuzigte, dass der »Bellerophon« auch uns transportierte, dass Hudson Lowe [britischer General, während Napoleons Gefangenschaft auf St. Helena Gouverneur] auch uns quälte, dass der Marterfelsen von Sankt Helena unser eigenes Golgatha war und unsere erste Leidensstation Waterloo hieß!

Waterloo! fataler Name! Es vergingen viele Jahre, und wir konnten diesen Namen nicht nennen hören, ohne dass alle Schlangen des ohnmächtigen Zorns in unserer Brust aufzischten und uns die Ohren gellten wie vom Hohngelächter unserer Feinde. Ihren Speichel fühlten wir alsdann auf den errötenden Wangen – Gottlob, der schnöde Zauber ist jetzt gebrochen, und die herzzerreißende, verzweiflungsvolle Bedeutung jenes Namens ist jetzt verschwunden!

Welchem mirakulösen Ereignis wir die Befreiung vom Waterloo-Alp verdanken, ist bekannt. Schon durch die Juliusrevolution ward uns eine große Satisfaktion gewährt, sie war jedoch nicht komplett; es war nur Balsam für die alte Wunde, die aber noch nicht vernarben konnte. Die Franzosen hatten freilich die ältere Bourbonenlinie weggejagt, welche mit dem doppelten Unglück behaftet war, dass sie den Besiegten von den fremden Siegern aufgedrängt worden, nachdem dieses alte, abgelebte Königsgeschlecht vorher die schrecklichste Beleidigung in Frankreich erduldet hatte. Die schmachvolle Hinrichtung des gutmütigen und menschenfreundlichen Ludwigs XVI., dieses schauderhafte Vergehen, konnte zwar bei den Beleidigten Verzeihung finden, aber nimmermehr bei den Beleidigern; denn der Beleidiger verzeiht nie. Der 21. Januar war in der Tat ein zu unvergessliches Datum, als dass ein Franzose ruhig schlafen konnte, solange ein Bourbone von der ältern Linie auf dem Thron Frankreichs saß; diese Linie war unmöglich geworden und musste früher oder später, gleich einem Geschwür, aus dem französischen Staatskörper ausgeschnitten werden, ganz so, wie es den Stuarts in England geschah, als dort ähnliche Ursachen der Scham und des Misstrauens obwalteten. Ludwig Philipp und seine Familie war möglich, weil sein Vater an dem Nationalvergehen teilgenommen und er selbst zu den Vorkämpfen der Revolution einst gehörte. Ludwig Philipp war ein großer und edler König. Er besaß alle bürgerlichen Tugenden eines Bourgeois und kein einziges Laster eines Grandseigneur. Er saß gut zu Pferd und hatte zu Jemappes und Valmy gefochten. Frau von Genlis leitete seine Erziehung, und er war wissenschaftlich gebildet wie ein Gelehrter; auch konnte er im Falle der Not durch Unterricht in der Mathematik sein Brot verdienen oder einen Bedienten, den der Schlag getroffen, gleich zur Ader lassen, weshalb er auch ein Feldscheretui beständig bei sich trug. Er war höflich, großmütig und verzieh ebenso wohl seinen legitimistischen Verleumdern wie seinen republikanischen Meuchelmördern; er fürchtete nicht die Kugeln, womit die eigene Brust bedroht war, doch als es galt, auf das Volk schießen zu lassen, überschlich ihn die alte philanthropische Weichherzigkeit, und er warf die Krone von sich, ergriff seinen Hut und nahm seinen alten Regenschirm und seine Frau unter den Arm und empfahl sich. Er war ein Mensch. Fabelhaft groß war sein Reichtum, und doch blieb er arbeitsam wie der ärmste Handwerker. Er war vakziniert [geimpft]; ist auch nie von den Pocken heimgesucht worden. Er war gerecht und brach nie den Eid, den er den Gesetzen geschworen. Er gab den Franzosen achtzehn Jahre Frieden und Freiheit. Er war genügsam, keusch und hatte nur eine einzige Geliebte, welche Marie Amalie hieß. Er war tolerant und liebte die Jesuiten nicht. Er war das Muster eines Königs, ein Marc Aurel mit einem modernen Toupet, ein gekrönter Weiser, ein ehrlicher Mann – Und dennoch konnten ihn die Franzosen auf die Länge nicht behalten, denn er war nicht nationalen Ursprungs, er war nicht der Erwählte des Volks, sondern einer kleinen Koterie von Geldmenschen, die ihn auf den vakanten Thron gesetzt, weil er ihnen die beste Garantie ihrer Besitztümer dünkte und weil bei dieser Besetzung keine große Einrede von Seiten der europäischen Aristokratie zu befürchten stand, die ja einst nicht so sehr aus Liebe für Ludwig XVIII. als vielmehr aus Hass gegen Napoleon, den einzigen, gegen den sie Krieg zu führen vorgab, die Restauration betrieben hatte. Ganz recht war es freilich den Fürsten des Nordens nicht, dass ihre Protegés so ohne Umstände fortgejagt wurden, aber sie hatten dieselben nie wahrhaft geliebt; Ludwig Philipps Quasilegitimität, seine erlauchte Geburt und sein sanftes Dulden erweichte endlich die hohen Unzufriedenen, und sie ließen sich den gallischen Hahn gefallen – weil er kein Adler war.

Obgleich wir gern zugeben, dass man dem König Ludwig Philipp großes Unrecht getan, dass man ihn mit dem unwürdigsten Undank behandelt, dass er ein wahrer Märtyrer war und dass die Februarrevolution überhaupt sich als ein beklagenswertes Ereignis auswies, das unsäglich viel Unheil über die Welt brachte, so müssen wir nichtsdestoweniger gestehen, dass sie wieder für die Franzosen, deren Nationalgefühl dadurch erhoben worden, sowie auch für die Demokratie im Allgemeinen, deren ideales Bewusstsein sich daran stärkte, eine große Genugtuung war. Doch vollständig war diese letztere noch nicht, und sie schlug bald über in eine klägliche Demütigung. Dieses verschuldeten jene ungetreuen Mandatare des Volks, die den großen Akt der Volkssouveränität, der ihnen die unumschränkteste Macht verlieh, durch ihr Ungeschick oder ihre Feigheit oder ihr Doppelspiel verzettelten. – Ich will nicht sagen, dass sie schlechte Menschen waren; im Gegenteil, es wäre uns besser ergangen, wenn wir entschiedenen Bösewichtern in die Hände gefallen wären, die energisch und konsequent gehandelt und vielleicht viel Blut vergossen, aber etwas Großes für das Volk getan hätten. Ein ungeheures Verbrechen begingen jene guten Leute und schlechten Musikanten, die sich aus Ehrgeiz im Augenblick des entsetzlichsten Sturmes ans Steuerruder des Staates drängten und, ohne die geringsten Kenntnisse politischer Nautik, das Kommando des Schiffes übernahmen, als einzige Bussole [Magnetkompass] nur ihre Eitelkeit konsultierend. Unvermeidlich war der Schiffbruch.

Gleich in der ersten Stunde der Provisorischen Regierung, die sich eben diesen Namen gab, offenbarte sich das Unvermögen der kleinen Menschen. Schon dieser Name »Provisorische Regierung« bekundete offiziell ihre Zagnis und annullierte von vornherein alles, was sie etwa Tüchtiges für das vertrauende Volk, das ihnen die höchste Gewalt erteilte und sie mit einer Leibgarde von 300 000 Mann beschützte, tun konnten. Nie hat das Volk, das große Waisenkind, aus dem Glückstopf der Revolution miserablere Nieten gezogen, als die Personen waren, welche jene Provisorische Regierung bildeten. Es befanden sich unter ihnen miserable Komödianten, die bis aufs Haar, bis auf die Farbe des Barthaars, jenen Heldenspielern des Liebhabertheaters glichen, das uns Shakespeare im »Sommernachtstraum« so ergötzlich vorführt. Diese täppischen Gesellen hatten in der Tat vor nichts mehr Angst, als dass man ihr Spiel für Ernst halten möchte, und Snug der Tischler versicherte im Voraus, dass er kein wirklicher Löwe, sondern nur ein provisorischer Löwe, nur Snug der Tischler sei, dass sich das Publikum vor seinem Brüllen nicht zu fürchten brauche, da es nur ein provisorisches Brüllen sei – und dabei, in seiner Eitelkeit, hatte er Lust, alle Rollen zu spielen, und die Hauptsache war für ihn die Farbe des Bartes, womit eine Rolle tragiert werden müsse, ob es ein zindelroter [Zindel: Futterstoff, im Mittelalter verwendetes kostbares, schleierartiges Seidengewebe] oder ein trikolorer Bart sei.

Wahrlich, die auswärtigen Mächte hatten keinen Grund, sich vor diesen provisorischen Löwen zu fürchten – sie waren wohl zu Beginn etwas verdutzt, aber sie fassten sich bald, als sie sahen, welche Tiere in der Löwenhaut steckten, und sie brauchten keineswegs die Februarrevolution als eine politische Beleidigung, als eine patzige Herausforderung anzusehen – denn sie konnten mit Recht sagen: »Es ist uns gleich, wer in Frankreich regiert. Wir haben zwar Anno 1815 die ältern Bourbonen auf den Thron gesetzt, aber es geschah nicht aus Zärtlichkeit für diese, sondern aus Hass gegen den Napoleon Bonaparte, mit welchem wir damals Krieg führten und den wir bei Waterloo erschlugen und zu Sankt Helena, Gott sei Dank! begruben – Solange er lebte, hatten wir keine ruhige Stunde – Nun, da dieser tot ist und unter den provisorischen Regierungslöwen keiner sich befindet, der uns wieder unsere liebe Nachtruhe rauben könnte, so ist es uns gleichgültig, wer in Frankreich herrscht. Es kümmert uns gar nicht, wer dort regiert, ob Louis Blanc oder der General Tom Pouce [Tom Thumb; englischer Volksheld], der Zwerg beider Welten, der noch weit berühmter ist als ersterer, aber freilich ebenso wenig wie sein Mitzwerg Louis Blanc in der Winzigkeit einen Vergleich aushalten könnte mit dem seligen Bogulawski, den man in eine Pastete buk und auf die Tafel des Kurfürsten von Sachsen setzte – der tapfere Pole biss und hieb sich aber mit seinen Zähnen und seinem kleinen Säbel aus dem Backwerk heraus und spazierte auf der kurfürstlichen Tafel als Sieger einher, ein Heldenstück, welches vielleicht eurem Homunkulus Louis Blanc nicht gelingen dürfte, der sich schwerlich so heroisch aus der Februarpastete wieder herausfrisst.«

Ich bemerke ausdrücklich, dass es die auswärtigen Fürsten sind, die sich in so wegwerfender Weise über Louis Blanc äußern. Mit größerer Anerkennung würde ich selbst von diesem

Tribunen reden, der während seiner ephemeren Machthaberei sich zwar nicht durch Intelligenz, aber desto mehr durch eine fast deutsche Sentimentalität auszeichnete. In allen seinen Reden war er immer von den schönen Gefühlswallungen seines Herzens überwältigt, er wiederholte darin beständig, dass er bis zu Tränen gerührt sei, und er flennte dabei so beträchtlich, dass diese wässrige Gemütlichkeit ihm auch jenseits des Rheins eine gewisse Popularität erwarb, indem nämlich die deutschen Ammen und Kindermägde ihren kleinen Schreihälsen, die beständig weinen, den Namen des larmoyanten französischen Demagogen erteilten. Es haben viele über das kindische Äußere desselben gescherzt. Ich aber habe niemals sein Köpfchen betrachten können, ohne von einem gewissen Erstaunen ergriffen zu sein; nicht, weil ich etwa das viele Wissen des Männchens bewundert hätte – nein, er ist im Gegenteil von aller Wissenschaft gänzlich entblößt –, ich war vielmehr verwundert, wie in einem so kleinen Köpfchen so viel Unwissenheit Platz finden konnte; ich begriff nie, wie dieser bornierte, winzige Schädel jene kolossalen Massen von Ignoranz zu enthalten vermochte, die er in so reicher, ja verschwenderischer Fülle bei jeder Gelegenheit auskramte – da zeigt sich die Allmacht Gottes! Trotz allem Mangel an Wissenschaft und Gelehrtheit bekundet Herr Louis Blanc dennoch ein wahrhaftes Talent für Geschichtsschreibung. Nur ist zu bedauern, dass er just jene Titanenkämpfe beschreiben wollte, welche wir die Geschichte der französischen Revolution nennen. Es ist schade, dass er nicht lieber einen Stoff wählte, dem er gewachsen wäre, der seiner Statur angemessener, z. B. die Kriege der Pygmäen mit den Kranichen, wovon uns Herodot berichtet.

Sowohl in Bezug auf Talent als auch Gesinnung, so klein er war, überragte Louis Blanc dennoch mehrere seiner Kollegen von jener Provisorischen Regierung, welche den nordischen Potentaten so wenig Furcht einjagte. Alles, was diese Fürsten sagten, ist reine Wahrheit. Unter den Mitgliedern der Provisorischen Regierung war kein einziger, der im Mindesten Ähnlichkeit hatte mit jenem Störenfried, mit jenem Unfugstifter, jenem schrecklichen korsikanischen Taugenichts, der in allen Hauptstädten der Welt die Wache prügelte, überall die Fenster einwarf, die Laternen zerschlug und unsere ehrwürdigen Monarchen wie alte Portiers behandelte, indem er sie des Nachts aus dem Schlaf klingelte und ihr Silberhaar verlangte. Unsere gekrönten Pipelets [Waschweiber, Klatschbasen] konnten ruhig ihren Nachtschlaf genießen während der Herrschaft der Provisorischen Regierung in Frankreich –

Nein, unter den Helden dieser Tafelrunde glich keiner einem Napoleon, keiner von ihnen war jemals so unartig gewesen, die Schlacht von Marengo zu gewinnen, keiner von ihnen hatte die Impertinenz gehabt, bei Jena die Preußen zu schlagen, keiner von ihnen erlaubte sich bei Austerlitz oder bei Wagram irgendeinen Exzess des Sieges, keiner von ihnen gewann die Schlacht bei den Pyramiden – Was man auch dem Herrn de Lamartine, dem Flügelmann der Februarhelden, vorwerfen mag, man kann ihm doch nicht nachsagen, dass er bei den Pyramiden die Mamelucken niedergemetzelt habe – Es ist wahr, er unternahm eine Reise in den Orient, und in Ägypten kam er an den Pyramiden vorüber, von deren Spitze zirka vierzig Jahrhunderte ihn betrachten konnten, wenn sie wollten, doch auf die Pyramiden selbst machte der Anblick seiner berühmten Person keinen sonderlichen Eindruck, sie blieben unbewegt, sintemalen sie fast blasiert sind in Bezug auf große Männer, deren größte ihnen zu Gesicht gekommen, z. B. Moses, Pythagoras, Plato, Julius Cäsar, Christus und Napoleon, welcher letztere auf einem Kamel ritt – Es ist möglich, dass Herr de Lamartine ebenfalls auf einem Kamel durch das Niltal geritten, aber sicherlich hat er dort keine Schlacht geliefert und keine Mamelucken verschluckt – Nein, dieser Kamelreiter war ein Chamäleon, aber kein Napoleon, er war kein Mameluckenfresser, er war immer zahm und sanftmäulig, und als er im Februar 1848 die Rolle eines provisorischen Löwen zu spielen hatte, brüllte er so zärtlich, so süßlich, so schmachtend, wie in der Shakespeareschen Komödie Snug der Tischler zu brüllen versprach, um nicht die Damen zu erschrecken. – In den Kanzleien des Nordens erschrak wirklich niemand beim Empfang der melodischen Manifeste des neuen französischen ministre des affaires étrangères, den man mit Recht einen ministre étranger aux affaires nannte, und seine diplomatischen Meditationen und Harmonien belustigten sehr die Fürsten der absoluten Prosa –

In der Tat, diese letzteren waren sehr beruhigt über die Absichten des Löwen, welcher damals die Marseillaise des Friedens gezwitschert hatte, und sie waren vollkommen überzeugt, dass er kein Napoleon war, kein Kanonendonnergott, kein Gott des Blitzes, kein Blitz Gottes.

– Sie hatten vielleicht schon lange vor uns die Bemerkung gemacht, dass jener zweideutige Mann nicht bloß kein Blitz, sondern gerade das Gegenteil, nämlich ein Blitzableiter war, und sie begriffen, von welchem Nutzen ihnen ein solcher sein konnte zu einer Zeit, wo das ungeheuerlichste Volksgewitter das alte gotische Gesellschaftsgebäude zu zerschmettern drohte –

Nicht ich habe Herrn de Lamartine einen Blitzableiter genannt; er selbst hat sich das Brandmal dieses Namens aufgedrückt. Denn wie es allen Schwätzern ergeht, denen nie die Plappermühle stillsteht, entschlüpften ihm einst die naiven Worte: man beschuldige ihn, mit den Rädelsführern der republikanischen Partei gegen die Ordnung der Dinge konspiriert zu haben, ja, er habe mit ihnen konspiriert, aber wie der Blitzableiter mit dem Blitze konspiriere. Dieser falsche Bruder war bei all seiner Duplizität auch die Unfähigkeit selbst, und da er für einen Dichter gilt, so konnten jetzt wieder die prosaischen Weltleute darüber spötteln, was dabei herauskomme, wenn man einem Dichter die Staatsangelegenheiten anvertraue. Nein, ihr irrt euch; die großen Dichter waren oft auch große Staatsmänner; die Musen sind ganz unschuldig an der gouvernementalen Ineptie des zweideutigen Mannes, und es ist noch eine Frage, ob das überhaupt Poesie ist, was bei ihm die Franzosen bewundern. Seine Schönrednerei, seine brillante Suade erinnert viel mehr an einen Rhetor als einen Dichter. Soviel ist gewiss, der chantre d'Eloah [Vorsänger der Gottheit] sündigte nicht durch Überfluss an Poesie; er ist nur ein lyrischer Ehrgeizling, der uns in Versen immer gelangweilt und in Prosa düpiert hat.

Ich brauche wohl nicht besonders zu erörtern, dass erst am 20. Dezember 1852 das französische Volk die vollständige Genugtuung empfing, wodurch die alte Wunde seines gekränkten Nationalgefühls vernarben kann. Ich empfinde in tiefster Seele diesen Triumph, da ich einst die Niederlage so schmerzlich mitempfunden. Ich bin selbst ein Veteran, ein Krüppel mit beleidigtem Herzen, und begreife den Jubel armer Stelzfüße. Dazu habe ich auch die Schadenfreude, dass ich die Gedanken lese auf den Gesichtern unserer alten Feinde, die gute Miene zum bösen Spiel machen. Es ist nicht ein neuer Mann, der jetzt auf dem französischen Thron sitzt, sondern derselbe Napoleon Bonaparte ist es, den die Heilige Allianz in die Acht erklärt hat, gegen den sie den Krieg geführt und den sie entsetzt und getötet zu haben behauptete: er lebt noch immer, regiert noch immer – denn wie einst der König im alten Frankreich nie starb, so stirbt im neuen Frankreich auch der Kaiser nicht – und eben indem er sich jetzt Napoleon III. nennen lässt, protestiert er gegen den Anschein, als habe er je aufgehört zu regieren, und indem die auswärtigen Mächte den heutigen Kaiser unter diesem Namen anerkannten, versöhnen sie das französische Nationalgefühl durch einen ebenso klugen wie gerechten Widerruf früherer Beleidigung.

Die Konsequenzen einer solchen Rehabilitation sind unendlich und werden gewiss heilsam sein für alle Völker Europas, namentlich für die Deutschen. Es ist nur schade, dass viele der alten Waterloo-Helden diese Zeit nicht erlebt. Ihr Achilles, der Herzog von Wellington, hatte davon schon einen Vorgeschmack, und bei dem letzten Waterloo-Dinner, das er mit seinen Myrmidonen am Jahrestag der Schlacht feierte, soll er miserabler und katzenjämmerlicher als je ausgesehen haben. Er ist auch bald hernach verreckt, und John Bull [nationale Personifikation des Königreichs Großbritannien] steht an seinem Grab, kratzt sich hinter den Ohren und brummt: »So hab ich mich nun umsonst in die ungeheure Schuldenlast gestürzt, die mich zwingt, wie ein Galeerensklave zu arbeiten – was nutzt mir jetzt die Schlacht bei Waterloo?« Ja, diese hat jetzt ihre frühere schnöde Bedeutung verloren, und Waterloo ist nur der Name einer verlorenen Schlacht, nichts mehr, nichts weniger, wie etwa Crécy und Azincourt oder, um deutsch zu reden, wie Jena und Austerlitz.

II

Ich sah auch nicht Herrn Villemain; seine Wirtschafterin sagte mir, dass er nicht zu sehen sei, weil Donnerstag wäre und er sich donnerstags wasche. Als ich die Treppe hinunterstieg, sah ich unten ein Schild mit der Aufschrift: »Bitte sich an den Pförtner zu wenden«, und ich beeilte mich, an diesen braven Mann einige verbindliche Worte zu richten; ich beglückwünschte ihn zu der Sauberkeit seines berühmten Mieters, der sich jeden Donnerstag wäscht. »Sehen Sie«, sagte ich zu ihm, »die Sauberkeit ist bei den Gelehrten eine sehr seltene Sache, und jener berühmte Casaubonus zum Beispiel wusch sich nur einmal im Jahr, zur Fastnacht, vielleicht um sich zu verkleiden.« Der Pförtner machte eine tiefe Verbeugung und antwortete mit klagender Stimme: »Sie sind sehr ehrenwert, mein Herr, ich muss Sie enttäuschen. Die berühmte Persönlichkeit, die zu meinen Mietern zu zählen ich die Ehre habe, hat keinen allzu großen Verbrauch an Seinewasser, sie bereichert die Auvergnaten nicht und ist bezüglich der Sauberkeit ein wenig Casaubonus.« Bei diesen Worten begann er zu lachen, und ich ging fort und lachte gleichfalls, ohne zu wissen warum. Um mir französische Allüren zu geben, wiegte ich mich in den Hüften und summte die Melodie: »Wohin gehen Sie, Herr Abbé? Sie werden sich die Nase brechen«, als ich auf meinem Weg ein großes Gebäude auftauchen sah, das das Pantheon sein sollte, wie man mir sagte. Auch dort war eine Inschrift zu lesen, aber in Marmor, und anstelle eines »Bitte sich an den Pförtner zu wenden« las man: »Den großen Männern das dankbare Vaterland.« Als ich eintrat, sah ich nur ein riesiges Gebäude, das mit Leere angefüllt war, eine Art von steinernem Ballon, in dessen Mitte ganz allein ein langer und trockener Engländer umherspazierte, der seinen »Führer durch Paris« im Munde hatte und die Daumen seiner Hände in die Ärmelausschnitte seiner Weste eingehängt. Ich näherte mich, ihm sehr höflich und sagte: »A very fine exhibition!«, ich fügte sogar hinzu: »Very fine indeed!«; denn ich hoffte, dass er seinen Reiseführer aus dem Munde fallen lassen würde, wenn er mir antwortete, wie der Rabe in der Fabel den Käse aus seinem Schnabel fallen ließ. Doch der Reiseführer, dessen ich mich bemächtigen wollte, um darin einige Auskünfte zu suchen, fiel nicht; die Zähne des englischen Raben blieben zusammengepresst, und ohne mir die geringste Aufmerksamkeit zu schenken, ging er hinaus. Ich tat das gleiche und folgte ihm auf dem Fuße bis zur Säulenhalle. Dort, vor dem Peristyl, bemerkte ich das pausbäckige Gesicht einer dicken Gevatterin, einer großbusigen Frau, wie man damals die Göttin der Freiheit darstellte. Das war wahrscheinlich die Türsteherin des Pantheons. Der Anblick von Albions Sohn schien sie in sehr gute Laune versetzt zu haben. Indem sie mir mit ihren kleinen Augen, die in ihrem dicken Gesicht wie Glühwürmchen schimmerten, ein Zeichen des Einverständnisses zublinkerte, machte sie sich über den armen Engländer lustig, und ich hörte zum ersten Mal jenes derbe gallische Lachen, das man bei uns nicht kennt und das zugleich sehr gutmütig und sehr spöttisch ist, wie der edle französische Wein oder ein Kapitel von Rabelais. Nichts ist ansteckender als eine solche Heiterkeit, und ich selbst begann herzlich zu lachen, wie ich niemals in meiner Heimat gelacht hatte. Um mit dieser munteren und amüsanten Person ein Gespräch anzuknüpfen, kam mir der Gedanke, sie zu fragen, wo die großen Männer wären, von denen die Inschrift dieses Hauses der nationalen Dankbarkeit sprach. Bei dieser Frage brach die gute Lacherin in ein noch betäubenderes Lachen aus, die Tränen traten ihr in die Augen, sie musste sich den Bauch halten, um nicht zu ersticken, und während sie bei jedem Wort nach Luft schnappte, erwiderte sie: »Ah! Sie kommen in einem schlechten Augenblick. Zur Zeit sind die großen Männer bei uns sehr rar: die letzte Ernte hat nichts eingebracht; wir hoffen aber, dass die nächste weit besser sein wird; unsere künftigen großen Männer wachsen gewaltig heran und verheißen viel. Wenn Sie diese großen Männer der Zukunft, die augenblicklich noch unendlich klein sind, sehen wollen, dann brauchen Sie sich nur in ein Etablissement zu begeben, das hier ganz in der Nähe liegt, auf dem Boulevard Montparnasse, und das man die Grande Chaumière [Kunstakademie] nennt. Dort ist die tanzende Pflanzstätte jener kleinen großen Männer, jener Knirpse des Ruhms, die eines Tages der Stolz Frankreichs und die Freude des Menschengeschlechts sein werden; Sie kommen gerade recht, denn heute ist Donnerstag ...« Die närrische Lacherin konnte nicht mehr, und als ich mich von ihr verabschiedete, um mich zu dem angegebenen Ort auf den Weg zu machen, hörte ich noch lange das Echo ihrer Heiterkeit.

In wenigen Minuten langte ich bei jenem provisorischen Pantheon der künftigen großen Männer Frankreichs an, das man die Grande Chaumière nennt. Das ist ein Name, dem der republikanische Gedanke wahrscheinlich eine geheime Bedeutung beimisst, denn der Strohhalm ist das Sinnbild einfachen und arbeitsamen Lebens, und er wird das Symbol jener Proletarier, die die stolzen Paläste des aristokratischen Hochmuts und Lasters zerstören werden, um an ihrer Stelle das Haus der guten Sitten und der Tugend, die Grande Chaumière des Volkes, zu errichten. Ich betrat das Heiligtum des Etablissements mit dem symbolischen Namen, und die zehn Sous, die ich am Eingang zahlte, tun mir nicht leid. Ich sah dort tatsächlich die künftigen großen Männer Frankreichs, jene kleinen großen Männer, auf deren Stirn bereits ein Abglanz der Morgenröte ihres Ruhmes lag, ich sah jene Helden der Zukunft, deren Leben und mehr oder weniger erstaunliche Heldentaten ein Plutarch beschreiben wird, der noch geboren werden muss oder der in diesem Augenblick an der Brust seiner Mutter saugt, wenn er nicht zufällig mit der Flasche ernährt wird. All diese Personen hatten sich der republikanischen Sache verschrieben und trugen das Gewand einer starken Überzeugung, das heißt einen riesigen Filzhut und eine Weste à la Robespierre mit Aufschlägen, die übermäßig breit und so rein waren wie das Gewissen des Unbestechlichen! Jeder war dort mit seiner jeden, und die jungen Jakobiner tanzten mit ihren jungen Jakobinerinnen. Man sah dort Catonen der Jurisprudenz und Brutusse der Medizin; Sempronias, die die Schneiderei betrieben, und Portias, die Westen oder Hosen nähten, kurz: die Blüte des Studentenviertels. Diese Grisetten-Bürgerinnen waren sehr hübsch und so tugendhaft, wie es das Klima des lateinischen Landes zu sein erlaubt; alle waren ausnahmslos erbitterte Republikanerinnen: es heißt, dass sie häufig ihre Liebhaber wechselten, doch niemals ihre Ansichten. Ich war zur rechten Zeit gekommen, denn an jenem Tage war der Vater Lahire, der Direktor des Etablissements, sozusagen der Feldhüter dieser großen Chaumière, verfl... wütend, wie man zur Zeit des Père Duchesne sagte. Dieses Individuum, von athletischer Kraft und von Natur jähzornig, amüsierte mich sehr durch die naive Brutalität, mit der er den Anstand seines Publikums überwachte. Eine arme Kleine, deren Busentuch im Eifer eines Kontertanzes ein wenig in Unordnung geraten war, flüchtete zitternd und bebend bei seinem bloßen drohenden Blick. Eine andere kleine Bürgerin, die gleichfalls zu tief dekolletiert war, verjagte er schimpflich. Dieses Ungeheuer wusste nicht, dass die jungen Mädchen in Sparta nackt mit den jungen lakedämonischen Burschen tanzten, ohne dass in der Stadt des Lykurg die Keuschheit jemals in große Gefahr geraten wäre. Die Züchtigkeit einer Frau ist nämlich ein Schutzwall ihrer Tugend, sicherer als alle Kleider der Welt, so wenig ausgeschnitten sie über dem Busen auch sein mögen. Der Vater Lahire ist der personifizierte Schrecken für die Tänzer, die die Grenzen eines sittsamen Cancan überschreiten. Er packte zwei Neo-Robespierres an ihren Kragen, hielt sie mit seinen beiden langen Armen über dem Boden in der Schwebe, wie es einstmals Herkules mit Antäus machte, und schleppte sie so zur Tür hinaus; einen kleinen Saint-Just, der sich beim Anblick dieses Aktes der Tyrannei mausig gemacht hatte, schmiss er ihnen nach. Dieser erhob sich wieder, putzte seinen Rock ab, rückte seine hohe Krawatte zurecht und protestierte gegen diese Vergewaltigung der Menschenrechte, wobei er den Vater Lahire einen Polignac nannte. Das Orchester spielte in diesem Augenblick die Marseillaise.

Diesem Zwischenfall verdankte ich die Bekanntschaft einer jungen Person, die sich an meiner Seite befand und die ich vor der neugierigen Menge schützte. Sie war allerliebst, ihr Mund war herzförmig, ihre schwarzen Augen waren fast zu groß, und es lag etwas Eigensinniges im Schnitt ihrer Stupsnase, deren feingeschwungene Flügel sich bei jedem Tusch der Musik vor Vergnügen blähten. Man nannte sie Mademoiselle Joséphine oder Joséphine und sogar einfach Fifine. Als sie erfuhr, dass ich Deutscher sei, war sie sehr zufrieden und bat mich, ihr ein Bärenfell zu schenken, denn seit Jahren, sagte sie, wünschte sie sich, ein Bärenfell zu besitzen, um daraus einen Bettvorleger zu machen; welch ein Wunschtraum! Sie hielt mich für nördlicher, als ich war, und wahrscheinlich bilden sich diese Damen ein, dass man in meiner Heimat nur die Hand auszustrecken braucht, um einen Bären am Schlafittchen zu packen und mit seinem Fell einen guten Fang zu machen. Sie war so unbekümmert, ihr Lächeln war so einschmeichelnd, ihr niedliches Geschwätz so süß, ihr Gekicher klang so köstlich in meinem Herzen wider, dass ich sehr gern, ein so guter Patriot ich auch sein mag, die Felle aller deutschen Bären geopfert hätte, um dieser französischen Zauberin zu gefallen. Ich trug ihre Bitte sogleich in mein Notizbuch ein, und als ich ihre Adresse erhielt, versprach ich ihr, dass ich mich mit meiner deutschen Bärenhaut bald bei ihr einstellen würde. Unterdessen bat ich sie, mir die Ehre zu erweisen, eine südlichere Frucht, nämlich eine Orange, von mir anzunehmen. Sie nahm ohne weiteres an, wobei sie sagte, dass ihr die Orangen gleich nach den Schweinsfüßen à la Sainte-Menehould das Liebste wären. »Was aber die Schweinsfüße anlangt«, fügte sie hinzu, »so liebe ich sie leidenschaftlich, ich vergöttere sie, und für dieses Gericht würde ich Niederträchtigkeiten begehen.« Während Mademoiselle Joséphine genießerisch ihre Orange verzehrte oder, um ihre eigene Redewendung zu gebrauchen, während sie sich mit ihr identifizierte, bemühte ich mich, sie auf so angenehme wie lehrreiche Art zu unterhalten. In Zusammenhang mit den Bärenfellen sprach ich zu ihr über Zoologie, ich berührte sogar die heikelste Frage der vergleichenden Anatomie, die Frage des Schwanzes, ob nämlich der primitive Mensch wie die Affen mit einem Schwanz ausgestattet gewesen sei und ob die menschliche Rasse diese vorsintflutliche Zierde durch eine mehr oder weniger ehrenhafte Krankheit verloren habe. Mademoiselle Joséphine war über meine große Gelehrsamkeit aufs Höchste verwundert, und mehrmals sagte sie zu mir: »Sie werden es weit bringen, Monsieur!« Ich zweifle nicht, dass sie mir unter die Arme gegriffen hat, als sie für meine Talente im ganzen Faubourg Saint-Jacques und den angrenzenden Straßen Reklame machte. In Paris verdankt man sein Ansehen den Frauen.

Wie groß auch meine Dankbarkeit ihr gegenüber sein mag, so muss ich dennoch freimütig gestehen, dass ich während meiner Unterhaltung mit Mademoiselle Josephine bemerkte, dass das arme Mädchen sehr unwissend war und dass sie nicht einmal die elementarsten ethnographischen Begriffe kannte. Sie wusste zum Beispiel nicht, dass die Stadt Hamburg eine Republik ist wie einst Athen und dass sie in der Nähe von Altona liegt, wo sich das Grab Klopstocks befindet. Sie wusste auch kaum, welcher Unterschied zwischen Preußen und Russen, zwischen Stockschlägen und Knutenhieben besteht. Sie bildete sich ein, dass die Astronomie eine Erfindung des Herrn Arago sei, und als ich ihr beibrachte, dass die Erde, der Erdball, auf dem wir wohnen, unausgesetzt um die Sonne kreist, rief sie aus: »Wie schrecklich! Der bloße

Gedanke eines solchen Gedrehes macht mich schwindlig!« Ihr dünner, zarter Körper schauderte wie eine Zitterpappel, und sie fuhr fort: »Wer hat Ihnen denn gesagt, dass die Erde um die Sonne kreist!« Als ich erwiderte, dass es ein Pole war namens Kopernikus, zuckte sie die Schultern und rief: »Ein Pole? Dann glaube ich kein Wort davon. Man muss dem, was die Polen sagen, immer misstrauen; sie haben die Wahrheit nicht erfunden. Ihr Deutschen mit eurer tiefen Gelehrsamkeit seid zu gutgläubig. Glauben bei euch auch die Frauen an diese Hirngespinste von einer Umdrehung der Erde, bei der sich zugleich das Innere umdreht? Dann sind sie wahrscheinlich weniger nervös als wir Französinnen und können aus diesem Grunde auch schwierigere Studien ertragen; man sagte mir, dass die deutschen Frauen tausendmal gelehrter sind als wir und dass sie alle ägyptischen Mumien auswendig kennen. Tatsächlich sind wir jungen Mädchen in Frankreich schlecht erzogen, wir lernen überhaupt nichts, und ich, die ich mit Ihnen spreche, sehen Sie, ich habe keinerlei Unterricht gehabt: alles, was ich von der Naturgeschichte weiß, habe ich von mir selbst gelernt.«

Als galanter Schmeichler hielt ich diese Geständnisse nationaler Unwissenheit für Übertreibung, und ich ging sogar so weit, die Bildung der deutschen Fräuleins etwas über Gebühr herabzusetzen. Ich behauptete, dass sie nicht so vollkommen sei, wie man sie sich im Ausland vorstellt, dass sie sogar sehr unvollkommen sei und dass ich zum Beispiel in meinem Vaterlande sogenannte guterzogene junge Mädchen gesehen hätte, die nicht die kecken Lieder Bérangers singen konnten! »Unmöglich!« rief Mademoiselle Josephine aus.

Ich erinnere mich heute im Zusammenhang mit dieser ausgezeichneten Person der Worte des Mephistopheles, der, als er Faust aus dem Zauberbecher trinken ließ, zu ihm sagte: »Du siehst mit diesem Trank im Leibe bald Helenen in jedem Weibe.« Die Neuheit der Gattung ist der Liebestrank, der auf jeden frisch in Paris gelandeten Deutschen den gleichen Zauber ausübt. Er ist in das niedliche Frätzchen der ersten besten Grisette genauso vernarrt, wie ihn die Küche des übelsten Garkochs vom Palais Royal entzückt, wo man für zwei Franken pro Kopf diniert. Aber für ihn sind es neue Gerichte mit ausländischen Saucen. Späterhin erregt es einem Übelkeit, wenn man sich daran erinnert, dass man diesen unbestimmbaren und übermäßig gewürzten Mischmasch hinuntergeschluckt hat; denn inzwischen haben wir in feinen Restaurants mit feinen Damen diniert, und dort haben wir die so pikanten wie einfachen Gerichte zu schätzen gelernt, die, gar gekocht und kunstvoll angerichtet, manchmal ein wenig nach Wild riechen, dabei aber stets köstlich schmecken.

Am Abend desselben Tages, an dem ich die Grande Chaumière besucht hatte, wo ich die großen Männer Frankreichs noch im Embryonalzustand sah, führte mich einer meiner Landsleute, der in der Gesellschaft bereits bekannt war, in ein Lokal ein, das mit demjenigen, von dem ich soeben gesprochen habe, einige Ähnlichkeit aufwies. Das weibliche Geschlecht war in der Überzahl. Hier machte ich die Bekanntschaft eines großen Mannes, der damals auf dem Gipfel seiner Größe angelangt war. Seitdem hat seine Berühmtheit nachgelassen, aber in Frankreich ist nichts beständig, und die großen Männer tauchen sehr schnell unter; sie kommen nur, um wieder zu verschwinden.

Memoiren

[1854-1855; herausgegeben von Eduard Engel,
Hoffmann und Campe, Hamburg 1884]

Ich habe in der Tat, teure Dame, die Denkwürdigkeiten meiner Zeit, insofern meine eigene Person damit als Zuschauer oder als Opfer in Berührung kam, so wahrhaft und getreu als möglich aufzuzeichnen gesucht.

Diese Aufzeichnungen, denen ich selbstgefällig den Titel »Memoiren« verlieh, habe ich jedoch schier zur Hälfte wieder vernichten müssen, teils aus leidigen Familienrücksichten, teils auch wegen religiöser Skrupel.

Ich habe mich seitdem bemüht, die entstandenen Lakunen notdürftig zu füllen, doch ich fürchte, postume Pflichten oder ein selbstquälerischer Überdruss zwingen mich, meine Memoiren vor meinem Tode einem neuen Autodafé zu überliefern, und was alsdann die Flammen verschonen, wird vielleicht niemals das Tageslicht der Öffentlichkeit erblicken.

Ich nehme mich wohl in Acht, die Freunde zu nennen, die ich mit der Hut meines Manuskriptes und der Vollstreckung meines Letzten Willens in Bezug auf dasselbe betraue; ich will sie nicht nach meinem Ableben der Zudringlichkeit eines müßigen Publikums und dadurch einer Untreue an ihrem Mandat bloßstellen.

Eine solche Untreue habe ich nie entschuldigen können; es ist eine unerlaubte und unsittliche Handlung, auch nur eine Zeile von einem Schriftsteller zu veröffentlichen, die er nicht selber für das große Publikum bestimmt hat. Dieses gilt ganz besonders von Briefen, die an Privatpersonen gerichtet sind. Wer sie drucken lässt oder verlegt, macht sich einer Felonie schuldig, die Verachtung verdient.

Nach diesen Bekenntnissen, teure Dame, werden Sie leicht zur Einsicht gelangen, dass ich Ihnen nicht, wie Sie wünschen, die Lektüre meiner Memoiren und Briefschaften gewähren kann.

Jedoch, ein Höfling Ihrer Liebenswürdigkeit, wie ich es immer war, kann ich Ihnen kein Begehr unbedingt verweigern, und um meinen guten Willen zu bekunden, will ich in anderer Weise die holde Neugier stillen, die aus einer liebenden Teilnahme an meinen Schicksalen hervorgeht.

Ich habe die folgenden Blätter in dieser Absicht niedergeschrieben, und die biographischen Notizen, die für Sie ein Interesse haben, finden Sie hier in reichlicher Fülle. Alles Bedeutsame und Charakteristische ist hier treuherzig mitgeteilt, und die Wechselwirkung äußerer Begebenheiten und innerer Seelenereignisse offenbart Ihnen die Signatura meines Seins und Wesens. Die Hülle fällt ab von der Seele, und du kannst sie betrachten in ihrer schönen Nacktheit. Da sind keine Flecken, nur Wunden. Ach! und nur Wunden, welche die Hand der Freunde, nicht die der Feinde geschlagen hat!

Die Nacht ist stumm. Nur draußen klatscht der Regen auf die Dächer und ächzt wehmütig der Herbstwind.

Das arme Krankenzimmer ist in diesem Augenblick fast wollüstig heimlich, und ich sitze schmerzlos im großen Sessel.

Da tritt dein holdes Bild herein, ohne dass sich die Türklinke bewegt, und du lagerst dich auf das Kissen zu meinen Füßen. Lege dein schönes Haupt auf meine Knie und horche, ohne aufzublicken. – Ich will dir das Märchen meines Lebens erzählen. – Wenn manchmal dicke Tropfen auf dein Lockenhaupt fallen, so bleibe dennoch ruhig; es ist nicht der Regen, welcher durch das Dach sickert. Weine nicht und drücke mir nur schweigend die Hand.

***

Welch ein erhabenes Gefühl muss einen solchen Kirchenfürsten beseelen, wenn er hinab-
blickt auf den wimmelnden Marktplatz, wo Tausende entblößten Hauptes mit Andacht vor
ihm niederkniend seinen Segen erwarten!

In der italienischen Reisebeschreibung des Hofrats Moritz las ich einst eine Beschreibung
jener Szene, wo ein Umstand vorkam, der mir ebenfalls jetzt in den Sinn kommt.

Unter dem Landvolk, erzählt Moritz, das er dort auf den Knien liegen sah, erregte seine
besondere Aufmerksamkeit einer jener wandernden Rosenkranzhändler des Gebirges, die aus
einer braunen Holzgattung die schönsten Rosenkränze schnitzen und sie in der ganzen Romagna um so teurer verkaufen, da sie denselben an obenerwähntem Feiertag vom Papste selbst
die Weihe zu verschaffen wissen.

Mit der größten Andacht lag der Mann auf den Knien, doch den breitkrempigen Filzhut,
worin seine Ware, die Rosenkränze, befindlich, hielt er in die Höhe, und während der Papst
mit ausgestreckten Händen den Segen sprach, rüttelte jener seinen Hut und rührte darin herum, wie Kastanienverkäufer zu tun pflegen, wenn sie ihre Kastanien auf dem Rost braten;
gewissenhaft schien er dafür zu sorgen, dass die Rosenkränze, die unten im Hut lagen, auch
etwas von dem päpstlichen Segen abbekämen und alle gleichmäßig geweiht würden.

Ich konnte nicht umhin, diesen rührenden Zug von frommer Naivität hier einzuflechten,
und ergreife wieder den Faden meiner Geständnisse, die alle auf den geistigen Prozess Bezug
haben, den ich später durchmachen musste.

Aus den frühesten Anfängen erklären sich die spätesten Erscheinungen. Es ist gewiss bedeutsam, dass mir bereits in meinem dreizehnten Lebensjahr alle Systeme der freien Denker
vorgetragen wurden, und zwar durch einen ehrwürdigen Geistlichen, der seine sazerdotalen
Amtspflichten nicht im Geringsten vernachlässigte, sodass ich hier früh sah, wie ohne Heuchelei Religion und Zweifel ruhig nebeneinandergingen, woraus nicht bloß in mir der Unglauben, sondern auch die toleranteste Gleichgültigkeit entstand.

Ort und Zeit sind auch wichtige Momente: ich bin geboren zu Ende des skeptischen achtzehnten Jahrhunderts und in einer Stadt, wo zur Zeit meiner Kindheit nicht bloß die Franzosen, sondern auch der französische Geist herrschte.

Die Franzosen, die ich kennenlernte, machten mich, ich muss es gestehen, mit Büchern bekannt, die sehr unsauber und mir ein Vorurteil gegen die ganze französische Literatur ein-
flößten.

Ich habe sie auch später nie so sehr geliebt, wie sie es verdient, und am ungerechtesten
blieb ich gegen die französische Poesie, die mir von Jugend an fatal war.

Daran ist wohl zunächst der vermaledeite Abbé d'Aulnoi schuld, der im Lyzeum zu Düs-
seldorf die französische Sprache dozierte und mich durchaus zwingen wollte, französische
Verse zu machen. Wenig fehlte, und er hätte mir nicht bloß die französische, sondern die
Poesie überhaupt verleidet.

Der Abbé d'Aulnoi, ein emigrierter Priester, war ein ältliches Männchen mit den beweg-
lichsten Gesichtsmuskeln und mit einer braunen Perücke, die, sooft er in Zorn geriet, eine
sehr schiefe Stellung annahm.

Er hatte mehrere französische Grammatiken sowie auch Chrestomathien, worin Auszüge
deutscher und französischer Klassiker, zum Übersetzen für seine verschiedenen Klassen geschrieben; für die oberste veröffentlichte er auch eine »Art oratoire« und eine »Art poétique«,
zwei Büchlein, wovon das erstere Beredsamkeitsrezepte aus Quintilian enthielt, angewendet
auf Beispiele von Predigten Fléchiers, Massillons, Bourdaloues und Bossuets, welche mich
nicht allzu sehr langweilten. – Aber gar das andere Buch, das die Definitionen von der Poesie: l'art de peindre par les images, den faden Abhub der alten Schule von Batteux, auch die
französische Prosodie und überhaupt die ganze Metrik der Franzosen enthielt, welch ein

schrecklicher Alp! – Ich kenne auch jetzt nichts Abgeschmackteres als das metrische System der französischen Poesie, dieser art de peindre par les images, wie die Franzosen dieselbe definieren, welcher verkehrte Begriff vielleicht dazu beiträgt, dass sie immer in die malerische Paraphrase geraten.

Ihre Metrik hat gewiss Prokrustes erfunden; sie ist eine wahre Zwangsjacke für Gedanken, die bei ihrer Zahmheit gewiss nicht einer solchen bedürfen. Dass die Schönheit eines Gedichtes in der Überwindung der metrischen Schwierigkeiten bestehe, ist ein lächerlicher Grundsatz, derselben närrischen Quelle entsprungen. Der französische Hexameter, dieses gereimte Rülpsen, ist mir wahrhaft ein Abscheu. Die Franzosen haben diese widrige Unnatur, die weit sündhafter als die Gräuel von Sodom und Gomorrha, immer selbst gefühlt, und ihre guten Schauspieler sind darauf angewiesen, die Verse so sakkadiert [abgehackt, stoß-, ruckweise] zu sprechen, als wären sie Prosa – warum aber dann die überflüssige Mühe der Versifikation?

So denk ich jetzt, und so fühlt ich schon als Knabe, und man kann sich leicht vorstellen, dass es zwischen mir und der alten braunen Perücke zu offenen Feindseligkeiten kommen musste, als ich ihm erklärte, wie es mir rein unmöglich sei, französische Verse zu machen. Er sprach mir allen Sinn für Poesie ab und nannte mich einen Barbaren des Teutoburger Waldes. – Ich denke noch mit Entsetzen daran, dass ich aus der Chrestomathie des Professors die Anrede des Kaiphas an den Sanhedrin aus den Hexametern der Klopstockschen »Messiade« in französische Alexandriner übersetzen sollte! Es war ein Raffinement von Grausamkeit, die alle Passionsqualen des Messias selbst übersteigt und die selbst dieser nicht ruhig erduldet hätte. Gott verzeih, ich verwünschte die Welt und die fremden Unterdrücker, die uns ihre Metrik aufbürden wollten, und ich war nahe dran, ein Franzosenfresser zu werden.

Ich hätte für Frankreich sterben können, aber französische Verse machen – nimmermehr!

Durch den Rektor und meine Mutter wurde der Zwist beigelegt. Letztere war überhaupt nicht damit zufrieden, dass ich Verse machen lernte, und seien es auch nur französische. Sie hatte nämlich damals die größte Angst, dass ich ein Dichter werden möchte; das wäre das Schlimmste, sagte sie immer, was mir passieren könne.

Die Begriffe, die man damals mit dem Namen Dichter verknüpfte, waren nämlich nicht sehr ehrenhaft, und ein Poet war ein zerlumpter, armer Teufel, der für ein paar Taler ein Gelegenheitsgedicht verfertigt und am Ende im Hospital stirbt.

Meine Mutter aber hatte große, hochfliegende Dinge mit mir im Sinn, und alle Erziehungspläne zielten darauf hin. Sie spielte die Hauptrolle in meiner Entwicklungsgeschichte, sie machte die Programme aller meiner Studien, und schon vor meiner Geburt begannen ihre Erziehungspläne. Ich folgte gehorsam ihren ausgesprochenen Wünschen, jedoch gestehe ich, dass sie schuld war an der Unfruchtbarkeit meiner meisten Versuche und Bestrebungen in bürgerlichen Stellen, da dieselben niemals meinem Naturell entsprachen, Letzteres, weit mehr als die Weltbegebenheiten, bestimmte meine Zukunft.

In uns selbst liegen die Sterne unseres Glücks.

Zuerst war es die Pracht des Kaiserreichs, die meine Mutter blendete, und da die Tochter eines Eisenfabrikanten unserer Gegend, die mit meiner Mutter sehr befreundet war, eine Herzogin geworden und ihr gemeldet hatte, dass ihr Mann sehr viele Schlachten gewonnen und bald auch zum König avancieren würde – ach, da träumte meine Mutter für mich die goldensten Epauletten oder die brodiertesten Ehrenchargen am Hofe des Kaisers, dessen Dienst sie mich ganz zu widmen beabsichtigte.

Deshalb musste ich jetzt vorzugsweise diejenigen Studien betreiben, die einer solchen Laufbahn förderlich, und obgleich im Lyzeum schon hinlänglich für mathematische Wissenschaften gesorgt war und ich bei dem liebenswürdigen Professor Brewer vollauf mit Geometrie, Statik, Hydrostatik, Hydraulik und so weiter gefüttert ward und in Logarithmen und Algebra schwamm, so musste ich doch noch Privatunterricht in dergleichen Disziplinen nehmen, die mich instand setzen sollten, ein großer Strategiker oder nötigenfalls der Administrator von eroberten Provinzen zu werden.

Mit dem Fall des Kaiserreichs musste auch meine Mutter der prachtvollen Laufbahn, die sie für mich geträumt, entsagen; die dahin zielenden Studien nahmen ein Ende, und sonderbar! sie ließen auch keine Spur in meinem Geiste zurück, so sehr waren sie demselben fremd. Es war nur eine mechanische Errungenschaft, die ich von mir warf als unnützen Plunder.

Meine Mutter begann jetzt in anderer Richtung eine glänzende Zukunft für mich zu träumen. – Das Rothschildsche Haus, mit dessen Chef mein Vater vertraut war, hatte zu jener Zeit seinen fabelhaften Flor bereits begonnen; auch andere Fürsten der Bank und der Industrie hatten in unserer Nähe sich erhoben, und meine Mutter behauptete, es habe jetzt die Stunde geschlagen, wo ein bedeutender Kopf im merkantilischen Fache das Ungeheuerlichste erreichen und sich zum höchsten Gipfel der weltlichen Macht emporschwingen könne. Sie beschloss daher jetzt, dass ich eine Geldmacht werden sollte, und jetzt musste ich fremde Sprachen, besonders Englisch, Geographie, Buchhalten, kurz, alle auf den Land- und Seehandel und Gewerbskunde bezüglichen Wissenschaften studieren.

Um etwas vom Wechselgeschäft und von Kolonialwaren kennenzulernen, musste ich später das Comptoir eines Bankiers meines Vaters und die Gewölbe eines großen Spezereihändlers besuchen; erstere Besuche dauerten höchstens drei Wochen, letztere vier Wochen, doch ich lernte bei dieser Gelegenheit, wie man einen Wechsel ausstellt und wie Muskatnüsse aussehen.

Ein berühmter Kaufmann, bei welchem ich ein apprenti millionaire werden wollte, meinte, ich hätte kein Talent zum Erwerb, und lachend gestand ich ihm, dass er wohl recht haben möchte.

Da bald darauf eine große Handelskrisis entstand und wie viele unserer Freunde auch mein Vater sein Vermögen verlor, da platzte die merkantilische Seifenblase noch schneller und kläglicher als die imperiale, und meine Mutter musste nun wohl eine andere Laufhahn für mich träumen.

Sie meinte jetzt, ich müsse durchaus Jurisprudenz studieren.

Sie hatte nämlich bemerkt, wie längst in England, aber auch in Frankreich und im konstitutionellen Deutschland der Juristenstand allmächtig sei und besonders die Advokaten durch die Gewohnheit des öffentlichen Vortrags die schwatzenden Hauptrollen spielen und dadurch zu den höchsten Staatsämtern gelangen. Meine Mutter hatte ganz richtig beobachtet.

Da eben die neue Universität Bonn errichtet worden, wo die Juristische Fakultät von den berühmtesten Professoren besetzt war, schickte mich meine Mutter unverzüglich nach Bonn, wo ich bald zu den Füßen Mackeldeys und Welckers saß und die Manna ihres Wissens einschlürfte.

Von den sieben Jahren, die ich auf deutschen Universitäten zubrachte, vergeudete ich drei schöne blühende Lebensjahre durch das Studium der römischen Kasuistik, der Jurisprudenz, dieser illiberalsten Wissenschaft.

Welch ein fürchterliches Buch ist das Corpus juris, die Bibel des Egoismus!

Wie die Römer selbst blieb mir immer verhasst ihr Rechtskodex. Diese Räuber wollten ihren Raub sicherstellen, und was sie mit dem Schwerte erbeutet, suchten sie durch Gesetze zu schützen; deshalb war der Römer zu gleicher Zeit Soldat und Advokat, und es entstand eine Mischung der widerwärtigsten Art.

Wahrhaftig, jenen römischen Dieben verdanken wir die Theorie des Eigentums, das vorher nur als Tatsache bestand, und die Ausbildung dieser Lehre in ihren schnödesten Konsequenzen ist jenes gepriesene römische Recht, das allen unseren heutigen Legislationen, ja allen modernen Staatsinstituten zugrunde liegt, obgleich es im grellsten Widerspruch mit der Religion, der Moral, dem Menschengefühl und der Vernunft steht.

Ich brachte jenes gottverfluchte Studium zu Ende, aber ich konnte mich nimmer entschließen, von solcher Errungenschaft Gebrauch zu machen, und vielleicht auch weil ich fühlte, dass andere mich in der Advokasserie und Rabulisterei leicht überflügeln würden, hing ich meinen juristischen Doktorhut an den Nagel.

Meine Mutter machte eine noch ernstere Miene als gewöhnlich. Aber ich war ein sehr erwachsener Mensch geworden, der in dem Alter stand, wo er der mütterlichen Obhut entbehren muss.

Die gute Frau war ebenfalls älter geworden, und indem sie nach so manchem Fiasko die Oberleitung meines Lebens aufgab, bereute sie, wie wir oben gesehen, dass sie mich nicht dem geistlichen Stande gewidmet.

Sie ist jetzt eine Matrone von siebenundachtzig Jahren, und ihr Geist hat durch das Alter nicht gelitten. Über meine wirkliche Denkart hat sie sich nie eine Herrschaft angemaßt und war für mich immer die Schonung und Liebe selbst.

Ihr Glauben war ein strenger Deismus, der ihrer vorwaltenden Vernunftrichtung ganz angemessen. Sie war eine Schülerin Rousseaus, hatte dessen »Émile« gelesen, säugte selbst ihre Kinder, und Erziehungswesen war ihr Steckenpferd. Sie selbst hatte eine gelehrte Erziehung genossen und war die Studiengefährtin eines Bruders gewesen, der ein ausgezeichneter Arzt ward, aber früh starb. Schon als ganz junges Mädchen musste sie ihrem Vater die lateinischen Dissertationen und sonstige gelehrte Schriften vorlesen, wobei sie oft den Alten durch ihre Fragen in Erstaunen setzte.

Ihre Vernunft und ihre Empfindung war die Gesundheit selbst, und nicht von ihr erbte ich den Sinn für das Phantastische und die Romantik. Sie hatte, wie ich schon erwähnt, eine Angst vor Poesie, entriss mir jeden Roman, den sie in meinen Händen fand, erlaubte mir keinen Besuch des Schauspiels, versagte mir alle Teilnahme an Volksspielen, überwachte meinen Umgang, schalt die Mägde, welche in meiner Gegenwart Gespenstergeschichten erzählten, kurz, sie tat alles Mögliche, um Aberglauben und Poesie von mir zu entfernen.

Sie war sparsam, aber nur in Bezug auf ihre eigene Person; für das Vergnügen anderer konnte sie verschwenderisch sein, und da sie das Geld nicht liebte, sondern nur schätzte, schenkte sie mit leichter Hand und setzte mich oft durch ihre Wohltätigkeit und Freigebigkeit in Erstaunen.

Welche Aufopferung bewies sie dem Sohn, dem sie in schwieriger Zeit nicht bloß das Programm seiner Studien, sondern auch die Mittel dazu lieferte! Als ich die Universität bezog, waren die Geschäfte meines Vaters in sehr traurigem Zustand, und meine Mutter verkaufte ihren Schmuck, Halsband und Ohrringe von großem Wert, um mir das Auskommen für die vier ersten Universitätsjahre zu sichern.

Ich war übrigens nicht der erste in unserer Familie, der auf der Universität Edelsteine aufgegessen und Perlen verschluckt hatte. Der Vater meiner Mutter, wie diese mir einst erzählte, erprobte dasselbe Kunststück. Die Juwelen, welche das Gebetbuch seiner verstorbenen Mutter verzierten, mussten die Kosten seines Aufenthalts auf der Universität bestreiten, als sein Vater, der alte Lazarus de Geldern, durch einen Sukzessionsprozess mit einer verheirateten Schwester in große Armut geraten war, er, der von seinem Vater ein Vermögen geerbt hatte, von dessen Größe mir eine alte Großmuhme so viel Wunderdinge erzählte.

Das klang dem Knaben immer wie Märchen von »Tausendundeiner Nacht«, wenn die Alte von den großen Palästen und den persischen Tapeten und dem massiven Gold- und Silbergeschirr erzählte, die der gute Mann, der am Hofe des Kurfürsten und der Kurfürstin so viel Ehren genoss, so kläglich einbüßte. Sein Haus in der Stadt war das große Hotel in der Rheinstraße; das jetzige Krankenhaus in der Neustadt gehörte ihm ebenfalls sowie ein Schloss bei Gravenberg, und am Ende hatte er kaum, wo er sein Haupt hinlegen konnte.

Eine Geschichte, die ein Seitenstück zu der obigen bildet, will ich hier einweben, da sie die verunglimpfte Mutter eines meiner Kollegen in der öffentlichen Meinung rehabilitieren dürfte. Ich las nämlich einmal in der Biographie des armen *Dietrich Grabbe*, dass das Laster des Trunks, woran derselbe zugrunde gegangen, ihm durch seine eigene Mutter früh eingepflanzt worden sei, indem sie dem Knaben, ja dem Kind Branntwein zu trinken gegeben habe. Diese Anklage, die der Herausgeber der Biographie aus dem Munde feindseliger Verwandter erfahren, scheint grundfalsch, wenn ich mich der Worte erinnere, womit der selige Grabbe mehrmals von seiner Mutter sprach, die ihn oft gegen »dat Suppen« mit den nachdrücklichsten Worten verwarnte.

Sie war eine rohe Dame, die Frau eines Gefängniswärters, und wenn sie ihren jungen Wolf-Dietrich karessierte, mag sie ihn wohl manchmal mit den Tatzen einer Wölfin auch ein bisschen gekratzt haben. Aber sie hatte doch ein echtes Mutterherz und bewährte solches, als ihr Sohn nach Berlin reiste, um dort zu studieren.

Beim Abschied, erzählte mir Grabbe, drückte sie ihm ein Paket in die Hand, worin, weich umwickelt mit Baumwolle, sich ein halbes Dutzend silberne Löffel nebst sechs dito kleinen Kaffeelöffeln und ein großer dito Potagelöffel befand, ein stolzer Hausschatz, dessen die Frauen aus dem Volke sich nie ohne Herzbluten entäußern, da sie gleichsam eine silberne Dekoration sind, wodurch sie sich von dem gewöhnlichen zinnernen Pöbel zu unterscheiden glauben. Als ich Grabbe kennenlernte, hatte er bereits den Potagelöffel, den Goliath, wie er ihn nannte, aufgezehrt. Befragte ich ihn manchmal, wie es ihm gehe, antwortete er mit bewölkter Stirn lakonisch: »Ich bin an meinem dritten Löffel«, oder: »Ich bin an meinem vierten Löffel.« – »Die großen gehen dahin«, seufzte er einst, »und es wird sehr schmale Bissen geben, wenn die kleinen, die Kaffeelöffelchen, an die Reihe kommen, und wenn diese dahin sind, gibt's gar keine Bissen mehr.«

Leider hatte er recht, und je weniger er zu essen hatte, desto mehr legte er sich aufs Trinken und ward ein Trunkenbold. Anfangs Elend und später häuslicher Gram trieben den Unglücklichen, im Rausche Erheiterung oder Vergessenheit zu suchen, und zuletzt mochte er wohl zur Flasche gegriffen haben, wie andere zur Pistole, um dem Jammertum ein Ende zu machen. »Glauben Sie mir«, sagte mir einst ein naiver westfälischer Landsmann Grabbes, »der konnte viel vertragen und wäre nicht gestorben, weil er trank, sondern er trank, weil er sterben wollte; er starb durch Selbsttrunk.«

Obige Ehrenrettung einer Mutter ist gewiss nie am unrechten Platz; ich versäumte bis jetzt, sie zur Sprache zu bringen, da ich sie in einer Charakteristik Grabbes aufzeichnen wollte, diese kam nie zustande, und auch in meinem Buch »De l'Allemagne« konnte ich Grabbes nur flüchtig erwähnen.

Obige Notiz ist mehr an den deutschen als an den französischen Leser gerichtet, und für letzteren will ich hier nur bemerken, dass besagter Dietrich Grabbe einer der größten deutschen Dichter war und von allen unseren dramatischen Dichtern wohl als derjenige genannt werden darf, der die meiste Verwandtschaft mit Shakespeare hat. Er mag weniger Saiten auf seiner Leier haben als andere, die dadurch ihn vielleicht überragen, aber die Saiten, die er besitzt, haben einen Klang, der nur bei dem großen Briten gefunden wird. Er hat dieselben Plötzlichkeiten, dieselben Naturlaute, womit uns Shakespeare erschreckt, erschüttert, entzückt.

Aber alle seine Vorzüge sind verdunkelt durch eine Geschmacklosigkeit, einen Zynismus und eine Ausgelassenheit, die das Tollste und Abscheulichste überbieten, das je ein Gehirn zutage gefördert. Es ist aber nicht Krankheit, etwa Fieber oder Blödsinn, was dergleichen hervorbrachte, sondern eine geistige Intoxikation des Genies. Wie Plato den Diogenes sehr treffend einen wahnsinnigen Sokrates nannte, so könnte man unseren Grabbe leider mit doppeltem Recht einen betrunkenen Shakespeare nennen.

In seinen gedruckten Dramen sind jene Monstrositäten sehr gemildert, sie befanden sich aber grauenhaft grell in dem Manuskript seines »Gothland«, einer Tragödie, die er einst, als er mir noch ganz unbekannt war, überreichte oder vielmehr vor die Füße schmiss mit den Worten: »Ich wollte wissen, was an mir sei, und da habe ich dieses Manuskript dem Professor Gubitz gebracht, der darüber den Kopf geschüttelt und, um meiner loszuwerden, mich an Sie verwies, der ebenso tolle Grillen im Kopfe trüge wie ich und mich daher weit besser verstünde – hier ist nun der Bulk!«

Nach diesen Worten, ohne Antwort zu erwarten, troddelte der närrische Kauz wieder fort, und da ich eben zu Frau von Varnhagen ging, nahm ich das Manuskript mit, um ihr die Primeur eines Dichters zu verschaffen; denn ich hatte an den wenigen Stellen, die ich las, schon gemerkt, dass hier ein Dichter war.

Wir erkennen das poetische Wild schon am Geruch. Aber der Geruch war diesmal zu stark für weibliche Nerven, und spät, schon gegen Mitternacht, ließ mich Frau von Varnhagen rufen und beschwor mich um Gottes willen, das entsetzliche Manuskript wieder zurückzunehmen, da sie nicht schlafen könne, solange sich dasselbe noch im Hause befände. Einen solchen Eindruck machten Grabbes Produktionen in ihrer ursprünglichen Gestalt.

Obige Abschweifung mag ihr Gegenstand selbst rechtfertigen.

Die Ehrenrettung meiner Mutter ist überall an ihrem Platz, und der fühlende Leser wird die oben mitgeteilten Äußerungen Grabbes über die arme verunglimpfte Frau, die ihn zur Welt gebracht, nicht aber als eine müßige Abschweifung betrachten.

Jetzt aber, nachdem ich mich einer Pflicht der Pietät gegen einen unglücklichen Dichter entledigt habe, will ich wieder zu meiner eigenen Mutter und ihrer Sippschaft zurückkehren, in weiterer Besprechung des Einflusses, der von dieser Seite auf meine geistige Bildung ausgeübt wurde.

Nach meiner Mutter beschäftigte sich mit letzterer ganz besonders ihr Bruder, mein Oheim Simon de Geldern. Er ist tot seit zwanzig Jahren. Er war ein Sonderling von unscheinbarem, ja sogar närrischem Äußeren. Eine kleine, behäbige Figur, mit einem blässlichen, strengen Gesicht, dessen Nase zwar griechisch gradlinig, aber gewiss um ein Drittel länger war, als die Griechen ihre Nasen zu tragen pflegten.

In seiner Jugend, sagte man, sei diese Nase von gewöhnlicher Größe gewesen, und nur durch die üble Gewohnheit, dass er sich beständig daran zupfte, soll sie sich so übergebührlich in die Länge gezogen haben. Fragten wir Kinder den Ohm, ob das wahr sei, so verwies er uns solche respektwidrige Rede mit großem Eifer und zupfte sich dann wieder an der Nase.

Er ging ganz altfränkisch gekleidet, trug kurze Beinkleider, weißseidene Strümpfe, Schnallenschuhe und nach der alten Mode einen ziemlich langen Zopf, der, wenn das kleine Männchen durch die Straßen trippelte, von einer Schulter zur andern flog, allerlei Kapriolen schnitt und sich über seinen eigenen Herrn hinter seinem Rücken zu mokieren schien.

Oft, wenn der gute Onkel in Gedanken vertieft saß oder die Zeitung las, überschlich mich das frevle Gelüst, heimlich sein Zöpfchen zu ergreifen und daran zu ziehen, als wäre es eine Hausklingel, worüber ebenfalls der Ohm sich sehr erboste, indem er jammernd die Hände rang über die junge Brut, die vor nichts mehr Respekt hat, weder durch menschliche noch durch göttliche Autorität mehr in Schranken zu halten und sich endlich an dem Heiligsten vergreifen werde. – War aber das Äußere des Mannes nicht geeignet, Respekt einzuflößen, so war sein Inneres, sein Herz desto respektabler, und es war das bravste und edelmütigste Herz, das ich hier auf Erden kennenlernte. Es war eine Ehrenhaftigkeit in dem Mann, die an den Rigorismus der Ehre in altspanischen Dramen erinnerte, und auch in der Treue glich er den Helden derselben. Er hatte nie Gelegenheit, der »Arzt seiner Ehre« zu werden, doch ein »Standhafter Prinz« war er in ebenso ritterlicher Größe, obgleich er nicht in vierfüßigen Trochäen deklamierte, gar nicht nach Todespalmen lechzte und statt des glänzenden Rittermantels ein unscheinbares Röckchen mit Bachstelzenschwanz trug.

Er war durchaus kein sinnenfeindlicher Asket, er liebte Kirmesfeste, die Weinstube des Gastwirts Rasia, wo er besonders gern Krammetsvögel aß mit Wacholderbeeren – aber alle Krammetsvögel dieser Welt und alle ihre Lebensgenüsse opferte er mit stolzer Entschiedenheit, wenn es die Idee galt, die er für wahr und gut erkannt. Und er tat dieses mit solcher Anspruchslosigkeit, ja Verschämtheit, dass niemand merkte, wie eigentlich ein heimlicher Märtyrer in dieser spaßhaften Hülle steckte.

Nach weltlichen Begriffen war sein Leben ein verfehltes. Simon de Geldern hatte im Kollegium der Jesuiten seine sogenannten humanistischen Studien, Humaniora, gemacht, doch als der Tod seiner Eltern ihm die völlig freie Wahl einer Lebenslaufbahn ließ, wählte er gar keine, verzichtete auf jedes sogenannte Brotstudium der ausländischen Universitäten und blieb lieber daheim zu Düsseldorf in der »Arche Noah«, wie das kleine Haus hieß, welches ihm sein Vater hinterließ und über dessen Türe das Bild der Arche Noah recht hübsch ausgemeißelt und bunt koloriert zu schauen war.

Von rastlosem Fleiße, überließ er sich hier allen seinen gelehrten Liebhabereien und Schnurrpfeifereien, seiner Bibliomanie und besonders seiner Wut des Schriftstellerns, die er besonders in politischen Tagesblättern und obskuren Zeitschriften ausließ.

Nebenbei gesagt, kostete ihm nicht bloß das Schreiben, sondern auch das Denken die größte Anstrengung.

Entstand diese Schreibwut vielleicht durch den Drang, gemeinnützig zu wirken? Er nahm teil an allen Tagesfragen, und das Lesen von Zeitungen und Broschüren trieb er bis zur Manie. Die Nachbarn nannten ihn den Doktor, aber nicht eigentlich wegen seiner Gelehrtheit, sondern weil sein Vater und sein Bruder Doktoren der Medizin gewesen. Und die alten Weiber ließen es sich nicht ausreden, dass der Sohn des alten Doktors, der sie so oft kuriert, nicht auch die Heilmittel seines Vaters geerbt haben müsse, und wenn sie erkrankten, kamen sie zu ihm gelaufen mit ihren Urinflaschen, mit Weinen und Bitten, dass er dieselben doch besehen möchte, ihnen zu sagen, was ihnen fehle. Wenn der arme Oheim solcherweise in seinen Studien gestört wurde, konnte er in Zorn geraten und die alten Trullen mit ihren Urinflaschen zum Teufel wünschen und davonjagen.

Dieser Oheim war es nun, der auf meine geistige Bildung großen Einfluss geübt und dem ich in solcher Beziehung unendlich viel zu verdanken habe. Wie sehr auch unsere Ansichten verschieden und so kümmerlich auch seine literarischen Bestrebungen waren, so regten sie doch vielleicht in mir die Lust zu schriftlichen Versuchen.

Der Ohm schrieb einen alten steifen Kanzleistil, wie er in den Jesuitenschulen, wo Latein die Hauptsache, gelehrt wird, und konnte sich nicht leicht befreunden mit meiner Ausdrucksweise, die ihm zu leicht, zu spielend, zu irreverenziös [ohne Ehrerbietung] vorkam. Aber sein Eifer, womit er mir die Hilfsmittel des geistigen Fortschritts zuwies, war für mich von größtem Nutzen.

Er beschenkte schon den Knaben mit den schönsten, kostbarsten Werken; er stellte zu meiner Verfügung seine eigene Bibliothek, die an klassischen Büchern und wichtigen Tagesbroschüren so reich war, und er erlaubte mir sogar, auf dem Söller der »Arche Noah« in den Kisten herumzukramen, worin sich die alten Bücher und Skripturen des seligen Großvaters befanden.

Welche geheimnisvolle Wonne jauchzte im Herzen des Knaben, wenn er auf jenem Söller, der eigentlich eine große Dachstube war, ganze Tage verbringen konnte. Es war nicht eben ein schöner Aufenthalt, und die einzige Bewohnerin desselben, eine dicke Angorakatze, hielt nicht sonderlich auf Sauberkeit, und nur selten fegte sie mit ihrem Schweif ein bisschen den Staub und das Spinnweb fort von dem alten Gerümpel, das dort aufgestapelt lag.

Aber mein Herz war so blühend jung, und die Sonne schien so heiter durch die kleine Lukarne [Dachluke], dass mir alles von einem phantastischen Licht übergossen schien und die alte Katze selbst mir wie eine verwünschte Prinzessin vorkam, die wohl plötzlich, aus ihrer tierischen Gestalt wieder befreit, sich in der vorigen Schöne und Herrlichkeit zeigen dürfte, während die Dachkammer sich in einen prachtvollen Palast verwandeln würde, wie es in allen Zaubergeschichten zu geschehen pflegt.

Doch die alte gute Märchenzeit ist verschwunden, die Katzen bleiben Katzen, und die Dachstube der »Arche Noah« blieb eine staubige Rumpelkammer, ein Hospital für inkurablen Hausrat, eine Salpêtrière für alte Möbel, die den äußersten Grad der Dekrepitüde [Heruntergekommen-, Verlebtheit] erlangt und die man doch nicht vor die Tür schmeißen darf, aus sentimentaler Anhänglichkeit und Berücksichtigung der frommen Erinnerung, die sich damit verknüpften.

Da stand eine morsch zerbrochene Wiege, worin einst meine Mutter gewiegt worden; jetzt lag darin die Staatsperücke meines Großvaters, die ganz vermodert war und vor Alter kindisch geworden zu sein schien.

Der verrostete Galanteriedegen des Großvaters und eine Feuerzange, die nur einen Arm hatte, und anderes invalides Eisengeschirr hing an der Wand. Daneben auf einem wackligen Brett stand der ausgestopfte Papagei der seligen Großmutter, der jetzt ganz entfiedert und nicht mehr grün, sondern aschgrau war und mit dem einzigen Glasauge, das ihm geblieben, sehr unheimlich aussah.

Hier stand auch ein großer, grüner Mops aus Porzellan, welcher inwendig hohl war; ein Stück des Hinterteils war abgebrochen, und die Katze schien für dieses chinesische oder japanische Kunstbild einen großen Respekt zu hegen; sie machte vor demselben allerlei devote Katzenbuckel und hielt es vielleicht für ein göttliches Wesen; die Katzen sind so abergläubisch.

In einem Winkel lag eine alte Flöte, welche einst meiner Mutter gehört; sie spielte darauf, als sie noch ein junges Mädchen war, und ebenjene Dachkammer wählte sie zu ihrem Konzertsaal, damit der alte Herr, ihr Vater, nicht von der Musik in seiner Arbeit gestört oder auch ob dem sentimentalen Zeitverlust, dessen sich seine Tochter schuldig machte, unwirsch würde. Die Katze hatte jetzt diese Flöte zu ihrem liebsten Spielzeug erwählt, indem sie an dem verblichenen Rosaband, das an der Flöte befestigt war, dieselbe hin und her auf dem Boden rollte.

Zu den Antiquitäten der Dachkammer gehörten auch Weltkugeln, die wunderlichsten Planetenbilder und Kolben und Retorten, erinnernd an astrologische und alchimistische Studien.

In den Kisten, unter den Büchern des Großvaters, befanden sich auch viele Schriften, die auf solche Geheimwissenschaften Bezug hatten. Die meisten Bücher waren freilich medizinische Scharteken. An philosophischen war kein Mangel, doch neben dem erzvernünftigen Cartesius befanden sich auch Phantasten wie Paracelsus, van Helmont und gar Agrippa von Nettesheim, dessen »Philosophia occulta« ich hier zum ersten Mal zu Gesicht bekam. Schon den Knaben amüsierte die Dedikationsepistel an den Abt Trithem, dessen Antwortschreiben beigedruckt, wo dieser compère [Filou, alter Fuchs, Kumpan] dem andern Scharlatan seine bombastischen Komplimente mit Zinsen zurückerstattete.

Der beste und kostbarste Fund jedoch, den ich in den bestäubten Kisten machte, war ein Notizbuch von der Hand eines Bruders meines Großvaters, den man den Chevalier oder den Morgenländer nannte und von welchem die alten Muhmen immer so viel zu singen und zu sagen wussten.

Dieser Großoheim, welcher ebenfalls Simon de Geldern hieß, muss ein sonderbarer Heiliger gewesen sein. Den Zunamen der »Morgenländer« empfing er, weil er große Reisen im Orient gemacht und sich bei seiner Rückkehr immer in orientalische Tracht kleidete.

Am längsten scheint er in den Küstenstädten Nordafrikas, namentlich in den marokkanischen Staaten, verweilt zu haben, wo er von einem Portugiesen das Handwerk eines Waffenschmieds erlernte und dasselbe mit Glück betrieb.

Er wallfahrte nach Jerusalem, wo er in der Verzückung des Gebets, auf dem Berge Moria, ein Gesicht hatte. Was sah er? Er offenbarte es nie.

Ein unabhängiger Beduinenstamm, der sich nicht zum Islam, sondern zu einer Art Mosaismus bekannte und in einer der unbekannten Oasen der nordafrikanischen Sandwüste gleichsam sein Absteigequartier hatte, wählte ihn zu seinem Anführer oder Scheik. Dieses kriegerische Völkchen lebte in Fehde mit allen Nachbarstämmen und war der Schrecken der Karawanen. Europäisch zu reden: mein seliger Großoheim, der fromme Visionär vom heiligen Berg Moria, ward Räuberhauptmann. In dieser schönen Gegend erwarb er auch jene Kenntnisse von Pferdezucht und jene Reiterkünste, womit er nach seiner Heimkehr ins Abendland so viele Bewunderung erregte.

An den verschiedenen Höfen, wo er sich lange aufhielt, glänzte er auch durch seine persönliche Schönheit und Stattlichkeit sowie auch durch die Pracht der orientalischen Kleidung, welche besonders auf die Frauen ihren Zauber übte. Er imponierte wohl noch am meisten durch sein vorgebliches Geheimwissen, und niemand wagte es, den allmächtigen Nekromanten bei seinen hohen Gönnern herabzusetzen. Der Geist der Intrige fürchtete die Geister der Kabbala.

Nur sein eigener Übermut konnte ihn ins Verderben stürzen, und sonderbar geheimnisvoll schüttelten die alten Muhmen ihre greisen Köpflein, wenn sie etwas von dem galanten Verhältnis munkelten, worin der »Morgenländer« mit einer sehr erlauchten Dame stand und dessen Entdeckung ihn nötigte, aufs Schleunigste den Hof und das Land zu verlassen. Nur durch die Flucht mit Hinterlassung aller seiner Habseligkeiten konnte er dem sicheren Tode entgehen, und eben seiner erprobten Reiterkunst verdankte er seine Rettung.

Nach diesem Abenteuer scheint er in England einen sicheren, aber kümmerlichen Zufluchtsort gefunden zu haben. Ich schließe solches aus einer zu London gedruckten Broschüre des Großoheims, welche ich einst, als ich in der Düsseldorfer Bibliothek bis zu den höchsten Bücherbrettern kletterte, zufällig entdeckte. Es war ein Oratorium in französischen Versen, betitelt »Moses auf dem Horeb«, hatte vielleicht Bezug auf die erwähnte Vision, die Vorrede war aber in englischer Sprache geschrieben und von London datiert; die Verse, wie alle französischen Verse, gereimtes lauwarmes Wasser, aber in der englischen Prosa der Vorrede verriet sich der Unmut eines stolzen Mannes, der sich in einer dürftigen Lage befindet.

Aus dem Notizenbuch des Großoheims konnte ich nicht viel Sicheres ermitteln; es war, vielleicht aus Vorsicht, meistens mit arabischen, syrischen und koptischen Buchstaben geschrieben, worin, sonderbar genug, französische Zitate vorkamen, z. B. sehr oft der Vers:

Où l'innocence périt c'est un crime de vivre.

Mich frappierten auch manche Äußerungen, die ebenfalls in französischer Sprache geschrieben; letztere scheint das gewöhnliche Idiom des Schreibenden gewesen zu sein.

Eine rätselhafte Erscheinung, schwer zu begreifen, war dieser Großoheim. Er führte eine jener wunderlichen Existenzen, die nur im Anfang und in der Mitte des achtzehnten Jahrhunderts möglich gewesen; er war halb Schwärmer, der für kosmopolitische, weltbeglückende Utopien Propaganda machte, halb Glücksritter, der im Gefühl seiner individuellen Kraft die morschen Schranken einer morschen Gesellschaft durchbricht oder überspringt. Jedenfalls war er ganz ein Mensch.

Sein Scharlatanismus, den wir nicht in Abrede stellen, war nicht von gemeiner Sorte. Er war kein gewöhnlicher Scharlatan, der den Bauern auf den Märkten die Zähne ausreißt, sondern er drang mutig in die Paläste der Großen, denen er den stärksten Backzahn ausriss, wie weiland Ritter Hüon von Bordeaux dem Sultan von Babylon tat. Klappern gehört zum Handwerk, sagt das Sprüchwort, und das Leben ist ein Handwerk wie jedes andre.

Und welcher bedeutende Mensch ist nicht ein bisschen Scharlatan? Die Scharlatane der Bescheidenheit sind die schlimmsten mit ihrem demütig tuenden Dünkel! Wer gar auf die Menge wirken will, bedarf einer scharlatanischen Zutat.

Der Zweck heiligt die Mittel. Hat doch der liebe Gott selbst, als er auf dem Berg Sinai sein Gesetz promulgierte, nicht verschmäht, bei dieser Gelegenheit tüchtig zu blitzen und zu donnern, obgleich das Gesetz so vortrefflich, so göttlich gut war, dass es füglich aller Zutat von leuchtendem Kolophonium und donnernden Paukenschlägen entbehren konnte. Aber der Herr kannte sein Publikum, das mit seinen Ochsen und Schafen und aufgesperrten Mäulern unten am Berge stand und welchem gewiss ein physikalisches Kunststück mehr Bewunderung einflößen konnte als alle Mirakel des ewigen Gedankens.

Wie dem auch sei, dieser Großohm hat die Einbildungskraft des Knaben außerordentlich beschäftigt. Alles, was man von ihm erzählte, machte einen unauslöschlichen Eindruck auf mein junges Gemüt, und ich versenkte mich so tief in seine Irrfahrten und Schicksale, dass mich manchmal am hellen, lichten Tag ein unheimliches Gefühl ergriff und es mir vorkam, als sei ich selbst mein seliger Großoheim und als lebte ich nur eine Fortsetzung des Lebens jenes längst Verstorbenen!

In der Nacht spiegelte sich dasselbe retrospektiv zurück in meine Träume. Mein Leben glich damals einem großen Journal, wo die obere Abteilung die Gegenwart, den Tag mit seinen Tagesberichten und Tagesdebatten, enthielt, während in der unteren Abteilung die poetische Vergangenheit in fortlaufenden Nachtträumen wie eine Reihenfolge von Romanfeuilletons sich phantastisch kundgab.

In diesen Träumen identifizierte ich mich gänzlich mit meinem Großohm, und mit Grauen fühlte ich zugleich, dass ich ein anderer war und einer anderen Zeit angehörte. Da gab es Örtlichkeiten, die ich nie vorher gesehen, da gab es Verhältnisse, wovon ich früher keine Ahnung hatte, und doch wandelte ich dort mit sicherem Fuß und sicherem Verhalten.

Da begegneten mir Menschen in brennend bunten, sonderbaren Trachten und mit abenteuerlich wüsten Physiognomien, denen ich dennoch wie alten Bekannten die Hände drückte; ihre wildfremde, nie gehörte Sprache verstand ich, zu meiner Verwunderung antwortete ich ihnen sogar in derselben Sprache, während ich mit einer Heftigkeit gestikulierte, die mir nie eigen war, und während ich sogar Dinge sagte, die mit meiner gewöhnlichen Denkweise widerwärtig kontrastierten.

Dieser wunderliche Zustand dauerte wohl ein Jahr, und obgleich ich wieder ganz zur Einheit des Selbstbewusstseins kam, blieben doch geheime Spuren in meiner Seele. Manche Idiosynkrasie, manche fatale Sympathien und Antipathien, die gar nicht zu meinem Naturell passen, ja sogar manche Handlungen, die im Widerspruch mit meiner Denkweise sind, erkläre ich mir als Nachwirkungen aus jener Traumzeit, wo ich mein eigener Großoheim war.

Wenn ich Fehler begehe, deren Entstehung mir unbegreiflich erscheint, schiebe ich sie gern auf Rechnung meines morgenländischen Doppelgängers. Als ich einst meinem Vater eine solche Hypothese mitteilte, um ein kleines Versehen zu beschönigen, bemerkte er schalkhaft: er hoffe, dass mein Großoheim keine Wechsel unterschrieben habe, die mir einst zur Bezahlung präsentiert werden könnten.

Es sind mir keine solche orientalischen Wechsel vorgezeigt worden, und ich habe genug Nöte mit meinen eigenen okzidentalischen Wechseln gehabt.

Aber es gibt gewiss noch schlimmere Schulden als Geldschulden, welche uns die Vorfahren zur Tilgung hinterlassen. Jede Generation ist eine Fortsetzung der andern und ist verantwortlich für ihre Taten. Die Schrift sagt: die Väter haben Herlinge (unreife Trauben) gegessen, und die Enkel haben davon schmerzhaft taube Zähne bekommen.

Es herrscht eine Solidarität der Generationen, die aufeinanderfolgen, ja die Völker, die hintereinander in die Arena treten, übernehmen eine solche Solidarität, und die ganze Menschheit liquidiert am Ende die große Hinterlassenschaft der Vergangenheit. Im Tale Josaphat wird das große Schuldbuch vernichtet werden oder vielleicht vorher noch durch einen Universalbankrott.

Der Gesetzgeber der Juden hat diese Solidarität tief erkannt und besonders in seinem Erbrecht sanktioniert; für ihn gab es vielleicht keine individuelle Fortdauer nach dem Tode, und er glaubte nur an die Unsterblichkeit der Familie; alle Güter waren Familieneigentum, und niemand konnte sie so vollständig alienieren, dass sie nicht zu einer gewissen Zeit an die Familienglieder zurückfielen.

Einen schroffen Gegensatz zu jener menschenfreundlichen Idee des mosaischen Gesetzes bildet das römische, welches ebenfalls im Erbrecht den Egoismus des römischen Charakters bekundet.

Ich will hierüber keine Untersuchungen eröffnen, und meine persönlichen Bekenntnisse verfolgend, will ich vielmehr die Gelegenheit benutzen, die sich mir hier bietet, wieder durch ein Beispiel zu zeigen, wie die harmlosesten Tatsachen zuweilen zu den böswilligsten Insinuationen [Unterstellungen, Verdächtigungen] von meinen Feinden benutzt worden. Letztere wollen nämlich die Entdeckung gemacht haben, dass ich bei biographischen Mitteilungen sehr viel von meiner mütterlichen Familie, aber gar nichts von meinen väterlichen Sippen und Magen [altgermanisch: Seitenverwandter, Verwandte im Allgemeinen] spräche, und sie bezeichneten solches als ein absichtliches Hervorheben und Verschweigen und beschuldigten mich derselben eitlen Hintergedanken, die man auch meinem seligen Kollegen Wolfgang Goethe vorwarf.

Es ist freilich wahr, dass in dessen Memoiren sehr oft von dem Großvater von väterlicher Seite, welcher als gestrenger Herr Schultheiß auf dem Römer zu Frankfurt präsidierte, mit besonderem Behagen die Rede ist [siehe z. B. Johann Wolfgang von Goethes Prosa. Ausgewählte Werke IV: Dichtung und Wahrheit, Belagerung von Mainz; OrSyTa 42019; S. 13, 17, 20, 28 f., 43, 46, 51, 57, 133], während der Großvater von mütterlicher Seite, der als ehrsames Flickschneiderlein auf der Bockenheimer Gasse auf dem Werktische hockte und die alten Hosen der Republik ausbesserte, mit keinem Worte erwähnt wird.

Ich habe Goethen in Betreff dieses Ignorierens nicht zu vertreten, doch was mich selbst betrifft, möchte ich jene böswilligen und oft ausgebeuteten Interpretationen und Insinuationen dahin berichtigen, dass es nicht meine Schuld ist, wenn in meinen Schriften von einem väterlichen Großvater nie gesprochen ward. Die Ursache ist ganz einfach: ich habe nie viel von ihm zu sagen gewusst. Mein seliger Vater war als ganz fremder Mann in meine Geburtsstadt Düsseldorf gekommen und besaß hier keine Anverwandten, keine jener alten Muhmen und Basen, welche die weiblichen Barden sind, die der jungen Brut tagtäglich die alten Familienlegenden mit epischer Monotonie vorsingen, während sie die bei den schottischen Barden obligate Dudelsackbegleitung durch das Schnarren ihrer Nasen ersetzen. Nur über die großen Kämpen des mütterlichen Clans konnte von dieser Seite mein junges Gemüt frühe Eindrücke empfangen, und ich horchte mit Andacht, wenn die alte Bräunle oder Brunhildis erzählte. Mein Vater selbst war sehr einsilbiger Natur, sprach nicht gern, und einst als kleines Bübchen, zur Zeit, wo ich die Werkeltage in der öden Franziskaner-Klosterschule, jedoch die Sonntage zu Hause zubrachte, nahm ich hier eine Gelegenheit wahr, meinen Vater zu befragen, wer mein Großvater gewesen sei. Auf diese Frage antwortete er halb lachend, halb unwirsch: »Dein Großvater war ein kleiner Jude und hatte einen großen Bart.«

Den andern Tag, als ich in den Schulsaal trat, wo ich bereits meine kleinen Kameraden versammelt fand, beeilte ich mich sogleich, ihnen die wichtige Neuigkeit zu erzählen: dass mein Großvater ein kleiner Jude war, welcher einen langen Bart hatte.

Kaum hatte ich diese Mitteilung gemacht, als sie von Mund zu Mund flog, in allen Tonarten wiederholt ward, mit Begleitung von nachgeäfften Tierstimmen. Die Kleinen sprangen über Tische und Bänke, rissen von den Wänden die Rechentafeln, welche auf den Boden purzelten nebst den Tintenfässern, und dabei wurde gelacht, gemeckert, gegrunzt, gebellt, gekräht – ein Höllenspektakel, dessen Refrain immer der Großvater war, der ein kleiner Jude gewesen und einen großen Bart hatte.

Der Lehrer, welchem die Klasse gehörte, vernahm den Lärm und trat mit zornglühendem Gesicht in den Saal und fragte gleich nach dem Urheber dieses Unfugs. Wie immer in solchen Fällen geschieht: ein jeder suchte kleinlaut sich zu diskulpieren, und am Ende der Untersuchung ergab es sich, dass ich Ärmster überwiesen ward, durch meine Mitteilung über meinen Großvater den ganzen Lärm veranlasst zu haben, und ich büßte meine Schuld durch eine bedeutende Anzahl Prügel.

Es waren die ersten Prügel, die ich auf dieser Erde empfing, und ich machte bei dieser Gelegenheit schon die philosophische Betrachtung, dass der liebe Gott, der die Prügel erschaffen, in seiner gütigen Weisheit auch dafür sorgte, dass derjenige, welcher sie erteilt, am Ende müde wird, indem sonst am Ende die Prügel unerträglich würden.

Der Stock, womit ich geprügelt ward, war ein Rohr von gelber Farbe, doch die Streifen, welche dasselbe auf meinem Rücken ließ, waren dunkelblau. Ich habe sie nicht vergessen.

Auch den Namen des Lehrers, der mich so unbarmherzig schlug, vergaß ich nicht: es war der Pater Dickerscheit; er wurde bald von der Schule entfernt, aus Gründen, die ich ebenfalls nicht vergessen, aber nicht mitteilen will.

Der Liberalismus hat den Priesterstand oft genug mit Unrecht verunglimpft, und man könnte ihm wohl jetzt einige Schonung angedeihen lassen, wenn ein unwürdiges Mitglied Verbrechen begeht, die am Ende doch nur der menschlichen Natur oder vielmehr Unnatur beizumessen sind.

Wie der Name des Mannes, der mir die ersten Prügel erteilte, blieb mir auch der Anlass im Gedächtnis, nämlich meine unglückliche genealogische Mitteilung, und die Nachwirkung jener frühen Jugendeindrücke ist so groß, dass jedes Mal, wenn von kleinen Juden mit großen Bärten die Rede war, mir eine unheimliche Erinnerung gruselnd über den Rücken lief. »Gesottene Katze scheut den kochenden Kessel«, sagt das Sprichwort, und jeder wird leicht begreifen, dass ich seitdem keine große Neigung empfand, nähere Auskunft über jenen bedenklichen Großvater und seinen Stammbaum zu erhalten oder gar dem großen Publikum, wie einst dem kleinen, dahinbezügliche Mitteilungen zu machen.

Meine Großmutter väterlicherseits, von welcher ich ebenfalls nur wenig zu sagen weiß, will ich jedoch nicht unerwähnt lassen. Sie war eine außerordentlich schöne Frau und einzige Tochter eines Bankiers zu Hamburg, der wegen seines Reichtums weit und breit berühmt war. Diese Umstände lassen mich vermuten, dass der kleine Jude, der die schöne Person aus dem Haus ihrer hochbegüterten Eltern nach seinem Wohnort Hannover heimführte, noch außer seinem großen Barte sehr rühmliche Eigenschaften besessen und sehr respektabel gewe sen sein muss. – Er starb früh, eine junge Witwe mit sechs Kindern, sämtlich Knaben im zartesten Alter, zurücklassend. Sie kehrte nach Hamburg zurück und starb dort ebenfalls nicht sehr betagt.

Im Schlafzimmer meines Oheims Salomon Heine zu Hamburg sah ich einst das Porträt der Großmutter. Der Maler, welcher in Rembrandtscher Manier nach Licht- und Schatteneffekten haschte, hatte dem Bild eine schwarze klösterliche Kopfbedeckung, eine fast ebenso strenge, dunkle Robe und den pechdunkelsten Hintergrund erteilt, so dass das vollwangichte, mit einem Doppelkinn versehene Gesicht wie ein Vollmond aus nächtlichem Gewölk hervorschimmerte.

Ihre Züge trugen noch die Spuren großer Schönheit, sie waren zugleich milde und ernsthaft, und besonders die Morbidezza der Hautfarbe gab dem ganzen Gesicht einen Ausdruck von Vornehmheit eigentümlicher Art; hätte der Maler der Dame ein großes Kreuz von Diamanten vor die Brust gemalt, so hätte man sicher geglaubt, das Porträt irgendeiner gefürsteten Äbtissin eines protestantischen adligen Stiftes zu sehen.

Von den Kindern meiner Großmutter haben, soviel ich weiß, nur zwei ihre außerordentliche Schönheit geerbt, nämlich mein Vater und mein Oheim Salomon Heine, der verstorbene Chef des hamburgischen Bankierhauses dieses Namens.

Die Schönheit meines Vaters hatte etwas Überweiches, Charakterloses, fast Weibliches. Sein Bruder besaß vielmehr eine männliche Schönheit, und er war überhaupt ein Mann, dessen Charakterstärke sich auch in seinen edelgemessenen, regelmäßigen Zügen imposant, ja manchmal sogar verblüffend offenbarte.

Seine Kinder waren alle ohne Ausnahme zur entzückendsten Schönheit emporgeblüht, doch der Tod raffte sie dahin in ihrer Blüte, und von diesem schönen Menschenblumenstrauß leben jetzt nur zwei, der jetzige Chef des Bankierhauses und seine Schwester, eine seltene Erscheinung mit – – –

Ich hatte alle diese Kinder so lieb, und ich liebte auch ihre Mutter, die ebenfalls so schön war und früh dahinschied, und alle haben mich viele Tränen gekostet. Ich habe wahrhaftig in diesem Augenblicke nötig, meine Schellenkappe zu schütteln, um die weinerlichen Gedanken zu überklingeln.

Ich habe oben gesagt, dass die Schönheit meines Vaters etwas Weibliches hatte. Ich will hiermit keineswegs einen Mangel an Männlichkeit andeuten: letztere hat er zumal in seiner Jugend oft erprobt, und ich selbst bin am Ende ein lebendes Zeugnis derselben. Es sollte das keine unziemliche Äußerung sein; im Sinne hatte ich nur die Formen seiner körperlichen Erscheinung, die nicht straff und drall, sondern vielmehr weich und zärtlich gerundet waren. Den Konturen seiner Züge fehlte das Markante, und sie verschwammen ins Unbestimmte. In seinen späteren Jahren ward er fett, aber auch in seiner Jugend scheint er nicht eben mager gewesen zu sein.

In dieser Vermutung bestätigt mich ein Porträt, welches seitdem in einer Feuersbrunst bei meiner Mutter verlorenging und meinen Vater als einen jungen Menschen von etwa achtzehn oder neunzehn Jahren, in roter Uniform, das Haupt gepudert und versehen mit einem Haarbeutel, darstellt. – Dieses Porträt war günstigerweise mit Pastellfarbe gemalt. Ich sage günstigerweise, da letztere weit besser als die Ölfarbe mit dem hinzukommenden Glanzleinenfirnisse jenen Blütenstaub wiedergeben kann, den wir auf den Gesichtern der Leute, welche Puder tragen, bemerken, und die Unbestimmtheit der Züge vorteilhaft verschleiert. Indem der Maler auf besagtem Porträt mit den kreideweiß gepuderten Haaren und der ebenso weißen Halsbinde das rosige Gesicht enkadrierte [umrahmte, einfasste], verlieh er demselben durch den Kontrast ein stärkeres Kolorit, und es tritt kräftiger hervor. – Auch die scharlachrote Farbe des Rocks, die auf Ölgemälden so schauderhaft uns angrinst, macht hier im Gegenteil einen guten Effekt, indem dadurch die Rosenfarbe des Gesichtes angenehm gemildert wird. – Der Typus von Schönheit, der sich in den Zügen desselben aussprach, erinnerte weder an die strenge keusche Idealität der griechischen Kunstwerke noch an den spiritualistisch schwärmerischen, aber mit heidnischer Gesundheit geschwängerten Stil der Renaissance; nein, besagtes Porträt trug vielmehr ganz den Charakter einer Zeit, die eben keinen Charakter besaß, die minder die Schönheit als das Hübsche, das Niedliche, das Kokett-Zierliche liebte; einer Zeit, die es in der Fadheit bis zur Poesie brachte, jener süßen, geschnörkelten Zeit des Rokoko, die man auch die Haarbeutelzeit nannte und die wirklich als Wahrzeichen, nicht an der Stirn, sondern am Hinterkopf, einen Haarbeutel trug. Wäre das Bild meines Vaters auf besagtem Porträt etwas mehr Miniatur gewesen, so hätte man glauben können, der vortreffliche Watteau habe es gemalt, um, mit phantastischen Arabesken von bunten Edelsteinen und Goldflittern umrahmt, auf einem Fächer der Frau von Pompadour zu paradieren.

Bemerkenswert ist vielleicht der Umstand, dass mein Vater auch in seinen späteren Jahren der altfränkischen Mode des Puders treu blieb und bis an sein seliges Ende sich alle Tage pudern ließ, obgleich er das schönste Haar, das man sich denken kann, besaß. Es war blond, fast golden, und von einer Weichheit, wie ich sie nur bei chinesischer Flockseide gefunden.

Den Haarbeutel hätte er gewiss ebenfalls gern beibehalten, jedoch der fortschreitende Zeitgeist war unerbittlich. In dieser Bedrängnis fand mein Vater ein beschwichtigendes Auskunftsmittel. Er opferte nur die Form, das schwarze Säckchen, den Beutel; die langen Haarlocken jedoch selbst trug er seitdem wie ein breitgeflochtenes Chignon mit kleinen Kämmchen auf dem Haupt befestigt. Diese Haarflechte war bei der Weichheit der Haare und wegen des Puders fast gar nicht bemerkbar, und so war mein Vater doch im Grunde kein Abtrünniger des alten Haarbeuteltums, und er hatte nur wie so mancher Kryptoorthodoxe dem grausamen Zeitgeist sich äußerlich gefügt.

Die rote Uniform, worin mein Vater auf dem erwähnten Porträt abkonterfeit ist, deutet auf hannoversche Dienstverhältnisse. Im Gefolge des Prinzen Ernst von Cumberland befand sich mein Vater zu Anfang der französischen Revolution und machte den Feldzug in Flandern und Brabant mit in der Eigenschaft eines Proviantmeisters oder Kommissarius oder, wie die Franzosen nennen, eines officier de bouche; die Preußen nennen es einen »Mehlwurm«.

Das eigentliche Amt des blutjungen Menschen war aber das eines Günstlings des Prinzen, eines Brummells [Beau Brummell, englischer Lebemann, Stilikone, Dandy] au petit pied und ohne gesteifte Krawatte, und er teilte auch am Ende das Schicksal solcher Spielzeuge der Fürstengunst. Mein Vater blieb zwar zeitlebens fest überzeugt, dass der Prinz, welcher später König von Hannover ward, ihn nie vergessen habe, doch wusste er sich nie zu erklären, warum der Prinz niemals nach ihm schickte, niemals sich nach ihm erkundigen ließ, da er doch nicht wissen konnte, ob sein ehemaliger Günstling nicht in Verhältnissen lebte, wo er etwa seiner bedürftig sein möchte.

Aus jener Feldzugsperiode stammen manche bedenkliche Liebhabereien meines Vaters, die ihm meine Mutter nur allmählich abgewöhnen konnte. Zum Beispiel er ließ sich gern zu hohem Spiel verleiten, protegierte die dramatische Kunst oder vielmehr ihre Priesterinnen, und gar Pferde und Hunde waren seine Passion. Bei seiner Ankunft in Düsseldorf, wo er sich aus Liebe für meine Mutter als Kaufmann etablierte, hatte er zwölf der schönsten Gäule mitgebracht. Er entäußerte sich aber derselben auf ausdrücklichen Wunsch seiner jungen Gattin, die ihm vorstellte, dass dieses vierfüßige Kapital zu viel Hafer fresse und gar nichts eintrage.

Schwerer ward es meiner Mutter, auch den Stallmeister zu entfernen, einen vierschrötigen Flegel, der beständig mit irgendeinem aufgegabelten Lump im Stalle lag und Karten spielte. Er ging endlich von selbst in Begleitung einer goldenen Repetieruhr meines Vaters und einiger anderer Kleinodien von Wert.

Nachdem meine Mutter den Taugenichts los war, gab sie auch den Jagdhunden meines Vaters ihre Entlassung, mit Ausnahme eines einzigen, welcher Joly hieß, aber erzhässlich war. Er fand Gnade in ihren Augen, weil er eben gar nichts von einem Jagdhund an sich hatte und ein bürgerlich treuer und tugendhafter Haushund werden konnte. Er bewohnte im leeren Stall die alte Kalesche meines Vaters, und wenn dieser hier mit ihm zusammentraf, warfen sie sich wechselseitig bedeutende Blicke zu. »Ja, Joly«, seufzte dann mein Vater, und Joly wedelte wehmütig mit dem Schwanz.

Ich glaube, der Hund war ein Heuchler, und einst in übler Laune, als sein Liebling über einen Fußtritt allzu jämmerlich wimmerte, gestand mein Vater, dass die Kanaille sich verstelle. Am Ende ward Joly sehr räudig, und da er eine wandelnde Kaserne von Flöhen geworden, musste er ersäuft werden, was mein Vater ohne Einspruch geschehen ließ. – Die Menschen sakrifizieren ihre vierfüßigen Günstlinge mit derselben Indifferenz wie die Fürsten die zweifüßigen.

Aus der Feldlagerperiode meines Vaters stammte auch wohl seine grenzenlose Vorliebe für den Soldatenstand oder vielmehr für das Soldatenspiel, die Lust an jenem lustigen, müßigen Leben, wo Goldflitter und Scharlachlappen die innere Leere verhüllen und die berauschte Eitelkeit sich als Mut gebärden kann.

In seiner junkerlichen Umgebung gab es weder militärischen Ernst noch wahre Ruhmsucht; von Heroismus konnte gar nicht die Rede sein. Als die Hauptsache erschien ihm die Wachtparade, das klirrende Wehrgehenke, die straffanliegende Uniform, so kleidsam für schöne Männer.

Wie glücklich war daher mein Vater, als zu Düsseldorf die Bürgergarden errichtet wurden und er als Offizier derselben die schöne dunkelblaue, mit himmelblauen Sammetaufschlägen versehene Uniform tragen und an der Spitze seiner Kolonnen an unserem Hause vorbeidefilieren konnte. Vor meiner Mutter, welche errötend am Fenster stand, salutierte er dann mit allerliebster Courtoisie; der Federbusch auf seinem dreieckigen Hute flatterte da so stolz, und im Sonnenlicht blitzten freudig die Epauletten.

Noch glücklicher war mein Vater in jener Zeit, wenn die Reihe an ihn kam, als kommandierender Offizier die Hauptwache zu beziehen und für die Sicherheit der Stadt zu sorgen. An solchen Tagen floss auf der Hauptwache eitel Rüdesheimer und Aßmannshäuser von den trefflichsten Jahrgängen, alles auf Rechnung des kommandierenden Offiziers, dessen Freigebigkeit seine Bürgergardisten, seine Krethi und Plethi, nicht genug zu rühmen wussten.

Auch genoss mein Vater unter ihnen eine Popularität, die gewiss ebenso groß war wie die Begeisterung, womit die alte Garde den Kaiser Napoleon umjubelte. Dieser freilich verstand seine Leute in anderer Weise zu berauschen. Den Garden meines Vaters fehlte es nicht an einer gewissen Tapferkeit, zumal wo es galt, eine Batterie von Weinflaschen, deren Schlünde vom größten Kaliber, zu erstürmen. Aber ihr Heldenmut war doch von einer andern Sorte als die, welche wir bei der alten Kaisergarde fanden. Letztere starb und übergab sich nicht, während die Gardisten meines Vaters immer am Leben blieben und sich oft übergaben.

Was die Sicherheit der Stadt Düsseldorf betrifft, so mag es sehr bedenklich damit ausgesehen haben in den Nächten, wo mein Vater auf der Hauptwache kommandierte. Er trug zwar Sorge, Patrouillen auszuschicken, die singend und klirrend in verschiedenen Richtungen die Stadt durchstreiften. Es geschah einst, dass zwei solcher Patrouillen sich begegneten und in der Dunkelheit die einen die anderen als Trunkenbolde und Ruhestörer arretieren wollten. Zum Glück sind meine Landsleute ein harmlos fröhliches Völkchen, sie sind im Rausch gutmütig, »ils ont le vin bon«, und es geschah kein Malheur; sie übergaben sich wechselseitig.

Eine grenzenlose Lebenslust war ein Hauptzug im Charakter meines Vaters, er war genusssüchtig, frohsinnig, rosenlaunig. In seinem Gemüt war beständig Kirmes, und wenn auch manchmal die Tanzmusik nicht sehr rauschend, so wurden doch immer die Violinen gestimmt. Immer himmelblaue Heiterkeit und Fanfaren des Leichtsinns. Eine Sorglosigkeit, die des vorigen Tages vergaß und nie an den kommenden Morgen denken wollte.

Dieses Naturell stand im wunderlichsten Widerspruch mit der Gravität, die über sein strengruhiges Antlitz verbreitet war und sich in der Haltung und jeder Bewegung des Körpers kundgab. Wer ihn nicht kannte und zum ersten Male diese ernsthafte, gepuderte Gestalt und diese wichtige Miene sah, hätte gewiss glauben können, einen von den Sieben Weisen Griechenlands zu erblicken. Aber bei näherer Bekanntschaft merkte man wohl, dass er weder ein Thales noch ein Lampsakus [Anaximenes von Lampsakos] war, der über kosmogonische Probleme nachgrüble. Jene Gravität war zwar nicht erborgt, aber sie erinnerte doch an jene antiken Basreliefs, wo ein heiteres Kind sich eine große tragische Maske vor das Antlitz hält.

Er war wirklich ein großes Kind mit einer kindlichen Naivität, die bei platten Verstandesvirtuosen sehr leicht für Einfalt gelten konnte, aber manchmal durch irgendeinen tiefsinnigen Ausspruch das bedeutendste Anschauungsvermögen (Intuition) verriet.

Er witterte mit seinen geistigen Fühlhörnern, was die Klugen erst langsam durch die Reflexion begriffen. Er dachte weniger mit dem Kopfe als mit dem Herzen und hatte das liebenswürdigste Herz, das man sich denken kann. Das Lächeln, das manchmal um seine Lippen spielte und mit der obenerwähnten Gravität gar drollig anmutig kontrastierte, war der süße Widerschein seiner Seelengüte.

Auch seine Stimme, obgleich männlich, klangvoll, hatte etwas Kindliches, ich möchte fast sagen etwas, das an Waldtöne, etwa an Rotkehlchenlaute, erinnerte; wenn er sprach, so drang seine Stimme so direkt zu Herzen, als habe sie gar nicht nötig gehabt, den Weg durch die Ohren zu nehmen. – Er redete den Dialekt Hannovers, wo, wie auch in der südlichen Nachbarschaft dieser Stadt, das Deutsche am besten ausgesprochen wird. Das war ein großer Vorteil für mich, dass solchermaßen schon in der Kindheit durch meinen Vater mein Ohr an eine gute Aussprache des Deutschen gewöhnt wurde, während in unserer Stadt selbst jenes fatale Kauderwelsch des Niederrheins gesprochen wird, das zu Düsseldorf noch einigermaßen erträglich, aber in dem nachbarlichen Köln wahrhaft ekelhaft wird. Köln ist die Toskana einer klassisch schlechten Aussprache des Deutschen, und Kobes klüngelt mit Marizzebill in einer Mundart, die wie faule Eier klingt, fast riecht.

In der Sprache der Düsseldorfer merkt man schon einen Übergang in das Froschgequäke der holländischen Sümpfe. Ich will der holländischen Sprache beileibe nicht ihre eigentümlichen Schönheiten absprechen, nur gestehe ich, dass ich kein Ohr dafür habe. Es mag sogar wahr sein, dass unsere eigene deutsche Sprache, wie patriotische Linguisten in den Niederlanden behauptet haben, nur ein verdorbenes Holländisch sei. Es ist möglich.

Dieses erinnert mich an die Behauptung eines kosmopolitischen Zoologen, welcher den Affen für den Ahnherrn des Menschengeschlechts erklärt; die Menschen sind nach seiner Meinung nur ausgebildete, ja überbildete Affen. Wenn die Affen sprechen könnten, sie würden wahrscheinlich behaupten, dass die Menschen nur ausgeartete Affen seien, dass die Menschheit ein verdorbenes Affentum, wie nach der Meinung der Holländer die deutsche Sprache ein verdorbenes Holländisch ist.

Ich sage: wenn die Affen sprechen könnten, obgleich ich von solchem Unvermögen des Sprechens nicht überzeugt bin. Die Neger am Senegal versichern steif und fest, die Affen seien Menschen ganz wie wir, jedoch klüger, indem sie sich des Sprechens enthalten, um nicht als Menschen anerkannt und zum Arbeiten gezwungen zu werden; ihre skurrilen Affenspäße seien lauter Pfiffigkeit, wodurch sie bei den Machthabern der Erde für untauglich erscheinen möchten, wie wir andre ausgebeutet zu werden. – Solche Entäußerung aller Eitelkeit würde mir von diesen Menschen, die ein stummes Inkognito beibehalten und sich vielleicht über unsere Einfalt lustig machen, eine sehr hohe Idee einflößen. Sie bleiben frei in ihren Wäldern, dem Naturzustand nie entsagend. Sie könnten wahrlich mit Recht behaupten, dass der Mensch ein ausgearteter Affe sei.

Vielleicht haben unsere Vorfahren im achtzehnten Jahrhundert dergleichen schon geahnt, und indem sie instinktmäßig fühlten, wie unsere glatte Überzivilisation nur eine gefirnisste Fäulnis ist und wie es nötig sei, zur Natur zurückzukehren, suchten sie sich unserem Urtypus, dem natürlichen Affentum, wieder zu nähern. Sie taten das Mögliche, und als ihnen endlich, um ganz Affe zu sein, nur noch der Schwanz fehlte, ersetzten sie diesen Mangel durch den Zopf. So ist die Zopfmode ein bedeutsames Symptom eines ernsten Bedürfnisses und nicht ein Spiel der Frivolität – – doch ich suche vergebens durch das Schellen meiner Kappe die Wehmut zu überklingeln, die mich jedes Mal ergreift, wenn ich an meinen verstorbenen Vater denke.

Er war von allen Menschen derjenige, den ich am meisten auf dieser Erde geliebt. Er ist jetzt tot seit länger als fünfundzwanzig Jahren. Ich dachte nie daran, dass ich ihn einst verlieren würde, und selbst jetzt kann ich es kaum glauben, dass ich ihn wirklich verloren habe. Es ist so schwer, sich von dem Tod der Menschen zu überzeugen, die wir so innig liebten. Aber sie sind auch nicht tot, sie leben fort in uns und wohnen in unserer Seele.

Es verging seitdem keine Nacht, wo ich nicht an meinen seligen Vater denken musste, und wenn ich des Morgens erwache, glaube ich oft noch den Klang seiner Stimme zu hören wie das Echo eines Traumes. Alsdann ist mir zu Sinn, als müsst ich mich geschwind ankleiden und zu meinem Vater hinabeilen in die große Stube, wie ich als Knabe tat.

Mein Vater pflegte immer sehr früh aufzustehen und sich an seine Geschäfte zu begeben, im Winter wie im Sommer, und ich fand ihn gewöhnlich schon am Schreibtisch, wo er, ohne aufzublicken, mir die Hand hinreichte zum Kusse. Eine schöne, feingeschnittene, vornehme Hand, die er immer mit Mandelklei wusch. Ich sehe sie noch vor mir, ich sehe noch jedes blaue Äderchen, das diese blendendweiße Marmorhand durchrieselte. Mir ist, als steige der Mandelduft prickelnd in meine Nase, und das Auge wird feucht.

Zuweilen blieb es nicht beim bloßen Handkuss, und mein Vater nahm mich zwischen seine Knie und küsste mich auf die Stirn. Eines Morgens umarmte er mich mit ganz besonderer Zärtlichkeit und sagte: »Ich habe diese Nacht etwas Schönes von dir geträumt und bin sehr zufrieden mit dir, mein lieber Harry.« Während er diese naiven Worte sprach, zog ein Lächeln um seine Lippen, welches zu sagen schien: mag der Harry sich noch so unartig in der Wirklichkeit aufführen, ich werde dennoch, um ihn ungetrübt zu lieben, immer etwas Schönes von ihm träumen.

Harry ist bei den Engländern der familiäre Name derjenigen, welche Henri heißen, und er entspricht ganz meinem deutschen Taufnamen »Heinrich«. Die familiären Benennungen des letztern sind in dem Dialekt meiner Heimat äußerst missklingend, ja fast skurril, z. B. Heinz, Heinzchen, Hinz. Heinzchen werden oft auch die kleinen Hauskobolde genannt, und der gestiefelte Kater im Puppenspiel und überhaupt der Kater in der Volksfabel heißt »Hinze«.

Aber nicht um solcher Misslichkeit abzuhelfen, sondern um einen seiner besten Freunde in England zu ehren, ward von meinem Vater mein Name anglisiert. Mr. Harry war meines Vaters Geschäftsführer (Korrespondent) in Liverpool; er kannte dort die besten Fabriken, wo Velveteen fabriziert wurde, ein Handelsartikel, der meinem Vater sehr am Herzen lag, mehr aus Ambition als aus Eigennutz, denn obgleich er behauptete, dass er viel Geld an jenem Artikel verdiene, so blieb solches doch sehr problematisch, und mein Vater hätte vielleicht noch Geld zugesetzt, wenn es darauf ankam, den Velveteen in besserer Qualität und in größerer Quantität abzusetzen als seine Kompetitoren. Wie denn überhaupt mein Vater eigentlich keinen berechnenden Kaufmannsgeist hatte, obgleich er immer rechnete, und der Handel für ihn vielmehr ein Spiel war, wie die Kinder Soldaten oder Kochen spielen. – Seine Tätigkeit war eigentlich nur eine unaufhörliche Geschäftigkeit. Der Velveteen war ganz besonders seine Puppe, und er war glücklich, wenn die großen Frachtkarren abgeladen wurden und schon beim Abpacken alle Handelsjuden der benachbarten Gegend die Hausflur füllten; denn die letzteren waren seine besten Kunden, und bei ihnen fand sein Velveteen nicht bloß den größten Absatz, sondern auch ehrenhafte Anerkennung.

Da du, teurer Leser, vielleicht nicht weißt, was »Velveteen« ist, so erlaube ich mir, dir zu erklären, dass dieses ein englisches Wort ist, welches »samtartig« bedeutet, und man benennt damit eine Art Samt von Baumwolle, woraus sehr schöne Hosen, Westen, sogar Kamisole [eng anliegende Jacke, Wams, Trachtenjacke, Unterjacke, Mieder] verfertigt werden. Es trägt dieser Kleidungsstoff auch den Namen »Manchester« nach der gleichnamigen Fabrikstadt, wo derselbe zuerst fabriziert wurde.

Weil nun der Freund meines Vaters, der sich auf den Einkauf des Velveteens am besten verstand, den Namen Harry führte, erhielt auch ich diesen Namen, und Harry ward ich genannt in der Familie und bei Hausfreunden und Nachbarn.

Ich höre mich noch jetzt sehr gern bei diesem Namen nennen, obgleich ich demselben auch viel Verdruss, vielleicht den empfindlichsten Verdruss meiner Kindheit verdankte. Erst jetzt, wo ich nicht mehr unter den Lebenden lebe und folglich alle gesellschaftliche Eitelkeit in meiner Seele erlischt, kann ich ohne Befangenheit davon sprechen.

Hier in Frankreich ist mir gleich nach meiner Ankunft in Paris mein deutscher Name »Heinrich« in »Henri« übersetzt worden, und ich musste mich darin schicken und auch endlich hierzulande selbst so nennen, da das Wort Heinrich dem französischen Ohr nicht zusagte und überhaupt die Franzosen sich alle Dinge in der Welt recht bequem machen. Auch den Namen »Henri Heine« haben sie nie recht aussprechen können, und bei den meisten heiße ich M. Enri Enn; von vielen wird dieses in ein Enrienne zusammengezogen, und einige nannten mich M. Un rien [„M. Ein Nichts"].

Das schadet mir in mancherlei literarischer Beziehung, gewährt aber auch wieder einigen Vorteil. Zum Beispiel unter meinen edlen Landsleuten, welche nach Paris kommen, sind manche, die mich hier gern verlästern möchten, aber da sie immer meinen Namen deutsch aussprechen, so kommt es den Franzosen nicht in den Sinn, dass der Bösewicht und Unschuldbrunnenvergifter, über den so schrecklich geschimpft ward, kein anderer als ihr Freund Monsieur Enrienne sei, und jene edlen Seelen haben vergebens ihrem Tugendeifer die Zügel schießen lassen; die Franzosen wissen nicht, dass von mir die Rede ist, und die transrhenanische Tugend hat vergebens alle Bolzen der Verleumdung abgeschossen.

Es hat aber, wie gesagt, etwas Missliches, wenn man unseren Namen schlecht ausspricht. Es gibt Menschen, die in solchen Fällen eine große Empfindlichkeit an den Tag legen. Ich machte mir mal den Spaß, den alten Cherubini zu befragen, ob es wahr sei, dass der Kaiser Napoleon seinen Namen immer wie Scherubini und nicht wie Kerubini ausgesprochen, obgleich der Kaiser des Italienischen genugsam kundig war, um zu wissen, wo das italienische ch wie ein que oder k ausgesprochen wird. Bei dieser Anfrage expektorierte sich der alte Maestro mit höchst komischer Wut.

Ich habe dergleichen nie empfunden.

Heinrich, Harry, Henri – alle diese Namen klingen gut, wenn sie von schönen Lippen gleiten. Am besten freilich klingt Signor Enrico. So hieß ich in jenen hellblauen, mit großen silbernen Sternen gestickten Sommernächten jenes edlen und unglücklichen Landes, das die Heimat der Schönheit ist und Raffael Sanzio von Urbino, Joachimo Rossini und die Principessa Christina Belgiojoso hervorgebracht hat. – Da mein körperlicher Zustand mir alle Hoffnung raubt, jemals wieder in der Gesellschaft zu leben, und letztere wirklich nicht mehr für mich existiert, so habe ich auch die Fessel jener persönlichen Eitelkeit abgestreift, die jeden behaftet, der unter den Menschen, in der sogenannten Welt, sich herumtreiben muss.

Ich kann daher jetzt mit unbefangenem Sinn von dem Missgeschick sprechen, das mit meinem Namen »Harry« verbunden war und mir die schönsten Frühlingsjahre des Lebens vergällte und vergiftete.

Es hatte damit folgende Bewandtnis. In meiner Vaterstadt wohnte ein Mann, welcher »der Dreckmichel« hieß, weil er jeden Morgen mit einem Karren, woran ein Esel gespannt war, die Straßen der Stadt durchzog und vor jedem Haus stillhielt, um den Kehricht, welchen die Mädchen in zierlichen Haufen zusammengekehrt, aufzuladen und aus der Stadt zu dem Mistfelde zu transportieren. Der Mann sah aus wie sein Gewerbe, und der Esel, welcher seinerseits wie sein Herr aussah, hielt still vor den Häusern oder setzte sich in Trab, je nachdem die Modulation war, womit der Michel ihm das Wort »Haarüh!« zurief.

War solches sein wirklicher Name oder nur ein Stichwort? Ich weiß nicht, doch soviel ist gewiss, dass ich durch die Ähnlichkeit jenes Wortes mit meinem Namen Harry außerordentlich viel Leid von Schulkameraden und Nachbarskindern auszustehen hatte. Um mich zu ärgern, sprachen sie ihn ganz so aus, wie der Dreckmichel seinen Esel rief, und ward ich darob erbost, so nahmen die Schälke manchmal eine ganz unschuldige Miene an und verlangten, um jede Verwechslung zu vermeiden, ich sollte sie lehren, wie mein Name und der des Esels ausgesprochen werden müssten, stellten sich aber dabei sehr ungelehrig, meinten, der Michel pflege die erste Silbe immer sehr langsam anzuziehen, während er die zweite Silbe immer sehr schnell abschnappen lasse; zu anderen Zeiten geschähe das Gegenteil, wodurch der Ruf wieder ganz meinem eigenen Namen gleichlaute, und indem die Buben in der unsinnigsten Weise alle Begriffe und mich mit dem Esel und wieder diesen mit mir verwechselten, gab es tolle coq-à-l'âne [Gedankensprung], über die jeder andere lachen, aber ich selbst weinen musste. – Als ich mich bei meiner Mutter beklagte, meinte sie, ich solle nur suchen, viel zu lernen und gescheit zu werden, und man werde mich dann nie mit einem Esel verwechseln.

Aber meine Homonymität mit dem schäbigen Langohr blieb mein Alp. Die großen Buben gingen vorbei und grüßten: »Haarüh!«, die kleineren riefen mir denselben Gruß, aber in einiger Entfernung. In der Schule ward dasselbe Thema mit raffinierter Grausamkeit ausgebeutet; wenn nur irgend von einem Esel die Rede war, schielte man nach mir, der ich immer errötete, und es ist unglaublich, wie Schulknaben überall Anzüglichkeiten hervorzuheben oder zu erfinden wissen.

Zum Beispiel der eine frug den andern: »Wie unterscheidet sich das Zebra von dem Esel des Barlaam, Sohn Boers?« Die Antwort lautete: »Der eine spricht zebräisch und der andere sprach hebräisch.« – Dann kam die Frage: »Wie unterscheidet sich aber der Esel des Dreckmichels von seinem Namensvetter?«, und die impertinente Antwort war: »Den Unterschied wissen wir nicht.« Ich wollte dann zuschlagen, aber man beschwichtigte mich, und mein Freund Dietrich, der außerordentlich schöne Heiligenbildchen zu verfertigen wusste und auch später ein berühmter Maler wurde, suchte mich einst bei einer solchen Gelegenheit zu trösten, indem er mir ein Bild versprach. Er malte für mich einen heiligen Michael – aber der Bösewicht hatte mich schändlich verhöhnt. Der Erzengel hatte die Züge des Dreckmichels, sein Ross sah ganz aus wie dessen Esel, und statt einen Drachen durchstach die Lanze das Aas einer toten Katze.

Sogar der blondlockichte, sanfte, mädchenhafte Franz, den ich so sehr liebte, verriet mich einst: er schloss mich in seine Arme, lehnte seine Wange zärtlich an die meinige, blieb lange sentimental an meiner Brust und – rief mir plötzlich ins Ohr ein lachendes »Haarüh!« – das schnöde Wort im Davonlaufen beständig modulierend, dass es weithin durch die Kreuzgänge des Klosters widerhallte.

Noch roher behandelten mich einige Nachbarskinder, Gassenbuben jener niedrigsten Klasse, welche wir in Düsseldorf »Haluten« nannten, ein Wort, welches Etymologienjäger gewiss von den Heloten der Spartaner ableiten würden.

Ein solcher Halut war der kleine Jupp, welches Joseph heißt und den ich auch mit seinem Vatersnamen Flader benennen will, damit er beileibe nicht mit dem Jupp Rörsch verwechselt werde, welcher ein ganz artiges Nachbarskind war und, wie ich zufällig erfahren, jetzt als Postbeamter in Bonn lebt. Der Jupp Flader trug immer einen langen Fischerstecken, womit er nach mir schlug, wenn er mir begegnete. Er pflegte mir auch gern Rossäpfel an den Kopf zu werfen, die er brühwarm, wie sie aus dem Backofen der Natur kamen, von der Straße aufraffte. Aber nie unterließ er dann auch, das fatale »Haarüh!« zu rufen, und zwar in allen Modulationen.

Der böse Bub war der Enkel der alten Frau Flader, welche zu den Klientinnen meines Vaters gehörte. So böse der Bub war, so gutmütig war die arme Großmutter, ein Bild der Armut und des Elends, aber nicht abstoßend, sondern nur herzzerreißend. Sie war wohl über achtzig Jahre alt, eine große Schlottergestalt, ein weißes Ledergesicht mit blassen Kummeraugen, eine weiche, röchelnde, wimmernde Stimme, und bettelnd ganz ohne Phrase, was immer furchtbar klingt.

Mein Vater gab ihr immer einen Stuhl, wenn sie kam, ihr Monatsgeld abzuholen an den Tagen, wo er als Armenpfleger seine Sitzungen hielt.

Von diesen Sitzungen meines Vaters als Armenpfleger blieben mir nur diejenigen im Gedächtnis, welche im Winter stattfanden, in der Frühe des Morgens, wenn's noch dunkel war. Mein Vater saß dann an einem großen Tisch, der mit Geldtüten jeder Größe bedeckt war; statt der silbernen Leuchter mit Wachskerzen, deren sich mein Vater gewöhnlich bediente und womit er, dessen Herz so viel Takt besaß, vor der Armut nicht prunken wollte, standen jetzt auf dem Tische zwei kupferne Leuchter mit Talglichtern, die mit der roten Flamme des dicken, schwarzgebrannten Dochtes gar traurig die anwesende Gesellschaft beleuchteten.

Das waren arme Leute jedes Alters, die bis in den Vorsaal Queue machten. Einer nach dem andern kam, seine Tüte in Empfang zu nehmen, und mancher erhielt zwei; die große Tüte enthielt das Privatmosen meines Vaters, die kleine das Geld der Armenkasse.

Ich saß auf einem hohen Stuhl neben meinem Vater und reichte ihm die Tüten. Mein Vater wollte nämlich, ich sollte lernen, wie man gibt, und in diesem Fache konnte man bei meinem Vater etwas Tüchtiges lernen.

Viele Menschen haben das Herz auf dem rechten Fleck, aber sie verstehen nicht zu geben, und es dauert lange, ehe der Wille des Herzens den Weg bis zur Tasche macht; zwischen dem guten Vorsatz und der Vollstreckung vergeht langsam die Zeit wie bei einer Postschnecke. Zwischen dem Herzen meines Vaters und seiner Tasche war gleichsam schon eine Eisenbahn eingerichtet. Dass er durch die Aktionen solcher Eisenbahn nicht reich wurde, versteht sich von selbst. Bei der Nord- oder Lyonbahn ist mehr verdient worden.

Die meisten Klienten meines Vaters waren Frauen, und zwar alte, und auch in späteren Zeiten, selbst damals, als seine Umstände sehr unglänzend zu sein begannen, hatte er eine solche Klientel von bejahrten Weibspersonen, denen er kleine Pensionen verabreichte. Sie standen überall auf der Lauer, wo sein Weg ihn vorüberführen musste, und er hatte solchermaßen eine geheime Leibwache von alten Weibern wie einst der selige Robespierre.

Unter dieser altergrauen Garde war manche Vettel, die durchaus nicht aus Dürftigkeit ihm nachlief, sondern aus wahrem Wohlgefallen an seiner Person, an seiner freundlichen und immer liebreichen Erscheinung.

Er war ja die Artigkeit in Person, nicht bloß den jungen, sondern auch den älteren Frauen gegenüber, und die alten Weiber, die so grausam sich zeigen, wenn sie verletzt werden, sind die dankbarste Nation, wenn man ihnen einige Aufmerksamkeit und Zuvorkommenheit erwiesen, und wer in Schmeicheleien bezahlt sein will, der findet in ihnen Personen, die nicht knickern, während die jungen schnippischen Dinger uns für alle unsere Zuvorkommenheiten kaum eines Kopfnickens würdigen.

Da nun für schöne Männer, deren Spezialität darin besteht, dass sie schöne Männer sind, die Schmeichelei ein großes Bedürfnis ist und es ihnen dabei gleichgültig ist, ob der Weihrauch aus einem rosigen oder welken Munde kommt, wenn er nur stark und reichlich hervorquillt, so begreift man, wie mein teurer Vater, ohne eben darauf spekuliert zu haben, dennoch in seinem Verkehr mit den alten Damen ein gutes Geschäft machte.

Es ist unbegreiflich, wie groß oft die Dosis Weihrauch war, mit welcher sie ihn eindampften, und wie gut er die stärkste Portion vertragen konnte. Das war sein glückliches Temperament, durchaus nicht Einfalt. Er wusste sehr wohl, dass man ihm schmeichle, aber er wusste auch, dass Schmeichelei wie Zucker immer süß ist, und er war wie das Kind, welches zu der Mutter sagt: »Schmeichle mir ein bisschen, sogar ein bisschen zu viel.«

Das Verhältnis meines Vaters zu den besagten Frauen hatte aber noch außerdem einen ernsteren Grund. Er war nämlich ihr Ratgeber, und es ist merkwürdig, dass dieser Mann, der sich selber so schlecht zu raten wusste, dennoch die Lebensklugheit selbst war, wenn es galt, anderen in misslichen Vorfallenheiten einen guten Rat zu erteilen. Er durchschaute dann gleich die Position, und wenn die betrübte Klientin ihm auseinandergesetzt, wie es ihr in ihrem Gewerbe immer schlimmer gehe, so tat er am Ende einen Ausspruch, den ich so oft, wenn alles schlecht ging, aus seinem Munde hörte, nämlich: »In diesem Falle muss man ein neues Fässchen anstechen.« Er wollte damit anraten, dass man nicht in einer verlorenen Sache eigensinnig ferner beharren, sondern etwas Neues beginnen, eine neue Richtung einschlagen müsse. Man muss dem alten Fass, woraus nur saurer Wein und nur sparsam tröpfelt, lieber gleich den Boden ausschlagen und »ein neues Fässchen anstechen!« Aber statt dessen legt man sich faul mit offenem Mund unter das trockene Spundloch und hofft auf süßeres und reichlicheres Rinnen.

Als die alte Hanne meinem Vater klagte, dass ihre Kundschaft abgenommen und sie nichts mehr zu brocken und, was für sie noch empfindlicher, nichts mehr zu schlucken habe, gab er ihr erst einen Taler, und dann sann er nach. Die alte Hanne war früher eine der vornehmsten Hebammen, aber in späteren Jahren ergab sie sich etwas dem Trinken und besonders dem Tabakschnupfen; da in ihrer roten Nase immer Tauwetter war und der Tropfenfall die weißen Bettücher der Wöchnerinnen sehr verbräunte, so ward die Frau überall abgeschafft.

Nachdem mein Vater nun reiflich nachgedacht, sagte er endlich: »Da muss man ein neues Fässchen anstechen, und diesmal muss es ein Branntweinfässchen sein; ich rate Euch, in einer etwas vornehmen, von Matrosen besuchten Straße am Hafen einen kleinen Likörladen zu eröffnen, ein Schnapslädchen.«

Die Ex-Hebamme folgte diesem Rat, sie etablierte sich mit einer Schnapsbutike am Hafen, machte gute Geschäfte, und sie hätte gewiss ein Vermögen erworben, wenn nicht unglücklicherweise sie selbst ihre beste Kundin gewesen wäre. Sie verkaufte auch Tabak, und ich sah sie oft vor ihrem Laden stehen mit ihrer rot aufgedunsenen Schnupftabaksnase, eine lebende Reklame, die manchen gefühlvollen Seemann anlockte.

Zu den schönen Eigenschaften meines Vaters gehörte vorzüglich seine große Höflichkeit, die er, als ein wahrhaft vornehmer Mann, ebenso sehr gegen Arme wie gegen Reiche ausübte. Ich bemerkte dieses besonders in den oberwähnten Sitzungen, wo er, den armen Leuten ihre Geldtüte verabreichend, ihnen immer einige höfliche Worte sagte.

Ich konnte da etwas lernen, und in der Tat, mancher berühmte Wohltäter, der den armen Leuten immer die Tüte an den Kopf warf, dass man mit jedem Taler auch ein Loch in den

Kopf bekam, hätte hier bei meinem höflichen Vater etwas lernen können. Er befragte die meisten armen Weiber nach ihrem Befinden, und er war so gewohnt an die Redeformel »Ich habe die Ehre«, dass er sie auch anwandte, wenn er mancher Vettel, die etwa unzufrieden und patzig, die Türe zeigte.

Gegen die alte Flader war er am höflichsten, und er bot ihr immer einen Stuhl. Sie war auch wirklich so schlecht auf den Beinen und konnte mit ihrer Handkrücke kaum forthumpeln. – Als sie zum letzten Mal zu meinem Vater kam, um ihr Monatsgeld abzuholen, war sie so zusammenfallend, dass ihr Enkel, der Jupp, sie führen musste. Dieser warf mir einen sonderbaren Blick zu, als er mich an dem Tisch neben meinem Vater sitzen sah. Die Alte erhielt außer der kleinen Tüte auch noch eine ganz große Privattüte von meinem Vater, und sie ergoss sich in einen Strom von Segenswünschen und Tränen.

Es ist fürchterlich, wenn eine alte Großmutter so stark weint. Ich hätte selbst weinen können, und die alte Frau mochte es mir wohl anmerken. Sie konnte nicht genug rühmen, welch ein hübsches Kind ich sei, und sie sagte, sie wollte die Muttergottes bitten, dafür zu sorgen, dass ich niemals im Leben Hunger leiden und bei den Leuten betteln müsse.

Mein Vater ward über diese Worte etwas verdrießlich, aber die Alte meinte es ehrlich; es lag in ihrem Blick etwas so Geisterhaftes, aber zugleich Frommes und Liebreiches, und sie sagte zuletzt zu ihrem Enkel: »Geh, Jupp, und küss' dem lieben Kind die Hand.« Der Jupp schnitt eine säuerliche Grimasse, aber er gehorchte dem Befehl der Großmutter; ich fühlte auf meiner Hand seine brennenden Lippen wie den Stich einer Viper. Schwerlich konnte ich sagen warum, aber ich zog aus der Tasche alle meine Fettmännchen und gab sie dem Jupp, der mit einem roh blöden Gesicht sie Stück für Stück zählte und endlich ganz gelassen in die Tasche seiner Bux steckte.

Zur Belehrung des Lesers bemerke ich, dass »Fettmännchen« der Name einer fettigdicken Kupfermünze ist, ungefähr einen Sou wert.

Die alte Flader ist bald darauf gestorben, aber der Jupp ist gewiss noch am Leben, wenn er nicht seitdem gehenkt worden ist. – Der böse Bube blieb unverändert. Schon den andern Tag nach unserem Zusammentreffen bei meinem Vater begegnete ich ihm auf der Straße. Er ging mit seiner wohlbekannten langen Fischerrute. Er schlug mich wieder mit diesem Stecken, warf auch wieder nach mir mit einigen Rossäpfeln und schrie wieder das fatale »Haarüh!«, und zwar so laut und die Stimme des Dreckmichels so treu nachahmend, dass der Esel desselben, der sich mit dem Karren zufällig in einer Nebengasse befand, den Ruf seines Herrn zu vernehmen glaubte und ein fröhliches »I-A« erschallen ließ.

Wie gesagt, die Großmutter des Jupp ist bald darauf gestorben, und zwar in dem Ruf einer Hexe, was sie gewiss nicht war, obgleich unsere Zippel steif und fest das Gegenteil behauptete. – Zippel war der Name einer noch nicht sehr alten Person, welche eigentlich Sibylle hieß, meine erste Wärterin war und auch später im Hause blieb. Sie befand sich zufällig im Zimmer am Morgen der erwähnten Szene, wo die alte Flader mir so viele Lobsprüche erteilte und die Schönheit des Kindes bewunderte. Als die Zippel diese Worte hörte, erwachte in ihr der alte Volkswahn, dass es den Kindern schädlich sei, wenn sie solchermaßen gelobt werden, dass sie dadurch erkranken oder von einem Übel befallen werden, und um das Übel abzuwenden, womit sie mich bedroht glaubte, nahm sie ihre Zuflucht zu dem vom Volksglauben als probat empfohlenen Mittel, welches darin besteht, dass man das gelobte Kind dreimal anspucken muss. Sie kam auch gleich auf mich zugesprungen und spuckte mir hastig dreimal auf den Kopf.

Doch dieses war erst ein provisorisches Bespeien, denn die Wissenden behaupten, wenn die bedenkliche Lobspende von einer Hexe gemacht worden, so könne der böse Zauber nur durch eine Person gebrochen werden, die ebenfalls eine Hexe, und so entschloss sich die Zippel, noch denselben Tag zu einer Frau zu gehen, die ihr als Hexe bekannt war und ihr auch, wie ich später erfahren, manche Dienste durch ihre geheimnisvolle und verbotene Kunst geleistet hatte. Die Hexe bestrich mir mit ihrem Daumen, den sie mit Speichel angefeuchtet, den Scheitel des Hauptes, wo sie einige Haare abgeschnitten; auch andere Stellen bestrich sie solchermaßen, während sie allerlei Abrakadabra-Unsinn dabei murmelte, und so ward ich vielleicht schon früh zum Teufelspriester ordiniert.

Jedenfalls hat diese Frau, deren Bekanntschaft mir seitdem verblieb, mich späterhin, als ich schon erwachsen, in die geheime Kunst initiiert.

Ich bin zwar selbst kein Hexenmeister geworden, aber ich weiß, wie gehext wird, und besonders weiß ich, was keine Hexerei ist.

Jene Frau nannte man die Meisterin oder auch die Göchin, weil sie aus Goch gebürtig war, wo auch ihr verstorbener Gatte, der das verrufene Gewerbe eines Scharfrichters trieb, sein Domizil hatte und von nah und fern zu Amtsverrichtungen gerufen wurde. Man wusste, dass er seiner Witwe mancherlei Arkana hinterlassen und diese verstand es, diesen Ruf auszubeuten. – Ihre besten Kunden waren Bierwirte, denen sie die Totenfinger verkaufte, die sie noch aus der Verlassenschaft ihres Mannes zu besitzen vorgab. Das sind Finger eines gehenkten Diebes, und sie dienen dazu, das Bier im Fasse wohlschmeckend zu machen und zu vermehren. Wenn man nämlich den Finger eines Gehenkten, zumal eines unschuldig Gehenkten, an einem Bindfaden befestigt im Fasse hinabhängen lässt, so wird das Bier dadurch nicht bloß wohlschmeckender, sondern man kann aus besagtem Fasse doppelt, ja vierfach so viel zapfen wie aus einem gewöhnlichen Fass von gleicher Größe. Aufgeklärte Bierwirte pflegen ein rationaleres Mittel anzuwenden, um das Bier zu vermehren, aber es verliert dadurch an Stärke.

Auch von jungen Leuten zärtlichen Herzens hatte die Meisterin viel Zuspruch, und sie versah sie mit Liebesträncken, denen sie in ihrer scharlatanischen Latinitätswut, wo sie das Latein noch lateinischer klingen lassen wollte, den Namen eines Philtrariums erteilte; den Mann, der den Trank seiner Schönen eingab, nannte sie den Philtrarius, und die Dame hieß dann die Philtrariata. – Es geschah zuweilen, dass das Philtrarium seine Wirkung verfehlte oder gar eine entgegengesetzte hervorbrachte. So hatte z. B. ein ungeliebter Bursche, der seine spröde Schöne beschwatzt hatte, mit ihm eine Flasche Wein zu trinken, ein Philtrarium unversehens in ihr Glas gegossen, und er bemerkte auch in dem Benehmen seiner Philtrariata, sobald sie getrunken hatte, eine seltsame Veränderung, eine gewisse Benautigkeit [Beengung, Beklemmung, Befangenheit, innere Schwüle von einer innerlich unbestimmten Not], die er für den Durchbruch einer Liebesbrunst hielt, und glaubte sich dem großen Moment nahe. Aber ach! als er die Errötende jetzt gewaltsam in seine Arme schloss, drang ihm ein Duft in die Nase, der nicht zu den Parfümerien Amors gehört, er merkte, dass das Philtrarium vielmehr als ein Laxarium [Laxans, Laxativ; Abführmittel] agierte, und seine Leidenschaft ward dadurch gar widerwärtig abgekühlt.

Die Meisterin rettete den Ruf ihrer Kunst, indem sie behauptete, den unglücklichen Philtrarius missverstanden und geglaubt zu haben, er wolle von seiner Liebe geheilt sein.

Besser als ihre Liebesträncke waren die Ratschläge, womit die Meisterin ihre Philtrarien begleitete; sie riet nämlich, immer etwas Gold in der Tasche zu tragen, indem Gold sehr gesund sei und besonders dem Liebenden Glück bringe. Wer erinnert sich nicht hier an des ehrlichen Jagos Worte im »Othello«, wenn er dem verliebten Rodrigo sagt: »Take money in your pocket!«

Mit dieser großen Meisterin stand nun unsere Zippel in intimer Bekanntschaft, und wenn es jetzt nicht eben mehr Liebesträncke waren, die sie hier kaufte, so nahm sie doch die Kunst der Göchin manchmal in Anspruch, wenn es galt, an einer beglückten Nebenbuhlerin, die ihren eigenen ehemaligen Schatz heiratete, sich zu rächen, indem sie ihr Unfruchtbarkeit oder dem Ungetreuen die schnödeste Entmannung anhexen ließ. Das Unfruchtbarmachen geschah durch Nestelknüpfen. Das ist sehr leicht: man begibt sich in die Kirche, wo die Trauung der Brautleute stattfindet, und in dem Augenblick, wo der Priester über dieselben die Trauungsformel spricht, lässt man ein eisernes Schloss, welches man unter der Schürze verborgen hielt, schnell zuklappen; so wie jenes Schloss verschließt sich auch jetzt der Schoß der Neuvermählten.

Die Zeremonien, welche bei der Entmannung beobachtet werden, sind so schmutzig und haarsträubend grauenhaft, dass ich sie unmöglich mitteilen kann. Genug, der Patient wird nicht im gewöhnlichen Sinn unfähig gemacht, sondern in der wahren Bedeutung des Wortes seiner Geschlechtlichkeit beraubt, und die Hexe, welche im Besitz des Raubes bleibt, bewahrt folgendermaßen dieses Corpus delicti, dieses Ding ohne Namen, welches sie auch kurzweg »das Ding« nennt; die lateinsüchtige Göcherin nannte es immer einen Numen Pompilius, wahrscheinlich eine Reminiszenz an König Numa, den weisen Gesetzgeber, den Schüler der Nymphe Egeria, der gewiss nie geahnt, wie schändlich sein ehrlicher Namen einst missbraucht würde.

Die Hexe verfährt wie folgt. Das Ding, dessen sie sich bemächtigt, legt sie in ein leeres Vogelnest und befestigt dasselbe ganz hoch zwischen den belaubten Zweigen eines Baumes; auch die Dinger, die sie später ihren Eigentümern entwenden konnte, legt sie in dasselbe Vogelnest, doch so, dass nie mehr als ein halbes Dutzend darin zu liegen kommen. Im Anfang sind die Dinger sehr kränklich und miserabel, vielleicht durch Emotion und Heimweh, aber die frische Luft stärkt sie, und sie geben Laute von sich wie das Zirpen von Zikaden. Die Vögel, die den Baum umflattern, werden davon getäuscht und meinen, es seien noch unbefiederte Vögel, und aus Barmherzigkeit kommen sie mit Speise in ihren Schnäblein, um die mutterlosen Waisen zu füttern, was diese sich wohl gefallen lassen, sodass sie dadurch erstarken, ganz fett und gesund werden und nicht mehr leise zirpen, sondern laut zwitschern. Drob freut sich nun die Hexe, und in kühlen Sommernächten, wenn der Mond recht deutschsentimental herunterscheint, setzt sich die Hexe unter den Baum, horchend dem Gesang der Dinger, die sie dann ihre süßen Nachtigallen nennt.

Sprenger in seinem »Hexenhammer«, »Malleus maleficarum«, erwähnt auch diese Verruchtheiten der Unholdinnen in Bezug auf obige Zauberei, und ein alter Autor, den Scheible in seinem »Kloster« zitiert und dessen Name mir entfallen, erzählt, wie die Hexen oft gezwungen werden, ihre Beute den Entmannten zurückzugeben.

Die Hexe begeht den Mannheitsdiebstahl aber meistens in der Absicht, von den Entmannten durch die Restitution ein sogenanntes Kostgeld zu erpressen. Bei dieser Zurückgabe des entwendeten Gegenstands gibt es zuweilen Verwechselungen und Quiproquos, die sehr ergötzlicher Art, und ich kenne die Geschichte eines Domherrn, dem ein falscher Numa Pompilius zurückgeliefert ward, der, wie die Haushälterin des geistlichen Herrn, seine Nymphe Egeria, behauptete, eher einem Türken als einem Christenmenschen angehört haben musste.

Als einst ein solcher Entmannter auf Restitution drang, befahl ihm die Hexe, eine Leiter zu nehmen und ihr in den Garten zu folgen, dort auf den vierten Baum hinaufzusteigen und in einem Vogelnest, das er hier befestigt fände, das verlorene Gut wieder herauszusuchen. Der arme Mensch befolgte die Instruktion, hörte aber, wie die Hexe ihm lachend zurief: »Ihr habt eine zu große Meinung von Euch. Ihr irrt Euch, was Ihr da herausgezogen, gehört einem sehr großen geistlichen Herrn, und ich käme in die größte Schererei, wenn es mir abhanden käme.«

Es war aber wahrlich nicht die Hexerei, was mich zuweilen zur Göcherin trieb. Ich unterhielt die Bekanntschaft mit der Göcherin, und ich mochte wohl schon in einem Alter von sechzehn Jahren sein, als ich öfter als früher zu ihrer Wohnung ging, hingezogen von einer

Hexerei, die stärker war als alle ihre lateinisch bombastischen Philtraria. Sie hatte nämlich eine Nichte, welche ebenfalls kaum sechzehn Jahre alt war, aber, plötzlich aufgeschossen zu einer hohen, schlanken Gestalt, viel älter zu sein schien. Das plötzliche Wachstum war auch schuld, dass sie äußerst mager war. Sie hatte jene enge Taille, welche wir bei den Quarteronen [männliche Nachkommen eines Weißen und einer Terzeronin, Frau mit drei weißen und einem schwarzen Großelternteil] in Westindien bemerken, und da sie kein Korsett und kein Dutzend Unterröcke trug, so glich ihre enganliegende Kleidung dem nassen Gewand einer Statue. Keine marmorne Statue konnte freilich mit ihr an Schönheit wetteifern, da sie das Leben selbst und jede Bewegung die Rhythmen ihres Leibes, ich möchte sagen sogar die Musik ihrer Seele offenbarte. Keine von den Töchtern der Niobe hatte ein edler geschnittenes Gesicht; die Farbe desselben wie ihre Haut überhaupt war von einer etwas wechselnden Weiße. Ihre großen tiefdunklen Augen sahen aus, als hätten sie ein Rätsel aufgegeben und warteten ruhig auf die Lösung, während der Mund mit den schmalen, hochaufgeschürzten Lippen und den kreideweißen, etwas länglichen Zähnen zu sagen schien: ›Du bist zu dumm und wirst vergebens raten.‹

Ihr Haar war rot, ganz blutrot, und hing in langen Locken bis über ihre Schultern hinab, sodass sie dasselbe unter dem Kinn zusammenbinden konnte. Das gab ihr aber das Aussehen, als habe man ihr den Hals abgeschnitten und in roten Strömen quölle daraus hervor das Blut.

Die Stimme der Josepha oder des roten »Sefchen«, wie man die schöne Nichte der Göcherin nannte, war nicht besonders wohllautend, und ihr Sprachorgan war manchmal bis zur Klanglosigkeit verschleiert; doch plötzlich, wenn die Leidenschaft eintrat, brach der metallreichste Ton hervor, der mich ganz besonders durch den Umstand ergriff, dass die Stimme der Josepha mit der meinigen eine so große Ähnlichkeit hatte. – Wenn sie sprach, erschrak ich zuweilen und glaubte mich selbst sprechen zu hören, und auch ihr Gesang erinnerte mich an Träume, wo ich mich selber mit derselben Art und Weise singen hörte.

Sie wusste viele alte Volkslieder und hat vielleicht bei mir den Sinn für diese Gattung geweckt, wie sie gewiss den größten Einfluss auf den erwachenden Poeten übte, sodass meine ersten Gedichte der »Traumbilder«, die ich bald darauf schrieb, ein düstres und grausames Kolorit haben, wie das Verhältnis, das damals seine blutrünstigen Schatten in mein junges Leben und Denken warf.

Unter den Liedern, die Josepha sang, war ein Volkslied, das sie von der Zippel gelernt und welches diese auch mir in meiner Kindheit oft vorgesungen, so dass ich zwei Strophen im Gedächtnis behielt, die ich um so lieber hier mitteilen will, da ich das Gedicht in keiner der vorhandenen Volksliedersammlungen fand. Sie lauten folgendermaßen – zuerst spricht der böse Tragig:

> »Otilje lieb, Otilje mein,
> Du wirst wohl nicht die letzte sein –
> Sprich, willst du hängen am hohen Baum?
> Oder willst du schwimmen im blauen See?
> Oder willst du küssen das blanke Schwert,
> Was der liebe Gott beschert?«

Hierauf antwortet Otilje:

> »Ich will nicht hängen am hohen Baum,
> Ich will nicht schwimmen im blauen See,
> Ich will küssen das blanke Schwert,
> Was der liebe Gott beschert!«

Als das rote Sefchen einst, das Lied singend, an das Ende dieser Strophe kam und ich ihr die innere Bewegung anmerkte, ward auch ich so erschüttert, dass ich in ein plötzliches Weinen ausbrach, und wir fielen uns beide schluchzend in die Arme, sprachen kein Wort, wohl eine Stunde lang, während uns die Tränen aus den Augen rannen und wir uns wie durch einen Tränenschleier ansahen.

Ich bat Sefchen, mir jene Strophen aufzuschreiben, und sie tat es, aber sie schrieb sie nicht mit Tinte, sondern mit ihrem Blute; das rote Autograph kam mir später abhanden, doch die Strophen blieben mir unauslöschlich im Gedächtnis.

Der Mann der Göchin war der Bruder von Sefchens Vater, welcher ebenfalls Scharfrichter war, doch da derselbe früh starb, nahm die Göchin das kleine Kind zu sich. Aber als bald darauf ihr Mann starb und sie sich in Düsseldorf ansiedelte, übergab sie das Kind dem Großvater, welcher ebenfalls Scharfrichter war und im Westfälischen wohnte.

Hier, in dem »Freihaus«, wie man die Scharfrichterei zu nennen pflegt, verharrte Sefchen bis zu ihrem vierzehnten Jahre, wo der Großvater starb und die Göchin die ganz Verwaiste wieder zu sich nahm.

Durch die Unehrlichkeit ihrer Geburt führte Sefchen von ihrer Kindheit bis ins Jungfrauenalter ein vereinsamtes Leben, und gar auf dem Freihof ihres Großvaters war sie von allem gesellschaftlichen Umgang abgeschieden. Daher ihre Menschenscheu, ihr sensitives Zusammenzucken vor jeder fremden Berührung, ihr geheimnisvolles Hinträumen, verbunden mit dem störrigsten Trutz, mit der patzigsten Halsstarrigkeit und Wildheit.

Sonderbar! sogar in ihren Träumen, wie sie mir einst gestand, lebte sie nicht mit Menschen, sondern sie träumte nur von Tieren.

In der Einsamkeit der Scharfrichterei konnte sie sich nur mit den alten Büchern des Großvaters beschäftigen, welcher letztere ihr zwar Lesen und Schreiben selbst lehrte, aber doch äußerst wortkarg war.

Manchmal war er mit seinen Knechten mehrere Tage abwesend, und das Kind blieb dann allein im Freihaus, welches nahe am Hochgericht in einer waldigen Gegend sehr einsam gelegen war. Zu Hause blieben nur drei alte Weiber mit greisen Wackelköpfen, die beständig ihre Spinnräder schnurren ließen, hüstelten, sich zankten und viel Branntwein tranken.

Besonders in Winternächten, wo der Wind draußen die alten Eichen schüttelte und der große flackernde Kamin so sonderbar heulte, ward es dem armen Sefchen sehr unheimlich im einsamen Haus; denn alsdann fürchtete man auch den Besuch der Diebe, nicht der lebenden, sondern der toten, der gehenkten, die vom Galgen sich losgerissen und an die niederen Fensterscheiben des Hauses klopften und Einlass verlangten, um sich ein bisschen zu wärmen. Sie schneiden so jämmerlich verfrorene Grimassen. Man kann sie nur dadurch verscheuchen, dass man aus der Eisenkammer ein Richtschwert holt und ihnen damit droht; alsdann huschen sie wie ein Wirbelwind von dannen.

Manchmal lockt sie nicht bloß das Feuer des Herdes, sondern auch die Absicht, die ihnen vom Scharfrichter gestohlenen Finger wieder zu stehlen. Hat man die Tür nicht hinlänglich verriegelt, so treibt sie auch noch im Tode das alte Diebesgelüst, und sie stehlen die Laken aus den Schränken und Betten. Eine von den alten Frauen, die einst einen solchen Diebstahl noch zeitig bemerkte, lief dem toten Dieb nach, der im Wind das Laken flattern ließ, und einen Zipfel erfassend, entriss sie ihm den Raub, als er den Galgen erreicht hatte und sich auf das Gebälk desselben flüchten wollte.

Nur an Tagen, wo der Großvater sich zu einer großen Hinrichtung anschickte, kamen aus der Nachbarschaft die Kollegen zum Besuche, und dann wurde gesotten, gebraten, geschmaust, getrunken, wenig gesprochen und gar nicht gesungen. Man trank aus silbernen Bechern, statt dass dem unehrlichen Freimeister oder gar seinen Freiknechten in den Wirtshäusern, wo sie einkehrten, nur eine Kanne mit hölzernem Deckel gereicht wurde, während man allen anderen Gästen aus Kannen mit zinnernen Deckeln zu trinken gab. An manchen Orten wird das Glas zerbrochen, woraus der Scharfrichter getrunken; niemand spricht mit ihm, jeder vermeidet die geringste Berührung. Diese Schmach ruht auf seiner ganzen Sippschaft, weshalb auch die Scharfrichterfamilien nur untereinander heiraten.

Als Sefchen, wie sie mir erzählte, schon acht Jahre alt war, kamen an einem schönen Herbsttag eine ungewöhnliche Anzahl von Gästen aufs Gehöft des Großvaters, obgleich eben keine Hinrichtung oder sonstige peinliche Amtspflicht zu vollstrecken stand. Es waren ihrer wohl über ein Dutzend, fast alle sehr alte Männchen mit eisgrauen oder kahlen Köpfchen, die unter ihren langen roten Mänteln ihr Richtschwert und ihre sonntäglichsten, aber ganz altfränkischen Kleider trugen. Sie kamen, wie sie sagten, um zu »tagen«, und was Küche und Keller am Kostbarsten besaß, ward ihnen beim Mittagsmahl aufgetischt.

Es waren die ältesten Scharfrichter aus den entferntesten Gegenden, hatten einander lange nicht gesehen, schüttelten sich unaufhörlich die Hände, sprachen wenig und oft in einer geheimnisvollen Zeichensprache und amüsierten sich in ihrer Weise, das heißt »moult tristement«, wie Froissart von den Engländern sagte, die nach der Schlacht bei Poitiers bankettierten. – Als die Nacht hereinbrach, schickte der Hausherr seine Knechte aus dem Haus, befahl der alten Schaffnerin, aus dem Keller drei Dutzend Flaschen seines besten Rheinweins zu holen und auf den Steintisch zu stellen, der draußen vor den großen, einen Halbkreis bildenden Eichen stand; auch die Eisenleuchter für die Kienlichter befahl er dort aufzustellen, und endlich schickte er die Alte nebst den zwei anderen Vetteln mit einem Vorwand aus dem Hause. Sogar an des Hofhundes kleinem Stall, wo die Planken eine Öffnung ließen, verstopfte er dieselben mit einer Pferdedecke; der Hund ward sorgsam angekettet.

Das rote Sefchen ließ der Großvater im Haus und gab ihr den Auftrag, den großen silbernen Pokal, worauf die Meeresgötter mit ihren Delphinen und Muscheltrompeten abgebildet, rein auszuschwenken und auf den erwähnten Steintisch zu stellen – dann aber, setzte er mit Befangenheit hinzu, solle sie sich unverzüglich in ihrem Schlafkämmerlein zu Bette begeben.

Den Neptunspokal hat das rote Sefchen ganz gehorsam ausgeschwenkt und auf den Steintisch zu den Weinflaschen gestellt, aber zu Bette ging sie nicht, und von Neugier getrieben, verbarg sie sich hinter einem Gebüsch nahe bei den Eichen, wo sie zwar wenig hören, jedoch alles genau sehen konnte, was vorging.

Die fremden Männer mit dem Großvater an ihrer Spitze kamen feierlich paarweise herangeschritten und setzten sich auf hohen Holzblöcken im Halbkreis um den Steintisch, wo die Harzlichter angezündet worden und ihre ernsthaften, steinharten Gesichter gar grauenhaft beleuchteten. – Sie saßen lange schweigend oder vielmehr in sich hinein murmelnd, vielleicht betend. Dann goss der Großvater den Pokal voll Wein, den jeder nun austrank und mit wieder neu eingeschenktem Wein seinem Nachbarn zustellte; nach jedem Trunk schüttelte man sich auch biderbe [bieder; brauchbar, nützlich] die Hände.

Endlich hielt der Großvater eine Anrede, wovon das Sefchen wenig hören konnte und gar nichts verstand, die aber sehr traurige Gegenstände zu behandeln schien, da große Tränen aus des alten Mannes Augen herabtropften und auch die anderen alten Männer bitterlich zu weinen anfingen, was ein entsetzlicher Anblick war, da diese Leute sonst so hart und verwittert aussahen wie die grauen Steinfiguren vor einem Kirchenportal – und jetzt schossen Tränen aus den stieren Steinaugen, und sie schluchzten wie die Kinder.

Der Mond sah dabei so melancholisch aus seinen Nebelschleiern am sternlosen Himmel, dass der kleinen Lauscherin das Herz brechen wollte vor Mitleid. Besonders rührte sie der Kummer eines kleinen alten Mannes, der heftiger als die anderen weinte und so laut jammerte, dass sie ganz gut einige seiner Worte vernahm – er rief unaufhörlich: »O Gott! o Gott! das

Unglück dauert schon so lange, das kann eine menschliche Seele nicht länger tragen. O Gott, du bist ungerecht, ja ungerecht.« – Seine Genossen schienen ihn nur mit großer Mühe beschwichtigen zu können.

Endlich erhob sich wieder die Versammlung von ihren Sitzen, sie warfen ihre roten Mäntel ab, und, jeder sein Richtschwert unterm Arm haltend, je zwei und zwei begaben sie sich hinter einen Baum, wo schon ein eiserner Spaten bereit stand, und mit diesem Spaten schaufelte einer von ihnen in wenigen Augenblicken eine tiefe Grube. Jetzt trat Sefchens Großvater heran, welcher seinen roten Mantel nicht wie die anderen abgelegt hatte, und langte darunter ein weißes Paket hervor, welches sehr schmal, aber über eine Brabanter Elle lang sein mochte und mit einem Bettlaken umwickelt war; er legte dasselbe sorgsam in die offene Grube, die er mit großer Hast wieder zudeckte.

Das arme Sefchen konnte es in seinem Versteck nicht länger aushalten; bei dem Anblick jenes geheimnisvollen Begräbnisses sträubten sich ihre Haare, das arme Kind trieb die Seelenangst von dannen, sie eilte in ihr Schlafkämmerlein, barg sich unter die Decke und schlief ein.

Am anderen Morgen erschien dem Sefchen alles wie ein Traum, aber da sie hinter dem bekannten Baum den aufgefrischten Boden sah, merkte sie wohl, dass alles Wirklichkeit war. Sie grübelte lange darüber nach, was dort wohl vergraben sein mochte: ein Kind? ein Tier? ein Schatz? – sie sagte aber niemandem ein Sterbenswort von dem nächtlichen Begebnis, und da die Jahre vergingen, trat dasselbe in den Hintergrund ihres Gedächtnisses.

Erst fünf Jahre später, als der Großvater gestorben und die Göcherin kam, um das Mädchen nach Düsseldorf abzuholen, wagte dasselbe der Muhme ihr Herz zu öffnen. Diese aber war über die seltsame Geschichte weder erschrocken noch verwundert, sondern höchlich erfreut, und sie sagte, dass weder ein Kind noch eine Katze noch ein Schatz in der Grube verborgen läge, wohl aber das alte Richtschwert des Großvaters, womit derselbe hundert armen Sündern den Kopf abgeschlagen habe. Nun sei es aber Brauch und Sitte der Scharfrichter, dass sie ein Schwert, womit hundertmal das hochnotpeinliche Amt verrichtet worden, nicht länger behalten oder gar benutzen; denn ein solches Richtschwert sei nicht wie andere Schwerter, es habe mit der Zeit ein heimliches Bewusstsein bekommen und bedürfe am Ende der Ruhe im Grabe wie ein Mensch.

Auch werden solche Schwerter, meinen viele, durch das viele Blutvergießen zuletzt grausam, und sie lechzen manchmal nach Blut, und oft um Mitternacht könne man deutlich hören, wie sie im Schrank, wo sie aufgehenkt sind, leidenschaftlich rasseln und rumoren; ja, einige werden so tückisch und boshaft ganz wie unsereins und betören den Unglücklichen, der sie in Händen hat, so sehr, dass er die besten Freunde damit verwundet. So habe mal in der Göcherin eigenen Familie ein Bruder den anderen mit einem solchen Schwert erstochen.

Nichtsdestoweniger gestand die Göcherin, dass man mit einem solchen Hundertmordschwert die kostbarsten Zauberstücke verrichten könne, und noch in derselben Nacht hatte sie nichts Eiligeres zu tun, als an dem bezeichneten Baum das verscharrte Richtschwert auszugraben, und sie verwahrte es seitdem unter anderem Zaubergerät in ihrer Rumpelkammer.

Als sie einst nicht zu Hause war, bat ich Sefchen, mir jene Kuriosität zu zeigen. Sie ließ sich nicht lange bitten, ging in die besagte Kammer und trat gleich darauf hervor mit einem ungeheuren Schwerte, das sie trotz ihrer schmächtigen Arme sehr kräftig schwang, während sie schalkhaft drohend die Worte sang:

>>Willst du küssen das blanke Schwert,
    Das der liebe Gott beschert?«

Ich antwortete darauf in derselben Tonart: »Ich will nicht küssen das blanke Schwert – ich will das rote Sefchen küssen!«, und da sie sich aus Furcht, mich mit dem fatalen Stahl zu verletzen, nicht zur Gegenwehr setzen konnte, musste sie es geschehen lassen, dass ich mit großer Herzhaftigkeit die feinen Hüften umschlang und die trutzigen Lippen küsste. Ja, trotz dem Richtschwert, womit schon hundert arme Schelme geköpft worden, und trotz der Infamia, womit jede Berührung des unehrlichen Geschlechtes jeden behaftet, küsste ich die schöne Scharfrichterstochter.

Ich küsste sie nicht bloß aus zärtlicher Neigung, sondern auch aus Hohn gegen die alte Gesellschaft und alle ihre dunklen Vorurteile, und in diesem Augenblick loderten in mir auf die ersten Flammen jener zwei Passionen, welchen mein späteres Leben gewidmet blieb: die Liebe für schöne Frauen und die Liebe für die französische Revolution, den modernen furor francese, wovon auch ich ergriffen ward im Kampf mit den Landsknechten des Mittelalters.

Ich will meine Liebe für Josepha nicht näher beschreiben. Soviel aber will ich gestehen, dass sie doch nur ein Präludium war, welches den großen Tragödien meiner reiferen Periode voranging. So schwärmt Romeo erst für Rosalinde, ehe er seine Julia sieht.

In der Liebe gibt es ebenfalls, wie in der römisch-katholischen Religion, ein provisorisches Fegefeuer, in welchem man sich erst an das Gebratenwerden gewöhnen soll, ehe man in die wirkliche ewige Hölle gerät.

Hölle? Darf man der Liebe mit solcher Unart erwähnen? Nun, wenn ihr wollt, will ich sie auch mit dem Himmel vergleichen. Leider ist in der Liebe nie genau zu ermitteln, wo sie anfängt, mit der Hölle oder mit dem Himmel die größte Ähnlichkeit zu bieten, so wie man auch nicht weiß, ob nicht die Engel, die uns darin begegnen, etwa verkappte Teufel sind oder ob die Teufel dort nicht manchmal verkappte Engel sein mögen.

Aufrichtig gesagt: welche schreckliche Krankheit ist diese Frauenliebe! Da hilft keine Inokulation [Impfung], wie wir leider gesehen. Sehr gescheite und erfahrene Ärzte raten zu Ortsveränderung und meinen, mit der Entfernung von der Zauberin zerreiße auch der Zauber. Das Prinzip der Homöopathie, wo das Weib uns heilt von dem Weibe, ist vielleicht das probateste.

Soviel wirst du gemerkt haben, teurer Leser, dass die Inokulation der Liebe, welche meine Mutter in meiner Kindheit versuchte, keinen günstigen Erfolg hatte. Es stand geschrieben, dass ich von dem großen Übel, den Pocken des Herzens, stärker als andere Sterbliche heimgesucht werden sollte, und mein Herz trägt die schlechtvernarbten Spuren in so reichlicher Fülle, dass es aussieht wie die Gipsmaske des Mirabeau oder wie die Fassade des Palais Mazarin nach den glorreichen Juliustagen oder gar wie die Reputation der größten tragischen Künstlerin.

Gibt es aber gar kein Heilmittel gegen das fatale Gebrest? Jüngst meinte ein Psychologe, man könnte dasselbe bewältigen, wenn man gleich im Beginn des Ausbruchs einige geeignete Mittel anwende. Diese Vorschrift mahnt jedoch an das alte naive Gebetbuch, welches Gebete für alle Unglücksfälle, womit der Mensch bedroht ist, und unter anderen ein mehrere Seiten langes Gebet enthält, das der Schieferdecker abbeten solle, sobald er sich vom Schwindel ergriffen fühle und in Gefahr sei, vom Dach herabzufallen.

Ebenso töricht ist es, wenn man einem Liebeskranken rät, den Anblick seiner Schönen zu fliehen und sich in der Einsamkeit an der Brust der Natur Genesung zu suchen. Ach, an dieser grünen Brust wird er nur Langeweile finden, und es wäre ratsamer, dass er, wenn nicht alle seine Energie erloschen, an ganz anderen und sehr weißen Brüsten, wo nicht Ruhe, so doch heilsame Unruhe suchte; denn das wirksamste Gegengift gegen die Weiber sind die Weiber; freilich hieße das, den Satan durch Beelzebub bannen, und dann ist in solchem Falle die Medizin oft noch verderblicher als die Krankheit. Aber es ist immer eine Chance, und in trostlosen Liebeszuständen ist der Wechsel der Inamorata gewiss das Ratsamste, und mein

Vater dürfte auch hier mit Recht sagen: »Jetzt muss man ein neues Fässchen anstechen.« – Ja, lasst uns zu meinem lieben Vater zurückkehren, dem irgendeine mildtätige alte Weiberseele meinen öfteren Besuch bei der Göcherin und meine Neigung für das rote Sefchen denunziert hatte. Diese Denunziationen hatten jedoch keine andere Folge, als meinem Vater Gelegenheit zu geben, seine liebenswürdige Höflichkeit zu bekunden. Denn Sefchen sagte mir bald, ein sehr vornehmer und gepuderter Mann in Begleitung eines andern sei ihr auf der Promenade begegnet, und als ihm sein Begleiter einige Worte zugeflüstert, habe er sie freundlich angesehen und im Vorbeigehen grüßend seinen Hut vor ihr gezogen.

Nach der näheren Beschreibung erkannte ich in dem grüßenden Manne meinen lieben gütigen Vater.

Nicht dieselbe Nachsicht zeigte er, als man ihm einige irreligiöse Spöttereien, die mir entschlüpft, hinterbrachte. Man hatte mich der Gottesleugnung angeklagt, und mein Vater hielt mir deswegen eine Standpauke, die längste, die er wohl je gehalten und die folgendermaßen lautete: »Lieber Sohn! Deine Mutter lässt dich beim Rektor Schallmeyer Philosophie studieren. Das ist ihre Sache. Ich meinesteils liebe nicht die Philosophie, denn sie ist lauter Aberglauben, und ich bin Kaufmann und habe meinen Kopf nötig für mein Geschäft. Du kannst Philosoph sein, soviel du willst, aber ich bitte dich, sage nicht öffentlich, was du denkst, denn du würdest mir im Geschäft schaden, wenn meine Kunden erführen, dass ich einen Sohn habe, der nicht an Gott glaubt; besonders die Juden würden keine Velveteens mehr bei mir kaufen und sind ehrliche Leute, zahlen prompt und haben auch Recht, an der Religion zu halten. Ich bin dein Vater und also älter als du und dadurch auch erfahrener; du darfst mir also aufs Wort glauben, wenn ich mir erlaube, dir zu sagen, dass der Atheismus eine große Sünde ist.«

Nachwort des Herausgebers Joerg K. Sommermeyer

In seinem nicht allzu langen Leben wird er wechselhaft geprägt von der Spätaufklärung, der französischen Revolution und ihren Wirkungen, französischer Herrschaft und Liberalität, Restauration, preußischer und klerikaler Enge und Strenge, Zensur, Verboten, Deutschtümelei, antisemitischer Zurückweisung, Julirevolution 1830 und Februarrevolution 1848, ihren Vor- und Nachspielen sowie schließlich dem Siechtum, Leiden und Todgeweihtsein seiner letzten acht Jahre.

Heinrich (Christian Johann; bis 1825 Harry) Heine erblickt am 13. Dezember 1797 in Düsseldorf als ältester Sohn (drei Geschwister) des jüdischen Textilkaufmanns Samson Heine und seiner Ehefrau Betty (Peire), geborene van Geldern, das Licht der Welt. Kindheit und wesentliche Jugendzeit im jüdischen, bürgerlich offenen und freien Elternhaus, als das Rheinland (seit 1795 ist die andere Rheinseite ein Stück Frankreich) unter der antifeudalen Herrschaft (1806-1813) Napoleons steht. 1807-1814 besucht er das vom spätaufklärerisch-französischem Geist geprägte Düsseldorfer Lyzeum, wechselt dann ohne Reifezeugnis auf die Handelsschule, während eine Welle religiösen Nationalismus' Heines Heimat 1814 überschwemmt, als die preußische Verwaltung beginnt. 1815 kaufmännische Lehre bei Bankier Rindskopf in Frankfurt am Main, 1816 fortgesetzt im Bankhaus seines Onkels Salomon Heine in Hamburg. Unerwiderte Liebe zu seiner Cousine Amalie (später zu Cousine Therese, der jüngeren Schwester Amalies). Herkömmliche und schauerromantische Lyrik. 1817 Gedichte unter Pseudonym in »Hamburgs Wächter«. 1818 Gründung des Hamburger Manufakturwarengeschäfts »Harry Heine und Comp.«, welches schon im Folgejahr in Konkurs geht. Jurastudium in Bonn. Besuch von philosophischen, philologischen und historischen Vorlesungen August Wilhelm Schlegels und Ernst Moritz Arndts. 1820 Abhandlung »Die Romantik« im »Rheinisch-Westfälischen Anzeiger«. Wechsel an die Universität Göttingen. Burschenschaft, aus der er als Jude (sein Deutschtum wird ihm abgesprochen) alsbald ausgeschlossen wird. 1821 Duell und nachfolgend halbjährige Relegation.

Immatrikulation an der Universität Berlin; Vorlesungen bei Georg Wilhelm Friedrich Hegel (Weltgeschichte unter dem Horizont von Notwendigkeit und Übergang auf dem Weg des Fortschritts), Franz Bopp (Indien) und Friedrich August Wolf (Altphilologie; Homer, Aristophanes). Verkehr mit Adelbert von Chamisso, Friedrich de la Motte Fouqué, Rahel und Karl August Varnhagen von Ense (literarischer Salon). Teile aus »Almansor« (historische Tragödie in acht Bildern), werden in »Der Gesellschafter« (hrsg. von Friedrich Wilhelm Gubitz, 1786-1870) abgedruckt. 1822 Mitglied im »Verein für Kultur und Wissenschaft der Juden« (nationaljüdische Geschichtsschreibung und Ziele). Reise nach Polen. Bekanntschaft mit Christian Dietrich Grabbe. Besuch bei Hegel. 1823 Publikation »Über Polen« im »Gesellschafter«. Sammlung »Tragödien nebst einem lyrischen Intermezzo« (»William Ratcliff«, »Almansor«). Freundschaft mit Karl Immermann (1796-1840; Münchhausen, 1838 f.). Reisen nach Lüneburg, Hamburg, Cuxhaven, Ritzebüttel. Braunschweiger Uraufführung des »Almansor«. 1824 wieder Immatrikulation an der Universität Göttingen. Berliner Reise. Wanderung durch den Harz (»Die Harzreise«, in »Der Gesellschafter«, 1826). Besuch bei Goethe in Weimar. 1825 Konversion zum evangelischen Glauben, Taufe in Heiligenstadt. Promotion zum Dr. iur. in Göttingen. Ferien auf Norderney. Übersiedlung nach Hamburg. 1826 wird Julius Campe sein Verleger. »Reisebilder. Erster Teil« wird veröffentlicht. 1827 Englandreise. »Reisebilder. Zweiter Teil« und »Briefe aus Berlin« erscheinen. »Buch der Lieder« (Gedichte, 13 Auflagen zu Heines Lebzeiten). Reise über Frankfurt am Main (Treffen mit Ludwig Börne), Heidelberg, Stuttgart nach München. Mitherausgeber der »Neuen allgemeinen politischen Annalen«. Heines Aussichten auf einen Lehrstuhl für Literaturgeschichte werden vom katholischen Klerus vereitelt. 1828 nach Italien (Mailand, Genua, Lucca, Florenz, Venedig). Sein Vater stirbt in Hamburg. 1829 Umzug nach Berlin, dann Potsdam. 1830 »Reisebilder. Dritter Teil«. Ferien auf Helgoland. Als Heine von der Pariser Julirevolution erfährt, kommentiert er die Vorgänge in »Briefe aus Helgoland«. 1831 Übersiedlung nach Paris, dem Mekka des Liberalismus, wo er innerhalb von zehn Jahren zur anerkannten Persönlichkeit des dortigen künstlerischen und politisch-gesellschaftlichen Lebens wird. Korrespondent für deutsche Zeitungen und Zeitschriften. Geistiger Vermittler zwischen Deutschland und Frankreich; Verkehr mit Meyerbeer, V. Hugo, Dumas, Börne, Béranger, G. Sand und Balzac. 1832 im Kreis der Saint-Simonisten (Abschaffung der »Ausbeutung des Menschen durch den Menschen«, »Verbesserung des moralischen, physischen und geistigen Loses« der Arbeiterklasse). Artikelserie »Französische Zustände« in der Augsburger »Allgemeinen Zeitung«, die ebenso wie deren Buchausgabe verboten wird. 1833 »État actuel de la littérature en Allemagne. De l'Allemagne depuis Madame de Staël« in der Pariser Zeitschrift »L'Europe littéraire«. Der erste von vier Sammelbänden »Salon« (»Französische Maler«, Gedichtzyklus »Verschiedene«, »Aus den Memoiren des Herren von Schnabelewopski«) wird publiziert. 1834 »De l'Allemagne depuis Luther« in der Zeitschrift »Revue des deux mondes«. 1835 zweiter Band des »Salon«, »Die romantische Schule« (überarbeitete Fassung von »État actuel de la littérature en Allemagne«). In Preußen werden die Werke Heines verboten, und die Deutsche Bundesversammlung ächtet im Dezember die Schriften des sogenannten Jungen Deutschland, darunter die Heines.

Daraufhin gewährt die Französische Regierung Heine 1836 als politischem Emigranten eine Pension. Gelbsucht. 1837 Augenerkrankung. Dritter Band des »Salon« (»Florentinische Nächte«, »Elementargeister«). 1838 »Schwabenspiegel«, »Shakespeares Mädchen und Frauen«. 1840 »Heinrich Heine über Ludwig Börne«. Vierter Band des »Salon« (»Briefe über die französische Bühne«, »Der Rabbi von Bacherach«, Gedichte und Romanzen). 1841 Begegnung mit Richard Wagner. Im Sommer katholische Hochzeit (schon seit Oktober 1834 intime Beziehung) mit Mathilde (Crescence Eugénie Mirat, gestorben am 19. Februar 1883, Passy bei Paris) in Saint-Sulpice. Duell mit dem Frankfurter Kaufmann Salomon Strauß wegen seiner Denkschrift über Börne; Heine wird in der Seite verletzt. 1842 Aufenthalt in Boulogne-sur-Mer. 1843 »Atta Troll. Ein Sommernachtstraum« in der »Zeitung für die elegante Welt« (Buchausgabe 1847); »Nachtgedanken«. Aufenthalt in Trouville. Bekanntschaft mit Arnold Ruge und Friedrich Hebbel. Im Herbst Reise nach Hamburg. In Paris Bekanntschaft mit Karl Marx. 1844 »Deutschland. Ein Wintermärchen«, »Neue Gedichte«. Bekanntschaft mit Ferdinand Lassalle. Mitarbeit an von Marx und Ruge herausgegebenen »Deutsch-Französischen Jahrbüchern«. Erbschaftsstreitigkeiten nach dem Tod des Oheims Salomon Heine; Heines Familienpension wird davon abhängig gemacht, dass er in seinen Werken keine Familienangehörigen erwähne. 1845 sich verschlechternde Gesundheit. Aufenthalt in Montmorency. 1846 Besuch von Friedrich Engels in Paris.

1848 Korrespondent für die Augsburger »Allgemeine Zeitung« über die Pariser Februarrevolution. Heine erleidet einen Schwächeanfall im Louvre: Diagnose *Rückenmarkschwindsucht*. »Matratzengruft« (Heines Krankenlager) in der Pariser Avenue Matignon bis zu seinem Tode. 1851 »Romanzero« (Gedichte), »Der Doktor Faust« (Tanzpoem). 1854 »Vermischte Schriften« (3 Bände; »Lutetia«, »Die Götter im Exil«). 1855 Besuche seiner letzten Liebe Elise Krinitz (»Mouche«) und seiner Geschwister Charlotte und Gustav. Am 17. Februar 1856 stirbt Heinrich Heine, er wird beerdigt auf dem Friedhof Montmartre.

Das Urteil über den Mittler zwischen Deutschland und Frankreich ist durch der Parteien Hass und Gunst verzerrt. Der Sänger von Liebe und Zerrissenheit, flanierender, geistreicher Spötter, dem sein Deutschtum abgesprochen, der Weg zur Ausbildung einer deutschen Identität verwehrt wird, engagierter Intellektueller, Verkörperung deutsch-jüdischer Symbiose, Dichter des Meeres (Nordsee), nach seinem Zusammenbruch im Mai 1848 der Leidende in seiner „Matratzengruft".

Heine ist in einer Übergangszeit, der die ethischen und metaphysischen Bindungen des Idealismus schwinden, der bedeutendste deutsche Lyriker zwischen Romantik und Realismus, der romantische Schwermut, Weltschmerz, Sentimentalität geistreich spöttisch amalgamiert. Kunstvoll geschaffene Gemütslagen werden vorbedacht ironisch zerstört, desillusionierende Erhebung über die eigene Perspektive und Position. Zeitkritische und politische Gedichte unverhohlener Satire.

Verknüpfung impressionistischer Augenblickskunst, genaue messerscharfe Natur- und Lebensbeobachtung in seiner Prosa, unversieglicher spöttelnder Witz. Erschaffer des zeitgemäßen subjektiven Feuilletons, erster einflussreicher deutscher Journalist; Reisebilder in desultorisch-impressionistischem Plauderton. Raffiniert musikalische Sprachgestaltung, metrisch ungeniert. Der »colorirte« Stil später Lyrik, zum Epischen neigend, verknüpft avancierte Sprachelemente mit exotischen Bilderwelten. Transzendentaler Sarkasmus, den Schlechteren siegen sehend.

Gegensatz prosaischer und poetischer Wirklichkeit. Kunst und lebendige Naturanschauung gegen trockene Begrifflichkeit und sentimentales Spießbürgertum. Heterogenes unmittelbar nebeneinander gesetzt, Tagesgeschehen und Traumvisionen der Nacht, Lyrikeinlagen vertreten das Reich der Poesie gegen die prosaische Welt.

Allianzen von Thron und Altar werden stürmisch angegriffen. Christliche Sprachelemente säkularisiert, weltliche Phänomene sakralisiert. Zweckformen wie Reisebeschreibung, Feuilleton, Rezension, Vor- und Nachwort, Journalistik, Essayistik. Politisch ätzende Begriffe, Bilder, Themen, kämpferisches Ungestüm, Satire und Karikatur, anschaulich-derbe Tiervergleiche. Paris, in dem »Gold Gott des Tages« ist, rückt den Kommunismus als weltgeschichtliche Erscheinung in die Nähe des Aufstiegs des Christentums. Freiheit, Gleichheit, universelle Demokratie und ein »neues Christentum« werden emphatisch gefordert.

Die Beziehungen zwischen Deutschland und Frankreich will Heine objektivieren, Fremd- und Eigenbilder sollen von Verklärung und Ressentiment gereinigt werden. Einer Anziehung des sündigen Paris entspricht seine Sehnsucht nach dem stillen Deutschland. Rückkehr zum Glauben an einen transzendenten Gott, ohne Eintritt in eine Kirche. Als Leidender in seinen letzten Jahren wirkt er auf seinen Umkreis christusähnlich. Sein Stil zeigt freilich bis zuletzt unnachgiebig bis in die Reime hinein kontrastiv Extremes und Bizarr-Exotisches.

Joerg K. Sommermeyer, Berlin, 9. Mai 2019

Buchanzeige

Nova Giulianiad
Saitenblätter für die Gitarre und Laute
Herausgegeben von Joerg Sommermeyer
i. V. m. d. Internationalen Gitarristischen Vereinigung
ISSN: 0254-9565
Orlando Syrg, Freiburg i. Brsg., 1983-1988

Josefa Gerhäuser
Leben will ich
Gedichte und Assoziationen
Herausgegeben von JS (Joerg Sommermeyer)
Orlando Syrg Taschenbuch, OrSyTa 12002, Freiburg i. Brsg. 2002

Joerg Sommermeyer
Anton Unbekannt
Pathoaphysischer Antiroman
Tragigroteskenfragment
Herausgegeben von Georg J. Feurig-Sorgenfrei
Orlando Syrg Taschenbuch, 1. Aufl., OrSyTa 12009, Berlin 2009

Joerg K. Sommermeyer (Hg.)
Balleinrubin: Ball, Einstein, Rubiner
Hugo Ball: Tenderenda der Phantast
Carl Einstein: Bebuquin oder die Dilettanten des Wunders
Ludwig Rubiner: Gedichte, Kritiken, Manifeste
Herausg. u. mit einem Nachwort versehen von Joerg K. Sommermeyer
Orlando Syrg Taschenbuch, 1. Aufl., OrSyTa 12017, Berlin 2017

Franz Treller
Nikunthas, König der Miami
Eine Abenteuererzählung aus Nordamerika
Anhang: **Indianer-Gedanken** von Oskar Panizza
und **Die blaue Schlange** von Fritz von Ostini
Vollst. rev. und neu bearb. von Georg J. Feurig-Sorgenfrei
Hrsg. und mit einem Nachw. vers. von Joerg Sommermeyer
Kollektion Abenteuer- & Reiseerzählungen / KAR 1
Orlando Syrg Taschenbuch, 1. Aufl., OrSyTa 22009, Berlin 2010
2. Aufl., OrSyTa 22017, Berlin 2017

Joerg K. Sommermeyer (Hg.)

Heinrich von Kleists Erzählungen, Anekdoten und Essays

Durchgesehen, revidiert und mit einem biographischen Abriss
herausgegeben von Joerg K. Sommermeyer
Reihe alte Tradition Azurcelesteblueoscuro / RAT ACBO 3
Exemplarische Werke der Weltliteratur
Orlando Syrg Taschenbuch, 1. Aufl., OrSyTa 32018, Berlin 2018

Joerg K. Sommermeyer (Hg.)

Christian Morgensterns Galgenlieder und Palmström

Durchgesehen, revidiert und mit einem biographischen Abriss
herausgegeben von Joerg K. Sommermeyer
Reihe alte Tradition Azurcelesteblueoscuro / RAT ACBO 4
Exemplarische Werke der Weltliteratur
Orlando Syrg Taschenbuch, 1. Aufl., OrSyTa 42018, Berlin 2018

Joerg K. Sommermeyer (Hg.)

Robert Müllers Tropen

Der Mythos der Reise
Urkunden eines deutschen Ingenieurs
Durchgesehen und revidiert, herausgegeben
und mit einem Nachwort versehen
von Joerg K. Sommermeyer
Kollektion Abenteuer- & Reiseerzählungen / KAR 3
Orlando Syrg Taschenbuch, 1. Aufl., OrSyTa 52018, Berlin 2018

Joerg K. Sommermeyer (Hg.)

Taugenichts et cetera

Eichendorff, Chamisso, Büchner
Aus dem Leben eines Taugenichts
Peter Schlemihls wundersame Geschichte
Lenz
Durchgesehen, revidiert und mit einem Nachwort
herausgegeben von Joerg K. Sommermeyer
Reihe alte Tradition Azurcelesteblueoscuro / RAT ACBO 5
Exemplarische Werke der Weltliteratur
Orlando Syrg Taschenbuch, 1. Aufl., OrSyTa 62018, Berlin 2018

Joerg K. Sommermeyer (Hg.)
Künstlerbetrachtungen
Diderot, Wackenroder, Hoffmann
Rameaus Neffe, Joseph Berglinger, Johannes Kreisler, Kater Murr
Durchgesehen, revidiert und mit einem Nachwort
herausgegeben von Joerg K. Sommermeyer
Reihe alte Tradition Azurcelesteblueoscuro / RAT ACBO 6
Exemplarische Werke der Weltliteratur
Orlando Syrg Taschenbuch, 1. Aufl., OrSyTa 72018, Berlin 2018

Joerg K. Sommermeyer (Hg.)
Rainer Maria Rilkes Gedichte
Stunden-Buch, Buch der Bilder, Neue Gedichte, Der neuen Gedichte anderer Teil,
Requiem, Das Marien-Leben, Duineser Elegien, Die Sonette an Orpheus
Durchgesehen, revidiert und mit einem Nachwort
herausgegeben von Joerg K. Sommermeyer
Reihe alte Tradition Azurcelesteblueoscuro / RAT ACBO 7
Exemplarische Werke der Weltliteratur
Orlando Syrg Taschenbuch, 1. Aufl., OrSyTa 92018, Berlin 2018

Joerg K. Sommermeyer (Hg.)
Rainer Maria Rilkes Prosa
Dichtungen in Prosa, Die Weise von Liebe und Tod des Cornets Christoph Rilke,
Die Aufzeichnungen des Malte Laurids Brigge, Erzählungen und Skizzen,
Geschichten vom lieben Gott, Auguste Rodin, Aufsätze und Besprechungen
Durchgesehen, revidiert und mit einem Nachwort
herausgegeben von Joerg K. Sommermeyer
Reihe alte Tradition Azurcelesteblueoscuro / RAT ACBO 8
Exemplarische Werke der Weltliteratur
Orlando Syrg Taschenbuch, 1. Aufl., OrSyTa 102018, Berlin 2018

Joerg K. Sommermeyer (Hg.)
Drei alte Erzählungen
Die Judenbuche (Droste-Hülshoff), Die schwarze Spinne (Gotthelf),
Krambambuli (Ebner-Eschenbach)
Durchgesehen, revidiert und mit einem Nachwort
herausgegeben von Joerg K. Sommermeyer
Reihe alte Tradition Azurcelesteblueoscuro / RAT ACBO 9
Exemplarische Werke der Weltliteratur
Orlando Syrg Taschenbuch, 1. Aufl., OrSyTa 122018, Berlin 2018

Joerg K. Sommermeyer (Hg.)

**James Fenimore Coopers The Last of the Mohicans
Der letzte Mohikaner**

A Narrative of 1757 / Eine Erzählung aus dem Jahre 1757
Deutsch nach der Übersetzung von J. F. L. Tafel,
revidiert und neu bearbeitet von Georg J. Feurig-Sorgenfrei
Herausgegeben und mit einem Nachwort versehen
von Joerg K. Sommermeyer
Kollektion Abenteuer- & Reiseerzählungen / KAR 4
Orlando Syrg Taschenbuch, 1. Aufl., OrSyTa 132018, Berlin 2018

Joerg K. Sommermeyer (Hg.)

**Johann Wolfgang von Goethes
Reineke Fuchs**

Durchgesehen, revidiert und mit einem Nachwort
herausgegeben von Joerg K. Sommermeyer
Reihe alte Tradition Azurcelesteblueoscuro / RAT ACBO 10
Exemplarische Werke der Weltliteratur
Orlando Syrg Taschenbuch, 1. Aufl., OrSyTa 142018, Berlin 2018

Joerg K. Sommermeyer (Hg.)

**Heinrich Heines Romanzero nebst Lieblingsballaden
von Goethe, Schiller und anderen**

Ausgewählt, durchgesehen, revidiert und mit einem Nachwort
herausgegeben von Joerg K. Sommermeyer
Reihe alte Tradition Azurcelesteblueoscuro / RAT ACBO 11
Exemplarische Werke der Weltliteratur
Orlando Syrg Taschenbuch, 1. Aufl., OrSyTa 152018, Berlin 2018

Joerg K. Sommermeyer (Hg.)

**Eduard von Keyserlings Prosa
Ausgewählte Werke I**

Beate und Mareile, Schwüle Tage, Dumala, Wellen, Abendliche Häuser
Durchgesehen, revidiert und mit einem biographischen Abriss
herausgegeben von Joerg K. Sommermeyer
Reihe alte Tradition Azurcelesteblueoscuro / RAT ACBO 12
Exemplarische Werke der Weltliteratur
Orlando Syrg Taschenbuch, 1. Aufl., OrSyTa 162018, Berlin 2018

Joerg K. Sommermeyer (Hg.)
August Stramms Gedichte
Du. Liebesgedichte; Die Menschheit; Weltwehe;
Tropfblut. Gedichte aus dem Krieg
Durchgesehen, revidiert und mit einem biographischen Abriss
herausgegeben von Joerg K. Sommermeyer
Reihe alte Tradition Azurcelesteblueoscuro / RAT ACBO 13
Exemplarische Werke der Weltliteratur
Orlando Syrg Taschenbuch, 1. Aufl., OrSyTa 172018, Berlin 2018

Joerg K. Sommermeyer (Hg.)
Joseph Conrads Heart of Darkness
Herz der Finsternis
Englisch und Deutsch
Deutsch nach der Übersetzung von Ernst Wolfgang Freißler,
revidiert und neu bearbeitet von Georg J. Feurig-Sorgenfrei
Herausgegeben und mit einem Nachwort versehen von Joerg K. Sommermeyer
Kollektion Abenteuer- & Reiseerzählungen / KAR 5
Orlando Syrg Taschenbuch, 1. Aufl., OrSyTa 182018, Berlin 2018

Joerg K. Sommermeyer (Hg.)
Münchhausen und Lukian
Bürgers Münchhausen und Lukians Bericht
phantastischer Begebenheiten
Durchgesehen, revidiert, neu bearbeitet
(Lukian basierend auf der Übersetzung von August Friedrich Pauly),
herausgegeben und mit einem Nachwort versehen,
von Joerg K. Sommermeyer
Kollektion Abenteuer- & Reiseerzählungen / KAR 6
Orlando Syrg Taschenbuch, 1. Aufl., OrSyTa 192018, Berlin 2018

Joerg K. Sommermeyer (Hg.)
Johann Wolfgang von Goethes Prosa
Ausgewählte Werke I
Die Leiden des jungen Werther, Briefe aus der Schweiz,
Die Wahlverwandtschaften, Novelle
Durchgesehen, revidiert und mit einem Nachwort
herausgegeben von Joerg K. Sommermeyer
Reihe alte Tradition Azurcelesteblueoscuro / RAT ACBO 14
Exemplarische Werke der Weltliteratur
Orlando Syrg Taschenbuch, 1. Aufl., OrSyTa 12019, Berlin 2019

Joerg K. Sommermeyer (Hg.)

Johann Wolfgang von Goethes Prosa
Ausgewählte Werke II
Wilhelm Meisters Lehrjahre
Durchgesehen, revidiert und herausgegeben
von Joerg K. Sommermeyer
Reihe alte Tradition Azurcelesteblueoscuro / RAT ACBO 15
Exemplarische Werke der Weltliteratur
Orlando Syrg Taschenbuch, 1. Aufl., OrSyTa 22019, Berlin 2019

Joerg K. Sommermeyer (Hg.)

Johann Wolfgang von Goethes Prosa
Ausgewählte Werke III
Unterhaltungen deutscher Ausgewanderten,
Wilhelm Meisters Wanderjahre
Durchgesehen, revidiert und herausgegeben
von Joerg K. Sommermeyer
Reihe alte Tradition Azurcelesteblueoscuro / RAT ACBO 16
Exemplarische Werke der Weltliteratur
Orlando Syrg Taschenbuch, 1. Aufl., OrSyTa 32019, Berlin 2019

Joerg K. Sommermeyer (Hg.)

Johann Wolfgang von Goethes Prosa
Ausgewählte Werke IV
Dichtung und Wahrheit,
Belagerung von Mainz
Durchgesehen, revidiert und herausgegeben
von Joerg K. Sommermeyer
Reihe alte Tradition Azurcelesteblueoscuro / RAT ACBO 17
Exemplarische Werke der Weltliteratur
Orlando Syrg Taschenbuch, 1. Aufl., OrSyTa 42019, Berlin 2019

Joerg K. Sommermeyer (Hg.)

August Klingemanns Nachtwachen
von Bonaventura
Durchgesehen, revidiert und herausgegeben
von Joerg K. Sommermeyer
Reihe alte Tradition Azurcelesteblueoscuro / RAT ACBO 18
Orlando Syrg Taschenbuch, 1. Aufl., OrSyTa 52019, Berlin 2019

Joerg K. Sommermeyer (Hg.)
Gustav Sacks Romane
Ein verbummelter Student, Paralyse, Ein Namenloser
Durchgesehen, revidiert und mit einem Nachwort
herausgegeben von Joerg K. Sommermeyer
Reihe alte Tradition Azurcelesteblueoscuro / RAT ACBO 19
Orlando Syrg Taschenbuch, 1. Aufl., OrSyTa 62019, Berlin 2019

Joerg K. Sommermeyer
Vernimm mein Schreien
Pathoaphysischer Antiroman
Tragigroteskenfragment
Herausgegeben von Georg J. Feurig-Sorgenfrei
Jubiläumsausgabe / Hardcover
[3. durchgesehene, verbesserte und um einen Anhang
erweiterte Auflage von *Anton unbekannt*]
OrSyTa 72019, Berlin 2019

Joerg K. Sommermeyer (Hg.)
Friedrich Schillers Prosa
Ausgewählte Werke I
Eine großmütige Handlung, Der Geisterseher,
Der Verbrecher aus verlorener Ehre, Spiel des Schicksals und anderes
Durchgesehen, revidiert und mit einem Nachwort
herausgegeben von Joerg K. Sommermeyer
Reihe alte Tradition Azurcelesteblueoscuro / RAT ACBO 20
Exemplarische Werke der Weltliteratur
Orlando Syrg Taschenbuch, 1. Aufl., OrSyTa 82019, Berlin 2019

Joerg K. Sommermeyer (Hg.)
Johann Karl Wezels Satiren
Kakerlak oder die Geschichte eines Rosenkreuzers,
Satirische Erzählungen
Durchgesehen, revidiert und herausgegeben
von Joerg K. Sommermeyer
Reihe alte Tradition Azurcelesteblueoscuro / RAT ACBO 21
Orlando Syrg Taschenbuch, 1. Aufl., OrSyTa 92019, Berlin 2019